# Falling into pieces

SHEILY LARASH

# *Falling into pieces*

nox
ALBIN MICHEL

# Note de l'autrice

*Falling into pieces* n'est pas une histoire toute douce. Certains passages ont été difficiles à écrire. Peut-être que, pour vous, ce sera difficile à lire, et je préfère que vous en ayez conscience avant de commencer votre lecture.

Solveig n'est pas un personnage torturé parce que je me suis dit que ce serait stylé ou que ça lui donnerait un « background trop dark ». Rien de ce qu'il fait ou de ce qu'il se fait n'est gratuit, de même pour les autres personnages du roman.

Vous trouverez à la page suivante la liste des trigger warnings et leur fréquence. Sachez que si vous vous identifiez à certaines pensées, vous n'êtes pas seul·e·s. La mer est vaste, mais personne n'est né dans ce monde pour être seul. Des solutions et des numéros d'aide existent et vous les trouverez à la fin de ce roman.

Prenez soin de vous.

Ma note peut faire peur, mais promis, ce n'est pas un roman noir. Diesel est super drôle. Du moins, si on aime son humour.

*Falling into pieces* étant un roman mettant en scène des personnages queers, dont l'un vivant à Orlando, je tenais également à rappeler l'attentat queerphobe qui a frappé cette ville le 12 juin 2016. N'oublions jamais l'Histoire.

Tout cela étant dit, je vous laisse découvrir l'histoire de Solveig et Diesel.

# Trigger Warnings

Très fréquents : Dépression, pensées suicidaires, mention de suicide, deuil

Fréquents : Alcoolisme, tentative de suicide et mention de tentative de suicide, trouble du comportement alimentaire, consommation de cannabis, violence, mention de meurtre, syndrome de stress post-traumatique

Ponctuels : Sexe, harcèlement sexuel, sang, mention de racisme

# Playlist

La musique occupe une place centrale dans ma vie : que ce soit dans mon quotidien, ou dans mon processus créatif. Falling into pieces est donc accompagné d'une playlist. J'ai choisi chaque chanson pour qu'elle s'accorde à l'ambiance du chapitre, aux pensées des personnages ou aux évènements qui surviennent. Pour certains chapitres, j'avais déjà une musique précise en tête. Pour d'autres, j'ai cherché, creusé, parfois découvert des nouveautés, afin de trouver l'accord parfait. Si vous aimez lire en musique, vous pouvez donc accéder à la playlist via le flash-code ci-dessous. Ou en tapant directement sur Spotify « sheily - falling into pieces. »

Et pour conclure, je veux simplement dire : merci à la musique d'exister. Et merci aux artistes de mes genres de prédilection, le rock, le punk et le metal, de chanter, parfois hurler, tout ce qu'on n'ose même pas murmurer. Et plus précisément encore, merci à Atlantic de Sleep Token, d'exister. Cette chanson a une place particulière dans mon cœur, alors elle mérite ses propres remerciements.

*Aux Solveig qui vivent avec une Pieuvre,*
*Aux Diesel, là pour nous porter.*

*« Je suis dur*
*Je suis tendre*
*Et j'ai perdu mon temps*
*À rêver sans dormir*
*À dormir en marchant*
*Partout où j'ai passé*
*J'ai trouvé mon absence*
*Je ne suis nulle part*
*Excepté le néant*
*Mais je porte accroché au plus haut des entrailles*
*À la place où la foudre a frappé trop souvent*
*Un cœur où chaque mot a laissé son entaille*
*Et d'où ma vie s'égoutte au moindre mouvement. »*

– Pierre Reverdy

# Premier contact

*Nous sommes la merde de ce monde,*
*prête à servir à tout.*

CHUCK PALAHNIUK

# 1
# Solveig

*Me and the Devil* – Soap&Skin

Une musique horripilante m'agresse les tympans quand je sors de la salle de bains. Au milieu du salon baigné par la lueur chaude de l'après-midi, Ellie se déhanche, perdue dans son monde. Son T-shirt trop grand dénude son épaule, sa petite culotte en dentelle met en valeur ses fesses. Un joint se consume au bord de ses lèvres, répandant un parfum de cannabis dans tout l'appartement. J'amorce un pas en arrière, prêt à retourner me planquer, mais Ellie m'aperçoit et son visage s'illumine. En quelques pas légers, elle comble la distance entre nous, se love contre mon corps avec une douceur répugnante.

On n'a rien d'un jeune couple amoureux. Cette intimité, juste après avoir baisé, m'est insupportable.

– Viens danser avec moi ! me lance-t-elle, alors qu'un nuage de fumée de *weed* m'enveloppe malgré moi.

Je ne peux réprimer une grimace et Ellie s'en rend compte aussitôt, car elle éloigne son joint pour le planquer dans son dos.

– Désolée.

Moi, pour toute réponse, je balance :

– Coupe le son, ça me gave.

Sans protester, Ellie s'éloigne vers la chaîne hi-fi tandis que je me dirige vers mon perfecto que j'ai abandonné sur le dossier d'une vieille chaise bancale. J'y récupère mon paquet de tabac, avant de me laisser tomber sur le canapé. Mes doigts roulent la clope sans que j'aie besoin de me concentrer : au moins un truc dans ma vie que j'arrive à ne pas foirer.

La première bouffée de nicotine me brûle la gorge, apaisant à peine mes nerfs à vif. Son odeur ne couvre même pas celle de renfermé qui suinte de l'appart. Je laisse mon regard errer sur les murs défraîchis, les cadres de travers, le plancher poussiéreux, la vaisselle qui s'amasse dans l'évier. Quel foutoir. Ça me donne envie de me gratter la peau d'inconfort, pourtant, je continue de revenir ici. Encore et encore.

La musique se coupe, le calme retombe dans la pièce. C'est maintenant l'horloge qui agresse le silence de son rythme compulsif. Son tic-tac me vrille le crâne, j'ai envie de balancer ce satané objet par la fenêtre.

Ouais, je ne suis pas d'humeur aujourd'hui. Mais c'était aussi le cas hier, ou même la semaine dernière. La vérité, c'est que c'est souvent le cas, depuis quelques années.

Ellie revient, s'installe à mes côtés sur le canapé. Pour une fois, elle ne se colle pas à moi. Je la sens m'observer derrière ses cils. Il y a dans son expression une admiration que je ne comprends pas. Bordel, qu'est-ce qu'elle me trouve ? Qu'est-ce qu'elles me trouvent toutes ? Je suis si pâle que j'en ai des allures de cadavre. Chaque fois que je me dévisage dans le miroir, je crois voir la Mort se pavaner sur ma peau et je me dis que c'est le signe que quelque chose est en train de crever à l'intérieur de moi. Mais c'est un fait : mon allure de déterré plaît aux femmes.

Contrairement à moi, Ellie est magnifique. Ses yeux noisette brillent autant que son teint bronzé par le soleil. Pourtant, c'est pas sa belle gueule qui m'a attiré en premier chez elle.

C'était il y a trois semaines. Après une énième journée de merde, je me suis échoué dans un bar. Je comptais noyer ma haine au fond d'un verre et je l'ai trouvée là, affalée sur un tabouret, les épaules basses, la mine chiffonnée. Quelque chose dans sa posture, cette aura malheureuse qu'elle dégageait, a fait écho en moi. On a fini la nuit ici, à s'envoyer en l'air pour oublier notre mal-être juste quelques heures.

Depuis, c'est devenu une sorte de routine. Je débarque chez elle entre deux tours de garde à la prison de Raiford, et puis je picole, elle fume, on couche ensemble. Je me déchire à la vodka, au whisky, n'importe quoi, tant que ça me permet d'oublier à quel point ma vie est dans une impasse. Ellie fait pareil avec la *weed* et les amphétamines. Quelque part, ça me soulage de ne pas être le seul à me foutre en l'air. Sauf qu'Ellie, je vois bien que sa tristesse s'évapore petit à petit. Plus les jours passent, moins elle ressemble à cette femme paumée qui m'a donné envie d'aller vers elle, cette nuit-là.

Soudain, des doigts brûlants s'entrelacent aux miens. Je baisse les yeux sur la main d'Ellie, et j'ai pas le temps de lui dire de me lâcher qu'elle lance :

– Je me sens si bien avec toi...

Son ton est tellement sucré que j'en frôle la crise de diabète. Comment peut-elle dire ça ? Son seuil d'exigence est beaucoup trop bas.

– Tu me connais à peine, Ellie, sois sérieuse.

– Je le suis.

– Et t'en fais quoi de ton mec?

Ma question claque.

– Je... Tu m'as dit que tu t'en foutais de lui...

Je repousse sa main qui cherche à saisir la mienne et me relève, ma clope entre les lèvres. Je veux me casser d'ici.

– Tu t'en vas?

Maintenant, sa voix chevrote.

– Ouais, c'est bientôt mon tour de garde.

Elle m'attrape par la manche de mon T-shirt, les yeux baissés. Envolées ses danses à la con ; elle semble si vulnérable à présent. Ses lèvres tremblotent autant que l'inquiétude pitoyable dans ses iris.

– T'as l'air énervé aujourd'hui… C'est à cause de moi ?

Ellie a toujours l'impression d'être la cause de tous les maux qui m'accablent, alors que, putain, elle ne représente même pas une goutte d'eau dans mon océan d'emmerdes.

– Je suis pas énervé, grincé-je.

– Pourtant… tu t'es renfermé quand t'as parlé de mon copain. Est-ce que… Colton te dérange ? insiste-t-elle. Je peux… Je peux régler ça, tu sais ?

Les mots me manquent pour lui expliquer à quel point je m'en cogne de son Colton. Elle peut se taper tous les mecs de la Terre si ça lui chante, ça me laisse de marbre. C'est ce que je devrais lui répondre, mais ma curiosité me pousse à lui demander :

– T'entends quoi par « régler ça » ?

– Je peux rompre, souffle-t-elle d'un air incertain.

La proposition absurde d'Ellie flotte entre nous. Elle se raccroche à l'idée qu'un « nous » puisse exister.

– Quitte-le, dans ce cas.

*Tic-tac.*

Mes mots tranchent le rythme solennel de l'horloge. Je ne capte même pas pourquoi j'ai dit ça. L'ennui ? Un jeu cruel ? La curiosité de voir jusqu'où elle ira pour garder un type comme moi à ses côtés ? Peut-être que je veux la voir chuter dans ce vide sans fin, elle aussi. Peut-être que je veux qu'elle redevienne comme le soir où je l'ai rencontrée : triste sur son fichu tabouret de bar.

Ce n'est pas ma faute. Quand les gens sont heureux, ils rayonnent trop et moi, ça me brûle. Les yeux. Le cœur. J'en crève, je ne le supporte plus. Ils sont ce que je ne suis plus. Je veux éteindre leur lumière.

– Quand tu reviendras, ce sera fait.

– Parfait.

Ellie se mord la lèvre pour contenir son sourire. Cette situation est surréaliste. J'attrape mes clés de bagnole et me dirige vers la porte.

– Tu… Tu me dis pas au revoir ?

– Au revoir.

– Arrête tes conneries, dit-elle en riant. Viens là.

Je capitule et lâche la poignée pour retourner vers elle. En me voyant approcher, Ellie comble la distance qu'il reste pour se jeter dans mes bras et m'embrasser. Je prends son baiser plus que je ne le lui rends, mais elle n'a pas l'air d'en avoir conscience.

– À bientôt, glisse-t-elle à mon oreille.

– Ouais, à bientôt.

Cette fois, je quitte son appartement sans faire demi-tour.

Enfin dehors.

Je n'aurais pas pu tenir une seconde supplémentaire. Le truc avec moi, c'est que je n'ai pas le calme immuable d'une forêt, je suis plutôt le volcan qui se réveille subitement pour la raser. Et à chaque explosion, je me fissure un peu plus, jusqu'au jour où je ne serai plus rien.

Je m'engouffre dans ma caisse et le bruit de la portière qui claque me gifle autant que mon comportement.

Pourquoi j'ai dit ça à Ellie ? Et ce frisson qui me traverse tout le corps, c'est de la honte ou de la satisfaction ?

Fragile comme elle est, Ellie sera bouleversée quand elle comprendra qu'à mes yeux, elle n'est rien d'autre qu'une parenthèse. Un passe-temps dont je commence à me lasser.

Je mets le contact. Mains sur le volant, j'observe la façade crade du bâtiment. Je peux encore retourner dans cet appartement de merde et dire à Ellie de ne pas quitter son mec pour un raté comme moi. Je peux encore éviter d'être ce connard qui a besoin du malheur des autres pour se sentir exister.

*Tic-tac.*

Le bruit de l'horloge est resté imprimé dans mon crâne et ponctue mon hésitation.

*Merde, à quoi bon ?*

*Ouais, c'est vrai ça, à quoi bon ?*

Alors j'ignore cette pseudo culpabilité qui m'enserre l'estomac et j'appuie sur l'accélérateur pour me barrer.

« *Tout est en désordre. Les cheveux. Le lit. Les mots. La vie. Le cœur.* »

– Jack Kerouac

# 2
# Diesel

*Personne ne peut m'empêcher de rêver* – Lonepsi

Le feu a quelque chose de fascinant. C'est vrai, quoi ! On pense le dominer parce qu'on l'a enfermé dans un objet aussi petit qu'un briquet. Pourtant, quand il décide de n'en faire qu'à sa tête en ravageant des hectares de forêts, on remarque bien qu'il sera toujours plus puissant que l'humain. C'est pour ça que j'aime le feu : il possède cet aspect à la fois maîtrisé et dangereux.

Subjugué par la flamme qui s'élève de mon Zippo, je fais le tour de mon appartement pour allumer toutes les bougies posées n'importe où : sur un rebord de fenêtre, sur la table de chevet... Là où il y a de la place, en fait. Je finis par faire brûler un bâton d'encens à la sauge pour purifier la maison, et Lugosi, mon chat, vient se frotter contre mes jambes. Pour une fois que cet aigri sollicite ma présence ! Tout content, je m'accroupis afin de lui gratter la tête ; il ronronne, avant de me mordre deux secondes plus tard. Ce chat a un sale caractère, mais qu'est-ce que je l'aime. Il part bouder à la fenêtre ; moi, je retourne me vautrer sur mon lit – un simple matelas posé à même le sol – et commence à me rouler un joint. Je jette un coup d'œil à la télé allumée sans le son, mais le reportage en cours n'a pas l'air très intéressant.

J'ai presque terminé quand j'entends quelqu'un toquer à ma porte. Je scelle rapidement la feuille de mon bédo avant de me lever mais, déjà, la personne insiste comme si sa vie en dépendait. Il ne m'en faut pas plus pour comprendre qu'il s'agit de Nour. J'ai à peine le temps de lui ouvrir qu'elle entre en me bousculant. Les plateformes de ses Dr. Martens font grincer mon plancher au rythme de ses pas. Ma pote ne se fatigue pas à les enlever et s'affale tête la première sur mon lit, avant de marmonner des paroles inintelligibles dans l'oreiller.

– J'ai rien compris, admets-je en refermant la porte avec un petit sourire.

Elle roule sur le dos.

– J'ai dit : « Je suis morte. »

Je me rapproche. Les rayons du soleil filtrent par la fenêtre du salon, tapent sur son visage et illuminent sa peau d'un brun chaud. Nour n'est pas très grande. Épaisse comme un cure-dent, elle paraît presque fragile. Pourtant, quand on voit les chaussures qu'elle porte sous ses longues robes à fleurs, on comprend qu'elle a un truc en plus.

– Que veux-tu, si la criminologie tuait pas autant d'étudiants, on finirait par manquer de cas pratiques ! plaisanté-je, mon *spliff* entre les lèvres, prêt à être allumé.

Elle s'esclaffe, puis son regard se perd sur le plafond tandis qu'elle hume l'air.

– Encens à la sauge ? demande-t-elle.

– Ouais. Il y avait de mauvaises ondes dans cet appart, il fallait s'en débarrasser.

– S'il y en a, je les ressens pas. On est trop bien chez toi.

J'attrape mon briquet et approche la flamme de mon joint. Nour m'observe pendant que je tire une taffe ou deux, avant de le lui tendre. Le bédo entre les lèvres, mon amie extirpe son ordinateur de son sac jaune canard. Tandis que l'écran s'allume, elle sort ses livres, dont débordent des Post-it.

– Eh, mais...

Nour montre du doigt le terrarium posé à côté de mon lit, sur une pile de livres anciens.

– Tu m'avais pas dit que t'en avais acheté une nouvelle ! s'exclame-t-elle enfin.

– On dit bonjour à Mélisse.

– Elle est jolie.

Mélisse est une mygale rose du Chili, alors elle est forcément jolie. Je n'ai pas pu résister quand je l'ai vue, elle me rappelait trop celle que possédait mon oncle.

– Tu l'as eue pour combien ?

– Trente dollars.

– Tu me donnes envie d'en prendre une aussi.

– Je ne te retiendrai pas.

Elle ne me répond pas et plonge son nez dans son ordinateur. Nour se réfugie souvent dans mon studio pour réviser, elle trouve sa colocation trop bruyante. Quand elle est là, j'essaie d'être aussi studieux qu'elle, mais ce n'est pas toujours une réussite.

– Tu t'es enfin décidée pour ton mémoire ? l'interrogé-je.

– Ouais, je pars sur la corruption dans le système judiciaire. Et toi ?

– J'aimerais bien analyser les liens entre le crime et l'estime de soi.

– Ça te ressemble, s'amuse-t-elle.

Au-delà de notre intérêt pour le milieu carcéral, Nour et moi, on est animés par les mêmes idéaux. C'est ce qui nous a poussés à rejoindre une association engagée contre la peine de mort. Ça doit faire environ trois ans qu'on y milite. Enfin, me concernant, ce combat a commencé bien plus tôt. Mes parents ont lutté pendant de longues années pour que le type qui a tué mon oncle soit condamné à perpétuité plutôt qu'à mort. Au début, je ne comprenais pas leur position, je pensais que ce criminel méritait son sort.

Puis j'ai fait mon deuil, et j'ai fini par comprendre : à quoi bon enseigner à un homme qu'on ne tue pas en le tuant ? Si un meurtrier prend une vie, c'est un monstre. Quand la loi le fait, c'est de la « justice ». À mon sens, ce n'est rien d'autre qu'un assassinat judiciaire. En tant que famille de victime, je peux même dire que c'est épuisant. On a une mort sur les bras, une autre à assumer, dont on en devient indirectement responsables. Et c'est lourd à porter. Je refuse d'entretenir ce cycle de haine et de chagrin.

Nour me rend le joint et une fois les mains libres, elle tape quelques lignes sur son PC quand, soudain, mon attention est attirée par un flash info à la télévision.

– Putain, soufflé-je malgré moi.

– Qu'est-ce qu'il y a ? s'enquiert Nour.

Sans prendre la peine de lui répondre, je me mets à fouiller à toute vitesse entre mes draps à la recherche de la télécommande, avant de finalement me lever pour aller remettre le son directement avec le bouton du téléviseur.

– *...nous venons d'apprendre à l'instant que la Cour a rejeté le recours de Riggs Owen. Il s'agissait de l'une des dernières chances de l'accusé d'échapper à la peine de mort à laquelle il a été condamné il y a maintenant quatre ans. À présent, son sort se jouera devant la Cour suprême de Floride, qui aurait déjà été saisie, selon les avocats de la défense.*

Le téléphone de Nour se met à vibrer, le mien à sonner. Mon écran vomit des messages de militants en colère, tout le groupe de l'association est en furie face à la nouvelle. Ça fait quatre ans que toute la Floride entend parler de Riggs Owen, condamné à mort à la suite du meurtre d'une jeune fille de quatorze ans. Les militants abolitionnistes se sont jetés sur l'affaire, pointant du doigt le caractère expéditif de la condamnation. Mais le tribunal n'est jamais revenu sur son verdict.

– Ils veulent organiser une manifestation la semaine prochaine, résume Nour en parcourant les SMS.

– La semaine prochaine ? C'est trop lointain.

– T'as une meilleure idée ?

Je hausse les épaules.

– Je sais pas trop. Peut-être qu'on pourrait planifier un rassemblement à Raiford dem...

– La dernière fois qu'on est partis en manif devant une prison, t'as fini en garde à vue, me coupe Nour.

– Ouais, j'aurais dû écouter le flic qui m'a hurlé de dégager. Mais écoute, au moins, il m'a pas buté.

Mon sarcasme lui arrache un sourire.

– J'aime pas quand tu te fais arrêter.

– Ça a porté ses fruits la dernière fois, j'ai eu une interview vidéo pour parler de l'association, tu t'en souviens ? Je pense vraiment qu'on doit se rendre à Raiford demain.

Le but n'est pas d'imposer notre point de vue, on est capables d'avoir une argumentation posée. Mais on a jamais changé les choses en restant assis sur un canapé. Faut savoir être visible, quitte à avoir quelques problèmes avec la police de temps en temps.

– OK, t'as pas tort. Faut voir avec Ursula si on a la trésorerie pour tirer des flyers en urgence, par contre. Je lui envoie un message.

Nour tapote sur son clavier.

– Ça me rend malade, s'emporte-t-elle sans lâcher son portable. En plus, en Floride, c'est les gens comme Riggs ou moi qui trinquent en priorité, nos jurés sont tous de gros cons racistes.

– Ça va aller, Nour, lui assuré-je. On ne va pas abandonner, ils finiront par nous écouter. Promis.

– Les promesses de Diesel, je les connais hein, faut pas toujours les gober, se moque-t-elle.

Mais je perçois bien que le timbre de sa voix n'est pas à la plaisanterie. Je scrute son expression contrariée et cherche à toute vitesse une réplique pour alléger le moment.

– Je précise que les promesses que je fais bourré ou défoncé ne comptent pas !

– Et t'es pas défoncé là peut-être ?

Je lève les yeux au ciel.

– Abuse pas, je l'ai à peine chargé, rétorqué-je en tirant la dernière latte avant d'écraser le joint.

On s'allonge sur le lit, littéralement vautrés l'un sur l'autre. Lugosi vient se lover aux côtés de Nour. Peut-être que je pue, je suis le seul qu'il méprise autant.

– Est-ce que je t'ai parlé de cette fille que j'ai rencontrée la semaine dernière ? finit par me demander Nour.

– Non, mais raconte-moi.

– Elle est super gentille, super drôle, super jolie, super...

– Ça fait beaucoup de super. Même quand on sortait ensemble, tu ne disais pas ça de moi.

J'ai beau feindre la tristesse ou la jalousie, elle sait très bien que je plaisante. Nour, je l'adore. Si on s'est séparés, c'est surtout car nos sentiments étaient plus amicaux qu'amoureux.

– Bref, elle était venue boire un café, c'est moi qui l'ai servie, fanfaronne-t-elle. Elle est restée jusqu'a la fin de mon service, on arrêtait pas d'avoir des *eye contacts*. J'hésitais à aller vers elle, mais quand elle a commencé à me sourire en passant sa bague autour du pouce, crois-moi, j'ai foncé direct et je lui ai donné mon numéro.

– Elle t'a envoyé un message ?

– Ouiiiii ! s'écrie-t-elle, un grand sourire illuminant son visage. Elle m'invite samedi prochain, j'ai super hâte, tu n'imagines même pas !

– Oh que si, j'imagine.

– Et toi, personne en vue ?

– Ouh là, ne nous dirigeons pas vers ce terrain-là, je suis très bien avec mon araignée.

– Allez, arrête, il n'y a pas quelqu'un qui te plaît ?

– Je passe mon temps à faire fuir les gens.

– Dis plutôt que tu es difficile.

– Aussi.

Comme Nour constate que je ne souhaite pas approfondir le sujet, elle s'en accommode et passe à autre chose.

– Bon, du coup, je me demande ce qu'elle a prévu. Je ne sais même pas comment je suis censée m'habiller.

– Peu importe ce que tu mettras, tu seras toujours hyper belle.

– Dragueur.

– N'importe quoi, si je draguais comme ça j'aurais honte de moi.

Je cale ma tête contre le ventre de Nour. Elle me caresse doucement les cheveux. J'aime ses doigts frais sur mon visage.

– Tu veux que je te tire les cartes ? proposé-je.

Nour acquiesce, ses doigts toujours enfouis dans ma chevelure.

– Pourquoi pas, ça fait longtemps.

J'aime bien m'en remettre au destin, parfois. Ça m'aide à relativiser, ne pas porter trop de poids sur mes épaules. Le militantisme est un monde aussi passionnant qu'épuisant, les moments de tranquillité partagés avec mes proches sont précieux. Ils me donnent l'énergie de continuer. Continuer de me battre, croire, rêver, espérer.

« *S'aimer soi-même est le début d'une histoire qui durera toute une vie.* »
– Oscar Wilde

# 3
# Solveig

*The Apparition* – Sleep Token

Quand j'arrive enfin chez moi, il est déjà 18 heures. Les ombres s'étirent dans l'appartement, jouant à cache-cache avec les derniers rayons du soleil qui filtrent à travers les stores à moitié baissés. Dans l'entrée, une paire de Converse blanches bien alignées m'indique que Naïa est rentrée. Aucune trace des pompes de Rakel, en revanche.

Je lui tape un message rapide lui demandant où elle traîne encore, puis je me dépêche de retirer mes chaussures. L'odeur de renfermé sur mon T-shirt me dégoûte, faut que je me lave. En passant devant la chambre de Naïa, je frappe trois petits coups pour manifester ma présence, mais je n'attends pas qu'elle m'ouvre et je me presse dans la salle de bains. Putain. Comme d'habitude, Rakel a foutu le bordel. Des traces de dentifrice maculent le lavabo, le sèche-cheveux traîne, encore branché. Sa serviette trempée gît en boule dans un coin. Combien de fois je lui ai répété de ranger derrière elle ?

Faut vraiment que je me grouille ; dans moins de trente minutes, je dois être parti pour mon tour de garde à Raiford, mais c'est plus fort que moi, je prends quand même le temps de nettoyer son foutoir avant de retirer ma boucle d'oreille, mon piercing, puis de me déshabiller pour me jeter sous la douche. L'eau brûlante dénoue à peine mes muscles tendus. Je frotte jusqu'à m'en irriter l'épiderme sans parvenir à me débarrasser de cette sensation de crasse qui me colle à l'âme. Malgré mon envie de rester une éternité à imprégner mon corps de l'odeur du savon, je ne peux pas perdre davantage de temps. Je me rince à regret et éteins l'eau.

Quand je ressors de la douche, mon reflet dans le miroir légèrement embué me renvoie comme d'habitude l'image d'un type vanné aux yeux d'un gris triste, cernés. Mes cheveux blonds décolorés, presque blancs, gouttent sur mes épaules couvertes d'encre. L'énorme pieuvre tatouée dans mon dos enroule l'un de ses tentacules autour de ma gorge, comme pour m'étrangler. Pas besoin d'un dessin, je suffoque déjà.

Je passe par ma chambre pour récupérer des vêtements propres. Les filles se plaignent toujours de la monotonie de mon dressing. « Toujours les mêmes, toujours du noir », dirait Rakel.

Tandis que je me change, ma paupière tressaille ; les nuits que j'ai manquées se rappellent à moi, on dirait. Ça fait bien longtemps que j'ai abandonné le rêve d'un sommeil serein. Trop de cauchemars viennent me hanter à la seconde où j'ose fermer les yeux. Moins dormir est mon seul moyen de fuir. De toute façon, je n'aime pas ma piaule. Une chambre, c'est censé être un cocon, un lieu où on se sent bien. Moi, ça me ramène juste à toutes ces fois où je fixe mon plafond, un bien triste ciel. Et puis, inévitablement, ça me fait penser à Alisha qui n'est plus là.

De retour dans le salon, je jette un coup d'œil à l'heure : 18 h 16. Bordel, je dois me dépêcher de préparer un truc à bouffer. Je passe derrière le comptoir de la cuisine américaine et m'attèle à éplucher des courgettes. Quelques minutes plus tard, Naïa me rejoint et dépose un baiser sur ma joue, avant de me demander :

– T'es pressé, tu veux que je t'aide ?

– Euh, ouais, coupe-moi des oignons, s'il te plaît.

Elle s'exécute sans rechigner. Pendant une minute, on n'entend que le bruit de nos couteaux qui s'activent.

– T'as passé une bonne journée ? finis-je par lâcher.

– Bof, j'avais un oral et j'ai bégayé devant tout le monde, j'ai trop honte.

Puis, avant que je ne puisse lui répondre, elle change de sujet.

– Tu cuisines les carbonaras à la courgette de maman ?

Sa voix est devenue plus fragile sur la fin de sa question. Je relève les yeux vers ma fille, mais elle continue de trancher l'oignon, l'air de rien.

– Ouais.

– Tu mets pas trop de pâtes, hein ? Je veux pas prendre de poids.

– Tu mangeras ce que tu veux.

Naïa est obsédée par son image. Ça la rend particulièrement vulnérable.

Qu'est-ce que je suis censé dire ou faire pour lui apprendre à s'aimer ? Ali aurait eu les mots, mais voilà, ça fait déjà deux ans qu'elle est morte et moi je suis trop paumé.

Alors que je balance les ingrédients dans la poêle chaude et les pâtes dans l'eau bouillante, je vérifie mon portable en espérant que Rakel m'a répondu : toujours rien.

– Tu sais où est ta sœur ? m'enquiers-je auprès de Naïa.

– Non, je sais pas.

– Vous êtes rentrées du lycée ensemble ?

Elle secoue la tête.

– Je reste pas collée à elle, j'ai mes amis et elle a les siens.

Je ravale mon soupir attristé. Avant, les filles étaient le cliché parfait des jumelles ultra fusionnelles. Aujourd'hui, c'est bien différent. C'est pas qu'elles s'entendent pas ; au contraire, quand il s'agit de se liguer contre moi, tout va bien. Mais le décès de leur mère a fragilisé leur relation. En même temps, qu'est-ce qui n'a pas changé depuis la mort d'Alisha ?

– Essaie de l'appeler.

Naïa lève la tête en l'air, comme si ma requête était exagérée, mais elle n'est pas rebelle comme Rakel, alors elle sort son téléphone. Tout en remuant les courgettes et les oignons, je garde un œil sur ma fille, qui finit par hausser les épaules.

– Elle décroche pas.

La dernière fois que quelqu'un a cessé de répondre à mes messages, c'était Alisha. Quelques heures plus tard, j'apprenais son accident de voiture. Je ne supporte pas quand mes filles ne donnent plus signe de vie, et elles le savent. Pourtant, Rakel ne manque jamais une occasion de jouer avec mes nerfs.

Putain, elle a pas intérêt à traîner encore au parc avec ces skateurs qui fument des joints.

18 h 28.

Fait chier, faut vraiment que j'y aille. J'égoutte les pâtes et les transvase à nouveau dans la casserole, puis j'ajoute la sauce par-dessus.

– Je dois partir.

– Tu manges pas ?

– Pas le temps.

Je dépose un baiser rapide sur la tête de Naïa, avant de m'empresser de vérifier que j'ai toutes mes affaires et de me diriger vers l'entrée.

– Préviens-moi dès que ta sœur rentrera.

Naïa acquiesce.

Je marmonne un merci tout en laçant mes pompes, et me voilà déjà à dévaler les escaliers de l'immeuble pour rejoindre ma caisse.

En chemin, même si je ne suis pas en avance, je tente un détour par le parc. Rakel est facile à repérer, avec ses vêtements trop larges et sa crinière blonde coiffée de son éternel bonnet. Malheureusement, je ne l'aperçois nulle part.

Sur la route, mon esprit est rongé par l'angoisse. Et si Rakel s'était blessée ? Peut-être même pire... Mon imagination me harcèle d'images funestes à m'en rendre les mains moites. Vivre dans ma tête m'épuise tant, j'aimerais m'offrir le repos éternel pour être enfin libéré.

Pourquoi pas maintenant ? Il me suffirait d'appuyer sur l'accélérateur, de me crasher contre un arbre. J'en suis arrivé à un point où je m'en tamponne bien de mourir aujourd'hui ou demain. Si une voiture me fonçait dessus, je n'essaierais même pas de sauver ma peau. Je touche le tentacule sur mon cou, je sens presque la caresse fantôme d'Alisha.

« Tu sais, ta tristesse, elle est comme une Pieuvre. Tu connais ces animaux, non ? Ils vivent là où la lumière disparaît. Et c'est là qu'est ta Pieuvre : dans tes abysses. »

Elle nage, moi je me noie. J'ai essayé de m'en débarrasser, mais quand j'ai compris qu'elle était plus forte que moi, j'ai baissé les bras. Bientôt, je ne serai plus qu'un souvenir. J'attends simplement le jour où cette Pieuvre portera le coup fatal.

*Arrête, tes filles ont besoin de toi.*

C'est vrai, je ne peux pas les abandonner. Je prends une profonde inspiration et me concentre sur la route. La nuit a déjà dévoré le jour. Partout sur les façades des bâtiments, les ombres se déchirent sous la lueur des lampadaires comme autant de monstres. Gamin, j'en étais terrorisé. Je les cherchais pour les tuer. C'est plus la peine maintenant. Je sais déjà où les trouver. Il y a un monstre planqué dans le placard de mon cœur. Il grandit, il me fait peur.

« *Monsters are real, and ghosts are real too. They live inside us, and sometimes, they win.* »
– Stephen King

# 4
# Solveig

*Lifeline* – Layto

La première chose à retenir quand tu deviens gardien, c'est que tu n'es personne. Si t'as un ego, surtout range-le au placard parce qu'on va chier dessus sans la moindre considération. Peu importe ce qui arrive, que ce soit un suicide ou une émeute, ce sera ta faute. On fait un boulot ingrat, et les gens ne sont pas foutus de nous respecter. Même s'il y a des moments qui ramènent un semblant de calme ou d'humanité, la plupart des détenus ne rêvent que d'une chose : nous tuer.

Les autres, bien qu'ils ne soient pas nos potes, ont le mérite d'être aimables. Ils l'ignorent sans doute, mais le simple fait de nous laisser bosser, de ne pas nous menacer ou de nous remercier pour un service rendu illumine notre journée. À force, je m'attache presque à certains.

Quelque part, je m'identifie à eux. Ils sont en taule ; moi, je suis ma propre prison.

Cette nuit a été pénible. Avec des collègues, on a été appelés en renfort par l'équipe de l'aile inférieure pour une altercation entre prisonniers. L'un d'entre eux a tenté de me démolir ; je n'ai pas besoin de lui pour ça, ça fait des années que je patauge dans ma merde. Je suis à terre. Et je risque plus de me relever.

Un livre sous le bras, je me traîne dans le couloir, Michael sur les talons. Hier, à 21 heures, un détenu m'a demandé si je pouvais lui récupérer un bouquin à la bibliothèque de la prison. Je ne lui apporte qu'à 8 heures du matin, alors je reste prudent. Entre ces murs, il ne faut pas grand-chose pour se prendre un couteau dans le bide.

Devant la cellule, je laisse mon collègue inspecter la pièce à travers l'œilleton de la porte.

– J'pense qu'il dort encore, commente-t-il.

Autant ne pas le déranger, ça sert à rien et j'ai pas envie d'achever mon service par un énième conflit. Je me contente de faire passer le livre par la trappe initialement prévue pour les repas. À cet instant, une sonnerie caractéristique retentit. Fin de service. La relève est arrivée. Soulagé de terminer sur une bonne note, j'abandonne l'austérité de la prison et rejoins le bâtiment administratif. Il me faut vingt-cinq minutes pour taper mon rapport, et encore quinze pour atteindre les vestiaires et m'y changer. Je troque mon uniforme boutonné assez haut pour cacher mon tatouage contre mes vêtements de ville, puis je consulte mon téléphone. Rakel m'a envoyé un SMS, mais mes yeux glissent vers une autre notification.

> Ellie : Ça y est, j'ai rompu avec Colton.

Le message m'explose au visage comme une bombe.

Elle l'a vraiment fait.

Je devrais me sentir comme une merde, pourtant, un étrange sentiment de satisfaction m'envahit. Je ne l'explique pas. Je ne le comprends pas. Est-ce que c'est le plaisir de voir une femme tout plaquer pour moi ? Ou alors, la perspective qu'elle sera bientôt de nouveau triste et malheureuse ? Et si c'était juste la jouissance malsaine d'avoir enfin le contrôle sur quelque chose ?

Peu importe la réponse, je ne veux pas la connaître.

J'allume une clope et range mon portable. Dehors, l'air chaud et humide de la Floride pèse sur mes épaules. Je sens la moiteur s'infiltrer sous mes vêtements, collante, insupportable. La cigarette au bec, je trace vers le parking avant de m'affaler dans ma caisse. Le moteur gronde lorsque j'enclenche le contact, mais au moment où je m'apprête à partir, mon regard capte de l'agitation au loin, au niveau de l'entrée de la prison.

Une manifestation.

– Fait chier…

Tout ce que je veux, là, maintenant, c'est rentrer chez moi.

Je recrache la fumée de ma clope par la fenêtre et roule au pas, les mâchoires serrées. Plus j'approche, plus la foule prend forme. Leurs pancartes sont brandies avec ferveur, toutes arborent des slogans contre la peine de mort.

Et puis, en première ligne, il y a ce type assis par terre avec des gâteaux. Il a cru que le bitume d'une prison était l'endroit parfait pour se taper un pique-nique ?

Je m'approche, mais il ne daigne pas bouger, alors je n'ai pas le choix : je m'arrête. Le contraste entre les cris de colère des manifestants et le mec tranquille qui bouffe son petit déjeuner à même le sol me fascine autant qu'il m'agace. Impatient, je klaxonne. Le mec se réveille enfin et commence à se lever. Lentement. Trop lentement. Il avale un dernier gâteau, referme le paquet, arrange ses cheveux bruns ondulés, puis époussette sa chemise pour en chasser les miettes. Moi, je suis là, le poing crispé sur le volant. Un second coup de klaxon pour l'inviter à accélérer, mais il se traîne vers ma caisse comme s'il avait tout son temps.

Je vais me le faire, putain.

– À quoi vous jouez, bordel ? lancé-je à travers la vitre baissée, tandis que le gars s'accoude sans gêne à ma portière.

Un petit sourire ourle ses lèvres quand il aperçoit le dinosaure en peluche – souvenir d'Alisha – accroché à mon rétroviseur, puis il lâche :

– C'est écrit en gros sur les pancartes : on manifeste.

– Et vous pensez vraiment que bloquer des gens va changer quoi que ce soit ?

– Plus que de rester assis à ne rien faire, en tout cas.

Le type d'une vingtaine d'années joue avec le foulard attaché aux passants de son pantalon. Je ne sais pas si son attitude désinvolte m'énerve ou me fatigue. Certainement les deux.

– La prochaine fois relisez vos panneaux, il y a une énorme faute d'accord, grincé-je en pointant du doigt l'écriteau d'une manifestante.

Il suit mon mouvement.

– T'as l'œil. Si tu veux, on cherche des relecteurs à l'asso. Tu seras pas payé, mais passer du temps avec moi, c'est encore meilleur qu'un salaire.

Super, en plus d'être pénible, il a du répondant.

– Dis à tes potes de dégager ou je les écrase.

Leurs beuglements sont insupportables. Moi qui n'avais jamais vu un troupeau de vaches de ma vie, je suis servi.

– On va te laisser passer. Tu travailles à Raiford, pas vrai ?

– Non, je me suis dit que ce serait plutôt sympa de passer dans le coin, la zone est tellement touristique… Évidemment que je bosse là-bas !

Il hoche la tête et sourit encore, à croire que je viens de lui raconter la blague du siècle.

– T'es quoi ? Gardien ?

En quoi ça le regarde ?

Il relève un peu le menton en me fixant droit dans les yeux. Sûrement pour me prouver qu'il n'a pas peur de moi. Certains détenus font la même chose.

– J'ai un cadeau pour toi, ajoute-t-il en voyant que je ne relance pas la conversation.

Il sort une pile de tracts de son sac et m'en tend un.

– C'est une invitation à une manifestation et à une foule d'autres rassemblements pour protester contre le procès de Riggs Owen. Il risque l'exécution.

Ses doigts fins sont recouverts de bagues sorties tout droit d'un autre siècle. Quelle drôle d'idée de porter des bijoux aussi ouvragés avec une chemisette aux ignobles imprimés ananas. Il n'a pas pris la peine d'en boutonner le col ; le tissu dévoile des clavicules saillantes et le pendentif au motif lunaire qui repose entre elles. En constatant que j'en ai rien à carrer de son affiche, le manifestant baisse le bras et étouffe un gloussement. Je relève les yeux vers son visage constellé de taches de rousseur.

– Vous avez vraiment peur de rien pour distribuer des tracts juste devant une prison. Je connais des gardiens qui vous cogneraient pour moins que ça.

– On connaît bien tes collègues sanguins, oui. Tu sais quoi, c'est une bonne raison pour prendre ce tract, insiste-t-il en l'agitant de nouveau sous mon nez. On va en prendre plein la tronche toute la journée, sois cool.

– M'oblige pas à sortir de ma caisse et à te faire bouffer ton papier.

Il sourit. Encore.

– Tu sais, il y a des personnes qui bossent dans le milieu carcéral qui sont dans notre collectif, et certains étaient tout aussi réfractaires que toi, au début, affirme-t-il avec sa fichue assurance.

– Tu veux une médaille, peut-être ? asséné-je, à bout de nerfs.

– Je dis pas non, surtout si c'est toi qui me la donnes.

Il me fait du rentre-dedans ou je rêve ?

– C'est autre chose que je vais te donner si tu ne me laisses pas passer.

Pendant de longues secondes, il ne répond rien et se contente de m'observer. Je vois ses yeux scanner mon visage et dégringoler jusqu'à mon cou.

– Sympa le tatouage, lance-t-il comme si je ne venais pas de le menacer plusieurs fois.

L'éclat de ses bagues attire mon attention quand il dégage une mèche de cheveux qui retombe sur ses yeux bleus... ou verts... J'en sais rien et je m'en fous. Une amie du manifestant se met à gueuler des « Raiford, assassins » dans son mégaphone, je crispe les mains sur le volant.

– Laisse-moi partir ou je lui pète son micro.

Le type se redresse avant de reculer d'un pas pour faire signe à ses petits camarades de libérer le passage.

– Merci de m'avoir écouté. Rentre bien et pense à dormir un peu, t'as de sacrés cernes !

Non, mais j'hallucine, de quoi il se mêle ? Sans prendre la peine de lui répondre, je referme la fenêtre et attends que lui et ses potes se décalent pour les dépasser. Dans le rétroviseur, je l'aperçois se rasseoir sur le bord de la route.

Pauvre mec.

*« Tu n'étais pas du tout normale, Ghislaine. Tu étais admirablement folle. »*
– Christian Bobin

# 5
# Diesel

*Welcome To The Circus* – Five Finger Death Punch

Calé à la table d'un fast-food, je sors mon téléphone en attendant que ma sœur revienne avec nos commandes. Lorsqu'elle m'a proposé de la rejoindre pour le déjeuner, je n'ai pas hésité une seule seconde avant d'accepter. Tant pis pour le cours magistral que je suis en train de sécher. Je suis du genre à « oublier » d'aller en cours s'il fait beau dehors.

J'aime la fac, j'aime aussi passer du temps à l'extérieur, alors j'essaie de trouver un équilibre pour ne pas foirer mon année tout en profitant de la vie. Mes parents me laissent faire, non pas qu'ils s'en moquent, mais ils pensent que c'est à moi de me trouver des limites.

Je jette un coup d'œil à mes notifications. Nour a spammé sa story Instagram privée de photos de vêtements. J'en connais une qui n'a toujours pas choisi comment s'habiller pour son rencard. Je n'ai pas le temps de lui donner mon avis, ma sœur claque un plateau sur la table, puis s'assied en face de moi. Comme souvent, elle porte un T-shirt à l'effigie d'Iron Maiden. Au premier abord, on pourrait croire qu'elle est ce genre de personne qui porte des

T-shirts de groupes sans les connaître, mais pas Kléia. Avec elle, c'est Iron Maiden à la vie, à la mort.

– T'avais un gars devant moi qui ne savait pas ce qu'il voulait, j'ai cru que j'allais l'allumer, lâche-t-elle en se jetant sur ses frites.

– Je suis étonné que tu ne l'aies pas fait, me moqué-je.

Sous son regard perplexe, j'ouvre mon burger et trempe les frites dans le cheddar dégoulinant.

– Tu peux aller demander de la sauce, tu sais ?

– Non, la flemme.

Le goût du fromage se répand sur mon palais. Je suis au paradis.

– Tu t'en es foutu plein sur les lèvres, c'est pas possible d'être aussi gauche, ronchonne Kléia en me tendant une serviette.

– Bah dis donc, j'espère que tu parles plus gentiment à tes patients.

Un éclat taquin danse dans les yeux verts de ma sœur.

– Je suis adorable avec eux. Toi, t'es mon petit frère, faut bien que je t'embête un peu.

– Ça fait vingt-trois longues années que tu « m'embêtes un peu », à un moment, il faut savoir passer à autre chose. T'es psy, tu dois le répéter quinze fois par jour.

– Évidemment, je vais aller dire à des personnes en pleine réinsertion sociale qu'elles doivent se contenter de passer à autre chose. Elles vont adorer ! ironise-t-elle.

Kléia frotte une miette sur sa joue éclaboussée de taches de rousseur. Elle en a autant que moi, si ce n'est plus, et depuis qu'elle s'est coupé les cheveux au-dessus des épaules, on se ressemble comme deux gouttes d'eau. Pourtant, on n'a que la moitié de notre ADN en commun ; notre père n'est pas mon père biologique. Autant dire que les bourgeois d'Ortega ont bien jasé à ce sujet. C'est de ce côté huppé de Jacksonville qu'on a grandi avec ma sœur, au milieu des ragots au sujet de ma famille jugée trop atypique.

– Ton travail se passe bien en ce moment ? l'interrogé-je.

– Oui, je commence à avoir une bonne réputation professionnelle. Et toi, ta manif à Raiford s'est bien passée ?

Je trempe une autre frite.

– Ouais, nickel.

– Personne t'a cogné cette fois ?

Je fais non de la tête.

– C'était pas une grosse manif où les flics et les casseurs se ramènent, donc plutôt tranquille. On a juste bloqué l'entrée de la prison, distribué des tracts, expliqué la situation et convaincu quelques personnes de participer au prochain rassemblement.

Un rire m'échappe au souvenir du gardien aux cernes plus profonds que des cavernes. De toutes les voitures arrêtées, c'est lui qui a le plus retenu mon attention. Des gens désintéressés, j'en ai croisé des tonnes. Mais lui... il était comique.

– Pourquoi tu rigoles, j'ai du ketchup sur la joue ?

– Non, je viens juste de me rappeler un type. Quand je lui ai demandé s'il travaillait dans le coin, il a répondu qu'il était en balade touristique ou quelque chose du style. J'ai trouvé ça marrant. En plus, il avait un diplodocus en peluche accroché à son rétro, ça tranchait avec son look.

– Il t'en faut peu.

C'est vrai. Mais j'aime m'accrocher à ces petits riens.

– T'as l'air songeur, note Kléia.

– C'est juste... le procès de Riggs, il me rappelle Rowan.

Ces simples mots suffisent à la crisper.

– Kléia, ajouté-je. Respire. Tu sais très bien que je peux parler de Rowan sans problème maintenant.

Fut un temps où je ne parvenais même plus à évoquer son prénom sans pleurer. Déjà treize ans que mon parrain n'est plus de ce monde, et faire mon deuil a été difficile.

Rowan, c'était mon ancre.

C'était toujours lui qui venait me chercher au collège, on en profitait pour visiter des brocantes ou acheter des livres anciens au bouquiniste. Alors le jour où mon père s'est pointé à sa place, j'ai compris que quelque chose ne tournait pas rond. Je me souviens encore de son visage blême et ma question stupide pour détendre l'atmosphère : « Pourquoi tu fais cette tête, quelqu'un est mort ou quoi ? » Là, il a fondu en larmes en soufflant que Rowan, son frère, était décédé.

Bruce Cornwell, c'est le nom de l'homme qui a assassiné mon oncle. Ce n'était ni une vengeance ni de la légitime défense. D'après les quelques mots qu'il a daigné prononcer, ce n'était qu'une curiosité morbide, celle de voir la peur dans les yeux d'un être humain avant de lui ôter la vie. Je crois que c'est ça, le plus dur à digérer : savoir que Rowan s'est pris trois balles, au seul motif d'avoir croisé la route de la mauvaise personne, au mauvais moment.

– Désolée... Je sais que je suis trop vite inquiète pour toi. Pourquoi Riggs te rappelle Rowan ? demande-t-elle.

– La petite qu'a tuée Riggs est morte de la même façon que Rowan. Exactement le même nombre de balles. Puis, les circonstances sont similaires. Pas de vrai motif. Juste... un meurtre gratuit, pour le plaisir de voir ce que ça fait de prendre une vie. Et la famille de la victime est comme nous : elle ne veut pas vivre avec la mort d'un homme sur la conscience. Elle se bat pour commuer la condamnation de Riggs en perpétuité.

– Je comprends... C'est vrai que c'est troublant.

– J'arrive pas à me dire que cette année, Rowan sera mort depuis treize ans.

– Tu es sûr de vouloir continuer à t'investir sur ce cas ? Ça fait un moment que tu es dessus, j'ai peur que tu finisses par ouvrir une boîte de Pandore.

– Oui, j'en suis sûr. Je sais comment se sent la famille en ce moment. C'est fou, non ? Le procureur préfère satisfaire l'opinion publique plutôt que d'écouter le souhait des concernés.

Ma famille a eu de la chance – si on peut appeler ça de la chance. Nos ressources étaient suffisantes pour embaucher des avocats réputés. Leurs déclarations ont eu un grand impact sur l'audience de détermination de la peine et grâce à eux, ainsi qu'à la procureure, c'est dans une cellule que Cornwell rendra son dernier souffle. Mon père était le plus soulagé.

Ma gorge se serre au souvenir de ce procès interminable : pendant cinq ans, toute ma famille s'est retrouvée entraînée dans le système judiciaire, à revivre le meurtre jour après jour. Cinq ans avant d'enfin commencer le travail de deuil.

– Ils sont prêts à tout pour plaire aux citoyens, c'est comme ça, grince Kléia.

– Je trouve ça dégueulasse. Crois-moi, je ne vais pas lâcher l'affaire.

Ma sœur pose sa main par-dessus la mienne. Sa peau est fraîche, comme celle de Nour. Les contacts froids ont toujours été apaisants à mes yeux. Ils calment le flux de mes pensées.

– Tu es têtu, alors je ne vais pas chercher à te convaincre de laisser tomber. Juste, si ça devient trop pour toi, s'il te plaît, n'insiste pas et préserve-toi.

Je lève les yeux vers ma sœur, un sourire aux lèvres.

– T'arrêteras jamais de veiller sur moi, hein ?

– Jamais, tu sais bien.

Je suis tellement reconnaissant d'avoir une sœur comme Kléia, toujours présente, toujours à l'écoute. Mais je ne suis pas le plus doué pour exprimer ces choses-là, alors je préfère retomber dans nos chamailleries habituelles.

– Bon, c'est pas tout ça, mais tu peux retirer ta main, maintenant ? Elle est toute grasse de friture.

– Sale gosse, rétorque-t-elle en s'exécutant.

– Moi aussi je t'aime.

Kléia secoue la tête, à la fois amusée et exaspérée, mais je sais qu'au fond, elle adore autant que moi nos petites piques affectueuses. C'est notre langage secret, celui que seuls les frères et sœurs peuvent comprendre.

« *I would rather die of passion than of boredom.* »
– Vincent van Gogh

# 6
# Solveig

*My Body Is A Cage* – Peter Gabriel

> Ellie : Tu comptes ignorer mes messages encore longtemps ?

L'écran de mon portable brille dans l'habitacle sombre de ma voiture. Trois jours qu'elle a largué Colton. Trois jours qu'elle m'écrit. Trois jours qu'elle attend que je me pointe. Les doigts en suspens au-dessus du clavier, je peine à trouver mes mots.

Pourquoi je ne lui réponds pas ? Peut-être parce que, en fin de compte, oui, je m'en veux d'avoir été con, ou peut-être parce que, tout au fond de moi, ça me plaît de lui imposer mon silence. De la voir en souffrir et mendier mon attention.

Je m'affale sur mon siège et reste un moment à contempler le bâtiment qui se dresse devant moi. Même si mon immeuble n'a rien d'une ruine – la façade est propre, les vitres sont bien entretenues –, on reste loin du palace. C'est ce genre de quartier dont les buildings sortent du bitume sans laisser une once de terrain à la végétation. Les gens rentrent chez eux pour dormir, plus que pour vraiment *vivre*.

Je jette un coup d'œil à la bouteille de vodka déjà bien entamée sur le siège passager, tends la main, puis hésite. Je ne devrais pas boire davantage, mais un peu plus ou un peu moins, au point où j'en suis, qu'est-ce que ça change ? Rien. Absolument rien. Alors je porte à nouveau le goulot à mes lèvres et avale une grande rasade.

Aujourd'hui, c'est un jour sans. Sans soleil. Sans espoir. Ce matin, la Pieuvre a serré son étreinte, me rappelant que je suis la pire des merdes. Elle aime ça, jouer avec moi. Parfois, elle se cache quelques jours ou quelques heures, puis surgit au moment où je m'y attends le moins pour me comprimer le cœur. Y a que l'alcool pour l'oublier.

« Tu te rappelles comment elle respire, ta Pieuvre ? Elle pompe le bonheur autour d'elle et t'asphyxie. Ne la laisse pas faire. Si tu bois pour la faire taire, tu seras le seul à te noyer. »

Maintenant qu'Alisha n'est plus là, ses mots n'ont plus aucun impact. Alors, sans personne pour m'arrêter, je me suis rué à la supérette en sortant du travail. Et j'en suis là, à me mettre minable dans ma foutue bagnole pour que mes filles ne me grillent pas.

Quand j'étais jeune, avec Alisha, on buvait de temps en temps. C'était l'occasion de se raconter nos secrets. En quelques verres, Ali terminait ivre, à improviser des danses ridicules en chantant des Disney. Dans ces moments-là, je la contemplais, un petit rictus aux lèvres. Elle était belle à couper le souffle. Mon cœur s'inondait de lumière dès que je la voyais heureuse. Maintenant, le moindre sourire que je croise me rappelle que je ne verrai plus jamais le sien, et ça me rend malade.

Répondre à Ellie ne me ramènera pas mon ancienne vie. Dans le fond, ce serait mieux que je coupe définitivement les ponts. Je lui ai dit de larguer Colton sans trop réfléchir, je ne pensais pas qu'elle me prendrait au sérieux. Je ne veux pas d'une histoire avec elle. Pourtant, enfermé dans ma caisse, avec comme seule compagnie la Pieuvre qui me rampe sous la peau, je donnerais tout pour un peu de distraction, juste assez pour me détourner de mon envie de faire une connerie.

Une connerie irréversible.

Je balaie l'écran éteint du doigt et le message s'affiche à nouveau. Je reprends une gorgée de vodka, avant de rédiger maladroitement un SMS.

Solveig : je suis désolé, j'étais pris au taf.

Elle réagit vite, trop vite pour quelqu'un que j'ai négligé pendant trois jours.

Ellie : C'est pas grave Solveig, je comprends.

Sa foutue bienveillance m'agace déjà. Pourquoi elle n'est pas plus véhémente ? Je suis certain qu'elle m'en veut de l'avoir ignorée. J'ai même pas le temps de réfléchir à ce que je souhaite écrire qu'elle renchérit déjà :

Ellie : Comment tu te sens ?

Les trois points de suspension continuent à s'agiter, à croire qu'elle a peur de me voir disparaître encore. Je commence à taper une réponse et Ellie cesse aussitôt d'écrire.

Solveig : compliqué

Solveig : pas très bien, mais ça passera

Ellie : Je suis là si tu veux te confier.

En quelques semaines, Ellie m'a déballé la totalité de sa vie, quand je me suis contenté de poussières. Ce soir, je suis tenté de vider mon sac. Je m'apprête à lui avouer comment je me sens réellement, c'est-à-dire au bord du gouffre...

Puis je me ravise.

Ma fierté refuse de s'en remettre à Ellie. Mais alors, à qui d'autre? La Pieuvre ne cesse de m'isoler, j'ai perdu tous mes amis au fil des années. Mes filles? Hors de question, elles n'ont pas à subir mes problèmes. Mes parents? Plutôt crever que d'assumer à quel point rien ne va.

Ellie : Tu veux passer chez moi ce soir?

Si j'accepte, j'aurai au moins une chance d'éviter de me foutre en l'air. Pourtant je balance un mensonge de merde.

Solveig : ce soir je suis occupé

N'importe quoi, je vais juste rejoindre mon lit, fixer le plafond et espérer que le sommeil m'emporte avant que mes idées noires ne me poussent au pire.

Je devrais peut-être lui dire que finalement, je peux venir... Mais trop tard, elle vient déjà de me répondre.

Ellie : Pas grave. Et demain?

Elle est trop douce, trop conciliante, trop naïve. Trop fragile, surtout. Les premiers temps, sa tristesse apaisait quelque chose en moi. Ce n'était pas incroyable, mais ça avait le mérite de me donner envie de revenir. Maintenant, le moindre de ses mots m'insupporte. En fait, le simple fait que je lui plaise m'agace. Qu'elle veuille qu'on baise parce que son mec est un con, OK. Mais qu'elle veuille une relation? Aucun feu ne brûle en moi, j'ai le cœur couleur gris cendre. J'ai zéro sujet de conversation, aucune passion ni ambition et par-dessus tout, je suis un putain d'égoïste qui ne s'intéresse pas aux autres, car je n'en ai juste plus la force.

Qu'est-ce qui lui plaît là-dedans ? Qu'est-ce qui la fait rêver ? À côté, Colton, c'est le jackpot.

Solveig : pourquoi t'as largué colton ?

Ellie : Tu me l'as demandé.

Solveig : c'est pas une réponse ça.

Ellie : Parce que je tiens plus à toi qu'à lui…

Son aveu m'arrache un rire cynique.

Solveig : t'as un grain, ellie.

Ellie : Pourquoi ? Parce que je tiens à toi ?

Solveig : entre autres. aussi parce que tu confonds besoin d'attention et sentiment.

C'est sorti tout seul. Le pire ? Je ne regrette pas un seul de mes mots. Ellie n'existe qu'à travers le regard des autres, je l'ai vite remarqué. Si on ne valide pas tout ce qu'elle dit ou fait, elle se sent inutile. Ses histoires se répètent et s'enchaînent : elle rencontre un mec, s'y accroche de toutes ses forces et se persuade qu'elle a enfin trouvé l'homme de ses rêves. En réalité, seules les défaites et les amphéts rythment son quotidien.

Ellie : T'as bu ?

Solveig : ouais. mais ça change rien à ce que je pense.

J'éteins mon téléphone avant de lire le message qu'elle commence à écrire. Le noir retombe dans l'habitacle, le silence se fait oppressant. Le temps se dilate alors que j'observe mon immeuble. L'appart n'est pas visible d'ici. Je me demande ce que font les filles...

Faut que je me ressaisisse. Pour elles.

Vidé, j'avale alors une dernière gorgée et me décide à rentrer chez moi.

Quand je me mets debout, le sol tangue légèrement sous mes pieds. Mes gestes anesthésiés par l'alcool sont gauches, je peine à appuyer sur le bouton de l'ascenseur. Malgré ça, je tiens bon. Ce n'est pas comme si c'était la première fois que je rentrais bourré, j'ai appris à donner le change.

Je détache mes clés du mousqueton accroché à ma ceinture, atteins ma porte et l'ouvre. Un vacarme infernal m'accueille. Des cris aiguisés par une dispute s'élèvent depuis l'une des chambres. Super, il ne manquait plus que ça. Je planque la vodka dans le placard à produits ménagers avant de me diriger vers la source du tumulte. Mes oreilles captent un petit bruit sec, suivi d'un «aïe, arrête de me frapper!».

J'ouvre la porte, mon regard tombe sur Naïa et Rakel, installées sur le lit, des cahiers ouverts devant elles.

– C'est quoi ce bordel?

Mon ton se veut sévère, mais il vacille. Rakel relève la tête dans ma direction, sourcils froncés.

– J'essaie de lui expliquer son exo, soupire Naïa. Mais elle comprend rien !

La frustration teint sa voix. Rakel, elle, me fixe, ses yeux scrutateurs cherchant des réponses sur mon visage blafard.

– Ça va? me lance-t-elle.

– Pourquoi ça irait pas ? réponds-je en balayant mon regard entre Naïa et Rakel.

Naïa hausse les épaules, l'air de dire « je sais pas, j'ai rien demandé », et Rakel continue à m'observer sans ajouter un mot.

– Baissez d'un ton, je suis crevé, ajouté-je, avant de retourner dans le salon.

Le bordel qui y règne me dépite. Je ramasse les assiettes sales abandonnées sur la table basse et m'attèle à les nettoyer. Je tique à cause de la sauce tomate séchée dans un plat. Quelle plaie. Une fois la vaisselle propre, j'astique le plan de travail couvert de miettes.

– Papa, tu crois que je peux dormir chez Sarah ce week-end?

Je me tourne à peine en reconnaissant la voix de Naïa.

– Ouais, si tu veux.

Je repose mon éponge et pivote juste à temps pour voir Rakel surgir de l'ombre.

– Et moi, je peux sortir samedi soir avec mes potes ?

– Non. La dernière fois, t'as pas respecté le couvre-feu.

Le déluge menace déjà de déferler dans les yeux bleus de Rakel.

– J'avais pas fait exprès, tu vas pas me punir pour ça, quand même...

– C'est pas négociable. Les règles sont là pour être respectées.

– Arrête de me traiter comme une gamine, assène-t-elle. J'en ai marre de tes foutues règles, on est pas dans ta prison pourrie ici.

– Tu te comportes comme une gamine, donc je te traite comme telle.

Naïa se fait toute petite ; Rakel, elle, prend toute la place.

– N'importe quoi ! T'es juste plus sympa avec Naïa ! Bizarrement, quand elle oublie de respecter tes règles, t'en fais pas un cinéma !

– Tu peux hurler autant que tu veux, ma décision est prise.

Des larmes menacent de couler sur ses joues. De tristesse ou de frustration, je n'en sais rien.

– De toute façon, Naïa, elle peut faire tout ce qu'elle veut, hein ? Elle est tellement gentille, tellement parfaite, tellement...

– J... Je peux rester là ce week-end, c'est pas grave, bafouille Naïa pour calmer le jeu.

– Non. Toi, tu vas chez ta pote, et toi, aboyé-je en désignant Rakel, tu dégages dans ta chambre, je veux plus te voir.

Les mots me brûlent la gorge, mais c'est trop tard, ils sont lâchés. Rakel ouvre la bouche, prête à rajouter quelque chose, mais elle se ravise et disparaît. Elle renifle et le claquement de sa porte résonne en écho à ma colère. Épuisé, je m'adosse contre le comptoir, les paumes pressées contre mon visage.

La Pieuvre resserre un peu plus son étreinte.

– Elle a fini par comprendre son cours ou faut que j'envisage des cours particuliers ? soufflé-je à Naïa, cherchant une étincelle d'espoir dans sa réponse.

– Ça devrait aller, papa, murmure-t-elle.

Elle m'enlace, petite ancre dans la tempête.

– Je vais au lit. On a laissé une part de lasagnes pour toi dans le frigo… C'est Rakel qui les a préparées.

Putain, j'ai merdé.

– Merci.

La porte de sa chambre se ferme doucement, presque comme un soupir. J'ouvre le frigo, fixe le plat, et j'en ai un haut-le-cœur. Seul, je n'ai pas faim. Juste soif. Je récupère ma vodka, complice silencieuse, et me dirige vers ma piaule.

Avec Alisha, les choses auraient été différentes. Mais puisqu'elle ne fait plus partie de ce monde, j'arrête de me poser des questions. Il faut faire avec. Ou plutôt, il faut faire sans. Alors je laisse la Pieuvre engloutir ce qu'il reste de moi.

*« On ne refait pas sa vie,*
*On continue seulement*
*On dort moins bien la nuit*
*On écoute patiemment*
*De la maison les bruits*
*Du dehors*
*L'effondrement. »*
– Philippe Djian

# 7
# Solveig

*Lonely Day* – System Of A Down

Rakel m'ignore avec soin, les dents serrées et les yeux rivés sur son appareil photo. Si ça ne tenait qu'à moi, j'aurais passé la journée au fond de mon lit. Mais non, j'ai préféré proposer à ma fille de sortir à Riverside, son parc préféré, histoire qu'elle ne se sente pas trop enfermée. Elle s'est contentée de grogner un truc inaudible, n'a pas émis un seul son dans la voiture et maintenant on est là, assis chacun à l'une des extrémités d'un banc.

– Tu comptes tirer la gueule encore longtemps, Rakel ?

– Au moins on sait de qui je tiens, bougonne-t-elle.

Elle rajuste son bonnet, puis baisse la tête. Ses longs cheveux blonds tombent le long de son visage et m'empêchent d'observer davantage ses expressions.

– J'ai le droit de me lever ou c'est interdit par ton règlement ? ajoute-t-elle.

– Tant que tu restes dans mon champ de vision.

– Oui, colonel Solveig.

Elle attrape son vieux Polaroid à la peinture écaillée et s'éloigne en direction des arbres, dont les feuilles virent doucement au rouge. Depuis gamine, Rakel a toujours aimé la photographie. Si j'ai parfois râlé à cause de sa foutue manie de brandir sa caméra sans prévenir, aujourd'hui, je lui en suis reconnaissant. Sans elle, je n'aurais pas autant de souvenirs d'Alisha.

Après un moment, Rakel revient vers moi tandis qu'un cliché est en train de s'imprimer sur son appareil.

– Regarde, j'ai pris une photo de toi, lance-t-elle en me la tendant.

Je lève les yeux vers le polaroïd qu'elle me montre, sauf que ce n'est pas du tout moi dessus, c'est une foutue pierre. Je reste de marbre et elle éclate de rire.

– Tu vois, la ressemblance est frappante, pouffe-t-elle.

Je me contente de l'ignorer et balaie les lieux du regard et là, je tombe sur une silhouette familière à l'orée du parc. Le manifestant aux gâteaux. Il se dirige droit vers l'aire de jeux en compagnie de deux femmes qui ne pourraient pas être plus opposées : robe colorée pour l'une, collant résille et jupe en cuir noir pour l'autre.

– Viens, Rakel, on se barre.

– J'ai pas envie, j'ai encore des photos à prendre, proteste-t-elle.

Bon sang, mais quelle tête de mule.

– Bouge et je t'achète les pompes pour lesquelles tu me tannes depuis trois mois.

– Pour de vrai ?

– Ouais.

Elle se presse enfin, mais c'est trop tard, l'autre emmerdeur m'a vu.

– Oh, bordel, va m'attendre dans la bagnole, j'arrive, indiqué-je à Rakel en lui jetant mes clés.

Malgré son soupir, elle obéit.

– Eh, ça faisait longtemps! s'enthousiasme le type qui m'a rejoint en quelques enjambées.

Les deux femmes avec qui il traînait nous observent de loin. Le manifestant a attaché ses cheveux, ça dégage son cou autour duquel s'enroule un ruban noir.

– Tu ne m'as pas manqué.

Je devrais tracer et rejoindre Rakel, mais je reste. Je ne sais pas trop pourquoi. Peut-être que ça me plaît d'avoir l'occasion d'envoyer chier ce mec.

– Donc, tu te souviens de moi, rétorque-t-il avec suffisance.

– Je me souviens de toi parce que des énergumènes qui me bloquent la route, ça court pas les rues. Vous avez fait perdre du temps à tout le monde.

– Faux. Figure-toi que j'ai réussi à intéresser certains de tes collègues.

– Ah ouais ? Dingue, lâché-je, laconique.

Une fois de plus, mon manque de passion n'entache en rien le grand sourire qui habille ses joues constellées d'étoiles.

– C'était qui la gosse avec toi ? Ta fille ?

– Non, non, c'était pas ma gosse. Juste une gamine que j'ai l'intention de kidnapper.

Et le voilà encore qui éclate de rire.

– Toi et moi, on a le même humour, ça nous fait déjà un point commun.

Il me scrute, m'offre un clin d'œil évocateur. Quel con.

Je m'apprête à tourner les talons pour rejoindre Rakel lorsqu'il relance notre pseudo-discussion :

– Au fait, je sais que tu as refusé mon tract la dernière fois, mais ma carte de visite de l'asso, ça te branche ?

Je n'ai même pas l'opportunité de lui signifier mon refus qu'il me tend déjà sa maudite carte. Excédé, je fais mine de l'accepter, avant de retirer ma main au dernier moment. J'ai tout juste le temps de lire « Diesel Nowakosky » sur son bout de carton de malheur avant qu'il ne s'échoue au sol.

Nowakosky...

Ça me dit quelque chose. Il y a un type qui passe souvent dans des émissions de télé avec le même nom. Diesel ramasse sa carte et s'empresse de rouvrir son clapet.

– Ça, c'était cruel. Heureusement, j'ai bon cœur, je te pardonne.

– Je m'en tape de ton pardon, Diesel.

– T'as pris le temps de lire mon prénom, je suis touché.

– J'ai l'impression qu'il te faut pas grand-chose.

– C'est vrai. Et toi, comment tu t'appelles ?

– Je m'appelle : Fous-moi-la-paix. Alors la prochaine fois que tu me vois, Sans Plomb, n'hésite surtout pas à m'ignorer, OK ?

– « Sans Plomb » ? Tu m'as déjà trouvé un surnom ? C'est mignon.

Il porte la main à son cœur, les perles de ses bracelets s'entrechoquent. Je crois distinguer l'ombre d'un tatouage sur son poignet, mais Diesel bouge le bras trop vite, je n'arrive pas à voir. De toute façon, ça doit être une phrase à la con mal piquée.

Les jeunes femmes qui l'accompagnent l'interpellent, et il leur adresse un signe de la main.

– Allez, je te laisse tranquille, à la prochaine, et bon kidnapping !

C'est ça, oui.

Je ne prends pas la peine de lui répondre et rejoins Rakel dans la voiture.

– C'était qui ? Je savais pas que tu avais des amis, attaque-t-elle sans perdre de temps.

Merci de me rappeler que mon niveau de sociabilité est assez proche du néant.

– C'est pas mon pote, la corrigé-je.

Je tourne la clé dans le contact et démarre.

– C'est qui alors ?

– Un manifestant qui est venu me saouler devant Raiford. Il essaie de convaincre les gardiens de rejoindre son association de merde.

– Et il t'a convaincu ?

– Non, j'en ai toujours rien à foutre.

Ma voix claque plus sèchement que ce à quoi je m'attendais. Rakel se renfrogne et arrête de me questionner.

– Pardon, soupiré-je.

Ça m'arrache la gueule de m'excuser. Elle le sait.

– C'est quoi le nom de ton magasin de chaussures déjà ?

C'était censé prendre dix minutes à tout casser, mais Rakel semble décidée à essayer toutes les pompes du magasin, histoire d'être sûre que la paire qu'elle veut depuis des mois est bien le bon choix. Installé sur un pouf devant la cabine d'essayage, mon téléphone à la main, je fais celui qui est occupé alors que j'en suis au moins à ma trentième ouverture-fermeture de l'application calculette. Je commence à sérieusement perdre patience quand Rakel revient enfin du rayon des baskets en me montrant deux paires, l'une jaune, l'autre bleu.

– Devine lesquelles je préfère !

– J'en sais rien. Les bleues ?

– Non, c'est les jaunes. T'as perdu !

Et sa phrase, aussi innocente soit-elle, suffit à me déchirer le cœur. Je sais très bien que je ne suis qu'un perdant.

Rakel disparaît en courant et je soupire. J'observe les gens autour de moi. Il y a quelques jeunes couples naïfs, innocents, ils me rappellent Ali et moi. Ce foutu sentiment de jalousie vient me mordre le cœur et la Pieuvre enroule son tentacule autour de ma gorge ; je le sens qui se serre.

Rakel revient, une nouvelle paire de pompes aux pieds. Elle m'offre un mini défilé absolument ridicule, mais au moins, elle a l'air heureuse.

– C'est bon, t'as choisi ?

– Plus ou moins, oui.

– Comment ça, plus ou moins ? C'est lesquelles que tu préfères ?

– Celles-là.

– OK, alors on les prend et on se casse.

– Attends ! m'arrête-t-elle alors que je me suis déjà levé.

Je la vois qui hésite, avant de lâcher :

– Elles sont plus chères que celles que je voulais au départ…

– Plus chères comment ?

– Elles coûtent soixante-quinze dollars.

C'est une somme. On a de quoi vivre parce que je gère correctement l'argent, mais c'est une vie sans beaucoup d'écarts ou de fantaisies. À neuf misérables dollars de l'heure, avec un loyer à plus de 1200 balles, une fois les factures et la bouffe payées, il ne reste plus grand-chose pour le loisir. Mais là, tout de suite, je n'ai pas envie de subir sa mauvaise humeur ni son regard qui hurlera « je déteste mon père » si je dis non. Alors même s'il y a des chances que ces fichues pompes moisissent dans un placard d'ici deux mois, je cède.

– C'est pas grave, on les prend.

– Merci ! Je t'adore !

Rakel se jette sur moi, un grand sourire aux lèvres.

– C'est ça, c'est ça, marmonné-je en la reposant à terre.

J'ai honte de me retrouver à devoir acheter son amour, tout ça car je ne suis foutu ni de le lui dire ni de le lui montrer autrement. Et maintenant, je vais devoir acheter un cadeau à Naïa, sinon, elle va crier à l'injustice, penser que je l'aime moins que sa sœur…

En rentrant à l'appart, je pars directement dans ma chambre et me laisse tomber sur le matelas à plat ventre. J'entends les bruits de pas de Rakel, puis je la sens s'allonger contre moi, comme quand elle était petite. Malgré mon envie de tranquillité, je ne la repousse pas et elle squatte mon lit toute la soirée. Ça me rappelle l'ancien temps. Je ne dirais pas qu'il était bon, mais il était meilleur.

« *Ce qui ne peut danser au bord des lèvres - s'en va hurler au fond de l'âme.* »

– Christian Bobin

# 8
# Diesel

*A Pillow of Winds* – Pink Floyd

Une clope entre les lèvres, je claque la portière de ma vieille Maserati et remonte la longue allée pavée de chez mes parents.

Leur baraque, c'est quelque chose ; impossible de la louper dans le quartier. En plus d'être belle, elle est aussi originale et impressionnante. C'est ma mère qui a eu l'idée de rénover entièrement cet ancien entrepôt pour en faire la demeure des Nowakosky, il y a de cela vingt ans. Aujourd'hui, les briques rouges cohabitent avec l'acier brossé et les immenses baies vitrées sur un terrain qui ne manque pas de végétation en tout genre.

Au lieu d'entrer dans la maison, je la contourne jusqu'à rejoindre la clôture à l'arrière, qui donne sur la petite ferme familiale. Des cochons, des moutons et des chèvres vivent ensemble dans la bonne entente. Mais ce n'est pas eux que je cherche.

Je longe la grange, jusqu'à atteindre le grand saule pleureur, où je sais que je vais trouver mon énorme tas de poils préféré vautré dans l'herbe. Et ça ne loupe pas. En m'apercevant, Szansa se détache de ses congénères et se redresse sur ses quatre sabots pour trottiner dans ma direction. Une fois à mon niveau, elle m'envoie valser dans la terre d'un simple coup de museau.

– Szansa, t'abuses !

Avoir une vache de compagnie c'est sympathique, mais sa force est vraiment surhumaine. Elle ne me laisse pas le temps de me relever et se couche à mes côtés, son gigantesque nez humide se loge contre mon ventre.

– Je t'ai manqué à ce point ?

Parmi tous les animaux maltraités que ma mère a recueillis, Szansa est plus qu'une star, elle est presque le troisième enfant de la famille. Cette vache Highland est arrivée chez nous il y a environ neuf ans mais, parfois, j'ai l'impression d'avoir un chien. Après tout, elle est collante, joue au ballon et adore partir en promenade.

– T'as besoin d'une coupe, ma pauvre.

Ses longs poils bruns s'emmêlent devant ses yeux, je me demande ce qu'elle peut bien voir.

– En plus, tu pues. Demain, je t'emmène à la douche !

À force d'entendre les mêmes mots en permanence, Szansa les associe aux actions. Et là, clairement, elle boude.

Je m'allonge un peu mieux contre elle et reste un moment comme ça, à analyser le ciel pour essayer d'associer la forme des nuages à des objets ou des visages. Je crois discerner Billy, la mascotte de *Saw*. Le film fétiche de Kléia me hantera jusqu'à mon dernier jour.

– Bon allez, grosse patate, je te laisse pour aujourd'hui.

Je retourne vers la maison, et plutôt que de passer par la porte d'entrée, je traverse la véranda à l'arrière du loft. Leaf, le chat est roulé en boule sur le hamac. Je jette mes chaussures à côté des claquettes de mon père et entre enfin à l'intérieur. Tout de suite, je reconnais l'odeur qui envahit mes narines : un mélange d'encens à la sauge blanche et de *weed*.

J'entends de la musique en provenance du salon. « A Pillow of Winds », des Pink Floyd. Si mes parents n'écoutent pas leur album *Meddle* une fois par semaine, ils s'étouffent. Je tends la main pour tirer les rideaux en lin du salon, mais je me prends les pieds dans l'un des tapis et débarque dans la pièce en perdant l'équilibre.

– Merde !

Mon cri fait sursauter la chienne, qui saute du canapé pour courir aboyer à la fenêtre comme si le juron avait été prononcé par quelqu'un à l'extérieur.

– Encore une entrée soignée, se moque ma mère.

Elle est occupée à enfiler les perles d'un nouveau bijou.

– Il faut bien que je vous divertisse !

Je suis presque obligé de hurler pour couvrir les aboiements de Solis. C'est que ça a du coffre, un terre-neuve. Mon père lui jette son jouet favori et elle se tait enfin.

– C'est agréable quand elle la boucle, soupiré-je.

Ma mère grimace quand je me penche pour l'enlacer.

– C'est quoi cette tête ?

– Tu pues.

– Tu sens la vache, précise mon père alors qu'il me prend dans ses bras à son tour. T'es allé dire bonjour à Szansa avant nous ?

– Possible.

– Qu'a donc cette vache de plus que moi pour que tu viennes la saluer avant ton père ?

– Des poils.

– Toujours aussi drôle.

– Ouais, c'est de famille, plaisanté-je, avant d'aviser l'ordinateur portable posé sur la table basse. Je vois que ça bosse dur.

– Je finissais d'écrire les cours de la semaine prochaine.

Lorsque mon père n'enseigne pas l'histoire de la criminalité, il est régulièrement invité dans des émissions, ou bien il donne des conférences dans d'autres universités.

– Tu travailles avec un pétard ? T'as intérêt à bien te relire.

Je pointe son joint du doigt et ma mère m'attrape le poignet.

– Oh, tu portes le bracelet que je t'ai offert.

– Je l'ai juste mis ce week-end pour te faire bonne impression, raillé-je.

– Fils ingrat.

Ma mère retire le foulard qui retient ses cheveux. Il n'y a aucune cohérence entre le rouge du tissu, l'imprimé tournesol de son large pantalon et son débardeur The Wailers. Quoique, mon père n'est pas mieux avec sa chemise en lin rayée qui ne s'associe pas du tout à son pantalon à pois. Plus rien ne me choque dans cette maison. Au contraire, je m'y sens bien.

– Tu veux du thé ? propose ma mère. Ou une infusion ? J'ai fini de sécher les feuilles de mélisse.

– T'as pas plutôt ton mélange réglisse et fenouil ?

– Il m'en reste un peu, t'as de la chance. Je te prépare ça. Sois gentil, arrose les plantes du salon pendant ce temps.

J'adore la maison familiale, ses couleurs vibrantes, la sérénité qui se dégage des mélanges de motifs, de textures ou des décorations en macramé... mais prendre soin de toutes les plantes est un enfer. Rien que dans le salon, il y en a beaucoup trop. J'attrape l'arrosoir plein, abandonné près d'une baie vitrée, et commence à m'occuper des monsteras géants. Rowan avait les mêmes chez lui...

– Au fait, j'ai une question pour toi, lancé-je à mon père sans me déconcentrer.

– Dis-moi.

– C'est pour mon cours de psychologie criminelle. En fait, j'ai un devoir à rendre sur les enfants tueurs, j'ai évoqué les cas de Mary Bell et d'Eric Smith, mais ma sous-partie sur les mobiles est constituée à 90 % de vent. Je sais pas trop comment développer.

– Ah ça... balbutie-t-il en riant.

Le problème de mon père, c'est qu'il se marre avant même de raconter sa blague. J'échange un regard blasé avec ma mère, qui vient de revenir avec trois tasses fumantes.

– Ah ça ! reprend-il. C'est clair qu'ils ne se satisfaisaient pas des mobiles au-dessus de leur berceau.

...Tout ça pour ça. Mais c'est plus fort que moi, je rigole à mon tour. Tandis que j'attrape un tabouret pour atteindre les plantes en hauteur et que je prie pour ne pas encore me ramasser la figure, mon père ajoute plus sérieusement :

– En fait, t'as pas choisi des exemples pertinents. Pour Smith, les rapports sont flous, on sait juste que les avocats ont plaidé la pathologie mentale, cependant, ça n'a jamais été attesté. Pour Bell, elle avait un trouble de la personnalité antisociale. Partant de là, c'est clair, t'as pas grand-chose à dire sur le mobile. Donc ou tu abandonnes l'idée d'avoir une sous-partie entière sur le sujet, ou tu changes tes exemples. J'avais participé à un podcast sur les meurtres commis par des mineurs, essaie de l'écouter.

– Ah oui, je vais faire ça. Tu me sauves, merci !

Quelque part, la vie est étrange. Mon père s'est toujours intéressé à la criminologie, mais après le meurtre de son frère, j'étais persuadé qu'il laisserait tout tomber. Au contraire, il s'y est consacré à fond pour ne pas sombrer. Puis, à mon tour, j'ai plongé dedans. J'en avais besoin, pour mon propre deuil. À présent, je veux travailler dans ce milieu et tenter de sauver des gens, des familles.

Après m'être démené avec la végétation du salon, j'abandonne enfin l'arrosoir et vais m'asseoir dans le canapé avec mon infusion.

– Merci, ma maman préférée.

– En même temps, t'en as qu'une, rétorque-t-elle.

C'est vrai. En revanche, j'ai deux pères. Mes parents se sont séparés avant ma naissance. Mon père travaillait trop et ne s'occupait pas assez de ma sœur, ce qui a poussé ma mère à claquer la porte. Pendant cette période, elle a fréquenté un autre homme : Wyll.

C'est lui, mon père biologique. Ils n'ont jamais formé un couple, ils appréciaient simplement la compagnie l'un de l'autre. Puis ils ont mis fin à leur relation alors que ma mère était enceinte de cinq mois, car elle voulait donner une seconde chance à mon père. Résultat, je ne connais pas très bien Wyll. Ma mère ne m'a jamais empêché de le voir, on s'est rencontrés quelques fois, mais je n'ai pas tissé de liens avec lui. Il a ensuite déménagé au Canada. Aujourd'hui, je n'ai de ses nouvelles que par les réseaux sociaux, et encore...

À bien y réfléchir, il fut même un temps où j'en avais trois, des pères. Mon oncle Rowan s'est substitué à ce rôle pendant des années. Quand ma mère était trop épuisée, qu'il y avait encore des hauts et des bas avec papa, elle nous confiait à lui, Kléia et moi. Combien de week-ends on a passés à se faire des soirées films dans son appartement ? Mon oncle est dans tous mes meilleurs souvenirs d'enfance : nos découvertes dans les musées, nos balades dans les parcs ou bien ses lectures de romans d'aventures, toujours très théâtrales. Normal pour un metteur en scène. Moi, j'étais pas aussi extraverti avant, c'est lui qui m'a appris à m'ouvrir aux autres.

Grâce à lui, je me sentais à ma place. À la maison, j'avais le sentiment d'être l'incarnation des problèmes relationnels de mes parents. Être le fruit d'une relation extra-conjugale n'a pas aidé. Longtemps, j'ai peiné à considérer mon père comme tel... Parce qu'il m'arrivait de sentir que, parfois, lui non plus ne parvenait pas à me considérer comme son fils. Aujourd'hui, tout est différent. En fait, depuis la mort de Rowan, on a pris conscience de l'absurdité de cette distance entre nous. Qu'on n'avait pas besoin de partager les mêmes gènes pour appartenir à la même famille.

– Oui, j'en ai qu'une, réponds-je à ma mère après un moment. Et je la changerais pour rien au monde.

– Quel enfant bien élevé. Je me demande sur quoi les voisins peuvent bien médire, eux qui étaient persuadés que tu finirais délinquant.

Je n'ai jamais vécu l'interdiction ou la privation ; pas une seule fois mes parents n'ont levé la voix, et ils m'ont encore moins cogné. Moi, j'ai grandi dans l'idée que la curiosité et l'ouverture d'esprit sont les plus belles des vertus. Et que savoir qui on est, apprendre à s'aimer, est bien plus important que ce que la société pense de nous si on ne s'y conforme pas.

– Si tu veux mon avis, notre simple existence est déjà source de ragots, commenté-je.

Je tends la main vers mon père, il comprend ce que je demande et me remet son joint.

– Ah, au fait, on est en train de prévoir un nouveau coup avec Nour et quelques membres de God Bless America, annoncé-je en tirant une taffe.

– L'affaire Riggs, je suppose ? demande mon père.

– Ouaip, on a fait une manif à Raiford, une à Orlando, et maintenant, je veux négocier un entretien avec Riggs. J'ai rendez-vous avec le directeur de la prison.

Je recrache la fumée de ma taffe et rends son *spliff* à mon père.

– Mais tu n'as pas peur que ça soit un peu... trop ? Émotionnellement ?

Mes dents grincent.

– Peut-être que je serai un peu plus stressé, mais t'inquiète pas, maman, je me débrouillerai. Y a trop d'enjeux, j'ai pas le droit de me foirer...

– Tu dois rester concentré, lâche mon père. Ne te laisse pas distraire par tes expériences personnelles.

« Expériences personnelles. »

C'est son expression préférée pour parler du drame. Il fuit un peu le sujet, par pure culpabilité. Il faut dire qu'ils étaient en froid au moment du drame. Rowan reprochait à son frère de ne pas s'occuper de Kléia et moi, tandis que mon père en avait marre de le voir jouer au papa poule avec nous. Pendant un temps, il a même été persuadé que Wyll n'était pas mon père biologique et que, pendant sa séparation avec ma mère, Rowan avait entamé une relation avec elle. Toutes ces engueulades ont failli briser ma famille à jamais.

Puis mon oncle est mort. Assassiné.

À partir de ce moment-là, toutes ces tensions et ces querelles ne semblaient plus avoir autant d'importance.

– Il faut que tu considères le cas comme s'il n'y avait pas d'affect émotionnel, sinon, c'est sûr que tu vas gaffer, estime ma mère.

– Je vais essayer.

– T'as besoin d'une lettre de recommandation pour ton entretien ? propose mon père. J'ai déjà eu Loïd en invité dans une émission, je peux lui écrire.

– Loïd ?

– Loïd Derrick, le directeur de Raiford, précise-t-il.

– Ça m'arrangerait beaucoup, oui !

Obtenir des entretiens avec des détenus n'est pas très compliqué, mais s'il s'agit de condamnés à mort, les prisons sont bien plus frileuses.

– Je m'en occuperai demain.

– Tu gères, merci. Je vais faire ça bien.

Mon paternel écrase son joint dans le cendrier et après un silence, il reprend :

– En tout cas, je suis fier de tout ce que tu entreprends, m'encourage mon père.

Ma mère approuve avec un grand sourire.

Quand je me souviens de toutes les disputes qui nous déchiraient, ce tableau me paraît irréel : on est là, tous les trois, *ensemble*, en paix. Peut-être que Rowan veille sur nous, après tout.

« *If nothing saves us from death, at least love should save us from life...* »
– Pablo Neruda

# 9
# Diesel

*Keep Your Lips Sealed* – The Dø

*Bon sang, Diesel, respire.*

Derrick va me recevoir d'ici trente minutes et je n'en mène pas large. C'est plutôt compliqué de se pointer en tant que militant face au directeur de la prison d'État de Floride. Mais bon, comme l'ont dit les autres à l'asso, s'il a accepté l'entretien, ça signifie qu'il est ouvert à la discussion.

Je tourne en rond à l'accueil. Les gardiens m'ont ordonné de m'asseoir et d'attendre que l'on vienne me chercher. Les chaises en plastique ne m'attirent pas, je suis trop fébrile pour rester inactif. Je me demande si les personnes qui m'observent au guichet ou derrière les caméras suspendues au plafond se moquent de moi. Je ne dois pas avoir l'air malin, à m'agiter comme ça.

Nour : Alors ?

Je coince les papiers que je tiens sous mon bras pour répondre à mon amie.

Diesel : T'es trop pressée, ça n'a même pas commencé.

Nour : Roh… il a pas intérêt à annuler le rdv.

Diesel : En parlant de ça, comment s'est passé ton rencard avec Palila ?

Nour : On a décalé à samedi prochain, c'était trop galère pour elle de se libérer, elle devait garder des gamins pour une amie.

Diesel : Au moins, t'as encore quelques jours pour choisir ta tenue.

Nour : Ahah, elle est bonne celle-là.

– Encore toi ! On se croirait dans un film d'horreur, tu me suis *partout*.

Cette voix familière m'arrache un sourire. Je relève les yeux vers mon gardien préféré. Son allure de fantôme colle plutôt bien à l'austérité des lieux.

– Pitié, n'appelle pas le père Karras, je suis gentil.

– Primo, je sais pas qui est Karras, secundo, les gens qui disent « je suis gentil » le sont jamais.

– T'as jamais vu *L'Exorciste* ? Bon, pas grave, je note, on pourra le regarder ensemble un de ces quatre. Ce week-end, t'es libre ?

Pour la première fois, je vois sa bouche s'ouvrir sans qu'aucun son n'en sorte. J'adore produire cet effet sur les autres, constater qu'ils ne savent pas quoi répondre à mon rentre-dedans. Il balaie les alentours du regard, et je le suspecte de vérifier que personne ne peut nous entendre. De toute façon, il n'y a pas grand monde, seulement quelques visiteurs qui attendent d'être pris en charge.

– Non, j'ai jamais vu *L'Exorciste*, finit-il par répondre. Par contre, je connais plutôt bien *Massacre à la tronçonneuse*. Tu ressembles à une grande perche et j'ai une folle envie de couper du bois. À ta place, je me méfierais.

Alors ça, je ne m'y attendais pas. C'est plus fort que moi, j'éclate de rire.

– D'accord, Leatherface. Tu voudrais pas me donner ton prénom, d'ailleurs ? Tu connais le mien, pas moi.

– Il a pas changé depuis la dernière fois, c'est toujours « Fous-moi-la-paix. »

– Pourquoi ?

– Parce que je veux pas copiner avec toi.

Je hausse les épaules. Très bien, je n'insiste pas *pour l'instant*. En revanche, il ignore à quel point je peux me montrer obstiné. Avant la fin de notre conversation, j'aurai obtenu cette information. D'une façon ou d'une autre.

– D'accord, dans ce cas, je vais t'appeler Ghostface. T'as des airs de fantôme, après tout.

Même s'il grimace, Ghostface ne daigne pas me donner son nom.

– Je m'en fous, je veux juste que tu dégages. Pourquoi t'es là ?

– Je vais rencontrer ton directeur, tu veux que je gratte une promotion pour toi ?

Il regarde à nouveau autour de lui.

– Baisse d'un ton.

En dépit des cernes profonds sous ses yeux... je n'arrive pas à le cerner, justement. Est-ce que je l'ennuie ? Ou le divertis ? Même s'il ne me fuit pas, il ne me donne pas le sentiment de s'intéresser à notre conversation.

– T'es trop marrant avec ton uniforme. Le vert, c'est pas ta couleur.

Ses sourcils se froncent.

– Au moins, je me trimballe pas avec une chemisette aux motifs… C'est quoi, ça ? Des éléphants ?

– Non, des rhinocéros, le corrigé-je.

– Vous avez un point commun : vous êtes de gros lourds.

Je m'esclaffe.

– J'adore ton humour.

– Je suis pas là pour te plaire, Sans Plomb.

– Tu y tiens à ce surnom.

Il pince les lèvres, son regard gris est impénétrable. Je note qu'aujourd'hui, le gardien ne porte pas la boucle d'oreille en argent qu'il arborait au parc l'autre jour.

– Vous avez pas le droit aux bijoux au travail ?

– De quoi je me mêle ? Ferme-la ou je te fourre tes foutus papiers dans la bouche, me prévient-il.

– Pour ça, faudrait que tu puisses l'atteindre, ma bouche.

Bon, j'exagère un peu, il n'est pas si petit. Cependant, l'expression ennuyée sur son visage est à mourir de rire. Il soupire en se passant la main sur sa nuque.

– On t'a déjà dit que tu avais de magnifiques cheveux ? Ils ont la couleur de la lune, c'est incroyable, ajouté-je.

– Quel poète. Si jamais tu sors un recueil, tu peux être certain que je l'achèterai pas.

Je mime un cœur brisé avec les doigts. Son ton cassant donnerait envie à n'importe qui de le laisser tout seul avec sa mauvaise humeur, sauf que moi, j'ai envie de voir jusqu'où je peux aller.

– Bah, tu vas où ? l'interrogé-je alors qu'il tourne les talons.

– Je me…

Les portes d'un couloir situé derrière le guichet claquent. Un homme en sort, ses yeux se posent derechef sur nous.

– Andrea, qu'est-ce que tu fous là ?

*Andrea…*

Je ne m'attendais pas à ce prénom. Mais je vois mal les gens s'appeler par leur prénom ici, alors peut-être que c'est son nom.

– C'était mon temps de repos. Je me remets au travail, chef.

– Dépêche-toi, aboie-t-il. Ramirez est déjà retourné en ronde !

– Oui, chef, excusez-moi.

Il me passe sous le nez sans un dernier mot. Je le laisse tranquille, son supérieur paraît peu sympathique et je ne suis pas là pour lui causer des ennuis.

– Toi, t'es là pour rencontrer monsieur Derrick, c'est ça ? continue de beugler le chef.

– Oui, j'avais rendez-vous à 14 heures.

– Il est encore en réunion, tu vas devoir attendre jusqu'à 16 heures.

Super, c'est ma journée. Le gueulard me laisse en plan et repart en exhibant son insigne. Quel bouffon. Je m'assieds à même le sol, extirpe mon téléphone portable et commence à rédiger un nouvel article pour l'association.

L'après-midi va être longue.

« *Nous devons nous y habituer : aux plus importantes croisées des chemins de notre vie, il n'y a pas de signalisation.* »

– Ernest Hemingway

# 10
# Solveig

*Cool to Hate* – The Offspring

Si je n'avais pas croisé la route de Diesel ce matin, j'aurais presque pu passer une bonne journée. Je n'en peux plus de le voir, lui et ses chemises aux motifs tous plus hasardeux les uns que les autres. Je sors avec ma fille au parc, je vois sa sale gueule ; je travaille, il débarque aussi. C'est quoi la prochaine étape, je vais le retrouver sous mon lit ? Et puis, il me perturbe, ce mec. J'ai beau me montrer désagréable, il se contente de pouffer ou de répondre du tac au tac, à croire que rien ne l'atteint jamais.

Une clope encore éteinte entre les lèvres, je m'empresse de quitter la prison. Le soleil de fin d'après-midi est agréable après avoir passé douze heures à arpenter des couloirs sans fenêtres. J'allume ma cigarette et me dépêche de retrouver ma voiture sur le parking.

– Il se fout de ma gueule...

Un tract est coincé entre les deux essuie-glaces. Je reconnais d'emblée ces couleurs jaune, noir et rouge : la foutue association de Diesel. J'arrache le papier, et c'est là que je remarque une inscription gribouillée au stylo dessus.

Mon num pour qu'on se cale notre séance de L'Exorciste !

Je regarde les autres caisses : ce *traitement de faveur* m'a été réservé, bien sûr. Au moins, il n'a pas laissé de traces de doigts sur mon pare-brise. Je chiffonne le tract en une boule compacte, cherche à l'horizon, mais ne trouve aucune poubelle. Excédé, je grimpe dans ma voiture, balance le papier sur le siège passager et mets le contact.

Va te faire foutre, Diesel Nowakosky.

« *Il est des êtres dont c'est le destin de se croiser. Où qu'ils soient. Où qu'ils aillent. Un jour ils se rencontrent.* »
– Claudie Gallay

# 11
# Solveig

*Something* – Marina Kaye

L'appartement d'Ellie est toujours autant en bordel. Des vêtements éparpillés sur le sol côtoient des canettes de bière vides et une tonne de mégots écrasés débordent d'un cendrier. L'odeur de renfermé mêlée aux effluves de cannabis froid me dégoûte, mais quand elle m'embrasse avec fougue, j'oublie presque ce décor sordide.

J'ai fini par céder. Je suis retourné la voir, ces derniers temps. Plusieurs fois. Par culpabilité ou parce que j'en avais marre de ma solitude, j'en sais rien. C'est ridicule, notre relation ne mène nulle part. On se prend la tête une fois sur deux, tout ça à cause de mon comportement de merde. Et au lieu de me foutre dehors, Ellie continue de m'inventer des excuses.

Ce soir, l'alcool coule à flots dans mes veines, j'ai assez bu pour engloutir mes idées noires. Sur le chemin, j'ai encore eu envie de lâcher le volant, d'envoyer ma bagnole au fond du fleuve. Puis, je me suis demandé à partir de combien d'étages une chute pouvait se révéler mortelle. Avant de me dire qu'il était peut-être temps d'utiliser le flingue planqué dans le tiroir de ma table de chevet.

La mort me poursuit comme une ombre. Je rêve de son étreinte glaciale, de ce moment où j'arrêterai enfin de vivre dans ma putain de tête. Parce que quelque part, j'ai envie de disparaître. D'être un astre dans le ciel, de porter correctement mon prénom au moins une fois dans ma vie.

Mais en attendant, je dois me contenter d'Ellie, de ses caresses avides. Ses ongles longs s'enfoncent dans mes épaules alors qu'elle dévore mon cou de baisers. On bascule dans le lit et je grimace en sentant des fringues froissées sous mon dos. Une bouffée de colère mélangée à du dégoût me saisit. J'ai horreur du désordre, Ellie le sait. Elle s'empresse de pousser ses vêtements au sol, puis scelle à nouveau ses lèvres aux miennes. J'ignore comme je peux cette pagaille et me concentre sur Ellie, le galbe de ses hanches, sa poitrine nue alors qu'elle retire son T-shirt.

Lorsque je la sens hésiter, chercher mon approbation, j'encourage ses doigts à s'attaquer à la boucle de ma ceinture. Ils se faufilent sous mon boxer pour saisir mon sexe à moitié dur. Le whisky engourdit mes sens, mais le toucher d'Ellie attise peu à peu mon désir. D'une main fébrile, je malaxe un de ses seins, titille du pouce son téton qui pointe fièrement.

J'essaie de me concentrer sur son corps, ses soupirs, mais mes pensées morbides reviennent me harceler. Putain, la Pieuvre ne peut pas me laisser deux secondes de répit ? Pourquoi je me mets à m'imaginer crever dans un moment pareil ? Je me vois mort sur le sol, enfin libéré de cette vie minable ; ça me rend dingue. Je secoue la tête, cherche à me raccrocher à l'instant présent, aux sensations, mais je sens à peine le plaisir pulser dans mon bas-ventre.

Le temps se dilate, se fragmente. Mes mains arrachent un préservatif de son emballage. Je sens le latex froid contre ma peau brûlante. Et puis la moiteur d'Ellie autour de moi, étouffante, oppressante. Chacun de mes va-et-vient en elle est un effort surhumain. Je serre les dents, empoigne ses hanches, lutte pour rester dans le présent, mais mon esprit est ailleurs. J'ai trop chaud, mes respirations sont erratiques.

J'ai l'impression que je vais mourir, c'est comme si des griffes me déchiquetaient la gorge.

Et là, mon sexe ramollit, glisse hors d'elle malgré ses petits coups de reins implorants. Non. Pas ça. Putain, pas maintenant! Je m'efforce de me concentrer sur le plaisir, de raviver la flamme noyée sous les cendres. Autant souffler sur des braises éteintes.

– Fait chier, grommelé-je entre mes dents serrées.

Ellie me caresse la joue, cherche mon regard, sans succès.

– C'est pas grave, Solveig, souffle-t-elle. Détends-toi, respire. On peut...

– Laisse-moi tranquille !

Je me dégage de son étreinte, m'assieds au bord du lit, la tête entre les mains. Ma queue pendouille misérablement entre mes cuisses. J'ai envie de la broyer, de l'arracher de ce corps qui me trahit. Près de moi, je sens Ellie bouger avec précaution, comme on approche un animal blessé. Sa main frôle mon épaule. Je gronde :

– Me touche pas !

Elle soupire, mais obtempère. Un silence tendu s'installe, seulement rompu par le bruit de nos respirations. Au bout d'un moment qui me semble une éternité, Ellie murmure :

– On peut faire autre chose, tu sais. Parler, juste être ensemble. T'as pas à te sentir mal, ça arrive. C'est pas dramatique...

– Putain, arrête de me dire ce que je suis censé ressentir !

L'alcool bout autant dans mes veines que cette frustration qui remonte de mes entrailles. Ce n'est peut-être pas «dramatique», mais le goût acide de l'humiliation m'explose sur le palais. La Pieuvre aime vraiment me faire passer pour une merde, tous les jours, dans toutes les circonstances.

– Je te dis pas ce que tu dois ressentir, j'essaie juste de...

– Tu essaies mal, Ellie.

Ça me gave, je sais même plus pourquoi je suis venu ici. Oui, je la trouve attirante, mais elle ne me plaît pas. Je supporte plus sa gentillesse, sa douceur, et encore moins sa sollicitude. Sa lumière m'aveugle, je veux tout éteindre pour qu'on soit plongés dans le noir ensemble.

– T'es pas juste, Solveig. Pourquoi tu me repousses quand j'essaie de te rassurer ? Qu'est-ce que je fais de mal ? Explique-moi, sinon, je pourrai jamais m'améliorer.

– Toi, toi, toujours toi, le monde tourne pas autour de ta gueule ! Arrête de penser que t'es la source de tous mes problèmes, tu te donnes bien plus d'importance que tu en as !

Son visage se décompose, mes mots semblent avoir l'effet d'une claque. Le whisky m'a peut-être aidé, mais le pire, c'est que tout ça, je le pense sincèrement. Et elle doit s'en rendre compte.

– Je ne comprends pas pourquoi tu es aussi agressif avec moi. Tu dois juste être très fatigué. Je te rappelle que tu m'as demandé de quitter Colton pour toi. Comment tu peux dire que j'ai pas d'importance à tes yeux ?

Un rire cynique m'échappe alors que je ramasse mes fringues et commence à me rhabiller. Ellie a l'air encore plus vulnérable, assise comme ça, nue au milieu des draps.

– Ne réinvente pas l'histoire, Ellie. Je t'ai pas demandé de quitter Colton, je t'ai pas mis de couteau sous la gorge. Tu me l'as proposé, j'ai accepté, c'est tout.

J'enfile mes chaussures sans prendre la peine de bien les lacer.

– Oui, tu l'as accepté. Parce que t'en avais envie, non ?

– Non ! J'en sais rien ! Peut-être que j'avais juste envie de voir jusqu'où t'étais prête à aller. Tu te rends compte que tu as tout plaqué pour moi ? T'as si peu connu l'amour dans ta vie pour te jeter dans les bras du premier venu ?

La pièce se charge d'éclairs. Le regard d'Ellie se ferme, tout son corps tremble alors qu'elle se lève pour se planter devant moi.

– Tu le sais très bien ! Je t'ai parlé de moi, de ma vie, de mes parents qui m'ont abandonnée ! Comment tu peux être aussi odieux ? Je fais de mon mieux, parce que je tiens à toi. Si j'ai quitté Colton, c'est pour te montrer que je suis sérieuse, et que je te vois pas comme un plan cul !

Ses hurlements tonnent en écho avec ceux de la Pieuvre qui rugit dans mon crâne.

– Très bien, tu veux que je sois honnête avec toi ? Je vais l'être. Je ressens rien pour toi, je ressentirai jamais rien pour toi. Je t'aime pas. Et tu m'aimes pas non plus, tout ce qui te plaît, c'est ce que tu pourrais faire de moi. Avoue-le, t'as envie de me réparer. D'être celle qui pourra me changer ou je sais pas quelle connerie.

Je sais que j'ai visé juste, parce qu'elle reste silencieuse. L'atmosphère est lourde, moite, étouffante. Je vois toute la désillusion du monde passer dans les yeux d'Ellie et enfin, la gentille prétendante modèle tombe le masque.

– Peut-être que tu as raison, oui. Peut-être que j'avais envie de te « sauver ». Mais regarde-toi, t'es un cas désespéré. Tu crois que j'ai pas remarqué que tu étais de plus en plus ivre à chacune de tes visites ? Tu me dis que tu vas pas bien, mais quand je te pose des questions, t'es incapable de développer et tu te braques. Au fond, tu te complais dans ton malheur, non ? T'existes qu'à travers lui ! Toute ta vie, tu seras le même pauvre mec.

Mon cœur se comprime, le venin de ses reproches s'infiltre en moi, infecte mon âme. Ouais, elle a raison, je suis un cas désespéré, j'existe qu'au travers de ma douleur et la Pieuvre finira par me crever.

– Viens pas me parler d'alcool quand t'as l'appartement cliché d'une toxicomane, Ellie. La seule constante dans ta vie, c'est ça : les amphéts, le cannabis et le sexe. Sans parler du fait que t'as jamais été foutue de garder un mec plus de six mois.

Ellie lève le bras, mais j'intercepte son poignet avant que la gifle ne s'écrase sur ma joue. Je la relâche et ajoute :

– Continue de te droguer, Ellie. Parce que personne ne voudra jamais de toi. Les gens continueront de t'abandonner, c'est comme ça. T'es pas le genre de femme qu'on a envie d'aimer.

Les larmes inondent ses joues. J'ai touché la corde sensible. Il n'y a plus rien en elle, plus de joie de vivre, tout a explosé. Et je crois que ça me plaît un peu, de retrouver cette femme malheureuse qui m'avait plu à notre première rencontre.

– T'es ignoble, Solveig. J'espère que tu te feras poignarder au taf, tiens !

On partage le même espoir, dans ce cas.

– T'auras claqué d'une overdose d'ici là, asséné-je.

Malgré ses reniflements, Ellie trouve la force de répliquer :

– Ça doit être un calvaire de vivre à tes côtés ! Je plains tes gamines. Elles sont chez toi, non ? Regarde-toi, tu préfères te taper une meuf que t'aimes même pas, plutôt que de passer du temps avec tes enfants. T'es ni un bon père ni un mec bien, t'es juste une merde. T'es sûr que ta femme s'est pas suicidée ?

Me prendre un coup de couteau serait moins douloureux.

– Laisse ma femme et mes filles en dehors de ça, je te préviens.

– Et pourquoi ? On sait tous les deux que j'ai raison ! Ta meuf doit être soulagée de...

Je la foudroie du regard et lâche d'une voix froide :

– Si tu oses terminer ta phrase, ça va très mal se passer.

Elle pâlit. Je n'ai pas hurlé, rien cassé, pourtant, elle comprend que le moindre de ses mots risque de me faire atteindre le point de non-retour.

– On a plus rien à se dire, de toute façon, casse-toi.

Elle me pousse de toutes ses forces. À la seconde où je suis sur le palier, elle claque la porte si fort que l'encadrement en tremble. Je rejoins ma voiture en pilote automatique, m'enfonce dans le siège et écrase mon visage contre mes paumes. Ellie suffoque aussi maintenant, ses sourires ont rejoint le cimetière des miens.

Pourtant, je m'en fous. Ses mots tournent en boucle dans mon esprit.

« T'es sûr que ta femme s'est pas suicidée ? »

« Ça doit être un calvaire de vivre à tes côtés ! »

« Au fond, tu te complais dans ton malheur, non ? T'existes qu'à travers lui ! »

Pourquoi j'ai fait ça ? Pourquoi je l'ai rencontrée ? Pourquoi je lui ai dit de larguer Colton ? Ses mots sont gravés en moi, tache indélébile sur un cœur déjà sali par les maux qui le gangrènent. À minuit passé, je suis là, dans ma putain de voiture, pendant que mes gamines sont seules à la maison. Elles ont l'habitude, mais là, c'est différent. J'avais ma soirée. J'aurais pu profiter de leur présence. Ellie a raison, je ne suis ni un bon père ni un mec bien, je suis qu'une merde. Si Ali voyait dans quel état je suis aujourd'hui, je crois qu'elle préférerait me larguer. Personne ne voudrait d'un tel déchet.

Pernicieuse, la Pieuvre profite des fissures de mon âme pour y infiltrer son encre noire, toutes mes pensées s'y diluent. Je sens l'envie d'en finir monter, monter... Ça me prend d'abord le ventre, puis la gorge. Cette vie est sans issue, le seul moyen de tout arrêter, c'est de mourir. Rien ne pourra me « sauver », puis de toute façon, est-ce que je le souhaite ? Je n'en sais rien, je ne sais plus rien, je ne *suis* plus rien. Je démarre ma voiture, les mains serrées sur le volant. Où je vais, aucune idée. Pas chez moi, c'est ma seule certitude.

« *Sometimes I feel like I'm not solid. I'm hollow. There's nothing behind my eyes. I'm a negative of a person. All I want is blackness, blackness and silence.* »
– Sylvia Plath

# 12
# Solveig

*Jealous* – Yoe Mase

Au volant de ma caisse, j'erre dans les rues. Je tue le temps et les heures meurent en nuit blanche. Je finis par me garer sur le parking d'une supérette et décide d'y entrer pour m'acheter du gin. Le caissier me jette un regard suspicieux quand je me présente devant lui les yeux injectés de sang et les cheveux en bataille. Je dois puer la décadence à des kilomètres. L'espace d'un instant, je me demande s'il va refuser de me vendre la bouteille que je tiens entre mes mains tremblantes. Mais non, il la fait glisser sur le tapis roulant sans un mot, sûrement pressé de se débarrasser de moi.

De retour dans l'habitacle, confiné dans ma bagnole, je m'escrime sur le bouchon de la bouteille, mes doigts gourds peinent à trouver une prise. Putain, même ça je n'en suis plus capable ! Finalement, le bouchon m'échappe et roule sous le siège passager. Je me penche en jurant pour essayer de l'attraper, mais mes doigts se referment sur une boule de papier froissé.

Qu'est-ce que c'est que ce truc encore ? Pendant une seconde, j'envisage de la jeter sans même l'ouvrir, mais la curiosité l'emporte. Je pose la bouteille dans le vide-poche et avec des gestes malhabiles, je défroisse la feuille, lisse les plis cornés.

God Bless America.

Le tract de l'autre emmerdeur. En bas de la page, je relis son message à la con.

*Mon num pour qu'on se cale notre séance de L'Exorciste !*

J'avise le numéro de son téléphone tandis que l'alcool pulse dans mes veines, engourdit mon cerveau. Qu'est-ce qui me prend de sortir mon portable de ma poche ? Mes doigts pianotent sur l'écran, composent un message décousu que je ne prends pas la peine de relire.

Solveig : dis-moi, diesel, combien de secrets es-tu capable de garder ?

Pourquoi j'ai appuyé sur « envoyer » ? Qu'est-ce que j'espère, putain ? Que Diesel débarque comme un preux chevalier pour sauver ma pauvre âme en perdition ? Foutaises.

Je repose mon téléphone, mais déjà, la notification illumine mon écran.

Diesel : Si tu parles bien de ceux que les gens peuvent me confier, j'te réponds que je peux en garder beaucoup.

Solveig : vraiment ?

Diesel : T'es qui, au juste ?

Solveig : toi qui t'intéresses tant à moi… je vais te donner une raison de plus le faire

Diesel : Je sais pas qui t'es, mais soit, je t'écoute.

Solveig : j'avais un genre de rencard avec une femme que j'ai fréquentée quelques semaines ? ou quelques mois ? bref, j'ai détruit son couple, sa vie

Solveig : c'est odieux, non ?

Diesel : Ça dépend pourquoi tu l'as fait.

Solveig : parce que je le pouvais

Je vois les points de suspension qui montrent que Diesel est en train d'écrire, mais son message tarde à venir, alors, impatient, j'ajoute :

Solveig : je pensais que ça me ferait du bien qu'elle soit malheureuse.

J'ai à peine appuyé sur envoyer, que mes doigts continuent à taper sans me demander mon accord.

Solveig : qu'est-ce qui ne tourne pas rond chez moi ?

Solveig : je suis vrmt une grosse merde

Cette fois, la réponse de Diesel arrive, courte mais incompréhensible.

Diesel : Schadenfreude.

Mais qu'est-ce qu'il me raconte ? Peut-être qu'on est tous les deux bourrés. Je récupère ma bouteille, et reprends une rasade d'alcool. Tout tangue autour de moi, même les lettres de mon clavier. J'essaie de rédiger un message, mais l'abandonne en cours de route.

Solveig : ?

Diesel : Schaden = faire du mal. Freude = joie.

Diesel : Schadenfreude, se réjouir du malheur des autres. On le vit tous à différentes échelles. Tout ça pour te faire remarquer que tu n'es pas si étrange. Je crois qu'on s'est tous déjà réjouis au moins une fois du malheur d'un autre. La différence, c'est que là, c'est toi qui as causé du tort à cette femme.

Solveig : tu fais partie de ceux qui pensent que tous les comportements peuvent être expliqués si simplement ?

Diesel : Oh que non. L'être humain est beaucoup trop vaste et chacun est unique. Mais tu n'es pas un cas isolé, désolé de briser ton ego.

Solveig : mon ego est le cadet de mes soucis.

Solveig : pourquoi je fais tout ça ?

Diesel : Tu le sais mieux que moi.

Solveig : tu penses que je suis un connard ?

Diesel : Avoir des pensées toxiques, je crois pas que ce soit dramatique, surtout si on en a conscience. Par contre, aller jusqu'à blesser quelqu'un parce que « tu le pouvais »… Ouais, c'est un comportement de connard.

Je me renfonce dans mon siège, un début de migraine me vrille les tempes. Par la fenêtre de l'habitacle, j'observe le ciel. Toutes ses étoiles sont dissimulées sous une couche de pollution. Avec Ali, on pouvait passer des heures à tenter de repérer la Grande Ourse. Là, même si j'essayais, je n'y parviendrais pas.

Solveig : je suis complètement bourré, bordel.

Diesel : Ça arrive souvent ?

Solveig : un peu trop

Diesel : Et tu étais ivre aussi, avec cette femme ?

Solveig : ouais, mais ça change rien

Diesel : Tu peux au moins m'expliquer un peu ce qui s'est passé ? J'ai du mal à comprendre, il est super tard, aie pitié de mon âme.

Solveig : il y a qlqs semaines, elle m'a demandé si je voulais qu'elle largue son copain. jsp pourquoi j'ai dit oui. j'étais curieux, peut-être

Solveig : curieux de voir jusqu'où elle irait pour moi

Solveig : elle était persuadée qu'on finirait ensemble. je lui ai fait du mal. et là, on s'est engueulés, je lui ai balancé des horreurs au visage, elle aussi

Solveig : sur le coup, j'ai ressenti un genre de satisfaction. je me suis dit « maintenant, je suis plus le seul à souffrir »

Diesel : Comment tu peux affirmer qu'elle ne souffrait pas, même avant ?

Diesel : C'est pas si simple, tu te bases sur ce que tu vois, mais tu ne peux pas savoir ce que vit cette femme. Elle était peut-être tout aussi malheureuse que toi.

Il a raison, ça m'énerve et me réconforte à la fois. Sa façon de parler ne dégage aucune forme d'agressivité, pourtant, il ose sortir le fond de sa pensée. Je ne devrais pas étaler autant ma vie, demain, j'aurai honte. C'est juste que… ça me soulage, d'en parler au moins une fois, au moins ce soir.

Solveig : quand je l'ai rencontrée, elle était malheureuse

Solveig : c'est pour ça que je l'ai abordée. mais après, j'ai capté qu'elle l'était pas tant que ça

Solveig : j'crois que ça me plaisait pas, qu'elle ne soit plus cette fille déprimée alors que moi, je supporte plus d'être piégé dans cette vie, dans ma tête.

Diesel : On va être clairs : tu souffres, OK. Par contre, ça ne justifie pas de maltraiter les autres ou de jouer avec leurs sentiments, et encore moins de juger de la légitimité de leurs émotions. Là où je mets un « mais », c'est sur le contexte. Je te connais pas, je peux pas affirmer grand-chose. Je dirais juste que tu as l'air de culpabiliser et en même temps de penser que c'est pas ta faute, qu'elle n'avait qu'à pas être heureuse en face de toi. C'est la voie de la facilité. Quand tu entends certains criminels se défendre, ils diront que c'est dans leur nature et qu'ils ne peuvent pas changer. Ça déresponsabilise et c'est bien plus simple que d'admettre qu'on a un problème à régler.

Alors ça, c'est un pavé. Je dois froncer les sourcils pour parvenir à lire les mots. Est-ce que je les comprends ? C'est une autre question.

Solveig : peut-être que t'as raison. j'crois que je vaux pas bcp mieux que les taulards que je surveille à raiford.

Solveig : ma femme, elle me disait souvent « tu sais, t'as comme une pieuvre dans la tête »

Solveig : un genre de monstre qui pompe ma joie de vivre, mes sourires et qui me fait fonctionner au ralenti

Diesel : Attends deux secondes. Tu bosses à Raiford ? T'es qui ? Me dis pas que t'es Andrea ?

Solveig : c'est mon nom ça

Solveig : je m'appelle solveig.

Diesel : Oh, bordel.

Diesel : Tu vois, t'as fini par l'utiliser, mon tract. 😏

Son émoji paraît si inapproprié, ça m'arrache un rire qui ressemble plus à un reniflement qu'autre chose.

Diesel : C'est vraiment trop beau comme prénom, ça a une signification ?

Solveig : force du soleil, ou chemin du soleil. qlq chose de ce goût-là. c'est islandais.

Quelle ironie. Y a rien de solaire en moi, plus aucun feu qui brûle au creux de mes entrailles. Je suis un astre éteint.

Diesel : Et moi je m'appelle Essence, on ne naît vraiment pas égaux, snif.

Diesel : Pour en revenir à notre conversation, ce qu'elle appelait « pieuvre », qu'est-ce que ça représente ?

Solveig : je sais pas trop, Alisha était persuadée que j'étais en dépression, mais ce mot je le déteste. alors elle a utilisé « pieuvre », c'est resté

Diesel : C'est pour ça, le tatouage de tentacule ?

Solveig : ouais

Solveig : y a des jours où je regrette d'avoir donné autant d'importance à ce monstre, d'autres où… ça me réconforte. ça me rattache à Ali

Parfois, je me surprends à imaginer la vie sans la Pieuvre. Au lieu du soulagement, c'est l'anxiété que je ressens. La perdre, c'est perdre un équilibre auquel j'ai fini par m'habituer. Je sais que ça n'a pas de sens, qu'elle ne fait que m'asphyxier au quotidien et qu'elle n'équilibre rien, justement. Mais sa présence est devenue une constante. À quoi ça ressemble, la vie sans ce monstre ? Je m'en souviens plus assez. Alors j'ai peur de cet inconnu.

Diesel : Je vois l'idée. C'est une image intéressante.

Solveig : Ali avait que de bonnes idées et réflexions

Solveig : elle manque tellement à mes filles

Solveig : c'est moi qui aurais dû crever, pas ma femme.

Diesel : T'as l'air de penser que ta mort aurait moins peiné tes enfants que celle de ta femme, c'est hyper violent et je ne comprends pas pourquoi tu imagines ça.

Il ne me présente pas ses condoléances et étrangement, je crois que ça me plaît.

Solveig : parfois, j'ai envie de me tirer une balle

Solveig : là tu vois, je suis dehors et je me dis pourquoi pas

Solveig : pourquoi pas se jeter sous des roues et en finir

Ça prendrait quoi ? Quelques secondes de souffrance, pour une éternité de repos. Le choc me ferait sûrement assez mal pour ressentir *enfin* quelque chose. La mort m'effraie et m'attire en même temps. À Raiford, elle est omniprésente, bruyante de silence, terrifiante. En revanche, quand je pense à la mienne, je n'imagine que le soulagement. Une voiture passe à proximité du parking, je pose la main sur la poignée. L'alcool guide mes gestes, ou bien c'est la Pieuvre qui s'en charge pour moi.

Diesel : Je comprends que ça te traverse l'esprit. On se dit toujours que se suicider mettra un terme à la tristesse. Et là, tu es trop mal pour l'entendre, mais il y a des moyens de s'en sortir.

Mon cerveau refuse d'assimiler ces mots. Ma vie ressemble à un couloir noir sans aucune lumière, je veux le traverser le plus vite possible pour enfin retrouver le soleil. Et ce fichu soleil, il est dans le ciel. Il ne descendra pas pour moi.

Diesel : T'es toujours là ?

Tout se mélange et se confond. L'air chaud de la nuit s'écrase contre mon visage. Les voitures continuent à défiler sur la route un peu plus loin. Cette ville ne dort jamais. Il me suffirait de marcher quelques mètres pour me jeter sous des roues. Quand j'imagine l'état de mon corps après la collision, ça ne m'effraie même pas, je m'en fous ; dans tous les cas, il retournera à la poussière.

> Diesel : Solveig ??
>
> Diesel : Solveig ????
>
> Diesel : J'aime pas trop ce silence.
>
> Diesel : Solveig, stp, dis-moi que tu vas bien.

« *La vraie mélancolie c'est quand la vie vous manque alors que vous l'avez encore.* »
– Jacques Dor

# 13
# Diesel

*saman* – Ólafur Arnalds

Solveig m'a laissé sans nouvelles.

En répondant à ce numéro inconnu il y a quatre jours, je m'attendais à tout, sauf à une conversation de cette ampleur. La façon dont notre échange s'est achevé me hante. J'ai d'abord eu peur qu'il se soit jeté sous les roues d'une voiture, alors dès le lendemain, et chaque jour depuis, j'ai cherché dans le journal, sur Internet, dans les faits divers s'il y avait eu récemment un suicide, un accident sordide la nuit où je discutais avec Solveig, mais non, rien de tout ça.

Pour autant, je n'arrive pas à être rassuré, parce que cette situation, je la connais beaucoup trop bien. La dernière fois que j'ai reçu un message aussi alarmant, il y a bien eu un nom affiché dans le journal quelques jours plus tard...

– Et vous, vous feriez quoi ?

Aucun de mes animaux ne me répond. L'obscurité est tombée dans l'appartement, seules les bougies disposées partout éclairent la pièce. Mélisse essaie d'escalader mon oreille, Lugosi roupille dans l'évier de la cuisine. Je soupire, attrape mon téléphone et tape un nouveau message.

Diesel : Ça m'est égal si tu ne veux plus me parler, je veux juste savoir si tu es vivant.

Mon téléphone vibre, je sursaute et me jette sur la notification.

Solveig : aussi insistant par sms qu'avec les tracts, je vois

Solveig : t'es accro.

Il est vivant, bordel. Ma nervosité commence enfin à se dissiper.

Diesel : Il est 1 heure du matin, je ne pensais pas que tu me répondrais.

Diesel : Tu vas bien ?

Solveig : le soleil brille, les oiseaux chantent

Diesel : Tu vas mieux ? Tu as pu rentrer chez toi sans problème ?

Solveig : j'avais un peu trop bu, ne prends pas ce que j'ai dit au sérieux

Je grince des dents. La vérité sort de la bouche des enfants et parfois, des gens bourrés. Tout ce qu'il m'a dit, il le pensait. J'en suis convaincu. Mais soit, je vois très bien qu'il cherche à contourner le sujet, je ne vais pas foncer la tête la première et le braquer.

Diesel : D'accord.

Diesel : Je suis tellement content que tu sois là, tu n'imagines même pas.

Solveig : pourquoi ça ?

Diesel : Parce que j'ai flippé.

Solveig : tu me connais à peine.

Diesel : Ça ne change rien.

Solveig : si tu le dis…

Je reste là, planté devant mon écran. J'ai peur de partir, même une seconde, et de me retrouver à nouveau sans réponse. Alors je tape ce qui me vient en tête, en espérant maintenir son attention.

Diesel : Dis, ton prénom, il est d'origine islandaise. Donc je me demandais si c'était une lubie de tes parents ou si t'avais des origines ?

Solveig : ma mère.

Diesel : Ta mère ?

Solveig : elle est née en islande. donc elle voulait me donner ce prénom. mon père a aimé, fin de l'histoire.

Solveig : c'est censé être un prénom féminin, mais bon, ça m'en touche une sans faire bouger l'autre. un nom, c'est rien de plus qu'une étiquette sociale.

Diesel : T'es en train de dire que t'as collé une étiquette à tes filles ? C'est comme ça que tu vois les choses ?

Solveig : c'est pour identifier une personne, ça peut aussi montrer que les parents étaient bourrés ou pas quand ils ont choisi. au moins, mes filles ont une belle étiquette

Diesel : Comment elles s'appellent ?

Cramponné à mon clavier, je ne chasse même pas mon araignée qui me colle sa patte dans l'œil.

Solveig : Rakel et Naïa

Diesel : Joli. Elles ont quel âge ?

Solveig : 14

Diesel : Les deux ?

Solveig : oui

Diesel : Jumelles ?

Solveig : mais qu'il est perspicace

Quatorze ans... et je ne donne pas plus de trente ans à Solveig. Les pièces du puzzle s'assemblent peu à peu dans ma tête. Il a rencontré sa femme à l'école, la grossesse n'était pas prévue, ils ont choisi de les garder et ont vécu leur petite vie. Puis, tout a volé en éclats à la mort d'Alisha. Quelque part, ça me rappelle ma propre situation. Moi non plus, je n'étais pas prévu par mes parents. Quand ma mère a commencé à fréquenter Wyll, elle ne cherchait pas à avoir d'enfant. C'est fou comme un simple oubli de contraception peut bouleverser le cours de l'existence. Petit, je me voyais comme une « mauvaise surprise », mais ma mère répondait toujours en disant que j'étais son Kinder surprise favori.

Diesel : On me le dit souvent.

Diesel : Je peux te demander ton âge ?

Solveig : j'ai 30 ans.

Solveig : abstiens-toi de toute remarque à la con type « wouah, t'es devenu papa à 16 ans », ça me casse les couilles.

Diesel : Oui, je te donnais dans ces eaux-là.

Il n'y a pas à dire, quand il n'a pas bu, Solveig n'est pas du genre loquace. À moins que je ne l'embête.

Diesel : J'ai l'impression de t'ennuyer.

Solveig : intelligent comme tu es, je suis sûr que tu peux tirer tes propres déductions

Cette réponse va beaucoup m'aider.

Solveig : tu sais reconnaître la grande ourse ?

Le changement de discussion ne me perturbe même pas, je suis juste content qu'il me parle.

Diesel : Pas du tout. Pourquoi ?

Solveig : curiosité. Ali adorait les étoiles, on les voit plutôt bien ce soir

Solveig : souvent on se posait pour les regarder et on écoutait les Guns. t'as ce passage qu'on adorait dans So Fine : « i'd look right up at night, and all i'd see was darkness, now i see the stars alright »

Solveig : on se disait que ça nous allait bien. parce qu'on en a bavé avec les jumelles au début et puis après, on a trouvé un équilibre.

Solveig : enfin bref…

Solveig : c'est chiant la nostalgie.

Diesel : Pas forcément. Je trouve ça réconfortant. Quand je visite un musée, je me rappelle mon oncle. On y allait toujours à deux, il adorait ça. Même s'il est décédé il y a des années, j'entretiens son souvenir. La mémoire, c'est important. Ça veut dire que ces personnes ont vraiment compté dans ta vie, qu'elles ne sombrent pas dans l'oubli.

Solveig : Ali est morte y a deux ans

Solveig : je sais pas ce qui me manque le plus. elle, genre, sa présence

Solveig : ou tous ces moments à deux

Diesel : Les deux sont liés. Puis je crois que ce qui te manque, c'est tout ce qu'elle représentait : la mère de tes enfants, ta femme, ces « moments à deux », ce qu'elle te disait sur ta « Pieuvre ».

Solveig : tu dois avoir raison

Solveig : enfin bref, on s'en fout

Diesel : À la rigueur, toi, tu t'en fous, pas moi.

Solveig : et pourquoi tu t'en foutrais pas ? on se connaît pas.

Diesel : Peut-être que j'ai envie de te connaître, justement.

Au diable les heures de sommeil, je préfère parler avec Solveig. Si j'ai commencé à le taquiner pendant cette manifestation, c'est parce que je le trouvais pas mal. Puis, son agacement était un peu marrant. À présent, je veux en savoir plus sur lui. Il m'intrigue, c'est tout.

Solveig : j'avais remarqué, tu poses beaucoup de questions

Diesel : Et ça te convient pas ?

Solveig : non

Diesel : Pourtant tu réponds.

Le « vu » apparaît. Cinq minutes passent, Solveig joue du chrono. S'il ose me ghoster simplement pour me donner tort… alors je saurai que je perds mon temps.

Solveig : je m'ennuie, c'est tout

Diesel : C'est ça.

Solveig : ça te plairait pas de me connaître, je suis un connard

Diesel : Pourquoi ?

Solveig : mon taf, ce que j'ai fait à ellie, je fais souffrir mes filles

Diesel : En quoi être gardien de prison fait de toi quelqu'un de mauvais ? Je n'y vois aucun lien de causalité. Et pourquoi tu blesses tes filles ?

En tant qu'institution, je n'aime pas les gardiens. Pourtant, au cas par cas, je n'ai rien contre eux. Je sais très bien qu'ils ne sont pas tous à l'image de la caricature dépeinte dans les séries.

Solveig : diesel, tu peux pas être gardien et humaniste, c'est tout

Solveig : mes filles, elles le cachent, mais elles s'inquiètent pour moi. elles ont peur que je crève au taf

Diesel : Tu ne les blesses pas intentionnellement. Si elles ont peur, c'est parce qu'elles t'aiment.

Solveig : parfois j'en doute. et même si c'était vrai…

Diesel : Le scepticisme est le commencement de la foi, non ?

Solveig : si tu le dis.

Diesel : C'est pas moi qui le dis, mais Oscar Wilde. 🤓

Solveig : il est tard, tu devrais dormir

Diesel : Tu essaies de te débarrasser de moi ?

Solveig : bien sûr que non, j'ai envie que tu sois
en forme pour le travail demain !

Diesel : Oh le mythooooo.

Diesel : Je suis à la fac en études de criminologie, j'ai pas vraiment de travail.

Solveig : mais t'as quel âge, au juste ?

Diesel : 23 ans !

Solveig : je t'en donnais plus

Diesel : Pourquoi ?

Solveig : je sais pas, sûrement parce que tu as
beaucoup de cran et un degré de confiance en
toi rarement atteint

Un sourire bête étire mes lèvres. Oui, la plupart du temps, j'ai confiance en moi. C'est quelque chose que j'ai appris à cultiver et je n'ai jamais été aussi heureux que depuis le jour où j'ai décidé d'accueillir la personne que je suis.

Diesel : J'ai faim omg.

Solveig : bah mange.

Diesel : Je crois que j'ai un reste de pizza hawaïenne dans le frigo, ça tombe à pic.

Solveig : beurk.

Diesel : T'as pas de goût.

Sa réponse n'arrive pas. Incapable de lâcher mon téléphone, je l'emmène dans la cuisine. Tandis que le reste de pizza chauffe dans le micro-ondes, je vérifie mes messages. Solveig a lu, mais n'a pas daigné répondre.

Diesel : Dis, pourquoi tu m'as envoyé un message l'autre soir ? Je veux dire, pourquoi à moi ?

Solveig : j'étais bourré, je suis retombé sur ton numéro… c'est tout.

Solveig : ne te fais pas de films

Diesel : Donc là, tu es aussi bourré ?

Solveig : non

Diesel : Alors pourquoi tu me parles ?

La bulle d'écriture apparaît, disparaît, puis réapparaît de nouveau. Suspendu à mon écran, j'oublie d'avaler la bouchée que j'étais en train de mastiquer. Mélisse descend sur mon poignet, atteint mon dîner et sa patte piétine une pauvre tranche d'ananas. Solveig, lui, continue à taper. Puis il s'arrête. J'avale enfin ma part. À chaque morceau, j'espère une réponse qui ne vient pas. Si je renvoie un SMS, je vais le braquer ou tout gâcher. À la fin de mon repas, je me résous à accepter que la conversation est terminée. C'est peut-être mieux comme ça, j'ai besoin de dormir un peu. Je remets Mélisse dans son terrarium, souffle les bougies une à une et me glisse sous mes draps. Malgré le vent que m'a collé Solveig, mon cœur est plus léger que ce matin. Savoir qu'il respire me suffit amplement pour l'instant.

« *Vous aurez beau vous faire aussi discret que possible, un jour, quelqu'un finira bien par vous trouver.* »
– Haruki Murakami

# 14
# Diesel

*The Kids Aren't Alright* – The Offspring

Accoudé au comptoir, j'observe Nour. Elle virevolte entre les tables, souriante comme d'habitude, un lourd plateau dans les mains. En début d'après-midi, le café est plutôt calme. Selon Nour, le pire horaire, c'est le matin, quand tout le monde vient réclamer sa boisson et son gâteau à emporter. Je profite de ce moment de tranquillité pour attraper mon téléphone, ouvrir mes notes et m'attaquer à la rédaction d'un nouvel article pour l'association.

– J'ai ma pause dans dix minutes, m'annonce Nour en passant à ma hauteur.

Je lève un pouce en l'air. Ma pote bosse depuis qu'elle a commencé les études. Ses parents ne lui font pas de jolis virements tous les mois, ne lui paient pas son loyer et ses factures. Les miens, si, et je réalise ma chance. Parfois, je me demande comment je vais m'en sortir plus tard, quand je n'aurai plus personne pour me tenir la main.

Je me tortille sur mon tabouret bancal. Je devrais peut-être me retrancher à l'arrière du café, les fauteuils sont bien plus confortables et j'aime l'ambiance reposante instaurée par les immenses étagères chargées de livres. Ils ne sont pas à vendre, mais les clients peuvent les lire. Je suis tombé sur l'un des bouquins de mon père une fois, il était si fier quand je lui ai envoyé une photo.

– Tu m'accompagnes fumer ? m'interpelle Nour, qui revient vers moi.

J'acquiesce et la suis à l'extérieur. Elle s'appuie contre le mur, puis s'allume une clope.

– Je suis rincée.

– Tu veux une serviette ? réponds-je en me laissant tomber par terre sans aucune grâce.

Il lui faut un moment pour percuter.

– T'es grave...

– Tu me passeras ta fin ?

Je pointe sa cigarette du menton et elle acquiesce.

– Si tu veux.

Distraitement, j'attrape quelques mèches de mes cheveux et commence à me faire une tresse.

– Au fait, ta mère m'a appelée.

Je hausse un sourcil.

– Pourquoi ?

– Apparemment, elle a un transfert la semaine prochaine, pour accueillir un alpaga. Elle sait que j'adore ces animaux, donc elle m'a proposé de venir. Et je suis aussi conviée à un dîner ce week-end.

C'est bien ma mère, ça, elle ne peut pas s'empêcher d'inviter tout le monde.

– Elle m'a même pas dit pour l'alpaga, la traîtresse.

– Tu sais si Kléia sera là aussi ce week-end ?

– Elle m'a rien dit, envoie-lui un SMS, tu seras fixée.

– Si je te demande, c'est parce qu'elle ne me répond pas.

Ça lui arrive parfois, quand le travail l'accapare trop.

– J'essaierai de l'appeler. Sinon, tu m'as pas dit si t'allais revoir Palila. Vous vous êtes déjà décidées ?

Nour m'a appelé à la seconde où son rendez-vous s'est terminé pour me faire un bilan complet. Même au bout du fil, je pouvais la visualiser avec des étoiles plein les yeux.

– Oui, j'aimerais lui proposer un second *date*, mais j'ai pas d'idées, avoue-t-elle.

– Elle dessine, non ?

– Exact.

– Pourquoi pas l'emmener à une exposition ? Dans un musée ? Ou tu peux lui servir de modèle ? Oh, je sais ! Essaie de lui demander un cours, non ? T'arrives pas à tracer un cercle, ça peut être bien drôle.

– Mes talents en dessin t'emmerdent, mais merci pour tes suggestions. T'es toujours là pour me sauver la vie. Elle te vient d'où, toute ton inspiration ?

– J'en sais rien, je dis juste ce qui me passe par la tête.

Nour regarde l'heure sur son téléphone, mais ne bouge pas. Je suppose que sa pause n'est pas encore terminée. Elle tire une dernière taffe, puis me passe sa clope.

– Et toi ?

– Quoi, moi ?

– Toujours rien de nouveau ?

– Pas grand-chose… Par contre, je parle par message à un mec en ce moment. Tu sais, celui que j'ai rencontré à la manif pour Riggs à Raiford et que j'ai recroisé au parc après.

– Tu te moques de moi, Diesel ? rigole-t-elle. Les deux fois, t'avais juste l'air de le saouler, comment t'as réussi à choper son numéro ?

– Grâce à mon charme légendaire, évidemment ! ironisé-je avec un mouvement de tête exagéré. Maintenant, il ne peut plus se passer de moi. Enfin, si on omet le gros vent qu'il m'a mis samedi, et le fait que je n'ai pas de réponse depuis.

Nour s'esclaffe et je me joins à elle.

– Toi, tu vas devoir sortir les rames.

– C’est clair, surtout que nos conversations sont spéciales.
– Spéciales, comment ?
Je hausse les épaules.
– Spéciales. J’peux pas t’en dire plus, je pense pas qu’il ait envie que je te parle de nos échanges. Tout ça pour te dire que je crois qu’il me plaît, et je sais pas du tout comment m’y prendre.
– Tu vas bien trouver, t’as de l’inspiration à revendre.
– Mouais, marmonné-je, plus sur la réserve.
Nour consulte encore l’heure et cette fois, elle se décolle du mur.
– Je retourne bosser. On se voit demain ?
– Ouaip.
Elle m’adresse un dernier signe de la main et retourne à l’intérieur.

✦

En pleine recherche pour God Bless America, je suis interrompu par une notification sur mon téléphone. Mon cœur manque un battement.
*Bon sang, Diesel, contrôle tes émois.*

Solveig : j’ai encore croisé tes petits potes devant raiford, vous êtes plus tenaces que des taches de calcaire

Diesel : Je commençais à croire que tu ne me répondrais jamais.

Solveig : désolé, je savais pas quoi dire

Solveig : en tout cas, j’étais étonné de pas te voir avec tes amis

Diesel : Je suis rentré à Orlando pour la semaine.

Diesel : Mais je travaille quand même pour l'association. En ce moment, je fais des recherches sur la violence infligée aux détenus dans le milieu carcéral. Je prépare un article.

Solveig : pff.

Diesel : Quoi ?

Solveig : les taulards, tjrs les taulards. je te croyais plus original

Diesel : T'es jaloux ?

Solveig : abuse pas

Diesel : Depuis que je te connais, pour être honnête, j'ai aussi envie de préparer un billet sur les gardiens. Tu m'y aiderais ?

Solveig : peut-être

Diesel : C'est pas une réponse très claire.

Solveig : on verra, j'ai pas le temps là. plus tard, pourquoi pas

Diesel : T'as l'air de beaucoup bosser.

Solveig : j'ai pas mal de gardes de nuit et des horaires de merde, ouais

Diesel : Ça doit pas être facile comme boulot.

L'encoche «lu» n'apparaît pas.

Après quelques minutes, je soupire, repose mon téléphone et me replonge dans mes recherches.

Solveig : l'argent pousse pas dans les arbres et je gagne plus de nuit

Diesel : Écoute, que tu m'aides ou non, après avoir fini mon article sur les violences carcérales, je me pencherai sur le cas des gardiens.

Solveig : c'est quand même une drôle d'occupation, de défendre des criminels

Cette fois, c'est à mon tour de prendre du temps pour répondre. Je tourne les mots dix fois sur le clavier. J'ai l'impression de me justifier et je déteste ça.

Diesel : Je sais que ça n'excuse en rien leurs actes, mais la plupart de ces types ont vécu des drames qu'on ne peut pas imaginer. Je trouve ça triste. Si quelqu'un les avait écoutés, si quelqu'un les avait aimés, est-ce qu'ils en seraient là ? J'en sais rien… Puis, même ceux qui n'ont aucune excuse. Autant c'est normal que des mesures soient prises pour protéger la société, autant je trouve ça aberrant de les traiter comme de la merde. En fin de compte, c'est se mettre à leur niveau.

Solveig : c'est une vision un peu utopique, tu ferais un bon petit bisounours

Sans doute, mais c'est comme ça que je conçois le monde. Je n'ai pas envie de lui parler de Rowan, de mon deuil, de comment j'en suis arrivé à ma mentalité actuelle, alors je brode :

Diesel : Ça me fait du bien de penser ainsi. Je refuse d'avoir l'esprit parasité par la rancœur, c'est pas bon pour l'âme.

Solveig : à raiford, on a incarcéré un paquet de tueurs en série. j'ai aucune pitié pour eux

Diesel : Ouais, vous en avez vu défiler pas mal : Stano, Wuornos, Jennings Hill…

Solveig : t'as des histoires qui circulent encore sur stano. des gardiens qui étaient déjà là à l'époque. apparemment, avant de mourir, il a dit qu'il avait rien fait et qu'il avait été manipulé pour avouer

Solveig : c'est trop facile

Diesel : Tu sais, je pense qu'on est tous innocents et coupables à la fois, donc, en un sens, je le crois. Je sais aussi que beaucoup sont contraints à avouer parce que les gens ont besoin de quelqu'un à blâmer, et tant pis si on se trompe. Enfin bon, concernant son cas, les faits sont là, ça sert à rien de les nier.

Solveig : « je suis innocent »

Solveig : c'est ce que tu entends le plus en taule et surtout dans les couloirs de la mort

Diesel : Tu connais le cas Stinney ?

Solveig : non

Diesel : George Stinney est tristement célèbre pour être le plus jeune condamné à mort du 20e siècle. On l'a accusé du meurtre de deux fillettes blanches, lui était Afro-américain. La seule preuve contre lui, c'est qu'il avait été le dernier à les avoir vues en vie. Il a été accusé d'homicide au premier degré, jugé et condamné à mort après des délibérations de seulement 10 minutes par un jury entièrement blanc. Les syndicats, les religieux et la NAACP ont tout fait pour contester le verdict, mais personne n'a voulu revoir le procès, alors même que la sœur de Stinney a répété qu'ils avaient passé la journée ensemble. Le gamin était tellement petit sur la chaise électrique que les bourreaux ont dû utiliser la Bible qu'il tenait pour faire un rehausseur. Le masque qu'il portait est tombé en pleine électrocution, tout le monde l'a vu souffrir pendant ses quatre longues minutes d'agonie. Il avait 14 ans. Ce gamin n'a pas eu le droit à un procès équitable, alors 70 ans après le drame, son jugement a été annulé et la juge a reconnu que ses aveux avaient sûrement été forcés. Mais tu parles ! Il est mort. C'est trop tard. Ça, c'est un bon exemple de jugement hâtif, raciste, et très probablement d'erreur judiciaire.

Cette histoire, j'ai beau la connaître par cœur, elle laisse toujours un goût de bile sur mon palais.

> Solveig : putain…
>
> Solveig : 14 ans…
>
> Solveig : c'est l'âge de mes filles
>
> Solveig : perturbant.
>
> Solveig : c'est pour ça que tu milites ? à cause des erreurs judiciaires ou des cas de jugements racistes ?

C'est la première fois que Solveig me pose une question. Je suis touché, ça efface un peu mon amertume.

> Diesel : Pas que. Aussi parce que c'est absurde de punir la mort par la mort. Ça n'efface rien à la souffrance des familles endeuillées. Et d'une façon très terre à terre… c'est pas rentable et ça coûte des milliers à l'État. On pourrait utiliser l'argent des contribuables autrement. J'aime pas l'idée d'être taxé pour buter des gens. Moi, je suis pour la dignité humaine et la justice sociale. Notre système judiciaire actuel n'est pas juste : tout est conditionné par notre niveau de richesse, notre couleur de peau, etc.

> Solveig : je vois
>
> Solveig : t'as l'air vraiment à fond dans la criminologie, je vois pourquoi tu as choisi de l'étudier

Mes lèvres s'étirent en un léger sourire.

Diesel : Tu t'es souvenu que je faisais des études de criminologie ?

Solveig : faut croire que mon cerveau n'a pas foutu à la poubelle tout ce que tu m'as dit

Diesel : Mon père a toujours été intéressé par ce milieu, je baigne dedans depuis gamin.

Diesel : Du coup j'arrêtais pas de bassiner mon petit ami avec ça. Et mon ex-copine est aussi dans le même cursus que moi.

Une pointe d'appréhension me lèche les entrailles. Ma pansexualité n'est pas un secret, je n'ai pas peur de la dévoiler aux gens. Je ne veux pas – ou plutôt plus – cacher celui que je suis. Malgré ça, je redoute sa réponse.

Solveig : Alisha aimait bien ça aussi. elle regardait parfois les émissions avec l'autre là, rafal nowakosky

Solveig : je me suis demandé si c'était quelqu'un de ta famille l'autre jour

J'expire, soulagé. Il n'a même pas rebondi sur le sujet, je crois qu'il s'en fout. Je ne pourrais pas rêver mieux. Peut-être qu'il est queer. Je n'en ai pas l'impression, mais qui sait, je suis incapable d'affirmer quoi que ce soit.

Diesel : C'est mon daron mdrrr. Il est invité sur des chroniques judiciaires, parfois. Il enseigne la criminologie.

Solveig : le monde est petit

Solveig : il a l'air aussi perché que toi.
Solveig : je suis sûr qu'il bouffe des pizzas à l'ananas lui aussi

Diesel : OUI MDRRR.

Diesel : Que veux-tu, ma famille est un peu originale.

Solveig : c'est rafraîchissant.

Diesel : T'as vu ça, je suis plus rafraîchissant qu'un verre de mojito un jour d'été !

Solveig : je hais les mojitos.

Diesel : Tu me brises le cœur.

Solveig : un peu de glu, ça passera.

Un petit rire m'échappe. Pour un ronchon blasé de la vie, il a de l'humour. J'aime apprendre à le connaître en dehors de ses problèmes, apprendre à le découvrir dans ses nuances. Les plus sombres, les plus superficielles, les plus lumineuses, les plus exubérantes.

*Toutes.*

« *Le réel est étroit, le possible est immense.* »
– Alphonse de Lamartine

# 15 Solveig

*Natalie* – Milk & Bone

Je titube en sortant du commissariat. Mes vêtements puent le sang, l'humidité et la sueur. Un putain de mélange qui me soulève le cœur. Mon seul souhait est de marcher droit jusqu'au fleuve Saint Johns et de m'y noyer. Pourtant, je n'en fais rien. Je traîne des pieds jusqu'à ma caisse garée plus loin sur le parking et m'affale sur le siège en jurant.

Journée de merde.

Ce matin, je sentais qu'elle allait être crevante, mais je ne pensais pas si bien dire.

Malgré les années, je n'ai jamais réussi à m'habituer à Raiford. Cette étrange odeur de colère, de mort et de peur mélangée m'est aussi familière qu'écœurante. Je ne supporte toujours pas les cris de ceux qui perdent le reste de leur dignité, de ceux qui chialent en réalisant qu'être coupé du monde est une sensation atroce. Pour taire ces angoisses, je me suis fait à l'idée que je ne représente pas grand-chose, que je peux mourir à tout instant. Je me suis forcé à dresser des barrières entre mes collègues et moi. Parce que je ne veux pas que leurs problèmes m'atteignent.

Et pourtant...

Ça ne fera pas les gros titres dans les journaux parce que tout le monde s'en tape, mais un gardien est mort aujourd'hui. Ce n'est pas un scoop, c'est comme ça, ça arrive. Ce sont les risques du métier, il paraît. N'importe quoi. Ce pauvre type avait une femme et un gamin de quatre ans, putain. Ce mec, ç'aurait pu être moi. Imaginer mes gamines devenir orphelines me refile une folle envie de tout plaquer et de me barrer loin. Pour les préserver.

– Merde, grincé-je en consultant mon téléphone.

Mes notifications sont inondées de messages et d'appels des jumelles. Ça fait presque trois heures que je devrais être à la maison. Là, je suis persuadé qu'elles m'imaginent parti rejoindre Alisha. Je leur tape un SMS pour les rassurer, mais mon foutu portable s'éteint avant que je n'aie pu l'envoyer.

*Fait chier !*

Je le balance dans le vide-poche, allume le contact et me dépêche de rentrer. Les filles seraient furieuses si elles me voyaient rouler si vite.

Sur la route, mon esprit vagabonde, prend un malin plaisir à me repasser en boucle les mêmes images. Mon collègue au sol, les yeux écarquillés comme s'il était choqué qu'un taulard puisse le lamer. Son sang qui dégueulasse le sol, le croissant de lune dessiné sur sa gorge, comme un sourire... Cette vision ne va pas me laisser tranquille de sitôt.

Je gare ma voiture en bas de l'immeuble et inspire à fond. Mon reflet tire la gueule dans le rétro. Je claque la portière de ma caisse d'un coup de pied, avise l'ascenseur déjà occupé et me résous à grimper les marches quatre à quatre. Quand j'entre dans l'appart, je trouve les filles dans la cuisine.

– T'étais où ? s'écrie aussitôt Naïa.

Sa voix oscille entre l'inquiétude et l'agressivité alors qu'elle se précipite vers moi.

– Ne crie pas, s'il te plaît.

– On était mortes de peur ! insiste-t-elle.

Son étreinte me prend de court, je reste les bras ballants, incapable de l'enlacer en retour. Rakel, elle, n'a pas bougé. Assise sur son tabouret, elle me scrute de haut en bas en silence.

– Tu... vas bien ? souffle Naïa en s'écartant, ses yeux brillants de larmes contenues.

– Ouais, détends-toi, ça va.

Elle me relâche et me suit jusqu'au canapé dans lequel je m'affale. Le regard perçant de Rakel continue à me vriller le dos.

– Il s'est passé quelque chose à la prison ? continue Naïa.

– Non, mens-je. Il y avait encore une manifestation devant la prison, cette fois, ils laissaient personne passer. Enfin bref. Vous avez mangé ?

J'aurais préféré supporter Diesel, sa bonne humeur et ses blagues de merde, plutôt que de me retrouver à rédiger des rapports pour la mort d'un collègue.

Rakel abandonne enfin son tabouret et se plante devant moi, contraignant sa sœur à se décaler.

– Quand ton père rentre avec trois heures de retard et que tu sais qu'il peut crever là où il bosse, ça donne pas trop envie de bouffer, balance-t-elle avec froideur.

– Rakel... intervient Naïa.

– Quoi ? Il est rentré alors ça y est, tu oublies tout ? Moi, je pense qu'il était trop occupé pour en avoir quelque chose à faire que ses filles s'inquiètent.

– Tu te fous de moi, Rakel ? asséné-je.

– J'en ai l'air, tu crois ?

Bordel, je viens de griller je ne sais pas combien de feux pour rentrer plus vite, et c'est comme ça que je suis accueilli ?

– T'aurais pu nous prévenir, mais tu te préoccupes même pas de nous. Si t'étais un père normal, peut-être qu'on aurait moins peur qu'il t'arrive quelque chose.

– « Un père normal » ?

Ma fille ne baisse pas le regard, elle me défie.

– Rakel, viens, lâche l'affaire, s'il te plaît...

– Non. Laisse ta sœur me dire le fond de sa pensée.

Les dents serrées, Naïa s'assied sur la table basse, repliée sur elle-même.

– Avec plaisir, ironise Rakel. Un père normal, il se planque pas je ne sais où pour boire. Un père normal, il s'intéresse à ses enfants, il se contente pas d'exister. Un père normal, il disparaît pas une nuit sur deux. Mais écoute, je suppose que te mettre des races, c'est mieux que de passer du temps avec nous.

Cette fois, mon sang ne fait qu'un tour. Je ne pense même pas à lui expliquer que mon téléphone s'est coupé. Je me lève et j'explose.

– Tu sous-entends quoi là, Rakel ? Que je m'en cogne de vous ?

Je donne un violent coup de pied dans la table basse et Naïa lâche un petit cri apeuré.

– Et qu'est-ce que tu crois que je fous, quand je me défonce le dos au boulot pour te payer ton forfait, tes futures études, ton appareil photo, tes fringues, ta bouffe et le putain de toit au-dessus de ta tête ? Tu penses que je ferais tout ça si j'en avais rien à foutre ?

Rakel a un mouvement de recul. Sa détermination flanche un peu, je le vois au fond de ses yeux.

– Ça change rien, tu t'intéresses pas à nous ! Tu nous poses jamais de questions, tu me parles que pour m'engueuler. Mes passions, tu t'en moques ! Tu connais le nom de mon film préféré, au moins ?

Je marche de long en large dans la pièce. Les mots de Rakel me font autant de mal que la Pieuvre. Ses tentacules claquent contre mes tempes, la migraine monte.

– Non, tu ne le sais pas, souffle-t-elle. Maman, elle s'en souvenait, elle.

J'expire un grand coup, blessé et en colère. Blessé par ses mots, furieux contre elle, contre moi, parce que le pire, c'est qu'elle a raison.

– T'aurais voulu que je crève à la place de ta mère ? m'étranglé-je.

La Pieuvre pourrait régler tout ça en une fraction de seconde.

– J'ai jamais dit que je voulais que tu crèves... balbutie-t-elle, en tentant de contrôler ses larmes.

– Ah ouais ? demandé-je, mauvais. « Maman, elle s'en souvenait, elle. » Qu'est-ce que ça peut bien vouloir dire, à part « t'aurais dû crever à sa place » ?

– Ça veut dire que ma mère me manque et que mon père me manque encore plus ! Mais de toute façon, t'es trop borné pour comprendre ça, assène-t-elle.

– Pardon ?

Rakel secoue la tête et disparaît en claquant la porte de sa chambre. J'abandonne l'idée de la suivre, ça risquerait de mal finir. Enfin, encore plus mal. En tournant les talons, je me fige. Naïa a planté ses ongles dans ses cuisses trop minces, piètre tentative pour apaiser ses tremblements. Son visage trempé de larmes suffit à anéantir mon agressivité, mais il est déjà trop tard.

– Naïa, j'suis désolé...

– C'est toujours pareil, j'en peux plus, sanglote-t-elle.

Elle aussi m'abandonne sans un dernier regard pour moi..

Un con, c'est tout ce que je suis. La seule gagnante dans cette histoire, c'est la Pieuvre. Encore et toujours elle. Épuisé, enragé et totalement largué, je m'enferme dans la salle de bains. Tout ce qui me convainc de sortir de la douche, c'est la facture que je vais me taper à la fin du mois.

Dans l'appart, c'est le silence total, et je n'ai pas envie d'aller me confronter à la rage de Rakel ni à la tristesse de Naïa. J'ai l'impression que le moindre de mes mots rajouterait de l'huile sur le feu.

Alors je vais faire l'autruche dans mon lit. Étendu sur mon matelas, je branche mon téléphone. L'écran s'illumine après quelques instants, affichant un message non lu.

Diesel : Tiens, j'ai pensé à toi.

Il a joint une photo de plante avec un panneau « je ne suis pas morte, c'est juste mon apparence ».

Solveig : je crois que j'ai encore merdé.

Sa réponse n'est pas aussi instantanée que d'habitude et je m'impatiente devant mon écran. Puis l'encoche « lu » apparaît enfin, et je fixe les trois points de suspension qui s'agitent.

Diesel : Atta, j'ai perdu ma mygale, je reviens.

Il n'y a rien qui va dans cette phrase. Diesel est un excentrique, j'ai bien compris, mais *qui* perd une mygale ? Combien de choses je vais encore apprendre sur lui ?

Solveig : quand tu dis « mygale », c'est une image ou t'as une putain d'araignée chez toi ?

Diesel : C'est pas une « putain d'araignée », c'est Mélisse, une grammostola rosea, un peu de respect enfin !

En voilà une appellation scientifique bien compliquée pour parler d'une mocheté sur pattes.

Diesel : Bref, je l'ai retrouvée.

Diesel : Qu'est-ce qui s'est passé ?

Solveig : je me suis embrouillé avec Rakel.

Diesel : Pourquoi vous vous êtes disputés ?

Solveig : je suis rentré en retard. un collègue est mort au taf, longue histoire.

Solveig : les filles ont stressé

Solveig : je voulais les prévenir, mais mon tel s'est coupé, donc j'ai tracé pour rentrer

Solveig : enfin bref, Rakel était remontée, elle m'a reproché de pas les avoir prévenues

Solveig : elle a aussi dit que j'étais pas un père normal pcq je bois, que je « m'intéresse pas à elles » et me contente « d'exister »

J'ignore pourquoi je tape tous ces mots. Je n'ai pas réfléchi. Me confier n'a jamais été simple, Alisha devait toujours me tirer les vers du nez. C'est peut-être la fatigue qui me pousse à me livrer.

Solveig : j'ai gueulé trop fort

Solveig : Naïa a flippé et s'est mise à pleurer.

Solveig : je fais peur à mes filles, Rakel a raison, je suis pas un « père normal »

Maintenant, je doute. L'ai-je déjà été un jour ?

Diesel : C'est marrant, Wilde a écrit que vivre est la chose la plus rare du monde et que la plupart des gens ne font qu'exister. Ce que tu me dis m'y fait penser. Enfin bref, sauf erreur de ma part, une dispute, c'est à plusieurs. Tu t'es engueulé AVEC Rakel. Donc VOUS êtes responsables et VOUS avez fait pleurer Naïa. Pas TOI. Après, je comprends que tu te sentes coupable.

Solveig : ça me prend la tête

Solveig : peu importe à quel point je m'acharne, je merde quand même.

Solveig : elle est jamais satisfaite.

Diesel : Mais pourquoi Rakel t'a dit que tu ne t'intéressais pas à elles ?

Solveig : apparemment je me préoccupe pas de ce qui a de l'importance à leurs yeux

Solveig : ok, je connais pas le nom de son film préféré, mais l'autre jour, je l'ai emmenée au parc. on a passé du temps ensemble, je lui ai même acheté un truc, je sais pas ce qui lui faut de plus.

Ou plutôt, j'ai tenté d'acheter son amour avec un cadeau, parce que je sais très bien à quel point j'échoue dans mon rôle de père.

Diesel : Ça dépend de ce que tu appelles « passer du temps ensemble », après.
Solveig : comment ça ?

Qu'est-ce que je suis pitoyable, à aller chialer dans les bras d'un type bizarre et bruyant. Mais je dois reconnaître que c'est simple de lui parler.

> Diesel : Je dis ça au pif, mais si vous vous contentez d'être ensemble sans interagir, c'est assez artificiel. Tu vois, c'est un peu comme manger avec quelqu'un qui est toujours sur son téléphone. Vous êtes ensemble, mais c'est juste pénible.

Solveig : elle faisait la gueule, compliqué de parler

> Diesel : Certes, mais elle boude pas tous les jours (ou si ?). Comment ça se passe le reste du temps ?

Solveig : on parle, je crois

> Diesel : Ça vaudrait le coup de creuser. Pose-lui des questions, demande-lui ce qu'elle attend de toi.

J'ai du mal à m'imaginer questionner ma fille à ce sujet, ce serait reconnaître mon incapacité à la comprendre. Je soupire. Parler à Diesel m'a un peu calmé, même si mes nerfs restent échauffés par la dispute.

Solveig : pourquoi tu dors pas ?

> Diesel : Je regarde un documentaire sur l'histoire des pizzas. Et je fume un joint.

Solveig : ça doit bien faire 15 ans que j'ai pas fumé de beuh.

Solveig : c'était pas fou dans mes souvenirs.

Diesel : T'as fumé de la merde alors.

Solveig : mais bien sûr

Diesel : Je peux te le prouver quand tu veux.

Solveig : c'est ça.

Diesel : Ça veut dire oui ou non ?

Solveig : ça veut dire « on verra si t'arrives à me convaincre »

Si Ali était là, elle me regarderait en faisant les gros yeux. Sauf qu'elle n'est plus et ne sera plus jamais là.

Diesel : J'y arriverai. 😎

Diesel : Par contre, toi, tu devrais dormir.

Solveig : ça risque pas avec ce qui vient de se passer

Solveig : toute façon, je dors pas bcp

Diesel : Pourquoi ?

Solveig : j'ai juste du mal à m'endormir

Diesel : T'as testé les infusions à base de passiflore, de tilleul ou de coquelicot ? Si t'es sujet à l'anxiété, tu peux essayer le houblon aussi.

Solveig : comme si une infusion à la con allait m'aider

Diesel : Qu'est-ce que tu perds à essayer ?

Solveig : du temps.

Diesel : Allez, tente. Je peux même te les préparer, si tu veux, j'ai ces plantes chez moi.

Solveig : c'est un appart que tu as ou un potager géant ?

Diesel : Plutôt un sacré foutoir…

Solveig : tant que c'est propre

Diesel : Ça l'est approximativement…

À quoi pourrait ressembler l'appartement d'un excentrique comme lui ? Des toiles d'araignée, ce genre de paillasson avec un jeu de mots naze sur le pas de la porte, des chemises moches balancées sur des draps froissés qui sentent la beuh, et un fauteuil troué pour boire du thé. Je le vois bien avec un plaid et un chat sur les genoux, tiens.

Diesel : Il est tard et je suppose que tu travailles tôt demain, tu devrais vraiment essayer de te reposer.

Solveig : ouais. je devais être en repos jeudi, mais avec la mort de mon collègue, on a dû bousculer le planning

Pourquoi je me plains… Mon collègue, lui, il aurait bien aimé vivre et travailler demain.

Solveig : bon au moins, j'ai mon vendredi, les filles veulent organiser une soirée d'halloween à l'appart avec leurs amis. c'est peut-être pas plus mal que je sois dans les parages pour superviser.

Diesel : Déguise-toi en Ghostface.

Solveig : trop drôle.

Diesel se lance dans une apologie de *La Colline a des yeux*, *Dead Silence* et *Chucky*, ses œuvres horrifiques préférées. Bien sûr, il en profite pour remettre *L'Exorciste* sur le tapis, sauf que je ne regarderai pas ce maudit film avec lui. Il doit être ce genre de mec insupportable qui commente chaque seconde et rit fort à la moindre blague. Je l'imagine aussi mâcher du pop-corn bruyamment près de mes oreilles. Dégoûtant.

Les points de suspension bougent, Diesel est inarrêtable. Il est bientôt 3 heures, je devrais essayer de dormir.

Solveig : je vais me coucher

Diesel : Tu veux fuir mon exposé sur William Friedkin, tu peux le dire. Repose-toi bien.

Diesel : Oh, et j'aurai une surprise pour toi demain.

Solveig : du genre ?

Diesel : Du genre surprise.

Diesel : Dors et demain arrivera plus rapidement.

Solveig : petit con

Diesel : Dans mes souvenirs, je suis plus grand que toi.

Solveig : grand con.

J'éteins mon téléphone, ferme les yeux et me concentre sur une seule pensée : dormir. Malgré la fatigue, le sommeil ne vient pas. Je passe la nuit dans le noir, à ressasser les paroles des jumelles, les conseils de Diesel… C'est quoi, sa fichue surprise ? Sa signature sur un de ses maudits tracts ? Un concert de claquettes ? Ou peut-être qu'il va porter une chemise sans motifs ? Qu'est-ce que j'imagine, bordel ?

Aux premières lueurs du soleil, j'abandonne mes draps et me traîne dans la salle de bains. Le poids de l'eau pèse sur mes épaules trop tendues. C'est comme si les mots de Rakel avaient froissé mes muscles déjà crispés. J'enfile des vêtements que je ne vais encore porter que quelques heures et rejoins la cuisine. Les jumelles sont attablées au comptoir, encore en pyjama.

– Salut, marmonné-je.

Rakel me fixe en buvant son verre de jus d'orange.

– Tu as bien dormi ? tente Naïa, avec une esquisse de sourire.

– Ouais. Vous ?

– Nickel, j'ai fait de beaux rêves, ironise Rakel.

– Arrête… implore Naïa.

– Quoi ? Je vais pas lui dire que j'ai passé une bonne nuit alors que c'est faux.

– Tu vas pas recommencer, soupiré-je.

Pas encore, pas de bon matin. Je me plante devant les jumelles et me confronte au regard froid de Rakel. Naïa a rentré les épaules et tente de se confondre avec le décor.

– Je suis désolé pour hier soir, je voulais pas... dire ce que j'ai dit ni vous faire pleurer. Je sais très bien que tu n'as pas envie que je crève, Rakel.

Son expression se déride et trahit sa surprise. Elle entrouvre les lèvres et son regard semble confus. Aucun son ne sort de sa bouche.

– C'est pas grave, m'assure Naïa. On était tous un peu à cran.

Bien sûr qu'elle me pardonne. Elle n'oserait même pas m'en vouloir. J'essaie de lui sourire, mais je suis si tendu que ça doit ressembler à une grimace. Rakel serre les doigts autour de son verre.

– Je veux juste que ça change. Des excuses, ça ne garantit rien.

– Rakel, t'abuses, marmonne Naïa.

Là, je me souviens des explications de Diesel. Être là, ça ne suffit pas... Je dois faire mieux. Peut-être que...

– Tu voudras me montrer ton film préféré un de ces quatre ?

Rakel plisse les yeux.

– Un de ces quatre ?

– Ouais, la semaine prochaine, pendant mon jour de repos.

– Tu promets que tu changeras pas d'avis ?

Je hoche la tête.

– Non, dis-le.

– Promis.

Elle contrôle le sourire qui menace de lui ronger les joues et se penche sur son petit déjeuner.

– Bon, OK, excuses acceptées.

Malgré la journée de merde qui m'attend, je pars l'esprit plus léger, et ça ne m'était pas arrivé depuis longtemps.

« *Ne me secouez pas. Je suis plein de larmes.* »
– Henri Calet

# 16
# Diesel

*So Close* – Ólafur Arnalds (ft.Arnór Dan)

Le rendez-vous avec Loïd a porté ses fruits, il a consenti à m'accorder trente minutes d'entretien avec Riggs. Ses conditions étaient simples : aucun micro, aucune caméra et une surveillance constante. Ça change des détenus moins dangereux que j'ai pu rencontrer par le passé, avec eux, je n'étais pas aussi épié. Si la perspective de cette interview ne me rendait pas aussi nerveux, j'aurais pu éclater de rire en voyant la tronche de Solveig. Faut croire qu'il ne s'attendait pas à me croiser aujourd'hui. *Surprise !* Je me demande s'il commence à aimer ça, me voir débouler quand il ne s'y attend pas.

Je lui adresse un regard en coin, mais il reste concentré sur son travail et ne m'accorde pas un seul coup d'œil, encore moins un signe de tête. Ce n'est pas le moment, il a raison de m'ignorer. Son collègue et lui sont postés près d'une porte située en face de moi. De ce qui m'a été expliqué, ils sont là pour sécuriser l'échange avec Riggs.

La salle d'interrogatoire ne ressemble ni aux parloirs ni aux grandes pièces de discussion dans lesquelles certains prisonniers sont autorisés à retrouver leur famille. Ici, il n'y a qu'une table, deux chaises disposées de chaque côté et un pan du mur, en partie vitré pour qu'on ne puisse pas voir de l'autre côté.

Je pianote sur le bureau. Selon l'horloge fixée au mur, l'entretien aurait dû commencer il y a déjà sept minutes... J'espère que je ne vais pas apprendre que Riggs a changé d'avis au dernier moment. Solveig se penche pour murmurer quelque chose à l'oreille de son collègue, qui hoche la tête en retour, et à cet instant, la porte s'ouvre sur deux autres gardiens.

– Avance, ordonne l'un d'entre eux.

Les chaînes de ses menottes tintent alors que Riggs peine à passer sa gigantesque carcasse dans l'encadrement de la porte. Il m'offre un sourire bien trop froid pour être rassurant et s'assied sur la chaise qu'on lui désigne.

– Euh... en... enchanté, bégayé-je.

– C'est lui, le journaliste ? Il a l'air fragile, commente le détenu.

Les gardes ne répondent pas, ils enchaînent son pied droit au sol.

– Tu as trente minutes. Tiens-toi à carreau, l'avertit le plus âgé des deux.

– Pourquoi, on va me condamner à mort une seconde fois si j'obéis pas ?

Ils ne répondent pas à la provocation et quittent la pièce après avoir adressé un signe de tête à Solveig et son collègue.

Je ne m'attendais pas à ce que Riggs soit aussi intimidant. En plus d'être immense, même assis, le mec ne me lâche pas du regard tandis que je pose mon carnet et mon stylo sur la table.

– Calme-toi, ton cœur va sortir de ta poitrine.

– Je... bafouillé-je lamentablement.

Je ne pensais pas que ma nervosité se voyait à ce point. Riggs esquisse un sourire et je récupère mon stylo, histoire d'occuper mes mains.

– Enlève ta veste, mets-toi à l'aise, m'invite-t-il.

Sa voix est suave, presque coulante. Je m'humecte les lèvres et obtempère, posant mon vêtement sur le dossier de la chaise.

– Voilà, très bien.

Un silence s'étire entre nous. Finalement, c'est lui qui parle le premier.

– Alors, il me semble que tu as quelques questions pour moi.

J'acquiesce et ouvre mon carnet sur une page blanche. Riggs scrute le moindre de mes mouvements, sans jamais se défaire de son sourire en coin. Les tueurs de son acabit, charismatiques et manipulateurs, je les trouve bien plus terrifiants que les grands taiseux renfermés. Bruce Cornwell, l'assassin de mon oncle, appartenait à la seconde catégorie. Pendant son procès, il a choisi d'utiliser son droit au silence et a refusé de répéter les aveux qu'il avait fournis lors de sa garde à vue. La procureure et l'avocat de la défense n'ont pu se baser que sur des citations pendant tout le jugement.

Il faut que je me reprenne. Mon père a bien dit de laisser mes expériences personnelles au placard.

– Comme on a dû vous en informer, je travaille pour God Bless America, une association luttant contre la peine de mort. Je m'intéresse tout particulièrement à votre affaire, car la décision de la Cour suprême est pour vous le dernier moyen d'éviter votre condamnation. Dans ce cadre, j'aimerais écrire un article vous concernant. Vous êtes toujours d'accord pour répondre à mes questions ?

Il sourit.

– Pourquoi pas.

– Est-ce que vous pouvez vous présenter ?

– Redresse-toi.

– Pardon ?

– Tu ne te tiens pas droit, c'est mauvais pour le dos. Il faut que tu te redresses.

– Ah…

J'obéis, mal à l'aise.

– Voilà, c'est mieux, joli chaton.

– Je préfère les araignées, entre nous. Ou les serpents.

– Pourtant, tu ressembles à un chaton. Je suis sûr que si je t'étais tombé dessus, tu te serais débattu comme un chaton, toutes griffes dehors.

*Ne rentre surtout pas dans son jeu, Diesel.*

– Est-ce que vous allez vous présenter maintenant ?

– Qu'est-ce que tu veux savoir exactement ? Mon histoire ? Mes goûts ? Mon âge ? Qu'est-ce qui me définit selon toi ?

– Votre enfance, votre environnement familial, votre passé, jusqu'à votre crime. Mais vous pouvez aussi me parler de vos passions. Je suis ouvert à tout.

Je joue avec le bouchon de mon stylo afin de contenir mon stress.

– Je suis né en Floride, à Tampa. C'est une jolie ville, si on aime la culture. Tu aimes la culture ?

Je hoche la tête.

– Mon père était chef de rayon à Walmart. Il s'est suicidé quand j'ai avoué le meurtre.

Mes doigts se crispent.

– T'as un problème avec ce que je viens de dire ? soulève Riggs.

– Non, continuez, marmonné-je.

– Bien. Donc, mon père n'est plus de ce monde. Je suppose que le regard des autres était trop difficile à supporter. Ma mère… est musicienne. Elle passe sa vie derrière son piano, à composer. Je me suis toujours dit que j'étais moins important que sa musique.

– Vous aviez un manque affectif ?

Son visage se crispe et la froideur de son regard me transperce.

– Silence, ne m'interromps pas.

Je baisse les yeux une seconde, ou peut-être deux.

– Je suis enfant d'immigrés chiliens, reprend-il, plus détendu. L'intégration, ça n'a jamais été mon fort. Je ne parlais pas très bien l'anglais, j'avais du mal à me faire comprendre à l'école. Donc, je ne me mêlais pas beaucoup aux autres. Pourtant, au collège, il y avait cette fille qui me plaisait bien… Elle avait des yeux…

– Vous étiez amoureux ?

Le bouchon de mon crayon tombe au sol, j'amorce un mouvement pour le ramasser.

– Laisse-le par terre, le bruit était insupportable. Et je t'ai déjà dit de ne pas me couper la parole ! gronde-t-il.

Je me mords la lèvre, mon pied commence à taper le sol à toute vitesse.

– Je ne sais pas si j'étais amoureux, pour te répondre.

Perplexe, je hausse un sourcil. J'ai un peu de mal à le suivre. Je continue quand même à noter ce qu'il me dit, griffonnant rapidement sur le papier.

– J'ai fini par prendre cette fille à part, pour lui parler… Mais elle m'a humilié, je n'étais pas assez bien pour elle, je suis devenu la risée du collège. Est-ce que tu aurais été aussi méchant, toi ? Tu m'aurais repoussé ?

Je me demande si cette fois, j'ai le droit d'ouvrir la bouche. Face à son regard insistant, je me résous à lui fournir la réponse qu'il attend.

– Je ne sais pas… mais je ne vous aurais pas blessé. Je sais ce que ça fait de se faire jeter par quelqu'un qu'on aime.

Son ricanement est froid, cynique. Je ne me sens déjà pas super bien, et on n'a même pas encore commencé à parler de son meurtre…

– Tu penses vraiment ce que tu dis ou tu as juste peur de moi ?

La vérité, c'est que si un mec comme lui me déclare sa flamme, je prends mes jambes à mon cou. Il faut que je prenne des pincettes pour ne pas le vexer.

– Je suis sérieux, c'est pas mon truc de briser le cœur des gens.

Après, si vous voulez de la sincérité, je vous aurais repoussé, désolé...

– Pourquoi ça ? s'amuse-t-il en haussant un sourcil.

Bon sang, je m'enfonce.

– Tu peux me dire que je te fais flipper.

– Vous me faites flipper, admets-je.

Je crois discerner de la satisfaction dans le fond de ses yeux.

– Je l'avais remarqué. Ça me plaît.

Cornwell a déclaré la même chose à la police lors de son interrogatoire. Selon les mots que la procureure a cités pendant le procès, entendre mon oncle le supplier, constater la peur dans son regard, puis la résignation quand il a compris que rien ni personne ne le sauverait, ça lui a « donné un sentiment de toute-puissance absolument divin ». Comment on peut en retirer un quelconque plaisir ?

– À part ça... tu sais, je suis un homme ordinaire, reprend-il avec aisance. J'aime l'art, la gastronomie, les livres de science-fiction, les jeux vidéo rétros, me promener au bord de l'océan, manger une bonne pizza devant un match de foot. Je soutiens les Tampa Bay Buccaneers, évidemment. Toi ?

Je suis estomaqué par son changement de conversation. Enfant, je trouvais Cornwell terrifiant, mais Riggs l'est encore plus. Son aisance verbale est plus angoissante que le silence. J'en ai des palpitations, et quand je passe la main sur mes tempes, je réalise que je transpire.

– J'suis pour les Jaguars...

– Un choix regrettable.

Je tapote la table du bout de mon stylo. J'aurais aimé en apprendre plus sur sa famille, les relations qu'entretenaient ses parents avec lui, histoire de comprendre dans quel genre d'environnement il a vécu. Mais j'ai peur de mettre un terme à cet entretien si je dis encore quelque chose de travers.

– Est-ce que vous avez autre chose à me partager au sujet de vos passions ou de votre enfance ?

– Non.

Je me cache derrière mes notes un long moment. Riggs remue sur sa chaise, les chaînes qui maintiennent son pied au sol s'entrechoquent. Il pousse un soupir agacé. Je dois trouver un truc à dire. Après une grande inspiration, je me racle la gorge et reprends la parole :

– D'accord, alors est-ce qu'on pourrait revenir sur votre crime ? Il y a quatre ans, vous avez suivi, séquestré toute une soirée et abattu Martha Rodriguez, quatorze ans. Par la suite, l'enquête a démontré que vous n'en étiez pas à votre coup d'essai : vous êtes l'auteur d'une série d'agressions. Pourquoi avoir abattu Martha et pas toutes vos précédentes victimes ?

– « Séquestrée », le mot est un peu fort...

Bien sûr, retenir quelqu'un dans une pièce minuscule en l'attachant à un lit, c'est trois fois rien. Il est hallucinant de mauvaise foi. Ou alors, il ne comprend vraiment pas ce qu'il a fait de répréhensible. Pourtant, les psychiatres l'ont jugé responsable de ses actes.

– Vous n'avez pas répondu à ma question, tenté-je.

– Oh, laquelle ?

À son sourire suffisant, je comprends qu'il s'en souvient très bien.

– Pourquoi avoir abattu Martha et pas les autres ? Votre mode opératoire a toujours été de procéder la nuit en vous masquant le visage, pourquoi avoir agi en pleine journée ?

C'est grâce aux témoignages que l'enquête a pu remonter jusqu'à lui. Malgré les traces ADN retrouvées sur la scène du crime, il n'y a eu aucune correspondance dans les fichiers de la police.

– Tu aimes t'ennuyer, toi ?

Je hausse un sourcil, perdu.

– Non.

– Moi non plus.

Je suppose que je vais devoir me contenter de cette réponse. Il voulait juste... changer de routine. La famille de Martha a déclaré dans une interview que le flegme de Riggs était impossible à supporter. Savoir que son enfant a perdu la vie, juste comme ça, parce que Riggs avait envie de sa dose de satisfaction malsaine, ça rend le deuil éprouvant. Encore aujourd'hui, je peine à accepter que Rowan soit mort sans aucune raison. Non pas qu'un mobile m'apaiserait, mais au moins, je pourrais me raccrocher à un truc concret. Mon estomac se noue.

– Pendant votre procès, vous n'avez jamais justifié votre choix de suivre Martha précisément.

– Pourquoi pas ? ricane-t-il.

Durant les interrogatoires, Cornwell a juste balancé en justification : « Sa tête ne me revenait pas. » Ils ont la même ligne de défense – si on peut seulement parler de défense. Mon cœur se serre.

Bon sang, je ne peux pas m'empêcher de comparer Riggs à Cornwell, alors que je m'étais juré de prendre assez recul pour ne pas le faire.

– T'as l'air tout chiffonné, se moque Riggs.

– Vos réponses sont difficiles à cerner.

– C'est toi le pro, non ? Débrouille-toi.

Je lutte contre les souvenirs du procès, mais ils sont là, ils tournent dans ma tête. Le deuxième jour de l'audience, la juge nous a demandé de quitter la salle, à Kléia et moi. Je ne voulais pas, mais on ne nous a pas laissé le choix. Plus tard, j'ai appris que des photos de la scène du crime avaient été diffusées ce jour-là. Je suis bien content de ne pas les avoir vues. Apparemment, Rowan n'est pas mort sur le coup. Il a eu le temps de souffrir pendant plusieurs longues minutes, selon le médecin légiste. Je porte mon ongle à ma bouche et essaie de me concentrer sur ma respiration. Les murs de la pièce semblent se rapprocher. Je suffoque.

– Vous... hum... Vous avez refusé de présenter vos excuses à la famille Rodriguez. Est-ce encore le cas ?

– J'ai la gueule de quelqu'un qui demande pardon ? C'est pour les moins-que-rien, et je n'en suis pas un, assène-t-il.

– Et pourquoi vous avez choisi de plaider coupable ?

Il aime tant parler que je suis étonné qu'il n'ait pas eu envie de se vanter de son meurtre pendant un long procès médiatisé.

– Mon avocat voulait aller au procès pour que je puisse me défendre. Mais j'ai refusé. À quoi bon ? L'issue aurait été la même.

– Et vous avez ressenti quoi, à l'annonce de votre condamnation ?

– Honnêtement, pas grand-chose. Ça me dérange pas de mourir. La mort est fascinante après tout, non ? Contrairement à Martha, je ne suis pas du genre à pleurer et supplier.

Abject. Il est juste abject. Pour autant, mes convictions ne sont pas ébranlées : je suis contre son exécution et la famille de Martha aussi. C'est leur opinion qui devrait être prise en compte, pas celle du public.

En plus, je suis persuadé que Riggs ment. S'il se moquait de la mort, il n'aurait pas laissé son avocat porter l'affaire jusqu'à la Cour suprême.

– À ce propos, trouvez-vous que votre procès a été équitable ? Est-ce que vous pensez que vos origines latines ont joué contre vous ?

– J'ai pas eu de procès, on vient d'en parler.

J'arrive plus à me concentrer...

– Oui, désolé, je voulais parler de la décision de justice.

– Je sais très bien ce que pense la Floride des gens comme moi. Si elle peut nous liquider, ça l'arrange. Cela dit, Martha était mexicaine, non ? Pour une fois qu'une victime latine n'est pas ignorée.

Son cynisme est triste. Il a raison, c'est ça le pire. L'État se fiche des victimes dont le visage n'est pas assez blanc, ou le nom de famille pas assez américain.

– Est-ce que... la mort vous effraie ?

– Pourquoi j'aurais peur de la mort ? Je viens de te dire que je la trouvais fascinante. Tes facultés d'écoute sont pitoyables, ton article va être lamentable.

Cette fois, je sens mes mains commencer à trembler, alors je serre aussitôt les poings pour le cacher. Il est temps de boucler cette interview, de toute façon, le collègue de Solveig me fait signe qu'il ne me reste que deux minutes.

– J'ai une dernière question pour vous... Quel mode d'exécution vous avez choisi ? Et pourquoi ?

En Floride, on est d'une générosité sans bornes. Peut-être qu'on assassine les gens, mais on les laisse choisir comment. Quel humanisme...

– L'injection létale. Je le trouve plutôt sécurisant. Mourir dans un lit, c'est mieux que sur une chaise.

À titre personnel, j'ai toujours trouvé que c'était le plus perturbant. Sûrement parce que l'idée de mourir dans mon sommeil m'a toujours tétanisé.

– Je vois, marmonné-je.

– Tu en penses quoi, toi ?

– C'est votre choix, j'ai pas à le discuter.

Il se penche autant que ses entraves le lui permettent ; sa carrure est si massive qu'il pourrait m'engloutir.

– Donc, tu le contestes ?

– Non, je...

– C'est terminé, coupe Solveig. Plus de questions.

Je pousse un soupir soulagé et essuie mes tempes trempées.

– J'ai tout ce qu'il me faut. Je vous enverrai une copie de l'article par courrier, si ça vous intéresse.

Là, je mens carrément. J'ai peiné à obtenir des informations et je ne sais pas trop si je vais réussir à écrire un texte correct, mais je n'ai pas envie de m'éterniser. J'ai besoin d'air frais.

– Ça me ferait plaisir.

Mon sourire est crispé alors que je renfile ma veste. Une fois de plus, Riggs ne me lâche pas des yeux. Je range mon carnet au fond d'une poche, mon crayon dans l'autre.

– Tu devrais mettre une pince, lance-t-il en voyant que je passe une mèche de cheveux derrière mon oreille.

– Peut-être.

– Fais-le, ordonne-t-il.

– C'est terminé, insiste Solveig. Vous avez eu tout le temps de bavasser.

Je carre les épaules.

– Merci beaucoup d'avoir bien voulu répondre à mes questions.

Il m'adresse un vague signe de tête et me regarde partir. Une fois dans le couloir, je retrouve un peu de sérénité. Si j'avais su, je n'aurais pas interrogé un homme pareil juste avant de déjeuner, ses propos m'ont coupé l'appétit. Je consulte mes notes chaotiques. Avec le stress, je n'ai pas tout reporté correctement, sans compter que certaines phrases sont illisibles. Je comptais aussi sur ma mémoire pour quelques éléments, mais je réalise que c'était une mauvaise idée : l'angoisse est en train de tout altérer dans ma tête.

La porte de la salle d'interrogatoire s'ouvre sur Solveig et son collègue, coupant court à mes pensées.

– T'as cinq minutes ? demandé-je prudemment.

– Ouais. Michael va te ramener à l'accueil, attends-moi là-bas.

Je laisse l'homme m'escorter jusqu'au guichet de sécurité et je récupère mon téléphone portable avec plaisir. En attendant Solveig, j'en profite pour envoyer un message dans le groupe de l'association.

Diesel : Bon, j'ai rencontré Riggs, mais je ne garantis rien sur la qualité de mon article.

Ruth : Pourquoi, ça s'est mal passé ?

Diesel : J'ai foiré ma prise de notes et j'ai pas eu bcp d'infos pertinentes.

Ruth : Je suis sûre que tu vas t'en sortir, tqt pas.

– Viens.

Solveig me coupe avant que je ne termine d'écrire ma réponse. On va s'installer sur le parking du personnel, près de sa voiture. Je m'assieds par terre, étends les jambes. Le soleil me flatte le visage, c'est agréable de prendre l'air après trente minutes sous tension.

– C'était ça, ma surprise ? grince-t-il. Me forcer à écouter l'histoire d'un gars qui a tué une gamine de l'âge de mes filles ? J'ai pas apprécié.

– Tu n'es pas content de me voir ?

Au lieu de me répondre, Solveig se laisse tomber à côté de moi et sort un paquet de sa poche. C'est la première fois que je suis aussi proche de lui. Il sent le tabac froid et le savon. La manche de sa chemise d'uniforme remonte un peu et j'observe le tentacule enroulé autour de son poignet. Ses doigts sont graciles, élégants alors qu'ils roulent une cigarette.

– Pourquoi tu regardes mes mains comme ça ? J'ai raté ma clope à ce point ?

– J'avais pas vu que t'avais aussi des tentacules sur les bras.

– C'est une grande pièce.

– Grande, à quel point ?

– *Grande*, grogne-t-il en allumant sa clope.

Visiblement, je n'en saurai pas plus aujourd'hui.

– N'empêche, continue-t-il. C'est étrange de te revoir en face.

Il expire un nuage de fumée. Au travers des volutes, je contemple ses yeux d'un gris délavé, presque irréel.

– J'ai pas arrêté de venir chialer dans tes bras ces derniers temps. Tu sais plus de choses sur ma vie que mes propres parents, ça craint. Et là, tu es juste à côté de moi… Tu dois te dire que je suis qu'un geignard.

– Pourquoi je le penserais ? Je suis content que tu me fasses confiance.

– T'as pas raconté ma petite vie merdique à tes amis, j'espère.

– Bien sûr que non ! m'exclamé-je, vexé qu'il puisse imaginer le contraire.

– J'espère bien. Tu peux pas savoir à quel point j'ai honte.

– Je te trouve plutôt courageux.

Solveig soupire en tirant une autre taffe. Il dégage quelque chose de vulnérable et fort à la fois, tout en dualité, ça me plaît.

– Ça va mieux avec tes filles ?

Il ne répond pas tout de suite, et je n'arrive pas à interpréter l'émotion que je vois passer sur son visage. Il prend tout son temps pour expirer un autre nuage de fumée, avant de me proposer :

– Tu veux ma fin ?

J'attrape sa clope et la porte à mes lèvres. Pendant que je tire dessus, il m'observe et je me perds une seconde dans ses yeux clairs.

– On a reparlé, je me suis excusé, avoue-t-il finalement. J'ai promis à Rakel de regarder son film favori la semaine prochaine, je dois pas me rater.

– Ça a dû lui faire plaisir.

– Elle souriait, ouais.

Solveig a été radin, il ne me faut que deux taffes pour terminer sa roulée. Je pose le mégot à côté de moi et attrape une Vogue dans mon sac. Bien sûr, comme un imbécile, j'ai oublié mon Zippo.

– Tu peux me prêter ton briquet ?

– C'est bête de pas avoir de feu quand on s'appelle « Diesel », se moque-t-il.

Je n'ai pas l'air malin, avec ma cigarette éteinte pendue à ma bouche. Solveig secoue la tête, approche son briquet et met un terme à ce moment embarrassant.

– Merci.

Il ricane.

– Clope à la vanille, hein ? T'as vraiment un truc pour les plantes dégueulasses.

– À ce sujet, si tu veux, je peux repasser lundi pendant ta pause déjeuner pour te donner les herbes dont je te parlais.

– Tu vis pas à Orlando en semaine ?

– Si, mais je peux bien sécher un jour de fac.

– Ne rate pas les cours pour moi, j'en vaux pas la peine.

– Je décide seul de ce qui vaut ou non la peine.

– OK, fais ce qui te chante, marmonne-t-il.

Un sourire me mange les joues. Toutes les raisons sont bonnes pour croiser Solveig. Les messages, c'est bien, le réel, c'est mieux.

– Dis-moi, tu es en pause déj, mais tu ne manges pas ?

– Je suis pas en pause déj, techniquement.

– Ben pourtant, il est midi.

– Tu te doutes bien que tous les gardiens s'absentent pas en même temps pour casser la croûte. Là, j'ai une coupure obligatoire de quinze minutes, mais je mangerai pas avant 14 heures. Enfin, si je mange.

– Tu devrais, c'est important.

– Je sais, Rakel me le dit assez souvent. Et maintenant, faut que je retourne bosser. J'ai pas envie, putain.

Il se relève en soupirant, puis traîne des pieds, comme si le moindre effort lui coûtait.

– Tu es dans le coin ce samedi ? me lance-t-il en époussetant son pantalon.

– Ouaip.

– Envoie un message quand t'es dispo, comme ça, tu me refileras tes plantes sans rater la fac à cause de moi. Et tu pourras en même temps me prouver que la beuh, c'est pas de la merde.

– Tu vas bien voir que tu te trompes, chantonné-je.

– C'est ça... À samedi, alors.

Lorsque Solveig disparaît de mon champ de vision, une énergie nouvelle m'envahit. Je n'ai pas rêvé, il veut me revoir ! Cette fois-ci, ce ne sera pas une rencontre à la volée.

Je vais passer du temps avec lui. Pour de vrai.

« *Hell is empty. And all the devils are here.* »
– William Shakespeare

# 17
# Solveig

*Lonely* – Yoe Mase

Diesel : Dispo cet aprèm ?

Je coince ma brosse à dents dans ma bouche pour répondre au message de Diesel. C'est assez étrange de me dire que je vais sortir avec quelqu'un, j'en ai perdu l'habitude et l'intérêt.

Solveig : qd ? où ?

Diesel : Tu vis dans quel coin ?

Solveig : pas loin de water street…

Je lui envoie par SMS l'adresse exacte sur Google Maps.

Diesel : OK, c'est pas compliqué en voiture, t'es à environ 15 minutes. Si tu veux, on se retrouve chez mes parents (non, ce n'est pas un traquenard, ils sont absents).

Diesel : Sinon, tu peux me prendre et on y va à deux. Je dois passer pas loin de chez toi pour récupérer un truc.

Solveig : « un truc » genre l'herbe que tu veux me faire fumer ?

Diesel : Nan, juste un chandelier que j'ai réservé chez un antiquaire.

Solveig : mais t'es pas venu en ville avec ta caisse ?

Diesel : Non, j'aime bien prendre le bus des fois.

Solveig : dommage, j'avais bien envie de voir si ta bagnole roule au sans plomb

Diesel : … Mdrrrr t'es chiant.

Diesel : Je serai devant chez toi vers 15 heures.

Je jette négligemment mon téléphone sur le rebord du lavabo et termine de me brosser les dents. Quand je rejoins ma chambre, j'attrape les premières nippes qui me tombent sous la main – je ne vois pas pourquoi je ferais un effort.

Diesel : Tu vas devoir patienter quatre longues heures sans moi, tu vas survivre ?

La conversation me semblait terminée, mais avec Diesel, j'ai l'impression qu'elle ne l'est jamais vraiment.

Solveig : je dois faire le ménage et préparer à manger, tu ne devrais pas me manquer.

Diesel : « devrais » 😌

Diesel : J'aimerais tellement te voir avec un petit tablier en train de chanter « Comme un homme ».

Solveig : pq « comme un homme » ?

Diesel : C'est la chanson que j'écoute depuis toujours pour faire le ménage.

Solveig : moi, c'est « où est la vraie vie » et « je voudrais déjà être roi »

Alisha ne pouvait pas effectuer une seule tâche ménagère sans regarder des Disney et brailler sur chaque musique. Depuis, sans même y penser, je continue de lancer *Raiponce* ou *Le Roi Lion* quand je dois m'occuper du grand nettoyage de l'appartement.

Diesel : Mais épouse-moi.

Diesel : Raiponce, c'est trop bien.

Diesel : On continuera cette conversation plus tard, je te laisse à ta séance aspirateur et karaoké.

Solveig : pas mon truc de pousser la chansonnette

Diesel : Ah, bah moi si, je te fais l'instrumental, les danses, toutes les voix des personnages, les scènes parlées. Tu devrais m'entendre quand je me mets à interpréter Les Grands Esprits ou C'est la fête. Attends, je te fais un audio, ça va te motiver comme ça !

Solveig : non, ça ira, te donne pas cette peine

J'ai à peine tapé sur «envoyer» qu'un message vocal s'affiche. Quel entêté... J'ai pas envie de saigner des tympans, je devrais l'ignorer. Pourtant, mes doigts appuient sur le bouton « lecture » et la voix tonitruante de Diesel m'explose aux oreilles. Le son, bordel ! Il chante si faux, je peine à reconnaître la chanson. C'est tellement n'importe quoi que j'en souris.

Solveig : lâche pas l'école.

✦ ✦ ✦

J'étale la nourriture dans mon assiette sans y toucher depuis plusieurs minutes. Naïa ignore le wok de courgettes et carottes que j'ai pourtant pris la peine de lui préparer. Je pensais lui faire plaisir, elle est censée adorer cette recette... La seule à manger, c'est Rakel.

– Je serai pas là cet aprèm, annoncé-je finalement.

– Moi aussi, je sors, répond aussitôt Rakel.

– Et qui t'en a donné l'autorisation ?

– Je suis pas encore punie, quand même ?

Naïa carre les épaules et à son regard, je sens qu'elle s'est déjà résignée à la perspective d'une nouvelle engueulade.

– J'ai pas dit ça, Rakel. Mais tu sortiras pas d'ici sans mon accord.

Elle pousse un soupir exagéré.

– S'il vous plaît, colonel Solveig, accordez-moi une permission de deux heures loin d'Alcatraz.

– T'iras pas bien loin si tu me manques de respect, la préviens-je.

Naïa serre les dents, jette un regard suppliant à sa jumelle, qui serre le poing.

– Allez quoi, s'il te plaît, je veux juste traîner au skatepark avec mes amis.

– Tu rentres à 18 heures au plus tard. Pas d'alcool, pas de fumette. Si tu désobéis à une seule de ces consignes, je te prive de sortie jusqu'à ta majorité.

Le regard de ma fille s'illumine. Elle saute de son tabouret ; Naïa expire, soulagée.

– OK, merci, je me casse avant que tu changes d'avis !

Elle court dans sa chambre, en revient avec sa planche de skate et enfile ses baskets neuves à la hâte. En moins d'un battement de paupières, elle a déjà quitté l'appartement.

Naïa se lève pour débarrasser la table. Ni elle ni moi ne finirons notre assiette, à quoi bon jouer la comédie plus longtemps ?

– Tu sais, Rakel, quand elle te provoque, elle fait ça exprès pour avoir ton attention.

Diesel a supposé la même chose.

– Je vais regarder son film avec elle, c'est pas assez ?

Naïa secoue la tête.

– Tu lui manques. T'étais plus proche d'elle avant.

Je m'en veux de leur imposer cette distance. Mais le décès d'Alisha, mon travail qui me bousille le moral chaque jour et la Pieuvre blottie dans mes abysses m'ont rendu trop acide. Si je m'éloigne, c'est pour les protéger de mes humeurs.

– J'ai l'impression que ce sera jamais assez pour elle.

– Faut lui parler, c'est tout, insiste Naïa.

– Ouais... Laisse la vaisselle dans l'évier, je vais m'en occuper.

– T'es sûr ? Ça me dérange pas de nettoyer.

– T'inquiète pas, profite de ton week-end.

Naïa m'enlace.

– Et toi, passe un bon après-midi.

Ses étreintes surprises, je ne m'en lasserai jamais.

J'attrape les assiettes sales et les lave. Quand je lève les yeux vers l'horloge, je réalise que Diesel doit m'attendre depuis déjà quinze minutes. Une notification vieille d'un quart d'heure m'attend en effet sur mon téléphone.

> Diesel : Ton militant favori est là.

Ce n'est pas pour autant que je me dépêche. Faut pas qu'il croie avoir de l'importance à mes yeux, il est déjà bien trop confiant.

En bas de mon immeuble, je tombe direct sur Diesel adossé à ma bagnole. Il passe la main dans les ondulations brunes de ses cheveux et relève ses lunettes de soleil.

– Salut, poulette, susurre-t-il d'une voix suave.

– Qu'est-ce que tu fous ?

– Note sur vingt mon interprétation du sportif populaire du lycée.

– Zéro, grommelé-je.

Diesel mime un cœur brisé avec ses doigts. Les bagues qu'il porte ne sont pas les mêmes que les fois précédentes. Celle sur son majeur a une couleur qui me rappelle son regard. Ni totalement bleu, ni totalement vert. J'avise le chandelier à ses pieds, enveloppé de couches de papier bulle.

– J'aurais aimé te voir avec ça dans le bus.

– Je suis bien content d'avoir trouvé un chauffeur privé. Tu aimes te faire désirer, d'ailleurs.

Je ne prends pas la peine de lui répondre et sors une clope.

– Tu te faisais beau pour moi ?

Il sourit de toutes ses dents parfaites tandis que j'allume ma cigarette, avant de lui balancer :

– Je te donne l'impression de m'être fait beau pour toi ?

Il y avait de l'ironie dans ma voix, mais Diesel choisit de l'ignorer. Ses yeux glissent sur moi pour m'étudier de la tête aux pieds.

– Oui ?

– Pas du tout, rétorqué-je en tirant une nouvelle taffe.

– C'est pas grave, t'as pas trop besoin de faire d'efforts pour me plaire.

Mes doigts tressaillent autour de ma clope.

– Monte avant que je ne te force à courir derrière ma caisse.

Diesel ouvre la portière et pose son cul sur le siège passager, son foutu chandelier sur les genoux.

– Pourquoi j'te plais ? demandé-je en m'installant à mon tour, la cigarette toujours entre les doigts.

– Faut croire que j'ai un faible pour les râleurs supplément cernes sous les yeux, tatouages et bijoux.

J'étais sur le point d'allumer le contact, mais je suspends mon geste et glisse un regard vers lui.

– Ta franchise me tue.

– Cool, encore deux victimes et je décroche mon diplôme de tueur en série.

Je secoue la tête, sourire en coin, et démarre la voiture. Alors que je m'engage sur la route, Diesel demande :

– Je peux allumer la radio ?

Sans attendre ma réponse, il commence à zapper frénétiquement. Les grésillements s'enchaînent jusqu'à ce qu'une mélodie familière s'élève dans l'habitacle. Mon cœur se fige. C'était la chanson préférée d'Alisha.

– *Jolene, I'm begging of you please don't take my man*, chantonne-t-il avec entrain.

Je jette des coups d'œil furtifs vers lui. Son air insouciant fait ressortir les taches de rousseur qui constellent ses joues et son nez.

Alisha aussi en avait, des taches de rousseur. Elles s'illuminaient quand elle riait aux éclats. Et comme Diesel, elle avait toujours le sourire aux lèvres, à croire que rien ne pouvait entamer sa joie de vivre. Et comme Diesel, elle chantait affreusement faux.

Je sens la Pieuvre s'éveiller.

Une vague de chagrin déferle sur moi, comprime ma poitrine. La Pieuvre remue dans mon ventre, ses tentacules glacés s'enroulent autour de mes poumons, étouffent les battements de mon cœur. Les yeux braqués sur la route, je serre le volant à m'en faire mal tandis que Diesel continue à chanter.

– J'ai envie de planter la bagnole.

Les mots franchissent mes lèvres sans prévenir. Putain, pourquoi j'ai dit ça ? Je sens le regard de Diesel peser sur moi. Il s'est tu, ses doigts figés sur le bouton du volume.

– Je nous préfère en un seul morceau, évite, s'il te plaît, souffle-t-il doucement.

Son ton léger ne masque pas complètement l'inquiétude qui perce dans sa voix. Il doit se demander si j'ai pété un câble. Si je suis vraiment capable de nous envoyer dans le décor. Est-ce que je le suis ? Je n'en sais rien. Mais je donnerais n'importe quoi pour faire taire la Pieuvre.

Pour rejoindre Alisha.

*« J'ai voulu décourber l'échine à courir après mes chimères*
*J'ai envolé mes rêves dans des avions de papier*
*Et j'ai voulu la vie d'château en m'endormant dans un clapier »*
– *À trop courir* – Gaël Faye

# 18
# Diesel

*Ain't It Fun* – Guns N'Roses

« J'ai envie de planter la bagnole. »

Pendant tout le reste du trajet, je suis resté crispé, les mains serrées sur le chandelier que j'agrippais comme une bouée de sauvetage. J'ai essayé de ne rien laisser paraître, mais intérieurement, j'étais en panique totale. Pour que le froid ne s'éternise pas après la phrase de Solveig, j'ai continué à parler de tout et de rien. Du dernier morceau que j'ai écouté, de ce que j'ai prévu de faire de ce foutu chandelier. N'importe quoi pour combler le silence et distraire Solveig de ses idées noires.

Finalement, on est arrivés en un seul morceau devant la baraque de mes parents. Mais même maintenant, alors que Solveig coupe le contact, je ne peux pas m'empêcher de ressasser.

« J'ai envie de planter la bagnole. »

Il m'a déjà avoué qu'il voulait mourir par message, mais l'entendre de vive voix, comme ça... ça m'a mis un sacré coup.

En sortant de la voiture, Solveig lâche un sifflement admiratif.

– Putain, ça rigole pas. Je devrais te renommer Sans Plomb 98. Un carburant de riche pour un enfant de riche.

Mon rire reste bloqué dans ma gorge.

– Tu m'aimes vraiment pour réfléchir autant à mon surnom. Et pour la maison, ma famille l'a entièrement rénovée. C'est un bien hyper précieux pour mes parents. Ils y ont mis pas mal de fric, OK, mais beaucoup de cœur aussi.

On se dirige vers l'entrée et je sors mes clés de ma poche. Le tintement du métal rompt le silence qui s'est installé entre nous. J'ouvre la porte et m'efface pour laisser passer Solveig.

– Après toi, poulette.

Il secoue la tête, mais s'exécute. Je referme derrière nous, avant d'observer Solveig qui détaille le séjour. Son regard s'attarde sur les plantes vertes qui envahissent l'espace. Il y en a partout : sur la table basse, à même le sol, sur les étagères...

– Je veux pas imaginer le nombre d'araignées qu'il y a chez vous.

– Il y en a, mais pas tant que ça. On leur donne des noms avec mes parents. Souvent, t'as Billy derrière le meuble télé, viens voir.

Je l'entraîne à l'autre bout du séjour et pousse le pot du monstera géant. Derrière la télévision, la grosse tégénaire se balance sur sa toile.

– Beurk, grince Solveig.

Je remets le monstera à sa place. Solveig lève un peu la tête, juge les guirlandes DIY fabriquées par ma mère. Elle a découpé des fleurs et des cœurs dans des pages de livre.

– Tes parents ont l'air très bobo chic.

– C'est pas « ils ont l'air », ils le sont.

– Ali aurait détesté la déco, lâche Solveig en caressant les coussins bariolés de couleurs. Pas assez minimaliste pour elle.

– Le minimalisme, c'est le truc de ma grande sœur, Kléia. Toi, tu aimes quoi comme déco ?

– Comme Ali, on avait les mêmes goûts sur ça. J'aime ce qui est épuré et simple.

C'est vrai que ça lui convient bien. Je parie qu'il considère les amas de babioles comme des nids à poussière.

– Mais cette déco te ressemble, continue-t-il. Je t'imaginais carrément vivre dans un endroit aussi coloré et désordonné.

– C'est une mauvaise chose ? demandé-je, intrigué.

Nos regards se croisent et j'ai du mal à interpréter ce que je lis dans celui de Solveig. De la curiosité, peut-être. Il finit par secouer la tête, avant d'effleurer les fils de perles et de plumes suspendus à la bibliothèque en osier, puis son regard se dirige vers la mezzanine.

– Il y a quoi en haut ?

– De ce côté, il y a une salle de jeu, le bureau de mes parents, l'atelier de ma mère... Et de celui-là, c'est les chambres. Viens.

Il me suit et on grimpe les marches jusqu'à rejoindre la mienne. Comme tout à l'heure, je le laisse entrer le premier et il analyse la pièce avec un regard à mi-chemin entre la curiosité et le scepticisme.

– Putain... souffle-t-il en attrapant un des crânes d'oiseaux de ma collection. Où est-ce que tu trouves tout ça ?

– Dans la nature ou dans des magasins de curiosité. Une fois, dans un parc, j'ai trouvé une ramure de cerfs, j'étais trop content.

Rowan m'emmenait tous les week-ends en forêt, il m'apprenait à chercher des insectes morts pour mes collections. Sa règle d'or, c'était de ne jamais tuer les animaux par simple passion ; on se contentait donc de les chercher pendant des heures, souvent sans succès.

Je jette mon manteau sur la chaise de bureau, abandonne mes chaussures près de la table de chevet et fouille dans mon tiroir.

– Les plantes dont je te parlais.

Solveig relève la tête, s'approche pour attraper le sachet que je lui ai préparé.

– Tu fais infuser une heure avant d'aller dormir. Tu m'en diras des nouvelles.

Son sourire en coin fane aussi vite qu'il a éclos.

– J'y compte bien.

Après avoir retiré ses rangers, il ne se fait pas prier pour s'étendre sur mon lit. Sa peau, si particulière, ressort sur les draps noirs. Je m'assieds en tailleur à ses côtés.

– Musique ? proposé-je.

– Les Guns.

– Quel album ?

– *Appetite for Destruction.*

– N'importe laquelle ?

– Ouais.

La mélodie envahit l'espace et Solveig esquisse les paroles de *You're Crazy* du bout des lèvres. Je les fixe un instant, sans pouvoir m'empêcher de me demander ce que ça ferait de les embrasser.

Est-ce qu'il me laisserait faire ?

Je ne devrais pas m'intéresser à lui, pas de cette façon... Kléia ne va pas passer sa vie à me ramasser en petits morceaux.

– Rien de tel que les Guns, ce groupe est incroyable.

– Mon père en est fan. C'est laquelle ta chanson préférée ?

– J'hésite entre *So Fine* et *Ain't It Fun*. Et vu comme tes parents ont l'air babos, ma main à couper que ton père adore *Knockin' On Heaven's Door* et *Civil War*.

Je m'esclaffe en acquiesçant.

– Touché. C'est ton truc, le rock ?

– Pas spécialement. J'écoute surtout ce qu'écoutent mes filles.

– Elles aiment quoi, tes filles ?

– Le rap. Et la pop. Je fais une overdose de pop.

– Eh ! C'est bien la pop !

– J'te voyais plus écouter du reggae, ricane-t-il.

– J'adore aussi. Mais mon truc, c'est l'électro, l'alternatif, les artistes indé. Des types comme EDEN, Boombox Cartel, TroyBoi...

– J'en connais aucun.

– Hérétique.

Il enroule ses doigts autour de mon poignet lorsque je feins de lui donner une pichenette sur le front. Sa peau est fraîche contre la mienne. Je scrute ses mains, ses ongles courts, le tentacule qui s'enveloppe autour de son avant-bras. J'imagine le dessin qui remonte le long de son épaule, jusqu'à son cou. Ce tatouage me fascine. Au-delà de la beauté du tracé, j'aimerais découvrir pourquoi il a choisi de graver ses maux sur sa peau. Pour garder un lien avec Alisha ? Mes yeux glissent vers Solveig qui me fixe, impénétrable.

– Si tu me retiens, je risque pas de pouvoir rouler un pét', dis-je doucement.

En réalité, c'est surtout que son contact me trouble. Il doit le sentir, le coin supérieur de ses lèvres se relève en une moue moqueuse. Son pouce glisse sur mon poignet, jusqu'à mon bracelet en perles. Le tatouage sur mon avant-bras attire son attention : le symbole du *peace and love*, orné de plumes.

– Sympa. Je croyais que c'était une phrase à la con mal piquée.

– Je me le suis fait il y a... deux ans, je crois.

Il hoche la tête et me libère enfin. J'en profite pour récupérer la boîte en plastique sur ma table de chevet dans laquelle je range tout mon matos. Je me mets à rouler en silence. Solveig m'observe attentivement.

– T'es plus rapide que moi.

– Je fais ça souvent, expliqué-je en haussant les épaules.

– Espèce de hippie.

– J'y peux rien, c'est de famille.

– Ma mère me défoncerait si elle me trouvait en train de fumer de l'herbe.

– La mienne m'a appris à bien l'effriter, réponds-je en riant.

Quand je compare mes parents à ceux des autres, j'ai toujours l'impression d'avoir été élevé dans une dimension parallèle.

– Et voilà.

Je lui tends le joint, il en prend une longue taffe, puis expire la fumée vers le plafond. Il ne bouge pas. Il reste allongé là, un avant-bras derrière la tête, alors que je bloque sur sa bouche entrouverte.

– C'est tout ? Aussi naze que dans mes souvenirs.

– Attends que ça fasse effet avant de ronchonner. Et fais tourner.

Il tire une dernière latte et me rend le *spliff*.

– Heureusement que j'ai toujours interdit à mes filles de prendre de la drogue.

*It's So Easy* résonne contre les murs de ma chambre, les doigts de Solveig tapotent le matelas en rythme.

– C'est marrant d'être là, reprend-il. J'suis pas sorti comme ça depuis des piges.

– T'as pas d'amis ?

Il ricane.

– Ça fait pitié dit comme ça, mais ouais. Déjà, avec la naissance des jumelles, certains m'ont tourné le dos. Ensuite, j'ai commencé à m'isoler, et ils ont fini par en avoir marre. Ou alors, ils me reprochaient d'être dans mon monde, même quand j'étais là.

– Peut-être qu'ils sentaient que tu étais émotionnellement absent. Je me souviens que parfois, mon ex était là sans l'être. Tu vois ce que je veux dire ?

Je me mords la lèvre. Malgré les années, c'est toujours dur de parler de Joey, de tout ce mal-être qui le bouffait de l'intérieur. Les doigts tremblants autour du bédo, j'en tire une longue latte et souffle la fumée.

– T'as peut-être raison.

– Tu peux retirer le « peut-être ».

– T'as toujours réponse à tout ?

– Ouaip, je suis le cauchemar de mes profs.

– T'es en quelle année, d'ailleurs ?

Je lui redonne le joint.

– Je termine mon master en analyse criminologique cette année.

– Oh, bientôt sur le marché du travail, commente-t-il. Sauf si t'as décidé de continuer. C'est quoi après le master, la thèse ?

– Ouais, c'est ça, réponds-je avec un sourire. Mais non, je vais m'arrêter là pour l'instant.

– Je vois. Six ans[1] d'études, c'est déjà très long. T'en as pas marre d'ailleurs ?

– Non, c'est super intéressant ce qu'on voit. L'autre jour, on a eu une intervention sur la négociation d'otages, c'était génial ! Et on a des cas pratiques en psycho criminelle. Dresser le portrait d'un tueur à partir de la scène de crime, par exemple. C'est très difficile, mais j'aime bien. Je crois juste que j'ai envie de commencer à bosser.

Solveig reste pensif un long moment et cette fois, il sourit presque tendrement.

– T'es à fond quand tu parles. C'est presque... mignon. Et tu veux taffer dans quoi ?

– Je veux être négociateur, mais si je trouve rien dans le secteur, je me rabattrai sur le profilage. Le truc, c'est que ça m'intéresse moins : quand on analyse une scène de crime, il est trop tard. Sauf pour les enlèvements, et c'est surtout avec ces cas-là que c'est une option qui peut m'intéresser.

– La négociation, ça t'irait bien.

Un rire m'échappe.

– Tout le monde me le dit. T'aurais voulu faire des études, toi ?

– Quand j'étais au collège, je voulais devenir journaliste. Maintenant, j'en sais rien. À part essayer de rester en vie, j'ai plus aucune ambition.

Un poids me tombe dans l'estomac, mais je tâche de l'ignorer.

– Journaliste, sérieux ? C'est surprenant. Ça demande d'être sociable, le taquiné-je.

– Ouais, à l'époque, ça m'attirait. J'aimais bien l'idée de pouvoir relater la vérité.

---

1 - Aux États-Unis, un bachelor dure quatre ans et un master deux ans.

– En parlant de journalisme, t'as réfléchi pour l'article sur les gardiens de prison ?

Il grince des dents.

– Tu perds pas le nord. Si tu veux, t'as qu'à passer chez moi vendredi prochain, je serai de repos.

Mon cœur manque un battement. J'en reviens pas qu'il me propose de venir chez lui. Mais je ne dois pas laisser mon imagination me jouer des tours, je sais très bien qu'il ne me voit pas comme moi je le vois.

Et comment je le vois, au juste ?

Comme un type qui me plaît beaucoup. Beaucoup trop, même.

– Ton article me rappellera mes rêves de jeunesse, ironise-t-il.

– T'en as d'autres, des rêves de jeunesse ? Qu'est-ce que tu aurais aimé accomplir ?

– Je sais pas, tous ces trucs que j'ai jamais vécus. Les soirées étudiantes, la fac, les voyages, avoir le temps de réfléchir à l'avenir, ne pas être obligé de devenir responsable si vite…

Un éclat de regret crépite une seconde dans ses yeux.

– C'est pas trop tard pour voyager. Ta destination de rêve, ce serait quoi ?

– L'Islande ou l'Espagne.

– L'Islande, je peux comprendre, mais pourquoi l'Espagne ? Mes parents ont une maison là-bas si ça t'intéresse, je suis sûr qu'ils seraient OK pour te la filer pour une semaine.

Il hausse les épaules.

– J'en sais rien, j'ai envie de bouffer des tapas et de me dorer la pilule. Je suis pâle comme un cachet d'aspirine, ricane-t-il. Mais c'est pas qu'une question de logement si j'y vais pas, il y a tout le reste, les billets d'avion, les activités sur place… Ça coûte un rein, je peux pas me le permettre. Bref, et toi, il y a des endroits où tu aimerais aller ?

– Oui, en Égypte. L'année dernière, je suis allé au Pérou avec ma famille. Les paysages sont à couper le souffle.

Solveig expire un rire un peu triste.

– T'as vraiment une sacrée vie, t'es un chanceux.

– Je sais, j'en ai conscience. Après, ma vie n'est pas parfaite, j'ai eu mes problèmes.

Sous son regard gris, je me sens presque mis à nu.

– Je m'en doute, t'as pas mal de réflexions très poussées, ça vient pas tout seul. D'ailleurs, j'y pense, ta famille est blindée de thunes, alors qu'est-ce que tu fous à la fac d'Orlando ? Tu aurais pu viser bien plus prestigieux.

La fameuse question.

– Mon ex n'était pas « blindé de thunes », on voulait étudier dans la même université, d'où mon choix.

– Et quand vous vous êtes séparés, t'as pas eu envie d'aller ailleurs ?

Ma gorge se noue, mais je m'efforce de répondre comme si de rien était.

– Non. Je m'étais habitué à la vie à Orlando, j'ai trouvé des amis, l'association...

Solveig acquiesce, mais n'ajoute rien. C'est là qu'une idée me vient.

– Et si je te tirais les cartes ?

Les coins de sa bouche remontent en un sourire joueur.

– J'y crois pas à ces trucs. Mais vas-y, tu vas t'amuser.

– Pourquoi ?

– Ma vie est triste à en pleurer de rire.

Je tire les épais rideaux pour plonger la pièce dans une semi-obscurité, allume les lampes d'ambiance et une bougie parfumée. Les flammes crépitent sur le visage de Solveig et teintent sa peau d'éclats orangés. Enfin, je récupère mon tarot dans un tiroir de chevet. Dans cette version, les arcanes majeurs sont illustrés avec des astres ou des constellations.

– On est samedi, parfait, lancé-je en m'asseyant sur le lit.

Solveig n'a pas daigné se rasseoir. Vautré sur le ventre, la tête négligemment appuyée contre la main, il ne cache pas son expression narquoise.

– Ah oui, il faut un jour précis ?

– Le dimanche, les cartes se reposent. Le lundi, elles mentent.

Un bruit de gorge ressemblant à un rire lui échappe et mes lèvres s'étirent en réponse. Il ne me prend pas au sérieux, mais ça m'est égal, il accepte d'y mettre du sien, et je n'en demande pas plus. Je brasse le jeu sept fois, le coupe de la main gauche, puis l'étale, cartes retournées sur les draps.

– OK, pose-moi une question.

Solveig me scrute de ses yeux gris délavé et à bien y regarder, ses pupilles sont pas mal dilatées : la *weed* est doucement en train de faire effet.

– J'en sais rien. Éclaire-moi donc sur la tronche de mon futur dans les prochaines années.

– Pense à ta question, observe bien les cartes. Concentre-toi. Prends le temps de respirer, de sentir leur énergie.

Il se penche sur le tarot pour le renifler. OK, il commence bel et bien à être défoncé.

– Pas comme ça, rigolé-je. Dans ta tête. Ressens-les.

– Ah.

– Ensuite, choisis-en quatre.

Il feint la concentration et envoie des pichenettes dans les arcanes qui l'attirent. Je place le premier à gauche, le second à droite, le troisième en haut et le dernier en bas.

– La carte à gauche représente ton présent, ton état d'esprit actuel, expliqué-je en la retournant. Diable à l'endroit.

– Tiens donc...

– Dans cette position, le Diable est associé à la négativité, la jalousie, les addictions. Tu traverses une période difficile, les tentations sont nombreuses et tu n'y résistes pas. T'as décidé de t'émanciper de l'autorité. C'est libérateur, mais aussi destructeur.

Cette fois-ci, Solveig reste silencieux. Il observe l'illustration du diable, symbolisé par un soleil déchu. Je retourne le deuxième arcane.

– À droite, le tarot va t'expliquer ce qui te manque ou bien les obstacles à affronter. Soleil à l'endroit. Il s'oppose au Diable. Pour l'affronter, tu dois retrouver ta propre lumière. Le Soleil est un symbole de joie, d'optimisme, de force. Tu en manques pour affronter l'avenir.

La bougie qui luit doucement éclaire le regard de Solveig, il a l'air un peu moins narquois, plus immergé dans la séance.

– Je peux pas dire que tu as tort.

Je hausse les sourcils plusieurs fois.

– Normal, j'ai...

– Toujours raison, oui, oui. Ensuite, Nostradamus ?

Je retourne la lame du haut.

– Tour. À l'endroit. Elle incarne le conseil à suivre, le futur proche ou la réponse aux deux premiers arcanes. Ici, la tour est en ruine. Les astres la fuient, le ciel est en pleine apocalypse. C'est évocateur du chaos, d'un accident. On appelle aussi la Tour « la maison de Dieu », ça peut symboliser la destruction de ton chez-toi pour en bâtir un nouveau. Pour récupérer ce dont tu manques, tu dois passer par une destruction totale de toi-même.

– Une destruction de moi-même ?

Il contemple l'illustration, le soleil dont la moitié est plongée dans l'obscurité.

– Oui, tu sais, parfois, on doit abandonner la personne qu'on était pour réussir à évoluer.

– Et le dernier tirage ?

– C'est la réponse finale à ta question. Elle annonce ce qui va se passer, expliqué-je en retournant la carte. Arcane sans nom. Aussi appelée la Mort. Elle est à l'endroit.

Le dessin représente un soleil broyé dans un sablier.

– C'est le moment où je prétends être choqué ? demande-t-il, blasé.

Je ris bêtement. Moi aussi je commence à avoir l'esprit embrumé par le joint.

– La Mort annonce la fin. Pas forcément au sens premier du terme. Elle est porteuse de changement. Dans ton cas, elle est positive. Après être passé par la destruction de toi, tu trouveras la libération. Si on prend les numéros de toutes les cartes, ça donne l'Ermite. En résumé, ton tirage représente la quête de soi-même, la solitude nécessaire pour atteindre l'élévation spirituelle. C'est un changement que tu es le seul à pouvoir faire.

Je ramasse soigneusement mes cartes dans la boîte que je pose sur la table de chevet. Muet, Solveig essaie de tirer une latte sur le joint, mais il a fini par s'éteindre, alors je lui tends mon briquet pour qu'il puisse le rallumer.

– Même au tarot, ma vie se paye ma tronche, marmonne-t-il en recrachant sa taffe. C'était sympa, cela dit. Tu sais te rendre intéressant.

Si j'ai réussi à lui occuper l'esprit à autre chose que ses problèmes ne serait-ce que quelques minutes, alors pour moi, c'est une victoire.

– Tu veux que je tente un truc ? proposé-je en pointant le *spliff*.

Il hausse un sourcil parfaitement dessiné.

– Ouais ?

– Redresse-toi.

Il obéit.

– Mets les mains autour de ta bouche comme un entonnoir.

– Comme ça ?

– Ouais, comme ça. Je vais m'approcher et faudra que tu inspires par le nez et la bouche, d'accord ?

Il hoche la tête et je dispose le pétard à l'envers entre mes lèvres, la braise dans ma bouche et le filtre vers l'extérieur, puis me rapproche de Solveig jusqu'à que mon visage touche l'autre extrémité de ses mains. Et là, je souffle lentement sur le joint et Solveig commence à aspirer la fumée, avant de se reculer aussitôt.

– Putain de merde ! jure-t-il en crachant ses poumons.

– Ça va ?

– Je m'y attendais pas, avoue-t-il entre deux quintes de toux.

– Tu veux de l'eau ?

Il me fait non de la tête tout en reprenant sa respiration.

Du revers du poignet, il essuie les larmes au coin de ses yeux, avant de s'étendre de nouveau sur le lit. Son T-shirt remonte sur sa peau laiteuse, me laissant entrevoir un autre fragment de tatouage. Un tentacule similaire à celui sur son cou. Les encres noires et bleues s'entremêlent sur sa hanche et remontent plus loin.

– Ton tatouage… il va jusqu'où ?

– Il t'obsède.

– C'est juste qu'il a l'air important pour toi. On dirait une pieuvre, ou un truc comme ça, et tu m'as parlé d'Alisha, de la façon dont elle décrivait ton mal-être.

– T'es perspicace, admet-il.

Solveig reporte son attention sur le plafond, comme s'il y cherchait des réponses invisibles, avant de reprendre la parole.

– T'imagines pas à quel point j'aime ce tatouage. Même s'il me rappelle à chaque seconde que je suis un cas désespéré.

– Montre-moi, soufflé-je.

Je m'attends à ce qu'il m'envoie bouler, qu'il me dise de me mêler de mes affaires. Mais non. Il plante son regard dans le mien, hésite un instant, puis finit par se lever pour retirer son T-shirt.

Il reste debout tandis que je détaille le dessin qui s'étale sur sa peau. L'énorme tête de la pieuvre en forme d'as de pique prend pratiquement tout son dos. Son sourire sinistre s'étire entre les deux omoplates de Solveig, tandis que les tentacules s'enroulent autour de sa nuque, de ses bras, et disparaissent sous le tissu de son jean.

Je m'approche, hypnotisé. Sans réfléchir, je pose une main sur le rictus de la pieuvre, et Solveig ne se dérobe pas. L'artiste a réalisé un travail époustouflant sur les détails. Je me demande combien de séances il a fallu. Puis, lentement, je fais glisser mes doigts sur le tentacule qui court le long de sa hanche droite et je devine la chair de poule qui se propage sur l'épiderme de Solveig.

– C'est magnifique et flippant à la fois.

– C'est ce que je me dis aussi chaque fois que je le regarde.

Je continue à détailler la Pieuvre, hypnotisé. Je crois que le plus impressionnant, ce sont ses yeux. Alors que je reste de longues secondes à les regarder, je jurerais qu'ils viennent de me lancer une malédiction.

Et sûrement qu'ils ont déjà maudit Solveig.

« *One need not be a Chamber – to be Haunted –*
*One need not be a House*
*– The Brain – has Corridors surpassing Material Place* »
– Emily Dickinson

# 19
# Diesel

*Just Breathe* – Pearl Jam

À la fin de mon cours de négociation, je suis le premier à sortir, ou presque. Nour et Kléia m'attendent près de la fac ; elles ont prévu de squatter chez moi ce soir. Ça fait presque un mois que je n'ai pas vu ma sœur, le temps passe si vite. Les décorations d'Halloween ont laissé place à la tristesse de novembre ; vivement les illuminations de Noël.

En arrivant à leur hauteur, j'attrape la clope de mon amie et décoiffe la frange de ma sœur, juste parce qu'elle a horreur de ça.

– J'ai l'impression que mon cerveau va exploser, je me plains en redonnant sa roulée à Nour.

– Première nouvelle : tu as un cerveau.

J'adresse un doigt d'honneur à Kléia.

– Tu es si méchante avec moi.

– Qui aime bien...

– Si tu m'adores, tu peux juste le dire, tu sais.

– Dans tes rêves, réplique-t-elle.

Je secoue la tête, amusé, puis lance :

– Bon, on va pas rester plantés là. Je meurs de soif !

On s'éloigne de la fac. Ce début de semaine, je suis allé à tous mes cours, et même si je n'ai pas brillé les deux dernières heures, j'ai pris tout le reste en note.

– Essayez de pas vous prendre les pieds dans le bazar, je préviens les filles en m'écartant pour les laisser entrer dans mon appartement.

J'abuse, il y a encore plus de bordel que d'habitude. Il y a même ma serviette en plein milieu du salon. Si je continue, je ne verrai bientôt plus la couleur de mon parquet. Je balance mes chaussures dans un coin, enjambe l'une de mes guitares et slalome entre les paquets de gâteaux vides pour atteindre la cuisine.

– Je me fais un thé, vous voulez quoi ?

– Bière, répondent Kléia et Nour en même temps.

– Elle est belle la jeunesse !

Je leur tourne le dos cinq minutes ; quand je reviens avec les boissons, Kléia a ouvert le terrarium de ma mygale pour la prendre dans ses mains. Ma plus grande hantise lorsque je fais ça, c'est de la perdre et de l'écraser sans faire exprès. Ça a failli arriver quand je l'ai paumée, la dernière fois.

– Elle est si adorable, j'adore ses reflets rosés.

– Mélisse est la plus belle des mygales. Même si mon rêve reste d'adopter une *poecilotheria regalis*.

À l'autre bout de la pièce, Lugosi pousse un miaulement mécontent. On pourrait sûrement traduire ça par « fermez vos gueules d'humains ». Ce chat, c'est de l'amour à l'état brut.

– Au fait, les parents demandent quand tu comptes passer, j'crois qu'ils en ont marre de toujours voir que ma sale tête le week-end, lancé-je à Kléia.

– J'ai eu beaucoup de travail le mois dernier, mais si je leur manque tant que ça, j'essaierai de venir cette semaine.

– Super, ils me laisseront en paix comme ça.

Kléia avale une grande gorgée de bière, ses yeux se rivent à ceux de Nour.

– Sinon, toi ! Diesel m'a dit que tu avais rencontré quelqu'un. Pourquoi je suis pas encore au courant ?

Un sourire vicieux ourle ses lèvres. Ah, Kléia et les ragots... Je m'étale dans les couvertures et écoute d'une oreille distraite Nour vanter encore et toujours les trop nombreuses qualités de sa nouvelle crush super trop géniale. J'attrape mon téléphone quand je le sens vibrer dans ma poche et souris comme un abruti en lisant le prénom de Solveig.

Solveig : tu passes toujours à l'appart demain ?

Diesel : Plutôt deux fois qu'une !

Solveig : j'aurais dû m'en douter

Diesel : Au fait, je t'ai déjà montré mon araignée ?

Solveig : non

– Kléia, souris.

Ma sœur prend sa plus belle pose, Mélisse lovée au creux de ses paumes.

Diesel : Je te présente mon bibou.

Solveig : pour une araignée, elle est presque jolie

Diesel : Oui, je l'aime trop !

Solveig : tu as d'autres bestioles bizarres ?

Diesel : Nope, juste un chat. Après, si ça tenait qu'à moi, j'aurais des serpents, des rats, des furets et un perroquet.

Solveig : va au zoo, c'est plus rapide

Solveig : C'est qui la femme sur la photo ?

Diesel : Ma grande sœur préférée.

Diesel : Cela dit, elle n'a pas de concurrence.

Solveig : sympa son t-shirt iron maiden

Solveig : ton appart a l'air cool aussi, je vois des plantes partout. c'est comme chez tes parents

Diesel : Oui, en vrai, il ressemble à ma chambre chez eux, mais en plus chargé. Plus j'ai de place, plus j'entasse. Et toi, montre-moi ta déco minimaliste.

Une photo arrive quelques minutes plus tard. Tout est clair, propre, ordonné. Pas un cadre au mur, pas une statuette, pas un seul signe qu'une famille vit ici. Juste quelques plantes près du rebord de fenêtre.

Diesel : Mdrrr on vient de deux galaxies différentes.

Solveig : oui

Diesel : Tu sais ce qu'on dit, les opposés s'attirent…

Bon sang, à quoi je joue ?

*Tu vas te prendre le vent du siècle.*

Solveig : c'est ce qu'on dit.

Comment je suis censé interpréter cette réponse ?

– DIESEL !

Je sursaute et mon téléphone me glisse des mains. Kléia en profite pour me le prendre.

– Mais ça va pas la tête ! J'aurais pu faire une crise cardiaque ! Dites-le si vous voulez me tuer !

Toujours tout théâtraliser, c'est la clé. Je suis le genre de type qui a passé son enfance à exagérer quand j'étais malade, histoire de pouvoir traîner au lit toute la journée.

– C'est pas poli d'envoyer des textos quand tu as des invités. À qui tu parles, d'abord ?

Nour plisse les yeux, puis ces derniers s'illuminent et elle claque des doigts. Son sourire lui monte jusqu'aux oreilles.

– Oh, je sais...

– Pourquoi Nour est au courant et pas moi ? s'offusque aussitôt ma sœur.

– Techniquement, Nour n'est pas au courant de grand-chose.

– C'est vrai, ça, j'ai même pas le prénom de ce gars. C'est celui qui était au parc, tu te souviens, Kléia ?

Je lève les yeux au ciel et, comme ma sœur connaît mon code, cette fouine ne se gêne pas pour déverrouiller mon portable.

– Hm... Il s'appelle Solveig. Et je suis ravie qu'il aime mon T-shirt.

– C'est bon, tu me rends mon téléphone maintenant ? réclamé-je, plus amusé par sa curiosité qu'autre chose.

– Il va falloir que tu me parles de ce type, répond-elle en posant l'appareil dans ma main tendue.

– Il n'y a pas grand-chose à dire. On se parle un peu.

– C'est tout, vous ne faites que parler ?

– Pour l'instant, ouais.

– Donc tu voudrais bien faire plus que parler avec lui.

– Peut-être.

Cette fois, elle me lance un de ces regards insistants dont seules les grandes sœurs ont le secret. Je ne peux retenir un éclat de rire devant son air déterminé.

– OK, OK ! Oui, je voudrais bien faire plus que parler avec lui. Mais je suis même pas sûr que ce soit son cas, ni qu'il soit attiré par les mecs, donc pas la peine de te lancer dans des recherches sur lui, Kléia.

– C'est pas mon genre.

– C'est tout à fait ton genre.

– Je suis ta grande sœur, je prends juste mon rôle à cœur.

Elle le prend d'ailleurs encore plus à cœur depuis ce jour où je me suis effondré, il y a maintenant cinq ans. Maintenant, elle veille sur moi comme une lionne protégeant son petit.

– T'as une photo de lui ? demande-t-elle.

– Nope, désolé.

– C'est pas grave, décris-le-nous !

– Euh... Il ressemble à un fantôme. Genre, ses yeux, ils sont d'un gris presque irréel, je pourrais me perdre dedans. Ses cheveux, on dirait qu'ils ont été décolorés par le soleil tellement ils sont clairs. Sa peau aussi, elle est super pâle. D'ailleurs, il a un tatouage incroyable, une pieuvre immense, ça lui prend tout le dos, il y a des tentacules sur sa gorge, ses bras, c'est... captivant. Et il porte une boucle d'oreille, c'est trop sexy, j'vous jure. Puis chaque fois qu'il fume une clope, je suis fasciné par ses mains... Elles sont si belles, j'aimerais trop les... euh, bref. Il est canon.

Le regard de Nour et Kléia pèse soudain sur moi.

– Quoi ? m'enquiers-je alors qu'elles restent toutes les deux silencieuses.

Cette fois, ma sœur sort de son mutisme pour lâcher :

– T'es complètement piqué.

Un sourire étire mes lèvres.

Évidemment que je le suis.

*« J'ai la tête un peu fêlée, elle était pas assez dure.*
*Un peu de ciel étoilé a coulé par la fêlure. »*
– Alter Karer

# 20
# Diesel

*Teenage Dirtbag* – Wheatus

La dernière fois qu'un mec m'a fait autant d'effet que Solveig, c'était à mes quinze ans. Je m'en souviens comme si c'était hier. L'excitation qui m'avait envahi quand le prof avait annoncé l'arrivée de ce nouvel élève. Les battements effrénés de mon cœur quand j'avais croisé le regard de Joey pour la première fois. Sa peau noire brillait comme le soleil, ses grands yeux bruns lui donnaient un air un peu timide, mais renfermaient une douceur infinie. Il attachait toujours ses locks en une queue de cheval, faisant ressortir ses boucles d'oreille en or. Pourtant, ce que je préférais chez lui, c'étaient ses lèvres pleines et le grain de beauté qui les surplombait. J'ai tout de suite su que je voulais me rapprocher de lui, flirter avec lui, être avec lui.

Le hasard a voulu que sa place en classe soit à côté de la mienne. Il s'est assis à mes côtés avec un hochement de tête nerveux – et les embruns de son parfum de cèdre, shiso et pamplemousse me reviennent en mémoire. Plus tard dans l'après-midi, alors que je lui faisais visiter le lycée et que je lui montrais la bibliothèque, il s'est émerveillé à la vue de son ouvrage favori : *Le Portrait de Dorian Gray*.

Oscar Wilde était son auteur préféré. On a commencé à traîner souvent ensemble, mais je n'arrivais pas à savoir si la fascination que j'éprouvais à son égard était réciproque. Puis, le mois suivant, il m'a parlé d'Andersen, et des interprétations possibles de *La Petite Sirène*. Il m'a expliqué que ce conte serait en réalité l'histoire d'un homme tombant amoureux d'un autre homme.

C'est comme ça que Joey m'a soufflé qu'il était gay.

Si je ferme les yeux, je peux à nouveau ressentir l'euphorie de ce moment. L'eau qui pleut sur ma peau, le tonnerre qui rugit au-dessus de nous. Les lèvres de Joey sur les miennes. Ce premier baiser échangé en plein cœur de la saison des orages était... magique. On avait l'air de deux idiots, trempés jusqu'à l'os. Mais comme Joey l'a dit, c'était « poétique et romantique ». Alors tout était parfait.

Aujourd'hui, avec Solveig, j'ai l'impression de retrouver le Diesel que j'étais lors de ma première rencontre avec Joey.

– Tu vas chez lui, mais c'est pas un rendez-vous ? me demande Kléia, me tirant de mes pensées.

Après notre discussion d'hier, ma sœur a décidé de squatter chez moi pour la nuit. Et maintenant, elle est assise en tailleur sur mon matelas, une tasse de café fumant entre les mains, tandis que je fouille dans mon armoire à la recherche de ce que je vais porter. Depuis ce matin, elle me cuisine pour en savoir plus sur Solveig. J'ai tenu bon, je ne lui ai rien lâché, si ce n'est que je le voyais aujourd'hui.

– Non, je t'ai dit, il ne me voit pas comme ça. Je vais juste l'interroger pour un article sur les gardiens de prison.

– Hmmm, d'accord.

Un silence s'installe, seulement troublé par le froissement des vêtements que je déplie et replie approximativement. Finalement, j'opte pour une chemise à motif parts de pizza, quand Kléia balance :

– Prends quand même des capotes, juste au cas où.

J'éclate de rire, secouant la tête devant son insistance.

– Non, vraiment, Kléia, je rame fort avec lui, je te dis. On risque pas de coucher ensemble aujourd'hui. Voire peut-être même jamais, si tu veux mon avis.

– Tu penses que c'est sans espoir, pourtant tu persévères ?

– Ouais, parce que je l'aime vraiment bien. Qu'est-ce que tu veux que je te dise ? Et puis même si on reste que potes, je suis content de passer du temps avec lui, de l'aider... Enfin bref, je vais pas te faire un dessin.

– Il a besoin d'aide pour quoi ?

Mes doigts s'interrompent alors que je boutonne ma chemise.

– Rien de particulier, j'aime bien le conseiller sur un tas de choses, réponds-je, évasif.

– « Un tas de choses » ?

– Ouais.

Kléia s'apprête à me cuisiner encore, mais je suis sauvé par la vibration de mon portable sur ma commode.

Solveig : tu passes vers quelle heure ?

Diesel : Je suis encore à Orlando. Le temps de faire la route… Disons début en d'après-midi.

Solveig : ça marche

Solveig : Rakel sera là, elle me lâchera pas de la journée tant qu'on aura pas vu la fureur de vivre.

Le fameux film qu'il lui a promis de regarder, je suppose.

Diesel : Elle n'est pas censée être en cours ?

Solveig : elle est un peu malade + de ta part, c'est gonflé

Diesel : Touché.

Solveig : tu devrais pas autant sécher

Solveig : c'est galère de tout rattraper

Diesel : Quand t'es comme ça, tu fais vraiment ton daron.

Solveig : ... j'en suis un

Diesel : Pouah, quel humour.

– Ton sourire est beaucoup trop grand, c'est flippant.

Je relève la tête vers Kléia, qui s'approche pour m'ébouriffer les cheveux, mais je me dérobe au dernier moment afin de lui taper le bout des doigts.

– Déjà que mes chances sont maigres, essaie pas de les réduire à néant !

– Fais pas genre, se moque-t-elle. T'es jamais vraiment coiffé.

– Tu comprends juste rien à mon style, t'es trop psychorigide.

Elle hausse un sourcil.

– Diesel, tu vas te pointer à un rencard avec une chemise pizzas, tu n'as *pas* de style.

– Au moins, je suis original, j'ai pas vingt T-shirts Iron Maiden dans ma penderie.

– N'importe quoi, j'en ai que dix-neuf ! s'insurge-t-elle.

– Oh, pardon, ça change tout.

Nos regards se croisent et on éclate de rire en même temps.

– Bon, faut vraiment que j'y aille.

J'attrape ma veste abandonnée sur un tas de linge sale et déterre de sous mon lit une paire de Creepers.

Je suis enfin prêt à partir, mais Kléia me retient :

– Tu me raconteras comment ça s'est passé ?

– Seulement si t'es sage.

Elle hausse les épaules.

– Je le suis toujours. Ah, et oublie pas de fermer les yeux si jamais Solveig te roule une pelle.

– Abrutie, arrête de jouer avec mes rêves.

– Sur un malentendu, c'est peut-être ton jour de chance !

Je lui claque la porte au nez sans même lui répondre.

✦✦✦

Le quartier de Solveig est bien différent du mien : pas de végétation ni de résidence moderne et sécurisée. Les murs étaient sûrement blancs avant, mais le temps les a fait virer au gris. Je me dépêche d'entrer et profite d'être dans l'ascenseur pour inspecter mon reflet dans le miroir.

Même si j'ai répété à Kléia que ce n'était pas un rencard, je suis un peu fébrile. Mais j'ai surtout hâte de retrouver Solveig, et de profiter de sa présence. Une fois sur son palier, je sonne, puis lorsque la porte s'ouvre, je lance :

– Salut poul... Oups, t'es pas poulette, toi.

Une ado aux longs cheveux blonds, vêtue d'un T-shirt oversize et d'un short de sport me fait face.

– C'est toi, Diesel ?

– Ouaip.

Elle sourit, l'air moqueur.

– Et t'appelle mon père «poulette» ?

– Faut croire.

Rakel s'esclaffe, avant de s'effacer pour me laisser entrer. L'appartement est fidèle aux photos, ça sent le propre, pourtant, il y a une ambiance de mort.

– Mon daron est sorti acheter ses clopes, il devrait pas tarder.

– On s'est croisés au parc, tu te souviens ?

– Ouais, mon père m'a dit que tu l'avais emmerdé alors qu'il sortait du travail.

– Aïe, mon cœur.

Rakel se jette dans le canapé. Je prends la liberté de laisser mon manteau sur une chaise, puis m'adosse au mur, face à elle. Elle doit plus tenir de sa mère, car je peine à retrouver Solveig dans ses traits.

– Si un jour on m'avait dit que mon père retrouverait un ami, ricane Rakel. Comment tu fais pour le supporter ?

– Demande-lui plutôt comment *il* fait pour me supporter.

Elle hausse les épaules.

– Aucune idée, mais il t'aime bien, je crois. Il répond plus vite à tes messages qu'à nous, en tout cas... Ben pourquoi tu souris ? demande-t-elle aussitôt.

– Pour rien. T'as pas la langue dans ta poche en tout cas.

– Non, je laisse ça à ma sœur. Si jamais tu la rencontres, t'as intérêt à être sympa, elle est beaucoup plus réservée que moi et...

Du bruit dans l'entrée coupe court à notre conversation. La porte claque et Solveig est enfin là.

Mais dans quel état ?

– La vache ! Il s'est passé quoi ? m'alarmé-je.

Du sang à moitié séché macule son arcade sourcilière, sa lèvre inférieure est gonflée et sur son visage pâle, on ne voit rien d'autre que les traces de coups qui constellent sa mâchoire.

Rakel se précipite vers son père.

– Qu'est-ce qui t'est arrivé ? s'affole-t-elle.

– Va dans ta chambre, Rakel. On regardera ton film ce soir.

– Mais...

– Ne discute pas.

Rakel se tourne vers moi, l'air de me supplier de la soutenir, mais après tout ce que Solveig m'a dit sur ses rapports compliqués avec ses filles, je préfère la fermer au risque d'empirer les choses.

– C'est bon, j'ai compris, marmonne-t-elle en tournant les talons.

Une porte claque. Solveig ne m'adresse pas un regard et fonce dans la cuisine. Au tintement des bouteilles, je devine qu'il est en train de se servir à boire. N'osant pas bouger, je me contente de l'attendre dans le salon. Mais l'appart n'est pas bien grand, de là où je suis, je le vois appuyé sur le comptoir, de la vodka à la main.

Avec une grimace de douleur, il approche le goulot de ses lèvres et avale une grande rasade. Puis une deuxième, et encore une troisième.

« *Derrière chacune des choses exquises qui existaient se cachait quelque chose de tragique.* »
– Oscar Wilde

# 21
# Solveig

*Goodbye* – Apparat (ft. Soap&Skin)

J'étais simplement parti acheter des clopes ; maintenant, je me retrouve avec une douleur lancinante dans la mâchoire et le goût du sang mélangé à celui de la vodka.

Tout ça, c'est la faute d'Ellie.

Après avoir jeté son copain comme une merde, elle a eu le culot de se plaindre à lui à la suite de notre précédente altercation. Même si ce n'est pas la première fois que je me prends des coups dans la gueule, le contexte m'est insupportable. Je revois encore les doigts de ce mec me choper par le col pour me cracher à la gueule que je suis un «sous-homme» et un «moins-que-rien». Comment il a dit, déjà ?

« Faut être vraiment instable pour s'en prendre à plus fragile que soi. »

*Instable.*

Il me trotte dans la tête, ce mot. Ça me fait penser à une maison dont on aurait fait la déco avant de poser les fondations. Ça me va bien. Je ne suis qu'une façade. Je ne repose sur rien.

L'expression furieuse sur le visage de Colton me revient en mémoire, autant que les regards curieux des passants. Ils ont dû apprécier le spectacle, ces connards. Quoi de plus fascinant pour l'âme humaine que d'assister à un déferlement de violence ?

J'avale une énième gorgée de vodka, le liquide me coule sur les lèvres et je grimace quand l'alcool glisse sur une entaille.

– Ça va ? finit par demander Diesel.

– T'en as d'autres des questions stupides ?

Je ne voulais pas être aussi agressif, mais en même temps, c'est vrai, c'est quoi cette question de merde ?

– Désolé... T'as ce qu'il faut ou tu veux que j'aille t'acheter un truc à la pharmacie ?

Super, maintenant, je me sens mal de lui avoir aboyé dessus. Je bois encore avant de lui répondre plus calmement.

– Laisse tomber, c'est rien.

J'abandonne la bouteille sur le comptoir pour m'arroser la gueule à l'évier. L'eau froide me pique la peau, j'observe le liquide rosé disparaître dans le siphon.

Pourquoi le destin s'entête à gâcher mes journées ? Moi, je pensais simplement passer une après-midi tranquille avec Diesel, avant de regarder un film avec Rakel.

Rakel que j'ai envoyée dans sa chambre, qui doit à nouveau me détester et trouver que je suis un père de merde.

L'idée même me blesse, alors je reprends la vodka pour me siffler de longues gorgées.

L'alcool commence à faire son effet, distordant mes sens. Ça me monte à la tête plus vite que d'habitude, certainement parce que je n'ai rien bouffé depuis hier midi. Ou peut-être que j'ai la descente un peu trop rapide. Les contours de la pièce se brouillent légèrement, comme un voile qui tomberait sur mes pupilles. Je cligne des yeux pour retrouver un semblant de netteté, puis mon regard se pose sur Diesel, toujours debout dans le salon, adossé au canapé. Il n'a pas bougé depuis qu'il est rentré, figé dans un silence inconfortable. Je peux presque entendre les rouages de son cerveau tourner à la recherche d'un truc à dire ou faire.

– T'as le droit de parler, tu sais, lancé-je, ma voix résonnant étrangement à mes propres oreilles.

Diesel reste muet. Il doit hésiter, après la façon dont je lui ai aboyé dessus à l'instant. Je ne peux pas lui en vouloir. Avec un soupir, je me rapproche de lui.

– T'as perdu ta langue ? Tu veux que je t'aide à la retrouver ?

Mon regard se fait insolent. Je vois les joues de Diesel s'empourprer. Il détourne les yeux, visiblement mal à l'aise.

– On ferait peut-être mieux... de reporter l'interview, souffle-t-il.

Non. Je n'ai pas envie qu'il se barre. Je refuse qu'Ellie et ce connard de Colton gâchent toute ma journée.

– Non, on la fait maintenant.

– T'es sûr ?

– Certain.

Pour appuyer mes propos, je me laisse tomber dans le canapé, tandis que Diesel fouille dans son sac et sort un carnet. Ses doigts fins caressent inconsciemment la couverture. S'il n'y avait pas des parts de pizza sur son haut, il aurait des airs de premier de la classe. Cette pensée m'arrache un sourire.

– Cette chemise est magnifique.

– Je sais pas pourquoi, mais j'ai l'impression que tu te moques de moi.

– Qui sait. Peut-être que ça me plaît pour de vrai.

– Je vais prendre des notes, mais est-ce que ça t'ennuie si j'enregistre avec mon téléphone ?

– Non, vas-y.

Diesel hésite un long moment entre le fauteuil et le canapé pour s'asseoir et, finalement, il jette son dévolu sur le second. À croire qu'il cherche à mettre le plus de distance possible entre nous. Je ne devrais pas ramener la bouteille de vodka à mes lèvres, mais je le fais. Deux fois encore. Je sens le regard de Diesel sur moi, lourd de jugement. Ça me gonfle.

– Tu vas la démarrer, ton interview, ou on va rester à se fixer dans le blanc des yeux toute la journée ?

*Allez, Diesel, balance-moi tes questions à la gueule. Renvoie-moi en pleine face l'échec monumental qu'est ma vie. Ravive la flamme de mes cauchemars, réveille les voix qui hurlent dans ma tête.*

J'attends, mais rien ne vient.

– Alors ? insisté-je.

– Peut-être que tu pourrais commencer par me parler de ce que les gardiens vivent au quotidien. Dresser un genre de... portrait. Ça m'aiderait à cadrer le contexte, propose-t-il doucement.

Diesel me scrute et je me perds dans ses yeux, peut-être bleus, peut-être verts. Il y a des milliers de paillettes au fond de ses iris, comme de minuscules lucioles. Je me demande si elles peuvent s'éteindre.

– Je t'en ai déjà parlé. Si tu penses être quelqu'un, oublie. Tu es rien. Et quand je dis rien, c'est vraiment *rien.*

Mon ton se voulait tranchant, mais l'alcool rend mes mots pâteux. J'essaie de moduler ma voix pour qu'elle ne porte pas trop, je veux que Rakel en entende le moins possible.

– C'est violent de penser que vous êtes rien.

– C'est la vérité. Il n'y a pas d'humanité là-bas.

Je marque une pause, cherchant mes mots dans les brumes de l'alcool.

– Imagine-toi... bosser douze heures par jour dans une ambiance de merde, commencé-je. Ensuite, mets-toi en tête que tout le monde est contre toi, y compris les collègues des autres services. On est les petites merdes, tu vois. Ceux qui ont pas assez réussi leur vie pour être à l'administration ou au service médical. Va pas croire qu'il y a de la solidarité dans le personnel, la hiéar... hiérarchie a jamais aussi bien porté son nom.

Diesel baisse les yeux. Je me demande si c'est parce qu'il a pitié de moi, pitié de ma vie misérable de gardien. Ouais, c'est certainement ça. Je crois que je voulais ajouter quelque chose, mais j'ai beau me creuser la tête, ça ne revient pas. Je reprends une autre gorgée de vodka. Je ne ressens même plus la brûlure dans ma gorge et, dans ma tête, j'ai l'impression que ma raison est en train de se noyer.

– C'est un environnement très anxiogène, souffle-t-il.

– Ouais. Elle te va, ton introduction ? Si tu veux des anecdotes, j'en ai plein les poches.

Plein les yeux, sous les paupières, quand j'essaie de m'endormir. La Pieuvre bombarde mon esprit d'images de mon collègue mort égorgé. Accepter de parler de mon métier n'était peut-être pas une super idée.

– Non, tu as plutôt bien résumé. Vous subissez une pression injuste… J'en avais pas conscience. Et comment tu le vis, de travailler avec des personnes dangereuses ?

– C'est angoissant. J'ai des collègues qui doivent gérer plus de cent soixante détenus à deux. Et si au moins ces feignasses de l'administration daignaient nous soutenir, mais non, c'est trop leur demander. Un mot de travers, et un type avec un casier judiciaire plus long que son bras te balance tout un tas de menaces à la gueule. Genre, il va envoyer une équipe chez toi. Alors, d'ordinaire, ça me ferait plutôt rire, mais vu les calibres qu'on a derrière les barreaux, je sais très bien que certains ont les moyens de trouver mon adresse.

Imaginer les jumelles noyées dans une flaque de sang me soulève le cœur. Ça n'arrivera jamais, putain. Personne ne touche à ma famille, ou à ce qu'il en reste. Et si quelqu'un ose, je le crèverai.

– Des agressions verbales, donc… Physiques aussi.

Ce n'est pas une question, plutôt un constat. Il connaît très bien la réponse.

– Ouais, le plus classique, c'est les bagra... bagarres... Après, t'as aussi les passages à tabac en bonne et due forme, les meurtres, et puis la cerise sur le gâteau : la prise d'otage. Et tu veux rire ?

– Je doute que ce soit drôle, mais vas-y.

Je reprends une gorgée de vodka pour me donner du courage, mais mon cerveau refuse de coordonner mes gestes et je m'en fous partout sur le T-shirt. Diesel se lève, sûrement pour aller me chercher de quoi m'essuyer, mais je l'incite à rester assis d'un mouvement de main un peu bancal.

– L'administration estime qu'on est là pour ça. C'est vrai ça, c'est pas grave si t'as failli crever, ferme ta gueule et retourne bosser. Une fois, un détenu qui était sous ma charge s'est ouvert les veines, je l'ai retrouvé décédé dans sa cellule. Mes supérieurs en ont rien eu à foutre.

– Comment ils peuvent estimer que «vous êtes là pour ça» ? J'entends que ce soit un métier à risque... mais ils ont besoin de vous, alors pourquoi vous négliger à ce point ?

– On a un protocole avec des séances de psy gratuites, mais si tu veux mon avis, ils font ça pour se donner bonne conscience. Quand un collègue crève, quelqu'un d'autre prend sa place quelques jours plus tard. On est juste des unités remplaçables. Tu vois, maintenant, j'espère que tu comprends un peu mieux pourquoi ça dégénère. Pourquoi les gardiens pètent autant les plombs et deviennent violents. Tu vas me dire que ça n'excuse rien, mais pour moi, c'est légitime.

Marre de bosser à coups de lance-pierre, d'être insulté ou frappé pour un regard mal interprété. Me faire baiser avec le sourire, c'est pas mon délire. Parfois, je m'effraie. Je n'étais pas aussi mauvais, avant. Ça ne me venait pas à l'esprit de coller mon poing dans la figure de quelqu'un pour régler un problème.

– La violence ne mène à rien, Solveig.

Ses mots sont tranchants, pourtant, son regard est doux.

– Oh pitié, arrête tes discours de Bisounours. Les mots suffisent pas parfois. Et on va pas se laisser buter sans rien dire.

– Vous avez toutes les raisons d'être en colère. Moi aussi, je le suis quand je milite. C'est juste que… je pense pas que taper des gens puisse déboucher sur quelque chose. Enfin bref…

– Tu m'emmerdes, Diesel.

C'est un fait, il m'emmerde. Lui et son sourire de bienheureux, lui et sa joie de vivre, lui et ses yeux pétillants, lui et ses adorables taches de rousseur…

– Vu comment tu parles de ton boulot, tu as l'air de le détester… Alors pourquoi t'as choisi ça et pas autre chose ? demande-t-il en jouant avec son stylo.

Surpris par sa question et le cerveau embué par l'alcool, je mets quelques secondes à trouver mes mots.

– Quand j'ai vu l'offre d'emploi, j'étais pas motivé. Puis j'ai lu les avantages. Comme on est fonctionnaires de l'État, on a une assurance de travail pas dégueu et une bonne couverture sociale… J'avais besoin de cette protection pour les jumelles. Et comme Ali avait pas de sécu au bar où elle bossait, ça nous protégeait un peu mieux.

Il va pour répondre quelque chose, mais des bruits de pas en provenance du couloir le coupent dans son élan.

– Je t'ai dit de rester dans ta chambre.

– Je prends juste à boire, se justifie Rakel.

Elle m'observe à la dérobée, se sert un verre de jus de fruits et retourne à toute vitesse dans sa piaule.

– On en était où ? marmonné-je.

– Tu me parlais de ton assurance travail.

– Ah, oui. Tu veux que je te donne des chiffres précis pour ton article ?

Il secoue la tête.

– Non, ça ira. Par contre, je suppose que ça ne te concerne pas, mais j'avais une autre question.

– Dis toujours, grincé-je.

– C'est à Raiford qu'on exécute les condamnés à mort de Floride, donc je me demandais si ça affectait votre travail d'une façon ou d'une autre.

Mon estomac se serre, ma gorge s'assèche.

– Pas ça, Diesel, claqué-je d'une voix blanche.

– Comment ça ?

– Je veux pas en parler.

– Je peux... te demander pourquoi ?

Parce que je suis fatigué de fréquenter la mort, d'entendre les taulards hurler inlassablement leur innocence. Et si c'était vrai? Si j'avais du sang d'innocents sur les mains? L'idée me rend malade.

– Diesel, n'insiste pas.

Il entremêle ses doigts, l'air d'être prêt à ajouter quelque chose.

– Si tu n'oses pas m'en parler à cause de mon militantisme, il faut que tu saches que je te jugerai pas. Peut-être même que ça pourrait te faire du bien d'en discuter, ça semble beaucoup te toucher...

Mon sang ne fait qu'un tour. Ce n'est plus Diesel que je vois dans cette affreuse chemise, mais Ellie. Ellie et sa sale manie de ramener mes problèmes à elle, de se tordre les mains, de toujours vouloir me tirer les vers du nez en prétendant que ça me soulagera de vider mon sac. Pourquoi il se comporte comme elle ? Je ne veux pas de cette fausse bienveillance, elle me sort par les yeux. Bien sûr qu'il me jugera. C'est ce qu'on fait tous, en permanence !

– Laisse tomber. Je sais mieux que toi ce qui me fera « du bien ».

– Je voulais pas dire ça, c'est juste que, parfois, on a besoin de mettre les choses à plat. Alors si t'as envie de te lâcher, je suis là.

Il me tape sur les nerfs, j'ai juste envie de le foutre à la porte.

– Mieux vaut que tu te taises, Diesel.

Sa bouche s'ouvre, aucun son n'en sort. S'il joue encore une fois la carte de la compréhension, je vais craquer.

– Désolé, je voulais pas être désagréable, murmure-t-il. Je peux partir si tu veux...

– Pourquoi tu te mets à parler comme elle, hein ?

– Je comprends pas...

Rien ne va dans cette foutue journée. Je partais acheter des cigarettes, je suis revenu avec des coquards, et pour couronner le tout, Diesel a décidé de tout gâcher. Je me relève un peu trop vite, titube, puis me rattrape de justesse à la table basse. En deux pas vacillants, je me plante face à Diesel, qui s'est ratatiné dans son fauteuil.

Je l'attrape par le col et il pose la main sur mon poignet.

– Qu'est-ce que tu fais ?

Il y a bien longtemps que je ne sais plus ce que je fais.

– C'est bon, t'as gagné, je vais te dire ce que tu veux savoir.

Sa bouche est à un souffle de la mienne. Il ose à peine croiser mon regard et semble observer le tentacule sur mon cou.

– Laisse tomber, marmonne Diesel.

– Non, trop tard.

Ma poigne sur son col se détend, je me concentre pour la raffermir. Mesquin, je l'attire à moi encore un peu plus et je me penche pour cracher la vérité à son oreille.

– Je suis bourreau. Les petits prisonniers que tu défends par-dessus tout, je les regarde crever.

C'est moi, la dernière personne que voient les condamnés avant d'y passer.

Je suis un putain de meurtrier. Avec la bénédiction de l'État, s'il vous plaît !

Je suis le fantôme du couloir de la mort.

L'expression de Diesel passe de la surprise, à l'incompréhension, à la hargne, et finalement à la tristesse. Et au lieu de me repaître de son expression de souffrance, je me sens vide.

Doucement, je le lâche.

Il bondit hors du fauteuil, me dévisage, ouvre la bouche, mais finit par secouer la tête. Putain, qu'est-ce que je viens de balancer ? Diesel attrape ses affaires de ses doigts tremblants, les fourre dans son sac et quand il croise mon regard, ses lèvres frémissent. Sans un mot, il me tourne le dos. La porte claque. Et quelque chose s'effondre à l'intérieur de moi.

« *Find out I was just a bad dream.* [...]
*Kiss me goodbye*
*For neither ever, nor never.* »
– *Goodbye* – Apparat

# 22
# Solveig

*Keep the Streets Empty for Me* – Fever Ray

Au moment où j'ai reçu mon affectation à la prison d'État de Raiford, je me suis retrouvé aliéné. J'ai compris que toutes les valeurs qu'on m'avait inculquées depuis tout petit ne servaient à rien.

Pas là-bas, en tout cas.

Quand on parle des types comme moi, on dit qu'ils n'ont ni voix, ni nom, ni visage, ni état d'âme. Des fantômes. On nous appelle les bourreaux. On donne la mort en toute légalité, en toute légitimité, mais ça ne rend pas l'acte moins difficile ou plus moral. Au contraire. Si je devais parler honnêtement, je dirais que notre tâche est bien plus complexe. On ne bute pas à tour de bras, ça coûte trop cher. Personne ne nous pousse à faire ça, on est volontaires. Plus ou moins. Je l'étais, la première fois.

En Floride, en cas d'exécution via la chaise électrique, un groupe de citoyens anonymes est gaiement convié à porter le geste fatal. On est là, trois à six pauvres âmes, chacun devant son bouton. Le cœur battant, les mains moites, on attend le signal. Et quand il vient, on appuie tous ensemble, sachant qu'un seul bouton est le vrai déclencheur. Les autres ? Des leurres, une illusion de partage de la responsabilité.

À l'époque, j'étais prêt à tout pour gagner de l'argent. Cent cinquante dollars pour éliminer un déchet, je trouvais ça rentable. Qui a prétendu que la vie n'avait pas de prix, déjà ?

Je me disais que ça ne pouvait pas être si terrible, qu'au pire, c'étaient des connards qui le méritaient. Mais je me trompais. La mort, c'est bruyant de silence. Ça laisse des images sous les paupières, une odeur de brûlé qui s'accroche à nos vêtements, à notre peau.

Pourtant, ça ne m'a pas empêché de me porter volontaire à plusieurs reprises et d'avoir mon nom tiré au sort presque à chaque fois. On n'était pas si nombreux à vouloir faire ça, ce qui aurait dû me mettre la puce à l'oreille... J'étais jeune, con, et j'avais désespérément besoin de thune. Rakel et Naïa avaient tout juste deux ans.

Plus tard, j'ai choisi de devenir gardien, pour mieux protéger ma famille. Et quand on est venu me trouver pour intégrer l'équipe d'exécution, je n'ai pas osé refuser, par peur d'être licencié. Aujourd'hui, j'assure la sécurité de ces détenus, jusqu'au jour où je les observerai rendre leur dernier souffle. Et putain, ça me détruit le cerveau chaque fois un peu plus. Accompagner le taulard dans sa dernière journée, assister à sa mise à mort, puis après le décès, gérer tout l'administratif, c'est encore plus rude que d'appuyer sur un pauvre bouton. Le citoyen volontaire, il ne voit pas le mec tressauter sur sa chaise, les cotons lui tomber du nez et le sang tacher le sol, il ne voit pas non plus le moment où le cœur cesse de battre après l'injection.

Dans le couloir de la mort, il y a des types agressifs, ignobles, prétentieux, silencieux, fatigués, pressés d'en finir, las, anxieux, bavards, amicaux, résignés... En fait, ce ne sont pas seulement des prisonniers. Ils ont un nom, et ça me pose un problème. Ça me rappelle que ce sont des humains. Comme moi. La plupart des gars derrière les barreaux diront toujours qu'ils sont innocents. Peut-être qu'ils ont raison. Peut-être qu'ils mentent pour essayer de sauver leur cul. Mais il y a un truc dont je suis sûr, c'est que nous, les bourreaux, on est condamnés au silence et aux regrets. C'est d'un cynique amusant, quelque part. On veut que les criminels soient éliminés, pourtant ceux qui doivent s'y coller, on les traite de connards.

« Je suis bourreau. »

Il a suffi de cet aveu pour que Diesel ne m'adresse plus la parole. Il ne m'a pas envoyé de message depuis deux semaines. Moi non plus. Je suppose que c'est mieux comme ça, il n'avait rien à faire avec moi. Ça n'aurait pas pu bien se finir.

Avec Michael, j'arpente les couloirs ternes de l'aile des condamnés à mort. Le matin, il faut vérifier que tout le monde est vivant. Et même ça, c'est pénible. Entre ceux qui ne sont pas du matin, ceux qui ont mal dormi et ceux qui se plaignent de la literie, il y a de quoi être lassé. Pourtant, leurs conditions de vie ne sont pas si terribles, du moins si on compare au reste des détenus. Cellule individuelle, plus spacieuse, droit de voir un psychologue ou des aides médicales presque n'importe quand. Je me souviendrai toujours de cet homme qui avait reçu une peine de prison à perpétuité et qui a assassiné un gardien dans l'espoir de bénéficier de ce confort.

– T'es prêt ? demande mon collègue.

– Ouais.

Il ouvre la dernière cellule de l'allée. Le type à l'intérieur renifle bruyamment. Je m'adosse à la porte, la tête contre la petite fenêtre grillagée, et croise les bras.

– Tout va bien?

Question stupide. Mais je me sens obligé de la poser. Normalement, je devrais tracer ma route et continuer mon tour. On n'a pas le temps de s'occuper des petits problèmes des prisonniers, pas quand il y a trop de choses à faire et pas assez d'heures pour les gérer correctement. Le mec garde le silence et je reste un moment immobile. Je ne peux pas m'empêcher de me méfier, ça pourrait être un piège pour que je m'approche du lit et qu'il me poignarde.

– Hé, je t'ai posé une question, insisté-je, sans hausser le ton.

Il renifle encore et se redresse. Je me crispe ; Michael se prépare déjà à intervenir.

– Montre tes mains, ordonne-t-il.

Le détenu les lève en tremblant. Rien.

– Debout, ajouté-je.

Sa combinaison est froissée, son visage défait, ses yeux rougis par le manque de sommeil et les larmes. Elles ont laissé un sillon sur ses joues pâles. Je le surveille d'un œil en soulevant le drap, l'oreiller. J'en profite aussi pour vérifier le minuscule bureau et inspecter les moindres recoins de la pièce.

– Tu peux te rasseoir.

Toujours aussi muet, le jeune détenu acquiesce et s'installe au bord du lit. Je retourne m'adosser contre la porte.

Brody Hamilton. Il est arrivé ici il y a deux semaines, et je suppose que l'acclimatement est difficile. Il a été condamné pour avoir massacré toute la famille de sa copine.

– Bon, Brody. Qu'est-ce qui va pas ?

– J'ai rien fait... Je devrais pas être ici.

– T'as rien fait ? Vraiment ?

J'arque un sourcil, peu dupe. Il n'y a pas marqué « couillon » sur mon front.

– Je voulais juste l'aider...

Il secoue la tête. Même s'il fait sombre, je distingue ses yeux noisette, ils sont trempés. Il n'y a pas grand-chose à faire ou à dire. C'est beau, les remords ; malheureusement, ils viennent trop tard.

– Et maintenant, tu es ici. Tes proches te manquent ?

Il acquiesce.

– Ils ont prévu de te rendre visite ?

Il hoche à nouveau la tête, puis ses larmes redoublent. Je ferme un instant les yeux. Je ne peux pas me laisser émouvoir, pas encore. J'en ai assez de me sentir coupable, d'avoir les tripes tordues et le cœur serré tous les soirs. Doucement, je m'accroupis devant lui pour être à sa hauteur.

– Eh, eh, tout va bien. Si tu me donnais ton âge?

– Vingt-deux ans...

Un an de moins que Diesel. Merde, pourquoi je pense à lui ? Ce truc sans nom qu'il y a eu entre nous, c'est terminé. S'il voulait revenir vers moi, il l'aurait déjà fait.

– Va falloir que tu t'endurcisses si tu veux t'en sortir, ici.

– De toute façon, je vais mourir, assène-t-il.

Ma poitrine se serre.

Oui, il va mourir. Mais pas tout de suite. Et même si c'est rare, peut-être qu'après un énième recours, la décision sera annulée.

– Je mérite pas ça... Je jure que je suis pas coupable.

Il renifle et resserre les poings.

– Sûrement, ouais.

Surtout, aller dans son sens. Ça ne sert à rien de l'accabler et de risquer de l'énerver, je n'ai pas envie de m'en prendre une.

– Est-ce que ça fait mal ? m'interroge-t-il faiblement.

– Quoi ?

– La mort.

Bordel...

J'échange un regard interdit avec Michael qui s'est appuyé à la porte, il hausse les épaules en signe d'impuissance. Je ne craquerai pas, non, je ne craquerai pas. Ça fait huit ans que je fais ce métier et, pourtant, il y a des trucs auxquels je ne pourrai jamais m'habituer. Certains de mes collègues y arrivent parfaitement ; d'autres sont comme moi et gèrent au mieux. Ceux qui ne peuvent pas gérer finissent par démissionner, faire un burn-out ou une dépression, voire se suicident. C'est comme ça.

– Qu'est-ce que...

Je m'interromps en réalisant que la question que je m'apprête à poser est horrible. J'avale ma salive avec difficulté.

– T'as choisi quoi ?

Je me déteste.

– J'ai... l'injection... Est-ce que je me suis trompé ?

Je grince des dents. Il n'y a pas de bon ou de mauvais choix, dans ces cas-là.

– Tu peux pas vraiment te tromper, le rassuré-je.

– Qu'est-ce qu'on va me faire ?

Ceux qui ne sont pas dans le métier, qui ne sont pas bourreaux, ne peuvent pas comprendre la dualité de ce job. On protège ces types. On veille à leur sécurité. C'est notre rôle. Et un jour, ces gens, on les laissera mourir. Ça laisse des séquelles. À quoi bon protéger pour finalement tuer ?

– Tu tiens pas à le savoir, mon gars.

– J'ai besoin de savoir...

Je me passe la langue sur la lèvre inférieure.

– Brody... Crois-moi, ça va juste te faire flipper davantage.

– Moi, c'est pas savoir qui me fait flipper.

Je sens les muscles de mes épaules se tendre.

– Trois injections. La première, c'est un anesthésiant. Ici, on utilise du barbiturique ou du thiopental sodique. La deuxième, c'est le bromure de pancuronium, pour paralyser les muscles. La troisième provoque l'arrêt cardiaque, c'est du chlorure de potassium.

Et après, on prend des photos. On doit endurer les regards des proches et ceux de la famille de la victime. Agir comme si de rien n'était et attendre que la morgue prenne le relais.

Brody a l'air terrifié.

– Tu vois, ça servait à rien que je te le dise.

– Ce sera toi ?

– Peut-être pas.

*Menteur, bien sûr que tu seras là.*

Assister à la mort d'un type à qui j'ai parlé, ça me retourne le cœur et l'estomac. Le citoyen volontaire, bien protégé dans son anonymat, ne sait du condamné que ce qu'on veut bien lui dire. Il vient et il repart. Nous, on reste.

– Tu crois à la vie après la mort ?

Non. Après le dernier soupir, c'est le néant. Mais ça, je ne lui dirai pas. Alors, je me contente de secouer la tête et pose une main sur son genou.

– Je sais pas... Après tout, c'est pas comme si les morts pouvaient nous le dire. Mais vu qu'ils reviennent jamais, ça doit être sympa.

Le temps passe vite. Et quinze minutes de causette, c'est déjà trop. Michael me fait signe de me bouger.

– Je dois finir ma ronde.

Avant que mes supérieurs ne me tombent encore sur le coin de la gueule.

– Essaie de sécher ces larmes avant qu'on ouvre les cellules, certains te boufferont pour moins que ça, ajouté-je.

En refermant la porte derrière moi, je lutte contre un haut-le-cœur.

Je ne craquerai pas, non.

*Je gère.*

> *« Tout ce qui ne me tue pas me rend plus fort. C'était une connerie... Du moins dans son acception banale et contemporaine. Au quotidien, la souffrance n'endurcit pas. Elle use. Fragilise. Affaiblit.* [...] *L'âme humaine n'est pas un cuir qui se tanne avec les épreuves. C'est une membrane sensible, vibrante, délicate. En cas de choc, elle reste meurtrie, marquée, hantée. »*
>
> – Jean-Christophe Grangé

# 23
# Solveig

*Tonight Is The Night I Die* – Palaye Royale

Non, je ne gère *absolument* rien.

À la veille du $1^{er}$ décembre, les gens sont déjà tous imprégnés de la magie de Noël. Les illuminations étincellent à travers Jacksonville, mais mon esprit est plongé dans les ténèbres. La souffrance de Brody s'est faufilée dans les moindres de mes failles. Et si parfois, j'aime ce sentiment, car il m'aide à me rassurer sur mon humanité, cette fois-ci, il me comprime si violemment la poitrine que j'ai envie de m'arracher le cœur pour ne plus jamais rien ressentir.

– C'est... bon, t'as ga... gagné, marmonné-je.

Bien sûr, la Pieuvre ne répond pas. Mais je la sens se repaître de ma douleur. J'avale davantage de whisky, sans plus en sentir les effets, je suis trop torché. Je fais pitié, complètement bourré, avec une bouteille à ma droite et un revolver à ma gauche.

Demain, je serai mort.

J'en ai fini avec cette vie. Ça fait trop longtemps que je me bats pour des chimères, des miettes, des poussières. Je n'ai plus envie d'essayer, je suis fatigué de lutter, fatigué d'être fatigué. J'ai trop marché, ce monde ne m'intéresse plus. Plus de surprises, plus de plaisir. Comme si quelqu'un s'était amusé à éteindre toutes les lumières avant de fermer la porte à clé et de me laisser en plan. J'ai passé trop de temps à espérer jusqu'à comprendre que l'espoir était la première étape sur le chemin du désespoir. Quand tout va bien, on n'en a pas besoin après tout. Ce qui m'attend sur cette putain de planète, ce sont les mêmes merdes quotidiennes. Non, vraiment, il n'y a rien pour me convaincre de rester ici, surtout pas mes gamines qui méritent mieux qu'un incapable de père. On les confiera à mes parents, ils s'en occuperont mieux que moi. Ça fait bien longtemps que j'aurais dû leur refiler la garde.

*Tic tac.*

Le tic-tac de l'horloge rompt le silence de mon existence. Les aiguilles courent sur le cadran sans jamais s'arrêter. Pourquoi elles ne le font pas ? Je veux que tout se termine. J'en ai marre de cette mascarade, d'être un pion si misérable. De subir une tristesse que je ne comprends même pas.

Mécaniquement, j'attrape la balle posée à côté du revolver, la glisse dans le barillet et le fais tourner assez vite pour perdre le fil. Il paraît qu'au jeu de la roulette russe, on est tous perdants. Il est temps de vérifier si l'adage est véridique.

Les mains moites et flageolantes, je me concentre pour réussir à garder l'arme bien droite contre ma tempe quand soudain, un éclair de lucidité me frappe : le bruit de la détonation risque de réveiller mes filles. L'index pressé sur la détente, j'entends la Pieuvre qui m'encourage à appuyer quand même.

Une image de mon cadavre étalé sur le canapé, le crâne troué, du sang et de la cervelle plein le plancher me vient en tête....

– Non, soufflé-je.

Je peux pas infliger cette vision d'horreur à mes enfants. Si je dois disparaître, autant le faire comme un chat mourant et me planquer.

J'attrape une clope, ma bouteille et claque la porte d'entrée. Grimper les marches menant tout en haut de la résidence me coûte ; mes pieds s'emmêlent, je m'agrippe de justesse à la rampe. Les portes de sécurité s'ouvrent sur le toit, vaste étendue bitumée.

Sauter ou me tirer une balle, je ne manque pas d'options, au moins.

Je m'approche du rebord et baisse les yeux vers le fleuve en contrebas. Les eaux me hurlent de les rejoindre. Je prends quelques lampées de whisky pour me rincer les pensées. Elles ne me brûlent pas la gorge, il n'y a plus rien à ravager en moi. Je balance ma bouteille d'alcool vide par-dessus la rambarde. Avant la chute, il y a cet instant de silence, et celui d'après, le verre qui se brise en mille éclats. Je me demande en combien de morceaux mes os se briseraient, si je sautais de cette hauteur.

Perdu dans mes pensées macabres, je tire une taffe sur ma cigarette – ma dernière –, et expire la fumée vers le ciel. Avec toute cette pollution, les étoiles ont presque l'air de se cacher. Ou alors, elles ne veulent pas briller pour moi. Dommage, quand on s'appelle « force du soleil ».

Solveig : à ton avis, qu'est-ce qu'on se dit

Solveig : quand on se jette dans le vide

Solveig : juste avant de toucher le sol ?

Bon sang, pourquoi je lui envoie ce message ? Il ne répondra même pas.

Diesel : J'ai peur de comprendre pourquoi tu me demandes ça, Solveig.

Je n'ai même pas le temps de taper autre chose qu'il m'appelle.

– Solveig, dis-moi ce que tu es en train de faire.

Entendre sa voix après tout ce temps envoie une petite étincelle dans mon cœur, mais pas assez pour le redémarrer.

– T'as très bien compris.

– Tu n'as pas besoin d'en arriver là, Solveig, murmure-t-il avec une douceur inhabituelle.

– Et pourquoi pas ? À qui je manquerais ? Qu'est-ce que je raterais ? On connaît tous les deux la réponse, Diesel, et je suis fatigué.

– Tu manquerais à beaucoup de monde. À moi, en tout cas. Peut-être que tu t'en fous, mais c'est le cas.

Je tique, agacé. Si je m'en foutais de lui, je ne m'embêterais pas à lui parler.

– J'ai trente piges, putain, et regarde ce que j'ai construit. Tu vois rien ? C'est normal. J'ai rien foutu de ma vie. J'ai perdu le contrôle sur tout. J'réponds plus de rien, alors si j'peux retrouver un semblant de dignité en me flinguant, crois-moi, je n'hésiterai pas.

*Trente piges, putain.*

Chiffre rond, mais je sonne creux. Il paraît que l'âme humaine pèse vingt et un grammes. La mienne, non, je n'en sens pas le poids.

– C'est peut-être pas la vie dont tu rêvais, mais ce n'est pas rien. Tu ne peux pas balayer d'un revers de la main ta relation avec ta femme, tes filles... Tu ne peux pas dire qu'elles ne sont rien, tu ne peux pas non plus affirmer être rien. Et puis, de toute façon, rien c'est déjà quelque chose.

– Pourquoi tu dis ça ? Pourquoi tu me défends ? J'ai fait, je fais et je ferai toujours du mal aux gens.

J'en ai tué, aussi. Comment je peux encore me contempler dans une glace ?

– Pourquoi j'aurais besoin d'une raison pour prendre ta défense ? J'ai pas à me justifier, Solveig, je t'apprécie, c'est tout. Ne laisse pas tes filles toutes seules. N'abandonne pas. Je sais très bien que c'est facile pour moi de dire ça, je suis pas à ta place. Je ne peux pas prétendre que je comprends tout ce que tu ressens, mais je l'entends.

– J'veux juste que toute cette merde s'arrête.

– Et t'as décidé de te suicider pour mettre un terme à ta souffrance ?

Je ne m'attendais pas à l'entendre prononcer ce mot. Pas si facilement. Il n'y a ni colère ni reproche dans sa voix.

– Ouais.

Pourtant, il y a longtemps, je ne rêvais pas d'en finir. Enfin, je crois. Peut-être que ce n'était qu'un mirage peint à l'encre de la Pieuvre.

– Tu n'arrives pas à le voir parce que tu es à bout, mais il y a des issues et des rêves qui t'attendent dans cette vie. Ça peut s'arranger. Même si ce n'est pas facile.

– Ça s'arrangera, vraiment ? Quand ?

Ouais, c'est vrai ça, quand ? Quand est-ce que cette Pieuvre me laissera enfin respirer ?

– Je sais pas. Ça prend du temps d'aller mieux.

– Je te crois pas.

– Tu ne te facilites pas la tâche, souffle-t-il. T'es tellement persuadé que tout est foutu... Tu ne vois même plus le positif dans ta propre vie...

Je me relève lentement et balance mon mégot froid dans le vide. L'espace d'un instant, je suis tenté de le suivre.

– Tu sais que j'ai même pas de quoi me payer mon enterrement ? C'est cocasse, quand même.

– Solveig, arrête ! T'es où ?

Je hausse les épaules. Je sais plus où je suis depuis bien longtemps.

– Sur le toit. Au-dessus de chez moi.

– Et tu vas sauter ? Maintenant ?

– Quelle perspicacité, lâché-je dans un rire mauvais. Tu comptes appeler les urgences ?

Une porte claque à l'autre bout du fil. Un peu plus tard, un bruit de moteur. Je ris bêtement, encore.

– Tu viens me rendre visite ?

– Je serai là dans dix minutes.

– Pourquoi tu veux m'empêcher de crever ? Vu tes centres d'intérêt, ça devrait t'amuser de voir mon cadavre.

Il lâche un bruit étrange, à mi-chemin entre le rire et le grognement exaspéré. Peut-être que je devrais me lancer dans une carrière de comique. Je coince le téléphone entre mon épaule et mon oreille et continue à marcher au bord du toit, titubant légèrement. Je sais même plus où poser les pieds.

– T'es toujours là ? demande-t-il après un long silence.

– Ouais.

– Je suis en route.

– Tu me parles en conduisant ?

– Bien sûr, compte pas sur moi pour te lâcher une seule seconde. Il s'est passé quelque chose de spécial pour que tu sois aussi mal ?

Je ne réponds pas tout de suite, absorbé par les eaux sombres du fleuve.

– Solveig ? Parle-moi…

– Tu veux que je te dise quoi ?

– Il s'est passé quoi ? Est-ce que quelque chose de spécial t'a mis dans cet état ?

J'ai plus aucune notion du temps. Ce détenu, je lui ai parlé hier ou ce matin ? Peut-être que c'était cette après-midi.

– C'est juste… une conversation que j'ai eue avec un condamné à mort. J'ai beau me promettre de ne jamais craquer, plus ça va, plus ça me brise de l'intérieur.

– Ce travail est bien trop dur pour toi. Tu peux pas tout porter sur tes épaules, c'est pas possible.

– J'ai pas le choix, craché-je.

– Je sais bien, Solveig. Je sais bien que tu fais de ton mieux, c'est pas ce que je voulais dire… mais tu ne penses pas que tu aurais besoin d'être aidé ?

Trop de mots, je les entends sans les comprendre. J'ai l'impression que Diesel m'a dit qu'il venait il y a des heures, ou alors on ne parle que depuis dix secondes ? Je titube à cause de l'alcool, me rattrape à ce que je peux et jure tout bas.

– Ça va ? Qu'est-ce qu'il s'est passé ?

– Rien, j'ai failli tomber.

– T'es au bord du toit ?

– Ouais.

Si je vacille un peu trop, c'est terminé. Plus de Pieuvre, plus de problèmes. La paix et rien d'autre.

*De quelle paix tu parles ? Tu finiras aux Enfers.*

– Éloigne-toi du bord, s'il te plaît… Tu peux faire ça ?

La voix chevrotante de Diesel monte un peu dans les aigus. Je rêve ou je viens de l'entendre renifler ?

– Je pensais pas que tu répondrais à mon message.

– Tu t'es éloigné du bord ? insiste-t-il.

– Ouais, mens-je.

Son souffle grésille dans le haut-parleur de mon téléphone.

– Je comptais pas te ghoster, tu sais, j'allais te reparler. J'avais juste besoin de digérer tout ça… et d'avoir des explications. Mais je pouvais pas ignorer ton message… S'il te plaît, te mets pas en danger, murmure-t-il.

Ses derniers mots sont si bas, je ne suis pas certain de les avoir bien entendus. Je crois qu'il est à deux doigts de pleurer, je reconnais ce genre de respiration saccadée, Naïa a la même.

– Je suis en haut de ta rue, ajoute Diesel.

Je me penche pour observer les voitures. À quoi elle ressemble, la bagnole de Diesel, d'abord ? Est-ce qu'elle est aussi excentrique que lui ?

– Solveig, t'es encore là ?

– Ouais.

Un bruit de portière qui claque.

– Je suis juste en bas, j'arrive. Qu'est-ce que tu fais, là, tout de suite ?

– Rien, je regarde le vide et mon arme en me demandant ce que je vais choisir.

Diesel jure tout bas.

– Ton arme ? Tu l'as sur toi ?

– Ouais.

– J'arrive, répète-t-il.

– Tu cours ou je rêve ?

– Bordel, bien sûr que je cours ! Je suis presque là.

J'entends ses pas résonner dans la cage d'escalier. Un instant plus tard, la porte s'ouvre en grand sur un Diesel hors d'haleine, décoiffé, débraillé. Ses chaussures ne sont même pas lacées.

– Solveig, s'il te plaît, viens vers moi.

– Ou bien tu peux te rapprocher, toi, rétorqué-je en haussant les épaules.

Il ne bouge pas.

– Dis-moi, Diesel. Tu serais triste si je crevais ?

– Tu me manquerais. À tes filles aussi. Elles t'aiment.

– Elles me le montrent bien mal.

– Elles sont jeunes, Solveig. Laisse-leur le temps de grandir, de réaliser.

– Ce sont des ingrates, c'est tout. Et toi, un pauvre gosse de riche qui vient donner des leçons de vie au bouseux du coin.

Les mots me brûlent la gorge, je les regrette aussitôt.

– Tu es en colère, d'accord. Tu peux me balancer autant de méchancetés que tu veux à la gueule, mais fais-le loin du vide. S'il te plaît, insiste-t-il encore.

– J'essaie, tu sais. Parfois, c'est rare, mais j'essaie. De faire des efforts. D'être fort. Mais ça marche jamais. Parce que c'est comme ça, j'arrive à rien. J'crois qu'il est grand temps que je m'efface. C'est ce que font les gens « instables » après tout. Je suis pas un *père normal* et *vivre à mes côtés est un calvaire.*

– Mais ça sort d'où tout ça ?

– De tout mon putain d'entourage !

– Tu n'es pas quelqu'un de médiocre. Bordel, t'es… incroyable ! T'es persévérant, aimant, t'as des qualités que tu ne soupçonnes même pas… T'es tout, sauf médiocre.

– T'es bien le seul à penser que je ne le suis pas.

Je recommence à marcher le long du toit et d'ici, je vois les épaules de Diesel se contracter. Il serre les poings, avance d'un pas, puis hésite et se recule. La mort me tend les bras, prête à m'enlacer chaque fois que je perds l'équilibre. Je m'arrête brutalement, m'écarte du bord et agite mon revolver.

– Ça doit être bizarre de tomber de si haut en sachant que tu vas mourir.

J'approche l'arme de ma tempe. C'est décidé, cette balle sera mon salut.

– Solveig, écoute-moi, t'es en pleine crise, explique-t-il de sa voix brisée.

Ses yeux ne brillent plus, il n'y a que de la peur qui s'y reflète.

– Ce qui s'est passé avec le prisonnier, ça t'a beaucoup peiné, continue-t-il.

Chaque mot est plus rapide que le précédent alors qu'il cède à la panique.

– C'était la goutte d'eau... T'es à bout, peut-être parce que t'as trop encaissé...

Impuissant, Diesel jette un coup d'œil tout autour de lui, mais il n'y a que nous, le silence de la nuit et ce temps qui s'étire à l'infini. J'entends ses mots, mais je ne les écoute pas. C'est trop tard.

– ... viens me voir, laisse-toi le temps de redescendre et de r...

Mon doigt tremblant glisse sur la détente.

« *Encore un soir où j'perds la raison*
*J'suis loin d'la maison*
*J'suis triste et j'perds la raison, hey*
*Pourquoi tout devient stressant ?*
*Pourquoi tout devient blessant ?*
*Où sont les anges ce soir ?*
*Pourquoi je tousse du sang ?*
*J'vais pas tenir longtemps* »
– *La forêt du loup* –Yuston XIII

# Deuxième contact

*And I am out with lanterns,*
*looking for myself.*

EMILY DICKINSON

# 24
# Diesel

*Irreplaceable* – Citizen Soldier

Je veux crier, mais aucun son ne sort.

Le corps de Solveig se plie en deux et son arme tombe au sol dans un bruit métallique. Il a pressé la détente, pourtant, aucune détonation n'a fendu le silence de la nuit.

Ma gorge se serre, les larmes me montent aux yeux.

L'arme s'est enrayée.

J'ai envie de chialer de soulagement, de hurler ma colère face à son geste, ou encore de le serrer fort pour le réconforter. Trop d'émotions se bousculent en moi, mais je ne peux pas me montrer aussi vulnérable, pas maintenant.

– Solveig…

Ma gorge est si sèche que prononcer son prénom me la lacère.

– Merde, jure-t-il tout bas.

Les mains sur les genoux, le dos courbé, Solveig a l'air sous le choc, lui aussi. Puis, sans crier gare, des spasmes le secouent et il commence à rendre le contenu de son estomac sur le sol.

– Solveig… répété-je comme un automate cassé.

J'avance à pas prudents vers lui. J'aimerais qu'il s'éloigne du bord, je suis terrorisé à l'idée qu'un faux mouvement le précipite dans le vide. Mon regard accroche l'éclat argenté de l'arme, abandonnée là sur le sol. Je me penche pour la ramasser, le métal pèse lourd dans ma paume moite. Le canon est encore tiède. Je glisse le revolver discrètement dans ma ceinture, dans mon dos. Ce contact me répugne, mais je ne peux pas prendre le risque que Solveig s'en empare à nouveau.

– J'suis pas mort, marmonne-t-il.

Je m'accroupis à ses côtés, la puanteur écœurante et acide du vomi me prend aux tripes.

– ... tu vas bien ?

Quelle question idiote, je n'arrive plus à réfléchir. Un long silence s'ensuit, uniquement brisé par le martèlement sourd de mon cœur qui résonne dans mes oreilles. Puis, soudain, Solveig se laisse tomber sur le sol et se met à rire. Un rire triste, brisé, sans éclat.

– Pourquoi tu rigoles ?

– J'en sais... r-rien, bafouille-t-il. P't-être parce que même crever, j'y arrive pas.

Ça me retourne l'estomac de l'entendre dire ça. Je crois bien que je vais vomir à mon tour.

– Viens, soufflé-je en lui tendant la main pour l'aider à se relever.

Il relève ses yeux vitreux vers moi. Je ne distingue pas cet habituel mélange de lassitude, de taquinerie ou d'agacement. En fait, j'ai l'impression d'être en face à face avec la Pieuvre.

– Je peux marcher tout seul, grommelle Solveig.

– Comme tu veux.

Je reste malgré tout aux aguets pendant qu'il tente de se remettre debout, prêt à intervenir au moindre faux pas, à la moindre hésitation qui le ferait basculer par-dessus la rambarde. Solveig titube, trébuche, manque de s'écrouler à nouveau. Le monde a l'air de tanguer violemment autour de lui, il est comme un navire pris dans la tempête.

– En fait, j'veux bien de l'aide...

Sans un mot, je passe un bras autour de sa taille pour le soutenir et le guider. Son T-shirt est humide sous mes doigts, la peau de son visage brille.

Je veux me barrer d'ici au plus vite, mettre autant de distance que possible entre nous et ce fichu toit.

Merde... Je pensais que c'était fini, tout ça. Que je n'aurais plus jamais à revivre ce genre de terreur. Mais j'en suis là, à me retenir de pleurer tout en supportant le poids de Solveig qui peine à avancer. Solveig qui a essayé de se tirer une balle en pleine tête.

Solveig qui voulait crever, comme Joey.

Discrètement, j'efface une larme qui s'est échappée pour couler le long de ma joue avant de resserrer ma prise autour de la taille de Solveig. Nous atteignons péniblement l'escalier qui mène des toits au dernier étage. Chaque marche est une épreuve. Solveig pèse lourd contre moi, mais je m'accroche, je serre les dents.

– J'ai mal au bide, se plaint-il.

À chaque marche, je redoute de le voir dégueuler de nouveau.

– Tu te sentiras mieux plus tard, tu as beaucoup bu... T'as besoin d'une pause ?

– Non...

Il rit, encore.

– Putain, j'ai survécu... J'pensais pas gagner, ni contre une arme ni contre la Pieuvre.

Aucune réponse ne me vient, ses mots me secouent trop. Le trajet jusqu'à l'ascenseur me paraît interminable. Je sens le métal froid du revolver, calé dans mon dos, qui me brûle la peau à travers mes vêtements. Des sueurs froides me dégoulinent le long de l'échine. Dans la cabine, nos souffles erratiques résonnent comme dans une caverne. Il me semble qu'une éternité s'écoule avant que les portes ne se rouvrent sur le couloir menant à l'appartement de Solveig.

– Tu as tes clés ? demandé-je lorsqu'on atteint enfin l'entrée de chez lui.

– Je sais pas. Peut-être ?

Il fronce les sourcils, l'air de réfléchir, avant d'ajouter :

– J'crois que je les ai oubliées à l'intérieur.

Ça, c'était à prévoir. Je retiens un soupir. Je me vois mal sonner et réveiller les jumelles pour qu'elles découvrent leur père dans cet état... J'analyse la silhouette de Solveig de haut en bas, puis hausse un sourcil. Ses clés sont là, comme d'habitude, accrochées à un mousqueton sur un passant de sa ceinture.

– Je les ai trouvées, dis-je en les pointant du menton. Passe-les-moi.

Solveig les détache, et je tends la paume, dans l'expectative. Sauf qu'au lieu de me les remettre, il préfère lever le bras avec un sourire provocant.

– Viens les chercher toi-même.

– C'est pas le moment, Solveig.

En réponse, il se contente de hausser un sourcil. Il titube contre la porte, ses clés tintent chaque fois qu'il les agite. Excédé, je m'approche, tends le bras et les lui prends des mains. Solveig lève les yeux vers nos doigts qui se frôlent, puis les baisse vers mon visage.

– Embrasse-moi, chuchote-t-il d'une voix pâteuse.

Son invitation absurde flotte dans l'air alors que les secondes s'égrènent. Ces mots, il ne souhaitait pas réellement les prononcer. Il est paumé, ivre et en crise. Pourtant, j'en veux à mon foutu cœur d'accélérer, de battre plus fort. Et j'en veux à Solveig de ne pas réaliser à quel point ses propos me font espérer.

– Arrête.

– C'est la... première fois que t'as l'air agacé, relève Solveig.

D'abord, je suis tenté de lui répondre que je le suis. Ensuite, je me mords la lèvre et me retiens.

– J'ai juste envie de t'aider. Maintenant, arrête de jouer et décale-toi.

– Ça va, râle-t-il.

Il s'écarte enfin et je commence à tester les différentes clés dans la serrure. Je tente la première ; ce n'est pas la bonne. La seconde s'insère dans la serrure en un petit cliquetis et Solveig s'engouffre à l'intérieur de l'appartement. Je referme derrière nous, pendant qu'il allume la lumière.

– Tu dors où ? chuchoté-je.

– Viens.

Il trébuche sur le carrelage, je le rattrape *in extremis.*

– Ça va ?

– C'est bon.

Solveig me guide jusque dans sa chambre et, une fois à l'intérieur, il se laisse tomber sur son lit avec un grand soupir. Puis il se penche pour essayer d'atteindre l'interrupteur de sa lampe de chevet mais, le voyant galérer, je m'approche et le fais à sa place. Je me recule pour le regarder et mieux observer sa piaule. C'est bizarre de découvrir son espace privé. Comme je pouvais m'y attendre, il n'y a aucune trace de saleté, pas d'affaires jetées n'importe où. En revanche, il y a un étrange triptyque de tableaux dinosaures accrochés sur le mur en face du lit, des photos des jumelles sur la commode et une autre sur la table de nuit représentant Solveig aux côtés d'une jeune femme. Elle l'enlace, ses taches de rousseur ressortent sur son visage qui irradie de bonheur. Il y a de la malice dans ses yeux bleus alors qu'elle force Solveig à sourire en lui étirant les lèvres. Pas de doute possible, il s'agit forcément d'Alisha.

– Est-ce que... tu as besoin d'aide pour te mettre au lit ? murmuré-je en reportant mon attention sur Solveig.

– Je suis pas impotent, juste bourré.

– Et... t'as envie de discuter de ce qui s'est passé ?

Solveig me scrute de haut en bas, je sens son sourire moqueur lorsqu'il constate mes chaussettes dépareillées, mes lacets défaits et ma chemise mal boutonnée.

– Mon lit est grand ouvert si tu veux discuter.

Mes joues s'échauffent, j'entends mon cœur battre à mes tempes, mais mes dents grincent. Je m'éloigne encore d'un pas et pose la main sur la poignée de la porte. Dans d'autres circonstances, j'aurais pu sauter de joie ; là, je suis juste dépassé.

– Arrête ça, Solveig.

– Quoi, c'est pas ce que tu voulais ? Tu vas rater la chance de ta vie.

– T'es ivre et complètement paumé. Tu penses pas ce que tu dis. Couche-toi.

Il hausse les épaules avant de me prendre au mot. Il s'étend sur le ventre, ses pieds toujours chaussés. Je balaie sa silhouette du regard, avale ma salive et tourne les talons.

– Je reviens dans deux secondes, je vais te chercher à boire.

En m'appliquant pour ne pas tirer les jumelles de leur sommeil, je trouve un verre dans la cuisine que je remplis avant de retourner dans la chambre. Solveig s'est allongé, le visage enfoncé dans l'oreiller.

– Tiens, ça te fera du bien.

Il se redresse, attrape le verre avec des gestes incertains et alors qu'il le porte à sa bouche, l'eau termine à moitié sur son T-shirt.

– Merde, s'agace-t-il sans s'arrêter pour autant.

Une fois qu'il a terminé, il repose le verre sur sa table de nuit et me fixe, un peu hagard.

– T'as besoin d'aide pour retirer tes vêtements ou ça va aller ?

– Ça te dérangerait pas de me filer un coup de main, ça, c'est sûr, marmonne-t-il.

– C'est pas parce que tu me plais que je vais me comporter comme un clébard devant un os, asséné-je.

Solveig grogne quelque chose que je ne comprends pas, avant de se pencher pour dénouer ses lacets, sans succès.

– Bon, OK, j'ai peut-être besoin de toi, admet-il.

Je m'accroupis et délace sa chaussure gauche, puis la droite. L'air est lourd entre nous. Je sens le regard de Solveig rivé sur moi, brûlant, intense. Il suit le moindre de mes gestes. Dans d'autres circonstances, j'aurais balancé une vanne pour dédramatiser la situation, mais là, après ce qui vient de se passer, j'en suis incapable. Les mots restent bloqués dans ma gorge, un nœud douloureux m'étrangle.

Après une bonne nuit de sommeil, ça ira mieux...

Je dois juste me reposer, trier mes pensées...

Ça va aller.

Ce n'est rien.

Je vais m'en remettre.

J'ôte les chaussettes de Solveig, puis d'un geste un peu tremblant, je déboutonne son pantalon. Je prends soin de ne pas trop le toucher et il soulève docilement les hanches pour me laisser le lui retirer, dévoilant des jambes fines et un boxer noir.

– Lève les bras.

Il s'exécute, les paupières mi-closes, et je me dépêche de lui enlever son T-shirt imbibé de sueur. Je le jette dans un coin avec le reste de ses vêtements sales. Mes joues sont en feu, mais je m'efforce d'ignorer la semi-nudité de Solveig.

– Tu t'arrêtes là ? me provoque-t-il d'une voix lointaine.

J'ignore sa remarque et ramène les couvertures sur ses épaules avec douceur, comme on borderait un enfant. À cette seconde précise, emmitouflé dans ses draps, Solveig a l'air plus fragile qu'il ne l'a jamais été. Son visage est d'une pâleur de craie, presque grise. Ses traits sont tirés, émaciés, creusés par la fatigue. Je réalise soudain à quel point les os saillent sur ses poignets amaigris. Depuis combien de temps n'a-t-il pas eu de vrai repas, une vraie nuit de sommeil ? Mes yeux glissent jusqu'au tentacule tatoué sur son cou. Elle a failli gagner, sa Pieuvre. Et qui me dit que la prochaine fois, elle n'y parviendra pas ?

*« Il a dans le fond de l'âme une putain de petite fleur qui se transforme en phare quand il fait trop noir. »*
– Richard Bohringer

# 25
# Solveig

*Atlantic* – Sleep Token

La migraine me réveille alors que le soleil frappe déjà dans le ciel. Hier… je suis allé trop loin. Tout est flou, noir, je suis incapable de me souvenir du nombre de verres que j'ai sifflés. Ma seule certitude est d'avoir abusé. Je ne sais même pas comment je peux être dans mon lit, bien emmitouflé sous mes couvertures. Je n'explique pas non plus la présence du verre sur la table de chevet, encore moins celle de mes fringues balancées par terre.

Avec difficulté, je consulte l'heure sur mon portable. Bientôt 9 heures du matin. Je ne commence pas le taf avant 13 heures, mais je quitte quand même mon pieu. J'ai besoin d'une douche et d'un café pour calmer cette gueule de bois. Alors je me traîne jusqu'à la salle de bains pour prendre une douche gelée. Une fois propre et habillé, je me dirige vers la cuisine, mais en chemin, j'aperçois une masse étendue sur le canapé. Mon corps se tend instantanément. Je m'approche à grands pas, prêt à en découdre, mais mon poing se délie à la vue de Diesel presque recroquevillé sur lui-même.

Qu'est-ce qu'il fout ici, bordel ?

Mon mal de crâne m'empêche de me concentrer sur mes souvenirs, tout est flou quand je replonge dedans.

D'un coup, je me revois sur ce toit. J'errais, au bord du gouffre, prêt à en finir avec cette existence de merde. Diesel était là. Il me demandait… me *suppliait* de ne pas sauter. Moi, j'avais le doigt sur la détente… mais aucune balle n'est partie.

Comment j'ai pu survivre à cette nuit ? À cause de cette putain de roulette russe ?

La brume qui obstruait mes souvenirs s'évapore pour ne me laisser que le poids de la culpabilité. Je ne voulais pas appeler Diesel, je ne m'explique pas pourquoi je lui ai envoyé ce message. J'étais décidé à en finir, à ne plus souffrir.

La Pieuvre aurait dû gagner.

Diesel n'aurait jamais dû assister à tout ça.

Il remue un peu dans son sommeil, et je m'écarte comme un criminel pris en flagrant délit alors que ses paupières papillonnent. Une seconde plus tard, il ouvre des yeux fatigués, cernés. Aucun son ne sort de sa bouche, son habituel sourire solaire n'étire pas ses lèvres.

L'air est moite entre nous, lourd. Ça me prend la gorge, ça me serre le cœur, il faut que ça s'arrête. Je m'humecte les lèvres.

Allez, putain, trouve un truc à lui dire, n'importe quoi !

– Comment tu te sens ? chuchote-t-il, mettant un terme à mon supplice.

Les mots restent enfermés dans ma gorge. Tout se mélange en moi. La honte de m'être montré aussi vulnérable, la frustration d'être toujours de ce monde, la colère d'avoir cédé à la Pieuvre et puis, quelque part, la petite pointe de soulagement d'avoir survécu à mon envie de m'éteindre.

– Ça va.

J'aimerais lui retourner la question, lui demander s'il n'a pas eu froid, s'il ne s'est pas trop abîmé le dos… Encore une fois, je n'y arrive pas. Je me mords la lèvre inférieure, évite le regard de Diesel et me dirige vers la cafetière.

– Café ?

– Je veux bien.

Seul le tic-tac de l'horloge et le moteur de la machine déchirent le silence. Je fixe le liquide s'écouler dans les tasses et en apporte une à Diesel. Il murmure un merci, se décale à l'autre bout du canapé et souffle sur sa boisson fumante.

– Tu travailles dans combien de temps ?

– Je commence à 13 heures.

– Tu te sens d'y aller ?

J'ai du mal à percevoir son expression parce qu'il ne me regarde pas, mais il y a de l'inquiétude dans sa voix.

– J'ai pas le choix.

Diesel reste retranché dans le canapé, tandis que je m'assieds sur un tabouret avec une cigarette. Elle se consume lentement, un peu comme moi. Je ne pourrai jamais retrouver ce que j'ai perdu de moi. Mais Diesel a l'air persuadé du contraire.

Et cette nuit, il est resté à mes côtés, alors qu'on ne se parlait plus...

– Diesel ?

– Hm ?

– Désolé pour hier, la pro...

*La prochaine fois, je ne t'appellerai pas.*

Non, je ne peux pas lui dire ça.

– ... J'aurais pas dû t'appeler.

Diesel pose sa tasse sur la table basse, je le sens me scruter une fois de plus.

– Ne sois pas désolé. Je suis content que tu aies pensé à moi.

Ses mots sont sincères, je le sais, pourtant, son langage corporel hurle le contraire. Tout dans sa posture hurle qu'il est sur la défensive : ses épaules rentrées, son corps recroquevillé sur lui-même, et surtout, son regard qu'il pose partout sauf sur moi.

– Tu...

Je m'interromps en entendant des bruits de pas dans le couloir.

– Papa, tu crois qu'aujourd'hui je pourrais...

Rakel se tait en pénétrant dans le salon. Sourcils froncés, elle nous détaille, Diesel et moi. Cachée derrière elle, Naïa est tout aussi perdue, elle a même l'air tétanisée par la présence d'un parfait inconnu dans son salon.

– Ah, mais j'te connais, balance finalement Rakel. Qu'est-ce que tu fais là ?

Mal à l'aise, Diesel tourne la tête dans ma direction. Il a peur de dire une connerie, je peux le lire dans ses yeux, et soudain, je percute. Merde. C'est vrai, ça, pourquoi il est là ?

*Papa a essayé de se flinguer hier soir, mais Diesel est arrivé à temps pour éviter le pire.*

Non, clairement, je ne peux pas leur dire la vérité. Je réfléchis à toute allure, à la recherche d'un mensonge crédible.

– Diesel est... passé me voir hier soir pour terminer son article, sauf que...

Je n'arrive pas à formuler mes pensées, les mots me manquent.

– J'ai eu une galère avec ma voiture au moment de repartir, reprend Diesel à ma place. Et comme il était tard, c'était plus simple que je dorme ici. Désolé pour la surprise de bon matin.

Sa voix est douce et convaincante. En tout cas, ça semble convenir à Rakel, qui répond :

– C'est pas grave, t'en fais pas ! Je te présente ma petite sœur, Naïa. Là, elle doit penser quelque chose comme « au secours, cet inconnu va me manger ! », mais en vrai, j'te jure qu'elle peut être plus bavarde que moi.

Naïa lui tape l'épaule.

– N'importe quoi ! En plus, je suis pas ta petite sœur.

– T'es née après moi, rétorque Rakel. Et sinon, Diesel, tu veux un truc à boire ou tu tournes qu'à l'essence ?

– T'as le même humour que ton père, toi, réplique-t-il avec un petit sourire. Je tourne au café pour l'instant, mais c'est gentil de proposer.

– C'est normal. Par contre, je rêve ou il t'a laissé dormir sur le canapé sans couverture ? T'es un rustre, papa.

Je serre les dents, mais je n'ai pas le temps de dire quoi que ce soit que Diesel répond à ma place :

– Non, j'avais chaud, je lui ai demandé de ne pas m'en apporter.

Rakel s'éloigne vers le frigo, tandis que Naïa se décide enfin à dire quelque chose.

– Cette interview, on pourra la lire ?

– J'avoue, ça m'intrigue trop ! s'enthousiasme Rakel, une brique de jus de fruits dans les mains.

Et moi, je n'ai pas envie qu'elles s'y intéressent.

– Faudra demander à votre père, je peux pas décider à sa place.

Mes filles se tournent vers moi.

– Hors de question.

Sans laisser le temps à quiconque de protester, je me lève du canapé et me dirige vers la cuisine. Quand je passe devant Rakel, elle marmonne que je suis un rabat-joie, mais je ne relève pas et, de toute façon, elle a déjà changé de sujet de conversation.

– Et sinon, tu fais quoi dans la vie, toi ? demande-t-elle à Diesel.

– Je suis des études de criminologie.

Je les observe du coin de l'œil tout en sortant une poêle d'un placard. Les filles semblent impressionnées. Pendant que j'allume le feu et que je récupère les œufs, j'écoute d'une oreille Rakel, mais aussi Naïa bombarder Diesel de questions sur ses cours, ses stages, ses projets... En quelques minutes à peine, il est parvenu à faire sortir Naïa de sa coquille et à se mettre Rakel dans la poche.

J'ai l'impression que Diesel Nowakosky a un superpouvoir pour mettre les gens à l'aise.

Je les laisse parler et me concentre sur la préparation des œufs brouillés et du bacon. Je ne fais pas ça tous les matins à cause de mes horaires de merde. La plupart du temps, les filles sont déjà parties pour l'école quand je rentre du taf, alors elles se débrouillent, mais quand je suis là, j'essaie de faire un petit effort.

Même si ça ne vaudra jamais les petits déjeuners qu'Alisha nous préparait tous les matins.

Je me fige. Le bruit des œufs qui crépitent… On dirait le craquement sinistre de flammes. Comme celles qui ont dévoré la voiture d'Alisha. Je frissonne. Cette nuit-là, mon monde est parti en fumée avec elle.

Soudain, le poids de la poêle entre mes doigts me ramène à celui du revolver hier soir. Cette envie d'en finir, putain, je la sens encore me ramper sous la peau. Je n'avais jamais été si près du but. Si près de rejoindre Alisha…

Hier soir n'était pas mon heure. Mais la Pieuvre reste gluée à moi. La prochaine fois, rien ni personne ne pourra m'arrêter. J'ai juste retardé l'échéance, je continue d'errer dans les couloirs de la mort.

– Tu l'as achetée où, ta chemise ? Elle est trop cool.

La question de Rakel me tire brutalement de mes pensées morbides. J'en sursaute presque, réalisant que je n'écoutais plus du tout leur conversation. Je secoue la tête et mes mains tremblent imperceptiblement quand je saisis une spatule pour remuer les œufs.

– Je sais plus trop, répond Diesel. Peut-être dans une friperie.

– Ouais, je me disais bien qu'une enseigne digne de ce nom pouvait pas vendre des chemises à motif potirons.

– Eh, c'est une citrouille ! Je croyais que tu étais sincère, moi ; je suis blessé dans mon cœur !

Même si les filles pouffent, lorsque j'observe Diesel à la dérobée, je constate qu'il ne rit pas avec elles, et que son sourire paraît forcé.

– C'est quoi la différence entre une citrouille et un potiron de toute façon ? Les deux sont dégueulasses, râle Rakel. Quand mon daron cuisine de la soupe au potiron, j'ai envie d'aller me plaindre au voisin.

– Ou ton daron cuisine très mal, ou t'as besoin de développer tes papilles, rétorque Diesel.

Je cuisine pas mal, d'abord...

– Les filles, venez vous servir, c'est prêt.

Rakel remplit son assiette d'œufs brouillés, Naïa se contente d'une toute petite cuillère.

– Tu proposes pas à manger à ton invité ? T'as faim, Diesel ? demande Rakel.

– Non, ça va. De toute façon, je veux plus te parler, t'as critiqué une de mes chemises préférées.

– Pff, pourtant, tu supportes mon paternel, tu devrais te remettre d'une petite vanne.

Naïa glousse encore. À l'écart dans le fond de la cuisine, je regarde Rakel manger avec enthousiasme, Diesel l'embêter en lui piquant son assiette et Naïa se forcer à mastiquer sa bouchée. J'ai l'impression d'être un étranger.

– Eh, papa, faut que tu invites Diesel plus souvent, il est marrant.

– Ça fait partie de mes trop nombreuses qualités, fanfaronne l'intéressé.

Je relève la tête et Diesel cherche mon regard. Normalement, son sourire fait briller ses yeux. Là, je n'y vois rien, il lui manque cette petite étincelle.

Il paraît que les lucioles meurent si on les blesse ou qu'on les stresse. Peut-être que celles de Diesel ont disparu, qu'hier soir, sans le vouloir, je les ai tuées.

*« hier*
*à mon réveil*
*le soleil tomba par terre et roula loin de moi*
*les fleurs se décapitèrent*
*tout ce qui reste de vivant ici c'est moi*
*et j'ai à peine l'impression de vivre*

*- la dépression est une ombre qui vit à l'intérieur de moi »*
– Rupi Kaur

# 26
# Diesel

*Are You Really Okay?* – Sleep Token

Étendu dans un tas de foin aux côtés de Szansa, j'essaie de trier mes pensées. Je ne sais pas depuis combien de temps je me cache de ma famille. Ma seule certitude, c'est que je veux rester seul. Ils parlent tous trop fort, la musique m'insupporte, les blagues de mon père m'agacent... Ça faisait des mois que je n'avais pas été aussi irritable. Ce n'est pas moi, ça. J'ai toujours été celui qui amuse la galerie et ce rôle me plaît. J'aime rendre la vie de mes proches plus douce.

Un jour, j'ai demandé à ma mère pourquoi elle m'avait appelé « Diesel ». Elle m'a répondu que j'étais sa « petite étincelle ».

Là, je suis au bord de l'explosion.

Je rajuste mon casque sur mes oreilles, la musique d'Alec Benjamin me berce. Szansa souffle doucement, son haleine tiède s'écrase sur mon cou. Elle tourne son énorme tête afin de la frotter contre mon bras, puis la dépose sur mes cuisses. La chaleur de son corps, la douceur de ses poils et son odeur familière m'apaisent un peu ; je me surprends même à sourire.

Soudain, une ombre me recouvre le visage. Je lève les yeux vers ma sœur. Elle parle, mais je ne l'entends pas. Je ne suis pas sûr d'en avoir envie, j'étais bien tout seul. Kléia attrape mon casque, puis s'installe à côté de moi.

– Tu veux que je t'aide à déménager ton lit dans l'étable ? me taquine-t-elle.

– Si j'ai envie de dormir dans une étable, j'ai qu'à squatter ta chambre, marmonné-je avec un sourire qui me demande plus d'efforts que d'habitude.

– C'est culotté de ta part.

– Je sais.

Je la sens me scruter, j'ai envie de me cacher derrière mes cheveux. Ou les poils de ma vache.

– Est-ce que tu essaies d'auditionner pour la prochaine saison de *The Walking Dead* ?

– J'attends la chute.

– T'as une tête de déterré, je m'inquiète.

Ce matin, je me suis levé avec des cernes plus profonds que des cavernes. En creusant un peu, on pourrait peut-être y trouver de l'or.

– Moi aussi, je m'inquiète pour toi. Tu t'es pas rendu compte qu'un truc clochait en te maquillant ?

Ma sœur fronce les sourcils.

– Quoi ?

– Bah t'as oublié l'eye-liner sur ton œil droit.

– Tu te fous de ma gueule ? s'écrie Kléia en cherchant désespérément son téléphone. Je suis pas sortie comme ça, quand même ? C'est pour ça que le caissier me regardait trop mal ? Les parents m'ont rien dit, je rêve, ils sont gonflés !

Elle s'agite dans tous les sens et je ne peux pas m'empêcher de pouffer. Quand elle comprend que je me paie sa tête, je lâche un petit ricanement. Ce n'est pas grand-chose, mais ça apaise mon esprit parasité.

– T’es pas possible, grommelle-t-elle. Je passe l’éponge, juste parce que je suis soulagée de t’entendre rire. Sérieusement, je t’ai pas vu du week-end. T’es arrivé vendredi soir, t’as à peine dit bonjour et t’es parti t’isoler. Hier, t’as passé la journée avec Szansa. Aujourd’hui, c’est pareil.

– Je te fuyais, j’avais pas envie que tu me forces encore à regarder *Saw*.

Je caresse ma vache d’une main distraite ; Kléia, elle, chasse les mèches de cheveux qui tombent devant mon visage. Ce n’est pas pour autant que je daigne croiser son regard. Je ne peux pas lui mentir en la fixant droit dans les yeux, elle le sait.

– D’accord, mais est-ce que tu n’aurais pas envie de te caler dans le salon avec moi ? On se met un film en mangeant du pop-corn. Et on boit chaque fois qu’un personnage meurt après avoir fait un truc stupide.

La proposition est tentante... Mais je n’ai même pas l’énergie pour un film.

– Bof...

– Même si on se mate *Dead Silence* ?

– Essaie pas de me prendre par les sentiments...

– *L’Exorciste* ?

– Parle pas de ce film de malheur.

Ma sœur hausse un sourcil.

– Pourquoi ?

– Parce que je... Rien, laisse tomber.

Ça me rappelle toutes ces fois où j’ai embêté Solveig pour qu’on le regarde ensemble. D’ordinaire, je suis content de penser à mes proches au travers de détails du quotidien. Mais Solveig, c’est différent... Tout ce que j’ai en mémoire, ce sont les mauvais souvenirs. La frayeur qu’il m’a faite ce soir-là, par SMS, en confessant son envie de mourir, avant de disparaître. Puis ses messages de la semaine dernière... J’étais peinard dans ma chambre à me fumer un joint quand je les ai lus.

« À ton avis, qu'est-ce qu'on se dit quand on se jette dans le vide, juste avant de toucher le sol ? »

Et j'ai senti le monde s'ouvrir sous mes pieds. Ce genre de questions, je les connais par cœur, je ne pouvais pas l'ignorer. Au fond, je suis incapable d'affirmer si Solveig m'a écrit parce qu'il était trop torché, ou si c'était un morceau de lui qui essayait d'appeler à l'aide en dépit de tout. Ma seule certitude, c'est que je ne regrette pas d'avoir accouru.

Ce que je regrette, c'est tout le reste. D'avoir conduit trop vite, du cannabis dans le sang. De m'être laissé envahir par l'émotion et les réminiscences du passé. De ne pas avoir su trouver les bons mots, ou demander conseil à des personnes plus compétentes... Et de constater que, même après cinq ans, je suis incapable de barricader mon cœur. Joey passait son temps à me surnommer Bob, parce que je suis une éponge émotionnelle. Kléia, elle, m'a poussé à travailler sur moi-même, à me protéger, car je finis toujours par trop vouloir aider et par m'oublier en chemin.

Je pensais avoir progressé à ce sujet, maintenant, je ne suis plus sûr de rien. En plus, j'ai encore l'arme de Solveig dans la voiture. Si je n'ai pas l'intention de la lui rendre, je ne sais pas non plus comment m'en débarrasser. Ça ne se balance pas à la poubelle, si ? Il faut que je me renseigne. Et vite. Je ne supporte pas de l'avoir dans mon vide-poche.

– Diesel, je vois très bien que ça ne va pas. Pourquoi parler de *L'Exorciste* te met dans cet état ?

– C'est compliqué...

– Exprime-toi juste avec tes mots, je me débrouillerai pour y mettre du sens.

Je me mords la lèvre, hésitant. Puis, je murmure :

– J'crois que je vais bientôt savourer le goût du bitume...

Et ce goût, je le connais très bien. Il est dégueulasse. Ma relation avec Joey m'a fracassé, brisé le cœur et déchiré l'âme en deux. Après ça, j'ai enchaîné les prises de risques inconsidérées, j'arrêtais pas de fumer, encore et encore comme si, à chaque bouffée de cannabis, les nuages que je recrachais allaient réussir à nettoyer mon âme de tout ce qui l'assombrissait. J'ai honte quand je repense à ces jours où j'ai conduit défoncé, trop rapidement, à ces moments où je parlais mal à mes profs, aux gens de l'asso, à ma propre famille. Kléia m'a récupéré au commissariat bien plus souvent que je n'aimerais l'admettre, elle m'a recollé morceau par morceau, à grand renfort de discussions du matin au soir, de sessions films ou de virées shopping. Sa plus grande peur, c'était qu'on l'appelle à 4 heures du matin pour lui annoncer que son petit frère de dix-huit ans avait perdu la vie dans un accident de voiture. Ou bien en se prenant une balle d'un type un peu trop sanguin après une énième provocation de ma part. Aujourd'hui, je suis censé être loin de tout ça, mais je ne suis plus sûr de rien.

– C'est à cause de Solveig ?

Je hoche la tête. Ma sœur pose ses doigts frais sur ma joue et doucement, elle m'incite à enfin croiser son regard.

– Il t'a fait du mal ?

Si je lui dis « oui », elle passera en mode Cerbère, ne pardonnera jamais Solveig et accessoirement, elle s'inquiétera pour moi. Je n'ai pas envie de l'angoisser avec mes histoires, je sais qu'elle passera des nuits blanches à se ronger les ongles. Kléia n'est peut-être *que* ma demi-sœur, mais je n'ai jamais connu de personne plus entière qu'elle.

Mon téléphone vibre dans ma poche avant que je ne puisse répondre. À la vue du prénom qui s'affiche sur mon écran, mon cœur fait un looping.

> Solveig : tu as un truc de prévu le 13 ?

Depuis l'autre soir, je lui envoie un message ici et là, quand il reste silencieux trop longtemps, juste pour m'assurer qu'il respire encore. Mais la vérité, c'est que depuis cet épisode sur le toit, c'est davantage Solveig qui est le premier à m'écrire.

J'aimerais avoir envie de me jeter sur mon clavier pour lui proposer de passer chez moi, sauf que je me sens tiraillé, perdu dans cet entre-deux où se mêlent le désir de lui parler, de passer du temps avec lui, et la peur de tous les contrecoups que ça pourrait engendrer. Ses paroles morbides, ses envies d'en finir...

Kléia trouve que j'ai des allures de déterré et elle n'a pas tort. J'ai beau m'endormir sans problème, mes nuits, elles, ne sont que des successions de cauchemars depuis que Solveig m'a appelé avec l'idée de se foutre en l'air. Résultat, je ne fais que me réveiller en sueur, le cœur prêt à exploser, les joues inondées de larmes.

– Qui t'écrit, là ? Solveig ? Ne lui réponds pas, t'as besoin de penser à toi.

– T'es trop perspicace, tu me saoules, grommelé-je. Comment t'as deviné que c'était lui ?

– Ton visage, Diesel. Maintenant, j'aimerais bien savoir *pourquoi* tu es aussi mal à cause de Solveig. Il faut que j'aille lui exprimer ma manière de penser ?

– Non, abstiens-toi. Par pitié, reste loin de lui.

Kléia me scrute, à la recherche de davantage d'explications. Fragile comme il est, Solveig ne survivra jamais à une discussion avec elle. Le problème de ma sœur, c'est son... côté un peu trop direct. Au travail, elle sait faire la part des choses. Pas quand ça concerne sa famille.

– Diesel, qu'est-ce qui s'est passé ? Il t'a frappé ?

– Non ! m'écrié-je.

– Il t'a menacé ?

– Non plus.

– Alors quoi ? Qu'est-ce qu'il a fait ?

Les mots sortent avant que je ne puisse mesurer leur importance.
– Il a des tendances suicidaires, Kléia. Comme Joey.

*« Elle sortit subitement prendre l'air. Je pense souvent à cette expression "prendre l'air". Cela veut dire que l'on va ailleurs, pour le trouver. Cela veut dire littéralement : où je suis, je m'asphyxie. »*
– David Foenkinos

# 27
# Solveig

*Monsters* – All Time Low (ft. Demi Lovato & blackbear)

Enfoncé dans mon siège, téléphone à la main, je ne peux me résoudre à sortir de la voiture. Raiford se dresse devant moi, longiligne et déprimante, comme à son habitude. De nuit, le complexe ressemble au décor parfait d'un film d'horreur, chaque ombre devient menaçante et les couloirs semblent abriter les monstres qui peuplent mes cauchemars.

Je jette un coup d'œil à mes notifications pour la énième fois : rien. Diesel n'a jamais répondu à mon message, pourtant, il l'a lu il y a maintenant quatre heures. Ça va commencer à devenir une habitude. Depuis ce foutu moment sur le toit, je sens bien qu'il me fuit. J'essaie de me rassurer en imaginant que tout reviendra vite à la normale, mais la Pieuvre me souffle une tout autre histoire.

Elle m'affirme que c'est fini, que bientôt il ne m'écrira plus du tout. C'est toujours pareil. Je perds tous les gens qui osent s'approcher de moi. Mes anciens amis ? Ils ont tous mis les voiles. Mes parents ? J'ose à peine leur adresser la parole, et s'ils ne me contactaient pas, je ne le ferais pas. Mes filles ? Si leur mère était encore de ce monde, elles seraient tout le temps collées à elle pour être le plus loin possible de moi. Et Alisha… Parlons-en, d'Alisha. Si elle était toujours en vie, elle serait malheureuse. Elle serait malheureuse à cause de moi. Je me demande même si, quand elle était encore là, elle ne regrettait pas chaque putain de jour d'avoir été engrossée par un pauvre mec alors qu'elle n'avait que seize ans. Je n'ai jamais été assez bien pour elle. Je n'ai jamais été digne de son amour.

Alors Diesel, bien sûr que non, je ne le mérite pas. Je ne mérite personne. Je ne mérite que la Pieuvre.

Je reste encore quelques minutes à espérer un SMS qui n'arrive pas. Ma gorge se serre douloureusement, la Pieuvre en profite pour prendre toute la place et m'empêcher de garder la tête hors de l'eau. J'hésite à écrire un autre texto à Diesel, puis je secoue la tête. Autant préserver le peu de dignité qu'il me reste, je ne suis déjà pas fier des récents évènements.

Résigné, je m'extirpe de ma caisse et me rends aux vestiaires. J'abandonne mes fringues dans mon casier, au profit de cette ignoble chemise verdâtre. Malgré les années, ces habits me paraissent toujours aussi grotesques. Les mêmes couleurs, la même coupe de vêtements, cette même allure de chiffe molle quand je me trimballe dans les couloirs.

En soufflant, je me laisse tomber par terre contre une rangée de casiers. Le carrelage est glacial, déprimant. J'enfile mes chaussures, les lace, puis boucle ma ceinture.

– T'es de service, cette nuit ?

La question me force à relever les yeux vers Ozvan. On a souvent les mêmes horaires. Il est discret, consciencieux et silencieux au boulot. C'est un autre de ces jeunes persuadés de pouvoir remodeler le système carcéral. Des ambitions plein la tête, que les anciens et lieutenants écrasent à grands coups de gueulantes et de sermons.

– Hm, ouais. Pourquoi ?

– Je craignais juste de me retrouver avec Kaner ou Herman. Et puis, je ne suis pas encore habitué à bosser la nuit, je t'avoue que je trouve ça un peu effrayant.

– On s'y fait.

Je me remets debout, lui donne une tape sur l'épaule et récupère mon téléphone. Pour me faire du mal, je retourne une dernière fois vérifier ma conversation avec Diesel, quand soudain, je remarque trois petits points de suspension qui s'animent sur mon écran. Mon cœur manque un battement. Je me force à garder un visage neutre, parce qu'Ozvan est toujours planté devant moi, l'air de m'attendre.

– Je te rejoins dans cinq minutes, soupiré-je.

Il hoche la tête et se barre enfin. Je sais que mon chef va gueuler si je m'éternise dans les vestiaires, mais je ne peux pas partir maintenant. Après la réponse de Diesel, je me bougerai. Les secondes semblent durer des heures, il prend un temps fou à taper son texte. Puis, enfin, le message apparaît.

> Diesel : Je suis désolé, je vais pas pouvoir, on se fait un marathon Vendredi 13 avec ma sœur et une amie.

*Il t'évite*, se moque aussitôt la Pieuvre.

Et je crois qu'elle a raison. D'ordinaire, Diesel aurait probablement rajouté une vanne ou un « d'ailleurs, tu m'as toujours pas donné un jour pour *L'Exorciste* ». Là, rien. Il s'est contenté de répondre à ma question.

Je serre mon portable avec plus de force. Merde, je n'aime pas ce qu'il me fait ressentir. Je devrais ranger mon téléphone et aller bosser, mais c'est plus fort que moi, je veux être sûr que la Pieuvre ne me retourne pas encore la tête.

Solveig : je vois, amusez-vous bien.

Solveig : je suis au taf, je vais pas tarder à prendre mon service.

Diesel : Bon courage.

Diesel : Je viens à peine de rentrer à Orlando, j'ai passé le week-end chez mes parents.

Solveig : ils savent que je suis venu chez eux ?

Diesel : Boarf, tu sais, leur baraque, c'est un moulin, qui j'invite leur importe peu.

Solveig : mes parents auraient gueulé si j'avais ramené un ami sans les prévenir avant

Diesel : Tu voulais faire quoi vendredi 13, en fait ?

Solveig : supporter l'exorciste et te supporter au passage

Diesel : Ah.

Ce n'était pas la réaction que j'attendais. Elle est bizarre, cette conversation.

Diesel : Pourquoi t'as soudain envie de regarder un film avec moi ?

Solveig : je sais pas

Solveig : faut croire que j'aime bien le sans plomb

Diesel : Développe ?

Je commence à écrire, sauf que je bute sur le moindre mot et le temps, lui, continue de filer. Ça fait quinze minutes que je devrais être à mon poste.

Solveig : merde

Solveig : je dois vraiment aller bosser, à plus tard

Je dépose mon téléphone dans mon casier et me dépêche de me mettre au travail. Par chance, je ne croise pas mon boss en chemin et je peux commencer mon service en évitant son sermon. La nuit, c'est morne. À l'étage des condamnés à mort, il y a rarement beaucoup d'agitation, les cellules isolées empêchent les bagarres, meurtres et agressions. La plupart du temps, on se contente de tourner en rond jusqu'à en avoir mal aux genoux. Ce travail m'a bousillé le dos, les pieds, refilé des tensions plein le cou et les épaules. Ou alors, c'est le poids de la Pieuvre qui pèse de plus en plus lourd...

– Euh, Andrea ?

Je me retourne vers Ozvan, il me fixe avec de grands yeux de chiot malheureux.

– Y a un détenu qui veut voir la psy.

– Il a insisté ou c'est juste un prétexte pour se dégourdir les jambes ?

– Il dit que c'est important... Je fais quoi ?

– On va l'emmener.

Ozvan m'indique la cellule. Je la reconnais, c'est celle de Brody. Il est là, recroquevillé sur son lit. À cet instant, il semble si fragile, si vulnérable que j'ai l'impression de voir un enfant terrifié.

– Ouvre la porte, indiqué-je à Ozvan.

Ce dernier s'exécute et me laisse entrer.

– Brody, c'est moi. Solveig. T'as pas l'air d'aller fort. Tu veux en parler avec nous ou tu as vraiment besoin de rencontrer la psychiatre ?

Il relève vers moi un visage trempé de larmes et cette image me serre le cœur.

*Ne craque pas, Solveig, pas une seconde fois.*

Brody a été la goutte d'eau. Sans notre dernière rencontre, je n'aurais pas implosé. Et j'ai peur d'éclater encore en morceaux si je me confronte à sa terreur, sa douleur, ce regard qui hurle « c'est injuste, je ne veux pas mourir ».

– J'aimerais voir la psy, insiste-t-il entre ses sanglots.

– OK, ça marche, soufflé-je. Lève-toi.

Dans un reniflement, Brody obtempère. Je le fouille, lui passe les menottes et le guide hors de la cellule. Ozvan se place de l'autre côté alors qu'on se dirige vers l'infirmerie. Deux gardiens veillent à l'extérieur, c'est là qu'on leur laisse Brody.

– Ça va aller, lui murmuré-je avant de repartir.

Il ne me croit pas, je le devine à son expression. Cette dernière image laisse un goût de bile sur ma langue. Il y reste durant les trois prochaines heures. Ma pause obligatoire est plus que bienvenue. Certains de mes collègues ne quittent pas leur poste, d'autres courent direction la machine à café. Moi, je pars prendre une clope et mon portable dans mon casier avant de sortir au coin fumeurs. Personne à l'horizon, parfait. J'allume ma cigarette et jette un coup d'œil à mes messages.

> Diesel : Alors toi, t'es pire qu'un Abra dans Pokémon.
>
> Diesel : Cette fuite.

Un sourire ourle mes lèvres.

Solveig : je devais vraiment bosser

Solveig : par contre je ne savais pas que tu aimais pokémon

Je tire une première taffe, les yeux rivés à l'écran. La fumée chasse enfin la bile qui tapissait mon palais. Je ne sais pas pourquoi le sort de Brody me touche plus que les autres. Si je garde une distance avec les prisonniers, c'est pour éviter ce genre de situation. Mais Brody me détruit à chaque fois. Une notification me tire de mes pensées et je souris.

Diesel : Pourtant, « I play Pokemon GO everyday ».

Solveig : si c'est une référence, je l'ai pas

Diesel disparaît quelques minutes, puis envoie un lien YouTube. Je commets l'erreur de l'ouvrir et l'affreuse chanson me déchire les tympans.

Solveig : je saigne des oreilles

Diesel : J'espère qu'elle va te hanter pendant toute ta garde.

Solveig : il y a des chances

Solveig : tu fais quoi ?

Il lit, mais reste silencieux. J'ai que vingt minutes de pause, dix sont déjà passées. Son absence de réactivité me frustre. Je sais que je ne vais pas réussir à me concentrer si je n'ai pas de réponse à ma question. Je souffle, tire une autre taffe sur ma clope. Le mégot rougit dans l'obscurité de la nuit. Enfin, le SMS tant attendu arrive.

Diesel : Je termine de manger.

Diesel : Et là, je vais essayer d'écrire l'article au sujet de Riggs, ça va pas être une partie de plaisir.

Cet homme incarne ce qu'il y a de pire dans l'être humain, Diesel a une force mentale impressionnante pour ne pas perdre ses convictions après une interview aussi abjecte.

Solveig : y a eu des nouvelles de la cour suprême ?

Diesel : Non, pas encore.

Solveig : tu sais quand y en aura ?

Nouveau blanc. Le temps me manque, alors je le relance.

Solveig : toujours là ?

Diesel : Oui, oui.

Diesel : Ça peut tomber n'importe quand, ça me stresse. Je sais pas si je dois sortir mon article maintenant, j'ai trop peur de tout faire foirer.

Solveig : c'est vrai que tu vas avoir du mal à convaincre l'opinion publique que riggs mérite la pitié

Chaque fois que j'ai à faire avec ce fumier au travail, je repense à toutes les crasses qu'il a balancées. Mais malgré tout le dégoût qu'il m'inspire, je dois le traiter de la même manière que les autres. Je ne suis pas là pour les juger, ce n'est pas mon rôle. Je tire une autre latte sur ma clope, les vapeurs de fumée s'élèvent vers le ciel. Encore deux autres taffes, puis j'écrase mon mégot sur le bitume. Je ravale ma déception face à l'absence de réponse de Diesel et trace jusqu'aux vestiaires. L'espace d'une seconde, je suis tenté d'enfreindre le règlement et de garder mon portable. Puis je me reprends. Au moment de le laisser, Diesel se décide à répondre.

Diesel : En fait, c'est même pas une question de mérite, mais d'humanité.

Solveig : je dois retourner au taf, j'aurai une pause vers 3 heures du matin

Diesel : OK.

Une part de moi espère qu'il ne sera pas couché quand je reviendrai. À regret, je retourne au travail. Un niveau plus bas, j'entends les sons d'une bagarre, un détenu supplie. Des bruits de pas résonnent, sûrement mes collègues alertés par les cris. Ma radio ne sonne pas, ils ne demandent aucun renfort, alors je reste sur place à arpenter le long couloir. La cellule de Brody est toujours vide ; peut-être que la psychiatre a décidé de le laisser à l'infirmerie pour la nuit. J'ai beau connaître les crimes qu'il a commis, je n'arrive pas à me retirer sa détresse de la tête. Cette sale voix intérieure qui me dit qu'on fait une erreur. C'est ça que je déteste dans mon métier. Les déchets comme Riggs, ils sont faciles à mépriser. Mais les cas tels que Brody... C'est dur de se dire que je finirai par les accompagner dans leurs derniers instants.

Le temps est long, rien ne se passe à mon étage. Le jour, au moins, les heures défilent plus vite, on est occupés avec les fouilles, les réponses aux demandes des prisonniers ; à les emmener d'un point A à un point B, discuter quelques minutes ou faire d'autres tâches administratives. Là... il faut juste attendre, dans l'éventualité où un détenu serait en danger imminent ou tenterait une évasion. Je laisse les secondes s'égrener ; Ozvan vient me voir de temps en temps pour des futilités. La nuit semble vraiment le terrifier. Je me demande pourquoi il ne bosse pas qu'en journée. Enfin, je ne connais rien à sa vie, lui aussi a peut-être besoin d'argent.

– Tu fais ça depuis combien de temps ?

– Quoi ? grogné-je.

– Bosser ici, précise Ozvan.

Bon sang, je déteste le *small talk*. D'abord, je suis tenté de l'ignorer. Puis je me dis qu'il cherche peut-être à se rassurer, alors je hausse les épaules.

– Environ huit ans.

– Et tu t'en lasses pas ?

– Ça a jamais été ma vocation d'être gardien, donc on peut pas dire que je m'éclate.

– Moi, c'était mon but. J'aime ce métier, il est super diversifié. J'ai pas grandi dans un milieu facile ; j'ai vu des amis terminer en prison pour des broutilles, la taule ça les a juste enfoncés parce que tout était criminogène. Alors quand je bosse avec certains prisonniers des étages inférieurs, quand je les aide à trouver une vocation et à s'en sortir, je me dis que j'accomplis de belles choses. C'est juste que l'aile des condamnés à mort, c'est différent et flippant, Et j'ai peur du noir, admet-il.

Je lève les yeux au ciel, ce n'est pas comme si on bossait les lumières éteintes. Pour autant, un élan inattendu de sympathie me traverse. Des types comme Ozvan, j'en ai croisé peu. La plupart arrivent déjà blasés, mais lui... Heureusement qu'il en reste, des idéalistes. Même si beaucoup repartent l'âme en miettes après un an ou deux.

– C'est con, ça, finis-je par répondre. Viens, on va vérifier si les détenus dorment, ça t'occupera.

Pas la peine d'entrer dans les cellules, sauf si quelque chose paraît suspect. On se contente de vérifier par les minuscules fenêtres que tout est en ordre. Je me souviens de quelques mauvaises surprises. Pendant ma première garde de nuit, j'ai trouvé un détenu étalé sur le sol. Le type était mort d'une crise cardiaque, juste comme ça. Sa famille nous a accusés de ne pas l'avoir mieux surveillé. Quant aux proches des victimes de ce criminel, ils étaient soulagés de ne pas attendre des années pour son exécution.

En passant devant la porte de Riggs, je ne peux pas retenir ma colère. Il dort du sommeil du juste, comme s'il n'avait rien à se reprocher. Je retiens mon envie de le réveiller et on termine notre tour de vérification avec Ozvan.

À la seconde où notre chef nous indique, ou plutôt nous aboie qu'on doit partir en pause, je trace jusqu'aux vestiaires.

Solveig : tu dors ?

Diesel : Non.

Solveig : t'as avancé sur ton article ?

Une fois n'est pas coutume, il se contente de lire, puis disparaît. Je me ronge l'ongle du pouce, impatient, puis j'ajoute :

Solveig : en tout cas, sache que riggs dort tranquillement dans son cagibi

Les trois points de suspension s'animent.

Diesel : Je suis passé à autre chose.

Diesel : J'ai un travail à finir pour les cours et je regarde Magic en même temps.

Solveig : connais pas

Diesel : Un film d'horreur avec un ventriloque, et son mannequin commence à tuer des gens.

Diesel : J'ai un truc pour les jouets dans le cinéma horrifique, je trouve ça trop cool.

Diesel : J'ai une poupée maudite dans mon appart. À la base, c'était un jouet pour enfants, mais toute la chaîne a été rappelée parce qu'il se passait plein d'histoires étranges au sein des foyers qui l'avaient acheté.

Solveig : brrr, terrifiant

Les théories farfelues d'invasion extraterrestre ou de maison hantée m'ont toujours fait souffler du nez, pourtant, je demande quand même à Diesel de m'envoyer une photo.

Quand je la reçois, je l'ouvre en grand sur mon portable. La poupée de porcelaine a de longs cheveux blonds, un regard pas très rassurant et une espèce de robe en lambeaux couverte de taches suspectes. Dans quel endroit étrange Diesel a pu dénicher quelque chose d'aussi moche ? Et surtout, quel fabricant de jouets s'est dit « oui, vendons ça aux enfants, c'est très adapté » ?

Solveig : c'est quoi ces yeux

Solveig : faut vraiment détester les gosses pour pondre une horreur pareille

Diesel : Oui mdrrrr.

Solveig : t'as d'autres trucs bizarres à me présenter ?

Après ça, Diesel me parle d'autres objets en sa possession : des masques mortuaires, des pierres chargées de magie, des vieux grimoires sur la sorcellerie ou encore de sa collection d'éditions rares de livres d'Oscar Wilde, Edgar Allan Poe ou encore Mary Shelley, avant d'enchaîner sur son amour des araignées. D'ordinaire, quand Diesel me parle de ses passions, plus rien ne peut l'arrêter. Là, je suis obligé de l'interroger pour entretenir la conversation. Tout est comme d'habitude, et pourtant si différent.

Solveig : donc, si tu devais adopter la mygale de tes rêves, ce serait quelle variété ?

Diesel : Une poecilotheria regalis, je les trouve magnifiques. Après, mon espèce favorite, c'est pas la mygale, mais la maratus volans. Sauf que c'est pas légal d'en posséder, je crois.

Solveig : d'où te vient ta fascination pour les araignées ?

Diesel : Je sais pas, j'ai toujours aimé les trucs différents ou que personne aime. Puis mon oncle adorait les insectes, les reptiles, toutes ces bestioles que la plupart des gens jugent répugnantes.

Solveig : quand je vois une araignée, je l'écrase, mais maintenant, je vais me sentir mal

Diesel : Si elles te font pas peur, tu peux juste les mettre dehors, tu sais. Elles sont importantes pour l'écosystème et en plus, elles t'ont rien fait.

Solveig : je penserai à toi chaque fois que je sauve une cousine de mélisse

Araignée ou non, Diesel est toujours coincé dans ma tête. Mais ça, je ne le lui dirai pas.

« *Je tournais en rond. J'attendais. Quelqu'un, quelque chose, un soulagement, une déception. Une histoire.* »
– Anna Gavalda

# 28
# Diesel

*Meet you at the Graveyard* – Cleffy

La plupart des gens ont peur des cimetières. Enfant, je ne comprenais pas trop pourquoi. J'aimais le calme de ces lieux. Puis, Rowan a été mis sous terre. J'ai pris conscience de ce que ça voulait dire de voir un être cher disparaître, de savoir qu'il ne reviendra plus jamais. Pourtant, ce qui m'effraie le plus, ce n'est pas de mourir, mais d'être oublié. Ne devenir plus qu'un nom gravé sur de la roche. Quand je regarde tout autour de moi, je suis toujours marqué par le contraste entre les pierres bien entretenues et celles abandonnées aux lois du temps. C'est pour éviter ça que, dès que possible, je pense à mon oncle, à mon ex, j'entretiens leur mémoire. Et c'est aussi pour ça que je suis là, avec mes pauvres fleurs, à marcher jusqu'à la tombe de Joey.

Sa famille a dû passer il n'y a pas longtemps : un bouquet déjà à moitié fané a été déposé et la pierre a été nettoyée. Ça me soulage de savoir que Joey est toujours dans le cœur de ses proches. Souvent, lors de ses crises, il me répétait que tout le monde s'en foutait, que personne n'irait jamais le pleurer et que les types comme lui mouraient dans l'indifférence. J'avais beau lui assurer que je l'aimerais toute ma vie, il continuait à soutenir que je mentais. Les premiers temps, ça me blessait. Puis, j'ai fini par comprendre à quel point sa détresse était profonde. Joey se détestait, et il était convaincu que toute sa famille le détestait aussi.

La dépression est vraiment une des pires maladies que j'ai rencontrées dans ma vie. Elle m'a volé mon premier vrai amour. À cause d'elle, il n'y a plus qu'au cimetière que je peux le revoir.

– Tu dois te demander pourquoi je suis planté devant ta tombe sans parler. D'habitude, je bavasse toujours pendant des heures.

Chaque fois que j'avais peur de trop m'étaler, Joey m'assurait que la mélodie de ma voix était sa chanson préférée. Comme Rowan, il m'a appris à avoir confiance en moi, à assumer la personne que je suis. Quand je doutais de mes actions, de mon militantisme, il me rappelait cette phrase d'Oscar Wilde : « Se rebeller est juste, désobéir est un devoir, agir est nécessaire ». Il me soutenait peu importe mes choix et me ramenait même les bizarreries qu'il trouvait dans la nature. Moi, je lui achetais les livres qui me faisaient penser à lui, en espérant parfois que ça pourrait suffire à lui rendre le sourire. Son mal-être, il ne me l'a jamais caché. Faut dire que sa vie ne commençait pas du bon pied : son père est mort quand il était gamin, puis des connards de racistes l'ont harcelé pendant toute sa scolarité. Parfois, une famille aimante, ça ne suffit pas quand tout le monde nous fait nous sentir comme une anomalie. Alors notre relation s'est construite doucement. Ça n'a pas été facile pour Joey de s'ouvrir, de m'accorder sa confiance. Et moi, j'avais peur de le brusquer avec mon exubérance ou d'aggraver ses maux sans le vouloir. On a pris du temps pour se connaître l'un et l'autre. Joey a fini par me parler de ses traumatismes, moi des miens. Quand ça n'allait pas, je tentais de le soutenir comme je le pouvais. Je pensais que ça suffisait, et puis un soir, il m'a envoyé un message : « Merci pour tout. » J'ai tellement paniqué que j'ai appelé les urgences. Ça a été sa première tentative de suicide. La quatrième... fut sa dernière.

– C'est bientôt Noël, tu sais. T'aimais bien cette période. Tu te souviens quand on se posait au bord de ma fenêtre pour regarder les décorations ? Ça te mettait toujours des étoiles dans les yeux, je trouvais ça fascinant, murmuré-je d'une voix tremblante.

Je me demande qui Joey serait aujourd'hui. Peut-être qu'il finirait tout juste ses études de littérature, ou alors il aurait déjà commencé à se pencher sur ce projet de librairie qui lui tenait tant à cœur. Est-ce qu'il écrirait encore de la poésie ? Sûrement. Quand j'y repense, Joey avait des rêves plein la tête. Dans ses bons moments, il établissait des plans sur la comète, puis dans les mauvais, tout disparaissait. Son avenir devenait un ciel noir et la seule issue pour retrouver la lumière semblait être la mort.

– D'ailleurs, tu te rappelles ce soir de Noël, quand tu m'as confié que t'avais peur d'être remplacé ? Que je t'oublie ? J'ai longtemps réfléchi à ce sujet. Et maintenant, je sais que ça n'arrivera pas. J'ai rencontré d'autres personnes après toi. Mais je me suis rendu compte qu'une partie de mon cœur continuait de t'appartenir.

Ce n'est pas un mal. Je n'ai pas le sentiment que ça m'empêche de construire des relations. Juste, rien ni personne ne pourra effacer ce qu'il y avait entre Joey et moi. Je ne suis plus *amoureux* de Joey, mais je l'aimerai toujours.

– En ce moment, je parle à un mec. Il s'appelle Solveig. Il me plaît, tu vois ? Mais il pourra jamais t'effacer. T'as partagé trois ans de ma vie. On avait nos habitudes, nos délires, cette manie de se perdre des heures dans des librairies, d'accorder nos *outfits* tous les vendredis, de traîner dans des salons du livre tous les week-ends parce que tu voulais rencontrer tes auteurs favoris... Enfin bref, on avait notre routine. J'aurai jamais la même avec quelqu'un d'autre.

J'ai envie de lui parler de Solveig comme je lui ai parlé de Nour à l'époque. Autant pour m'apaiser que pour le tenir au courant.

– Solveig est très grognon. Un peu drôle, malgré lui la plupart du temps. Il a des allures de fantôme, j'adore. Et quand il me parle de ses filles, je le trouve trop mignon. En fait, il me touche. Le problème… c'est qu'il est comme toi, Joey, soufflé-je.

Les images du toit me reviennent encore et encore. Seul un coup du sort a sauvé Solveig, pas moi. Je m'en veux tellement de ne pas avoir été à la hauteur. Et j'en veux à Solveig de m'avoir replongé dans cette noirceur. Même en me souvenant qu'il n'est pas Joey, mon esprit établit des parallèles entre leurs deux histoires. J'ai peur de la fin, de revivre un drame similaire.

– Il est dépressif. Il a des crises suicidaires que je sais pas gérer. Je devrais m'éloigner, mais c'est plus fort que moi. Kléia m'a dit que je devais me recentrer sur moi-même. En vrai, j'ai essayé d'écouter son conseil, de prendre de la distance. Solveig m'a demandé si j'étais dispo ce vendredi… et j'ai menti.

L'avouer est difficile. Le mensonge, je ne supporte pas. Ça me donne le sentiment d'être un imposteur incapable de communiquer. Au lieu d'expliquer à Solveig comment je me sentais, j'ai préféré le baratiner par peur de le blesser.

– Sauf que j'ai tout foutu en l'air. Le soir même, on a parlé toute la nuit. Je te jure, Joey, j'ai beau tenter de me protéger, je n'y arrive pas…

Seul le souffle du vent me répond. À quelques jours de Noël, la plupart des gens ont l'esprit à la fête. Moi, je suis là, les lèvres tremblantes, à deux doigts de pleurer sur une pierre tombale. Je ne sais plus quoi faire pour me sortir de cette situation. Je ne veux pas enterrer Solveig, je ne veux pas non plus finir plus bas que terre à cause de cette histoire. Perdu, je relève la tête pour observer les alentours. Personne.

– Tu ferais quoi à ma place ? Tu crois qu'il y a une bonne solution ? Si je…

La vibration de mon téléphone me coupe dans mon élan.

> Nour : Tu es où ? On a la dernière réunion de l'association dans dix minutes.

Bon sang, je l'avais oubliée...

Les doigts en suspens sur le clavier, j'hésite. Si j'explique à Nour où je suis, elle va paniquer. Tant pis, je vais *encore* mentir.

Diesel : J'allais partir de chez moi.

Diesel : On se retrouve devant les locaux de l'asso.

Nour : D'accord, à tout de suite !

Je remets mon portable dans ma poche, dépose soigneusement les fleurs, retire le bouquet fané et jette un dernier coup d'œil à la sépulture.

– Je reviendrai, Joey.

Sur la route, je m'efforce de me focaliser sur des souvenirs heureux. Tout le monde me connaît pour mes blagues pourries, mon côté extraverti et ma joie de vivre, je ne veux pas que les autres s'inquiètent, encore moins Nour. Alors en l'apercevant devant l'immeuble de l'association, je lui adresse un grand sourire.

– Merci pour la clope ! m'exclamé-je en lui arrachant sa cigarette des mains.

– Et allez ! T'en as pas marre de voler mes affaires ?

– Non, j'aime trop t'embêter pour ça.

Nour me donne un petit coup de pied dans la cheville et attend que je finisse son mégot avant d'ouvrir la porte. Des exclamations fusent en provenance de la salle de réunion. Je ne sais pas ce qui se passe, mais il y a de la dispute dans l'air. Je reconnais d'ici les voix de Ruth et Ethan.

– Je vois pas l'intérêt de continuer, crache Ethan.

– On ne va pas abandonner maintenant !

Tous les visages se tournent vers Nour et moi quand on se décide à entrer. Des flûtes de champagne sont posées sur la table, des guirlandes ont été accrochées aux murs et un petit sapin de Noël encombre un coin de la pièce. On manque déjà d'espace, chaque surface plane est recouverte de dossiers et de papiers, mais l'asso a décidé de mettre des babioles dans chaque recoin. Cependant, en dépit de ces décorations festives, l'ambiance n'est pas à la fête.

– C'est quoi le problème ? demande Nour. Vous avez déjà commencé la réunion ?

– Ouais, confirme Ruth. On parlait de Riggs. Ethan et Lucy veulent abandonner et passer à un autre dossier. C'est n'importe quoi !

Mon cœur se serre. C'était à prévoir. Dans ce genre d'affaires, il est difficile de garder toute l'équipe motivée. L'amertume finit toujours par en gagner certains. Sauf que pour moi, il est hors de question de laisser tomber. Pas maintenant. Je me suis trop investi pour jeter l'éponge. Nour attrape une chaise, je m'assieds à côté d'elle et lève les yeux vers Ethan.

– T'avais l'air déterminé, la dernière fois. Pourquoi t'as changé d'avis ?

– J'ai pas « changé d'avis », j'arrive juste plus à y croire. Ça fait des mois qu'on se démène, mais on est pas assez nombreux dans les manifs. Puis l'article que tu dois écrire, ça m'étonnerait qu'il change un truc. On parle de la Cour suprême, elle se fera pas influencer aussi facilement.

Au fond, il n'a pas tort. À ce niveau de juridiction, on ne peut pas compter sur un juré populaire. Et c'est très rare de réussir à changer le cours de l'histoire. Mais si on baisse les bras, c'est encore pire. Peut-être qu'il nous reste une chance.

– Si la Cour refuse, on se débrouillera ! On fera une demande de grâce au gouverneur, on a encore une chance avec lui ! argue Ruth avec véhémence.

– Ça m'étonnerait qu'il abonde dans notre sens, t'as vu la tronche de ses idées politiques ? rétorque Ethan avec une moue sceptique.

– En plus, surenchérit Lucy, je t'avoue que Riggs me dégoûte. Ça me donne pas envie de passer mes soirées à lui sauver les miches.

– Vous devez voir plus loin que Riggs, s'acharne Ruth. Notre combat est pas à géométrie variable. Riggs, un autre, c'est pareil, on se bat *contre* la peine de mort. Dégagez si votre militantisme est aussi branlant.

Comme à chaque fois, Ruth s'enflamme. Chacun de ses mots est chargé d'agressivité. Ça va mal tourner, tout ça.

– Calme-toi, marmonne Ethan.

– Comment vous voulez qu'on avance si vous jetez tout à la poubelle à la première difficulté ? Diesel, t'es d'accord avec moi, non ?

Sur le fond, je suis du côté de Ruth. Mais si elle continue, Ethan et Lucy vont se barrer ou se retirer de l'affaire.

– Je comprends votre frustration. Le cas de Riggs est complexe, je dirais aussi qu'on manque de ressources. Après, je suis d'accord avec Ruth. On ne doit pas lâcher. C'est pas la première fois qu'on a un dossier compliqué, on a toujours tout donné et...

– Je peux essayer d'autres stratégies sur les réseaux, m'interrompt Luis.

Luis est arrivé le mois dernier, il nous apporte une aide phénoménale ; c'est un pro de la communication sur Internet. Chose qui manquait cruellement à God Bless America. Nous ne sommes peut-être pas des milliers de membres, mais au moins, le même feu nous anime. Ici, il y a des gens comme moi, qui ont vu le meurtrier d'un de leur proche condamné à mort. D'autres sont gardiens de prison. Et puis, il y a tous ceux qui n'ont rien vécu de près ou de loin avec le sujet, mais qui partagent nos convictions. C'est tout ce qui compte. Malheureusement, cela n'empêche pas les tensions de temps en temps, ce qui se passe aujourd'hui n'est pas une nouveauté.

– Et après quoi ? râle Ethan. Des posts sur Insta, ça changera rien.

– Ethan, tais-toi ou propose un truc ! s'écrie Ruth.

Nour soupire à côté de moi. Ce genre de prises de bec, elle ne supporte pas.

– Toi, propose un truc, réplique l'intéressé.

D'ordinaire, Ruth et Ethan s'entendent très bien. Je suis même persuadé qu'elle craque pour lui. La pauvre ne va pas marquer de points si elle ne redescend pas d'un étage.

– On peut pas organiser un rassemblement ? propose Yaël.

– Le problème, c'est le timing.

Ruth hausse un sourcil et m'enjoint à développer.

– On manque de visibilité et on sait pas quand le verdict sera rendu. Donc il faut frapper vite.

– Je suis d'accord. On doit viser plus grand. D'ailleurs, t'en es où sur ton article, Diesel ? m'interroge Yaël.

– J'ai écrit la moitié. Je vous avoue, je galère un peu et j'ai peur de causer plus de tort à notre démarche qu'autre chose.

Solveig a raison, je ne peux pas jouer la carte de l'empathie avec un criminel aussi abject. Comment tourner mes mots pour faire comprendre mon opinion et celle de l'asso ?

– Écris ce qui te vient, je t'aiderai à relire et réécrire après, me rassure Ruth.

– Je vais essayer de le terminer cette semaine.

– Mais du coup, vous voulez organiser quoi comme « rassemblement » ? cherche à savoir Nour.

– Une manifestation ? Une prise de parole ? Un blocus ? suggère Yaël. Peu importe, on doit juste être bruyants. On peut pas s'écraser et dire « s'il vous plaît » quand il y a une vie en jeu.

– Il faut qu'on s'organise après les fêtes, réponds-je. On va trouver.

– J'ai des contacts avec d'autres associations, je vais leur demander si on peut s'allier. Pour être « bruyants », il nous faut du monde. On peut pas être cent prolos dans la rue avec une pancarte, estime Luis.

– C'est un bon début, approuvé-je. Ruth, ça te va ?

– Ouais. Ethan, Lucy, vous suivez ?

Lucy hausse les épaules avant de hocher la tête, Ethan marmonne un « oui ».

– Bon, si on est tous d'accord, autant s'y mettre direct, proposé-je. Luis, tu t'occupes de nous trouver des alliances. Nour, vois pour obtenir les autorisations légales. Ruth, Lucy, Ethan, vous voulez vous occuper de quoi ? Faut qu'on fasse des affiches, qu'on s'assure d'avoir tout le matériel et le budget nécessaire. Je vais voir avec mon père s'il peut pas m'aider à solliciter quelques personnalités publiques, on a vraiment besoin du soutien de gens influents.

J'écoute mes potes se répartir le reste des tâches tandis que je sors mon portable et demande à mon père s'il connaît des gens qui pourraient nous aider. La détermination a l'air d'être revenue autour de la table, même si je vois bien que Ruth contient sa hargne à chaque soupir d'Ethan. J'espère qu'ils sauront mettre leur rancune de côté, pour le bien de notre combat. Face à une justice qui ne daigne même pas respecter la volonté des proches de la victime, on se doit d'être au niveau. Vacances ou non, personnellement, je ne compte pas mettre ce projet sur pause.

Tout doit être prêt pour le jour J, on n'aura pas de seconde chance.

*« Because I have known despair*
*I value hope*

*Because I have tasted frustration*
*I value fulfillment*

*Because I have been lonely*
*I value love »*
– Leonard Nimoy

# 29
# Solveig

*lovely* – Billie Eilish (ft. Khalid)

La Pieuvre me rampe sous la peau alors que je remonte la rue résidentielle. Dans quelques maisons, j'y serai. Après plus de trois heures sur la route, je devrais être soulagé d'enfin atteindre ma destination, pourtant, je ne rêve que de faire demi-tour. Un nœud de culpabilité me serre l'estomac : je suis un fils ingrat de fuir à ce point ceux qui m'ont donné la vie.

– Pourquoi tu roules à deux à l'heure ? T'es vraiment un petit vieux, ronchonne Rakel.

Je jette un coup d'œil aux jumelles dans le rétro. Naïa a rabattu sa capuche sur son crâne et s'est endormie. Rakel, elle, ne tient pas en place.

– Je profite du paysage, marmonné-je.

– Ça a pas changé depuis notre dernière visite. T'es déjà gâteux ou quoi ?

Je n'ai pas grandi dans ce quartier paisible de Melbourne. Mon enfance et mon adolescence, je les ai passées dans un appartement à Jacksonville, mais depuis que mes parents ont acheté une maison ici, quand Naïa et Rakel ont eu cinq ans, j'ai fait la route un bon paquet de fois.

Le rêve d'Alisha, c'était de nous offrir à nous aussi un joli petit pavillon dans le coin, puis d'adopter un chien et de faire pousser des légumes dans le jardin...

Je finis par me garer dans l'allée menant à la baraque de mes parents.

– J'y vais en premier, annonce Rakel, avant de déguerpir du véhicule.

Elle claque la portière de toutes ses forces, ce qui a le mérite de sortir Naïa de son sommeil.

– Je la déteste, se plaint-elle.

– T'as du mal à dormir en ce moment ?

Je me tourne vers ma fille qui ouvre la bouche, surprise par ma question. J'ai beau ne pas être le père le plus attentif du monde, j'ai bien remarqué les cernes qu'elle se coltine depuis quelque temps.

– Non, pourquoi ?

– Je sais pas, peut-être la fatigue qui se lit sur ton visage ?

– C'est parce que j'ai veillé tard pour réviser des contrôles.

– C'est tout ?

– Oui, c'est tout... J'peux rejoindre Rakel ?

Ce ne serait pas la première fois qu'elle se couche à pas d'heure à cause d'une interro, pourtant, j'ai du mal à la croire. Elle a rarement été aussi claquée, ou du genre à esquiver la conversation. Je soupire. Ça ne sert à rien d'insister maintenant.

– Ouais, vas-y. Prends les fleurs et la bouteille de vin dans le coffre, s'il te plaît.

Naïa acquiesce et sort de la bagnole. Je patiente quelques secondes, les mains serrées sur le volant, j'inspire, j'expire, puis je détache ma ceinture. Après avoir récupéré les bagages, je me dirige vers l'entrée laissée grande ouverte. Il y a des éclats de rire en provenance du salon, ainsi qu'une douce odeur de Saint-Jacques.

En pénétrant dans la maison, je suis accueilli par une profusion de décorations de Noël. Un sapin joliment orné trône dans un coin du salon, des guirlandes et des boules colorées égaient les murs et les meubles. Je reconnais la playlist qui tourne sur la chaîne hi-fi, c'est la même depuis que je suis gamin. Sauf que cette fois, la musique est ponctuée par les aboiements de Tara, qui se jette sur moi dès qu'elle m'aperçoit. Il n'y a pas à dire, malgré ses huit ans, le samoyède est toujours aussi vif.

Alertés par le bruit, mes parents remarquent à leur tour ma présence. Ma mère caresse une dernière fois les cheveux des jumelles, puis s'avance vers moi, les bras ouverts.

– Solveig, mon chéri, je suis tellement contente de te voir ! s'exclame-t-elle en me serrant contre elle.

Mon père s'approche à son tour et me donne une accolade affectueuse.

– Content que tu aies pu te libérer, fiston.

Je leur rends leurs étreintes avec un peu de raideur, mal à l'aise face à ces effusions.

– Mon cœur, tu veux aider les filles à installer leurs affaires ? Je vais finir de préparer le repas avec Solveig, dit ma mère à mon père.

Ce dernier acquiesce et entraîne Naïa et Rakel vers les escaliers, leurs sacs à la main. Je suis ma mère dans la cuisine, notant au passage la jolie table dressée dans la salle à manger. Nappe rouge, vaisselle de fête, bougies, rien n'a été laissé au hasard.

– Tu as besoin d'un coup de main ? proposé-je.

Ma mère me tend un tablier.

– Mets ça, tu vas m'aider à préparer la sauce pour la dinde.

Je m'exécute en silence pendant que ma mère touille ce que je devine être une soupe de potiron dans la casserole.

– Je suis vraiment heureuse que tu aies pu avoir ton réveillon de Noël.

Je hoche la tête, un peu mal à l'aise. Des taulards, ça se surveille toute l'année. Je ne peux presque jamais être présent pour Noël, Thanksgiving ou le Nouvel An. Malgré ça, pour les filles, j'essaie d'avoir au moins une de ces fêtes de libre afin de les emmener voir leurs grands-parents. Je me suis toujours décarcassé pour être là aussi à leur anniversaire, mais quand mon boss faisait des siennes, il est arrivé à Alisha de faire la route seule avec les jumelles.

Alisha était très proche de mes parents, plus que je ne le serai jamais. À l'annonce de sa grossesse, sa propre famille lui a tourné le dos et la mienne l'a accueillie à bras ouverts. Bon, ma mère n'a pas sauté de joie en apprenant que son fils de seize ans avait foutu enceinte une fille du même âge, et je me souviendrai toute ma vie de la soufflante que m'a passée mon père. Mais une fois le choc passé, ils nous ont soutenus du mieux qu'ils pouvaient. Ils sont même devenus des grands-parents gâteaux et des beaux-parents en or pour Alisha.

– Et comment se passe ton travail en ce moment ? enchaîne ma mère.

– Ça va, réponds-je, laconique. La routine.

– Tu es allé voir le médecin pour tes douleurs de dos ?

– Non, pas encore, j'ai pas eu le temps.

Elle me lance un regard en biais, mais voyant que je n'ajoute rien, elle se met à me parler de Tara, du projet de mon père de refaire tout le jardin, d'une recette islandaise qu'elle aimerait me faire goûter... J'écoute d'une oreille, hochant la tête de temps en temps. Ma mère a toujours été comme ça, du genre à combler mes silences pour maintenir un semblant de conversation entre nous.

Elle s'essuie les mains sur un torchon, et ouvre le four pour vérifier la cuisson de la dinde. L'air satisfaite, elle la sort pour la déposer sur le comptoir avant de récupérer un couteau et de me le tendre.

– Tu veux bien la découper ?

J'acquiesce et m'applique à la tâche tandis que les jumelles débarquent dans la cuisine.

– Vous tombez bien, les filles, vous pouvez apporter les entrées sur la table ? leur demande ma mère avec un sourire.

Naïa et Rakel s'exécutent sans discuter, ravies de participer.

Une fois que tout est prêt, on s'installe tous dans la salle à manger. Mon père, bouteille de vin à la main, examine l'étiquette.

– Belle sélection, mon fils.

Je me fais violence pour ne pas siffler d'un trait le verre qu'il me sert.

On se passe les plats pour se servir et, sous le regard bienveillant mais scrutateur de ma mère, je m'oblige à remplir suffisamment mon assiette pour éviter toute remarque. Ce qui n'est pas le cas de Naïa.

– Tu ne prends que ça, ma belle ?

– Je me réserve pour le dessert, mamie.

– En tout cas, il y en a une qui a un appétit à toute épreuve, s'amuse mon père en avisant l'assiette débordante de Rakel.

Elle a même pris de la soupe de potiron. Elle qui a pourtant prétendu à Diesel que c'était dégueulasse.

– Je fais beaucoup de skate, ça demande de l'énergie ! répond-elle, la bouche déjà pleine.

– T'as raison, mange, mange, c'est là pour ça, mon ange, l'encourage mon père avec un clin d'œil complice.

Rakel lui adresse un sourire radieux.

Le repas se déroule ainsi, au gré des discussions et de la nuit qui poursuit son cours. On parle des activités extrascolaires des filles ; Rakel montre à mes parents ses vidéos de skate, et Naïa en profite pour filer en douce de la bouffe à la chienne. Je grimace, mais la laisse agir et tente de me concentrer sur le nouveau sujet de conversation : le voyage en Islande que mon père veut offrir à ma mère pour leurs trente-quatre ans de mariage. J'interviens peu, me contentant d'acquiescer ou de répondre brièvement lorsqu'on me pose une question. De toute façon, les jumelles – surtout Rakel – parlent assez pour quatre.

Les assiettes se vident peu à peu, les ventres se remplissent, et l'heure du dessert arrive. Les filles se lèvent d'un bond pour aider à débarrasser, empilant assiettes et plats sales avant de les emporter dans la cuisine. Quelques minutes plus tard, elles reviennent. Rakel tient fièrement le plateau de la bûche à la framboise, celle que mon père prépare chaque fois que je viens, car c'est ma préférée. Ou du moins, c'était. J'ai perdu le goût des bonnes choses, et ce que j'adorais auparavant n'a plus la même saveur aujourd'hui. Mais ça, je le garde pour moi. Je ne veux pas gâcher ce moment, ternir les efforts de chacun pour que tout se passe bien.

C'est sûrement pour ça que j'évite autant ma famille. C'est dur de maintenir les apparences, de faire comme si tout allait bien, quand rien ne va. Chaque fois que mes parents cherchent à comprendre comment je vais, je fuis. Je ne veux pas de leur inquiétude, encore moins de leur pitié. J'aimerais qu'ils croient que je gère.

Même si ce n'est pas le cas.

Soudain, ma mère pose sa main sur la mienne et la caresse du bout de son pouce. Elle m'adresse un sourire bienveillant comme si elle avait remarqué que j'étais parti loin dans mon esprit, en tête à tête avec la Pieuvre. Mon cœur se comprime. Son geste, sa douceur, son amour inconditionnel… ça m'apaise autant que ça me détruit.

Je ne suis pas digne de son soutien, je devrais me flinguer. Au moins, j'arrêterais d'être un poids mort pour elle, pour tout mon entourage. Ma gorge se serre, mon pied tremblote, chaque inspiration devient douloureuse.

– Papa, on peut adopter un chien, nous aussi ?

La question de Rakel me ramène sur Terre. Je tourne la tête pour trouver Tara qui sautille autour de mon père en train de découper la bûche.

– Hors de question. Pas d'animaux à la maison.

– Pourquoi ?

– Ça coûte cher, ça fout des poils partout, faut les sortir, ramasser leur merde, les nourrir…

– Mais je le ferai, tu sais, avance ma fille.

Je vois une lueur d'espoir dans les yeux de Naïa. Bon sang, tous les ans, elles me bassinent. Dès qu'elles voient Tara, elles veulent un chien. Et si on a le malheur de croiser un chat errant, c'est encore pire. Elles me supplient, me promettent monts et merveilles, jurent de s'en occuper.

Mais je sais que ce ne sont que des paroles en l'air. Finalement, c'est toujours sur moi que ça retomberait. Les frais, les responsabilités, les contraintes. Je n'ai pas l'énergie pour ça. Je n'ai déjà pas l'énergie pour m'occuper correctement de mes filles, alors un animal...

– Ce sera toujours à moi de payer, alors c'est non.

– T'es pas marrant, papa.

Je soupire, las de cette discussion qui revient sans cesse. J'aimerais pouvoir leur faire plaisir, voir leurs yeux briller de joie à l'idée d'avoir un compagnon à quatre pattes. Mais c'est au-dessus de mes forces.

– Tu ne crois pas qu'un peu de compagnie te ferait du bien ? intervient mon père après avoir déposé une part de bûche devant moi. Ça te pousserait à t'aérer la tête.

Si mes parents s'y mettent eux aussi, je ne vais pas m'en sortir.

– On aura pas de clébard. J'ai pas besoin de compagnie.

Ma dernière phrase claque sèchement. Le silence retombe, pesant. Je sens le regard déçu de Rakel et Naïa, mais aussi celui inquiet de mes parents.

Soudain, Rakel s'anime de nouveau. Un sourire malicieux étire ses lèvres.

– Attendez, j'ai un scoop pour vous !

Je me crispe, craignant le pire. Qu'est-ce qu'elle va encore inventer ? Qu'est-ce qu'elle s'apprête à révéler à mes parents ?

– Papa a un pote !

Sa phrase résonne dans la pièce, suivie d'un grand éclat de rire de sa part. Même Naïa esquisse un sourire. C'est ça son scoop ?

– C'est une bonne nouvelle, commente ma mère. Comment tu l'as rencontré ?

– Il manifestait devant Raiford. À force de le voir insister encore et encore, j'ai fini par lui parler. On passe parfois du temps ensemble, on discute pas mal par SMS, voilà.

Je hausse les épaules, comme pour minimiser l'importance de cette rencontre. Mais c'est sans compter sur la perspicacité de ma mère.

– Et il a un nom, cet ami ? demande-t-elle.

– Diesel.

– Original.

– Comme celui qui le porte, soufflé-je.

Son prénom, je l'ai trouvé risible la première fois. Maintenant, je le trouve parfait. Et comme si parler de lui l'avait invoqué, mon portable vibre dans ma poche.

Diesel : À l'aide ! ☹

Solveig : ça va pas ?

Diesel : Y a tro de monde chez moi

Solveig : nous on est cinq à table, c'est tranquille

Solveig : vous êtes combien ?

Il est déjà en train de taper sa réponse, mais je me force à reposer mon téléphone et manger mon dessert. Ma mère est en train de resservir Rakel.

– Elle est trop bonne ta bûche, papy, déclare-t-elle.

Les yeux de mon père scintillent de fierté.

– Et toi, Solveig, ça te plaît ?

– Ouais, elle est super, merci, papa.

Il hoche la tête, l'air heureux, puis Rakel commence à lui montrer je ne sais quoi sur son téléphone.

– Attends, c'est écrit tout petit, il me faut mes lunettes, dit-il avant de se lever.

Je profite de ce moment de flottement pour lire le message de Diesel.

Diesel : Je sais même pas

Diesel : 30 ? 40 ?

Solveig : quel enfer, c'est que des gens de ta famille ?

Diesel : Nion il y a des amis auzzi

Diesel : Pfiou, j'ai un peu de mal à taper…

Diesel : Lz champagne tu connais

Solveig : tu passes un bon moment au moins ?

Diesel : Ouiiiiii

– Solveig, tu veux la dernière part de gâteau ? demande ma mère.

Je relève la tête.

– Non merci, maman. Par contre, je crois que Rakel en a très envie.

Ma fille hoche vivement la tête. Le dessert se termine dans une ambiance légère, les jumelles font découvrir TikTok à mes parents, mais ils n'ont pas l'air de capter le concept.

– C'est qui les gens de la vidéo, vous les connaissez ? questionne mon père.

– Non, mais c'est pas grave. Ils sont drôles, non ? rétorque Naïa.

– Pourquoi vous regardez des gens que vous ne connaissez pas ? insiste mon père. Tu comprends, toi, Solveig ?

– Bof, je trouve que c'est une perte de temps, marmonné-je.

– Papy et mamie encore, je dirai rien, mais toi papa, t'es un vrai fossile, se moque Rakel.

Je ne réponds pas. De toute façon, les jumelles ont déjà lâché leur portable et changé de sujet de conversation. Je me replonge dans ma discussion avec Diesel.

> Diesel : Un pote m'a offert un scarabée rare, j'suis trop content.

Un scarabée… même ses cadeaux de Noël sont atypiques. Par contre, je me demande pourquoi il les ouvre aussi tôt.

Solveig : c'est pas le 25 pour les cadeaux ?

> Diesel : Si siii
>
> Diesel : Mais c'était mon anniv le 20
>
> Diesel : le timing est tjrs chiant pour réunir mes potes à la compote et ma mif
>
> Diesel : donc avc ma sœur et mes parents on fait un truc vite fait le 20, et la GROSSE TEUF c'est le 24 ! et du coup j'ouvre les kdo d'anniv de ma famille éloignée et de mes amis là !

J'ai un pincement au cœur. Si j'avais su, je lui aurais souhaité un joyeux anniversaire.

Solveig : joyeux anniv en retard

> Diesel : T'es en avance d'un an c'est rien mdr
>
> Diesel : c'est quand ton anniv d'ailleurs ?

Solveig : 1er avril…

Diesel : T'ES BÉLIER ! Ça te va bien d'avoir des connes

Diesel : cornes

S'il le dit…

Solveig : t'as eu quoi à part le scarabée du coup ?

Diesel : Des moules à glaçons, de la déco, des fringues et une vieille édition de Dracula

Solveig : montre

Deux photos arrivent : un doigt très flou, puis un insecte mort à l'épaisse carapace violacée.

Solveig : très beau doigt

Diesel : Merciiiii !

Diesel : Au fait

Diesel : J'ai une maniif le 17 janvier

Diesel : Tu veux venir avec moi ?

Je sens le soulagement glisser dans mon sang. Diesel m'a évité et a trouvé des prétextes pour échapper à toutes mes propositions, alors le voir revenir vers moi m'apaise. Le seul problème ? Je déteste les manifestations. Supporter des gens qui hurlent qu'ils ne sont pas contents en brandissant des panneaux, c'est pas mon délire.

Solveig : tu manifestes pour quoi ?

Diesel : Riggs

Solveig : pourquoi tu continues à défendre ce mec abject ?

Solveig : tu as vu toi-même à quel point il était cruel.

Diesel : Je sais b

Diesel : bien

Diesel : C'est juste…

Diesel : Ça me rappelle le meurtre de mon oncle. On voulait pas que son assassin soit condamné à miort alors voilà qioi

Diesel : Les affaires sont super similaires

Diesel : C'est pmus fort que moi, je dois agir. S'il est condamné à mort, je pourrai pas le supporter

Putain... Son oncle a été assassiné ? Jusque-là, il avait parlé de sa mort sans jamais m'en donner les circonstances. Maintenant, je discerne un peu mieux l'attachement émotionnel très fort qu'a Diesel à la criminalité et la peine de mort. Ça le remue personnellement. Je m'en veux un peu de l'avoir traité de Bisounours.

Solveig : quelle heure ta manif ?

Diesel : 14 h à Orlando

Je vérifie mes heures de garde ; l'univers est du côté de Diesel, c'est mon jour de repos.

Solveig : ok

Solveig : compte pas sur moi pour gueuler des « RAIFORD ASSASSINS » dans ton mégaphone ou pour tenir une pancarte par contre

Diesel : Attends attends attends
Diesel : Je dois comprendre que tu viens ?

Solveig : ouais

Diesel : Omggggg
Diesel : Samba !!! 🕺
Diesel : Tu vas voir, je te ferai passer un bon moment. Promis

Solveig : je doute que tu y arriveras, mais d'accord

Diesel : Je saurai te suspendre 😏
Diesel : Surptendre
Diesel : SURPRENDRE

Quand je repose mon téléphone, je remarque que tous les regards sont tournés vers moi. Je m'empresse de le ranger dans ma poche.

– Désolé, marmonné-je.
– Vous voyez, ricane Rakel. C'est l'effet Diesel.
– Il a l'air efficace, admet mon père avec un sourire.

« *Tout comme la poésie, la sculpture ou la peinture, la vie a ses chefs-d'œuvre précieux.* »
– Oscar Wilde

# 30
# Diesel

*Carnivore* – Starset

– Pourquoi t'arrêtes pas de regarder ton téléphone ? me lance Nour en haussant la voix afin de couvrir le brouhaha des manifestants.

Nous fendons la foule à la recherche d'un vendeur ambulant pour acheter à boire. La tension dans l'air est palpable, le centre des sciences d'Orlando a rarement été aussi noir de monde.

Quand on a commencé à communiquer sur cette manifestation, on craignait d'être une centaine, tout au plus. Mais pendant les vacances, Luis a abattu un travail de titan. Il a matraqué les réseaux sociaux, contacté des journalistes... On a même réussi à avoir deux billets dans la presse d'Orlando. Mon père a également parlé de l'évènement sur une radio locale. Et le résultat est là : une marée humaine venue clamer son opposition à la peine de mort de Riggs.

– J'attends que Solveig me dise quand il arrive, confessé-je. Il devrait pas tarder à nous rejoindre.

Nour arque un sourcil, avant d'apercevoir un type avec un chariot réfrigéré.

– Le mec pouvait pas te piffer et maintenant, tu arrives à le ramener en manif ? Balance ton secret, plaisante-t-elle tandis qu'on se faufile jusqu'au vendeur.

– Que veux-tu ? Il peut plus se passer de moi ; dès qu'il a su pour la manif, il m'a supplié de le laisser venir.

– T'es pas sérieux ?

Je lève les mains en signe d'abandon.

– Bon, OK. J'avoue, c'est moi qui l'ai supplié.

Nour éclate de rire, puis se tourne vers le gars pour commander.

Solveig va venir. Ça me paraît surréaliste. Je lui ai proposé sans réfléchir, complètement bourré et défoncé. Ma fête d'anniversaire et le réveillon de Noël étaient mouvementés, l'ambiance festive, mais j'étais à côté de mes pompes : il n'y avait que Solveig dans ma tête. Il me manquait trop. Peu importe à quel point j'essaie de garder mes distances, je n'y arrive pas, j'ai besoin de le voir, de lui parler.

Nour me tend une bouteille d'eau, avant d'en ouvrir une pour boire quelques gorgées.

– Et il y a du nouveau entre vous ? demande-t-elle de but en blanc.

– Pas vraiment, soufflé-je, évasif. On discute pas mal par messages, mais là, ça va faire presque quatre semaines qu'on s'est pas vus.

D'habitude, je me confie beaucoup à Nour. Mais ces derniers temps, je suis plus d'humeur à me renfermer sur moi-même. La seule au courant de la situation, c'est Kléia. Et encore, depuis notre conversation en compagnie de Szansa, j'évite le sujet. Nour sait seulement que Solveig a trente ans, qu'il élève seul ses deux filles depuis la mort de sa femme… et qu'il est rongé par des pensées suicidaires. Comme Joey. En revanche, je ne lui ai rien raconté sur l'épisode du toit.

Nour se contente de hocher la tête, ne voyant probablement rien à ajouter, puis elle rajuste les bretelles de son sac à dos – jaune, bien entendu. Même en manifestation, elle ne porte pas de pantalon : elle a passé une autre de ses longues robes fleuries et ses habituelles Dr Martens se devinent sous le tissu semi-opaque.

– Tu peux tenir ma pancarte deux secondes ? Je vais ranger les bouteilles d'eau dans mon sac.

J'attrape le carton sur lequel Nour a écrit en lettres capitales : *Death penalty kills people, not crime*[2]. Moi, j'ai embarqué un des mégaphones de l'association ; je sais déjà que je n'aurai plus de voix demain matin, mais peu importe. Ce combat en vaut la peine.

« Se rebeller est juste, désobéir est un devoir, agir est nécessaire. »

– Putain, j'ai cru que je te trouverais jamais, râle une voix familière dans mon dos.

Mon cœur sursaute, je me retourne pour faire face à un Solveig sapé tout en noir. Les cernes sous ses yeux sont profonds, il a les cheveux un peu en bataille, mais il est là. Un sourire étire mes lèvres. Un sourire sincère.

– Je pensais que t'allais m'appeler.

Solveig sort son portable de sa poche et fronce les sourcils.

– Je pensais aussi, mais je sais pas pourquoi, le réseau déconne, marmonne-t-il en me montrant son téléphone.

En effet, il a essayé de m'appeler trois fois, sans succès.

Je me tourne vers Nour qui nous observe, un petit rictus énigmatique aux lèvres. Je m'empresse de faire les présentations.

– Solveig, je te présente Nour, ma pote. Nour, voici... Solveig.

Elle lui adresse un large sourire accompagné d'un signe de tête.

– Salut, Solveig, contente de te rencontrer.

Solveig acquiesce, l'air un peu mal à l'aise.

Soudain, la clameur de la foule s'intensifie. Des slogans fusent, repris en chœur par des centaines de voix.

– On devrait peut-être rejoindre les autres au début du cortège, ça va bientôt démarrer, déclare Nour en empoignant sa pancarte.

---

2 - « La peine de mort tue les gens, pas le crime. »

Nous nous faufilons tant bien que mal entre les manifestants, slalomant entre les corps en mouvement. La foule est dense, compacte, il est difficile de se frayer un chemin sans bousculer quelqu'un. Nour m'attrape la main pour ne pas me perdre. Je jette un coup d'œil à Solveig, pour lui proposer de tenir l'autre, et alors que je m'attends presque à ce qu'il m'ignore, il glisse finalement ses doigts entre les miens.

Nous progressons ainsi jusqu'à l'avant du cortège. Là, je lâche à regret Solveig pour le présenter à quelques membres de l'association. Mais l'effervescence ambiante rend les choses difficiles, tout le monde est dans les starting-blocks. Dans cinq minutes à peine, le départ sera donné.

– T'es souvent en manifestation ? me demande Solveig, par-dessus le bruit ambiant.

– Je participe pas à toutes, mais oui, j'essaie, réponds-je en ajustant nerveusement mon mégaphone. Après, ma spécialité, ça reste surtout les interviews, la rédaction. Rencontrer des prisonniers, des gardiens, des avocats... Tu vois ?

Solveig hoche la tête, une esquisse de sourire aux lèvres.

– Ouais, ça te va bien. T'aimes trop parler aux autres.

Nos regards s'accrochent, s'attardent un peu plus que nécessaire. J'observe Solveig avec attention. Ses traits sont marqués, tirés, ses épaules raides et tendues. Il a l'air épuisé, mais pas au point de vouloir se foutre en l'air. Enfin... je crois. Je n'en sais rien, au fond. Peut-être qu'il ne rêve que de ça. J'essaie de chercher une réponse dans le fond de ses yeux, mais sa voix me cueille.

– T'utilises pas ton super mégaphone ? se moque-t-il.

– Je me préoccupais de ton bien-être auditif, mais si tu y tiens.

J'allume le haut-parleur, me racle la gorge, puis lance :

– C'est la justice qu'il faut exécuter, pas les gens !

Si Solveig était un chat, tous les poils sur son dos se seraient hérissés. Il grimace et pointe l'une de ses oreilles de l'index.

– Merci, j'ai plus de tympans, grommelle-t-il.

Quelques secondes plus tard, Nour et Yaël reprennent ma phrase et l'ensemble du cortège se met à la répéter.

– Bon sang, dans quoi je me suis engagé, soupire Solveig. Ça va durer longtemps ?

– Environ une heure et demie, en théorie ! Jusqu'à rejoindre le City Hall d'Orlando, c'est là que ça se termine.

– Riggs est foutu si la Cour refuse son recours, c'est ça ?

– Ouais.

Ma réponse sort plus sèchement que prévu, trahissant ma frustration, mon angoisse. Parce qu'au fond, je suis terrifié. Terrifié à l'idée que Riggs soit exécuté malgré tous nos efforts.

Et puis, il y a cet article que je n'arrive pas à finir, à parfaire. J'ai l'impression d'échouer, de ne pas être à la hauteur de l'enjeu. Comme avec Joey. Comme avec Solveig, sur ce fichu toit. Quand je le regarde, je me rejoue ce film macabre. Cet instant horrible où j'ai cru le perdre, où sa vie n'a été sauvée que parce que l'arme s'est enrayée. Cette maudite arme que j'ai gardé des semaines entières avant de me résoudre à la remettre aux autorités.

– Enfin bref, ajouté-je. J'espère que t'as pas d'obligations ce soir.

– Non, c'est mon jour de repos et les filles sont assez grandes pour rester seules.

– Tant mieux.

Il fronce les sourcils, soudain soucieux.

– Ça va ? Tu trembles.

Je baisse les yeux sur mes mains. Effectivement, elles sont agitées de légers tremblements.

– Ouais, t'inquiète pas. C'est juste que ça me tient à cœur, tout ça.

Solveig hoche la tête, l'air de comprendre.

Puis le signal est donné, le cortège s'ébranle dans un grand cri, dans un enchevêtrement de voix, de slogans et de pancartes brandies. Je me laisse porter par le mouvement, le mégaphone vissé aux lèvres, scandant sans relâche. De temps à autre, je jette un coup d'œil à Solveig. Bien qu'il ne crie pas avec nous, il avance d'un pas décidé.

Je vois son regard s'assombrir quand une pancarte manque de l'éborgner. Pendant une seconde, je crains qu'il ne s'emporte, mais il prend sur lui et reste silencieux.

Soudain, des espèces de bruits de klaxon attirent mon attention. Aux fenêtres des bâtiments bordant le parcours, des gens ont bricolé des affiches insultantes avec des papiers scotchés, d'autres se contentent de gestes injurieux ou de pouces vers le bas.

Les doigts crispés sur le mégaphone à en avoir les jointures blanches, je crie en retour avec plus de ferveur, de hargne. Je me doutais bien qu'il y aurait ce genre de types, mais ça ne rend pas les choses plus faciles pour autant. En réalité, ça me fout en rogne et en même temps, ça me fait mal. Comment peut-on se réjouir de la mort d'un homme et se regarder dans une glace ? Comment peuvent-ils accepter de croiser le reflet d'un monstre tous les matins ? Je les imagine, prêts à danser sur la tombe de Riggs, et ça me dégoûte.

Ils n'ont pas une seule pensée pour les proches de la victime. La famille s'acharne à répéter qu'elle souhaite la perpétuité et non la mort pour Riggs, mais ces connards s'en foutent. Ils ne voient pas plus loin que leurs rêves de vengeance, comme si ça allait tout résoudre. La loi du talion n'a jamais rien changé, la preuve : les crimes ne disparaissent pas. S'ils continuent, c'est pour ce divertissement sordide.

Ça me rend malade, la rage s'insuffle dans mes veines, me ronge, me gangrène, serre ma gorge, s'empare de chaque atome de mon être.

Soudain, des rires éclatent derrière moi, dans le cortège. Des rires gras, moqueurs, totalement déplacés.

Je fais volte-face.

– Je peux savoir ce que vous trouvez drôle ? Dégagez si vous en avez rien à faire de la manifestation !

J'ai rugi ces mots avec une telle violence que tous les visages se tournent vers moi. Mais j'en ai rien à carrer. Rowan et l'association m'ont désensibilisé au regard des autres. Qu'ils me fixent toute la journée si ça leur chante.

– Ça va, elle faisait juste une blague, se défend l'un des gars.

Une blague ? Une blague alors qu'un homme risque de mourir, qu'une famille réclame d'être entendue ?

– C'est ce que je dis, c'est pas le lieu pour déconner comme ça !

– Diesel, viens.

La voix de Solveig perce le brouillard de ma colère. Sa main se pose sur mon bras, ferme mais douce, m'entraînant à l'écart. Je me laisse faire, le souffle court, le cœur au bord de l'implosion.

– Essaie de prendre une grande inspiration, d'accord ?

Je hoche la tête et m'efforce de suivre le conseil de Solveig. Mais c'est dur, tellement dur de reprendre le contrôle. J'ai l'impression d'étouffer, d'être à deux doigts de laisser l'incendie me terrasser.

– Je suis calmé, c'est bon. On y retourne. J'aime pas être sur les côtés.

Solveig me jette un regard sceptique.

– Si t'es sûr de toi...

J'opine sèchement et fends à nouveau la foule pour rejoindre la tête du cortège. Je me replonge corps et âme dans les slogans, laissant la cadence des mots et des pas noyer le tumulte de mes pensées. À cet instant, plus rien d'autre ne compte. Seulement notre combat, notre message.

– Il est passé où, Solveig ? me demande au bout d'un moment Nour, en se collant à moi pour que je l'entende.

Sa question me percute de plein fouet. Je me retourne, le cherche des yeux. Merde, je ne le vois pas. Peut-être qu'il en a eu marre, qu'il s'est barré, que la manifestation l'a saoulé, que *je* l'ai saoulé. J'avale ma salive avec difficulté, les doigts tremblants. Puis, mon regard finit par le trouver, trois rangs plus loin. Il m'adresse un léger signe de tête, l'air de dire « je reste où je suis, mais promis, je me barre pas ».

D'un geste du menton, j'indique à Nour où est Solveig.

– Vous vous êtes pris la tête ?

Je lui fais signe que non.

– OK... Et ça va ?

Cette fois, je fronce les sourcils, pas certain de comprendre pourquoi elle me demande ça, tout à coup. C'est par rapport aux types que j'ai envoyé chier ? Elle ajoute quelque chose, mais je n'entends qu'à moitié, alors elle se rapproche et hausse encore la voix.

– T'as pas l'air dans ton assiette !

– Je suis juste en colère, Nour. C'est un peu normal vu la situation, non ?

Des mecs avec des casquettes rouge vif attirent brusquement mon attention lorsqu'ils se mettent à siffler et huer notre cortège depuis le trottoir. Ils hurlent des choses que je n'entends qu'à moitié sur un ton assassin.

– Vous êtes les chiennes des criminels pour autant leur sucer la queue ! braillent-ils à quelques mètres de nous.

Bordel, ils m'écœurent. Comment peuvent-ils oser dire ça ? Le semblant de calme que j'avais réussi à retrouver s'évapore, je braque mon majeur dans leur direction avec tout le ressentiment dont je suis capable.

– Fermez vos gueules ! J'ai pas de leçons à recevoir de sales collabos !

Un des types serre les poings, s'avance dans ma direction, mais un autre l'en empêche. Il me fixe avec dédain, crache par terre, comme pour me montrer tout le dégoût que je lui inspire, et ricane. Ma rage enfle, je veux lui faire ravaler son sourire à la con !

J'amorce un pas, mais le cortège m'emporte et je perds la bande de connards de vue.

Le feu à l'intérieur de moi, il ne s'apaise pas. Les gens nous huent aux fenêtres, je leur réponds par des doigts d'honneur. J'aimerais aller me planter devant eux pour leur demander pourquoi ils réagissent comme ça. Comment peuvent-ils se rendre complices de ces meurtres orchestrés par l'État ? Comment peut-on mépriser à ce point la vie humaine ? Ils se croient supérieurs aux autres, pour juger ainsi de qui a le droit de vivre ou mourir ? Est-ce qu'ils pensent seulement aux victimes de ces conflits ? Même après treize ans, je me souviens encore des larmes de mon père, de sa peur de vivre avec la mort d'un homme sur la conscience. Et puis après, je pense à Riggs, à la famille de la victime, qui doit ressentir cette même terreur. Bordel, je dois me battre. Pour eux. Pour Rowan. Pour que ce système corrompu change.

Plus rien n'a d'importance à mes yeux, à part ça. Alors je m'acharne. Je scande les slogans à m'en bousiller les cordes vocales, sans prêter attention à la sueur qui dégouline le long de mes tempes. Tout ce que je veux, c'est honorer la mémoire de Rowan. S'il était à mes côtés, je sais qu'il m'encouragerait. Il me dirait de marcher jusqu'à ce que mes pieds me fassent mal, de hurler jusqu'à en perdre ma voix, de me battre tant que mon cœur continue de le faire.

– Ah, putain ! Mais ça va pas ?

L'indignation de Nour me sort de ma transe. J'ai à peine le temps de réaliser que son visage est blanc de farine qu'un œuf lui éclate en pleine tête. Son gémissement me gifle, elle titube, se fait bousculer par le cortège ; ce n'est que quand je vois Yaël la rattraper de justesse que je reprends mes esprits. Elle se frotte douloureusement les yeux tandis que les œufs continuent à pleuvoir sur nous. Je les suis du regard et repère les types. Les connards aux casquettes rouges.

Et là, l'incendie se transforme en feu de forêt. Le cœur calciné par la haine, je fonce tête baissée hors du cortège en bousculant des militants au passage.

– Bande de merdes !

Ma paupière tressaille, mes doigts se referment en un poing serré.

– Vous méritez carrément pire, me crache l'un des mecs en balançant sa boîte d'œufs vide sur le sol. Ta petite pute, tes enfoirés de potes et toi, vous méritez de crever ! Attendez seulement qu'un nouveau Riggs s'en prenne à votre famille, on verra si vous continuerez de chialer contre la peine de mort !

– Ferme-la, putain, ferme-la, t'es qu'une pauvre merde qui serait...

Son poing s'écrase violemment sur ma mâchoire. Sous le choc, je vacille. La douleur pulse sous ma peau, le goût du sang se répand dans ma bouche. Et la suite se passe vite, très vite. Trop vite.

Yaël surgit de nulle part et se jette sur mon agresseur. S'ensuit une mêlée confuse, les potes du mec se ruent tous sur Yaël. Nour tente de s'interposer. En vain. Un coup l'atteint au passage, son nez se met à saigner.

– Merde, Nour !

J'ai à peine le temps de m'approcher d'elle pour voir si ça va que d'autres types se greffent à la bagarre et se décident à cogner tous les manifestants qu'ils croisent.

– Diesel !

J'entends la voix de Solveig, mais j'ai du mal à comprendre où il est. Tout bourdonne à mes tympans : les bruits de lutte, les injures, les coups.

– C'est eux qui ont cogné en premier, on fait que se défen... j'entends Yaël balancer derrière moi.

Je me retourne alors et j'aperçois un flic qui le colle au sol avec une violence inouïe.

– On vous embarque tous, ne faites pas d'histoires ! gueule un policier au mec avec qui je me suis embrouillé.

Bien entendu, le type répond, la situation s'envenime et une nouvelle série de coups éclate. Personne ne cherche à comprendre ce qui s'est passé, je me fais maîtriser par deux mecs qui me jettent au sol comme si j'étais le pire des criminels, je sens le bitume griffer la peau de mes avant-bras et le genou du policier pèse sur le bas de mon dos.

– J'ai rien fait ! protesté-je.

Les flics ne me répondent pas. Je sens le métal froid des menottes passées autour de mes poignets et quand ils me relèvent de force, je croise le regard chargé d'incompréhension de Solveig.

*« Pour moi ne comptent que ceux qui sont fous de quelque chose, fous de vivre, fous de parler, fous d'être sauvés, ceux qui veulent tout en même temps, ceux qui ne bâillent jamais, qui ne disent pas de banalités, mais brûlent, brûlent comme un feu d'artifice. »*

– Jack Kerouac

# 31
# Solveig

*Sick of Losing Soulmates* – dodie

J'essaie d'allumer ma clope pour la énième fois, mais mon putain de briquet a décidé de rendre l'âme. Rien ne va dans cette journée. Participer à la manifestation était une façon de m'excuser auprès de Diesel, de lui montrer que je m'intéresse à ses combats. J'ai cru que ça se passerait bien, que j'allais mieux cerner son univers. Putain, je me suis bien trompé. Et à présent, je suis là, assis par terre, à poireauter devant le commissariat depuis des heures.

Si seulement Diesel avait laissé couler. Je ne comprends même pas pourquoi il a réagi. Est-ce que c'est à cause de moi qu'il est aussi à cran ? Peut-être que sur ce toit, j'ai bel et bien éteint toutes ses lucioles. J'aurais dû me foutre en l'air en silence, crever dans l'indifférence, au lieu de me reposer sur sa gentillesse.

Je resserre les doigts autour de ma clope. La migraine tape contre mes tempes et malgré la nuit qui est déjà tombée, des gens passent, parlent fort et mes tempes vrillent sous la douleur. Pour bien compléter le tableau, la Pieuvre me bouffe toute mon énergie, je ne suis pas taillé pour supporter ce genre d'évènements. Je me sens à bout, vide. Tout est en bordel dans mes pensées : la frustration, la colère, la culpabilité, l'inquiétude, je ne sais même plus ce que je suis censé ressentir.

Est-ce que je devrais être triste pour tout ce qui s'est passé ? Pour Diesel, qui a vu cette manifestation qui lui tenait tant à cœur être salie par ces sous-merdes ? Dès que je ferme les yeux, je revois ce déferlement de violence. J'ai toujours soutenu que la brutalité pouvait se justifier, mais maintenant, je doute. Voir Diesel être martyrisé m'a brisé en deux.

Le son de talons hauts martelant le bitume m'arrache à mes pensées. Une femme au visage familier déboule en trombe, les sourcils froncés. C'est la sœur de Diesel, je la reconnais. Nos regards se croisent, un jugement à peine dissimulé habite le sien. Mais elle ne m'adresse pas un seul mot et fonce dans le commissariat. Les portes claquent derrière elle. Je baisse les yeux sur ma clope, toujours éteinte, et tente encore une fois d'allumer mon briquet. Sans succès. Putain, ça me gonfle. Je le range dans ma poche et récupère à la place mon portable.

19 h 25 s'affiche sur l'écran.

Il faut que je prévienne les jumelles que je n'ai pas prévu d'être de retour à la maison tout de suite, sinon, elles vont encore s'inquiéter. J'ouvre notre conversation de groupe et commence à taper un message.

Solveig : je vais rentrer tard ce soir

Solveig : ou pas rentrer, je sais pas.

Rakel : Pourquoi ?

Rakel : Tu t'es fait des copains à la manif, vous allez boire un verre ensemble ?

Naïa : mdr impossible 😂

Je grince des dents.

Solveig : non, y a juste des trucs qui se sont pas passés comme prévu

Naïa : Genre quoi ?

Solveig : rien de grave, mais je vais rester un peu avec Diesel avant de rentrer

Après que la police a embarqué Diesel, je me suis tiré en voiture jusqu'au commissariat sans réfléchir. Mais des infos que j'ai pu lire, la manif a continué après les débordements ont été contenus.

Rakel : Cool, on va pouvoir manger des tacos devant la télé !

Solveig : t'as intérêt à nettoyer le canapé si tu fais une tache

Rakel : Oui, colonel Solveig.

J'ai à peine rangé mon téléphone que la porte du commissariat s'ouvre sur la sœur de Diesel.

– Quelle bande de cons, s'agace-t-elle.

Puis elle se plante devant moi d'un air décidé. J'ai pas fait gaffe quand je l'ai vue arriver, mais elle est grande. Plus grande que je ne l'imaginais en tout cas. Son débardeur Iron Maiden laisse apparaître le papillon de nuit noir et gris tatoué sous ses clavicules.

– Solveig, c'est ça ? lâche-t-elle.

– Ouais. Et toi, tu es la sœur de Diesel.

– Oui, Kléia.

Je me contente de lui adresser un vague signe de tête en espérant qu'elle se taise, sauf que je vois déjà sa bouche remuer à nouveau. Misère.

– Tu étais avec mon frère à la manif ?

– Il m'avait proposé de l'accompagner.

Kléia se gratte le coin de la bouche et laisse une trace de rouge à lèvres carmin sur son ongle. C'est étrange, je vois Diesel en elle, pourtant, il y a quelque chose de différent. La teinte de ses yeux ou de sa peau, je ne sais pas. Son attitude m'intrigue. J'aurais imaginé la sœur de Diesel aussi solaire et extravagante que lui, mais c'est une femme déterminée et un peu froide qui me fait face.

– Tu sais ce qui s'est passé ? Il m'a expliqué, mais j'ai pas tout compris.

– Je sais pas trop, j'ai juste vu la scène, pas entendu. Des types ont balancé des œufs sur Nour, Diesel a foncé dans le tas et ça s'est aggravé.

– J'ai envie d'enclencher ces flics. J'en ai marre de voir mon petit frère se fait maltraiter à une manif sur deux. Et j'en ai ras le cul de le retrouver au poste pour que dalle.

– Parce que ça arrive souvent ?

J'ai du mal à y croire. Diesel, avoir des problèmes avec la justice ? Être abonné aux gardes à vue ?

L'image que je me faisais de lui est peut-être complètement à côté de la plaque.

– Assez souvent pour que ça m'inquiète. Enfin bref, j'ai payé sa caution, ils vont le relâcher dans pas longtemps.

Alors que je scrute sa paire de talons aiguilles et son pantalon déchiré, j'essaie d'imaginer quel métier elle peut bien exercer. Je me demande si elle est autant investie dans les causes sociales que Diesel.

– Mon frère m'a dit qu'il t'avait interviewé pour un article, continue Kléia.

Pourquoi elle tient à ce point à entretenir la conversation ? Surtout pour parler de ça. Est-ce qu'elle est au courant de tout ce qui s'est passé par la suite ? C'est une façon de me piéger ?

– Ouais, il voulait écrire un truc sur les matons, marmonné-je.

– C'était cool de ta part. J'ai cru comprendre que vous parliez pas mal.

– En effet...

Elle hausse un sourcil et quand elle reprend la parole, son ton paraît plus froid.

– Tu attends quoi de Diesel, au juste ?

La question me prend de court. Comment ça ? Est-ce que j'attends quelque chose de Diesel, déjà ? Je cherche mes mots, ils s'effondrent tous dans ma gorge et la Pieuvre me murmure que je n'ai rien à attendre ni à espérer. Après tout, je ne suis pas foutu de garder qui que ce soit dans ma vie.

– Il te plaît ou tu profites de sa gentillesse ? insiste Kléia. Tu le vois comme quoi ? Un passe-temps ? Un divertissement ? T'as conscience qu'il est à fond sur toi, au moins ?

J'ai envie de reculer, de la fuir, même. Le tatouage autour de mon cou semble se resserrer pour me compresser la trachée et ma respiration s'accélère. Les gens semblent immobiles autour de nous, ou alors, c'est juste pour moi que le temps s'est arrêté.

Est-ce que Diesel me plaît ?

Je ne me suis jamais autorisé à me poser cette question. Quand je me remémore tous nos messages, je pense aux sourires idiots qu'il m'a parfois arrachés. Chaque fois qu'il m'adresse la parole, mon cœur éteint tressaute, comme s'il tentait de redémarrer. Avec de l'alcool dans les veines, c'est facile de justifier ces idées qui m'ont traversé, après qu'on est redescendus du toit, ce fameux soir. Mais là, en y réfléchissant, je me surprends à me demander ce que ça ferait de caresser ses joues constellées d'étoiles ou de sentir le goût de ses lèvres sur les miennes. Comment il embrasse, Diesel ?

Avec passion, sûrement. Cette intrépidité qui le caractérise et cette douceur qui m'apaise tant...

Bordel, pourquoi je me pose ce genre de questions ?

Je ne veux pas savoir s'il me plaît, j'ai peur de connaître la réponse et d'en imaginer les répercussions. De toute façon, les pauvres mecs comme moi n'ont pas le droit d'être heureux.

La gorge sèche, j'essaie de trouver mes mots. Kléia attend, les bras croisés, impitoyable.

Je me frotte la nuque et tente de trouver un truc à lui dire, mais la porte du commissariat s'ouvre en grand sur Diesel. Kléia se jette sur son petit frère, l'attrape par les épaules et observe sa joue un peu rouge et sa lèvre inférieure gonflée.

– Ça va, Diesel ?

– Oui...

Sa sœur fixe les traces qu'ont laissées les menottes sur ses poignets, puis rajuste le col de sa chemise dans un geste affectueux. Tout son visage s'est délesté de sa contrariété, seule l'inquiétude transparaît encore sur ses traits.

– Je suis en voiture, tu veux que je te ramène chez toi ?

Diesel m'adresse un coup d'œil.

– Non, ça va aller, je vais me débrouiller. J'espère que je t'ai pas dérangée alors que tu étais occupée...

– T'inquiète pas, je faisais rien de spécial, le rassure-t-elle en lui caressant les cheveux. T'es sûr que ça va aller ?

Son regard passe de Diesel à moi à toute vitesse.

– Si tu veux, tu viens à la maison et on se mate un bon vieux *slasher*[3], lui propose Kléia, comme si elle ne voulait surtout pas que son frère reste avec moi.

Diesel semble hésiter et ça me retourne le bide.

– On peut faire ça plutôt le week-end prochain, si ça te va ? finit-il par dire avec douceur.

---

3 - Sous-genre du cinéma horrifique mettant en scène un meurtrier qui assassine un à un tous les membres d'un groupe.

– Tu me jures que je ne vais pas le regretter si je te laisse ?

– Mais oui, je vais bien. T'inquiète.

Kléia dépose un baiser sur le front de son petit frère, puis se penche à son oreille pour lui murmurer quelques mots. J'essaie de lire sur ses lèvres, sans succès. Puis Diesel hoche la tête et adresse un sourire rassurant à sa sœur. Elle le prend dans ses bras une dernière fois, avant de s'éloigner sans un au revoir pour moi.

Quand j'estime qu'elle s'est suffisamment éloignée, je lâche un long soupir, avant de déclarer :

– Je crois que ta sœur ne m'aime pas beaucoup.

« *L'étincelle dans son regard est intacte, mais elle a comme un faux contact dans le sourire.* »
– Mathias Malzieu

# 32
# Diesel

*The Way That You Were* – Sleep Token

Je jette un coup d'œil à Solveig et ravale ma grimace. Il a raison : Kléia ne l'aime pas beaucoup. Ce qu'elle m'a chuchoté avant de partir est un bon indice.

« Je doute que ce type soit très sincère avec toi, Diesel. Alors s'il te plaît, fais attention. »

Qu'est-ce qu'elle lui a dit ? Ou plutôt, qu'est-ce que Solveig a raconté pour qu'elle en vienne à autant se méfier ?

Je ne suis pas certain de vouloir connaître la réponse. Je sais bien que Kléia est inquiète pour moi, mais j'aurais préféré qu'elle se taise.

– Elle est un peu trop protectrice, c'est tout, grincé-je, la gorge sèche.

Solveig hausse les épaules. Dans un soupir las, je me laisse tomber par terre, sur le trottoir infesté de mégots et de chewing-gums. Tant pis, tant que je peux m'asseoir.

– Tu vas bien ? finit-il par demander.

Comment il veut que j'aille *bien* ? La douleur pulse dans tous mes membres. Mon corps me fait souffrir, ma mâchoire me lance chaque fois que j'ouvre la bouche et mes avant-bras me brûlent. Quand les flics m'ont plaqué au sol, le tissu de ma chemise s'est déchiré, ma peau aussi. Le souffle de l'air sur mes plaies est une torture. Même mes paumes sont couvertes de blessures. J'ai honte d'être là, dans cet état, devant Solveig.

– Ça va. Je suis fatigué.

J'ai été traité comme un déchet par les flics, ils ont passé ces quatre heures de garde à vue à me prendre de haut. Je les ai entendus harceler Yaël, aussi. Les autres, je ne les ai pas vus. Au moins, les connards aux casquettes rouges ont aussi été embarqués.

– Tu veux qu'on passe à la pharmacie ?

– J'ai ce qu'il faut chez moi.

Le silence s'étire entre nous, j'ai conscience d'y être pour beaucoup, mais malgré ça, je galère à trouver quelque chose à lui raconter. Je me sens trop mal, trop abattu. Cette manifestation était notre ultime occasion de contester et maintenant, c'est foutu. Les larmes me piquent les yeux et je bats plusieurs fois des paupières pour les contenir.

– Tu rentres pas chez toi ? demandé-je.

Solveig secoue la tête.

– Non, les filles se débrouillent. Je les ai prévenues de pas m'attendre.

– Tu leur as dit que j'étais en garde à vue ?

L'idée me déplaît, je n'ai pas envie qu'elles aient une mauvaise image de moi.

– Non, elles savent pas.

J'expire, soulagé.

– Et tu parles souvent de moi aux jumelles ?

*Tais-toi, Diesel. Ignore-le. Pourquoi c'est si compliqué ?*

– Pas vraiment... Ce sont elles qui posent des questions. Elles ont parlé de toi à mes parents à Noël.

– Donc tes parents connaissent mon existence ? Je suis flatté, réponds-je avec un petit rire.

Une lumière passe dans les iris gris de Solveig. Je crois même apercevoir l'ombre d'un sourire sur ses lèvres.

– Tu sais si tes amis vont bien ?

– J'ai passé quatre heures menotté dans une salle à répondre à des questions à la con, j'en sais rien.

Les mots sortent plus sèchement que prévu. Solveig grimace ; la lueur dans ses yeux s'éteint aussi vite qu'elle s'était allumée. Je me mords la lèvre.

– Désolé. Je voulais pas être agressif. Je suis juste crevé.

J'ai envie qu'il s'en aille pour respirer un peu. Mais j'ai aussi envie qu'il reste à mes côtés. Et puis, s'il s'en va maintenant, ce sera avec une mauvaise image de moi en tête... Pour fuir la situation, j'attrape mon téléphone et jette un coup d'œil à la conversation de l'asso. Luis a écrit dedans.

> Luis : Y a déjà des photos et des articles. Bonne nouvelle : on est visibles. Mauvaise nouvelle : ils parlent plus des débordements que de la manif en elle-même.

J'ouvre un lien au hasard. Aucune mention de Riggs, de notre mouvement abolitionniste. Non, ils retiennent uniquement que les flics sont intervenus à cause de faits de violence. Ils ont rendu notre combat invisible. Cette journée est un échec total.

Furieux, je tape une réponse.

> Diesel : Mais mdr par contre, à les entendre on est juste des criminels.

– Je crois qu'ils sont encore en train d'être interrogés, finis-je par dire à Solveig. Les flics aiment bien faire durer la garde à vue pour nous dissuader de recommencer. Désolé que t'aies assisté à tout ça.

– Je suis surtout désolé pour toi. J'ai bien compris que ça te tenait à cœur.

Je me sens coupable de ce qu'il s'est passé, autant pour la famille de la victime que pour mes potes encore coincés à l'intérieur de ce fichu poste de police.

– Tu veux que je te raccompagne chez toi ? me propose tout à coup Solveig. Ma bagnole est pas loin.

En temps normal, je serais resté pour attendre que les autres sortent, mais ce soir je me sens... lessivé. J'ai besoin de rentrer chez moi et de m'éloigner de ce qu'il s'est passé. Alors j'ignore la culpabilité qui me serre le bide et je réponds :

– Ça te dérange pas ?

– Non.

J'acquiesce et suis Solveig jusqu'à sa voiture. On roule dans un silence qui ne s'interrompt que lorsque je marmonne des indications sur l'itinéraire à prendre. Je n'ai pas envie d'allumer la radio, ça me rappelle de mauvais souvenirs. À la place, j'observe le paysage défiler par la fenêtre. Je sens les coups d'œil de Solveig, mais je fuis son regard alors qu'on longe le lac Eola. Avec Joey, on adorait venir se poser ici : il ramenait à manger, des bouquins, et on déjeunait en parlant de tout, de rien.

– Voilà, j'habite ici, annoncé-je quand on arrive devant mon immeuble... Tu veux passer chez moi ? On peut fumer un peu et manger un truc. Il y a une pizzeria juste à côté.

Le cœur battant, j'attends la décision de Solveig. Il a déjà accepté de se rendre chez mes parents, mais là, je ne suis pas convaincu. Après tout, il sait très bien ce que je pense de lui. Peut-être qu'il va trouver que ma proposition est trop ambigüe et se défiler.

– Pourquoi pas.

– C'est pas une réponse.

Il fronce les sourcils, semble hésiter quelques secondes, puis finit par souffler. Tant pis si je le gonfle, j'ai besoin que Solveig soit franc avec moi.

– Je veux bien venir chez toi. Ça te va, là ?

Pourvu que je ne le regrette pas.

– OK. Tu peux garer ta caisse ici, le restau est à deux pas.

Solveig fait sa manœuvre avant de descendre. Rejoindre le restaurant ne nous prend qu'une poignée de minutes. Les odeurs de cuisine envahissent mes narines, mon estomac s'exprime de plus en plus fort. Bien entendu, je jette mon dévolu sur une pizza hawaïenne. Je sens tout le jugement émaner du regard de Solveig.

– Quoi ?

– T'as des goûts particuliers.

– N'importe quoi, t'as juste pas encore vu la lumière.

– C'est une tarte aux fruits ratée ton truc, pas une pizza.

Je ne sais pas ce qui est le plus comique : sa réflexion, ou la tête du serveur. Peu importe, après avoir demandé à Solveig ce qu'il veut, j'ajoute une cinq fromages à la commande, puis paie. Une fois nos pizzas prêtes, on rebrousse chemin et j'ouvre le premier carton pour avaler une énorme part d'hawaïenne.

– Ces ananas sont… *chief kiss*.

– Tu essaies de t'autoconvaincre ? Adorable.

Je m'apprête à lui présenter mon majeur, mais l'image des connards me revient en mémoire, alors je m'abstiens. En quelques minutes, on arrive devant chez moi.

– Après toi.

Solveig entre dans le studio après avoir soigneusement abandonné ses rangers dans l'entrée. Si j'avais su qu'il viendrait, j'aurais au moins viré le linge sale du canapé… J'ai peur qu'il me juge à nouveau. Je vois qu'il analyse la pièce du regard. Sans rien dire, il avise le cadavre de loup-garou, retrouvé dans l'Angleterre des années 1860, qui traîne à côté de ma vieille bibliothèque. Puis ses yeux glissent sur ma collection d'insectes épinglés qui trône sur une étagère, avant de se poser sur ma table de chevet, où s'entassent le terrarium de Mélisse et des tubes à essai remplis de perles, de cailloux et autres bizarreries de la nature.

– Le fameux chandelier, commente-t-il en levant la tête.
– T'as vu ? Il est bien, là.
– Ouais. Par contre, le ménage, c'est pas ton fort.
– Désolé…

Il a dit ça avec un ton léger, pourtant, je le prends comme une critique. J'ai besoin de me reposer, et vite.

– Installe-toi où tu veux, j'arrive dans deux minutes.

Je bande mes poignets après les avoir désinfectés, me lave le visage et quand je reviens dans le salon, je retrouve Solveig, étalé de tout son long sur le matelas. J'avale ma salive nerveusement. Le voir étendu sur mes draps, ça me colle de mauvaises idées dans la tête. J'aimerais l'embrasser, passer la main dans ses cheveux, respirer l'odeur de sa peau…

Je suis foutu.

– Ton chat me saoule.

Ce n'est que maintenant que je remarque mon chat allongé contre Solveig.

– Il a l'air de t'adorer, ricané-je.
– Il s'appelle comment ?
– Lugosi. En référence à Béla Lugosi.
– Je sais pas qui c'est.
– Un acteur qui a joué dans un des films de *Dracula*.

Mon chat essaie de se coucher sur Solveig, qui tente de le repousser, sans succès.

– Au moins, les poils noirs se verront pas trop, râle-t-il.
– Vous avez le même sale caractère. Qui se ressemble…
– C'est pas toi qui disais que les opposés s'attirent ?

Je me racle la gorge pour tenter de masquer mon malaise. Est-ce qu'il me taquine ou me fait du rentre-dedans ?

– Tu manges pas ? demandé-je en pointant du doigt les cartons à pizza sur les draps.
– Ton chat a décidé de camper sur mes jambes, je peux pas bouger, se défend Solveig.

– T'es trop mignon, à pas le dégager. T'as un petit cœur tout mou, au fond.

– N'importe quoi.

J'attrape une part de pizza et la tends à Solveig. Il l'attrape, puis mord dedans. Un fil de fromage lui tombe sur le coin de la bouche et je dois lutter contre mon envie de le retirer du bout des lèvres.

– Je vais nous rouler un joint, murmuré-je.

Les doigts tremblants, j'attrape le nécessaire sur la table de chevet et je charge le pétard un peu plus que d'habitude. Je scelle le *spliff*, l'allume, puis tire une première taffe. En relevant la tête vers Solveig, un éclat argenté attire mon regard.

– Elle est nouvelle, ta boucle d'oreille ? remarqué-je en avisant le bijou en forme de soleil.

– Cadeau de Noël de mes parents.

– J'aime bien, admets-je en tirant une nouvelle taffe.

Je recrache la fumée, avant de glisser le bédo entre les lèvres de Solveig. Sa bouche est d'une douceur insoupçonnée sous ma peau, j'aimerais passer le pouce dessus. Je lui laisse le joint et retire ma main avant de perdre ma retenue. Solveig semble perdu dans ses pensées. Il tire sur le bédo, les yeux rivés vers un point invisible.

– Cette manif, elle allait au-delà de Riggs pour toi ? finit-il par demander.

– Qu'est-ce que tu veux dire ?

– Ton oncle... Son meurtrier a été exécuté, non ?

Je secoue la tête.

– L'opinion publique voulait sa mort, mais ma famille s'y est opposée. Ça a été très compliqué, les délibérés ont pris une éternité. À une voix près, il a été condamné à la perpétuité, sans possibilité de libération.

– Pourquoi vous ne vouliez pas qu'il meure ? me questionne Solveig avec douceur.

– À quoi bon ? Ça ne ramènera pas Rowan. Ça ne changera rien au fait qu'il nous manque. Y aura toujours des criminels ; les tuer, c'est juste refuser de se confronter à la réalité du problème. Et je ne trouve pas ça humain.

– J'entends des opinions très… différentes à Raiford, je t'avoue. Y a des familles qui ont besoin de la peine de mort pour passer à autre chose.

Solveig me rend le joint.

– Je sais… Mais pour moi, c'est pas une solution. Personne a le droit de décider de la vie ou de la mort de quelqu'un.

– Tu penses que la Cour décidera quoi, pour Riggs ?

– J'en sais rien…

Ou plutôt, j'en ai une idée assez précise et négative, mais je n'ai pas envie de déprimer maintenant. Solveig ne relance pas la conversation. Un silence agréable s'étire entre nous, tandis que le joint se consume lentement. Étalé dans mon lit, il paraît détendu, comme si sa Pieuvre desserrait un peu le tentacule autour de sa gorge. J'aimerais qu'un jour, elle disparaisse. Qu'il comprenne que lui aussi a droit au bonheur.

– À quoi tu penses ? murmure Solveig.

– Rien.

– Menteur. Dis la vérité.

Si je lui explique, est-ce qu'il va me trouver niais ? Encore me qualifier de Bisounours ?

– J'aimerais juste que tu sois heureux, avoué-je finalement.

– Pourquoi ça te tient autant à cœur ?

– Trop tard, j'ai déjà répondu à une question. Fallait mieux jouer ton coup.

Il plisse les yeux.

– Demande-moi un truc alors, j'y répondrai honnêtement. Après, ce sera à ton tour.

J'hésite, déchiré entre mon envie d'en apprendre plus sur Solveig et la crainte de me retrouver piégé, contraint de dévoiler mes secrets. La curiosité finit par l'emporter sur la peur, alors je lance :

– La première fois que tu m'as écrit, t'étais bourré… Pourquoi t'as continué en étant sobre ? Je croyais que tu ne m'appréciais pas.

– T'avais juste une trop grande gueule, ça me saoulait. Puis t'avais le don de toujours apparaître en travers de mon chemin. Pourtant, quand je t'ai envoyé ce SMS, cette nuit-là… j'ai apprécié ta façon de voir les choses, de me répondre…

– C'est vrai ?

– *Trop tard, j'ai déjà répondu à une question. Fallait mieux jouer ton coup*, caricature Solveig en imitant ma voix.

– T'as une carrière qui t'attend dans les arts du cirque, crois-moi.

Je lui colle le joint entre les lèvres afin de libérer mes mains et saisis une part de pizza. Le plat n'est plus très chaud. Au moins, le fromage ne me brûle pas la langue.

– C'est… commencé-je.

– Diesel, j'adore t'écouter parler, mais vide d'abord ta bouche, s'il te plaît, me coupe-t-il.

Je me dépêche de finir ma bouchée.

– C'est à toi.

– Comment tu vas ?

Sa demande me prend de court. Je m'attendais à ce qu'il revienne à la charge sur la question du bonheur, pas à ce qu'il s'intéresse à moi. Je fixe Mélisse sagement cachée dans l'abri de son terrarium, Lugosi endormi sur les genoux de Solveig, puis le joint qui fume entre ses mains.

– J'ai connu mieux, admets-je. Pourquoi, mon bien-être t'intéresse ?

– Ouais, il m'intéresse.

Sans réfléchir, je m'étends à côté de lui, la tête calée sur l'oreiller. Solveig est si proche que nos bras se frôlent, je peux même sentir l'odeur de sa peau, de ses cheveux, entendre le rythme lent de ses inspirations…

– T'as été distant ces derniers jours. C'est à cause de moi ?

– C'est à mon tour de poser une question, brodé-je.

– Faux, t'as déjà grillé ton tour.

Je me rejoue notre précédent dialogue et... il a raison. Je râle un truc inaudible, m'empare du pétard presque éteint et tire une latte.

– Si je dois être sincère... tu n'y es pas pour rien. Tu sais, quand tu t'es excusé de m'avoir appelé ? J'ai pas menti, je suis soulagé que tu l'aies fait. Ça m'a juste rappelé de mauvais souvenirs. Est-ce que mon silence t'a blessé ?

Il tourne la tête vers moi, son visage est à un souffle du mien. Quelle cruelle tentation. Je rêve de passer la paume sur la ligne de sa mâchoire, de la descendre sur son cou, de redessiner son tatouage du bout des doigts, d'écouter son cœur battre...

– Je m'en suis voulu de t'imposer ma propre souffrance. Et j'ai eu peur que tu me laisses tomber, admet-il doucement.

Sa confidence me serre le ventre. Pas parce que je me sens coupable, mais parce que c'est la première fois que Solveig se montre si honnête à propos de ses émotions.

– Je t'aurais pas laissé tomber. À t'entendre, ça t'est déjà arrivé. C'est le cas ?

– Garde ta question pour la prochaine fois, c'est à moi. Quand tu dis que je t'ai rappelé de mauvais souvenirs, est-ce que... je dois comprendre que toi aussi, tu es passé par là ?

Je tourne les yeux vers le plafond afin de me soustraire à son regard interrogateur.

– J'ai eu des passages à vide, comme plein de gens... C'est juste que... tu sais, quand tu me dis que tu veux te foutre en l'air ? Ça me rappelle mon ex. Et il en est mort, expliqué-je dans un murmure.

C'est plus fort que moi, mes yeux commencent à me piquer.

– ... Je suis désolé, Diesel... J'aurais vraiment mieux fait de pas t'appeler.

– Je te l'ai dit : je suis content que tu l'aies fait. Ça m'a juste mis mal de me souvenir du suicide de Joey.

J'étire le bras par-dessus Solveig afin d'atteindre le cendrier dans lequel je jette le mégot du joint. Sa main me retient, le sang afflue à mes tempes alors que ses doigts serrent doucement les miens.

– Je te préserverai maintenant. Je te parlerai plus de tout ça.

– Si tu ne te sens pas bien, je préfère le savoir. Je veux que tu vives.

– J'aimerais vivre, moi aussi. Mais parfois, mes idées noires sont juste... Je sais pas comment l'expliquer. Elles prennent toute la place. Je me mets à penser que je ne vaux rien, que tout le monde va me laisser tomber, que la Terre se porterait mieux sans moi.

– T'as peur de l'abandon ?

Le regard de Solveig se charge de nuages sombres ; c'est fascinant, la manière dont la tempête se prépare dans ses iris gris. Une seconde, je suis face à un ciel dégagé, celle d'après, l'orage menace de se déchaîner. Ses yeux sont le miroir de ses émotions si tranchantes, à vif.

– La mort d'Alisha m'a changé. La Pieuvre m'a fait perdre trop de gens auxquels je tenais. Ceux qui restent à mes côtés, je me dis qu'ils finiront aussi par partir, parce qu'ils valent mieux que moi.

– Moi, je partirai pas, affirmé-je sans réfléchir.

– Ne dis pas ça, tu ne sais pas de quoi demain sera fait, répond doucement Solveig.

Je tends les doigts vers la ligne de sa mâchoire, hésitant. Solveig ne me repousse pas, alors j'ose toucher sa peau glacée. Même d'aussi près, je le trouve incroyable. Ses yeux ont la couleur de la lune, ses mèches de cheveux sont en désordre, comme nos cœurs et nos sentiments. Sa fragilité, que sa force met en doute, et ses airs de fantôme, si particuliers, le rendent délicat, touchant. Une poupée de porcelaine complètement fêlée. Qu'est-ce qu'il est beau dans ses inconstances, avec ses sourires un peu bancals et les cernes qui creusent son regard.

En fait, il me fait penser à une fleur. Pas celles soigneusement arrosées, plantées dans le jardin ou dans un pot à la fenêtre. Non, une fleur qui pousse dans les craquelures du bitume, on ne sait pas trop comment, on ne sait pas trop pourquoi. On l'écrase sans faire gaffe. Et puis un type débarque, trouve ça incongru de voir de la beauté là, sur un trottoir. Alors, il l'arrache. Voilà, Solveig est beau comme une fleur fanée, et n'en déplaise à Ronsard, ce sont les roses fatiguées les plus resplendissantes.

– Pourquoi tu me fixes comme ça ? murmure Solveig.

Il attend cette réponse que j'ai sur le bout de la langue. À quoi bon la lui donner ? Il sait déjà tout de ce que je pense de lui.

– Pourquoi pas, répliqué-je avec un clin d'œil entendu.

Solveig ricane.

– C'est pas une réponse.

Encore une fois, il prend un malin plaisir à m'imiter.

– Parce que je te trouve attirant, avoué-je à voix basse.

– Qu'est-ce qui te plaît autant chez moi ?

– Tout. Ta voix, ton regard, tes tatouages, ton sale caractère, ta façon de parler, ta force, tes mains, ta bouche.

Je passe le pouce sur ses lèvres.

– Moi, j'aime la couleur de tes yeux, même si j'ai jamais compris s'ils étaient bleus ou verts. Tes taches de rousseur. Et la chaleur de ta peau.

– Attends, je te plais ?

Je retiens mon souffle, mon cœur bat douloureusement dans ma cage thoracique.

– Peut-être. Tout ce que je sais, c'est que ça me déplairait pas de t'embrasser.

Ses mots se font aussi doux que du velours. La confession a l'air de lui coûter.

– Si je le fais maintenant, tu vas m'envoyer bouler ?

– Essaie et tu verras.

Solveig attend, une lueur de défi dans les iris. J'ai tant espéré ce moment, j'ai peur de le rêver. J'ai peur d'être maladroit, de gâcher ma chance, que Solveig décide de couper court à tout et de ne plus jamais m'adresser la parole. Alors, comme si j'allais me réveiller d'un songe cruel, je me contente de déposer un baiser au coin de ses lèvres. L'image de Solveig n'explose pas en mille morceaux, il reste bien réel et se permet même une moue railleuse.

– C'est vraiment ça que tu avais en tête ?

– Non, j'osais juste pas, murmuré-je.

– Alors, ose.

Je me redresse au-dessus de lui, dans une position un peu ridicule, parce que Lugosi aime beaucoup trop être un emmerdeur pour se décaler. Fébrile, je caresse la mâchoire de Solveig du bout des doigts, glisse la main dans son cou, redessine les courbes du tentacule tatoué. Lentement, je remonte le pouce sur sa bouche. Son souffle s'écrase contre mon visage. Il ne bouge pas, ne s'écarte pas non plus. Alors, avant de me dégonfler, j'effleure ses lèvres des miennes. Elles sont douces, presque brûlantes comparées à sa peau toujours glacée.

Solveig reste immobile et pendant une seconde, je me dis que je l'ai sûrement embrassé comme un pied. Ça fait longtemps que je n'ai pas eu ce genre d'intimité physique avec quelqu'un. Depuis... Depuis ma rupture avec Nour, en vérité. Peut-être que Solveig le ressent. Ou peut-être qu'il est en train de se dire que tout ça va bien trop loin et qu'il n'a plus envie d'autant se rapprocher de moi.

Juste à ce moment-là, je sens sa main attraper mes cheveux avec douceur. Il se redresse dans le lit et j'entends le chat miauler d'insatisfaction. Mais c'est le dernier de mes soucis.

Il n'y a plus que Solveig dans ma tête. Solveig dont les mains passent sur l'arrière de mon crâne.

Du bout des dents, il mordille ma lèvre inférieure, avant d'approfondir le baiser. Son toucher, la saveur de sa bouche, j'en suis déjà accro. Sa paume glisse à l'arrière de mon cou, il presse légèrement dessus pour me coller contre lui et un frisson remonte dans mon dos. Mes mains dégringolent le long de ses épaules jusqu'à sa poitrine, je sens son cœur battre, le mien me martèle de toutes ses forces, comme s'il allait exploser de bonheur. Solveig frémit contre mes lèvres quand je passe les doigts sous son T-shirt, tente de redessiner la Pieuvre tatouée dans son dos.

– Tu vois, je t'ai pas envoyé bouler, me taquine-t-il quand je m'écarte de quelques centimètres.

Je me perds dans ses yeux qui, à cet instant, sont d'un gris sombre.

– Si j'avais su, j'aurais tenté ma chance plus tôt.

Cette fois, il ricane.

– Là, je t'aurais *vraiment* envoyé bouler, déconne pas.

Je feins d'être vexé, mais pour toute réponse, Solveig m'attire pour un nouveau baiser.

*« Mais, si tu m'apprivoises, nous aurons besoin l'un de l'autre. Tu seras pour moi unique au monde. Je serai pour toi unique au monde... »*

– Antoine de Saint-Exupéry

# Troisième contact

*Your skin smells like light.*
*I think you are the moon.*

NAYYIRAH WAHEED

# 33
# Solveig

*come out and play* – Billie Eilish

Les baisers de Diesel sont comme je les imaginais : un savant mélange de douceur, d'intrépidité et de passion. Il y a une pointe de maladresse ou de nervosité, je ne sais pas, mais ça aussi, ça lui va bien. Sa main suit les lignes de mon tatouage, d'abord le tentacule sur ma gorge, puis celui enserrant mon bras droit. Je me perds dans l'instant, la saveur de ses lèvres est enivrante. Le moment serait parfait si je n'entendais pas Lugosi mâcher ses croquettes avec des bruits de bouche insupportables. Je m'écarte légèrement de Diesel et je souffle :

– Putain, c'est si bruyant que ça, un chat ?

– Le mien, oui. Il est à mon image, plaisante-t-il.

Un sourire amusé me gagne alors que je contemple Diesel, qui est juché au-dessus de moi. Ses cheveux bruns retombent en ondulations soyeuses sur ses épaules. Je l'ai connu extravagant, bavard, drôle, de bon conseil, réservé… mais cette étincelle dans son regard est nouvelle. Plus déterminée. Sensuelle aussi.

– Tu peux pas imaginer à quel point j'ai espéré ce moment.

– Non, mais j'en ai une vague idée.

Ça me fait un peu bizarre d'être sous lui, offert à toutes ses attentions. Je me sens dévoilé, sans plus aucun endroit où me cacher. Maintenant, je ne peux plus mentir ; je dois assumer qu'il me plaît même quand je ne suis pas complètement bourré et quelque part, ça me fait flipper.

– Tu peux me toucher aussi, tu sais, chuchote Diesel.

L'espace d'une seconde, je suis perturbé par sa mygale qui grimpe sur la vitre de son terrarium. C'est difficile de se concentrer au milieu de tout ce bordel, mais quand je croise le regard de Diesel, je ne vois plus que lui et ses fichues taches de rousseur. Je passe la main dans ses cheveux et embrasse les petites constellations sur ses joues.

Quand Diesel attrape mon T-shirt et me le retire, je ne résiste pas. Une fois qu'il m'a mis torse nu devant lui, il me fixe, ou plutôt me dévore du regard, et je ne peux que me demander ce qui le fascine autant. Je ne mange pas assez et ça se voit, je ne ressemble en rien à ces hommes aux muscles développés.

– Je vais être honnête avec toi, commence Diesel.

La façon dont ses paumes égratignées passent sur mon ventre et la ligne de mes hanches m'arrache un frisson que je n'assume qu'à moitié.

– Quoi ?

– Tu me plais, enfin, tu le sais. Tu me plais, genre, j'ai envie de toi. Mais je sais pas si c'est réciproque. Et je veux pas te pousser à faire quelque chose que tu vas regretter.

Des regrets, j'en ai déjà trop. Il y a même des jours où je regrette la rencontre de mes parents, parce que sans ça, je ne serais jamais venu au monde, je n'aurais jamais eu à subir ma vie. Alors non, je n'ai pas envie de ruminer toutes mes nuits à propos d'un nouveau sujet. En revanche, oui, Diesel m'attire et je ne sais pas trop ce que ça signifie pour moi.

Et je n'ai pas envie d'y réfléchir maintenant.

Tout ce que je veux, c'est profiter de l'instant, arrêter de me faire des nœuds au cerveau. Peu importe ma décision, je sais que la

Pieuvre m'attend au tournant. Si je refuse de coucher avec Diesel, elle me traitera de lâche qui préfère se défiler par peur du jugement. Et si j'accepte, elle ne manquera pas de me coller en tête l'idée que je suis un bon à rien qui ne mérite pas de ressentir du plaisir.

Diesel dessine des formes abstraites sur ma peau, dans l'expectative. Je pose ma main par-dessus la sienne, et il s'arrête.

– Tu sais, l'autre jour, quand je t'ai dit que mon lit était grand ouvert pour discuter. J'étais sincère.

– Des réponses claires, Solveig, ronchonne Diesel en me mordillant la lèvre inférieure.

Je soupire. Pour lui, c'est facile d'exprimer ses désirs. Mais moi, j'ai l'impression de sauter dans le vide. Et j'ai peur de le décevoir. Ce n'est pas comme si je m'étais déjà tapé un mec. Diesel, lui...

– OK, grincé-je. J'ai envie de toi. T'es content ?

– Plus que ravi, admet-il avec un clin d'œil joueur.

Déjà, la Pieuvre en profite et me susurre que je vais m'humilier de la même manière qu'avec Ellie et pas être fichu de bander. Le simple fait d'y repenser, ça me donne envie de m'enfuir, pourtant je ne me bouge pas. À la place, je plaque ma bouche contre celle de Diesel, ouvrant sa chemise bouton après bouton, tirant dessus pour la sortir de son pantalon. Je la laisse glisser de ses bras et tandis que le tissu s'échoue au sol, je romps le baiser pour mieux contempler sa belle silhouette. Ses épaules dessinées saupoudrées de taches de rousseur, les grains de beauté sur sa gorge et son torse, la minuscule cicatrice qui zèbre le dessus de son nombril. Mes lèvres s'égarent sur sa peau, de la courbe de son épaule à l'os de sa clavicule.

– La vue te convient ?

– Ouais, soufflé-je.

Diesel m'incite à me décaler et m'allonge sur le matelas. Les paumes appuyées sur mon torse, il se penche pour embrasser la ligne de ma mâchoire, et ses cheveux chatouillent mon cou.

Diesel cherche une forme d'approbation dans mon regard

quand ses mains descendent sur mon pantalon, et pour toute réponse, je soulève les hanches afin de lui permettre de le retirer. Ses doigts remontent lentement le long de mes jambes et des frissons courent sur ma peau à mesure qu'ils se rapprochent de mon sexe déjà en érection. Mon cœur s'accélère lorsqu'ils commencent à me caresser par-dessus mon boxer. Je n'arrive pas à croire que ce soit *sa* main qui soit sur moi.

– T'es tout tendu, commente Diesel.

– Très drôle.

– Ce que je veux dire, c'est que t'as l'air de ne pas réussir à lâcher prise. T'es mal à l'aise ?

– Non. Juste nerveux.

– Pourquoi ?

Je ne veux pas reconnaître que j'ai simplement peur de ne pas être à la hauteur, alors je me contente de hausser les épaules.

– J'ai jamais couché avec un mec, admets-je.

– Ouais, ça, j'avais capté. T'inquiète pas, on va prendre notre temps.

Diesel recommence à caresser mon sexe par-dessus le tissu et je me sens durcir. J'espère que je ne vais pas débander ensuite. Je sais bien que plus j'y pense, plus ça risque d'arriver, mais je n'arrive pas à me concentrer sur autre chose.

Alors, pour me forcer à porter mon attention ailleurs, j'ouvre le pantalon de Diesel et imite ses gestes. À travers son boxer, je sens la forme de son érection. J'en parcours lentement la longueur du bout des doigts et, encouragé par les soupirs qu'il laisse échapper, je le touche avec plus de ferveur. Mais soudain, il retire sa main et s'écarte, m'obligeant à m'interrompre moi aussi.

– Attends, deux secondes, murmure-t-il.

Il se dépêche de retirer ses bagues, puis attrape un flacon de lubrifiant. Sur le coup, une pointe de stress m'envahit à l'idée de ce que ça veut dire. Est-ce qu'il veut déjà qu'on se pénètre ? Je n'ai pas le temps de me poser mille questions, qu'il ajoute :

– J'ai trop envie de te faire du bien, laisse-moi te branler vraiment.

– D'accord… fais-le. Mais t'as les mains éraflées, ça va aller ?

Avec un sourire, il m'embrasse au coin des lèvres.

– T'inquiète.

Diesel approche ses doigts de mon boxer pour le baisser sur mes cuisses. Avec un regard joueur, il étale le lubrifiant sur sa main qu'il enroule autour de ma queue, entamant de doux va-et-vient.

Son regard scrute mon visage et la moindre de mes expressions, probablement pour comprendre ce que j'aime. Il me caresse l'intérieur des cuisses, continue à me branler avec son autre main. De temps en temps, sa paume humide passe sur mon gland et le plaisir me fait presque tourner la tête, jusqu'à noyer mon corps dans une chaleur enivrante. Sans s'arrêter, Diesel relève les yeux vers moi.

– T'as pas idée de tout ce que j'ai envie de te faire.

Mon estomac se contracte. D'excitation, mais aussi d'appréhension. Est-ce qu'il veut me prendre ? Ou l'inverse ? Je crois bien que j'en ai envie, mais peut-être pas ce soir. Quoique… Diesel continue à me caresser, et c'est tellement bon que je n'arrive plus trop à réfléchir.

– T'aimes bien dire que j'ai une grande gueule, souffle-t-il en me regardant. Alors tu seras pas surpris d'apprendre que ma langue est plutôt talentueuse. Tu veux voir ?

Un soupir m'échappe parce qu'évidemment, Diesel me sort ça sans même s'arrêter de me branler.

– Tu… Tu veux me sucer ?

Ma voix est haletante et Diesel acquiesce en se mordant la lèvre inférieure.

Merde, bien sûr que je veux « vérifier ».

– OK, vas-y…

Il me sourit, avant de se pencher et de passer sa langue lentement sur mon érection. Ma respiration s'alourdit et un juron m'échappe quand cette fois, il m'avale dans sa bouche. Sa chaleur pourrait me faire perdre la tête. J'ose un regard vers lui. Il m'enfonce plus loin entre ses lèvres, le plus profondément possible. Et il savoure la moindre de mes réactions, de la contraction de ma mâchoire à la façon dont mes doigts se serrent sur les draps.

– Bon… d'accord… t'as pas menti.

Je me redresse pour passer la main dans ses cheveux, les lui caresse et ramène quelques mèches derrière son oreille. C'est plus fort que moi, le plaisir gronde dans mes entrailles. J'aimerais me contenir, mais Diesel est trop tout : intense, beau, sensuel, confiant. Ses regards, sa façon de caresser mon corps comme s'il s'agissait d'une œuvre d'art, de faire courir sa langue sur ma queue… Cette vision me rend fou.

– Je vais pas tenir, Diesel… Arrête si t'as pas envie de…

Il me fixe droit dans les yeux et continue son manège infernal. Je serre les doigts dans ses cheveux quand je jouis. Je me demande quelle image je lui renvoie, là, maintenant, avec ma respiration un peu saccadée. Il s'écarte, s'essuie le coin des lèvres avec nonchalance, et c'est seulement à ce moment que je réalise ce qui vient de se passer. Diesel me scrute, je ne sais pas trop s'il attend une parole ou un geste de ma part. Un tourbillon de pensées contradictoires menace de m'assaillir alors, avant de trop réfléchir, j'attrape Diesel et le fais basculer sur le dos. On ne se quitte pas du regard tandis que je le débarrasse de ses derniers vêtements. J'observe l'expression de son visage d'un air interrogateur. Il acquiesce.

J'attrape le flacon de lubrifiant, en verse au creux de ma main et doucement, je serre les doigts autour du sexe de Diesel. Son gémissement m'électrise, j'aime savoir qu'il prend son pied. Il est canon, allongé dans son lit, ses cheveux étalés en halo sur l'oreiller. J'accélère mes mouvements, passe le pouce sur son gland, caresse ses bourses de mon autre main. Chaque soupir, chaque souffle, chaque supplique que je lui arrache me rend dingue.

Et quand j'embrasse ses taches de rousseur, je découvre le monde en moins sale.

– Continue...

La voix de Diesel se fissure, son torse se soulève au rythme de sa respiration erratique.

– Je vais jouir, prévient-il.

J'imprime sur ma rétine l'image de Diesel quand il atteint le point de rupture. Ses lèvres gonflées, entrouvertes... Puis ses abdos se contractent alors qu'il commence à éjaculer. Je ne le lâche pas pour autant, je continue mes caresses comme je le ferai pour moi et il se libère en partie dans ma paume, le reste atterrissant sur son ventre. Son sperme sur mes doigts... Je ne sais pas quoi en penser. D'un côté, c'est déroutant, de l'autre, je crois que j'aime bien ça. En tout cas, je ne serais pas contre l'idée de recommencer.

– Attends... euh... lance Diesel en se redressant précipitamment.

Il commence à chercher je ne sais quoi dans sa table de chevet. Je le sens nerveux, mal à l'aise d'un seul coup.

– Merde, je sais plus où j'ai mis mes mouchoirs, bafouille-t-il.

– C'est pas grave.

– Ouais, mais je sais très bien que t'es maniaque, répond-il sans s'arrêter de fouiller.

C'est vrai que j'aime la propreté et que je n'aime pas spécialement rester des heures avec une odeur de sexe et de sueur. Mon premier réflexe, en général, c'est d'aller au moins me laver les mains. Sauf que je commence à cerner Diesel ; je suis sûr que ses pensées défilent à mille à l'heure et qu'il redoute de me faire fuir. Si je m'enferme comme un rustre dans la salle de bains, ça va le blesser.

Après de profondes investigations, Diesel déniche une boîte de mouchoirs, bien cachée derrière le terrarium de Mélisse.

– Tu dois avoir envie de te nettoyer...

Il me tend un mouchoir et je m'essuie.

– Merci.

– Tu veux prendre une douche ? continue-t-il.

Il parle à toute vitesse, j'ai du mal à le suivre. Du pouce, je lui attrape le menton et dépose un baiser sur ses lèvres.

– Respire, Diesel.

– Désolé.

– Viens là.

Hésitant, Diesel finit par s'allonger contre moi. Je passe ma paume sur son cœur, il tambourine à toute vitesse. J'embrasse sa joue, la ligne de sa mâchoire, et Diesel finit par se détendre. Ses muscles se délassent, et il se tourne vers moi, une question au bord des lèvres.

– Quoi ?

– T'as aimé ? demande-t-il avec une pointe d'appréhension.

– Ouais.

Je me rends compte après avoir parlé que j'ai été trop froid, trop elliptique.

– J'ai aimé, ajouté-je. Merci d'avoir pris ton temps avec moi. Et toi ?

– J'ai aimé aussi, souffle-t-il.

D'autres interrogations dansent dans le fond de ses yeux. Je hausse un sourcil afin de l'enjoindre à continuer, mais Diesel secoue la tête. Il caresse ma peau nue, embrasse mes épaules, me serre tout contre lui. À travers ses gestes, j'ai l'impression qu'il me hurle sa peur de me voir partir et de ne jamais revenir.

Mais je ne bouge pas. Je reste.

La Pieuvre bourdonne dans ma tête, j'essaie de l'ignorer. Je réfléchirai plus tard à tout ce qui vient de se passer.

« *De quelles étoiles sommes-nous tombés pour nous rencontrer ?* »
– Nietzsche

# 34
# Solveig

*weightless, a butterfly, you put me on your shoulder* – Crywolf

L'alarme de mon téléphone me tire de mon sommeil à 4 heures pétantes. Les paupières lourdes et les membres encore engourdis, je tâtonne à la recherche de mon portable, que j'éteins dans un geignement. Hier soir, je n'ai pas pu me résoudre à rentrer chez moi, je suis resté dormir chez Diesel. Mais devoir me lever aussi tôt, tout ça pour aller m'enterrer à Raiford, ça pique...

La chaleur du corps de Diesel, le confort de ces draps, sa respiration lente qui m'a bercé... Je n'ai vraiment pas envie de bouger. Je me penche sur sa silhouette étalée sur le matelas et je ravale mon sourire. Il a passé toute la nuit à dormir en position étoile de mer, du moins quand il ne me prenait pas pour une peluche grandeur nature. C'est bien dans son caractère, je ne l'imaginais pas du genre à roupiller sagement sur le flanc. Les lueurs opalines de la lune percent par la fenêtre, éclairent le visage de Diesel. Ses cils créent une ombre délicate sur ses joues. Du bout des doigts, j'effleure sa mâchoire, en prenant garde à ne pas toucher ses bleus qui ont presque tourné au violet. Je caresse ses cheveux, repousse quelques mèches lui tombant sur les paupières et les ramène derrière son oreille.

– Tu me mates ou je rêve ? marmonne-t-il en ouvrant un œil.

Je retire ma main, comme un criminel pris sur le fait.

– Non, je te regardais juste. Je pensais que tu dormais encore.

Diesel ouvre péniblement son second œil et attrape ma main pour la remettre dans ses cheveux. Amusé, je reprends mes caresses sans rechigner.

– Ah, je suis triste, je pensais que tu me trouvais super beau...

– Je te trouve super beau, mais je te préfère sans hématome. T'as pas mal ?

– Ça allait en dormant, mais là, ça commence à piquer, avoue-t-il.

– T'as pas de glace ?

– J'sais pas. Peut-être.

– J'ai compris, je vais vérifier.

À regret, je me résous à quitter le lit et j'allume la lampe de chevet au passage. Mes pieds s'enfoncent dans les vêtements de Diesel étalés au sol. Hier soir, avant d'aller me coucher, j'ai pris soin de plier mes fringues et de les laisser sur une chaise.

– Si j'avais su que tu te baladerais en sous-vêtements dans mon appart un jour... Sache que c'est un antidouleur très efficace.

Je ravale mon rire en ouvrant le frigo. Y a un espace réfrigéré en haut, j'y trouve des glaçons en forme d'étoiles, de cœurs, de bites... C'est quoi cette connerie, encore ?

– Sympa tes glaçons.

– C'est des moules que m'a offerts Nour à mon anniv. Ils sont marrants, non ?

– J'aimerais pas boire une vodka pleine de bites...

– OK, je te mettrai des cœurs et des fleurs.

Après une fouille minutieuse dans les placards remplis de vaisselle en bordel, de bougies et d'objets improbables tels qu'un rouleau de PQ, une brosse à dents, des fleurs séchées et une télécommande, je finis par dégoter un torchon froissé. Juste par précaution, je pose le nez dessus. Bon, il sent le propre, c'est déjà ça. J'y dispose les glaçons, roule le tissu en boule et l'apporte à Diesel.

– Tiens, essaie de mettre ça sur tes bleus, soufflé-je en revenant à ses côtés.

– Merci.

Il s'assied, le dos calé contre le mur, puis presse le torchon contre sa joue.

– Ça va ? demandé-je en m'installant à ses côtés.

– Toujours.

Maintenant, je ne peux pas m'empêcher de repenser à notre conversation de la veille. Non, Diesel ne va pas *toujours* bien. J'aimerais savoir ce qui tourne dans sa tête à cette seconde précise. Est-ce qu'il a peur de me voir disparaître sans un mot de plus ? Est-ce que ses bleus le font douiller beaucoup plus qu'il ne veut l'admettre ? Je scrute son torse nu, ses mains rougies par les éraflures, les légères traces brunâtres sur ses poignets bandés. Ni les flics ni la chute ne l'ont épargné hier. Je ne supporte pas de le voir dans cet état, et je supporte encore moins de me souvenir que j'ai blessé Diesel au-delà de sa chair. À cause de moi, de mes putains de pulsions suicidaires, je l'ai forcé à replonger dans les traumatismes de son passé. Quand il me l'a avoué hier, je me suis senti comme une merde. Et ce qui me fout le plus mal, c'est de savoir que je pourrais recommencer.

– T'as pas l'air de me croire, continue Diesel face à mon silence.

Je secoue la tête et sors de mes pensées.

– T'aimes bien fanfaronner, je me méfie, biaisé-je. J'espère que t'as prévu de te reposer aujourd'hui.

Il faudrait que je me dépêche de filer, d'ailleurs, sauf que je n'en ai pas la moindre envie.

– C'est dimanche, je vais juste agoniser dans mon lit toute la journée.

– Veinard.

Diesel presse le torchon sur un autre hématome.

– Ça te soulage ou pas ? demandé-je.

– Je sais pas trop. Je crois.

Je caresse le dos de sa main libre.

– Porte une armure intégrale pour ta prochaine manif, faut pas gâcher une si belle gueule.

Les joues de Diesel s'empourprent, et même le bout de son nez rougit d'une façon adorable. C'est amusant, et un peu touchant, de le voir gêné, lui qui se plaît à renvoyer une image de type extraverti et confiant. Je remonte ma main le long de son bras, m'amuse à tracer des lignes invisibles entre ses grains de beauté et autres taches de rousseur. Diesel vient se lover dans mes bras, sa tête appuyée contre mon épaule.

– Dis… à propos d'hier… Est-ce que tu regrettes ?

– Non.

Je m'humecte les lèvres, tentant de formuler les phrases que j'aimerais dire. J'ai aucune raison de regretter, au contraire. C'est l'après qui m'effraie, ce que ça pourrait signifier vis-à-vis de moi, des jumelles, d'Ali.

– C'est juste que je flippe.

– Attends.

Diesel attrape une bouteille d'eau posée sur la table de chevet. Je ne peux pas m'empêcher de fixer sa gorge. Dire que, quelques heures plus tôt, j'avais les lèvres dessus. Et ça ne me dérangerait même pas de recommencer. Il s'essuie la bouche, puis son regard m'enveloppe avec toute la bienveillance qui le caractérise.

– OK, c'est bon. De quoi tu as peur ?

– Je sais pas sur quoi ça peut déboucher. J'ai connu d'autres personnes après Alisha, mais c'était purement physique. Là, je vois bien que c'est différent. Donc, ça m'angoisse. En plus, j'ai fréquenté que des femmes.

– T'as jamais été attiré par les hommes ?

Je hausse les épaules.

– Oui et non. Genre, j'ai jamais été fermé à l'idée, je me suis toujours dit « pourquoi pas », mais j'ai rencontré Alisha, j'ai commencé ma vie avec elle et après... voilà. J'ai jamais eu l'opportunité, on va dire.

Être avec Diesel, c'est plonger dans un inconnu constant. Il est imprévisible, a toujours des idées insoupçonnées ; je ne sais jamais à quoi m'attendre avec lui et je crois que ça me plaît. Mais le problème, c'est que je crains de bouleverser cet équilibre branlant que je peine à maintenir. Et si je gâchais notre relation ? Si je perdais Diesel ? Si je perturbais les jumelles ? Quand je vois Diesel, j'ai envie de continuer, de voir où ça pourrait me mener, mais mon cerveau me joue des tours, me souffle qu'il y a un risque de tout ruiner.

– Est-ce que... ça te dérange que je sois un mec ? cherche à comprendre Diesel.

– Non. C'est juste nouveau.

– Tu la vois comment, la suite entre nous ? murmure-t-il.

J'en sais rien, putain.

J'ai déjà du mal à savoir si je serai encore vivant le lendemain, alors penser à l'avenir, me projeter... C'est au-dessus de mes forces. Tout ce dont je suis persuadé, c'est que je veux continuer avec Diesel. Continuer à lui parler toute la nuit par SMS, à pouvoir profiter du son de sa voix, de son rire, de son humour pourri, de ses chemises particulières. Et puis... je veux aussi ses baisers, ses caresses, son toucher. Qu'est-ce que ça signifie ? Je n'en sais rien. Je pense simplement que ça vaut la peine d'essayer. D'un autre côté, je ne veux pas briser le cœur de Diesel et réaliser dans quelques semaines que je n'ai plus envie de tout ça. Il mérite un mec solide, pas quelqu'un qui rêve de se foutre en l'air une semaine sur deux.

Malgré ça, malgré mes doutes, il me suffit de regarder son visage pour répondre :

– Je sais pas comment je vois la suite, je sais juste que je veux continuer.

Le soulagement se lit sur ses traits. Il m'embrasse sur la joue, puis au coin des lèvres ; c'est tellement doux que je sens mes muscles se ramollir.

– Je comprends, me rassure-t-il. On peut ne pas se poser de questions et voir où ça nous mène. T'en penses quoi ?

– Ouais… on peut faire ça…

Je baisse la tête, hésitant, puis j'ajoute :

– T'as pas peur que je sois trop instable ?

Diesel cesse de s'appuyer contre mon épaule, et je me sens presque vide. Le torchon qu'il pressait contre sa mâchoire est complètement trempé, alors il le balance en plein milieu de la pièce. Je n'ai pas le courage de lâcher un commentaire, je suis suspendu aux lèvres de Diesel. Mon ventre se serre. J'ai peur d'être juste un genre de Joey 2.0, d'éteindre toutes les lucioles dans ses yeux, ou de mourir et de devenir une autre personne que Diesel pleurera. Il plonge ses prunelles dans les miennes, me prend la main droite et la serre doucement.

– Si. Si, j'ai peur.

Je détourne le regard, mais il passe un doigt sous mon menton pour maintenir le contact visuel.

– Mais il y a quelque chose chez toi qui me pousse à surpasser cette peur, reprend Diesel. J'ai essayé de garder mes distances après… après le toit. Sauf que je n'y arrive pas.

– Peut-être que je devrais juste… te laisser tranquille. Ne pas être aussi égoïste et te dire de me lâcher.

Diesel éclate de rire. C'est si inattendu et pourtant si sincère que ça me réchauffe le cœur.

– Rêve, je suis aussi chiant à faire partir que des traces de moisissure.

Je ne peux pas m'empêcher de scruter son expression à la recherche d'un signe de malaise. Je n'en discerne aucun. Malgré ça, je souffle :

– Je te ferai pas de mal comme j'en ai fait à Ellie. Avec elle... j'sais pas, c'était pas moi.

Juste mentionner son nom me fait me sentir coupable. Je me demande ce qu'elle est devenue, depuis tout ce temps. Est-ce qu'elle s'est accrochée à un nouveau mec ? Ou bien décidé de se remettre avec Colton ? Peu importe, j'espère qu'elle ne tombera pas sur un connard de ma trempe. Parfois, j'aimerais lui envoyer un message pour m'excuser, puis je me dis que c'est une idée de merde. Je ne veux pas revenir dans sa vie, la perturber plus que je ne l'ai fait. Tout ce que j'ai en mon pouvoir, c'est de ne pas reproduire les mêmes erreurs. Si je devais infliger à Diesel ce que j'ai infligé à Ellie, je ne sais pas si je pourrais continuer à me regarder dans une glace. Il ne mérite pas ça. Personne ne le mérite.

– J'ai confiance en toi, me promet Diesel.

– Moi, j'ai pas confiance en moi.

– Ah, je vais te refiler un peu de mon assurance, t'inquiète, j'en ai assez pour deux.

Un demi-sourire étire mes lèvres.

– Pour de vrai, Diesel. J'ai peur de ce que je pourrais te dire. D'être un vrai enfoiré. J'étais pas comme ça avant. Je sais pas ce qui m'a changé, si c'est Raiford, la Pieuvre, l'âge, ou si c'est juste... moi. Je veux pas devenir quelqu'un de mauvais. Quand je t'ai vu blessé après la manif, ça m'a rappelé Raiford... Les trucs que j'ai pu faire. J'en ai honte maintenant.

La paume chaude de Diesel effleure ma joue, j'appuie la tête contre sa main et ferme les yeux.

– Si t'étais si mauvais, t'aurais pas ce genre de réflexion. Ça va aller, Solveig. Je suis persuadé que t'es pas un enfoiré.

Il embrasse ma tempe. J'aimerais le croire. Malgré ça, j'ai le sentiment que mon cœur se gangrène, que la Pieuvre bouffe tout de moi pour ne me laisser que cette tristesse dont je ne parviens pas à me défaire ; cette frustration qui se transforme en colère quand je repense à tout ce que j'ai perdu. Mais Diesel, je l'ai pas encore perdu, alors je dois me reprendre, me prouver que je peux le faire plus rire que pleurer.

Quand il dépose ses lèvres contre les miennes, ça met un terme à mon déluge de doutes. Diesel, c'est plus qu'un mec qui me plaît, c'est un genre de refuge. Je n'ai pas envie de quitter ses bras, ses caresses... Sauf que si je ne bouge pas très vite, je n'arriverai jamais à l'heure au taf.

– Je dois y aller, lâché-je en m'écartant un peu de lui.

– Sèche le taf, reste avec moi...

– « Chef, j'vais pas bosser, je reste pioncer avec Diesel. »

– Ça passe, marmonne-t-il. J'suis la meilleure excuse du monde.

Je ricane en me relevant. Il reste dans son lit tandis que j'enfile mes fringues à la hâte. Je lace mes rangers, ramasse mes clés de voiture sur la table basse, mais avant de filer, je me retourne vers Diesel, l'embrasse sur le front et lui souffle à l'oreille :

– Rendors-toi, t'en as besoin.

– Hm, préviens-moi quand t'es arrivé.

– Ça marche.

Et avant de céder à mon envie de retourner au lit avec lui, je me dépêche de rejoindre ma voiture, direction Raiford.

« *If you want to give*
*Then give me all that you can give*
*All your darkest impulses and if*
*You want to give me anything then give* »
– *Give* – Sleep Token

# 35
# Diesel

*Telomeres* – Sleep Token

Après la sonnerie du téléphone de Solveig quelques heures plus tôt, c'est celle de ma porte qui me tire de mon sommeil. J'enfouis la tête sous les couvertures et pousse un profond soupir. La personne attend quelques secondes, puis s'acharne de nouveau sur ma sonnette. Quel enfer. Peut-être que si je reste immobile, elle finira par s'en aller. Je roule dans mon lit, là où Solveig a dormi cette nuit, et j'en ai un pincement au cœur. Il me manque déjà.

Vers 6 h 30, il m'a envoyé un SMS pour me prévenir qu'il était rentré chez lui, puis il m'en a renvoyé un en arrivant à Raiford, mais ce n'est pas assez, je veux le revoir et passer du temps avec lui.

La sonnette retentit une troisième fois, je grommelle, enfile un T-shirt et un jogging à l'arrache et, quand j'ouvre la porte, Kléia se tient dans l'encadrement, un plat de brownies dans les mains.

– Ah, bah enfin, je commençais à m'inquiéter !

Je me décale pour la laisser entrer. Elle abandonne ses chaussures près des miennes, dépose son plateau sur la table, puis scrute mon studio. Le bordel ne la fait pas tiquer, même si elle secoue la tête à la vue du torchon encore humide près de mon lit. À la recherche de je ne sais quoi, Kléia penche la tête vers la salle de bains entrouverte.

– T'es tout seul ? finit-elle par demander.

– Non.

Elle inspecte de nouveau chaque recoin de la pièce.

– Qu'est-ce que tu me chantes encore ? Je vois personne.

– Lugo et Mélisse sont là, je suis jamais seul.

– Ravie de voir que t'es toujours aussi comique.

Kléia soupire, puis pointe son assiette de gâteaux du menton.

– Tiens, j'ai fait ta recette préférée. Faut que tu reprennes des forces.

Pas la peine de me le dire deux fois, je me jette sur les gâteaux ; le mélange de chocolat, de miel et de noisettes fond sur ma langue. Rien au monde ne surpassera les brownies de ma sœur. J'en fourre un deuxième dans ma bouche, puis un troisième. Kléia sourit, attendrie.

– Alors, comment tu te sens, mieux qu'hier ? m'interroge-t-elle en s'installant sur le canapé.

– Ça va mieux, je me suis reposé.

Enfin, j'ai essayé.

Après le départ de Solveig, je n'ai pas réussi à retrouver complètement le sommeil, je n'ai fait que me rendormir et me réveiller quasi toutes les heures. Au moins, j'ai pu en profiter pour traîner sur mon téléphone et discuter un peu avec mes potes de l'asso. Nour a pu rentrer chez elle, Yaël aussi, les derniers en garde à vue ont été libérés dans la matinée. Malgré ça, l'ambiance n'était pas aux réjouissances sur la conversation de groupe, tout le monde paraissait dégoûté par la façon dont les journalistes ont parlé de la manif. Un site web a carrément qualifié notre manif de honte de l'État en ressortant les mêmes arguments pourris que les enfoirés aux casquettes rouges. Ça me déprime. Et au-delà de ma déception, je suis terrifié à l'idée qu'on ait réduit à zéro les chances de venir en aide à cette famille abandonnée par la justice, de sauver la vie d'un homme qui ne va être exécuté que pour satisfaire la soif de sang des citoyens.

J'essaie de chasser ma négativité, de repenser à Solveig, à notre échange de ce matin – ou plutôt de cette nuit... Mais je n'arrive pas à oublier l'échec de la veille, et la douleur qui continue à pulser dans ma mâchoire ne me facilite pas la tâche. Je pose la main sur mon hématome ; Kléia suit mon mouvement du regard et secoue la tête.

– Ce type t'a vraiment pas raté.

– Ouais, je sais...

– Tu as besoin que je t'amène quelque chose ? De la crème ?

– C'est gentil, mais ça ira, merci. Ne t'inquiète pas pour moi, ça passera dans quelques jours.

Kléia pince les lèvres, dubitative. Elle attrape Lugosi qui se frottait contre ses pieds pour le mettre sur ses genoux, puis décide de changer de sujet.

– Tu es rentré comment hier ?

Pourquoi me pose-t-elle cette question alors qu'elle a probablement déjà deviné la réponse ?

– Solveig m'a ramené.

Les doigts de Kléia se crispent sur le dos de mon chat.

– Mhm. Et il t'a juste ramené ?

– Pas vraiment, marmonné-je en m'asseyant sur l'accoudoir du canapé.

J'ai encore du mal à réaliser tout ce qu'il s'est passé, encore plus à me dire que Solveig a envie de continuer. Ça ne change rien au fait que j'ai peur de foncer dans un mur, mais au moins, j'aurai connu le goût des lèvres de Solveig avant de manger le bitume.

– Je le savais, soupire Kléia. Pourquoi il est pas là ? Il s'est barré comme un voleur ?

– Non, pas du tout. Il bossait à 8 heures, il a dû partir dans la nuit.

Ça ne la détend pas pour autant. Une ride d'anxiété se creuse entre ses sourcils alors qu'elle pose une main tendre sur mon épaule.

– C'est vraiment pas une bonne idée de t'accrocher à lui comme ça.

Peut-être qu'elle a raison, mais c'est plus fort que moi : Solveig, c'est mon coup de cœur. Le problème, c'est que c'est aussi mon coup au cœur, parfois. On ne se connaît que depuis environ cinq mois et pourtant, il m'a laissé quelques bleus, là, sur la poitrine.

– Kléia, laisse-moi prendre mes propres décisions, s'il te plaît.

– Désolée. C'est juste que je m'inquiète. T'as prévu de le revoir ?

– On a rien décidé, mais il veut voir où tout ça va nous mener et moi aussi, donc ça ne devrait pas tarder, avoué-je sans parvenir à cacher l'espoir dans ma voix.

– Dans ce cas, tu fais quoi de ce que tu m'as avoué l'autre fois à son sujet ? insiste ma sœur.

– Écoute, j'ai bien compris que tu pouvais pas te le voir, mais moi, j'ai pas l'intention de lâcher l'affaire.

– Non, je n'ai rien contre lui personnellement, Diesel. Ce qui me dérange, c'est l'impact négatif qu'il a sur ton moral.

Sa main me caresse affectueusement l'avant-bras alors que je me mure dans le silence. Pourquoi elle s'obstine à jouer les rabat-joie ? J'étais bien, au lit avec Solveig ; tout ce qu'on a pu se raconter ce matin a apaisé mes peurs et ma sœur remet de l'huile sur le feu. Oui, je crains de souffrir, de voir Solveig se détruire, se réduire au chaos et disparaître dans un dernier soupir. Sauf que je ne veux pas me laisser diriger par cette angoisse, c'est un coup à se pourrir la vie et à passer à côté de plein de belles choses.

– Il voit un psy, Solveig ? ajoute ma sœur.

– Je crois pas.

– Ce serait pas mal qu'il soit suivi s'il a des pensées suicidaires.

Dans l'idée, oui, ce serait un bon début… sauf que je ne peux pas m'empêcher de penser à Joey. Il ne supportait ni les psys ni les hôpitaux, chaque fois que le sujet était posé sur la table, il se mettait dans tous ses états. Que ce soit sa famille ou moi, on devenait des traîtres à ses yeux. Après des mois, il a fini par accepter un suivi, mais ça ne se passait pas super bien ; le type était un con sans empathie, du genre à ne pas accorder une seule seconde de plus à ses patients. Vingt minutes, le chèque et au revoir. Autant dire qu'il aura fallu du temps à Joey pour accepter une nouvelle thérapie avec un praticien plus respectueux. Sauf qu'il ne voyait aucune amélioration et continuait de s'enfoncer dans sa dépression et son envie de mourir.

Le jour de sa première tentative de suicide, quand j'ai appelé les urgences, il m'a fait la gueule pendant des heures. Encore aujourd'hui, j'ai le cœur en miettes en me souvenant de la conversation qui a suivi. On a fini par ne plus du tout évoquer le sujet, ça ne menait à rien et je ne supportais plus qu'on se prenne la tête. Et comme ça avait l'air de fonctionner avec son nouveau psy, je pensais sincèrement qu'avec le temps et les séances, il réussirait à dépasser ses doutes, qu'il guérirait des traumatismes de son passé, puis qu'on aurait la belle vie tous les deux… Au fil des mois, Joey paraissait plus calme, apaisé. *Heureux*, même. Il discutait avec plein d'anciens amis, me confiait qu'il avait l'impression d'être enfin entier, qu'il se sentait en paix vis-à-vis du décès de son père, il m'offrait plein d'affaires, avec sa famille, on était aux anges…

Alors quand la mère de Joey m'a appelé au téléphone en hurlant à travers ses larmes que Joey s'était pendu, le jour de son anniversaire, le monde s'est ouvert sous mes pieds. Pendant tout ce temps, Joey n'allait pas *mieux*. Il avait surtout planifié son geste. Moi, j'étais habitué à ses crises, j'avais appris à détecter ses phrases suspectes, alors j'ai rien vu venir… Avec le recul, je me dis que j'aurais dû m'alarmer devant ce changement de personnalité. Tout ce que m'a laissé Joey c'est le souvenir d'un premier amour aussi beau que douloureux, sa collection de beaux-livres et une lettre m'expliquant à quel point il m'aimait et que je ne devais pas lui en vouloir, ni m'en vouloir, qu'il n'avait plus d'autre choix que partir. Envers lui, je ne ressens pas d'amertume. Simplement une profonde déception de ne pas avoir été *assez*. J'aimerais réécrire l'histoire, mais comme l'écrivait Wilde : « Nul homme n'est assez riche pour racheter son passé. »

J'ai beau savoir que Solveig n'est pas Joey, j'ai la sale impression qu'il va rejeter en bloc l'idée de consulter, ou préméditer son suicide à son tour. Je n'ai pas le sentiment que ce soit son truc, la thérapie. Déjà qu'Alisha a dû utiliser une image pour ne pas prononcer le mot « dépression »...

– Il va se braquer, marmonné-je.

Kléia semble réfléchir à mes mots, puis son regard s'éclaircit et elle lâche :

– Ne pense pas à Joey, Diesel. Tu sais pas ce que Solveig va répondre, ce sont deux personnes différentes. Peut-être qu'il dira oui, peut-être qu'il dira non, mais que l'idée fera son chemin tranquillement. L'important, c'est de lui proposer, qu'il sache que cette solution existe.

– Tu dois avoir raison.

Faut que je trouve le bon moment pour en parler à Solveig... et les bons mots, aussi. Pour l'instant, je préfère attendre. Il risque d'être exténué en rentrant du taf ce soir, je n'ai pas envie d'en remettre une couche en le forçant à coller son nez dans ses problèmes. Je me lève pour récupérer mon portable posé sur mon lit. Quelques messages de l'association, aucun de Solveig. Je me demande à quelle heure est sa pause. Kléia observe mon manège d'un air amusé tandis que je retourne m'asseoir sur l'accoudoir du canapé.

– Lâche ce tel, mange plutôt un autre brownie. Et promets-moi que tu parleras du psy à Solveig.

– Promis, réponds-je, la bouche pleine.

Quelques secondes passent, puis elle revient à la charge.

– Et sinon, c'est un bon coup au moins ?

En voulant rire, je m'étrangle avec ma bouchée.

– Kléia, purée !

Elle se contente d'un sourire narquois, l'air de répondre «bah quoi ?».

– Écoute, en tout cas, j'ai très envie de recommencer.

*« Il faut que le noir s'accentue pour que la première étoile apparaisse. »*
– Christian Bobin

# 36
# Solveig

*Dig the Crazy* – Faith Marie

Je rentre chez moi complètement claqué après mes dix heures de taf. Entre le trajet pour rentrer d'Orlando, celui pour aller à Raiford, puis pour revenir à l'appartement, j'ai l'impression d'avoir passé mon temps soit dans ma caisse, soit à bosser. Mais ça en valait la peine, je ne regrette pas d'être resté toute la nuit avec Diesel.

En poussant la porte de l'appart, je suis directement assailli par une douce odeur de tarte et par les sollicitations des jumelles.

– Salut, comment ça va, tu as passé une bonne journée ? me lance Rakel, occupée à mettre la table.

J'abandonne mes rangers dans le meuble à chaussures, puis j'accroche mon perfecto au porte-manteaux, avant de me tourner vers mes filles. Naïa est en train de nettoyer le plan de travail à toute vitesse. Trop tard, j'aperçois déjà les miettes partout, la vaisselle qui traîne et des petites taches de sauce sur le comptoir.

– Elle était surtout longue, réponds-je dans un soupir. Et vous, la forme ?

– Ouais ! J'étais au skatepark ce matin, j'ai réussi à caser un *nollie* sans tomber ! fanfaronne Rakel avec un immense sourire. Papy et mamie m'ont dit que j'étais trop forte.

De toute façon, ils sont gagas, les jumelles pouvaient se contenter de respirer, ils les couvriraient quand même de fleurs.

– Y a bien que le skate pour te motiver à sortir le matin, la taquiné-je. Ça va, Naïa ?

Ma fille reste cramponnée à l'éponge dans la cuisine, l'air un peu renfrognée.

– Oui, ça va. On a préparé une tarte au thon avec de la salade, c'est presque prêt.

– Merci de vous être occupées du dîner.

Naïa se contente d'un hochement de tête.

D'habitude, ça ne me dérange pas de m'en charger quand je rentre vers 19 heures, mais là, c'est à peine si mes jambes veulent bien me porter. Je m'assieds à la table sans demander mon reste et pousse un soupir à fendre l'âme. Du coin de l'œil, j'observe Rakel aider Naïa à sortir le plat du four, puis à découper la tarte. L'air de rien, Rakel nous sert à Naïa et moi une énorme part, bien plus grande que ce que j'aurais pris de mon propre chef. Puis, elle rajoute une bonne dose de salade dans nos assiettes.

– Bon appétit ! lâche-t-elle en s'asseyant.

Je ne pensais pas avoir faim, mais quand j'avale ma première bouchée, je réalise à quel point je crève la dalle.

– Alors, il va bien, Diesel ? s'enquiert Rakel.

– Comme d'hab, il est plein de vie et de blagues pourries.

Pas la peine de leur parler du triste état dans lequel il a fini.

– Il était content de la manif ? Ça a été ?

Ça m'étonne qu'une fouine comme Rakel n'ait pas cherché l'information sur Internet. Je réfléchis une seconde ou deux si elle aurait le cran de me piéger, mais sa question paraît sincère.

– Oui et non, y a des choses qui l'ont un peu déçu, biaisé-je.

Rakel s'apprête à parler la bouche pleine, alors je lui fais signe d'attendre d'avoir fini de mâcher. Elle s'entendrait si bien avec Diesel.

– Qu'est-ce qui l'a déçu ? cherche à savoir ma fille.

– Juste des petits détails, rien de grave.

– T'as dormi chez lui du coup ?

– Ouais, c'était plus simple.

À côté de moi, Naïa ne pipe mot. Les yeux rivés sur ses cuisses, elle fixe quelque chose que je devine être son portable. Son pied frappe le sol à un rythme irrégulier.

– Naïa, éteins ça.

– Deux secondes, murmure-t-elle.

Elle a l'air d'écrire des messages à toute vitesse.

– Tu feras ça après le dîner, Naïa. T'as pas encore touché à ton assiette, mange un peu.

Une expression frustrée habille son visage alors qu'elle se résout à ranger son téléphone dans la poche de son gilet. Tout son corps hurle qu'elle a envie de s'enfuir dans sa chambre pour continuer à envoyer des SMS. Je m'en veux de jouer encore le méchant de l'histoire, mais les règles, c'est les règles. Puis, le comportement de Naïa commence à m'inquiéter, elle bouffe de moins en moins, je n'ai pas envie d'apprendre qu'elle a fait un malaise en cours.

– J'ai pas très faim, j'ai déjà grignoté en rentrant du lycée.

Rakel se pince les lèvres.

– J'aimerais bien que tu manges un peu, insisté-je.

En soufflant, Naïa plante un minuscule morceau de salade sur sa fourchette.

– Naïa, ça te dit qu'on continue la série qu'on a commencée hier soir ? lance soudain Rakel. J'ai trop envie de connaître la suite !

– Pas aujourd'hui, je dois travailler sur des trucs, désolée...

– Vous avez regardé quoi ? demandé-je.

Naïa repose ses couverts et son regard s'anime un peu.

– *Sawako*. C'est un anime de romance, j'aime bien, c'est mignon.

Ça ne me surprend pas. Naïa adore le cinéma d'animation et les histoires douces.

– Avoue que tu kiffes surtout Kazehaya, plaisante Rakel.

– Il est gentil, en même temps, ça donne envie, rétorque-t-elle d'un air à la fois triste et songeur.

J'écoute les jumelles débattre sur ce fameux Kazehaya d'une oreille distraite. Et à la fin du repas, tandis que Rakel se lève pour débarrasser, je ne peux m'empêcher de tiquer : Naïa a encore fait semblant de manger et s'est contentée d'étaler la nourriture dans son assiette.

Quelques heures plus tard, après avoir fait la vaisselle, nettoyé la cuisine et pris ma douche, je peux enfin profiter du confort de mon matelas. Diesel me manque, mais retrouver ma chambre bien rangée est plus qu'agréable. Je n'en reviens toujours pas d'avoir trouvé une brosse à dents et du PQ dans un placard à vaisselle…

J'attrape mon téléphone pour vanner Diesel à ce sujet, et un SMS de sa part arrive au même moment.

Diesel : Ça y est, t'es enfin posé ?

Solveig : ouais, je suis exténué

Diesel : Je comprends… J'espère que tu ne regrettes pas d'être resté dormir chez moi.

Solveig : pas du tout

Solveig : tes bleus te font encore mal ?

Une photo de Diesel ne tarde pas à arriver sur mon écran. Il est étalé dans son lit avec un pouce levé, sa mâchoire est complètement gonflée, son arcade non plus n'est pas belle à voir, et j'aperçois des croûtes sur une de ses mains. Pourtant, même dans cet état, je ne peux pas m'empêcher de le trouver captivant.

Diesel : Comme tu peux voir, je survis !

Solveig : mon pauvre

Solveig : t'as remis de la glace ?

Diesel : La flemme.

Diesel : Puis c'est mieux quand c'est toi qui me bichonnes.

Solveig : abuse pas Diesel, c'est important

Diesel :

Diesel : Le frigo est trop loin.

Un sourire con étire mes lèvres.

Solveig : t'es terrible

Diesel : Je sais. Sinon, ça a été au taf ?

Solveig : j'ai forcé sur le café pour tenir

Solveig : en plus mon chef était chiant, j'ai eu envie de le balancer dans une cellule d'isolement.

Diesel me pose encore quelques questions sur Raiford, puis se met à me parler des brownies que lui a préparés sa sœur, de Mélisse, avant d'embrayer sur la poupée qu'il a trouvée sur eBay. Apparemment, c'est une réplique de Billy. Mais attention, pas le Billy de *Saw*, celui de *Dead Silence*. Faut croire que les scénaristes ne débordent pas d'inspiration quand il s'agit de nommer des jouets maudits. Amusé, je lis les pavés qu'il se met à écrire sur le sujet, j'écoute même l'OST qu'il m'envoie.

Diesel : Elle claque, non ? Charlie Clouser, ce roi de la musique d'horreur !

Solveig : brrrrr, j'ai si peur

Solveig : je dois aller aux chiottes là, j'vais traverser le couloir, j'en tremble, il fait tout noir en plus…

Diesel : Reviens-moi vivant. 🩶

Je me traîne en direction de la salle de bains. De la lumière filtre sous la porte de Naïa. Elle est encore en train de réviser jusqu'à pas d'heure... Je m'approche de sa chambre, une voix étouffée me parvient alors.

– Non, s'il te plaît, fais pas ça...

Putain, c'est quoi ce bordel ? Qui elle supplie comme ça ? Je frappe deux coups, la lumière s'éteint net. Hors de question que je me casse, j'ouvre grand la porte. Dans la pénombre, je distingue Naïa étendue dans son lit ; elle serre sa peluche entre ses bras et respire lentement.

– Naïa, je t'ai entendue. Avec qui t'étais au téléphone ?

Silence.

– Naïa.

– Personne, finit-elle par répondre, sans bouger.

Mon sang ne fait qu'un tour. Je sais très bien ce que j'ai entendu. À qui elle parlait, bordel ? Ça veut dire quoi, « fais pas ça » ?

– J'ai rêvé alors, c'est ça ?

– Je sais pas, je dormais, de quoi tu me parles ? murmure-t-elle d'une voix traînante, pâteuse, comme engourdie par le sommeil.

L'espace d'une seconde, je doute de ce que j'ai entendu, parce qu'elle joue vraiment bien la comédie. Au-delà de son mensonge évident, ce qui me rend dingue, c'est mon sale pressentiment que quelqu'un cause du tort à ma fille. Et ça, il en est hors de question. J'allume et Naïa essaie aussitôt de cacher son visage. Trop tard, j'ai vu ses yeux rougis, les sillons qu'ont laissés les larmes sur ses joues.

– Tu pleures en dormant, vraiment ?

Naïa se mord la lèvre inférieure, ses doigts agrippent sa peluche comme s'il s'agissait d'une bouée de sauvetage.

– Tu parlais avec qui ? insisté-je.

– Personne.

– Ne m'oblige pas à te confisquer ton portable, Naïa.

– Non, s'il te plaît, me le prends pas !

Je n'ai pas envie d'en arriver là, de la priver alors qu'elle a l'air de souffrir, mais si ça peut l'éloigner de ce qui la met dans cet état... Mes pensées tournent à cent à l'heure. Est-ce qu'on la harcèle ? On la rackette ? Ou alors on la fait chanter ?

Naïa a toujours été la plus fragile de mes filles, je sais à quel point elle peine à remonter la pente depuis la mort d'Ali. J'ai peur de rater un truc, de la laisser s'enfoncer dans sa détresse et d'apprendre qu'elle a décidé de s'ouvrir les veines. Je ne pourrais pas me remettre de la mort d'un de mes enfants. Je veux les voir grandir, pas les mettre sous terre. J'essaie de me calmer, de me dire que je m'emballe, mais ça tourne encore et encore.

– Alors explique-moi.

– Mais j'ai rien à t'expliquer, je dormais, je te dis. Laisse-moi garder mon téléphone, s'il te plaît…

Des larmes recommencent à couler le long de ses joues. Mon cœur se serre à la vue de son nez coulant et de ses lèvres tremblotantes, alors qu'elle garde son foutu portable contre elle.

– Putain, c'est bon, arrête de chialer.

Je m'assieds au bord du lit, passe la main dans ses cheveux.

– Si on t'emmerde, tu peux me le dire, je reprends avec plus de douceur. Garde pas tout ça pour toi, je suis là pour t'aider.

J'essaie de masquer l'inquiétude dans ma voix, de jouer le rôle de l'adulte calme, rassurant.

– Je sais, mais je te jure qu'il y a rien.

– J'ai du mal à te croire, marmonné-je en attrapant un mouchoir sur sa table de chevet.

Elle essuie ses joues, puis se mouche.

– Je suis fatiguée, c'est tout. C'est pour ça que je pleure.

La gorge nouée, je comprends qu'elle ne se confiera pas à moi. Pas ce soir, en tout cas. Je dépose un baiser sur son front, puis je ramène ses couvertures sur ses épaules.

– OK, essaie de te reposer.

– D'accord, murmure-t-elle.

Après ça, elle me tourne le dos. Message reçu, je m'en vais. Je la laisse tranquille, passe aux toilettes et reviens dans la chambre après m'être lavé les mains. Alors que je m'allonge de nouveau, je m'empresse d'écrire un message à Diesel.

Solveig : ma fille me ment

La bulle d'écriture apparaît d'emblée.

Diesel : Je pense qu'on a tous déjà menti à nos parents.

Là, il marque un point. Malgré ça, je ne peux pas chasser la scène de ma tête. Sa réaction était trop… paniquée. Pour moi, ça va au-delà d'un mensonge à la con pour rester dormir chez un pote ou cacher une mauvaise note.

Solveig : je sais pas, je la sens pas cette histoire

Solveig : elle suppliait qlqn au tel

Diesel : Tu lui en as parlé ?

Solveig : elle dit qu'il y a rien, qu'elle dormait, genre, j'ai rêvé

Diesel : Tu l'as prise sur le fait, elle reviendra peut-être vers toi dans quelques jours.

Solveig : ouais…

Solveig : pas sûr

Diesel : Je peux faire un truc pour t'aider ?

Solveig : ça va aller, tqt pas, mais merci de proposer

Solveig : je préfère parler d'autre chose pour l'instant, honnêtement

Sinon, ça va tourner en boucle dans ma tête et m'empêcher de fermer l'œil.

Diesel : OK, OK. Je reprends mon exposé sur mes OST de films favorites du coup ?

Solveig : vas-y

Et le voilà reparti dans son classement de ses compositeurs favoris. Il passe de Hans Zimmer à Bear McCreary, sans oublier Jack Nitzsche, un des gars qui a fait les musiques de *L'Exorciste*.

Diesel : D'ailleurs, je me demandais... Ton rencard pour L'Exorciste est toujours valable ?

Solveig : bah tu sais, c'était ta proposition à la base

Diesel : Je me demande si j'ai pas raté le coche, la fois où je t'ai dit que je n'étais pas dispo.

Solveig : non, tu l'as pas raté

De toute façon, il pourrait m'inviter à un match de water-polo, je crois que j'accepterais quand même. J'ai juste envie de le voir, le contexte, je m'en cogne.

Diesel : Alors ça te branche une soirée films d'horreur ?

Solveig : dis-moi juste où et quand

Diesel : « Quand », c'est à toi de proposer ce qui t'arrange le plus.

Si la scène avec Naïa continue à me travailler, l'idée d'organiser un *date* avec Diesel me détend un peu. Je l'imagine déjà me fixer sans cligner des yeux, pour être sûr que je ne loupe pas une miette de son maudit film.

Solveig : j'ai mon jeudi matin, sinon, vendredi, je finis à 15 h

Diesel : OK, alors vendredi. On peut aller chez mes parents, comme ça t'as pas besoin de faire le chemin jusqu'à Orlando. Mes darons seront là, mais t'as bien vu, la baraque est grande, tu les croiseras à peine.

Solveig : ça me dérange pas

Diesel : Allez, c'est noté. J'ai trop hâte, tu vas voir, il est génial ce film !

Solveig : promets-moi juste que t'es pas ce genre de gars qui commente chaque seconde en bouffant du pop-corn

Diesel : Pas de spoil. 😏

*« Parfois j'ai gardé mes sentiments pour moi, parce que je ne trouvais aucun langage pour les décrire. »*
– Jane Austen

# 37
# Diesel

*Alkaline* – Sleep Token

Solveig se tient devant moi sur le pas de la porte, les mains dans les poches de son perfecto en cuir. Son regard court sur ma silhouette, et une moue moqueuse étire ses lèvres à la vue de mes cheveux trempés et de ma chemise boutonnée à l'arrache. J'ai trop traîné sous la douche, ça m'apprendra à procrastiner jusqu'à la dernière seconde. Solveig, lui, n'a pas vraiment l'air d'avoir fait d'effort ; il est sapé en noir de la tête aux pieds, avec son éternel industriel argenté et la boucle d'oreille qu'il portait à la manif.

– Je peux entrer ou t'as prévu qu'on mate le film sur le perron ? demande Solveig en haussant un sourcil.

Je suis hypnotisé par sa bouche. J'ai envie de l'embrasser, mais je me retiens ; je préfère que ça vienne de lui.

– La scène culte de *L'Exorciste* se passe sur des marches, je veux garantir ton immersion, plaisanté-je en m'écartant pour le laisser entrer.

Les effluves du parfum de Solveig assaillent mes narines alors qu'il passe à côté de moi. Sans attendre, je l'entraîne vers l'étage. C'est le moment que choisit ma mère pour descendre l'escalier.

– Diesel, tu sais si Nour connaîtrait...

Elle s'interrompt net en apercevant Solveig.

– Oh, je savais pas que tu attendais quelqu'un. Bonjour, je suis Felicyta.

– Solveig, se présente-t-il avec un hochement de tête poli.

Ma mère, pas perturbée pour un sou, enchaîne :

– J'ai fait un gâteau ce matin, je l'ai laissé dans le four si vous en voulez.

– T'as fait quoi ?

– Un cake au kiwi.

Cool, mon préféré. Je m'apprête à la remercier, mais elle s'éloigne déjà. Solveig hausse un sourcil, avant de m'emboîter le pas quand je me dirige vers la mezzanine. Une fois devant ma chambre, j'ouvre la porte et déclare fièrement :

– T'as vu, j'ai tout rangé pour toi. Enfin, j'ai poussé le bordel sous le lit. C'est l'intention qui compte, non ?

Je vois Solveig pencher la tête sous le matelas, mais il s'interrompt en cours de route, comme s'il n'avait pas envie de s'infliger une vision d'horreur.

– Ta mère pose vraiment zéro question sur qui je suis ?

– Je t'avais dit qu'elle s'en foutait.

– Elle a l'air sympa, admet-il.

– Attends de goûter son gâteau ! Tu voudras l'adopter. D'ailleurs, je vais t'en ramener, sinon, elle sera vexée.

– Vaut mieux pas.

– Pourquoi ?

– Je suis allergique au kiwi.

– Oh, triste ! Mais t'inquiète, je vais te monter autre chose, il y a toujours plein de trucs à grignoter dans les placards !

Sans attendre que Solveig fasse le moindre commentaire, je m'échappe et dévale l'escalier jusqu'à la cuisine. Je remonte avec du gâteau de ma mère, un paquet de Pépito, des verres et du soda

– le tout en équilibre précaire sur un plateau. En rentrant, je trouve Solveig aux prises avec la télécommande. Il appuie sur différents boutons, les sourcils froncés, alors que l'écran reste obstinément noir.

– Laisse-moi faire, tu fais peur à ma télé avec cette tête fâchée.

Je pose le plateau sur le matelas, tire les rideaux, allume une lumière d'ambiance, puis m'installe à côté de Solveig. Il a pris un de mes coussins pour caler son dos contre le mur ; j'en fais de même. Nos mains se frôlent alors que je lui prends la télécommande. En quelques manipulations, j'allume la télévision et lance *L'Exorciste*. J'ai beau avoir vu le film un nombre indécent de fois, je suis toujours aussi heureux à l'idée de le revoir.

– J'adore la scène d'ouverture, la statue de Pazuzu est trop cool, tu trouves pas ? lancé-je, la bouche pleine de gâteau.

– Donc, tu es bien ce genre de mec insupportable qui commente chaque seconde en mangeant... Je le savais.

– Sauf que je bouffe pas de pop-corn.

Regan apparaît pour la première fois. J'aimerais mettre le film en avance rapide, jusqu'à atteindre la scène de la marche de l'araignée, mais je me retiens. En plus, Solveig a l'air investi dans l'histoire.

– Tu paries que c'est qui, le premier à mourir ?

– Burke, il a une tête de victime.

Punaise, il a vu juste.

– Tu savais que le tournage du film était considéré comme maudit ? Il y a eu un incendie, tout le décor de la maison des McNeil a pris feu, sauf la chambre de Regan. Du coup, l'équipe de production a appelé un prêtre pour qu'il fasse un rituel religieux.

Pour toute réponse, Solveig m'adresse un regard lourd de sens : il veut que je me taise. Dommage pour lui, je le trouve mignon quand il est grognon, alors quand un nouveau commentaire me vient, je m'en donne à cœur joie.

– Tu vois cet acteur ? C'est peut-être un serial killer. Il y a eu une enquête assez sérieuse, mais le gars a jamais avoué.

– Boucle-la, râle Solveig.

Mais je vois bien qu'il ravale un sourire. Alors je continue avec mes remarques et autres anecdotes.

– Pendant une des premières projections à Rome, il y a eu...

Solveig plaque sa paume contre ma bouche. Je ris et me dégage de sa prise.

– Oh non, tu m'auras pas si facilement ! Je suis une fontaine de connaissances inutiles, rien ne pourra m'arrêter !

Il revient sur moi, décidé. Je me débats, et j'entends le son du plateau qui s'écrase sur le parquet. Solveig finit par me plaquer sur le lit, sa paume de nouveau contre ma bouche pour étouffer mes commentaires. À la seconde où il m'autorise de nouveau à parler, je lâche :

– Tu sais, si tu veux me faire taire, il y a des moyens plus agréa...

Mes mots s'évanouissent dans l'air alors qu'il m'embrasse. Et pour une fois, je ne trouve plus rien à dire. Ses lèvres sont douces, chaudes, elles ont la saveur des étoiles, un avant-goût de nous. Au début, le baiser est hésitant, aussi léger qu'une caresse. Puis, comme si Solveig avait pris sa décision, il l'approfondit. Le temps semble s'arrêter, le monde se réduit à Solveig, sa chaleur contre la mienne. Ses doigts tracent la ligne de ma mâchoire, atteignent le col de ma chemise qu'il ouvre bouton après bouton. Dans un élan de réciprocité, je lui ôte son T-shirt, admire tous les reliefs, toutes les courbes de son corps. Je pourrais rester des heures à graver son image sous ma rétine, mais Solveig semble avoir d'autres plans. Il revient sur moi, embrasse mes taches de rousseur, ma gorge. J'incline la tête sur un côté pour lui offrir un meilleur accès ; il sourit contre ma peau et descend sur mes clavicules.

J'essaie de me redresser, voulant aussi explorer son corps, mais Solveig me repousse doucement, m'incitant à rester allongé. Ses baisers courent le long de mon torse, un frisson remonte dans ma colonne vertébrale à mesure qu'ils s'approchent de mon pantalon. Ses mains s'attaquent à ma braguette et descendent la fermeture Éclair, et mon cœur accélère. Je retiens mon souffle. Il pose la main sur l'élastique de mon boxer, me jette un coup d'œil interrogateur, et je hoche la tête.

Mon ventre se contracte d'anticipation alors qu'il descend mon sous-vêtement avec une lenteur infernale. Et à en croire sa moue amusée, il sait très bien à quoi il joue. Pendant un instant qui semble durer une éternité, Solveig fixe mon sexe avec une expression indéfinissable.

– Te force pas si tu le sens pas, murmuré-je.

– Je me force pas, m'assure-t-il.

Il se penche, enroule ses doigts autour de la base de ma queue et passe sa langue sur la longueur. Il prend son temps, semble apprendre la cartographie de mon corps. Sa langue trace des cercles autour de mon gland, des décharges de plaisir courent sur ma peau. Solveig relève la tête, me fixe droit dans les yeux, je me liquéfie sous son regard. Il est si lent, si indolent...

– Je te pensais pas si joueur, soufflé-je.

Comme s'il avait attendu que je prononce ces mots, Solveig me prend entre ses lèvres. Je ne peux retenir un gémissement. Je renverse la tête en arrière, les mains agrippées aux draps. Tout me rend dingue. Sa chaleur qui m'enveloppe, les bruits humides alors qu'il m'avale de plus en plus profondément. Je me redresse et je dois lutter pour garder les yeux ouverts. La vision de Solveig entre mes jambes, de ma queue qui disparaît dans sa bouche manque de me faire disjoncter. C'est sa première fois, je le sais, pourtant il agit sans aucune timidité, guette la moindre de mes réactions pour mieux s'adapter. Ça me fascine de le voir aussi dévoué. Le plaisir monte telle une marée inexorable. Je sens que je ne vais pas pouvoir tenir longtemps, mais je veux faire durer ce moment. Je me concentre sur ma respiration, essayant de me contrôler. Mais Solveig semble avoir d'autres plans. Il accélère le rythme, sa langue dansant autour de mon gland à chaque remontée. Sa main me caresse avec plus d'insistance, parfaitement synchronisée aux mouvements de sa bouche.

– Je vais... Putain, Solveig...

J'essaie de l'avertir, de lui donner l'opportunité de reculer, Solveig ne ralentit pas pour autant. Au contraire, il redouble d'efforts, comme s'il cherchait à m'arracher chaque gémissement, chaque soupir. Mes joues me brûlent, des mèches de cheveux me retombent sur les yeux.

– Je vais jouir.

J'insiste, ma voix n'étant plus qu'un soupir étouffé par l'urgence qui me submerge.

– Arrête si tu veux pas...

II retire mon sexe de sa bouche et me branle avec vigueur. Des phosphores éclatent sous mes paupières alors que je perds pied, éjaculant dans son poing. La jouissance me traverse par vagues successives, intenses, libératrices. Je reste là, haletant, Solveig se redresse lentement, j'attrape un mouchoir, le lui donne et il s'essuie les doigts. Il me contemple d'un air satisfait, moi, je n'arrive pas à réaliser ce qu'il vient de se passer. Les battements effrénés de mon cœur peinent à ralentir et quand Solveig se penche à mon oreille, ils reprennent de plus belle.

– J'ai envie de te prendre, murmure-t-il.

Ses mots m'arrachent un frisson. C'est à moi qu'il parle, c'est moi qu'il veut et je trouve ça presque extraordinaire. J'acquiesce, trop secoué pour former une phrase cohérente. Mon geste est mécanique alors que je tends la main vers la table de nuit afin d'en sortir un préservatif et du lubrifiant.

Quand je me retourne, je vois que Solveig s'est levé pour se débarrasser de ses derniers vêtements. Réalisant soudain que je suis encore à moitié habillé, je m'empresse de retirer ma chemise, puis de descendre mon pantalon et mon boxer sur mes jambes. Solveig m'aide à les enlever, ses doigts sont frais sur ma peau brûlante. Hypnotisé par le moindre de ses gestes, je le regarde porter la main à son sexe déjà dur. Là, debout près du lit, il se caresse lentement en avisant ma silhouette.

– T'es parfait, souffle-t-il en attrapant le lubrifiant.

Il en étale sur ses phalanges, avant de me rejoindre dans le lit. En embrassant l'intérieur de mes cuisses, il les presse. Je comprends le sous-entendu et les écarte sans hésiter. Avec une lenteur délibérée, Solveig enfonce un doigt en moi. Il guette ma réaction, ses yeux rivés aux miens. La sensation est électrisante, des frissons parcourent mon échine. Je ne peux pas résister, je saisis ma queue et commence à me branler. De mon autre main, je fais pareil avec le sexe de Solveig.

Il laisse échapper un soupir, ses hanches bougeant instinctivement pour accompagner mon mouvement de poignet.

– Encore, réclamé-je, la voix rauque de désir.

Il devine tout de suite ce que je souhaite, ajoutant un second doigt. Cette fois, il les incurve légèrement, mon dos s'en cambre de plaisir. L'anticipation monte en nous, nos respirations se saccadent, s'accélèrent.

– Dépêche-toi, le supplié-je.

Et là, enfin, Solveig retire ses doigts. Il enfile le préservatif, y étale du lubrifiant et se positionne. D'un mouvement lent, mais sûr, il me pénètre. Un soupir s'échappe d'entre mes lèvres entrouvertes. Les doigts de Solveig se crispent sur ma hanche, son souffle tremblant s'échoue dans le creux de mon cou.

– Ça va ? questionne-t-il en embrassant le coin de mes lèvres.

Je hoche la tête.

– Continue.

Il lâche un juron quand il se retire doucement avant d'y revenir.

J'offre ma gorge à ses baisers, entrelace mes doigts aux siens lorsqu'il attrape une de mes mains. De l'autre, il me tient par la taille et commence à me baiser sans retenue ni pudeur, sans jamais détourner les yeux. À chaque coup de reins, des vagues de plaisir déferlent dans mon bas-ventre.

– Plus vite, imploré-je.

Il obéit sans hésitation. Je gémis ; des sons incohérents s'échappent de mes lèvres. Mes mains parcourent son dos humide de sueur, s'accrochent à ses cheveux, ses épaules, cherchent un point d'ancrage. Solveig est si beau au-dessus de moi, complètement décoiffé, avec son regard voilé obscurci par le désir. Chaque soupir qu'il m'arrache m'emmène plus près du gouffre. La façon dont il me tient, me touche, me caresse, m'embrasse, c'est trop. Je glisse la main entre nos deux corps pour me branler, de plus en plus vite.

Soudain, il se retire et j'ai envie de hurler ma frustration. Pourquoi il s'arrête maintenant ? L'incompréhension sur mon visage semble l'amuser, car dans ses iris, luisent une étincelle de malice.

– Quelque chose te dérange ? ose-t-il questionner.

– Me demande pas de te supplier pour continuer, c'est de la torture.

Dans un rire, il passe la main sur ma hanche et m'incite à me tourner. Je m'exécute sans hésiter et me place à quatre pattes, en appui sur mes avant-bras, les reins creusés. Et je sais que Solveig apprécie la vue, parce qu'il jure tout bas avant de s'enfoncer de nouveau en moi, plus profondément cette fois. Il me donne tout ce qu'il a à m'offrir, chaque coup de rein envoie une onde de plaisir qui se répercute dans mon corps. Je perds toute notion du temps, perdu dans les limbes de ce moment.

Ses doigts serrent mes hanches, glissent un peu sur ma peau humide alors qu'il continue à me prendre avec un mélange de douceur, d'intensité et de fermeté qui me rend fou.

J'ignore si c'est la sensation d'être en moi, la satisfaction de pouvoir observer l'endroit où nos deux corps se rencontrent ou encore mes gémissements, mais Solveig m'empoigne plus fort, l'une de ses mains vient se glisser dans mes cheveux. La tête renversée, je croise le regard de Solveig et le plaisir que j'y lis me fait vriller. J'essaie maladroitement de me branler, mais je peine à conserver mon équilibre dans cette position.

Le cœur au bord de l'implosion, je sens ma cage thoracique s'embraser alors que Solveig relâche mes cheveux et qu'il se penche sur moi pour enrouler sa main autour de ma queue. Il me branle au rythme de ses va et vient et de nos peaux claquant l'une contre l'autre. Je courbe l'échine, un peu plus proche du gouffre à chaque fois que Solveig effleure mon gland du pouce

– Je vais... encore...

Les mots meurent sur ma langue, mon âme s'évapore alors que l'orgasme me submerge, puissant, dévorant tout sur son passage. Solveig niche son visage sur ma nuque sans s'arrêter pour autant. Ses mouvements deviennent erratiques et quand il jouit en soufflant mon prénom, c'est comme une caresse sur ma peau brûlante.

Sous le coup de l'émotion, je me laisse glisser à plat ventre sur le matelas, haletant. Je sens le poids de Solveig sur moi. On reste là quelques instants, étendus l'un sur l'autre, à l'abri dans notre bulle de plénitude.

– T'es incroyable, finit par souffler Solveig en se retirant doucement.

Il se débarrasse du préservatif tandis que je m'allonge sur le dos. Je suis comme dans du coton, extatique et relaxé tandis que Solveig nous nettoie en vitesse. Il vient ensuite s'étendre contre moi.

Je n'ai pas envie de bouger, de briser ce moment. J'aimerais garder Solveig dans mes bras pendant encore des heures. Il embrasse mes paupières, ma jugulaire, chasse quelques mèches de cheveux de devant mes yeux.

À la télé, le film a continué sans nous. J'écoute les paroles d'une oreille distraite, essaie de repérer à quel moment en est l'histoire. Je crois qu'on a raté ma scène préférée, mais je m'en fous.

– Coucher avec toi, c'est encore mieux que de mater *L'Exorciste*, lâché-je.

Solveig étouffe un rire.

– Ah ouais, tu regrettes pas ? Depuis le temps que tu me gaves avec le père Karras.

Lové contre Solveig, je pose la main sur son cœur et le sens ralentir, battement après battement.

– Te pense pas sorti de l'auberge pour autant, je reprends après quelques secondes. Toi et moi, on regardera ce film.

– Et je devrais recommencer à te faire taire, c'est ça ?

Je hausse les épaules.

– C'est pas improbable.

« *Dans la brume de nos vies, tu sais j'ai des paillettes dans la poche pour faire briller la nuit* [...] »
– *Le regard qui brille* – Hyacinthe

# 38
# Diesel

*Airplanes* – Adam Ulanicki

Un grand sourire étire mes traits tandis que ceux de Solveig se crispent. Évidemment. Je ne tiens même pas compte de ses protestations et je l'attrape par la manche pour le forcer à passer la barrière.

– Allez, tu vas voir, elle est super sympa !

– Avec sa merde partout, j'crois pas. Je parie qu'elle pue en plus.

Bon, c'est difficile de défendre ma vache sur ce point. Solveig grimace en scrutant le sol, mélange d'herbe et de terre. En quelques enjambées, on rejoint Szansa étendue à l'ombre d'un arbre. Solveig me dévisage d'un air consterné quand je m'assieds dans l'herbe terreuse. Je m'avachis de tout mon long, calé contre le corps chaud de Szansa.

– Vu le nombre de mouches sur ta vache, ça donne pas envie...

Je l'ignore et j'embrasse le front de Szansa.

– Ne l'écoute pas, ma belle, tu es parfaite comme tu es.

– On était mieux dans ta piaule devant *L'Exorciste*, marmonne Solveig en s'approchant.

– Arrête de râler et assieds-toi.

Il plisse le nez, contourne prudemment ma vache et s'installe à côté de moi. D'abord raide comme un piquet, il finit par se détendre, sa tête appuyée sur mon épaule. Je passe la main dans ses cheveux, décoiffés après qu'on s'est envoyés en l'air. Ça lui va bien. Il s'installe plus confortablement contre moi avec un soupir d'aise, ses paupières papillonnent quelques secondes, puis se ferment.

– Tu vois, on est bien, murmuré-je.

Solveig remue un peu sans rouvrir les yeux. Les rayons du soleil flattent sa peau, font étinceler sa boucle d'oreille en argent.

– Ouais, le doux bourdonnement des insectes, le délicat parfum de Szansa et les gloussements mélodieux des dindons, j'adore.

– C'est ça, plains-toi, je sais que tu mens.

Sans ajouter un mot, Solveig change de position pour s'étaler par terre, sa tête appuyée sur ma cuisse. Je n'ai même pas le cœur à le taquiner ; c'est la première fois que je le vois aussi détendu. Il faut croire que Szansa porte vraiment bien son prénom – et porte chance. Doucement, je masse le cuir chevelu de Solveig, caresse sa joue, passe le pouce sur sa lèvre inférieure. Il attrape mon poignet, dépose un baiser à l'intérieur de ma paume, puis me relâche comme si de rien n'était.

Je crois que je fonds. Et pas à cause du soleil...

Je n'arrive pas à me dire qu'il n'y a même pas une heure, il était nu dans mon lit. Quand j'ai commencé à le draguer, je ne m'attendais pas à grand-chose ; ma simple présence semblait l'indisposer. Et puis il s'est ouvert à moi ; message après message, j'ai appris à connaître les tourments de son âme et, désormais, j'apprends les courbes de son corps. Chaque détail est imprimé sous mes paupières : la façon dont son regard se voile, les jointures de ses mains ressortent quand il m'agrippe, ses respirations se saccadent au creux de mon oreille... Et puis, il y a les détails de son anatomie, la tache de naissance sur son coude, le grain de beauté sur sa hanche, ce tatouage sur son mollet que je n'avais pas encore calculé avant tout à l'heure, quand il s'est rhabillé. Un diplodocus dans un style cartoon. Ça ne lui ressemble tellement pas.

– Ce tatouage sur ton mollet, ça fait longtemps que tu l'as ?

Il rouvre les yeux, malgré le soleil qui inonde son visage. Son regard s'assombrit, ses traits se ferment. Merde, je crois que j'ai gaffé. Je pensais qu'il allait me dire que c'était un pari qu'il avait perdu quand il était ado, un truc du style, mais, en réalité, ça semble sérieux. Un silence s'étire. J'ouvre la bouche pour m'excuser mais, contre toute attente, Solveig murmure :

– Ali était obsédée par les dinosaures. Avant qu'elle ne tombe enceinte, elle s'était mise en tête qu'on se ferait un tatouage en commun. Moi, j'ai le diplodocus, elle avait une comète qui s'écrase sur Terre.

Un rire m'échappe.

– Elle avait l'air marrante, Alisha.

– Elle l'était. Je trouvais son idée stupide, mais on a bien ri ce jour-là. C'était la première fois qu'on se faisait tatouer, Ali était surexcitée, elle arrêtait pas de gesticuler sur son siège, le tatoueur en pouvait plus.

Mon cœur se serre. Il y a de la douleur dans les mots de Solveig, le sourire sur ses lèvres est triste. Si ça se trouve, il se rejoue la scène dans sa tête, et il se souvient que, tout ça, c'est terminé, qu'Alisha ne survit plus que dans ses pensées.

– C'est pour ça, les tableaux de dinosaures dans ta chambre et la peluche dans ta caisse ?

– Ouais. Je devrais les enlever, mais j'y arrive pas, avoue-t-il.

– T'as déjà parlé de ce que tu ressens à propos de tout ça à quelqu'un ?

– Non, je préfère éviter, en général.

Mes doigts qui couraient sur son visage s'immobilisent. Solveig hésite, puis ajoute :

– Mais ça me dérange pas de répondre à tes questions. C'est juste que... ouais, je parle jamais d'Alisha. De toute façon, à qui ? J'ai pas franchement d'amis, je vais pas dire aux jumelles à quel point je galère sans leur mère, et mes parents, c'est pareil. Ils s'inquiètent déjà assez pour moi, je préfère pas en rajouter.

– Et un psy... tu y as déjà songé ?

Dans un soupir, Solveig change de position pour se rasseoir à mes côtés. Ça me fait presque bizarre de ne plus sentir sa tête pressée contre ma cuisse. Je crois que j'ai encore tout gâché avec ma question...

– Je les aime pas, grince-t-il.

– Pourquoi ?

– À quel moment tu choisis ce métier ? Qui a envie de se taper les problèmes des autres en plus des siens ? Je parie qu'ils en ont rien à carrer de leurs patients, qu'ils se foutent de leur gueule avec leurs amis.

Si Kléia était là, elle serait déjà en train de débiter un argumentaire en trois parties. Je me souviens encore du jour où Joey a appris que ma sœur était en études de psychologie, il n'a pas pu s'empêcher de l'esquiver pendant des mois. Il avait peur qu'elle soit en train de le jauger en permanence. Avec le temps, il s'est adouci, ils s'entendaient même super bien, à la fin...

– T'as une vision des psys totalement biaisée. Ma sœur est psychologue en réinsertion sociale, et elle s'est jamais moquée de ses patients. Puis, tu sais, c'est leur boulot, ils en voient dix par jour des comme toi. Ils vont pas ricaner dans ton dos.

J'essaie d'ignorer la boule dans mon estomac alors que je repense aux aléas de la thérapie de Joey et à sa funeste conclusion.

Szansa doit remarquer que je suis tendu, elle cale sa tête énorme sur mes jambes et souffle doucement. Je lui caresse le museau.

– Je sais pas, Diesel. J'arrive pas à faire confiance aux autres si vite.

– Je comprends, soufflé-je. C'est pour ça que la démarche doit venir de toi. Juste, essaie d'y réfléchir. Alisha, elle avait raison, ta «pieuvre», ça ressemble quand même vachement à une dépression, hein. Ça t'aiderait de voir un psy.

– Ça ne changera rien à ma situation.

– Comment tu peux l'affirmer alors que t'as même pas essayé ? Sérieux, Solveig, tu penses tenir combien de temps comme ça ?

– Je sais pas. De toute façon, je m'y prends trop tard, je suis déjà foutu.

– C'est jamais trop tard...

– Ouais, marmonne-t-il sans conviction en fixant ses pieds.

Il y a un changement dans l'atmosphère, le visage de Solveig se ferme, sa posture n'invite plus du tout à la discussion. Message compris, je n'insiste plus. En temps normal, il m'aurait envoyé paître, là, il m'a écouté, c'est déjà un bon début. Avec un peu de chance, l'idée fera son chemin...

Et parce que je ne veux pas que l'ambiance reste morose, je cherche une idée pour changer complètement de sujet. Avec un sourire, je lance :

– J'ai encore envie de toi.

Solveig manque de s'étouffer sous la surprise.

– Tu veux qu'on retourne dans ta chambre ?

Il ne rejette pas mon idée, moi qui pensais qu'il allait se contenter de me vanner et qu'on aurait naturellement dévié sur autre chose.

– Seulement si toi aussi t'en as envie.

Silencieux, Solveig plonge son regard dans le mien. Je me perds dans le gris de ses yeux, la façon dont ils s'assombrissent de seconde en seconde me subjugue. Je les sens courir le long de mon visage, descendre vers ma bouche. Mon cœur s'emballe alors que Solveig acquiesce.

En réponse, je m'approche pour l'embrasser. D'abord doucement, puis ma langue glisse entre ses lèvres. Sa main vient chercher ma nuque comme pour m'intimer de ne pas m'éloigner. Mais alors que je repousse Szansa pour grimper à califourchon sur Solveig, il me demande entre deux baisers :

– T'as pas... envie de faire ça... ici... rassure-moi, hein ?

Je souris. J'aurais envie de le faire ici, dans ma chambre et n'importe où ailleurs. Mais je commence à bien cerner Solveig. Alors je presse une dernière fois ma bouche contre la sienne, avant de me remettre sur pied. Il m'imite et j'attrape sa main.

Et juste comme ça, on retourne vers la maison.

« *On devrait toujours être légèrement improbable.* »
– Oscar Wilde

# 39
# Solveig

*Hollow* (*Lø's Version*) – Lø Spirit
(ft. Dabin & Kai Wachi)

Je suis en train de rouler ma cigarette quand quelqu'un sonne à la porte. Encore un connard de la publicité, j'en suis sûr.

– Allez vous faire mettre, je suis…

Diesel m'attend derrière la porte, un bras planqué dans son dos, et je suis tellement surpris que j'en perds mes mots. Depuis notre rencard devant *L'Exorciste* il y a près de trois semaines, on s'est vus plusieurs fois, chez lui ou chez moi, mais je n'avais pas le souvenir qu'il devait passer aujourd'hui. Peut-être que j'ai mal compris.

Diesel me sourit gentiment, passe la main sur ma nuque et m'attire à lui dans un baiser.

– Pour toi.

Il sort un bouquet de derrière son dos ; le mélange de tons roses, blancs et verts est harmonieux. Même si je n'aime pas les fleurs, je trouve ça joli. Ali adorait les plantes, mais n'en achetait que des artificielles. Toutes celles qu'elle a ramenées ou que j'ai pu lui offrir ont fini fanées en quelques jours. Après sa mort, je n'ai pas eu le courage de retoucher la déco, et ses fausses plantes traînent toujours sur le rebord de fenêtre.

– C'est quoi ?

– Bah, un bouquet de pivoines, d'orchidées et de muguet.

– Ça, je vois bien. Mais je dois en faire quoi ?

Diesel fronce les sourcils.

– ... les mettre dans l'eau, ce serait pas mal. Ça va, t'as l'air à côté de tes pompes ?

Il faut vraiment que je fasse un effort, Diesel prend la peine de m'offrir un cadeau et c'est comme ça que je le remercie. J'accepte le bouquet, attrape un vase dans la cuisine, le remplit d'eau et y dispose les fleurs.

– Merci.

– T'as pas répondu à ma question.

– Désolé, tu m'as juste pris de court. Je suis content de te voir, assuré-je avec un léger sourire. Viens-là.

Je me réinstalle dans le canapé et finis de rouler ma cigarette. Diesel me fixe, debout près de moi.

– Je reste toute la journée, je repars vers 17 heures. Le temps de rentrer tranquillement à Orlando et d'être prêt pour demain, explique-t-il en s'asseyant à mes côtés.

– T'as quoi de prévu, demain ?

Il pousse un soupir à fendre l'âme.

– Un devoir surveillé.

– À t'entendre, je suis presque content de jamais être allé à la fac...

– Non, c'est juste que j'aime pas la matière. La plupart du temps, on a des exams sympas.

– Si Rakel était là, elle s'écrierait que « exams » et « sympas » ne peuvent pas fonctionner dans la même phrase, plaisanté-je.

Diesel s'étale dans le canapé, la tête posée sur mes genoux et les yeux rivés sur mon visage. J'appuie sur son nez de l'index.

– Ça va, tu prends tes aises ?

– Ouais, t'as des genoux super confortables.

– Je sais, tu les squattes chaque fois qu'on mate un film.

Diesel rit, avant de changer de sujet.

– Au fait, avec des membres de l'association, on va préparer un dossier complet sur le travail des gardiens. L'article que j'ai écrit y sera ajouté. Tu veux que je te montre la présentation quand elle sera terminée ?

– T'as qu'à me l'envoyer par mail, ouais. J'y jetterai un coup d'œil.

– Oublie pas de récupérer ton œil après l'avoir jeté.

– Heureusement que t'es là pour me le rappeler, merci, ironisé-je.

– De rien. Sinon, je t'ai ramené des feuilles de valériane, elles sont dans mon sac. T'as une petite mine, ça te fera du bien.

– Les plantes que tu m'as filées il y a des mois ont rien changé à ma vie, permets-moi de douter de l'efficacité de tes recettes de grand-mère...

– Oui, mais t'as pas testé la valériane. Donne-lui sa chance, plaisante-t-il.

– Si c'est aussi dégueu que le houblon, je passe mon tour.

– Tu le sauras qu'en goûtant.

Je lève les yeux au ciel.

– C'est moi le daron, pas toi.

Combien de fois j'ai balancé ce genre de choses aux jumelles ? Je suppose que ça fait partie des phrases clichées que la majorité des parents prononcent.

– En parlant de ça, comment va Naïa ?

– Bof, pas beaucoup mieux. Elle est rentrée en pleurant la semaine dernière, elle s'est enfermée dans les chiottes et elle a vomi.

– T'as essayé d'en savoir plus ?

– Je lui ai demandé si ça allait, elle a juste dit que ses nerfs lâchaient à cause de la fatigue et qu'elle se sentait malade.

– Donc pour toi, elle ment encore ?

– Ouais. J'y crois pas à ses excuses.

Naïa s'est toujours mis une pression dingue, cependant, je ne l'ai jamais vue dans un tel état, peu importe sa charge de travail. C'est la première année où elle paraît aussi mal. Chaque jour, elle dépérit, et ce qui me tue le plus, c'est de ne pas savoir quoi faire pour l'aider. En même temps, je suis démuni, elle repousse toutes mes tentatives pour communiquer avec elle.

– Et tu penses pas que tu devrais la confronter ?

– J'ai essayé de lui parler, mais elle botte en touche. J'ai peur de la braquer si je la force trop.

Diesel remue sur mes genoux. Il n'a pas l'air très malin, avec les pieds dans le vide et les jambes calées sur l'accoudoir.

– Quand ma mère veut me tirer les vers du nez, elle m'appâte toujours avec de la pizza. Y a pas un truc sur lequel tu pourrais jouer pour la pousser à se confier ?

– Je sais pas. Elle avait l'habitude de parler de tout avec Ali. Avec moi... ça a jamais été ça, admets-je.

– Tu veux que je t'aide ? Je suis plutôt doué pour me mettre les gens dans la poche. J'ai même réussi avec un type taciturne qui voulait me faire bouffer mon tract de l'asso, plaisante-t-il avec un clin d'œil entendu.

– Ne prends pas la grosse tête, tu m'as pas mis dans ta poche, mens-je.

Peu dupe, Diesel m'envoie une pichenette sur le front.

– Je suis étonné que ton nez ne soit pas immense, avec tous les mensonges que tu débites, s'amuse-t-il.

– T'as pas fini de m'enfoncer ?

Il rit un peu plus fort et m'attire à lui pour un baiser.

Quand je l'embrasse, il me rend mon souffle. L'espace d'un instant, mon ciel s'éclaircit et au milieu de cette nuit sans fin, je vois la lune accompagnée de toutes ses étoiles.

J'aurais bien passé la fin de la journée à profiter de la douceur de ses lèvres, mais le bruit de clés tournées dans la serrure me fait sursauter. Merde. J'essaie de me redresser en comprenant qu'il s'agit de Rakel ou Naïa, mais Diesel est toujours à moitié sur moi. Je le sens aussi qui essaie de se relever mais, dans la précipitation, il perd l'équilibre et se ramasse par terre. Au même moment, la porte s'ouvre sur Rakel.

– Coucou, je suis rentrée ! lance-t-elle en jetant son sac de cours dans un coin.

– Salut, Rakel ! s'exclame Diesel alors que je l'aide à se remettre sur ses pieds.

Mon cœur bat à tout rompre, tandis que ma fille referme derrière elle. Je retiens un rire devant le ridicule de la situation, et quand je tourne la tête vers Diesel, je comprends que lui aussi.

Jusqu'à ce que je trouve qu'un truc cloche. Rakel se tient bizarrement, un bras au niveau de son ventre. Au début, je crains qu'elle se soit blessée, puis je vois que ça bouge sous son T-shirt.

– T'as un alien dans le ventre ? plaisante Diesel en s'adossant l'air de rien à la commode.

– Ouais, tu devrais commencer à courir, rétorque ma fille.

Diesel s'esclaffe et un sourire se dessine sur les lèvres de Rakel. Ces derniers temps, il est si souvent fourré chez nous qu'elle ne s'étonne même plus de le voir. Je m'apprête à dire quelque chose, quand je suis interrompu par un... miaulement ?

– Putain, Rakel, me dis pas que tu nous as ramené un chat.

– Ça dépend, à quel point tu es fâché si je te dis que oui ?

– D'après toi ?

C'est pas vrai, j'ai pourtant été clair sur les animaux : j'en veux pas sous mon toit. Rakel doit sentir que je me retiens de m'énerver, car elle reprend :

– Gueule pas, d'accord ? Vu que tu as l'air d'aimer accueillir Diesel à l'appart en ce moment, je me suis dit que tu pourrais bien faire la charité à un chat errant.

– Merci pour la balle perdue, répond Diesel dans un éclat de rire.

– Prends pas la peine de retirer tes pompes, lâché-je en la voyant se baisser. Je te laisse faire demi-tour pour ramener ce chat où tu l'as trouvé.

– Mais non, regarde, il est trop mignon !

Rakel sort le sac à puces de sous son T-shirt. C'est un minuscule chaton au pelage noir et blanc, dont les grands yeux verts scrutent la pièce à toute vitesse d'un air apeuré.

Diesel s'approche pour le prendre dans ses bras.

– C'est vrai qu'il a une belle bouille.

– C'est quand même non.

– Allez, papa, s'il te plaît !

– J'ai déjà dit pas de bestioles chez moi.

C'est trop d'entretien. Hors de question d'ajouter la litière, le nettoyage, les visites chez le vétérinaire et les croquettes à la liste de mes tâches domestiques. En plus, le chaton est noir *et* blanc. Peu importe la couleur de mes fringues ou des meubles, les poils se verront.

– Je m'en occuperai, je t'en prie...

– N'insiste pas, Rakel. Je comprends pas que tu te sois dit que ça pouvait être une bonne idée, grincé-je.

– Si, c'est une bonne idée, ça fera du bien à Naïa !

Mes sourcils se froncent et sa réponse ravive mes inquiétudes. Est-ce que Rakel sait quelque chose que j'ignore ?

– Comment ça, ça lui fera du bien ?

Rakel ouvre la bouche, comme si elle venait d'en dire trop. Puis elle finit par simplement hausser les épaules.

– Je sais pas, élude-t-elle. Je trouve qu'elle a juste pas l'air trop dans son assiette en ce moment.

– C'est tout ?

– Oui, c'est tout.

Pourquoi j'ai la conviction qu'elle se fout de ma gueule ? Elle semble bien plus renseignée que ce qu'elle cherche à me faire croire.

– Rakel, si tu sais quelque chose sur ta sœur, il faut que tu me le dises.

– Non, je sais rien, c'est juste une impression. Pourquoi tu crois qu'il y a un truc, toi ?

J'ai envie d'insister, mais la porte qui s'ouvre à nouveau m'en empêche.

– Salut, lance Naïa en se déchaussant.

Son regard se pose sur Diesel, puis sur le chat lové dans ses bras. Tout son visage s'éclaire d'un seul coup, je ne l'avais pas vue aussi rayonnante depuis des semaines.

– Oh, un chaton !

Elle se précipite sur lui, Diesel le lui passe. L'animal se recroqueville contre ma fille, qui l'abreuve de caresses.

– Il est à toi, Diesel ?

– Euh... non. C'est ta sœur qui l'a ramené.

– Alors il est à nous ? demande-t-elle d'une voix pleine d'espoir.

Rakel m'adresse un regard, l'air de dire : « ose lui dire que non ». Et là, tout de suite, en voyant Naïa aussi lumineuse, je sens mes défenses vaciller. Pourtant, je tiens bon.

– Non. Un chat, c'est du boulot. Et de l'argent.

– Je m'en occuperai, assure Naïa en serrant un peu plus le chaton contre elle. Je ferai tout ce qu'il faut.

– Ouais, c'est ça. Et dans deux semaines, c'est moi qui ramasserai sa merde.

– Non, je te promets que non, papa, insiste-t-elle. S'il te plaît.

Je m'apprête à refuser une nouvelle fois, mais je remarque soudain que les yeux de Naïa sont devenus humides. Elle est à deux doigts de pleurer. Cette fois, le barrage au fond de moi s'effondre.

Je sens que je vais le regretter, mais tant pis.

– Je vous préviens, je lèverai pas le petit doigt pour ce chat, vous vous démerdez avec, cédé-je.

– Ça veut dire qu'on peut le garder ? souffle Naïa, sa voix à peine audible, comme si elle n'osait pas y croire.

– Ouais, vous pouvez le garder.

*« Il y a des fleurs partout pour qui veut bien les voir. »*
– Matisse

# 40
# Diesel

*Simple Man* – Lynyrd Skynyrd

– Alors, Solveig s'est acclimaté au chat depuis la dernière fois ?

Assise sur mon canapé avec une tasse de thé fumante, Nour referme le livre qu'elle était en train de lire. Elle bosse sur son mémoire depuis le début de l'après-midi, et à présent, le soleil est sur le point de se coucher. Chaque fois que je la vois travailler, je me dis que je devrais aussi m'y mettre plus sérieusement… Et puis, c'est tout. Je suis le roi de la procrastination, sauf quand il s'agit de l'asso ou de voir Solveig.

– Non, il fait que râler, c'est super drôle, réponds-je en abandonnant mon lit pour rejoindre ma pote.

En plus, les filles ont nommé le chaton « Slash », d'après le nom du guitariste des Guns ; ça rend la situation encore plus hilarante quand il peste après les conneries du chat. Quinze jours qu'il a rejoint le foyer, quinze jours que j'entends Solveig ronchonner parce que « Slash veut des câlins ». Quel grinch, celui-là !

– Ça a l'air de bien t'amuser.

– Ce mec a le don d'être comique sans le vouloir, je l'adore.

Nour me fixe, un drôle de sourire aux lèvres.

– Je vois ça. T'es complètement mordu.

– Comme toi avec Palila, rétorqué-je en lui envoyant une pichenette dans l'épaule.

Tout a l'air de bien se passer entre elles, ça me fait plaisir de voir Nour aussi épanouie.

– Alors ça devient vraiment sérieux entre Solveig et toi ?

La question me prend de court. On n'a pas réabordé le sujet depuis la dernière fois et ça me convient très bien, je n'ai pas envie de précipiter les choses.

– Je sais pas, admets-je avec un haussement d'épaules.

Nour me dévisage, l'air perplexe.

– Comment ça, tu sais pas ?

– On n'a pas vraiment mis de mots sur ce qui se passait entre nous, donc je peux pas trop répondre à ta question, expliqué-je.

– Mais vous partagez quoi ensemble, dans ce cas ?

– Plein de choses. On parle de nos journées, de nos vies, de nos problèmes, il me demande mon avis quand il a un souci avec ses filles et il me casse les pieds quand j'ai pas fini mes dissertations à 3 heures du matin, lâché-je dans un rire. Chaque fois qu'il arrive au taf ou qu'il rentre chez lui, il me prévient. Oh, et puis quand il commence tôt le matin, il oublie jamais de m'envoyer un « passe une bonne journée », ça me fait fondre. Et le vendredi soir, on se voit systématiquement quand j'arrive à Jacksonville. Enfin, les semaines où il est libre.

Le vendredi est devenu mon jour préféré de la semaine, du moins quand je sais que je verrai Solveig. Si on vivait dans la même ville, je pourrais me pointer à l'improviste et lui offrir des fleurs ou des pâtisseries bien plus souvent. Je trouve son appart beaucoup plus gai depuis que les bouquets que je ramène trônent sur la table du salon.

– Là, on s'est lancé dans un marathon de films d'horreur, continué-je. Il avait jamais vu *Conjuring*, tu te rends compte ?

Et j'ai tenu ma parole, on a enfin réussi à aller jusqu'au bout de *L'Exorciste*. Solveig est étrangement investi pendant nos sessions cinéma, je ne sais pas pourquoi, je l'imaginais plutôt du genre à s'endormir ou à regarder son téléphone au bout de cinq minutes. En plus, je crois que je l'ai contaminé avec mes commentaires, il n'arrête pas de râler après les choix des personnages ou d'essayer d'anticiper le scénario.

Un sourire me monte aux joues. Parler de Solveig, penser à lui, me souvenir de ces moments qu'on passe ensemble, ça m'aide à patienter en attendant les prochains.

– Bah à t'entendre, ça a l'air plutôt sérieux.

– En tout cas, ça me plaît.

– Je vois ça. T'es plus apaisé ces derniers temps, ça me fait plaisir.

Moi aussi, je suis ravi d'avoir retrouvé ma bonne humeur, j'avais peur que mon passage à vide ne s'éternise.

– Ouais, je le suis vraiment, soufflé-je.

✦

J'arrive à la fac, essoufflé, et l'amphi me juge d'un sale œil quand j'entre en faisant claquer les portes contre les murs. Nour est restée dormir chez moi, alors bien sûr, on s'est couchés à pas d'heure et ce matin, je me suis réveillé en retard pour mes cours. Je m'installe, ouvre mon ordi sur un nouveau document texte et fourre une poignée de M&M's dans ma bouche. Les regards se tournent une seconde fois vers moi, heureusement, je n'y suis pas sensible. Je finis mon encas, prends quelques notes au hasard, histoire de me donner bonne conscience, puis j'envoie un SMS à Solveig.

Diesel : Je crois que je viens de faire ce qu'on appelle « une entrée remarquée ».

Il ne répond pas tout de suite, il doit être au boulot.

Nour : Je bosse sur mon mémoire au parc, tu me rejoins à ta pause ?

Diesel : Ça marche.

Je suis les deux heures d'éthique d'une oreille très distraite, bien plus occupé à me demander ce que je vais pouvoir manger ce midi. J'ai envie d'une pizza avec une montagne de fromage.

À la fin du cours, je passe en coup de vent à la pizzeria la plus proche, avant de m'installer au parc en compagnie de Nour. Adossé à un tronc d'arbre, à l'ombre pour me protéger du soleil qui cogne dur depuis ce matin, je trempe le doigt dans le fromage et le lèche soigneusement.

– J'en ai rêvé toute la matinée !

– Tu fantasmes sur des pizzas, tout va bien. Il est pas jaloux, Solveig ?

– Il sait pas que je le trompe avec toutes les pizzerias.

Je m'apprête à mordre dans ma part, quand Nour me la subtilise et l'enfourne dans sa bouche.

– Tiens, pour toutes les fois où tu me piques mes affaires !

Alors ça, c'est vraiment bas... mon cœur est en miettes. Une main sur le cœur, je fais mine de m'évanouir en soufflant :

– *Tu quoque mi fili*[4]...

– Change de cursus et choisis théâtre, s'amuse ma pote.

Alors que je m'apprête enfin à dévorer mon repas, mon téléphone vibre dans ma poche et je me jette dessus.

– Dis-le si je te dérange, hein, plaisante Nour.

– Désolé, je vois ta gueule et je t'entends bavasser quasi tous les jours, donc je m'autorise à t'ignorer quelques secondes.

– Petit con, rit-elle, plus amusée que vexée.

---

4 - Derniers mots prononcés par Jules César lors de son assassinat

Solveig : t'as fait quoi encore ?

Diesel : J'ai débarqué en retard, complètement débraillé et j'ai fait du bruit avec des bonbons en les mangeant. Un peu comme les types au cinéma qui mangent des chips pendant la scène émotion du film, tu vois ?

Solveig : … t'es pas possible
Solveig : on te refait pas

Diesel : Jamais. Sinon, comment ça va mon poussin, t'es en pause là ?

Solveig : … poussin. change de surnom, sérieux

Un petit rire m'échappe, bien vite étouffé à la lecture du nouveau message de Solveig.

Solveig : je suis en pause déj

Solveig : je repense à Naïa

Diesel : Il s'est passé quelque chose ?

Solveig : ce matin, elle avait les yeux gonflés, comme si elle avait passé la nuit à pleurer

Je relève la tête vers Nour. Elle s'est lancée dans la lecture d'un ouvrage sur les plus gros cas de corruption dans le système judiciaire, alors je me plonge dans ma conversation avec Solveig.

Diesel : Tu lui as demandé ce qu'elle avait ?

Solveig : oui, elle a encore éludé

Solveig : je sais plus quoi faire, je me sens un peu dépassé

Diesel : T'es sûr que tu veux pas me laisser tenter de lui parler ?

Solveig : bon courage, c'est à peine si elle sort de sa chambre maintenant

Diesel : À ce point-là ?

Solveig : ouais… je suis un peu dans une impasse du coup. mais bon, t'embête pas, je finirai par trouver un truc

Solveig : tu viens toujours cette aprèm ?

Diesel : Mon cours d'éthique n'a pas eu raison de moi, donc oui. Je mange, je digère et je prends la route.

Solveig : je parie que tu bouffes encore une pizza

Diesel : Touché.

Solveig : je dois te laisser, faut que je me dépêche de manger si je veux avoir le temps de fumer après

Diesel : À toute, poussin.

Solveig : change de surnom

Diesel : Ça roule mon roudoudou d'amour.

Solveig : finalement je crois que je préférais « poussin »…

*« Forget your lust for the rich man's gold*
*All that you need is in your soul »*
– *Simple Man* – Lynyrd Skynyrd

# 41
# Solveig

*Got You On My Mind* – NF

– Te voilà enfin…

– Oui, et j'ai ramené des pâtisseries pour ce soir, me lance Diesel en me montrant une boîte.

Il l'entrouvre pour me montrer un assortiment de gâteaux au chocolat et aux fruits rouges.

– C'est gentil, merci. Les filles vont vraiment vouloir t'adopter si tu continues.

Je m'empresse de les mettre au frigo, puis j'attrape Diesel par le col pour l'entraîner dans ma chambre sans perdre une seconde. Là, j'écrase ma bouche contre la sienne. Je suis avide de lui, de sa peau, de son odeur, de son souffle. Quand on n'est pas ensemble, le toucher me manque plus que je n'aimerais l'admettre. Diesel me caresse la nuque du bout des doigts et sourit contre mes lèvres.

– J'aime ce genre d'accueil, murmure-t-il.

Je ne lui dis pas qu'il m'a manqué cette semaine, bien sûr. D'une part, je déteste m'exposer, et d'autre part, je suis sûr qu'il le sait. Qu'il le voit, le ressent. Je ne suis peut-être pas toujours très expressif, mais Diesel a appris à me lire dans les détails.

– T'as la pêche ? ajoute-t-il. Ou la banane ? Comme tu préfères.

Je ricane.

– C'est quoi cette question ?

– Je sais pas, j'innove, j'en ai marre du « ça va ? ». Tu peux aussi répondre « smoothie pêche-banane » si tu pètes le feu.

Diesel rajuste sa chemise froissée. Après les pizzas, les poussins, les citrons et les hamburgers, ce qu'il porte paraît presque soft. Des plumes de paon sur un fond blanc. Ses cheveux sont attachés, il a eu la flemme de les laver ou de les brosser. Je le connais bien.

– J'ai… le kiwi, marmonné-je.

– Tu m'as pas dit que tu étais allergique ?

– Si.

– Oh… j'ai compris. Bon, je veux pas passer pour un mec avec le melon, mais je crois que je suis assez doué pour te remonter le moral.

Je retiens mon sourire.

– Tu peux arrêter avec tes expressions fruitières ?

– Non, c'est la cerise sur le gâteau.

– Tu vas pas tenir très longtemps comme ça.

– J'arrêterai pas tant que tu ne tombes pas dans les pommes.

– Tais-toi ! m'écrié-je.

Ma voix trahit un peu trop mon envie de rire à mon goût. Diesel sourit, fier de son coup, et s'étend de tout son long sur mon lit.

– Allez, ramène ta fraise.

– Seulement si tu recommences à parler normalement.

– D'accord, j'arrête de te courir sur le haricot, rétorque-t-il avec un éclat satisfait dans les yeux.

– Perdu, c'est pas un fruit ça.

Je m'allonge à ses côtés, son habituel parfum vient me chatouiller les narines. Pour moi, ce mélange de vanille, d'agrumes, c'est l'odeur de Diesel et de personne d'autre. Dès que je mange un truc à la vanille, je pense à lui.

– Alors, t'as survécu à ta journée de taf ? me demande-t-il en se redressant sur un coude pour mieux m'observer.

– Difficilement, mais oui. J'avais hâte de finir.

– Je te manquais trop, c'est ça ?

– Rêve pas.

Il arque un sourcil, puis enchaîne :

– Faut que je te raconte un truc ! Avant de prendre la route, je suis allé dans un magasin d'antiquités avec Nour. J'ai trouvé un miroir de l'époque victorienne, il est incroyable, je vais l'acheter la semaine prochaine ! Attends, j'ai pris des photos.

Diesel me montre le miroir, dont le cadre doré est richement ornementé. Il a profité du reflet pour prendre une pose ridicule en compagnie de Nour.

– Il est immense, tu comptes le mettre où ? Ton appart est plus encombré qu'un grenier.

– On trouve toujours de la place.

Sans attendre de réponse, Diesel enchaîne sur ses cours, les devoirs qu'il n'a toujours pas rendus, son mémoire qui n'avance pas, son chat qui lui a mordu l'oreille pendant qu'il dormait... Ses joyeux bavardages sont interrompus par la porte qui claque dans l'entrée. On se relève et je sors de la chambre en vitesse, Diesel sur mes talons. Rakel pose sa planche de skate par terre pour retirer ses chaussures tandis que Naïa, qui s'est déjà déchaussée, se précipite sur Slash, qui dort sur une chaise.

– Salut, lance Rakel à notre attention. T'es là, Diesel ? J'espère que tu nous as ramené des gâteaux.

– Tu sais très bien que je n'oublie jamais. J'ai pris ton préféré en plus, celui avec les trois chocolats.

– C'est pour ça que je t'adore.

Naïa relâche le chaton après lui avoir embrassé le front.

– Et t'as aussi ramené un film pour ce soir ?

– Rakel m'a dit que t'avais envie de voir *Your Name.*, du coup je suis allé l'acheter. Tu pourras garder le DVD après si tu veux.

Le visage de ma fille se fend d'un large sourire.

– C'est trop sympa, merci !

Quand je vois ce genre de scène, c'est comme si je sentais quelque chose s'apaiser en moi. La mort d'Alisha a bousillé l'équilibre de ma famille, mes problèmes n'arrangent rien, ceux de Naïa non plus. Alors je profite de ces moments où je peux voir les jumelles heureuses, innocentes.

– Au fait, Diesel, je voulais te montrer les photos que j'ai prises la semaine dernière, j'ai trouvé un insecte bizarre, ça devrait te plaire.

– Vas-y, balance.

Rakel attrape d'abord un paquet de cookies dans le placard, en mange un, puis s'assied sur un des tabourets du comptoir. Diesel l'imite, et le voilà embarqué dans une dissertation sur les *Trogidae*. Naïa s'incruste entre eux pour voir la photo.

– Beurk, lâche-t-elle en s'écartant.

– Vous avez pas des devoirs à faire avant ce soir, les filles ?

– Pas moi, j'ai déjà fini, répond Naïa.

– Et toi, Rakel ?

– Euh... c'est bon, j'ai tout le week-end pour m'en occuper, esquive-t-elle.

– Tu veux que je t'aide ? propose Diesel.

Rakel explose de rire.

– Non merci, pas envie d'avoir un D.

Offusqué, Diesel se lance dans un résumé complet de ses notes au lycée, et Rakel n'arrête pas de le taquiner. Je les abandonne à leur conversation et vais me chercher un verre d'eau dans la cuisine, avant de me laisser choir sur le canapé, Naïa sur mes talons. Elle s'installe en face de moi sur la table basse et je tique.

– Naïa, prends une chaise.

Elle se relève et se contente de rester debout face à moi. À son regard, je comprends qu'elle brûle d'envie de me poser une question.

– Ça va ? T'as envie qu'on parle un peu ? proposé-je.

– Non… enfin, si, ça va. Je voulais juste savoir si on pouvait aller au centre commercial demain.

– Ça dépend, t'as besoin de quoi ?

Elle tire sur son T-shirt. Autrefois, il était ajusté à sa taille mais, aujourd'hui, il paraît plus large.

– Regarde, je flotte dans mes habits. Ils sont tous trop grands.

– Comment ça, ils sont tous trop grands ?

J'avais bien vu qu'elle avait maigri, mais je ne pensais pas que c'était au point de devoir changer toute sa garde-robe.

– Oui, j'ai perdu un peu de poids ! répond Naïa avec un grand sourire.

– Je comprends pas pourquoi tu t'en réjouis, j'ai l'impression que tu manges plus rien en ce moment.

Naïa n'a jamais eu un immense appétit, mais avant, elle ne sautait aucun repas. Depuis quelques mois, c'est de pire en pire, et je suis persuadé que c'est lié au secret qu'elle s'obstine à me cacher.

– Si, t'inquiète, c'est juste que je mange beaucoup avec mes potes le midi, alors j'ai pas super faim le soir. On pourra aller me prendre des nouvelles fringues du coup ? insiste-t-elle, pleine d'espoir.

– Je sais pas, Naïa. J'aimerais surtout que tu essaies de mieux te nourrir. Est-ce que tu veux que je te prépare un petit truc ? T'adores les pâtes au saumon, non ? Je peux passer à la supérette vite fait.

Je la vois hésiter quelques secondes avant de secouer la tête.

– Non, c'est trop lourd pour le soir. En plus, je me suis gavée de frites, ce midi.

Du coin de l'œil, j'observe Rakel, qui ne loupe pas une miette de la conversation. Elle essaie de retenir sa grimace, manque de bol, je la vois très bien. Quelque chose me dit que Naïa a rien bouffé de la journée.

– J'irai pas t'acheter de fringues. Et j'aime pas du tout tes habitudes alimentaires, Naïa.

La déception brille dans le regard de ma fille, rapidement remplacée par la frustration.

– T'es mal placé pour me faire des reproches, tu manges jamais rien ! s'emporte-t-elle.

L'eau manque de déborder dans ses yeux bleus. J'essaie de la retenir, mais trop tard, elle a déjà filé dans sa chambre. Est-ce que j'ai été trop sévère ? Est-ce que j'ai encore merdé dans le choix de mes mots ? Dépité, je me retourne vers Diesel, toujours installé au comptoir avec Rakel.

– T'inquiète pas, ça ira mieux pendant le film, m'assure-t-il.

– Oui, elle va se calmer, renchérit ma fille. Je pense qu'elle est stressée parce qu'elle a un oral lundi prochain.

✦

La dispute avec Naïa continue à tourner dans ma tête des heures plus tard. Le soir est tombé, on est tous les quatre installés devant *Your Name.* avec des pizzas et les pâtisseries ramenées par Diesel. Il s'est assis à côté de moi, à moitié avachi sur mon épaule, Rakel s'est étalée sur le reste du canapé, la capuche de son sweat rabattue sur son crâne, tandis que Naïa a préféré choisir un fauteuil un peu à l'écart.

– Vous feriez quoi, vous, si vous rencontriez quelqu'un qui vient du passé et qui va mourir à cause d'une météorite ? demande Diesel, aussi bavard que d'habitude.

– Bah ça dépend qui je rencontre, répond Rakel. Si j'aime pas la personne, j'ai aucune raison de l'aider.

– Je pense pareil que Rakel, marmonné-je.

Diesel se tourne vers Naïa, sauf qu'à mon avis, elle n'a même pas entendu la question. Elle est absorbée par son téléphone et tape des SMS à toute vitesse. Son comportement me dépasse, on mate ce film juste pour lui faire plaisir et elle préfère parler à ses potes.

La lumière de son portable semble déranger Rakel, qui rajuste sa capuche.

– Naïa, éteins ça.

Elle relève la tête, souffle, puis pose l'appareil sur ses cuisses. Ses yeux font des allers-retours entre le film et son écran. Discrètement, elle chope un coussin, puis je vois ses mains recommencer à s'agiter derrière. La faible luminosité de l'écran continue à éclairer son visage, donc pas besoin d'être un génie pour comprendre ce qu'elle fiche.

– Naïa.

En soupirant, ma fille lève les mains, l'air de dire « c'est bon, j'y touche plus ». Comme la dernière fois, son pied tape le sol à un rythme irrégulier, elle se mordille la lèvre inférieure et tient à peine deux minutes avant de s'emparer à nouveau de son portable.

– Donne-moi ton téléphone.

– Non, c'est bon, j'arrête, promis.

– Ça fait deux fois que je te reprends, donne-moi ton téléphone.

Elle jette un coup d'œil à Diesel et Rakel, puis me fixe avec insistance. Je suppose qu'elle n'a pas envie qu'on s'engueule devant eux, sauf que son comportement commence à me gonfler. Ou plutôt, j'ai envie d'éclater son téléphone contre un mur. Elle y est vissée du matin au soir en ce moment.

– Pas la peine, je vais le regarder, ton film ! Laisse-moi tranquille ! s'écrie-t-elle.

Deuxième fois en moins d'une journée qu'elle me gueule dessus. Qu'est-ce qui ne tourne pas rond, merde ?

– Sur un autre ton, Naïa.

– Je veux pas te donner mon téléphone, il est à moi, t'as pas à y toucher ! continue-t-elle à s'emporter d'une voix oscillant entre colère et nervosité.

La situation pourrait dégénérer d'une seconde à l'autre, alors je prends une profonde inspiration, puis soupire.

– OK, tu le gardes. Par contre, je plaisante pas, tu l'éteins pendant le film.

– D'accord, murmure-t-elle en obtempérant.

Après ça, Naïa tient parole, mais je vois bien que son esprit est ailleurs. Son regard est vide, elle ne réagit à aucune image alors qu'en temps normal, c'est la plus émotive de la famille. À la seconde où le générique apparaît à l'écran, Naïa se précipite dans sa chambre sans un mot. Rakel prend le temps de nous aider à débarrasser et de nous souhaiter bonne nuit avant d'aller se coucher.

– Tu dors ici ou tu rentres chez tes parents ? lancé-je à Diesel en ouvrant la porte de ma piaule.

– Tu connais la réponse : je reste là, réplique-t-il dans un chuchotement.

Et je ne vais pas m'en plaindre.

Je le laisse entrer, ferme derrière nous et m'étale dans mon lit. Diesel me rejoint, son index masse l'espace entre mes sourcils, et c'est là que je me rends compte à quel point ils sont froncés.

– T'as vu comment Naïa m'a parlé aujourd'hui ?

– Elle avait pas l'air dans son assiette, approuve Diesel. Je pensais pas qu'elle était du genre à s'emporter comme ça.

– Justement, c'est pas son genre du tout.

Diesel m'embrasse le cou, remonte vers mon visage jusqu'à atteindre ma bouche. Mes muscles noués par la contrariété se détendent un peu tandis qu'il approfondit le baiser. Diesel se met sur moi, emprisonnant mon corps entre ses jambes. J'aime sentir sa chaleur, me dire que demain matin, quand j'ouvrirai les yeux, il y aura son odeur sur l'oreiller.

– Ça va aller, me promet-il en s'écartant un peu.

Je prends le temps de contempler la silhouette de Diesel, avant de me perdre dans les lucioles qui dansent dans ses iris. Dernièrement, elles sont revenues, plus nombreuses que jamais, et brillent si fort qu'elles pourraient rivaliser avec les étoiles. Chaque fois que je me perds dedans, que je regarde Diesel, j'ai envie d'essayer.

D'essayer de m'en sortir, d'apprendre à nager plutôt que de laisser la Pieuvre me noyer. Pour enfin rejoindre le rivage. Diesel me donne envie de m'accrocher, il me donne de l'espoir, un sentiment que je n'avais pas ressenti depuis bien longtemps.

« *Mais tu sais la nuit, les étoiles se maquillent juste pour nous.* »

– *La nuit les étoiles* – Hyacinthe (ft. Jok'air)

# 42
# Solveig

*Message In A Bottle* – The Police

> Maman : Ton père et moi te souhaitons un très bel anniversaire ! On pense fort à toi, passe une bonne journée !

Encore étendu dans mon lit, je souris en lisant le SMS de ma mère, puis soupire. Elle l'a envoyé à minuit pile, comme d'habitude. Savoir que mes parents continuent de se préoccuper de moi, alors même que je dresse des murs entre nous, me réconforte et m'ennuie en même temps. J'aimerais que les choses soient différentes. Mais je crois que je me suis perdu loin, trop loin pour pouvoir me retrouver. Je tape un « merci », me dis que j'ai l'air glacial, alors je me force à ajouter un émoji avant de reposer mon téléphone.

Je déteste le 1er avril. Les gens passent la journée à faire des blagues insupportables et en plus, fêter mon anniversaire ne me réjouit pas. Une année de plus au compteur. Une année de plus avec une Pieuvre qui se nourrit de mes émotions. J'ai seulement survécu un an de plus, il n'y a pas de quoi être fier. Souvent, j'entends les gens dire qu'ils ne voient pas le temps passer et moi, je ressens chaque seconde comme une souffrance alors trente-et-un an... cette blague qu'est la vie commence à trop durer.

J'entends des bruits de pas précipités dans le couloir, des éclats de rire, les miaulements de Slash en train de griffer à la porte. Celle-ci s'ouvre d'un coup et les jumelles déboulent dans la pièce. Elles sautent dans mon lit en hurlant « joyeux anniversaire », mon pauvre corps rebondit presque sur le matelas. Mes oreilles souffrent, mais une douce lumière irradie dans mon cœur. Rakel est resplendissante de bonheur, elle sourit de toutes ses dents. Naïa n'est pas aussi démonstrative, mais ses yeux brillent au moins autant que le soleil.

– Vous m'écrasez...

– C'est de l'amour, rétorque Rakel.

– Et moi, je peux venir ajouter ma dose d'amour ? demande une voix familière.

Je lève le nez. Diesel est là, appuyé au chambranle de la porte, un air espiègle peint sur les traits de son visage. Mes sens s'échauffent, une sensation de chaleur monte dans tout mon corps. Je ne m'attendais pas à le voir si tôt. Il m'avait dit qu'il ne viendrait que ce soir... Je me suis encore fait avoir. Sa chemisette aux motifs astraux est ouverte sur son torse, elle dévoile ses clavicules saillantes. J'ai envie de poser les lèvres dessus, mais je ne peux pas. Pas devant les jumelles.

– Ramène-toi, l'invite Rakel.

Diesel ne se fait pas prier pour se jeter dans mon lit. Une tornade de poils bondit juste à côté de ma tête, Slash ronronne près de mes oreilles, ses yeux à demi clos. Super, maintenant, on est tous réunis dans ma piaule.

– Allez, sors du lit, on t'a prévu tout un programme ! s'enthousiasme Naïa.

– Oui, on va au t... commence Rakel.

– Chut, spoile pas la surprise !

– Oups… Enfin bref, on a prévu des trucs. Donc debout !

– Laissez-moi, marmonné-je. Je suis bien, là. J'ai passé l'âge de fêter mon anniversaire.

– On est jamais trop vieux pour ça. Allez, monsieur l'aigri, on se lève, se moque Diesel.

Je lui montre mon majeur : éclats de rire généraux. Du coin de l'œil, j'aperçois Rakel se lever pour aller tirer le rideau. Les rayons du soleil me brûlent les yeux et je grince des dents en essayant de disparaître sous les couvertures. Moi qui pensais passer une journée tranquille à profiter de mon jour de repos… je l'ai dans le cul. J'avais pourtant prévenu les jumelles que je ne voulais pas qu'on fête cette journée.

Comme chaque année, elles m'ont promis de ne rien manigancer.

Comme chaque année, je les ai crues.

Comme chaque année, je suis content qu'elles ne m'aient pas écouté.

J'ai beau râler, savoir qu'elles m'aiment assez pour penser à moi me touche.

– Bon… si tu refuses de te lever… soupire Rakel en revenant vers le lit.

En quelques secondes, je me retrouve par terre. Elle et Diesel viennent de tirer sur mes couvertures d'un coup sec.

– Putain ! Je vais vous tuer !

J'ai l'air con étalé sur le plancher. Je frotte ma tempe endolorie, puis ma nuque.

– Plus d'excuses ! Sors de cette chambre, ricanent les jumelles en partant enfin.

Il n'y a pas de doute, elles tiennent bien de moi.

– Besoin d'aide ? propose Diesel en me tendant sa main.

Je l'ignore, me remets sur mes jambes tout seul comme un grand, puis attrape Diesel par le col de sa chemise. Quand je l'embrasse du bout des lèvres, j'ai cette sensation de crépitement dans l'estomac : un mélange d'adrénaline, de joie et de stress à l'idée de me faire choper par les jumelles. Alors je m'écarte à regret.

– Je pensais que tu viendrais juste manger le gâteau ce soir, soufflé-je.

– T'es trop facile à berner.

– N'importe quoi, je me défends. Bon, je suppose que je dois me préparer. Je me douche, je me change et j'arrive. Rejoins les filles, j'en ai pour quinze minutes.

Il pointe mon pantalon de jogging du menton.

– T'es sûr, t'as pas besoin d'aide pour enlever ton pyjama ?

– Sors d'ici, râlé-je sans parvenir à retenir un sourire.

Une fois qu'il a quitté la pièce, je me traîne jusqu'à mon armoire et attrape des vêtements au hasard. J'ai à peine le temps de sortir de la chambre que Naïa me tombe dessus. À croire qu'elle faisait le guet juste derrière la porte.

– Deux minutes, bon sang, laissez-moi !

– Dépêche-toi ! geint-elle en me poussant dans la salle de bains.

Je grimace en croisant mon reflet dans le miroir. Mes cernes sont toujours là, fidèles au poste.

*Joyeux anniversaire, Solveig, tu fais pitié.*

En vitesse, je me lave, m'habille, passe un coup de peigne dans mes cheveux et me brosse les dents. Dans ma boîte à bijoux, je récupère l'industriel que m'a offert Alisha à mes vingt-cinq ans, pour nos dix ans ensemble : un serpent en or qui s'enroule autour de la barre. Au moins, j'aurai l'impression de l'avoir à mes côtés pendant la journée.

– Grouille ! hurle Rakel en tambourinant contre la porte.

Je sors enfin de la pièce et les jumelles me traînent dans le salon. Elles ont déjà rassemblé ma veste, mes rangers, mon téléphone et mon portefeuille sur la table. Méfiant, je les dévisage tour à tour.

– Je peux savoir où vous m'emmenez ?

– Mets tes chaussures.

Je tourne la tête vers Diesel, dans l'espoir d'obtenir une réponse. Il mime une bouche cousue.

– Tu peux rêver si tu crois que je vais lâcher une info. Écoute tes filles et enfile tes pompes.

Je me laisse tomber sur une chaise et obtempère. Trois paires d'yeux sont rivées sur le moindre de mes faits et gestes, j'ai l'impression de passer un examen. Ils sont déjà tous prêts à partir.

– OK, c'est bon, dis-je en terminant d'enfiler ma veste. On va où ?

– Non, non, non, attends !

Naïa part en courant dans sa chambre. Elle revient avec un chapeau multicolore qu'elle m'enfonce sur la tête. Il est ridicule, jaune, avec des taches rouges, bleues, vertes, blanches... Elle passe l'élastique du chapeau autour de ma mâchoire, s'assure qu'il est bien serré, puis me prend les mains.

– Voilà, tu as presque l'air heureux !

Rakel explose de rire et brandit son appareil photo. Misère.

– Tu me la fileras ? demande Diesel.

Je me débarrasse de ce truc affreux et le colle sur la tête de Naïa. Comme ça, c'est beaucoup mieux.

– Ouais, je la mets sur Insta.

Je leur adresse un regard noir, sauf que je ne trompe personne. La situation m'extirpe même un rictus. Rakel ne crise pas, Naïa sourit, Diesel est là, mes parents m'ont envoyé un message et j'ai le cadeau d'Ali. La Pieuvre ne m'arrachera pas tout ça.

✦ ✦ ✦

Diesel nous a invités à déjeuner dans une brasserie du centre-ville. Bien sûr, lui et les filles n'ont pas pu s'empêcher de comploter avec la serveuse. Cette dernière s'est ramenée avec trente et une fichues bougies sur la pizza que j'avais commandée. La moitié du restaurant m'a vu les souffler avant d'applaudir, j'ai eu envie de disparaître sous terre.

Maintenant, je suis installé dans le salon de l'Arlington Tattoo, à attendre que Rebecca revienne avec des propositions de typographies. Je n'arrive pas à croire que les filles aient décidé de m'offrir un tatouage. Ou plutôt, elles ont eu l'idée, mes parents ont payé. Je suis déjà venu plusieurs fois ici, d'abord pour mon tatouage en commun avec Alisha. Et comme j'avais eu un bon feeling avec Rebecca, je suis revenu quand les jumelles ont eu un an, pour immortaliser leurs dates de naissance à l'intérieur de mon poignet gauche. Ensuite, il y a eu la Pieuvre.

Assis à mes côtés, Diesel feuillette le cahier des flashs et les jumelles donnent leur opinion sur chaque dessin. Je jette un coup d'œil à la page recouverte de motifs ésotériques.

– Il me plaît bien, celui-là, commente Diesel.

Il pointe du doigt un paquet de chips avec un fantôme qui crie « BOO » ! À son expression déterminée, je comprends qu'il est sur le point de lâcher deux cents balles pour se le graver sur la peau.

– Il est trop cool ! confirme Rakel.

– Moi, je préfère le chat noir, rétorque Naïa.

– Tu vas... te faire tatouer un paquet de chips ? interrogé-je.

– Ouaip, confirme-t-il. C'est trop mignon.

Un ricanement m'échappe. Moi, je ne pourrais jamais garder à vie quelque chose d'aussi peu significatif. Mais ça va bien à Diesel.

– Tu veux le placer où ? continué-je.

– Je sais pas trop, je vais voir si l'artiste a déjà pensé à un emplacement. Ça m'est égal.

Maintenant, je l'imagine avec son fantôme en plein milieu du front. J'aimerais chambrer davantage Diesel, mais Rebecca revient, alors je m'abstiens.

– Donc, tu voulais partir sur un lettrage assez simple, sans arabesques ou cursives. Je t'ai proposé plusieurs typos. On peut en mixer certaines, les modifier, ou carrément les changer, explique Rebecca en me montrant sa tablette.

Les filles et Diesel se penchent sur les tests d'écritures. Mes yeux s'arrêtent sur la dernière police : c'est fin, sans trop l'être. Rebecca a décoré la citation de quelques étoiles simplifiées.

– La troisième, lâché-je direct.

Je sens le souffle de Diesel me chatouiller le visage alors qu'il observe les dessins.

– J'aime bien la première, mais c'est vrai que la troisième est plus... lisible ? commente-t-il.

– Et vous, les filles, vous en pensez quoi ? demandé-je.

– Choisis ce qui te plaît, répond simplement Naïa.

– Elle a raison. La troisième est cool, cela dit.

– Bon, on part sur ça alors ? s'enquiert Rebecca.

– Ouais.

Alors que je me lève pour la suivre, Diesel la questionne au sujet du flash qu'il a repéré.

– Il faut que tu voies avec Jess, c'est ses dessins. Je vais te le chercher.

Rebecca repart à l'arrière du salon. J'attends son retour près du comptoir, Diesel pose le *book* dessus et continue à le feuilleter avec intérêt. Je m'approche pour regarder les dessins avec lui. Il sourit et décale le cahier entre nous. Dans notre dos, les filles sont restées assises dans les canapés à l'entrée, et Naïa éclate de rire toutes les deux secondes. Je parie que Rakel est encore en train de raconter des conneries à mon sujet. Enfin bon, je m'en cogne, si elle est dans un bon jour, c'est le principal.

– T'as vu, il est marrant aussi celui-là.

Diesel pointe du doigt un chat noir déguisé en fantôme. À son index, une bague que je n'avais encore jamais vue attire mon attention : sertie d'une pierre bleu-vert, elle semble aussi mystérieuse que ses yeux. Un peu hésitant, j'approche ma main de la sienne, recouvre son dos de ma paume. Sa peau est douce, chaude, ça me rappelle à quel point j'aime le sentir contre moi, savourer la chaleur de son corps, la douceur de son toucher. Mon cœur bat à cent à l'heure, j'ai l'impression d'être un collégien qui vit son premier flirt. Diesel entrelace ses doigts aux miens et quand je croise son regard, j'y lis un mélange de tendresse et de générosité.

Le bruit d'une porte qui claque fait exploser ma bulle de sérénité. Je me dégage et lève les yeux vers Rebecca. Elle est accompagnée d'un type couvert de tatouages au crâne rasé. Le fameux Jess, je suppose.

– On y va, Solveig ? demande Rebecca.

– À tout à l'heure, soufflé-je à Diesel en m'éloignant.

Il ne faut pas longtemps à Rebecca pour placer le stencil et allumer sa machine. Comme pour tous mes précédents tatouages, le picotement de l'aiguille m'apaise plus qu'autre chose. Je finissais toujours par m'endormir pendant mes séances pour la Pieuvre, sauf quand elle passait trop sur mes omoplates.

– Voilà, c'est fini. Ça te plaît ?

Je baisse les yeux sur la phrase gravée à l'intérieur de mon poignet.

« *I'd look right up at night*
*And all I'd see was darkness*
*Now I see the stars alright.* »

Mon passage préféré de *So Fine*. Depuis des années, je broie du noir, quand je lève les yeux vers le ciel, je ne vois jamais d'étoiles. Là, j'ai l'impression de pouvoir les apercevoir. Une lueur fugace, ténue, mais assez vivace pour me redonner un peu d'espoir.

Le soir, à l'appartement, on se retrouve tous les quatre autour de la table. La peau de Diesel est rouge sur son avant-bras, là où il s'est fait tatouer son paquet de chips. J'en reviens toujours pas qu'il soit là, avec les filles. Personne n'avait réussi à autant s'immiscer dans ma famille depuis le décès d'Alisha. Et puis, je ne me pensais même plus capable de réussir à garder quelqu'un dans ma vie. Je ne sais pas trop ce que ça signifie, mais pour l'instant, je ne veux pas chercher. J'essaie simplement de retrouver mon chemin sans me perdre encore. Sans trop intervenir, je l'écoute parler cinéma avec les jumelles.

– Attendez, je reviens, je vais chercher mon appareil photo !

Rakel disparaît. Une seconde plus tard, les lumières s'éteignent.

– Vous êtes pas discrets, me moqué-je en voyant Diesel quitter la table avec Naïa.

J'ai pas l'air con, assis tout seul dans le salon. Une musique tonitruante se lance, puis les jumelles et Diesel reviennent avec un framboisier dont les bougies scintillent dans la pénombre. Ils chantent *Joyeux anniversaire* horriblement faux, mais c'est mignon quand même. Les flammes crépitent dans la pièce et illuminent leurs visages. Ils ont les yeux qui brillent, un immense sourire aux lèvres. Ça, c'est un beau cadeau. Encore plus que ce tatouage. Je me penche pour souffler les bougies.

– Non ! Tu dois faire un vœu ! s'écrie Rakel.

– Hmm...

Je prends un instant, puis souffle les bougies. Naïa applaudit et Rakel siffle, le majeur et l'index entre les lèvres, avant de se lever pour rallumer la lumière.

– Tiens, je t'ai apporté ça, au fait, lance Diesel en posant un paquet devant moi.

Je le soupèse afin d'en deviner le contenu, sans succès. Sous le regard curieux des jumelles, je déchire l'emballage et y découvre le coffret *super deluxe* d'*Appetite For Destruction*.

– J'ai cru comprendre que cette édition était sympa, donc je me suis dit qu'elle te plairait.

Je l'imagine en train d'écumer les disquaires d'Orlando ou les sites internet liés aux Guns, et je ne peux pas m'empêcher de sourire.

– Merci, Diesel, murmuré-je.

Je ne m'habituerai jamais à ce qu'on m'offre des trucs, j'ai toujours le sentiment que je ne le mérite pas.

– Bon, on le mange, le gâteau ? biaisé-je pour masquer mon émotion.

– Ouais.

Je pose le cadeau de Diesel sur la table basse du salon. Hors de question de le salir. Après, j'attaque mon dessert. La saveur des framboises fond dans ma bouche et le goût de la crème me rappelle celle de cette boulangerie où Diesel se rend chaque fois qu'il ramène des pâtisseries.

– C'est quoi ton vœu, au fait ? s'enquiert Rakel, la bouche pleine.

– Secret. Espèce de curieuse.

– S'il le dit, il se réalisera pas, enchérit Naïa.

Raison de plus pour le garder pour moi. De toutes les choses que je pourrais espérer en ce monde, il ne m'a fallu que quelques secondes pour choisir ce qui me tenait le plus à cœur. Au-delà d'aller mieux, de me débarrasser de mon mal-être, moi, ce que je veux, c'est vivre assez longtemps pour fêter les dix-huit ans des filles.

Parce qu'entre mon taf et la Pieuvre, j'ai tous les jours l'impression que ma vie est en sursis.

« *Isn't it funny how day by day nothing changes,*
*but when you look back, everything is different.* »
– C. S. Lewis

# 43
# Solveig

*Compass* – The Neighbourhood

– C'est qui le plus mignon des chatons ? C'est qui ? C'est toi !

Blasé, j'observe Diesel câliner le chat. Le plan, c'était de lui interdire l'accès à ma chambre. Puis, j'ai compris que je ne pouvais rien ordonner à cette sale bête. En plus, Diesel passe son temps à le prendre avec lui dès qu'il passe à l'appartement. Ce soir ne fait pas exception à la règle ; après qu'on a terminé mon dîner d'anniversaire et regardé un film avec les jumelles, Diesel a choisi de passer la nuit à l'appartement. Et nous voilà, étendus dans le lit avec Slash.

– Si seulement Lugo était aussi affectueux, soupire-t-il en lui embrassant le front.

– Il me gonfle.

– Mon père disait pareil, maintenant, il ronfle avec le chat devant la télé. Ça te pend au nez, se moque Diesel.

*Mais oui, bien sûr.*

Je lève les yeux au ciel et m'assieds dans le lit.

– T'es venu pour le chat ou pour moi ?

– Quoi, tu veux que je te gratte sous le menton ?

Diesel m'adresse un clin d'œil joueur.

– Peut-être que ça me plairait, ironisé-je.

– Oh, tu commences à copier mon humour ! Je suis fier de mon petit poussin. T'es devenu une poule, ça y est, tu vas pouvoir prendre ton envol.

– Ça vole pas, une poule.

– En fait non, t'as pas changé, tu aimes toujours autant casser mes délires.

Diesel accorde une dernière caresse au chat, puis roule dans les draps pour atteindre le sac qu'il a balancé sur mon tapis.

– Au fait, j'ai ramené un truc, je me suis dit que ce serait sympa pour ton anniv !

– Tu m'inquiètes, mais vas-y.

Il a à peine extirpé le paquet d'une poche que je grommelle déjà.

– Ramasse ce tarot de malheur, j'ai pas besoin d'une prédiction.

– J'allais te proposer de me tirer les cartes.

L'incompréhension doit se lire sur mon visage, car Diesel s'empresse d'ajouter :

– Allez, pas besoin d'être sérieux, juste pour rire.

J'observe le jeu. Ce sont les mêmes illustrations que d'habitude, mais l'emballage a l'air plus neuf.

– T'en as acheté un nouveau ?

– C'est la toute nouvelle version du tarot astral, ils ont ajouté des animaux. Elle sera à toi, du coup.

– Et puis quoi encore ? Tu veux que je commence à porter des bracelets, les cheveux longs et des sarouels ?

Diesel éclate de rire.

– Je refuse de mourir sans t'avoir vu comme ça. Et un tarot ne se prête pas ; si tu l'utilises, il est à toi.

Dans un soupir, j'attrape le paquet.

– Prends les arcanes majeurs et brasse sept fois en coupant avec la main du cœur, vas-y, me presse Diesel.

Mon envie d'utiliser ma main droite est forte. Puis, je croise le regard brillant de Diesel, ce mélange de fascination et d'enthousiasme, c'est si déconcertant. Je n'ai pas envie de ruiner sa bonne humeur, je n'aime pas le voir déçu. Je récupère les cartes dont les titres dorés étincellent, mélange sept fois, coupe de la main gauche, puis étale les cartes face à Diesel.

– Ta question ?

– Quand on sera vieux, toi et moi, tu accepteras enfin qu'on porte des tenues assorties ? Genre, comme eux ?

Diesel brandit une photo sur son téléphone. Un couple de papys en atroces pulls en laine se sourient, même leurs cannes se complètent.

– Pas besoin du tarot pour te répondre, c'est non.

– Chut, tu dois interroger les cartes. Je choisis... celles-ci.

Je n'ai pas retenu comment il fallait les disposer une fois sorties du jeu, alors Diesel s'en occupe à ma place. Ensuite, il me fait signe de retourner le premier arcane.

– L'Étoile, marmonné-je. Tu es un objet céleste, formé de gaz. À ta mort, tu exploses en devenant une supernova.

Il roule des yeux.

– Je t'ai pas demandé de me lire mentalement la page Wikipédia du mot « étoile », fais un effort, essaie d'interpréter.

Je pourrais lui dire que cette image lui va bien, qu'elle me rappelle les taches de rousseur sur ses joues, sa façon de briller si fort. Les mots refusent de sortir.

– Allez, je t'aide, commence Diesel. Au tarot, l'Étoile est liée à l'optimisme, l'accomplissement de soi, la stabilité, l'ouverture aux nouvelles idées.

– Ça veut dire que tu es plein d'espoir face à l'idée de nous voir vieillir ensemble dans des pulls moches ?

– Ne pose pas de question si c'est ton interprétation.

– OK. Deuxième carte.

Je la retourne.

– Le Pape.

Sur l'illustration, un Soleil illumine des oiseaux perchés sur des branchages.

– Hm, si tu continues à insister avec cette idée à la con, je vais t'aveugler comme ces pauvres piafs.

Diesel m'envoie une pichenette sur le front.

– Arrête, sois sérieux ! Continue, retourne le troisième arcane.

J'obtempère.

– Le Fou.

Cette fois-ci, la carte est symbolisée par un vol d'oiseaux migrateurs. Les constellations dans le ciel dessinent un chien et un bâton de pèlerin.

– Ça veut dire que je vais devenir fou si tu me forces à porter un pull en laine moche.

– Non, la troisième carte symbolise le conseil, rétorque Diesel. Moi, je vois ça comme une invitation aux nouveaux départs.

Ouais, il est bien meilleur en interprétation que moi. Je laisse Diesel tourner la dernière carte. Les Amants. Deux serpents entremêlés, leurs têtes tournées vers le soleil.

– Oh, commente-t-il. Intéressant.

À son sourire ravi, je suppose que la carte lui donne la réponse de ses rêves.

– Ça symbolise quoi, les serpents ? demandé-je.

– La transformation, la vie, la guérison... Merci pour le tirage, en tout cas, c'était sympa.

– T'as eu ta réponse ?

– Oui, je pense.

Je range les cartes, puis glisse le paquet dans le tiroir de ma table de chevet avant de m'étendre aux côtés de Diesel. Alors que je me penche pour l'embrasser, Slash s'immisce entre nous et je me retrouve avec ses poils dans la bouche.

– Bon sang ! pesté-je.

Diesel éclate de rire, attrape le chaton et le dépose au pied du lit. Satisfait, je pose enfin mes lèvres sur celles de Diesel. Sa bouche a le goût des framboises. J'approfondis le baiser, mes mains commencent à déboutonner sa chemise, puis j'entends des bruits de pas dans le couloir, une porte qui claque. Surpris, je me détache de Diesel et me dis que ce serait peut-être plus sage d'en rester là ce soir. On s'allonge l'un contre l'autre et alors que je lui caresse les cheveux, j'entends sa respiration ralentir. Ses paupières papillonnent avant de se fermer. Je ne détache pas les doigts de ses cheveux pour autant. Les lueurs des étoiles filtrent à travers les rideaux de ma fenêtre, c'est comme si elle veillait sur lui. Je crois que ça m'est égal si le soleil ne brille plus, la nuit est belle aussi. Je me penche à l'oreille de Diesel et puis, d'une voix incertaine, je souffle :

– Si tu me promets d'oublier ces pulls immondes, j'veux bien vieillir avec toi.

« *Détruis-toi pour te connaître.*
*Construis-toi pour te surprendre.*
*L'important n'est pas d'être.*
*Mais de devenir.* »
– Franz Kafka

# 44
# Diesel

*Meaning* – Cascadeur

J'examine la façade de l'immeuble où vit Solveig, hésitant. Ce matin, je lui ai envoyé un message pour lui dire que je ne viendrai pas, et j'aurais peut-être dû tenir parole. Mon rétroviseur me renvoie une image de moi qui me déplaît, il y un éclat terne dans mes yeux. Je me force à sourire, mais je n'y arrive pas. Je n'ai pas le cœur à ça.

Pas aujourd'hui. Pas avec l'anniversaire de la mort de Joey.

Cinq ans qu'il a quitté cette terre et ce jour me détruit toujours autant. Comme d'habitude, je me demande si Joey a souffert en rendant son dernier souffle. À quoi il a pensé. S'il a eu peur ou s'il était en paix. J'aimerais donner tort à Wilde, prouver qu'avec assez de richesse, on peut racheter le passé, malheureusement je ne peux pas. Alors j'ai acheté le plus beau bouquet de roses possible et je me suis rendu au cimetière. Là, j'ai lu à Joey un extrait du *Portrait de Dorian Gray* et au moment de repartir, j'ai croisé sa famille. On a partagé nos souvenirs, puis je suis allé boire un café avec eux. Je devais rentrer chez mes parents ensuite, mais... je ne sais pas trop pourquoi, j'ai changé d'avis.

Peut-être que j'avais simplement besoin du réconfort de Solveig. Sauf que, maintenant que je suis là, je n'ai plus trop envie de l'embêter et de le voir s'inquiéter pour moi. Il a vraiment d'autres problèmes à gérer...

Trois petits coups sur ma fenêtre m'extirpent de mes pensées et quand j'aperçois Solveig, mon cœur sursaute. Il tient un paquet de tabac dans ses mains, une clope se consume entre ses lèvres.

– Salut, lancé-je en ouvrant la portière.

– Qu'est-ce que tu fous là ?

Il n'y a aucune forme d'agressivité dans sa voix, plutôt de l'étonnement et de la joie.

– Tu me connais, j'aime les surprises, rétorqué-je d'un ton qui se veut enthousiaste.

Solveig hausse un sourcil.

– Et du coup, tu restais planqué dans ta voiture ?

– Non, j'allais monter.

– Allez, viens.

Je me mords la lèvre, inspire un grand coup et emboîte le pas à Solveig. Une fois chez lui, j'ouvre son frigo, attrape une bouteille de jus de fruits et m'en sers une grande rasade. Je reste là, debout au milieu de la cuisine, à fixer mon verre en repensant à ma visite au cimetière. La mère de Joey avait l'air aussi triste que le jour de son enterrement. En même temps, comment se remettre de la mort de son enfant ?

– Tu t'installes pas ? me questionne Solveig.

– Si, si, je le fais, regarde, je m'assieds, réponds-je. J'étais juste en train de réfléchir.

Je me cale dans le canapé et pose mon verre sur la table basse. Solveig me rejoint, et je prends soin de baisser les yeux pour masquer ma tristesse.

– À quoi ?

– Au sens de la vie, bien sûr, réponds-je avec un petit sourire.

– Et tu l'as trouvé ?

Aucun trait d'humour ne me vient, alors je hausse les épaules.

– Pas trop.

Je sens Solveig chercher le contact visuel, mais je tourne un peu la tête. Il finit par glisser les doigts sous mon menton et gentiment, il me pousse à croiser son regard. J'y lis de la prévenance, de la douceur.

– T'as une petite mine. Ça va pas ? demande-t-il doucement.

– J'ai connu mieux, admets-je.

– Il s'est passé quelque chose ?

Mon cœur se serre. J'aimerais balayer le sujet d'un revers de la main, redevenir ce Diesel qui plaisante toutes les deux phrases, mais c'est trop tard, Solveig a cramé la supercherie. Alors autant être honnête.

– Aujourd'hui, c'est l'anniversaire de la mort de Joey... Je suis allé fleurir sa tombe, du coup, j'ai pas trop le moral. Mais ça ira mieux demain.

La main de Solveig se pose sur la mienne. J'entrecroise mes doigts aux siens et quelque chose s'apaise en moi. Il me montre qu'il me soutient, que je ne suis pas un poids.

– T'as envie de me parler un peu de lui ? propose-t-il.

– Bof, je préfère éviter le sujet, sinon je vais encore pleurer.

– Pas de souci. Hésite pas si tu changes d'avis, je suis là pour toi.

Par contre, s'il continue d'être prévenant avec moi, je vais vraiment avoir du mal à retenir mes larmes. Je me mords la lèvre inférieure.

– Désolé, j'aurais pas dû venir, je veux pas que tu me voies aussi morose.

– C'est pas grave, Diesel. T'as pas besoin d'être en feu à chaque seconde de ta vie. Si t'es triste, tu peux l'être en face de moi.

– D'accord... mais je préfère quand même le Diesel de bonne humeur.

– Moi, ils me plaisent tous.

Le baiser qu'il dépose sur mon nez est aussi léger qu'une caresse.

– Tu dis ça parce que tu ne connais pas encore le « Diesel qui chante sous la douche à minuit » ou le « Diesel qui parle aux araignées de son appart », tenté-je de plaisanter, sans entrain.

Solveig hausse un sourcil. Ma tentative d'humour n'a pas eu l'effet escompté. Je m'apprête à ajouter une connerie pour noyer le poisson, quand la porte d'entrée s'ouvre à la volée sur Naïa.

– Attends, pars pas ! s'écrie Rakel qui la talonne.

Sans l'écouter, Naïa passe en trombe devant nous en reniflant, le visage baissé. Je croise le regard de Solveig, il semble aussi perdu que je le suis. Il se lève d'un bond et attrape Rakel par l'épaule.

– Qu'est-ce qu'il se passe ?

Elle hésite, jette un coup d'œil vers la chambre dans laquelle Naïa s'est enfermée, puis grimace.

– J… J'sais pas… quoi te dire, bafouille-t-elle d'une voix chevrotante. Dis-lui de sortir de là, j'ai peur qu'elle fasse une connerie.

– Une connerie ? répète-t-il, interdit.

Rakel garde le silence, la respiration saccadée par des hoquètements. Comprenant qu'il ne tirera rien de plus de sa fille, Solveig se rue vers la porte de Naïa pour lui demander de la déverrouiller. Je reste figé quelques secondes avant de me redresser pour aller dans la cuisine remplir un verre d'eau. Mes mains sont moites quand je le tends à Rakel.

– Essaie de boire un peu et de te concentrer sur ton souffle, lui conseillé-je.

Elle attrape le verre, mais ne boit pas. Toute son attention est tournée vers Solveig.

– Naïa, ouvre cette porte, s'il te plaît.

– Non, laisse-moi tranquille !

Je vois Solveig perdre ses moyens face au rejet de Naïa, alors que les sanglots redoublent derrière le battant. J'aimerais m'approcher, le soutenir, comprendre ce qui a bien pu mettre sa fille dans cet état, mais j'ai peur de m'immiscer, de tout gâcher, de dire un truc qui déplairait à Naïa ou Solveig.

– Putain, ouvre, insiste-t-il.

– Non, je veux rester toute seule ! s'écrie Naïa.

– Dis-moi ce qu'il s'est passé.

– Rien, je me suis juste pris la tête avec une copine au lycée.

Rakel grimace ; son expression hurle qu'elle sait que sa sœur ment. Solveig aussi semble avoir du mal à y croire, il ne redescend pas en pression.

– Vraiment ? Tu sais quoi, je vais y aller moi, au lycée. Je verrai bien ce que tes profs me disent, rétorque-t-il avec détermination en s'éloignant déjà dans le salon.

– Non ! hurle Naïa en ouvrant brutalement la porte.

Elle s'avance dans le couloir pour rattraper son père par la manche.

– N'y va pas, fais pas ça...

Le T-shirt de Naïa est aussi trempé que ses joues rougies. Ses cheveux sont décoiffés, comme si elle s'était sans cesse passé les mains dedans. À cette seconde, elle me paraît encore plus fragile que d'ordinaire. Elle flotte dans ses vêtements, sanglote bruyamment en suppliant Solveig de ne pas partir. Il hésite, observe Naïa quelques secondes.

– OK. J'y vais pas. Mais parle-moi. Je t'ai laissée tranquille jusqu'ici, cette fois, ça va trop loin.

Elle nous scrute, Rakel et moi, avant de souffler à Solveig :

– Je te promets, c'est rien.

– Arrête, Naïa, faut que tu parles à papa ! s'énerve Rakel.

– Putain, vous allez me dire ce qu'il se passe, les filles ?

L'air dans la pièce se charge d'orage, et j'ai envie de disparaître dans un coin. Tout est trop étouffant : l'impuissance de Rakel, la colère de Solveig mêlée à son angoisse, la détresse de Naïa. Elle replie ses bras sur elle-même et baisse la tête. Ses mèches blondes retombent sur son visage, elle se cache derrière, en vain ; on l'entend quand même pleurer. Bon sang, qu'est-ce qui a bien pu lui arriver ? Je repense à tous mes échanges avec Solveig. Ces fois où il a retrouvé sa fille les yeux rouges, ou il m'a répété qu'elle lui mentait, cette nuit où il l'a grillée en train de supplier quelqu'un au téléphone.

*Merde.*

Naïa se mure dans le silence, comme si elle n'osait pas prendre la parole ou qu'elle ne savait pas comment s'exprimer. Elle délie les bras. Serre les poings. Sa lèvre inférieure tremblote. Elle ouvre la bouche, puis la referme. Une, deux, trois fois.

– Naïa, explique-moi, s'impatiente Solveig.

Elle pleure sans un bruit. Elle s'essuie le nez d'un revers du poignet et n'ose plus relever la tête.

– Dis-le-lui... murmure-t-elle finalement à Rakel d'une voix à peine audible. S'il te plaît.

Rakel hésite, jette un coup d'œil à sa sœur.

– T'es sûre ?

Naïa acquiesce faiblement. Rakel se tourne alors vers son père, et inspire un grand coup avant de révéler :

– Des photos de Naïa circulent au lycée...

Solveig se tend immédiatement, son regard passant de l'une à l'autre de ses filles.

– Quel genre de photos ?

Les pleurs de Naïa redoublent d'intensité, ses épaules secouées par des sanglots. Elle se laisse glisser au sol et enfouit la tête dans ses bras. Mal à l'aise, Rakel se résout à continuer :

– Du genre où elle est pas très habillée, elle...

Elle s'interrompt, incapable d'en dire plus, et la stupeur s'abat dans la pièce. Complètement démuni, Solveig me jette un coup d'œil désemparé, mais là, je suis à court de mots. Ma gorge est sèche, j'essaie d'assimiler les informations et tout ce qu'elles sous-entendent. Solveig s'humecte les lèvres, sort de sa torpeur et s'agenouille devant Naïa.

– C'est vrai ? demande-t-il d'une voix étranglée.

Naïa acquiesce faiblement, avant de renifler.

– Ça devait pas se passer comme ça, je voulais pas... Je voulais pas.

Il lui prend doucement les mains, l'aide à se relever et après l'avoir installée sur le canapé, il s'assied sur la table basse et tente de capter le regard de sa fille.

– Naïa, il faut que tu m'expliques. Je sais que c'est difficile, mais j'ai besoin de comprendre ce qu'il s'est passé.

Un long silence s'installe, uniquement ponctué par les reniflements de Naïa. Solveig la rassure, lui répète que ce n'est pas sa faute. Petit à petit, la tension dans les épaules de Naïa semble se relâcher. Elle rajuste ses mèches de cheveux pour mieux dissimuler son visage, comme si elle ne voulait pas que Rakel et moi, on puisse continuer à la voir pleurer. Puis elle prend une profonde inspiration et commence d'une voix tremblante :

– Ça a commencé il y a quelques mois. Un gars du lycée, Jamie, m'a ajoutée sur Insta...

Elle s'interrompt, prend une profonde inspiration. Ses yeux sont rivés sur ses cuisses, secouées par des tremblements.

– Au début, c'était juste des messages normaux. Il était gentil, on se rapprochait... Il me faisait des compliments, il me disait que j'étais jolie, intelligente...

Un faible sourire traverse son visage, vite remplacé par une grimace.

– J'me sentais... importante, pour une fois. On parlait presque tous les soirs.

Solveig l'écoute attentivement, ses mains caressant doucement les cheveux de Naïa. Elle continue, sa voix se brisant par moments.

– Et puis, un jour, il m'a demandé une photo. Pas juste un selfie... Mais j'ai dit non.

Elle s'arrête, les larmes coulant à nouveau sur ses joues.

– Sauf que j'avais tellement peur qu'il arrête de me parler. Quand je refusais, il répondait moins. Alors j'ai fini par céder.

Naïa poursuit, et je sens un poids s'installer dans ma poitrine. Sa voix vacille lorsqu'elle évoque l'arrivée de Dan, l'ami de Jamie. Solveig se raidit à côté de Naïa, redoutant probablement la suite, tout comme moi. Les yeux baissés, Naïa explique comment Dan a commencé à lui demander des clichés également. Quand elle en a parlé à Jamie, il lui a simplement dit d'être sympa avec son pote. À ces mots, je vois les doigts de Solveig se crisper dans les cheveux de sa fille. Le récit continue, et chaque détail me glace un peu plus. Dan se montrait généreux, en payant à Naïa des sorties au cinéma ou en lui offrant des cadeaux, mais en contrepartie, il exigeait des photos toujours plus osées. Solveig reste silencieux, mais je peux voir la douleur et la colère dans ses yeux. Je sens qu'il se contient, mais j'ai peur qu'il explose alors que Naïa continue à décrire cette spirale infernale. La tension monte dans la pièce, l'air devient presque irrespirable.

– Un jour, ils m'ont demandé de les retrouver derrière le lycée. Ils disaient avoir une surprise. Mais en fait... ils voulaient que je les... que je leur fasse des trucs...

Le silence qui suit est assourdissant. Je retiens mon souffle, sentant mon cœur se serrer. Solveig ferme brièvement les yeux, comme pour encaisser le choc.

– J'ai dit non. Ils ont insisté, en disant que, si j'avais envoyé ces photos, c'est que c'était ce que je voulais vraiment. Mais j'ai pas cédé. Alors ils m'ont menacée de partager les photos.

Elle lève enfin les yeux vers son père, son regard empli de détresse et de culpabilité.

Naïa explique alors que c'était la raison de ses pleurs cette nuit-là, quand Solveig l'a surprise. Les garçons ont continué à la harceler, essayant de la convaincre de céder à leurs demandes. Face à son refus répété, ils ont finalement mis leur menace à exécution et partagé les photos.

– Je suis désolée, papa. J'aurais dû t'en parler avant, mais j'avais tellement honte...

Solveig attire sa fille contre lui, la serrant fort dans ses bras.

– C'est eux qui devraient avoir honte, pas toi, tu m'entends ?

Il se recule légèrement, son regard cherchant celui de Naïa.

– Ils sont dans ta classe ?

– Que Jamie...

– J'aurais dû voir qu'il était bizarre avec toi, je suis désolée, souffle Rakel.

– C'est pas ta faute, t'as rien fait, la rassure Naïa.

– Ouais, justement, j'ai rien fait.

– Je vais m'occuper de ces mecs, moi, claque Solveig en se redressant.

Je tique. Qu'est-ce qu'il entend par là ? Il compte les passer à tabac ? Je comprendrais que ça puisse lui traverser l'esprit, mais c'est vraiment pas une bonne idée.

– Tu veux dire que tu vas prendre un rendez-vous avec le directeur du lycée ? tenté-je.

Solveig se tourne vers moi, fronce les sourcils, puis soupire.

– Ouais. Ces petits cons vont payer.

*« J'ai éclaté en sanglots. J'ai un faible pour cette expression. On n'éclate jamais de faim ou de froid. En revanche, on éclate de rire ou en sanglots. Il est des sentiments qui justifient qu'on vole en éclats. »*

– Albert Espinosa

# 45
# Solveig

*Carry You* – Ruelle (ft. Fleurie)

Naïa ressemble à une fleur fanée, fatiguée. Assise à mes côtés dans le bureau du directeur, elle est emmitouflée dans un de mes pulls, les cheveux emmêlés et les yeux noyés dans la brume. Les sourires n'éclosent plus sur ses lèvres. Trois jours qu'elle nous a tout raconté, mais j'ai l'impression qu'une éternité s'est écoulée. Depuis, elle n'a pas remis les pieds au lycée.

J'ai dû batailler ferme pour obtenir ce rendez-vous aujourd'hui. Quand j'ai appelé, le directeur a eu le culot de me dire que son agenda était « complet » et qu'il ne pourrait pas nous recevoir avant la semaine prochaine. J'ai dû insister, hausser le ton, pour qu'il daigne nous accorder un créneau. Naïa a tenu à m'accompagner malgré mes réticences. Je crois qu'elle craint que je m'emporte, et je ne vais pas mentir, elle a raison de s'inquiéter : je suis vraiment à bout de nerfs.

Le directeur Euston est un homme d'une cinquantaine d'années aux cheveux courts et au regard presque doux derrière ses lunettes rondes. De l'autre côté de son bureau, il nous observe.

– Bien, monsieur Andrea. Je comprends que la situation est délicate.

– « Délicate » ? C'est un euphémisme. Ma fille a été harcelée et humiliée publiquement.

Le directeur grimace légèrement.

– Oui, comme je vous l'ai dit au téléphone, nous prenons cette affaire très au sérieux.

Naïa se mord consciencieusement la lèvre inférieure. Elle a essayé de cacher son visage sous ses mèches blondes, mais je vois très bien les larmes dans ses cils. J'aurais peut-être dû insister davantage pour qu'elle reste à la maison.

– Vous prenez ça au sérieux ? Dans ce cas, depuis mon appel, qu'avez-vous fait concrètement ? Vous connaissez les coupables… Est-ce qu'au moins ils ont été renvoyés ?

– Nous avons déjà entendu Dan et Jamie à ce sujet, répond Euston en rajustant ses lunettes. Ils ont une version différente des faits.

Je me redresse, sur le qui-vive.

– Et qu'est-ce qu'ils vous ont dit ?

Euston s'éclaircit la gorge avant de répondre :

– Selon ces garçons, c'était un jeu entre eux trois. Ils affirment qu'ils s'échangeaient mutuellement des photos. Quant aux images qui ont fuité, ils disent que ce n'est pas leur faute, qu'une tierce personne aurait piraté le téléphone de Dan.

Je me tends immédiatement, sentant la colère monter en moi.

– Et vous les croyez ? Fouillez dans leurs portables, regardez les conversations, vous verrez le chantage.

Je me tourne vers Naïa.

– Montre-lui les messages de menace, ceux où ils disent qu'ils vont balancer les photos.

Naïa commence à pleurer, ses épaules secouées de sanglots. Désemparé, j'adoucis mon ton.

– Naïa, ma puce, c'est important…

Entre deux hoquètements, elle finit par dire, sa voix à peine plus forte qu'un murmure :

– Ils… Ils me l'ont dit par téléphone… ou en face… jamais par SMS.

Je me retourne vers le directeur, mon cœur battant à tout rompre. Je vois à son expression qu'il doute de la parole de Naïa. Ses yeux se plissent légèrement, son front se ride. Cette vision fait bouillir mon sang.

– C'est malheureusement sa parole contre la leur, dit-il d'un ton qui se veut diplomatique.

Quelque chose m'énerve dans sa posture et son discours, tout paraît faux. Presque calculé pour que je n'ouvre pas trop ma gueule.

– Pourquoi vous tenez tant à protéger ces connards ? explosé-je.

Euston fronce les sourcils, visiblement mal à l'aise face à mon éclat.

– Je ne protège personne, monsieur Andrea. Je cherche simplement la vérité, et pour l'instant, nous n'avons pas de preuves concrètes contre Dan et Jamie.

Il rajuste ses lunettes avant d'ajouter, son ton paternaliste me hérissant le poil :

– Vous savez, nous avons des cours où nous sensibilisons les jeunes à ne pas envoyer ce genre de photos. Peut-être que Naïa aurait dû les écouter plus attentivement.

Une vague de rage pure déferle en moi. Je me lève brusquement, renversant ma chaise.

– Vous vous foutez de ma gueule ?

Je sens Naïa se recroqueviller à côté de moi, mais je ne peux plus contenir ma fureur.

– Ma fille a été harcelée, on a partagé ses photos intimes, et vous osez la blâmer ? C'est elle la victime et c'est elle qui doit se planquer, c'est pas normal !

Le directeur lève les mains en signe d'apaisement.

– Monsieur Andrea, je vous en prie, calmez-vous. Si vous ne parvenez pas à vous maîtriser, je vais devoir vous demander de partir.

Je me penche vers lui.

– Et vous pensez que vous pouvez me forcer à partir ?

Euston déglutit difficilement, mais tient bon.

– Je ne voudrais pas en arriver là, mais si vous ne me laissez pas le choix, j'appellerai la police. Mais on n'en arrivera pas là, n'est-ce pas, monsieur Andrea ?

Je le fixe un long moment, bouillonnant, puis je lâche :

– Non, pas la peine. On s'en va. Vu que vous n'êtes pas prêt à bouger votre cul pour ma fille, c'est nous qui allons déposer une plainte au commissariat.

Et sans un mot de plus, j'attrape la main de Naïa et l'entraîne vers la sortie. Je ne sais pas ce que j'espérais de ce rendez-vous. Je pense que, naïvement, je croyais que le lycée allait soutenir ma fille, sanctionner ses agresseurs. Putain, j'ai été con d'y croire. Elle ne reviendra jamais dans cet établissement, pas après ça. Je refuse qu'elle subisse les moqueries de ses camarades ou la présence de ces connards de Dan et Jamie.

Le cœur serré par la haine, la rancœur et le désarroi, je marche à grands pas jusqu'au parking et m'assieds derrière le volant en claquant la portière. Naïa se laisse tomber sur son siège et fond de nouveau en larmes.

– C'est ma faute ? demande-t-elle entre deux sanglots.

– Non. Tu n'y es pour rien, murmuré-je en tentant de me radoucir.

Je ne peux pas laisser mon aura négative l'affecter, ce n'est pas de ça qu'elle a besoin. Naïa, c'est une gamine sensible qui ne ressent que trop bien les sentiments des autres. Chaque fois qu'elle sent Rakel ou moi monter en pression, elle s'écrase ou tente de calmer le jeu. Mais là, c'est son histoire, ses problèmes, elle ne doit pas restreindre ses émotions.

*Respire, Solveig.*

– Je te jure que ça s'est passé comme je te l'ai dit… Tu me crois, hein ?

L'hésitation dans sa question me tue. Moi, je me rangerai toujours du côté de mes filles ; jamais je ne remettrai leur parole en doute.

– Je te crois.

*« La vie est belle. La vie est dure.*
*Ces deux affirmations sont vraies. Inutile de chercher à établir une moyenne. Mieux vaut admettre qu'il y aura des gifles et des caresses. »*
– Christophe André

# 46
# Solveig

*a thousand stars, falling to the earth* –
Crywolf (ft. emalyn & Tal Richards)

Une infusion à la valériane à moitié entamée entre les mains, je fixe sans vraiment la voir la télévision qui diffuse un téléfilm à la con. Je baisse les yeux sur ma boisson et j'en grimace. Visiblement, les recettes de grand-mère de Diesel ne m'empêchent pas de cogiter. Les images défilent sans que le son m'atteigne. Une semaine depuis l'entretien avec ce connard de directeur. Une semaine que ma colère peine à débarrasser le plancher. J'ai voulu porter plainte immédiatement, mais le désespoir de Naïa m'a stoppé net. Dans la voiture, en route vers le commissariat, elle a craqué.

« Je veux juste oublier, papa. S'il te plaît. »

Sa voix brisée m'a transpercé le cœur. Comment lui refuser ça ?

Après ça, on est rentrés à l'appart et Naïa m'a imploré de ne pas la laisser retourner au lycée. De toute façon, il en était hors de question. Tant que ces deux ordures n'auront pas été sanctionnés et virés, Naïa n'y remettra pas les pieds. Mais ce salaud d'Euston continue à les protéger, et ça me rend dingue. À six semaines de la fin des cours, chercher un autre établissement s'est révélé compliqué.

Alors pour l'instant, Rakel lui ramène les cours et les devoirs. Elle essaie de changer les idées de sa sœur en lui proposant des films ou des balades, mais Naïa n'est pas toujours réceptive. La plupart du temps, elle reste sur le canapé avec le chat ou s'enferme dans sa chambre. Elle fait ses exos consciencieusement, mais c'est comme si elle le faisait par automatisme, sans vraie motivation.

Voir Naïa aller aussi mal me brise le cœur à chaque départ pour le travail. J'en deviens même maladroit au taf, j'oublie des requêtes de prisonnier, je me trompe dans le protocole de fouille de cellules...

Soudain, le bruit de mon téléphone me fait sursauter. L'écran affiche 17 heures et les messages de Diesel se multiplient dans le centre de notifications. En les lisant, je fronce les sourcils.

> Diesel : Jtm trait fort
>
> Diesel : Comme des pattes de pizz géantes
>
> Diesel : Tu me frais l'honneur d'être mon fromage râpé ?

Un rire m'échappe. Qu'est-ce qu'il raconte ? Je m'apprête à répondre, mais d'autres messages arrivent déjà.

> Diesel : De trait grosses pizzas dans les cheveux de Beyoncé
>
> Diesel : T'es ma pizz préférée du monde entieeeer

Solveig : ah, j'en suis une ?

> Diesel : Ton nouveau prénom = pizza chèvre-miel

Solveig : je hais le miel

Diesel : Moi qui projetais de m'en tatiner le corps pour t'exiter

Diesel : Je me contenterai de tranches de chèvre

Diesel : OMG NON J'AI MIEUX

Diesel : ÉCOUTE MON GÉNIE :

Diesel : Toi + moi à Halloween. Moi en pizza, toi en ananas

Diesel : Crazy Frog.

Diesel : PING PING.

Il a retrouvé le moral depuis l'anniversaire de la mort de Joey. Ces derniers jours, j'ai essayé de lui en reparler, pensant qu'il avait peut-être besoin de vider son sac, sans oser le faire à cause des problèmes de Naïa. Mais Diesel a éludé, prétendant que ce n'était pas si important et que je devais me concentrer sur ma famille. Alors hier soir, durant une autre de nos discussions nocturnes, je lui ai écrit qu'il n'avait pas besoin de faire une gradation sur l'échelle de la souffrance, qu'il pouvait se confier, peu importe mes propres galères. À ces mots, il a vidé son sac, et m'a raconté quel genre de mec était Joey, avant de m'avouer à quel point son suicide l'a affecté et comment il a vrillé pendant son deuil. Ça m'a ému, que Diesel se livre à moi. Je ne mentais pas quand je lui ai dit que toutes ses facettes me plaisent.

Diesel : Libéré, délivréééé

Diesel : Je ne mentirai plus jamaiiiiis

Solveig : t'es complètement défoncé, mon pauvre

Pas la peine de m'ennuyer devant un quelconque téléfilm quand j'ai Diesel qui déraille en direct.

Je me souviens qu'il avait une *pool party* ce dimanche après-midi pour l'anniversaire de Nour, qui risquait de se poursuivre en soirée. Mais il n'est même pas 17 heures et il est déjà dans cet état ? Il faut croire qu'ils commencent tôt à se mettre une race.

Diesel : OMG, je viens de réalisé un turc

Solveig : ah, tu as réalisé un turc. en pâte à modeler ?

Diesel : Lmao non

Diesel : Concentre-toi un peu

Diesel : En fait, c'est possible de voler, il faut juste tournez par terre en restant assis

Solveig : oui, ça coule de source

Diesel : J'ai des auréboles sous les draps comme des soucoupes volantes.

Essayer de comprendre ce qu'il a voulu dire, c'est comme participer à un jeu de plateau pour gagner des millions.

Diesel : Fait chaud

Solveig : t'es où ?

Diesel : Assis

Solveig : évidemment, je connais bien cet endroit

– Pourquoi tu souris ?

Je relève la tête en apercevant Naïa. Sa voix est faible, encore plus basse que d'habitude, et les cernes sous ses yeux n'ont pas diminué. D'un signe de tête, je l'invite à s'asseoir à côté de moi.

– Diesel raconte des conneries, c'est tout.

– Il en dit beaucoup.

Naïa se décale afin d'éviter les derniers rayons du soleil tapant contre son visage.

– C'est vrai, ricané-je.

Elle me sourit timidement en s'asseyant à côté de moi, la tête appuyée sur mon épaule. Je reconnais direct le parfum qu'elle porte, mélange d'ambre et de patchouli. C'est celui d'Alisha. Après sa mort, Naïa a voulu le récupérer. Elle parfumait ses vêtements ou ses draps avec. Encore aujourd'hui, quand elle ne va pas bien, son premier réflexe, c'est de ressortir le parfum de sa mère.

– Montre ?

Je la laisse lire les messages de Diesel, qui continue à raconter n'importe quoi.

Diesel : Ouh le bas taux tangue ! Sur le pont, moussaillon !

– Tu vois, quand je te dis qu'il faut jamais prendre de drogue.

Merci, Diesel, de me faire de la bonne pub. Naïa rit. Ça ne sort pas du fond du cœur, mais c'est déjà ça. Je passe doucement la main dans ses cheveux.

– Il est drôle, commente-t-elle. Je l'aime bien.

Oh, moi aussi, je l'aime bien. Beaucoup, même.

Diesel : Moules au rapport, tout le monde sur le pond ! On va couler !

Diesel : Faut vite se sauver omg

Diesel : Mais je sais pas nager

Solveig : avec tes bras ?

Diesel : MDR tu sors d'où ? Ça a pas de bas une moule !

Il tape ses SMS avec le nez, bien sûr.

Solveig : j'avais omis ce détail technique

Diesel : De tte façon, on est tombés de la falaise /:

Solveig : ah, mince

Naïa lit par-dessus mon épaule et n'arrête pas de glousser. C'est marrant, quand même. Diesel s'est invité dans mon quotidien en grande pompe, et pourtant sans un bruit. Il a pris de l'importance à chacune de nos rencontres et, avant même que je m'en rende compte, il faisait partie de ces rares constantes dans ma vie.

Solveig : l'équipage va bien ?

Diesel : Jz suis le seul survivant

Solveig : wouah.

Diesel : Pendant la chute, j'ai senti mes couilles voler genre. Dans ma gorge

Solveig : tu es une drôle de moule

Diesel : Pourquoi tu dis ça, lmao ?

Diesel : Je vais réparer le gâteau

Solveig : t'es un kamoulox géant

Diesel : Nn, je suis une moule

Solveig : promets-moi juste qu'il y a des personnes moins défoncées que toi

Solveig : et que t'es pas trop près de la piscine

Diesel : Tqt poulette

Diesel : J'ai des potes qui boivent 0 et qui fument pas de weed

Diesel : Par contre nour a disparu

Diesel : J'crois qu'elle est avec sa teuf

Diesel : meuf

Diesel : J'aimerais croc que tu sois avc mwa

Diesel : Qiuoique nan, c mieux si t'es pas là

Diesel : Y a de la poule truc de ouf

Diesel : Foule

Je l'imagine bien, défoncé à en crever, en train de s'acharner sur son clavier pour réussir à taper les mots du premier coup. Alors qu'il continue à me raconter l'avancement de la réparation de son bateau – je me demande bien de quoi il parle réellement –, Naïa se lève et se sert un verre d'eau dans la cuisine. Elle l'emmène dans sa chambre, fermant doucement la porte derrière elle.

Diesel : Ah, c'est bcp mieux !

Solveig : oui, je suis d'accord

Ce type est incroyable. Je n'en avais jamais rencontré des comme lui, avant. Diesel est un mélange de couleurs criardes, indescriptibles. Il est unique, élégant, même dans ses chemises aux motifs tous plus ridicules les uns que les autres. C'est un morceau d'étoile. Et même si je ne le connais que depuis octobre dernier, il est devenu une part de mon univers.

Diesel : Je suis excité omg

De mieux en mieux.

Diesel : Dis-moi des trucs sales.

Solveig : détritus

Solveig : diarrhée

Diesel : MDR, mais non !

OK, celle-ci était facile. Mais tellement tentante. En même temps, que veut-il que je lui réponde d'autre ? Je ne vais pas jouer à ce genre de jeu alors qu'il est complètement défoncé. Je me demande la tête qu'il va tirer demain en découvrant ses bêtises.

Solveig : tu veux que je passe à du plus hard ?
genre un bon gros vomito ?

Diesel : Mais beurk !

Solveig : :)

Je mets un smiley, ça craint. Je n'en envoie presque jamais, c'est ridicule. Les filles s'en plaignent pas mal d'ailleurs ; apparemment, j'ai l'air méchant et froid à chaque fois.

Diesel : Je te vengerai.

Diesel : Me

Je jette un coup d'œil à l'heure en haut de mon téléphone. Maintenant, il est 17 h 16. Même si j'aurais aimé rester parler à Diesel, il va falloir que je commence à me préparer pour prendre la route. La fatigue m'étreint déjà à cette pensée, je suis claqué.

Solveig : je vais travailler, à plus
Solveig : te noie pas

Diesel : Ahah, t'es bête

Je mets mon téléphone en veille, prends le temps de fumer une cigarette. Le moment de distraction est terminé, retour à la réalité. J'ai ce poids habituel dans le ventre et la Pieuvre en profite pour se manifester. Elle tisse sa toile, chante sa mélodie : « Tu ne sers à rien », « Tu es nul », « Ta vie te détruit », « Abandonne-la et tout ira mieux. » C'est toujours comme ça. Dès que je passe un moment heureux, elle se déchaîne sur moi la seconde d'après afin de me ramener à la réalité. Crispé, j'écrase ma clope dans le cendrier et frappe à la porte de Naïa.

– Quoi ?

Quand j'entre, Naïa et Rakel sont étalées dans son lit, manifestement en train de regarder un film.

– Je pars bosser. Vous mangez toutes les deux ce soir ?

– Comme d'habitude.

Il y a de l'amertume dans la voix de Rakel. Ça me mine un peu plus le moral, parce que oui, j'aimerais bien m'installer avec elles devant un film, sauf que je ne peux pas. Rakel baisse la tête sur l'écran de son ordinateur.

– Désolée, je voulais pas dire ça.

Je soupire.

– Faites attention à vous. Vous savez qui appeler s'il y a un problème, hein ?

– Oui, oui, marmonne-t-elle. C'est plutôt à moi de te dire de faire attention.

– À demain, ajoute Naïa.

– Ouais, à demain.

« *My somber heart seeks you always.* »
– Pablo Neruda

# 47
# Solveig

*Voice of the Soul* – Death

Michael déblatère encore et encore sur les progrès de son gosse, photos et vidéos à l'appui. Je l'écoute à peine, bien plus occupé à boutonner ma chemise. Qu'est-ce que je fiche ici, bon sang ? J'étais bien, dans mon canapé, à lire les conneries de Diesel. Au lieu de ça, je suis prêt à prendre ma garde de nuit et à subir le *small talk* de mon collègue. Il ne se tait pas tandis que je lace mes chaussures, puis sors du vestiaire. Je soupire en rajustant le col de mon uniforme. Raiford a toujours cette ambiance un peu oppressante mais, dans le noir, les tours de contrôle, les grands barbelés, les bâtiments longilignes sont encore plus oppressants.

Appuyé contre une porte de casier, je pousse un soupir. Je suis crevé, j'ai déjà envie de rentrer chez moi. Mais non, je suis là. À faire ces foutues vacations, à me bousiller les articulations des pieds et des genoux.

– Ça va pas ? s'alarme Michael.

– Je m'endors. Ça ira mieux quand on commencera la ronde. Faut qu'on se grouille, d'ailleurs, ou le chef va encore gueuler.

Il est presque 19 heures et il est grand temps de vérifier que tous les prisonniers sont dans leurs cellules pour la nuit. Je bâille sans aucune classe.

– Ouais, deux secondes, marmonne Michael en fixant son portable. Ma femme a un problème avec le petit, je l'appelle juste vite fait.

Il n'attend pas ma confirmation et s'éloigne, téléphone à l'oreille.

Je reste dans les vestiaires, à poireauter comme un con. On va se faire allumer si Michael continue à traîner. Je tourne la tête vers le coin où il se trouve ; il a l'air préoccupé par ce que lui raconte sa femme. Dans un soupir, je me résous à rejoindre notre étage et scrute une des caméras du coin de l'œil. Au moins, je pourrai baratiner le boss s'il débarque.

Appuyé à une porte de cellule, je n'ai pas d'autre choix pour passer le temps que de me perdre dans mes pensées. Je me demande ce que font les filles à cette heure. J'espère qu'elles vont penser à manger et pas rester vissées devant des films toute la soirée.

Alors que je marche d'un bout à l'autre du couloir, des bruits étouffés me parviennent de derrière une porte. Je balaie l'allée à la recherche de Michael, mais toujours aucune trace de lui. Putain, il compte ramener son cul un jour ?

Je ne sais pas ce qui se trame dans cette cellule. C'est celle de Tim Gamble, un tueur en série en attente de son exécution depuis maintenant sept ans. Il continue à émettre des sons, des espèces de... râles ? Et si c'était encore une tentative de suicide ? On va à nouveau me reprocher de pas avoir fait mon taf. Je patiente quelques secondes, histoire de voir si le bruit cesse, mais il n'en est rien. L'envie de m'assurer que tout va bien se dispute avec celle d'attendre le retour de Michael. Si c'est une fausse alerte et que ça remonte aux oreilles de mes supérieurs, je suis foutu. Mais si ce n'en est pas une, j'en prendrai plein la tronche pour ne pas avoir levé le petit doigt. Mes mains bougent toutes seules et désactivent la sécurité de la porte. À l'intérieur, le type est avachi sur son lit, et il ne répond pas quand je lui demande de faire un geste.

– T'es vivant ? tenté-je.

Aucune réaction. Je tâtonne dans l'obscurité pour ne pas m'écrouler sur un tas de linge qui traîne au sol.

– Allez, fais pas chier, mec.

Je m'approche de son lit.

*Je déteste ça, je déteste ça, je déteste ça.*

La dernière fois que je me suis retrouvé dans cette situation, l'homme était mort, des entailles allant du coude au poignet sur les deux bras. Mon estomac manque de se retourner sous la violence du souvenir.

– S'il te plaît, dis-moi que tu vas bien...

C'est quand je soulève la couverture que je comprends.

Son sourire, cruel.

Ses yeux grands ouverts, luisants de haine dans la semi-obscurité de la cellule. D'un bond, il se rue sur moi, une paume plaquée contre ma bouche pour étouffer mon cri.

La Pieuvre jubile. Je n'entends plus mon cœur battre. Il n'y a que moi. Moi face à la réalité de mon métier.

Je dégage le taulard d'un coup de pied dans les genoux, et il s'écarte en hurlant, fou de rage. Son visage est le miroir d'une fureur incontrôlable. Profitant de ce moment de battement, je tente de sortir de la pièce, mais Gamble me choppe par l'épaule et me force à le confronter.

Et là, un vent glacial m'envahit.

Et puis, un choc, comme une décharge électrique. Un picotement dans ma chair. Les sons du monde qui s'étouffent pour simplement disparaître. Chaos. Incompréhension. Horreur. Je me recule de quelques pas, hagard, vacille sur mes chevilles.

– C'est tout ce que vous méritez... crache-t-il avec hargne.

Je porte la main à mon abdomen. Le sang. La douleur. L'effroi qui me saisit quand je capte ce qu'il vient de se passer.

Il m'a planté.

Je tangue jusqu'au mur, m'appuie contre, la respiration erratique, une paume plaquée sur mon ventre. Mes souvenirs titubent, s'effondrent, et plus rien n'a de sens. Tout se mélange. Les jumelles, Diesel, la Pieuvre, les menaces d'Ellie.

Alors, on y est. Ma punition. Quelque chose de dégueulasse, visqueux, chaud, glisse entre mes doigts. Je baisse les yeux et manque de défaillir. Mon intestin.

Mes genoux cèdent. Dans la brume, je vois les pieds du prisonnier qui passent devant moi.

Ma bouche s'ouvre sur un cri silencieux.

Et me voilà. Étalé, seul, les yeux trempés, ma vie qui s'écoule sur le sol. Les bruits du monde disparaissent, il n'y a plus que la Pieuvre qui chante tout doucement.

Je ne veux pas mourir.

*« Par-delà les idées du bien et du mal, il y a un champ. Je t'y retrouverai. »*

– Rûmî

# Quatrième contact

*Thank you for loving me when*
*I still tasted of heartache and war.*

NIKITA GILL

# 48
# Diesel

*That's The Way It Is* – Daniel Lanois

– Oh, Diesel, lève-toi !

Les coups frappés à la porte résonnent même dans mon crâne. Je pousse un marmonnement contrarié et colle l'oreiller sur ma tête pour étouffer le bruit. Bordel, j'ai beaucoup trop forcé sur les consos, hier. On a commencé la *pool party* en début d'aprèm, avant de prolonger les festivités à l'appart de Nour la moitié de la nuit. La faible lueur qui filtre par la fenêtre suffit à alimenter mon mal de tête et la personne qui me crie dessus en me secouant dans tous les sens n'arrange rien.

– Arrête tes conneries, c'est grave là !

Je reconnais cette voix : c'est celle de ma sœur. Je retire l'oreiller, retiens une grimace de douleur tandis que ma gueule de bois se rappelle à moi.

– Qu'est-ce que tu fous là, Kléia ?

– J'te cherchais partout. Nour m'a dit que t'avais dormi chez elle. Tu regardes pas ton téléphone ?

– Je dormais.

Elle se mord la lèvre en se passant la main dans les cheveux. Je reconnaîtrais cette expression entre mille : elle veut me parler de quelque chose, mais ne sait pas comment. Ses yeux noisette sont noyés dans l'angoisse et elle tord ses doigts dans tous les sens.

– Je sais pas comment te le dire, souffle Kléia. Regarde tes messages, s'il te plaît.

– Je me rappelle plus où j'ai posé mon t...

Ma sœur me remet mon portable. Pas une seule vanne sur ma propension à perdre mes affaires. Ce n'est vraiment pas normal. Je ne l'ai pas encore déverrouillé que j'aperçois toutes les notifications accumulées sur l'écran d'accueil. Mon cœur tombe au fond de mon estomac. Rakel a essayé de me joindre un nombre incalculable de fois, et elle m'a aussi laissé des messages. D'autres SMS plus récents s'affichent, de ma mère et de ma sœur, cette fois-ci.

> Rakel : Dis, est-ce que papa est avec toi ? Il est tjrs pas rentré, c'est bizarre.
>
> Rakel : T'es là ?

*Un appel en absence.*

> Rakel : Diesel, est-ce que tu peux venir à la maison stp ?
>
> Rakel : J'ai appelé Raiford et papa s'est fait attaquer au travail.
>
> Rakel : Il est à l'hôpital, mais on sait pas comment y aller pcq y a aucun transport à cette heure.

*Quatre appels en absence de Rakel.*

> Rakel : Réponds stp.

*Six appels en absence de Rakel.*

> Rakel : Jsp quoi faire, jsp non plus comment gérer Naïa, je suis perdue.

*Neuf appels en absence de Rakel.*

> Rakel : Diesel ?

*Dix appels en absence de Rakel.*

> Rakel : Je t'en supplie, jsp qui appeler à part toi.

*Trois appels en absence de Kléia.*

> Kléia : Diesel, t'es où ? Y a la gamine de Solveig qui vient de me trouver sur Instagram. C'est sérieux, rappelle-moi.

*Cinq appels en absence de Kléia.*

> Kléia : J'ai appelé maman. Elle s'occupe d'emmener les filles de Solveig à l'hosto avec papa.
>
> Kléia : Rappelle-moi dès que t'as mes messages.

C'est comme si je tombais en chute libre. Je n'arrive pas à intégrer ce que je suis en train de lire. Ça ne peut pas être vrai, c'est juste un rêve éveillé, j'ai trop forcé sur les joints et maintenant, mes pires cauchemars deviennent réalité.

– Est-ce que Solveig est… Est-ce qu'il est…

*Mort.*

Je n'arrive pas à terminer ma phrase, je ne veux pas prononcer ce mot. Pitié, pas Solveig, pas lui. Il a encore trop de choses à vivre, il ne peut pas laisser ses filles orphelines, il ne peut pas m'abandonner… La dernière fois que je l'ai vu, tout allait bien. Rien n'aurait pu me préparer à ça. J'ai toujours pensé que le plus grand danger pour Solveig, c'était la Pieuvre. Comment j'ai pu à ce point oublier les risques de son métier ? Pourquoi le destin continue de s'acharner sur mes proches ? Il m'a pris mon oncle, il m'a pris Joey, et maintenant, il veut me prendre Solveig.

Kléia pose ses mains sur les miennes, qui n'arrêtent pas de trembler.

– Diesel, souffle-t-elle en s'asseyant à mes côtés.

– S'il est… S'il a… Bref… Si tu dois m'annoncer quelque chose, fais-le vite.

– OK… De ce que j'ai compris, il a été agressé par un détenu. Ses filles l'ont rejoint à l'hôpital, mais elles n'ont aucune nouvelle. On sait pas si Solveig va bien. Il…

*On sait pas…*

On sait pas.

ON SAIT PAS.

Mais c'est encore pire ! Mon estomac fait un looping et je vomis tous mes excès de la veille sur le plancher. C'est comme si ma propre vie venait de s'arrêter.

Non, pas Solveig.

Il n'a pas le droit de me faire ça. Je le lui interdis, merde. Joey, c'était déjà trop. Je ne veux plus jamais vivre ça. Je me noie dans mes larmes, et Kléia continue à me parler. Je crois qu'elle me murmure des paroles réconfortantes, mais je ne l'entends pas vraiment.

– Faut que j'aille le voir… hoqueté-je.

– Je sais, je vais t'emmener, d'accord ?

J'ai l'impression d'éclater en morceaux. Kléia me serre dans ses bras, fort, mais pas assez pour rassembler tous mes fragments.

Quand on arrive devant l'hôpital de Jacksonville deux heures plus tard, je descends en trombe de la voiture et me précipite à l'intérieur. Dans la salle d'attente, j'aperçois les jumelles assises aux côtés de mes parents. Ç'aurait dû être mon rôle, pas celui de ma famille. Je ne suis vraiment qu'une merde d'être sorti hier, de ne même pas avoir entendu mon téléphone.

Mes yeux recommencent à déborder et sans réfléchir, je me jette dans les bras de ma mère. J'ai honte de me montrer aussi faible, encore plus en présence des jumelles. Rakel tient la main de sa sœur en lui murmurant je ne sais quoi. Je vois bien qu'elle essaie de tenir bon, mais son nez coule. Quant aux joues de Naïa, elles sont trempées de larmes. Je n'ose même pas imaginer ce qu'elles peuvent ressentir. L'idée de perdre leur père, alors que leur mère est morte...

– Je vais aller les voir, reniflé-je.

Je me laisse tomber sur la chaise à côté de celle de Rakel. Ses yeux ne brillent pas de leur habituelle lueur moqueuse ; ils sont humides, rongés par la peur et la tristesse.

– Désolé de pas avoir répondu...

– C'est pas grave, murmure Rakel.

Elle passe la main dans les cheveux de sa sœur et lui chuchote à l'oreille.

– Ça va aller, lui assure-t-elle. Il est trop têtu pour mourir, tu le sais bien, hein ?

Naïa ne répond pas, complètement anéantie.

Dans ma tête, je supplie la Mort de ne pas prendre Solveig, mais je ne peux pas m'empêcher de me dire que comme pour Joey, elle ne m'écoutera pas.

Bon sang, ça suffit.

Il faut que je me reprenne. Je ne peux pas me laisser envahir par mes pensées, je dois me concentrer sur Rakel et Naïa et continuer à leur parler. Leur montrer que je suis là pour elles. Naïa reste muette, sa sœur me répond par monosyllabes. Le silence finit par s'étirer entre nous, tandis que le temps défile si lentement que je me demande si quelqu'un ne l'a pas arrêté.

Tous les scénarios défilent dans ma tête. L'espace d'un moment, je me vois prendre Solveig dans mes bras, puis l'instant d'après, je suis à son enterrement, et je lui dis adieu tandis qu'on descend son cercueil sous terre.

Les mâchoires de l'angoisse mordent mon estomac, le goût de la bile remonte dans ma bouche alors que la réponse tarde à me parvenir.

Lorsqu'un médecin appelle les proches de Solveig, cinq paires d'yeux se braquent sur lui. Il nous guide jusqu'à un bureau, et l'atmosphère est si lourde qu'elle pèse sur mes épaules. On est suspendus à ses lèvres alors qu'il jette un coup d'œil à son ordinateur, puis à nous.

– Vous êtes les proches de monsieur Andrea ?

Ma mère répond doucement que les jumelles sont ses filles et que nous sommes de son entourage.

– L'opération s'est bien déroulée, assure-t-il tout de suite. Est-ce que vous voulez entendre la suite ?

Son regard se porte sur les jumelles.

– Oui, affirme Rakel sans hésiter.

Naïa ne bouge pas, accrochée au bras de sa sœur. Le médecin n'insiste pas, nous observe tour à tour, puis continue :

– La blessure est sérieuse : monsieur Andrea présentait une plaie longue d'environ quinze centimètres ayant touché ses intestins.

Quinze centimètres… À ce niveau, il n'a pas été simplement poignardé, mais éventré… Une boule se loge dans ma gorge. Les images qui me viennent sont si violentes, horrifiantes, que je sais que je ne fermerai pas l'œil de la nuit.

– Afin de limiter les risques d'infection, nous avons lavé les organes avant de suturer la plaie.

Je grimace. Là, sur l'instant, je m'en cogne d'avoir un compte rendu post-opératoire. Une seule question me brûle les lèvres : *où* est Solveig ? Je n'aime pas ce sentiment d'espoir qui m'envahit, il ne m'a que trop trahi. J'ai longtemps espéré qu'un jour, Joey irait mieux, j'y ai même *cru*. La chute n'en a été que plus brutale. Alors je serre les dents, j'attends que le médecin reprenne la parole.

– Son état est stable, déclare-t-il. Nous préférons le garder en soins intensifs pour la nuit, mais son pronostic vital n'est plus engagé. Il survivra.

Rakel pousse un long soupir tremblotant avant d'exploser en sanglots. Ses épaules se relâchent, et c'est comme si toute l'angoisse qu'elle avait accumulée ces dernières heures s'échappait enfin. Sa sœur lui frotte le bras avant de l'enlacer.

Moi, je bloque sur les mots.

Son pronostic vital n'est *plus* engagé.

Donc il l'a été.

Je pensais être submergé par le soulagement, rire bêtement, me sentir plus léger, mais c'est l'épuisement qui prend la relève. Tout est dilué dans les pensées négatives. Solveig survivra, oui. Mais dans quel état ? Il va falloir panser d'autres plaies. Celles qui créent des fissures sur l'âme et par lesquelles rentre le malheur.

Les créatures hideuses comme les pieuvres.

« *What's the meaning of the scar if we don't learn how to heal?* »
– *That's The Way It Is* – Daniel Lanois

# 49
# Solveig

*Nothing Else Matters* – Metallica

La mort, c'est moche.

Il n'y a pas de lumière au bout du tunnel. Tout est flou. Le silence est lourd, assourdissant. Pas de jardin lumineux, juste un champ de ruines. Une plaine désolée où l'herbe ne pousse pas, où le soleil ne perce pas. On est seul. Simplement seul face à la Faucheuse.

Mais je pensais qu'on ne souffrait plus. Qu'on ne sentait plus. Et moi, je suis là, avec une cruelle conscience de mon corps qui hurle, agonise.

Ça fait mal.

Et j'ai trop chaud.

Je veux juste que ça s'arrête.

Je me mords la lèvre et étouffe une plainte. Je suis mort, je ne peux pas bouger. Je peux seulement... constater. Et c'est terrifiant. Alors c'est ça que ressentent tous les condamnés qu'on exécute à Raiford ? C'est ça, *mourir* ?

Sur le moment, je n'ai pas compris qu'on m'avait poignardé. Et puis, j'ai vu mon intestin. Le sang sur mes mains. Le mien, cette fois-ci. Je crois que Michael a ensuite déboulé, j'entends encore ses hurlements mêlés à la sirène de l'alarme de Raiford. Il n'arrêtait pas de me gueuler de rester avec lui. Manifestement, je ne l'ai pas écouté.

De toute façon, moi, on ne me donne pas d'ordres.

Enveloppé dans cette obscurité angoissante, j'essaie de trouver un point d'appui, de comprendre quel est ce monde dans lequel j'ai atterri. Et quand je prends une longue inspiration, un parfum familier envahit mes narines. Ça sent le patchouli. C'est l'odeur d'Alisha, alors je souris. Elle est là, quelque part... Mais il n'y a pas que ça. Il y a d'autres fragrances dans l'air. De l'antiseptique. De la violette. Du tabac... à la vanille.

Qu'est-ce qu'il fout là ?

Ce n'est pas possible. Il ne se serait jamais suicidé pour moi, Diesel aime trop la vie pour en finir avec la sienne.

J'essaie de lutter contre la sensation d'engourdissement. J'ai besoin de me lever, je veux le voir. Mais une main posée sur ma poitrine m'en empêche.

– Ne bouge pas.

Et pourquoi pas ?

Un éclair de douleur me traverse quand je redouble d'efforts et me laisse retomber sur le dos. Je n'y arrive pas. Ça fait trop mal.

– Merde, mais donnez-lui quelque chose !

Cette voix étranglée, c'est celle de Rakel.

C'est un cauchemar. Pourquoi toutes les personnes que j'aime sont avec moi ? Elles ne sont pas censées être mortes.

*Bravo, Solveig, t'es un minable jusqu'au bout.*

Quelqu'un est en train de me crier dessus, la voix brisée par les émotions. Je crois reconnaître le timbre de Rakel, mais je n'en suis pas certain. Je ne comprends plus rien, tout se mélange et se confond. Où je suis ? Avec qui ? Hier, il y avait une plaine et aujourd'hui, il y a un lit d'hôpital au beau milieu d'un champ désolé. Comment je suis supposé m'y retrouver ?

– Je te déteste !

Et ses cris continuent à me vriller les tympans. Je pousse un geignement pitoyable ; ils me font mal à la tête. J'ai envie qu'elle se taise. Et en même temps, je veux qu'elle continue. Ça fait du bien d'entendre une personne familière.

– T'as pas le droit de nous faire ça ! T'es un connard ! Tu nous avais promis que tu ferais toujours attention, qu'on n'avait pas à s'en faire et si tu...

– Rakel, arrête. Stop. T'as besoin de prendre l'air.

Diesel...

Il est là.

Je pourrais reconnaître sa voix entre mille. Elle est si douce et tranquille que j'en souris. Je veux qu'il me touche, s'approche, m'embrasse et me dise que tout va bien se passer. Mais j'entends ses pas s'éloigner, son odeur s'évapore quelques instants après. Une fois de plus, je me retrouve seul.

Ne me laissez pas...

✦

C'est comme si j'essayais de voir à travers le brouillard. Les contours sont grossiers. Les couleurs sont fades. Du blanc, du gris, du bleu. Un lit d'hôpital. Cette foutue odeur d'antiseptique. Je cligne des paupières. Quelqu'un dort sur mon lit, la tête sur ses bras croisés. De longs cheveux pâles, un sweat jaune. Rakel. J'essaie de tendre la main pour la toucher et lui caresser la joue. Sauf que tout mon corps est engourdi et fonctionne au ralenti. J'ai la gorge trop sèche pour prononcer le moindre mot. Tout ce que je peux faire, c'est bouger les yeux. Rakel ne réalise pas que je suis éveillé, elle reste là, à moitié avachie sur le matelas, la tête appuyée entre ses bras.

La porte de la pièce s'ouvre doucement. D'abord, je sens le parfum du patchouli. Ensuite, il y a la présence de Naïa qui m'enveloppe et m'apaise. Elle secoue l'épaule de sa sœur, un sourire tremblant aux lèvres.

– Rakel, Rakel ! Bouge-toi ! s'écrie-t-elle.

Oh, putain, mes oreilles ! Je gémis et essaie d'enfoncer un peu plus ma tête dans l'oreiller.

– Qu'est-ce que tu... Oh, papa, tu nous entends ?

Ses yeux s'illuminent tant que je crains d'attraper un coup de soleil. Incapable de parler, je me contente de battre des paupières. J'ai envie de leur hurler que je les entends. Mes filles sont là, devant moi, vivantes. Le champ de ruines a disparu, il n'y a plus que cette chambre d'hôpital. Rakel m'enlace, mais s'interrompt en apercevant ma grimace.

– Merde, désolée, je voulais pas te faire mal...

Alors, je suis vivant.

Pourtant, les doigts glacés de la Mort m'ont caressé cette nuit-là, j'ai senti la vie m'abandonner.

J'aimerais prendre mes filles dans mes bras, les serrer fort, leur dire que ça va aller. J'essaie d'ouvrir la bouche pour parler, mais aucun son n'en sort.

Naïa enroule ses doigts autour des miens et les serre doucement. Elle n'arrête pas de murmurer que ça va aller, que je vais m'en sortir, qu'elle est là avec Rakel. C'est tentant de la croire. J'ai envie d'y croire. Je ferme les yeux et me rendors, bercé par la voix de mes enfants.

Tout est encore flou, mais les sons ne sont plus étouffés.

Les jumelles sont là, près de mon lit. Naïa est en train de réviser, un manuel ouvert posé sur ma jambe et Rakel a mis un fond de musique et envoie des messages. Sa main touche la mienne toutes les deux secondes et elle me jette des regards inquiets, comme pour s'assurer que je respire. Moi, je ne parle toujours pas, la puissance des antidouleurs dans mes veines me met KO, je peine à ouvrir la bouche. En revanche, j'apprécie, je sens, je ressens. Et je regrette que ma Pieuvre n'ait pas disparu pendant l'agression. Son poids est toujours là, il se presse contre mon crâne. Bêtement, j'ai cru que passer à deux doigts de la mort me débarrasserait d'elle, que je deviendrais un homme nouveau.

En fin de compte c'est pire.

Toute mon énergie vitale a comme été drainée et quand je dors, je revis la scène en boucle. Le noir, l'attaque, le sang, mes entrailles entre mes doigts, le néant.

– T'es agité, tu veux qu'on appelle le médecin ? demande Naïa, soucieuse.

J'arrive à secouer la tête de droite à gauche.

– C'est à cause de ce qui s'est passé ce matin ? insiste-t-elle.

Les flics m'ont rendu visite, accompagnés du directeur de Raiford. Discours en grande pompe. Puis déluge de questions. J'ai essayé de répondre par des oui ou non de la tête, mais ils m'oppressaient. J'ai fini par paniquer, le médecin s'est agacé et a viré tout le monde de la chambre. Dix minutes plus tard, j'avais le droit à un entretien avec la psychiatre de l'hôpital.

– Tu veux voir Diesel ? continue Rakel.

Une question me brûle les lèvres. Est-ce qu'elles ont compris que Diesel, ce n'était pas vraiment mon ami ? Est-ce qu'il leur a dit ? D'un coup, je ne me sens pas bien. Il ne faut pas qu'elles soient au courant, ça doit venir de ma bouche…

– Sa fac est trop naze, il pouvait pas manquer son devoir surveillé de ce matin, mais il m'a dit qu'il reviendrait cette aprèm, donc il devrait pas tarder.

Diesel va venir.
Je vais arrêter de voir flou.

Quelques coups retentissent à la porte. Naïa se dépêche d'aller ouvrir et le duo infernal débarque dans ma chambre. Kléia en impose avec sa jupe en cuir, son T-shirt noir et ses collants résille, mais quand Diesel s'avance, je ne vois plus que lui.

– J'ai vaincu mon devoir de sécurité et stratégie, je suis enfin là ! s'exclame-t-il avec un grand sourire.

Je le vois. Et il est magnifique. Sa peau dorée m'éblouit, c'est comme si quelqu'un avait enfin allumé la lumière. Il s'approche de moi, prend ma main en tirant une chaise. Je me perds dans son regard, en compte les lucioles une à une.

Il en manque.

Mais ses doigts qui serrent les miens, c'est la plus belle chose du monde. Avec le sourire des jumelles, quand elles m'ont vu revenir dans le monde des vivants.

– T'as pris ton temps, flemmard, murmure Diesel, la voix tremblante.

J'entends le « ne me fais plus jamais ça » sous-jacent. J'esquisse un sourire. Il est si beau, ça me fait presque mal. Ses taches de rousseur, ses boucles brunes… Il est là, comme dans mes souvenirs. Plus resplendissant encore.

– Salut…

Ce simple mot me demande un effort surhumain, c'est comme si quelqu'un était en train de me griffer la gorge. Je n'arrive même pas à ouvrir la bouche correctement pour articuler.

– Les filles, vous voulez pas prendre un truc à boire ? Vous n'avez pas bougé depuis ce matin, dit Kléia en nous adressant un coup d'œil entendu.

Je crois que je l'aime bien, tout compte fait.

– OK, mais pas longtemps, grince Naïa.

– Vous inquiétez pas, je le surveille, assure Diesel en mimant un salut militaire.

Rakel me pince la main avant de partir à son tour. Diesel attend une minute, s'assure qu'elles ne vont pas revenir, puis ses doigts glissent dans mes cheveux. Si je pouvais bouger, je glisserais le bras autour de sa taille, le ferais tomber sur le lit, embrasserais chacune de ses taches de rousseur pour me perdre dans son univers.

– Salut, toi, t'as la pêche ?

Malgré son grand sourire, sa voix épuisée tremble et sa main sur la mienne est moite. Je n'ose même pas imaginer la détresse dans laquelle il s'est retrouvé. À cause de moi.

– J'suis désolé, articulé-je encore avec peine.

– Qu'est-ce que tu me chantes ? T'as pas à t'excuser.

Il a déjà perdu son oncle et son copain dans des circonstances atroces, je m'en veux de ne pas avoir été plus prudent. C'est ma faute, tout ça. Si j'avais respecté le protocole, si j'avais attendu Michael pour ouvrir cette fichue cellule, si j'avais...

Peu importe, je ne peux pas refaire le monde avec des « si », ça ne changera plus rien. J'ai merdé, c'est tout. C'est étrange, j'ai toujours cru que j'attendais la mort, qu'elle viendrait me délivrer de ce bourbier dont je ne parviens plus à m'extraire. Pourtant, sur ce sol crasseux, j'ai eu peur de la fin.

Je voulais *survivre*.

Je ne me l'explique toujours pas.

– Désolé, répété-je.

– Mais je viens de te dire de pas t'excuser... Au moins, t'as toujours la tête aussi dure, plaisante-t-il.

Il m'embrasse le nez.

– Je suis tellement content que tu sois encore là, chuchote Diesel.

Sa voix vacille, je distingue l'humidité dans ses yeux. Il se mord la lèvre, secoue la tête et se penche pour m'embrasser.

Enfin, je retrouve mon souffle.

Je vis.

« *On a frôlé la vie !* »
– Chuck Palahniuk

# 50
# Solveig

*Pray* – jxdn

– Vous sortez de l'hôpital demain, commence Hartford. Appréhendez-vous le retour chez vous ?

Installée sur une chaise devant mon lit, la psychiatre me sourit gentiment. Quand elle s'est pointée la première fois au début de la semaine, je n'avais clairement pas envie de lui adresser la parole. Ses questions me semblaient futiles, presque déplacées. Que pouvait-elle comprendre à ma situation, à ma douleur ? Je me suis muré dans un silence hostile, espérant qu'elle abandonnerait. Mais elle est revenue, jour après jour, avec sa patience infinie et son regard bienveillant. Apparemment, c'est la procédure standard après une agression comme la mienne. Un suivi psychologique pour évaluer mon état mental, ma capacité à reprendre une vie normale. Sauf que je ne me suis pas montré très loquace pendant ces séances, et je n'ai pas prévu de le devenir.

– Pourquoi j'appréhenderais ? marmonné-je.

– Certaines personnes peuvent être déstabilisées à l'idée de retrouver leur environnement quotidien après un séjour à l'hôpital, surtout dans votre situation. Votre rythme de vie va être chamboulé pendant quelque temps…

– Chamboulé ? Rien que ça ?

Je n'ai pas pu retenir le cynisme dans ma voix.

« Chamboulé » ? Quel euphémisme.

On m'a collé un arrêt de travail pour trois mois, au minimum. J'ai perdu trop de sang et onze kilos, je peux à peine tenir debout, et les antidouleurs sont tellement puissants que mes paupières se ferment toutes seules à chaque dose. Je suis juste bon à rester alité du matin au soir, avec une putain d'infirmière qui vient me torcher les fesses et refaire mon pansement.

Je scrute les yeux verts de la psy, à la recherche de la moindre lueur de mépris ou de jugement, sans succès. Je suis sûr qu'elle me prend pour un pauvre con, un énième type dont il lui a été imposé de s'occuper. Pourquoi elle s'inquiéterait pour moi ? Pourquoi elle aurait envie de m'aider ? Son taf se résume à écouter des gens malheureux se plaindre, j'ai tendance à penser que ça finit par désensibiliser.

Je laisse échapper un soupir las, avant d'ajouter :

– De toute façon, je retourne pas chez moi.

Hartford arque un sourcil, son stylo en suspens au-dessus de son maudit calepin. J'aimerais bien savoir ce qu'elle écrit à mon sujet.

– Ah non ? Où allez-vous alors ?

Je détourne le regard, fixant le mur blanc de la chambre.

– Chez les parents d'un ami...

– Les parents de Diesel, c'est ça ?

J'acquiesce à contrecœur. Évidemment qu'elle sait qui ils sont. Ce sont eux qui se sont présentés aux urgences avec les jumelles, le soir de l'agression, puis qui les ont hébergées cette nuit-là et toutes celles d'après. Et ce sont encore eux qui les conduisent quand elles me rendent visite. D'un côté, ça m'a rassuré de savoir que mes filles étaient bien entourées, choyées même, pendant que j'étais cloué dans ce lit d'hôpital. L'idée qu'elles puissent rire, jouer, avoir une routine normale malgré tout ce bordel... ça m'a aidé à tenir le coup.

Mais de l'autre, cette situation m'a renvoyé en pleine gueule à quel point je suis démuni. Seul, je n'aurais jamais pu m'en sortir, m'occuper de mes propres enfants. Alors Diesel a suggéré que moi aussi, j'aille chez ses parents à la fin de mon hospitalisation. Sa voix était douce, presque hésitante, comme s'il craignait ma réaction. « Ce sera plus simple, a-t-il dit, plus rassurant pour tout le monde. » Ses yeux me suppliaient d'accepter, remplis d'une inquiétude qu'il ne parvenait pas à dissimuler.

Je voulais dire non. Vraiment. Les mots étaient au bord de mes lèvres. Mais quand j'ai ouvert la bouche, tout ce qui est sorti a été un faible « d'accord ». Je n'avais pas la force de me battre, de résister. L'idée même d'argumenter me vidait de toute énergie. Diesel m'a connu au pire moment de ma vie et alors qu'on construisait quelque chose ensemble, j'ai tout démoli. J'avais besoin de me racheter, de chasser cette peur dans ses yeux. Et puis, je devais assurer aux filles une stabilité que je suis incapable de leur offrir en ce moment.

– C'est bien, reprend Hartford. Il est préférable de ne pas être seul après un tel événement.

Je grimace.

– Vous n'avez pas l'air ravi, finit-elle par dire, sa voix douce, mais ferme.

– Pas vraiment, non. Mais c'est le mieux pour tout le monde.

– Qu'est-ce qui vous dérange dans le fait d'aller vivre là-bas ?

Je lève les yeux au plafond, les mots s'échappant malgré moi.

– Parce que vivre aux crochets des autres, c'est pas franchement ma tasse de thé. Je vais être un boulet et emmerder tout le monde avec ma convalescence.

Hartford pose son calepin sur ses genoux, son expression s'adoucissant.

– Accepter de l'aide, ce n'est pas être un boulet, monsieur Andrea. Nous avons tous besoin qu'on nous tende la main de temps en temps.

Un rire amer m'échappe, tirant sur mes points de suture. Je serre les dents pour contenir la douleur.

– Ouais, si vous le dites.

Je n'ai pas envie d'épiloguer avec elle. Elle ne peut pas comprendre. De toute façon, elle enchaîne déjà :

– Est-ce que vous avez prévu des activités pendant votre arrêt de travail ? reprend Hartford avec douceur.

– Des activités... j'ai passé l'âge de coller des gommettes dans un cahier.

– Ce que je veux dire, c'est qu'il serait bien que vous ayez l'esprit occupé. Vous n'avez pas une passion ou un loisir qui pourrait vous distraire ?

Je secoue la tête, un sentiment de vide m'envahissant.

– Pas vraiment. Ça fait longtemps que je ne fais que bosser. Je ne sais même plus ce que ça fait d'être passionné par quelque chose.

Ses questions, aussi bateaux soient-elles, ne font que m'enfoncer. Rakel, Naïa, Diesel... Ils ont tous des passions, un feu qui les anime. Alisha, au-delà de son obsession pour les dinosaures, était une fan de basket. Du genre à sortir avec le klaxon dans la rue quand son équipe favorite gagnait. Moi, j'aime des trucs sans jamais ressentir ce besoin de m'investir dans quoi que ce soit. Je me sens vide, faux, je ne suis que la moitié d'un être humain.

– Je comprends que ce soit difficile pour vous de trouver de l'intérêt dans quoi que ce soit en ce moment. C'est normal après ce que vous avez vécu. D'ailleurs, si vous vous en sentez capable... Est-ce que vous souhaiteriez parler de l'agression ?

Putain, elle me gonfle avec ses questions.

Je jette un coup d'œil à l'horloge accrochée au-dessus de la porte : 14 heures. Demain, à la même heure, je serai enfin sorti d'ici. Cyniquement, je me dis que mon métier m'aura au moins apporté un avantage : la prise en charge des frais d'hôpital. Cette chambre à l'odeur d'antiseptique ne me manquera pas. J'en ai ras le cul d'assister à un ballet de médecins, infirmiers et psy du matin au soir, alors que les trois quarts d'entre eux ne prennent même pas la peine de frapper avant d'entrer.

– Je vous l'ai déjà dit, elle me hante assez la nuit, pas la peine d'en remettre une couche.

J'essaie de bloquer les souvenirs, ils affluent malgré tout par milliers. Les mêmes images, encore et encore. Une sensation de brûlure me vrille le ventre. Je pose la main dessus et sens presque le couteau remuer dans ma chair, puis mes entrailles glisser dans ma paume. C'était chaud, visqueux, dégueulasse. Le bruit de la lame retirée de mon corps, puis de moi qui m'effondre sur le sol, de mes râles de douleur, de mon cœur battant dans mes tempes, de plus en plus lentement...

Je planque mes mains sous les draps pour dissimuler les tressaillements qui me saisissent et tente d'avaler ma salive. Ça aussi, ça me brûle. Ma gorge se serre et ma respiration devient douloureuse.

– Ce serait bien que vous parveniez à parler de tout ça, reprend Hartford avec un sourire mesuré. Pas forcément avec moi, mais peut-être plus tard, avec un confrère ou une consœur.

J'entremêle mes doigts dans l'espoir de contrôler mes pitoyables tremblements, prends une profonde inspiration, puis réponds :

– Vous savez, je n'ai pas l'intention de renouveler l'expérience « rendez-vous psy ».

Ma voix trahit l'angoisse qui me rampe dans le sang. Agacé par ma propre faiblesse, je me mords la lèvre. *Reprends-toi, Solveig !* Si je lui montre à quel point ça ne va pas, qui me dit qu'elle ne va pas me forcer à rester ? M'imposer une hospitalisation en unité psychiatrique ?

– Je pense que vous en avez grandement besoin. Ce que vous avez vécu est traumatisant, c'est normal de recevoir de l'aide après ça. J'ai...

Elle s'interrompt, écrit je ne sais quoi sur une nouvelle page de son carnet qu'elle déchire, puis pose sur la table de chevet.

– Ce sont les coordonnées d'un collègue que je connais très bien. Il pourrait prendre en charge votre suivi psychiatrique.

– J'en ai pas besoin, craché-je. Je l'appellerai même pas, de toute façon.

– C'est vous qui avez le dernier mot, mais j'aimerais que vous reconsidériez votre décision. J'ai émis des réserves quant à votre sortie de l'hôpital et je reste certaine qu'il n'est pas prudent de vous laisser partir comme ça. À mon sens, il est vital que vous continuiez à voir un psychiatre. D'autant plus que l'ordonnance que j'ai rédigée pour vous inclut des antidépresseurs et des anxiolytiques. C'est important que vous soyez suivi, car on ne trouve pas toujours la bonne molécule ni le bon dosage du premier coup.

« J'ai émis des réserves quant à votre sortie de l'hôpital. »

J'entends ce qu'elle dit à demi-mots. Si je refuse d'être suivi, elle va me laisser moisir ici encore un moment. Je vais péter les plombs. J'ai envie de protester, de l'envoyer au diable, elle et son ordonnance de malheur. Sauf que je suis trop fatigué pour lutter. Autant accepter, subir son collègue et me débarrasser de lui dès que possible. Ni les médicaments ni les séances ne changeront quoi que ce soit.

– OK, je prendrai rendez-vous avec votre collègue, mais comptez pas sur moi pour être coopératif.

Hartford se contente de noter un truc dans son calepin.

– Je vous reverrai demain matin pour vous expliquer votre traitement, annonce-t-elle en se levant. Si vous avez besoin de quoi que ce soit, je reste à votre disposition.

– D'accord, grimacé-je.

Elle n'ajoute rien de plus, m'adresse un hochement de tête cordial, puis quitte enfin ma piaule. La porte se referme et la pièce replonge dans le silence.

Il y a un moment de latence, de plénitude absolue. Puis je fais l'erreur de cligner des yeux.

La seconde suivante, les souvenirs me submergent.

*« I lost myself, I questioned if I had the strength to move*
*'Cause I get up and then I fall back down*
*I look up and there's nobody around*
*It's quiet and I hate the sound*
*So quiet and I hate the sound*
*How could I let myself come to this?*
[...]
*For all the things I've done*
*Who is this man that I've become? »*
– *I'll Take You There* – Sleeping With Sirens
(ft. Shayley Bourget)

# 51
# Solveig

*CASTLE OF GLASS* – Linkin Park

J'étouffe un geignement de douleur alors que nous atteignons le dernier palier. Les escaliers du loft des Nowakosky semblent interminables. Chaque marche est un supplice. Adossé contre le mur, les jambes vacillantes, le teint livide, je plaque ma paume contre mon ventre et prends une profonde inspiration.

– Ça va ? Tu tiens le coup ? s'inquiète Diesel.

– Ouais, ouais, ça va, marmonné-je, les sourcils froncés.

– Allez viens, on y est presque.

Je me traîne avec ma béquille jusqu'à la porte de la chambre d'ami. Entre l'hôpital et la baraque, on a dû marcher cinq minutes grand maximum, pourtant, je transpire comme si on sortait de randonnée. Diesel ouvre la porte, révélant une pièce spacieuse et lumineuse dont la baie vitrée donne sur un beau balcon.

À trente et un ans, me voilà obligé de m'appuyer sur les autres pour m'en sortir. C'est difficile à accepter, cela dit, je préfère ça plutôt que mes propres parents soient au courant de ma situation. Je veux me sentir responsable de moi-même, de ma famille, et pas me laisser porter par le vent. Mais pour l'instant, je n'ai pas le choix.

Je m'assieds sur le grand lit, observant Diesel qui dépose ma valise dans un coin avant d'ouvrir les rideaux et de laisser entrer la lumière du jour.

– Voilà, lâche-t-il. Tu vas être bien ici.

Je hausse les épaules, silencieux.

– T'en fais pas, j'me glisserai dans tes draps tous les soirs, me taquine-t-il.

– Hm.

J'ai la tête qui tourne. Entre les ballottements dans la voiture et les quelques pas jusqu'à la chambre, j'ai eu ma dose d'efforts pour la journée. En fait, je suis épuisé. Avec toute la peine du monde, je m'allonge sur le dos. Même dormir sur le ventre, ma position de prédilection, ce n'est plus possible. Ce connard m'a tout pris, d'un coup de poignard.

Accroupi près de moi, Diesel embrasse mes mâchoires contractées.

– Tout va bien. Ça finira par s'arranger.

Je lève les yeux au ciel.

– J'ai l'impression d'être puni pour tous mes crimes. La Pieuvre, l'agression, le harcèlement de Naïa... Quelqu'un est en train de s'acharner sur moi, c'est pas possible. Parfois, je me dis que c'est toi le prochain sur la liste, que je vais te perdre...

– Tu sais, quand je trouve un scarabée mort dans la rue, bah je le garde. Toi, c'est pareil ; je t'ai trouvé, je te garde. Donc non, tu vas pas me perdre.

Je ne pensais pas qu'être comparé à un insecte mort pourrait un jour me faire l'effet d'une caresse sur mon cœur.

– Au fait, tu entends quoi par « crimes » ?

– Ce que j'ai fait à Ellie, les actes que j'ai pu commettre en tant que bourreau, toutes les fois où je me suis comporté comme un connard avec les autres. Je crois que je suis en train de payer pour tout ça.

Diesel me prend les mains et en caresse le dos.

– Ça n’a rien à voir. T’es pas « puni » pour quoi que ce soit. Et tu seras vite remis sur pied. Après la pluie vient le beau temps.

– Après la pluie vient le déluge, grincé-je.

Sans un mot, Diesel embrasse mes paumes. Délicatement, il effleure mes pansements, dessine une ligne au-dessus de la cicatrice. Il remonte jusqu’à ma gorge, embrasse le tentacule qui s’y enroule.

– Un jour, tu regarderas par-dessus ton épaule et tu verras tout ce que tu as traversé. Et là, tu te diras « je l’ai fait », me promet-il.

Dans sa bouche, ça sonne bien.

Et j’ai envie d’y croire.

Mais pour l’instant, je n’y arrive pas.

*« La chose la plus apaisante en ce monde, c’est quand quelqu’un embrasse vos blessures en ne les voyant pas comme des catastrophes dans votre âme, mais simplement comme des fissures dans lesquelles mettre son amour. »*

– Emery Allen

# 52
# Diesel

*Losing My Religion* – R.E.M.

L'eau chaude sous la douche cascade sur mon corps et peine à emporter les dernières brumes de sommeil. Débuter sa journée à 6 heures, c'est inhumain, mais le trajet jusqu'à Orlando n'attend pas. J'ignore comment faisait Solveig pour se lever si tôt presque chaque matin, rien que couper le robinet et commencer à me sécher me donne envie de me recoucher. Il se moquerait s'il me voyait. Je suis soulagé qu'il ait accepté de venir chez mes parents. L'idée d'aller à la fac et de laisser Solveig chez lui me nouait l'estomac. Même si Naïa serait restée avec lui, ça ne me rassurait pas complètement. Après tout, ce n'est pas son rôle de s'occuper de son père, et puis elle aussi a besoin de soutien après ce qui lui est arrivée. Ici, au moins, ils sont tous les deux entourés.

Si je pouvais, je resterais à Jacksonville tout le long du rétablissement de Solveig. J'y ai vraiment songé. Mais c'est la dernière ligne droite pour mon master : je vais enchaîner mes derniers cours, puis pas loin de quinze jours de partiels. Tout planter maintenant serait trop con. Alors j'ai trouvé ce compromis : faire l'aller-retour, tous les jours. Ouais, ça va être crevant, mais ce n'est rien comparé à l'idée de ne pas voir Solveig chaque soir.

En sortant de la salle de bains, j'enroule une serviette autour de ma taille. Mes cheveux encore humides ruissellent le long de ma nuque et l'air frais me fait grelotter tandis que je me faufile vers ma chambre sur la pointe des pieds. Malgré ça, la chienne m'entend et grimpe les marches quatre à quatre. En alerte, comprenant que je suis sur le départ, elle reste collée à moi alors que je m'habille en vitesse. Une fois prêt à partir, je vérifie machinalement mes poches. Merde, mon portable. Je l'ai laissé dans la chambre de Solveig.

J'essaie d'entrouvrir discrètement sa porte, mais Solis rend la démarche compliquée, avec ses geignements et le bruit de ses griffes qui cliquettent sur le parquet. Je l'abandonne sur le seuil et m'enferme dans la pièce faiblement éclairée par la lumière naissante du jour qui filtre à travers les rideaux. Un halo bleuté illumine le visage de Solveig. Son téléphone.

– Hey, murmuré-je en me rapprochant.

Je tâtonne pour trouver l'interrupteur de la lampe de chevet, que j'allume. Une douce lueur ambrée se répand dans la pièce, révélant les traits tirés de Solveig.

– Désolé, je t'ai réveillé en me levant ?

Solis couine et gratte derrière le battant.

– Ou alors c'est la chienne ? ajouté-je.

– Non, ça faisait un moment que j'étais plus ou moins réveillé, répond Solveig d'un ton morne.

Comme Solis ne se calme pas, je me résous à lui ouvrir avant qu'elle ne réveille mes parents. Elle se couche dans un coin, garde ses yeux rivés sur mes mouvements et ne moufte plus. Solveig la scrute, l'air de se demander s'il va devoir se la coltiner toute la journée.

– T'inquiète pas, elle va repartir quand je m'en irai, lui chuchoté-je en m'approchant.

Son odeur m'enveloppe, mélange de son habituel parfum boisé et de lessive au ylang-ylang. Je dépose un baiser sur son front, puis mon regard tombe sur mon portable, posé sur la table de nuit.

– L'infirmière passera à 9 heures, dis-je en récupérant l'appareil. Ma mère sera là pour lui ouvrir.

Muet, Solveig fixe un point invisible au plafond, je ne suis même pas certain qu'il m'ait entendu. La tension se lit dans la crispation de ses épaules, de ses doigts cramponnés aux couvertures.

– Ça va ? demandé-je doucement en m'asseyant au bord du lit.

En réponse, il baisse la tête, se mord la lèvre inférieure, et quand il se redresse pour me faire face, je vois bien qu'il lutte pour conserver une expression neutre.

– Ouais, ça va, marmonne-t-il d'une voix éteinte.

Puis il soupire, et serre les draps à en faire blanchir ses phalanges.

– En fait non, ça va pas. J'ai trente et un ans et je dépends d'une inconnue pour me laver.

– Ça se passait déjà comme ça à l'hôpital, non ?

– Ah, parce que tu crois que je m'amusais quand elle venait ? Non, Diesel. À chaque fois, je me sens humilié.

Ses paumes sont secouées par de légers tremblements alors qu'il y enfouit son visage. Et à ce moment-là, je réalise à quel point il a l'air épuisé. Je lui presse l'épaule avec tendresse.

– Désolé, j'ai quasi pas dormi de la nuit. En plus, il m'est arrivé un truc super bizarre... Genre, j'étais conscient, mais mon corps ne pouvait plus bouger et je voyais des monstres partout. Ça m'a foutu les jetons.

Ma poitrine se comprime. Pourquoi il ne m'a pas réveillé ? Parce qu'il savait que j'allais me lever tôt ?

– On dirait une paralysie du sommeil, expliqué-je doucement. Tu peux me prévenir si ça t'arrive encore. Est-ce que t'as besoin de parler un peu ?

– En vrai, y a pas grand-chose à dire. J'ai mal au bide, j'ai des images de merde qui me viennent derrière les paupières quand je les ferme, je revis en boucle la nuit de l'agression, c'est tout.

« C'est tout »... mais c'est déjà tellement. Je me sens impuissant. J'aimerais effacer ces images de son esprit, le débarrasser de toute sa douleur. Mais je ne peux pas. Et ça me ronge de ne pas pouvoir faire plus. Solveig se referme un peu sur lui-même, comme s'il ne voulait pas ou n'osait pas rajouter autre chose. Le silence s'abat entre nous, lourd de ses aveux. Alors que ma main dégringole de son épaule pour venir entrelacer nos doigts, je repense à ce qu'il m'a confié sur l'infirmière et ce sentiment d'humiliation. Je comprends que ça le ronge, que ça s'ajoute à tous ses ressentiments.

Je pourrais continuer à lui répéter les paroles du médecin, lui expliquer qu'il est en convalescence, mais les mots ne rentreront pas dans son crâne. Alors je réfléchis à une autre solution, n'importe quoi qui pourrait lui redonner le sourire, ou du moins alléger son fardeau.

Soudain, une idée me traverse l'esprit.

– Tu sais quoi ? Je vais m'occuper de faire ta toilette. Je demanderai à l'hôpital de m'expliquer comment faire et de n'envoyer l'infirmière que pour les pansements.

Les joues cramoisies, Solveig se fige.

– Non. C'est encore pire.

Je parie que ça l'embarrasse de se montrer vulnérable devant moi, mais on est plus à ça près.

– Tu te rends pas compte de l'opportunité que je te propose, commencé-je d'un ton solennel.

– Ah ouais ?

– Ouais. Toi, Solveig, le roi des maniaques, tu refuserais de me voir nettoyer la baignoire, mettre les serviettes sales à laver et étendre les gants de toilette ? Ose me dire que t'as pas envie d'assister à tout ça.

Solveig expire un son étrange, à mi-chemin entre le rire et le grognement.

– Arrête de raconter n'importe quoi.

– Si tu veux, je t'achèterai un petit canard en plastique. Et je te chanterai des chansons pendant que je te nettoie.

– Mais bien sûr.

– Bonus : contrairement à l'infirmière, moi, j'peux même t'offrir un strip-tease au passage. Là, tu signes direct, non ?

Cette fois, l'ombre d'un sourire passe sur ses lèvres, le frémissement d'un rire, même. À sa grimace de douleur, je devine qu'il le regrette bien vite. J'observe ses épaules se soulever au rythme de sa profonde inspiration, accroché à sa décision. Il a l'air si fragile, avachi dans ce lit, encore plus pâle qu'il ne l'est au quotidien. Sa peau est terne, le ciel de ses yeux a tourné à un gris couleur orage. Pourtant, quand il les pose sur moi, j'aperçois l'accalmie.

– T'as intérêt à faire les lessives correctement, je suis même pas sûr que tu saches nettoyer une serviette.

– Toi, tu connais pas encore l'étendue de mes talents.

Je relâche ses doigts pour passer la main dans ses cheveux, et dépose mes lèvres sur les siennes. Son baiser est timide, il n'y a pas la même énergie que d'habitude, mais il y a toujours cette douceur réconfortante qui m'enveloppe comme une étreinte chaleureuse.

✦

– Tu me fous du savon dans les yeux !

Solveig n'arrête pas de se plaindre depuis qu'on est entrés dans la salle de bains. Bon, pour sa défense, j'ai failli le laisser tomber sur le carrelage et ensuite, j'ai confondu son shampooing avec la crème dépilatoire ; le pauvre a failli finir chauve.

– T'as qu'à les fermer, répliqué-je en riant.

– Ou alors, tu peux aussi faire attention.

Je l'observe, assis sur le tabouret de douche. Sa blessure au ventre, bien qu'en voie de guérison, le fait toujours souffrir. Hier, dans un élan d'indépendance, il a tenté de faire sa toilette seul. Mais la douleur et la difficulté à se pencher l'ont rapidement rattrapé. J'ai fini par entendre son appel frustré, sa voix mêlée de colère et de honte.

Ça ne fait qu'une semaine que je jongle entre Solveig, la fac et l'asso, mais j'ai l'impression qu'une éternité s'est déjà écoulée. Mon quotidien s'est transformé en marathon. Réveil à 6 heures, départ à 6 h 30, puis deux heures de route vers Orlando. Je mets du *hardstyle* à fond pour éviter de m'endormir au volant. Je n'ai jamais été du matin, je mets des heures à émerger, alors la voiture me berce un peu trop et me donne envie de continuer ma nuit.

Mauvaise idée. Très mauvaise idée.

J'arrive à 8 h 30, pas toujours en forme, et les cours s'enchaînent, parfois jusqu'à 16 heures, voire plus tard. Mais ce n'est jamais la fin de la journée. Après, je retrouve Nour au parc ou à la bibliothèque universitaire pour réviser au moins une heure ou deux. Faut dire que j'ai du retard sur le programme, j'ai toujours fait le minimum syndical et ça se voit dans mes notes qui frôlent à peine la moyenne. Les partiels commencent dans dix jours et là, je n'ai pas le droit à l'erreur si je ne veux pas rater mon année.

Le soir, quand je rentre enfin chez moi vers 20 heures, mes parents ont préparé le dîner. C'est un sacré soulagement, je dois l'avouer. Une fois le repas terminé et la maison plus paisible, je m'occupe de Solveig. Et avant d'aller le rejoindre au lit, j'alterne entre davantage de révisions et mes tâches pour l'association.

J'ai aussi ramené Lugosi et Mélisse avec moi. Lugo passe ses journées à bouder dans ma chambre, visiblement perturbé par ce nouvel environnement. La seule fois où il a croisé Slash, ça ne s'est pas très bien passé. Le pauvre chaton a dû se planquer derrière Solis pour éviter de finir borgne.

Je rince délicatement la tête de Solveig, en veillant à ne pas faire de mouvements brusques. L'eau ruisselle sur son corps amaigri, emportant avec elle les dernières traces de savon. Je coupe le robinet et commence à le sécher avec précaution. Quand je passe la serviette dans ses cheveux, je lance :

– Ça te va bien quand ils sont longs comme ça.

Puis, avec des gestes mesurés, je l'aide à se lever et le guide vers la chambre. Il s'installe sur le matelas tandis que je fouille dans la commode à la recherche de vêtements propres. Je sors une de mes chemises que j'ai rapatriées dans sa piaule, parce que les T-shirts qu'il porte d'habitude sont trop compliqués à enfiler pour lui. Et bon, peut-être que je fais exprès de sélectionner les motifs les plus ridicules. Hier, les jumelles ont explosé de rire en l'apercevant dans ma chemise pizza.

Une fois que je l'ai aidé à l'enfiler, je n'ai pas le temps de commencer à la fermer que Solveig m'en empêche en me tenant le poignet.

– C'est bon, je peux le faire tout seul.

Une boule se forme dans ma gorge, mais je m'efforce de garder une voix calme et un sourire rassurant.

– Bien sûr, désolé.

Puis, comme s'il s'en voulait, Solveig récupère aussitôt ma main pour la guider et m'invite à poursuivre ce que j'étais en train de faire. Je m'exécute sans un mot et il reprend d'un ton plus doux :

– Ça te plaît de jouer à la Barbie avec moi ?

– Un peu, j'avoue. Tu fais une Barbie très convaincante.

Il secoue la tête, un rictus aux lèvres.

– T'es con, lâche-t-il, mais je perçois une note d'affection dans sa voix.

Une fois que j'ai terminé, je recule et il se lève, non sans une grimace de douleur.

– Je vais fumer sur la terrasse.

– Le médecin te l'a déconseillé pendant ta convalescence, lui rappelé-je gentiment.

– J'en grille à peine quatre par jour, me prends pas la tête, Diesel.

Au vu du nombre de mégots que je retrouve dans le cendrier, je sais qu'il ment, mais je ne dis rien et lui emboîte le pas sur la terrasse. Pendant qu'il roule sa clope, je m'installe avec mes cours, et le silence entre nous n'est ponctué que par le bruit de pages tournées et les expirations de fumée de Solveig.

À peine a-t-il écrasé sa première cigarette qu'il en allume une seconde. Je lève les yeux de mes notes, croisant son regard sans faire le moindre commentaire.

– Quoi ? lâche brusquement Solveig, sur la défensive.

– J'ai rien dit, réponds-je calmement.

Un poids s'installe dans mon ventre quand Solveig écrase sa clope à peine entamée. Le geste est brusque, presque violent. Agacé par mon expression qu'il prend sûrement pour un jugement silencieux, il se relève d'un mouvement saccadé et grogne :

– Je rentre.

✦

Je sursaute au contact d'une main sur mon épaule. Nour m'observe, un sourire mi-amusé, mi-inquiet sur le visage.

– La sieste est terminée, Ronflex, murmure-t-elle.

Je cligne des yeux, désorienté. Puis je réalise que je me suis endormi en plein milieu de la salle d'étude. Nour nous en réserve une chaque aprèm à la B.U. pour qu'on puisse bosser sans chuchoter.

– T'as l'air exténué, ajoute-t-elle.

Je m'étire et étouffe un bâillement.

– Normal, tu m'as réveillé sans utiliser la Poké Flûte, plaisanté-je.

Nour ne rit pas. Elle se penche en avant, ses yeux scrutent les miens.

– Comment ça se passe avec Solveig ?

Je passe la main dans mes cheveux ébouriffés et ravale mon soupir.

– C'est... pas facile pour lui, admets-je. Je crois qu'il dort quasi pas. Le matin, quand je me lève, il a déjà les yeux grands ouverts.

– S'il dort aussi la journée, peut-être qu'il est décalé, suggère Nour.

– Ça m'étonnerait. Il reste enfermé dans sa piaule, mais il dort pas. Tu me croirais direct si tu voyais sa tronche.

– Si elle est comme la tienne, je te crois sur parole, souffle-t-elle avec une moue taquine.

– Eh ! m'exclamé-je en feignant l'indignation. T'es pas censée me remonter le moral, toi ?

Nour pose la main sur la mienne dans un geste tendre et réconfortant.

– Je te taquine, Diesel. Mais sérieux, tu m'inquiètes.

Je hoche la tête, reconnaissant de son soutien.

– Ça va, t'inquiète. Moi, je suis frais à côté de Solveig. Lui est tellement crevé qu'il est à cran. Un rien l'agace...

Je marque une pause, repensant aux derniers jours. Les silences lourds de sens. Les regards fuyants. Cette atmosphère tendue à la maison. C'est rude. Les jumelles marchent sur des œufs, alternant entre des tentatives maladroites de dérider leur père et des moments d'exaspération face à son mutisme. Moi, j'essaie de rester patient, compréhensif, de multiplier les petites attentions. Mais malgré mes efforts, il continue de se renfermer sur lui-même.

– Enfin bon, c'est temporaire, c'est normal d'être sur les nerfs après ce qu'il vient de vivre, ajouté-je, autant pour me rassurer moi que Nour.

Je jette un coup d'œil à l'heure sur mon portable et ramasse mon livre de Robert Ressler.

– Faut que je file, merci de m'avoir réveillé.

Nour fronce les sourcils et me rattrape par le bras alors que j'ai la main posée sur la poignée.

– T'es sûr que c'est une bonne idée de prendre la route dans ton état ?

– T'inquiète pas, je prends un café au distributeur avant de partir.

– Tu veux que je reste au téléphone avec toi pendant le trajet ? Comme ça, ça te tient éveillé, propose-t-elle.

J'hésite un instant. C'est vrai que je suis particulièrement claqué aujourd'hui, ce serait peut-être plus prudent.

– Si ça ne te dérange pas, je veux bien, admets-je finalement.

✦ ✦ ✦

– Tu crois que papa va le regarder avec nous ?

Je jette un coup d'œil à Naïa dans le rétroviseur. Aujourd'hui, j'ai fini les cours tôt, alors en rentrant j'ai proposé à Naïa de venir avec moi au vidéoclub dans l'idée de louer un film à regarder tous ensemble ce soir. Quand on est sortis, on est allés récupérer Rakel au lycée pour lui éviter de prendre le bus.

– Je pense, oui.

– Moi, je pense pas, intervient Rakel.

Je soupire intérieurement. Ces deux dernières semaines, l'état de Solveig s'est progressivement détérioré. Au début, il faisait des efforts, descendait pour les repas, essayait de participer aux conversations. Puis, peu à peu, il a perdu les derniers rayons de soleil qui le poussaient à se lever chaque matin. Maintenant, il reste cloîtré dans sa chambre et ne descend que pour récupérer son plateau pour le dîner.

Sa seule escapade : la terrasse de sa chambre pour fumer.

Je préférerais qu'il écoute le médecin, mais j'ai arrêté de le lui dire. J'en suis même venu à lui acheter un paquet de tabac, juste après le passage au vidéoclub. J'ai espoir que ça lui fasse plaisir, mais au fond de moi, je sais que je me berce d'illusions.

Lorsqu'on arrive à la maison, je gare la voiture à côté d'une berline grise. C'est celle du psy de Solveig. Il descend à l'instant les marches du perron, sa mallette en cuir à la main. Nos regards se croisent, je le salue d'un hochement de tête qu'il me rend avant de se diriger vers sa caisse. C'est la troisième fois que Graham rend visite à Solveig. J'avoue, je craignais fort qu'il n'y ait pas de deuxième séance, mais il faut croire que Solveig ne s'est pas encore lassé. Espérons que ça dure.

On entre dans le loft, accueillis par la fraîcheur de l'air conditionné et une odeur alléchante de falafels et d'avocat. Je salue rapidement mes parents, puis monte à l'étage voir Solveig, mon paquet de tabac à la main. Je frappe avant d'entrer, Solveig lâche un « ouais » et j'ouvre. Comme d'habitude, je le retrouve sur la terrasse. Je l'y rejoins, embrasse sa joue recouverte d'une barbe de quelques jours.

Il me scrute un moment, puis lâche :

– T'as de petits yeux.

– La semaine a été longue, mais demain, c'est grasse matinée ! rétorqué-je avec légèreté.

Je lui tends le tabac.

– Tiens, je t'en ai repris.

– Merci, marmonne-t-il en l'attrapant.

Solveig récupère une feuille et un filtre sur la petite table d'extérieur et commence direct à se rouler une clope, qu'il porte à ses lèvres, aussitôt allumée. Un silence s'installe entre nous, nos regards se perdent vers l'horizon. Puis, je me lance :

– Comment ça s'est passé avec le psy aujourd'hui ?

– Pas terrible, avoue-t-il, sa voix tendue. Il pose des tas de questions sur comment je me sens, ce que je pense de ci ou de ça.

Il secoue la tête, une lueur d'irritation au fond des prunelles.

– J'ai l'impression de passer mon temps à devoir écouter des évidences : l'agression m'a traumatisé, j'ai du mal à dormir. Heureusement qu'il est là pour me le dire, je l'avais pas deviné.

J'observe attentivement la façon dont ses doigts se crispent autour de sa clope, et cogite un instant sur la meilleure réponse à donner.

– C'est que ta troisième séance, Solveig.

Il hausse les épaules et se replonge dans sa contemplation du paysage.

– T'as mangé quoi de bon aujourd'hui ? questionné-je pour relancer la conversation.

Solveig se tourne brusquement vers moi, les sourcils froncés par une contrariété évidente.

– Pourquoi tu demandes ça ?

Cette semaine, j'ai remarqué qu'il a fait l'impasse sur le repas du midi plus d'une fois, alors que le frigo est rempli de portions toutes prêtes pour lui. Au début, ma mère les lui montait, mais il a fini par demander qu'elle arrête, insistant sur le fait qu'il préférait descendre. Sauf qu'en réalité, il ne descend pas.

– Comme ça, pour savoir.

– Arrête de me fliquer.

Son ton est rude, sec.

– Je ne te « flique » pas, je discute juste avec toi.

– Arrête de mentir, je vois très bien ce que tu fais.

Sa paupière commence à tressauter sous l'agacement qu'il contient de moins en moins bien. Il écrase sa cigarette avec force dans le cendrier.

– Tu crois que je vois pas que tu vérifies aussi combien de comprimés il reste dans mes plaquettes ? balance-t-il, ses iris luisant d'une colère contenue.

Je suis pris au dépourvu par son accusation. C'est vrai que je surveille sa prise de médicaments, et je vois très bien qu'il n'est pas régulier dans ses traitements. Mais si j'agis ainsi, c'est pour son bien-être.

*Et parce que je suis terrifié à l'idée de manquer un signal, de perdre Solveig.*

Je crois même qu'un atome de moi est terrifié à l'idée que Solveig aille mieux, commence à guérir puis, s'ôte la vie.

Incapable de trouver quoi répondre, je me mâchonne la lèvre inférieure. Solveig me fixe, dans l'expectative, puis quand il voit que je ne trouve rien à dire, il se lève brusquement, mais grimace de douleur. Par réflexe, je me précipite pour l'aider.

– Putain, fous-moi la paix !

Les mots s'abattent avec la violence d'un couperet. Je dévisage Solveig en tentant de masquer mon incompréhension, ma peine.

– Et arrête de me regarder comme si j'étais impotent, j'en peux plus !

– Je te regarde exactement comme d'habitude, rétorqué-je. C'est toi qui te vois comme ça. Moi, je veux juste t'aider, Solveig.

– Tu m'étouffes, Diesel. Et tu me donnes l'impression d'être inutile !

– C'est pas mon but, j'essaie juste de faciliter ta convalescence.

– Si tu le dis.

Un léger bruit nous interrompt. Nous nous tournons d'un seul mouvement pour trouver Rakel dans l'embrasure de la porte.

– Euh, le dîner est prêt, dit-elle d'une voix hésitante.

Le visage de Solveig se décompose, la colère laissant place à une expression de honte et de culpabilité.

– J'arrive, lance-t-il brusquement.

Sans un regard pour moi ou sa fille, il passe devant nous et descend les marches. Je reste là, sur le seuil de la terrasse, à échanger un regard impuissant avec Rakel.

« *La vie est une grande désillusion.* »
– Oscar Wilde

# 53
# Solveig

*DYWTYLM* – Sleep Token

J'ai pas envie de gober ce cacheton de merde.

Il est minuscule dans ma main, tout rond, tout blanc, insignifiant. J'ai du mal à croire qu'un simple comprimé quotidien puisse suffire à annihiler la Pieuvre. Je n'aurai jamais la force du soleil, pourquoi mes parents m'ont donné ce prénom de merde ?

Moi, je ne suis bon qu'à décevoir tout mon entourage, pas à rayonner.

Plus ça va, plus je sens que mon cœur est au bord de l'implosion et moins j'arrive à contenir tous ces ressentiments qui me pourrissent de l'intérieur. La citation que je me suis tatouée me nargue chaque fois que je la regarde. Les étoiles devenaient enfin visibles, mais d'un coup de couteau, mon ciel s'est taché de sang.

Hartford avait raison : quitter l'hôpital, ça m'a mis un sacré coup.

Tout me rappelle l'agression. Je sursaute au moindre geste suspect ou son que je ne parviens pas à identifier. J'étais déjà une ombre ; maintenant, je suis moitié moins que ça.

Graham, le psy recommandé par Hartford, a ajusté mon ordonnance, m'a expliqué que les antidépresseurs qu'il a choisis pour moi devraient m'aider autant avec ma dépression que mon stress post-traumatique. Quant aux anxiolytiques, je suis censé gober un demi cacheton le matin, le midi et un entier le soir pour m'aider à rester détendu et mieux dormir la nuit, mais je n'y ai même pas touché.

Si les antidépresseurs n'ont aucun effet, je ne vois pas pourquoi je me ferais chier à prendre un autre médoc. Et puis, ce traitement, cette étiquette de « dépressif » officiellement collée sur mon front, me fait me sentir comme un minable. Au détour de conversations, tout au long de ma vie, j'ai entendu des gens qualifier la dépression de « problème de riche », ou de fausse maladie pour planquer sa faiblesse. Que pour s'en sortir, il fallait se bouger le cul, sourire et arrêter de ruminer. Quand quelqu'un se pète la jambe, on met un plâtre et tout le monde accourt pour soutenir. Mais quand ça touche au mental, on ne peut pas coller un pansement sur les cicatrices de l'âme et on n'est rien d'autre qu'un pestiféré. Je vois bien comment mon chef traite mes collègues quand ils sont au bord du gouffre, après tout.

J'avise encore le cachet au creux de ma paume. Je me sens comme une merde de devoir le prendre. Graham a beau m'expliquer que c'est une béquille pour m'accompagner tout au long de ma thérapie, moi, j'ai honte d'en avoir besoin. L'espace d'un instant, je me tâte à le balancer à la poubelle comme je l'ai fait quelques fois, histoire d'éviter les questions de Diesel. Puis je suspends mon geste. Moi, je m'en fous d'aller mieux, mais les jumelles et Diesel comptent sur moi. Alors je peux au moins essayer, pour eux. J'avale mon cachet à sec. Comme d'habitude, rien. Aucune sensation ou décharge de sérotonine. J'ai l'impression de manger de l'air. Tout ce que j'ai gagné, ce sont des nausées, des bouffées de chaleur et une bouche constamment sèche. Avec les températures actuelles, c'est insoutenable, je suis assoiffé en permanence. Entre ça et les trois autres paralysies du sommeil que je me suis tapées, je commence à en avoir marre.

Mon regard se pose sur mon téléphone. J'allume l'écran, il affiche 13 heures. Graham m'a indiqué de prendre mes antidépresseurs tous les matins, pendant le petit déjeuner. Il me gave avec ses recommandations. Avec ses interrogations, aussi. Non pas qu'il soit désagréable. Au contraire, il a un genre d'énergie positive, bienveillante, qui m'a fait me sentir presque bien dès la première séance. C'est juste... qu'il me pousse dans mes retranchements, me force à réaliser à quel point j'ai laissé ma vie voler en éclats.

Ce matin, on a parlé d'Alisha pendant plus d'une heure, je ne me suis jamais senti aussi proche d'exploser, non pas de colère, mais en sanglots. Il m'a demandé si j'avais fait le deuil de ma femme et cette question m'a mis minable. En près de trois ans, je ne me la suis jamais posée.

Alisha, je vis dans son souvenir. Comment faire le deuil de mon premier amour, de la mère de mes filles, de ma partenaire de crime, celle qui me donnait le sourire, me faisait rire aux éclats, m'entraînait dans tous ses délires pourris, me soutenait, me comprenait, m'encourageait, m'écoutait quand je doutais, me félicitait pour chaque victoire, chaque minuscule accomplissement ?

Je me rappelle encore cette soirée qu'on a passée à se confier nos plus grandes peurs. Je lui avais dit que la mienne, c'était de mourir avant elle. Elle m'a répondu qu'elle aussi, elle avait peur de partir avant moi. À ce moment-là, la Pieuvre vivait déjà dans mon crâne et Alisha craignait que sa disparition ne m'enfonce définitivement. Cette chienne de vie aura décidé de se foutre de ma gueule et de la sienne jusqu'au bout... J'espère seulement qu'Alisha n'a pas eu le temps d'y penser avant de mourir.

Je sais qu'elle ne supporterait pas que je sois triste en pensant à elle. Elle aimait trop rendre les autres heureux, alors je suppose que pour elle, je devrais vivre ma vie à fond, mais je n'y arrive pas. Marié ou pas, je lui avais toujours promis qu'on finirait ensemble, même dans l'éternité. Mon amour pour elle ne peut pas s'éteindre.

Mais ça ne veut pas dire que Diesel ne signifie rien à mes yeux. Lui, il représente mes lendemains. Mes sourires. Quand je l'embrasse, je vois des promesses, des jours meilleurs. Les taches de rousseur sur ses joues me fascinent ; elles ressemblent à de la poussière d'étoiles, j'aimerais les dessiner de mes lèvres une par une pour mieux me perdre dans ce monde qu'il m'offre. Celui où j'ai encore une chance de devenir quelqu'un. Même quand je ne crois plus en moi, Diesel, lui, est là pour me rappeler que j'ai de la valeur. En ce moment, je joue au con avec lui, j'ai honte. Ce n'est pas juste et je m'en veux. Mais je suis tellement à cran que je n'arrive plus à réfléchir avant de parler.

Les mots sortent, et je les regrette après.

*« Une fois la tempête passée, tu te demanderas comment tu as fait pour la traverser, comment tu as fait pour survivre. Tu ne seras pas très sûr, en fait, qu'elle soit vraiment achevée. Mais sois certain d'une chose : une fois que tu auras essuyé cette tempête, tu ne seras plus le même. »*

– Haruki Murakami

# 54
# Diesel

*The Middle* – Jimmy Eat World

– Je crois que j'ai plus envie de le faire, murmure Naïa, la voix tremblante.

Dans le miroir du rétroviseur, j'observe sa main posée sur la poignée de la portière et ses yeux bleus brillant d'inquiétude. Je coupe le moteur et tourne la tête vers elle, prêt à lui répondre, mais Rakel me devance.

– Pourquoi ?

On est garés à quelques mètres du cabinet de la psychologue qui a accepté de suivre Naïa. Son rendez-vous est dans quinze minutes et si on l'annule au dernier moment, elle n'acceptera jamais de la revoir. Trouver quelqu'un de disponible a déjà été assez compliqué comme ça. Cependant, je peux comprendre les réticences de Naïa, accorder sa confiance à une inconnue après ce que ses harceleurs lui ont fait subir, ce n'est pas simple.

Pour couronner le tout, je parie que son père ne l'aide pas du tout : il peste après ses antidépresseurs et son psychiatre du matin au soir.

– Ça va me servir à rien... En plus, je comprends pas pourquoi papa me pousse à voir un psy alors qu'il passe son temps à cracher sur celui qu'il voit.

Voilà, j'en étais sûr. Solveig est en train d'influencer Naïa. Je ravale mon soupir de dépit et cherche une réponse pertinente. Après ce qu'elle a vécu, Naïa a besoin d'aide, ne serait-ce que pour guérir de son traumatisme. En plus, tout dans son attitude me laisse penser qu'elle souffre aussi de TCA, elle ne peut pas continuer à vivre ainsi. Elle a une chance d'aller mieux, de guérir, si elle accepte l'aide qu'on lui propose.

– Je comprends que ça t'inquiète, mais ça ne va pas servir à « rien ». T'as pas vraiment pu parler de ce que t'as subi avec ces deux connards. Ça te ferait du bien de le faire, avec un professionnel, sans jugement ni affect. Tu vois ce que je veux dire ?

Naïa soupire, les épaules basses. On dirait qu'elle a envie de fusionner avec le siège de ma voiture. Rakel écoute la conversation en silence, mais je vois bien à son regard qu'elle n'en perd pas une miette.

– Papa a décidé que je devrais voir un psy ; moi, j'ai rien choisi, c'est super hypocrite de sa part, proteste Naïa. J'ai pas envie de prendre les mêmes médocs que lui, vu comment il en parle…

– T'as rendez-vous avec une psychologue, pas une psychiatre, elle te prescrira rien. Et je pense pas que ton père est « hypocrite », il a juste du mal à faire la part des choses quand ça le touche directement. S'il t'a demandé de consulter, c'est parce qu'il s'inquiète pour toi, soufflé-je.

Si seulement Solveig pouvait avoir le même discernement concernant sa propre situation.

– Je crois que je vais pas réussir à m'ouvrir… Et puis, je suis censée raconter quoi à la psy ?

– Laisse-la diriger la conversation, tu verras, ça ira tout seul. C'est son boulot de te mettre à l'aise et d'orienter la discussion. Après, si tu souhaites lui confier un truc précis, tu peux aussi. Dis-toi que tout ce que tu lui raconteras sortira pas de son bureau.

Je ne sais pas trop si je parviens à rassurer Naïa, son visage est toujours empreint d'inquiétude.

– Je sais pas... Puis papa, il...

– On s'en fout de papa, la coupe Rakel. C'est qu'un gros con qui parle jamais de ce qu'il ressent. Ne sois pas comme lui, merde !

– Ne l'insulte pas ! s'écrie Naïa, en ouvrant de grands yeux choqués.

– Fais pas genre que t'es pas d'accord avec moi.

– Je sais que t'as raison, mais t'as pas le droit de l'insulter.

Rakel expire un grand coup, puis se radoucit.

– Désolée, je voulais pas être méchante. J'ai juste envie que tu te sentes mieux. Ça me tue de voir que vous allez pas bien tous les deux...

Rakel baisse le regard l'espace d'un instant. J'essaie de mieux capter son expression dans le rétroviseur, sans succès. La pauvre doit composer entre un père dépressif et une sœur traumatisée, ça lui laisse peu d'espace pour exprimer ses propres insécurités. J'espère qu'elle tient le coup.

– OK... Je vais essayer, finit par chuchoter Naïa.

– Si ça ne fonctionne pas, tu pourras toujours te plaindre à Szansa, proposé-je dans un sourire réconfortant.

– Non, plutôt mourir, elle pue.

Je ricane. Autant Naïa adore traîner avec les chats, le chien ou les chevaux, autant elle esquive scrupuleusement les cochons et les vaches. Rakel n'a aucune préférence, elle adore tous les animaux et aide ma mère à s'en occuper.

– Tu sais, quand je déprime, je vais toujours voir Szansa. À chaque fois, elle me fait un gros câlin, c'est réconfortant. Si t'as pas envie de l'approcher, cela dit, j'peux toujours me déguiser en vache et meugler.

Rakel pouffe. L'ombre d'un sourire danse sur les lèvres de Naïa. Victoire !

– Parce que tu crois que tu pues pas ? plaisante Rakel.

– J'espère, en tout cas, répliqué-je.

– Non, tu sens bon, t'inquiète pas, sourit Naïa en sortant de la voiture.

Rakel et moi suivons le mouvement et franchissons les quelques mètres qui nous séparent du cabinet. La salle d'attente est vide. À travers une porte, on entend des voix étouffées. Naïa se laisse tomber sur une chaise et commence à taper du pied avec nervosité. Rakel s'assied juste à côté, prend la main de sa sœur et la serre sans ajouter un mot.

Je leur laisse un peu d'espace en m'installant plus loin, mon téléphone dans les mains. Un message de Solveig m'attend. Je l'ouvre, le cœur battant.

Solveig : Naïa va bien ?

Diesel : Elle doutait, mais c'est bon, on est dans la salle d'attente.

Il lit, sans répondre.

Un mois depuis l'agression, deux semaines qu'on est chez mes parents, dix jours que les filles ont fini les cours, pourtant le temps n'a aucune emprise sur Solveig. Il est toujours aussi renfermé, amer. Nos conversations me manquent. Celles qui duraient jusqu'à 4 ou 5 heures du matin. Où sont partis tous ces moments ? Est-ce qu'on peut seulement les retrouver ?

Mes questions sont interrompues par une porte qui s'ouvre, l'écho lointain d'une voix, et une femme qui pénètre dans la salle d'attente. Ses cheveux roux sont retenus en queue de cheval et ses yeux noisette sont doux quand ils se posent sur les jumelles.

– Laquelle de vous est Naïa ?

Rakel pointe sa sœur du doigt.

– Elle.

– T'es prête ? demande la psy.

– Oui… murmure Naïa d'une voix blanche.

Elle se lève à contrecœur et suit la thérapeute, qui ferme la porte derrière elle.

– Bon, plus qu'à se tourner les pouces, déclare Rakel en s'étalant contre le dossier de la chaise.

Elle fourre les mains dans les poches de son jean trop large, lève les yeux vers le plafond et pousse un soupir à fendre l'âme. Je me décale pour m'asseoir à ses côtés, elle tourne la tête dans ma direction et hausse un sourcil interrogateur. Son teint est terne, ses traits tirés. Pourtant, à table, elle mange normalement et je n'ai pas l'impression qu'elle fait des nuits blanches ; en tout cas, elle éteint toujours la lumière avant minuit.

– J'ai un truc sur la tronche ou quoi ?

– Non. Je me demande juste où est passé ton sale sourire en coin.

– Dis un truc con et je devrais le retrouver, marmonne-t-elle.

Ouais, il n'y a pas à dire, c'est la digne fille de son père.

– T'es pas contente d'être en vacances ? tenté-je.

– Si. C'est juste que j'ai plein de potes qui se cassent. Ça me saoule, je me sens seule.

C'est vrai que je ne l'ai pas vue sortir au skatepark depuis un moment. Je me doute bien que ma famille et les animaux de la ferme ne rivalisent pas avec ses amis. Malheureusement, il n'y a pas grand-chose que je puisse faire à ce sujet…

– Ça doit pas être facile pour toi, entre ta sœur et ton père.

– Bof, papa, j'ai l'habitude. Mais quand Naïa va mal, ça me détruit.

« Papa, j'ai l'habitude. »

Justement, ça ne devrait pas être le cas… Rakel encaisse des comportements anormaux depuis des années, c'est devenu son quotidien et elle ne devrait pas s'en accommoder.

Solveig, lui, continue de s'emmurer dans le silence. Parfois, il est calme, se radoucit, mais ça ne dure jamais assez longtemps. Bon sang, pourquoi il n'écoute pas davantage son psy... et pourquoi il ne me parle de rien ? Je pourrais l'aider, à ma façon, essayer de le rassurer, ou du moins lui redonner le sourire avec mes blagues nulles...

– Si t'as envie de parler un peu, je suis là.

– Je sais.

Mais elle ne dit rien de plus.

– T'as envie qu'on s'organise une sortie en ville un de ces quatre ? lui proposé-je pour relancer la discussion. Je connais des coins sympas pour de la photo. On peut se faire un ciné, sinon.

– J'adorerais, mais t'as déjà l'air débordé, je veux pas abuser...

– Ça me fera du bien de sortir un peu. Vérifie les films à l'affiche et choisis ce qui te plaît, ça marche ?

– OK, je regarderai en rentrant ! s'enthousiasme-t-elle.

On reste silencieux quelques secondes, perdus dans nos pensées respectives. Puis je sens le poids de son regard sur moi, comme si elle essayait de sonder mon âme. Finalement, elle lâche d'une voix douce :

– Moi aussi je suis là, si tu as besoin de parler.

Sa proposition me prend au dépourvu. Devant mon silence, elle insiste, avec une franchise désarmante :

– C'est toi qui subis le plus la mauvaise humeur de mon daron et désolée de te le dire, mais t'as pas l'air de péter le feu.

– C'est une manière peu subtile de me dire que j'ai une sale tête ? Tu commences par critiquer mes chemises, et après tu t'arrêtes plus, c'est ça ?

Je biaise pour me laisser le temps d'assimiler ce qu'elle vient de me dire. Est-ce que je suis si transparent que ça, dernièrement ?

– Mais non, oh ! s'amuse Rakel. Faut pas être si susceptible.

– Tu mériterais que je te boude.

– Mais tu vas pas le faire, si ? réplique-t-elle, taquine.

– Non. J'aime trop parler avec toi.

– Super, alors tu peux me dire comment tu vas.

Je m'esclaffe. Elle ne perd vraiment pas le nord.

– J'ai connu mieux, admets-je. C'est vrai que je suis épuisé et que j'ai pas trop le moral.

J'esquisse un sourire que je veux rassurant et ajoute :

– Mais te tracasse pas pour moi, ça passera dans quelques semaines. Au pire, j'irai pleurer dans les bras de Szansa.

J'adresse un clin d'œil léger à Rakel, mais je ne crois pas qu'elle se laisse berner par mon humour. Elle plisse les yeux et mordille sa lèvre, comme si elle se retenait d'insister. Puis, d'une voix contrite, elle lâche :

– Je suis désolée que mon père soit un vrai con avec toi, c'est pas juste.

Je n'aime pas la culpabilité que j'entends dans son intonation. Elle n'y est pour rien dans cette histoire. Personne n'y est pour quoi que ce soit.

– Dis pas ça, Rakel. On doit être indulgents avec lui. Il a besoin de cicatriser, dans tous les sens du terme. C'est dur pour tout le monde.

– Peut-être, mais il s'en prend à la mauvaise personne, ça m'énerve. Je l'ai jamais vu s'en prendre à maman comme ça, même quand il allait pas bien. Je comprends pas pourquoi il te traite pas pareil.

Mes joues s'empourprent. Pourquoi elle établit un parallèle entre Alisha et moi ? Est-ce qu'elle a compris qu'avec Solveig, on est ensemble ?

J'ai toujours senti qu'il cherchait à rester discret en présence de Naïa et Rakel, alors j'ai naturellement adopté la même attitude et je me suis présenté à elles comme Diesel, jamais comme « Diesel, le petit copain de Solveig ». Mais peut-être qu'elles ont fini par sentir que je n'étais pas qu'un pote un peu trop collant.

Ou alors, je m'emballe et je surinterprète les paroles de Rakel.

– C'est pas grave, murmuré-je.

– Si, c'est grave, il a aucune raison de te traiter aussi mal. En plus, je le connais, je sais qu'il culpabilise de te blesser. C'est juste un crétin qui n'a jamais appris à s'exprimer.

L'entendre de la bouche de Rakel me soulage, et ça me conforte dans l'idée de m'accrocher encore quelques semaines. Si elle pense qu'il s'en veut, alors j'ai espoir qu'il s'apaise.

– Il était comment avec Alisha ?

Avec un sourire triste, elle souffle :

– Il était... gentil. Je me souviens pas de l'avoir déjà entendu hausser la voix avec elle. À chaque fois qu'il la regardait, il avait l'air de retomber amoureux et je me disais que j'avais de la chance d'avoir des parents qui s'aiment, surtout quand je voyais les familles de mes potes.

Ma gorge se comprime. Quand je l'écoute me parler de ce Solveig, je réalise encore plus à quel point il s'est détruit.

– Il était pas bougon, avant ?

– Il a toujours été du genre à râler pour le ménage et à être un peu grognon, mais c'était plus comique qu'autre chose. À un moment, il a commencé à vraiment changer et ça inquiétait maman, répond Rakel d'une voix vacillante.

Elle se mord la lèvre inférieure, puis reprend :

– Un jour, je les ai surpris en train de parler. Papa disait qu'il y arrivait plus et maman lui a répondu : « C'est pas fait pour toi, tu devrais essayer de trouver autre chose, ça t'aiderait à aller mieux. Et puis souviens-toi, si tu continues comme ça, c'est toi qui te noieras, pas la Pieuvre. » Sauf qu'il a jamais réussi à aller mieux...

Les problèmes de dépression de Solveig ne datent vraiment pas d'hier. Je me demande si Alisha parlait de Raiford, si elle lui soufflait déjà de trouver un autre travail. Est-ce qu'il aurait réussi à sortir la tête de l'eau, s'il l'avait écoutée ? Peut-être qu'il n'en a pas eu le temps avec le deuil, sa famille à assumer seul...

– Il finira par guérir, assuré-je.

Il y a de l'espoir dans les yeux de Rakel, un peu de tristesse aussi quand elle chuchote :

– Ouais, c'est ce que j'essaie de me dire. Il est pas méchant, mon père. Je crois juste qu'il s'est perdu en chemin.

*« C'est sur l'horizon que je voudrais écrire, pas sur un cahier. J'aimerais qu'on nous apprenne comment toucher le ciel, comment repousser les orages, comment ne plus avoir peur. »*

– Ondine Khayat

# 55
# Diesel

*Obstacles* – Syd Matters

Solis enfonce sa truffe dans le sac de courses abandonné sur le carrelage, attrape un paquet de fromage râpé entre ses crocs et s'enfuit, la queue battante. J'entends ma chienne sauter sur le canapé, puis couiner de dépit.

– Diesel, tu lui as donné ce truc ou elle s'est encore servie ? demande mon père.

– Tu sais bien qu'elle ne peut pas s'empêcher de voler à chaque fois.

– Au moins, c'est pas comme Kaya qui piquait tout le temps les fringues sales, commente ma mère du fauteuil où elle est assise.

Un grand carnet à dessin est posé sur ses cuisses et des crayons de couleur s'étalent partout sur la table basse.

– C'est vrai que Kaya était pire, ricane mon père, avant de lancer le fromage dans ma direction.

Solis se précipite à sa suite, mais je le saisis en l'air avant elle et le repose sur la table.

– Diesel, tu les ranges où les sodas déjà ? questionne Rakel, les bras chargés.

– Dans le placard au-dessus de la collection de bouteilles de mon daron. Juste là.

Je lui pointe l'endroit du doigt, Rakel acquiesce et obtempère.

– Et la pâte à pizza, tu la mets où ? Dans le frigo ?

Cette fois, je tourne la tête vers Naïa.

– Non, tu peux laisser sur la table, on va les préparer juste après. Ça vous va si on mange des pizzas ce soir ?

Mes parents ne calculent pas du tout que je leur ai posé une question. Visiblement, ma mère est absorbée par son gribouillis, quant à mon père, il est étalé sur le canapé avec le dernier thriller de son auteur favori. Le salon est inondé par les rayons du soleil couchant, et il doit faire au moins vingt-cinq degrés à l'intérieur, pourtant il est emmitouflé dans un poncho, avec les chaussettes en laine que lui a tricotées ma mère.

– T'as un look d'enfer, me moqué-je en lui attrapant son bouquin.

Je tourne les pages jusqu'à la fin et commence à lire le dernier paragraphe.

– Si tu me spoiles, je te déshérite, lâche-t-il sans même essayer de récupérer son livre.

– Je t'ai posé une question et tu m'as ignoré, ça mérite bien un spoil, plaisanté-je.

– Qu'est-ce que tu veux ?

– Ça te va, pizza, ce soir ?

– Si t'arrives à pas les cramer, oui.

– Trop drôle, soupiré-je. Maman, ça te va aussi ?

Je jette le bouquin sur le ventre de mon père et vais me planter derrière ma mère. Elle est absorbée dans une étude anatomique de chevaux. J'essaie de trouver des défauts pour l'embêter, sauf que je ne trouve rien à critiquer.

– Carrément. T'as besoin d'aide ?

– Non, je vais m'en occuper avec les jumelles... et peut-être Solveig, si j'arrive à le motiver.

– Pas bête, ça lui changera les idées.

Va-t-il seulement accepter de sortir de la chambre ? L'infirmière ne passe plus changer ses pansements ; la cicatrice est propre. Il a suffisamment récupéré pour se déplacer sans béquilles ni aide de ma part, et malgré ça, il passe ses journées enfermé dans sa piaule. Ça lui ferait du bien de de prendre l'air et le soleil, voire de se promener un peu avec moi, mais il refuse à chaque fois.

– On vous appelle quand c'est prêt, annoncé-je, avant de les laisser à leurs activités.

Les jumelles ont déjà commencé à étaler tous les ingrédients dans la cuisine et se chamaillent pour savoir quoi mettre sur leur pizza. Je leur passe devant, prends une profonde inspiration et monte deux par deux les marches.

Devant la chambre de Solveig, j'hésite un instant, frappe un coup, puis entre. Il n'est pas étendu dans son lit, mais debout à la terrasse, une clope entre les dents. Il se tourne vers moi en expirant un nuage de fumée et je perds tous mes moyens. Il s'est amaigri, ces dernières semaines, ses traits sont marqués par l'épuisement ; pourtant, je ne peux pas m'empêcher de le trouver magnifique.

La façon dont il tient sa clope, ses cheveux plus longs que d'habitude, décoiffés, retombant sur son front, sa boucle d'oreille qui miroite sous les lueurs du soleil... Chaque détail m'émerveille, mon stupide cœur s'excite comme si je redécouvrais Solveig pour la première fois.

– On va préparer à manger avec les filles... Tu nous donnes un coup de main?

– Vous êtes trois, c'est pas déjà assez ?

Super, ça s'annonce bien.

– Si, mais... on s'est dit que ce serait plus sympa avec toi. Allez, viens, ça prendra pas longtemps.

Solveig ne bouge pas. J'aimerais ajouter que sortir de cette pièce et de sa prison mentale le soulagerait, ou encore que les jumelles seraient ravies de le voir. Malgré moi, je me tais. Je sais qu'il le prendra comme une critique.

– J'arrive, finit-il par dire. Je termine ma clope.

Je m'adosse au chambranle de la porte et en me voyant l'attendre, Solveig râle un truc à demi-voix. Puis il expire sa dernière latte, écrase son mégot, avant de se lever et de me suivre dans les escaliers. Je passe devant lui, au cas où il trébuche sur une marche, mais il parvient à rejoindre le rez-de-chaussée sans encombre. À son arrivée, le regard des jumelles s'éclaircit ; Naïa a un petit sourire et Rakel m'adresse un « merci » du bout des lèvres. Indifférent à ces réactions, Solveig part se laver les mains, puis s'assied à la table de la cuisine.

– Ça va ? T'as pas l'air bien, remarque Naïa.

– Ouais, le psy m'a fatigué, c'est tout.

Elle s'approche et l'enlace par le côté pour ne pas appuyer sur sa cicatrice. Solveig passe le bras sur son dos pour participer à l'étreinte comme il peut. Puis d'un coup d'œil, il analyse la pizza devant les jumelles.

– Vous avez déjà pratiquement terminé, en fait, commente-t-il.

– C'est la nôtre celle-là, bas les pattes, rétorque Rakel avec un clin d'œil taquin. T'as qu'à faire la tienne, nous, on s'occupe de celle des vieux.

– C'est nous, les vieux ? s'insurge ma mère depuis le salon.

– Je vois pas d'autres vieux dans la pièce, réplique Rakel avec assurance.

Mon père éclate de rire. Solveig grimace.

– Surveille ce que tu dis, Rakel, t'es pas avec tes potes.

– Joue pas les rabat-joie, on rigole.

– Tu...

– On s'y met, Solveig ? interviens-je avant que la discussion ne s'envenime.

Malgré sa réticence évidente, il prend une profonde inspiration et son regard s'adoucit.

– Ouais.

Je déroule la pâte sur la table et il me regarde faire, avant de demander :

– Tu t'es lavé les mains ?

– Oui, inspecteur Solveig.

– Moi, je l'appelle « colonel Solveig », précise Rakel.

– Je manque pas de surnoms, avec vous.

Bon gré, mal gré, Solveig se prête au jeu et commence à étaler la sauce tomate.

– Ici, c'est ma moitié, déclare-t-il.

Il est en train de construire un mur avec des petits dés de jambon pour couper la pizza en deux. J'explose de rire sans pouvoir me retenir.

– *Je vais construire un grand mur et personne ne construit des murs mieux que moi*, commencé-je en imitant la voix de Donald Trump.

Les filles ne parviennent pas à contenir leur hilarité, même mes parents ricanent dans leur coin. Avec un sourcil levé, Solveig continue à empiler son jambon.

– Très marrant.

Je continue à le taquiner pour plaisanter, mais je suis content de le voir se battre pour sa part ; peut-être qu'il commence enfin à retrouver l'appétit.

Par miracle, on termine de cuisiner sans mettre la pièce sens dessus dessous à force de se chamailler. De leur côté, les jumelles ont aussi achevé le plat pour mes parents, il n'y a plus qu'à tout nettoyer et mettre à cuire. Solveig nous observe les bras croisés pendant qu'on range les affaires. Il a l'air de s'ennuyer royalement. Je crois l'entendre bouger tandis que j'ouvre le four. Quelques secondes plus tard, un tintement cristallin retentit.

– Bah oui, bonne idée, continue de creuser ta tombe, crache Rakel.

Je tourne la tête et aperçois Solveig penché sur la collection de whiskys japonais de mon père. Tous les regards se tournent dans sa direction alors qu'il repose la bouteille sur le buffet.

– Je *regardais*, réplique-t-il d'un ton froid à l'intention de Rakel.

– N'importe quoi, j'ai bien vu l'expression sur ton visage. T'as toujours la même quand tu vas boire.

– Arrête de me parler sur ce ton, Rakel.

En quelques pas, je rejoins Solveig et pose la main sur la sienne.

– Elle est juste inquiète pour toi... Tu sais bien que l'alcool et les antidépresseurs ne font pas bon ménage.

Les iris de Solveig étincellent d'agacement. D'un geste sec, il écarte sa main et recule d'un pas. Son rejet me gifle presque autant que la colère qui monte, monte, monte dans ses yeux. L'air de la pièce s'est chargé d'éclairs, Rakel est à deux doigts de craquer, Naïa est soudain abattue, mes parents restent en retrait. Cependant, je sens que ma mère est prête à intervenir si la situation s'envenime. Solveig balaie la pièce du regard, comme acculé. Il ouvre la bouche, inspire un grand coup, puis siffle.

– Pas la peine de me materner, je le sais déjà. Encore une fois, j'allais pas boire. C'est interdit de regarder des bouteilles maintenant ?

– Non, mais, on a juste cru que... commencé-je.

– L'écoute pas, il ment parce qu'on l'a pris la main dans le sac, attaque Rakel.

– N'en rajoute pas, chuchote Naïa en tirant sa jumelle par la manche.

– J'en rajoute pas. Tout le monde ici sait que j'ai raison.

– C'est pas grave, y a pas mort d'homme, il a rien pris, tempéré-je.

– *Il* est dans la même salle que vous ; évitez de parler de moi comme si je n'étais pas là. Et je commence à en avoir ras-le-cul d'être fliqué du matin au soir.

Comment la situation a pu dégénérer aussi rapidement ? Il y a encore une poignée de secondes, Solveig *souriait* presque à nos blagues ; j'ai cru entrapercevoir le fantôme de l'ancien lui, le souvenir de ce qu'était notre relation il y a encore quelques semaines. J'ai tourné le dos cinq minutes... Je n'aurais jamais dû le quitter des yeux, ça aurait évité que Rakel attaque, que je fonce dans le tas sans même laisser l'occasion à Solveig de se justifier. Encore une fois, j'ai tout foutu en l'air.

– Désolé, on s'inquiète pour toi, c'est tout, murmuré-je.

– C'est étouffant !

Il s'apprête à rajouter quelque chose, puis jette un coup d'œil à mes parents, hésite et se ravise.

– Laisse tomber, je pars fumer, ça me calmera.

Je lui emboîte le pas, il m'interrompt d'un geste de la main.

– Je préfère rester seul, Diesel.

Et sans une dernière parole, il me tourne le dos et disparaît à l'étage. Le silence retombe dans la pièce.

– Ça va passer, laisse-le un peu tranquille, me rassure mon père.

– Je suis désolée, souffle Rakel. J'ai tout foiré.

– C'est la faute de personne, marmonné-je en m'affalant dans un fauteuil du salon.

Une à une, les lumières s'éteignent en moi.

« *Sometimes I'm terrified of my heart; of its constant hunger for whatever it is it wants. The way it stops and starts.* »
– Poe

# 56
# Solveig

*Fall For Me* – Sleep Token

À chaque marche, je me dis que je devrais faire demi-tour, retourner dans le salon et présenter mes excuses, mais je n'y arrive pas. Je n'y arrive plus. Le moindre de mes gestes est décortiqué, scruté, je me sens comme un enfant qu'il faut surveiller, pas comme un adulte de trente et un ans.

Tout se passait bien. Et puis il a fallu d'un seul mot pour que tout s'enflamme.

En atteignant la porte de ma chambre, je tourne la tête une dernière fois vers le rez-de-chaussée. J'aimerais redescendre, m'asseoir à table avec eux et manger cette fichue pizza, mais à la place, je m'enferme dans ma piaule, la poitrine comprimée par la culpabilité. Je les imagine tous parler dans mon dos et me traiter de con.

Le pire ? Rakel a raison.

À la vue de ces bouteilles, j'ai eu envie de toutes les vider, de m'enivrer suffisamment pour oublier cette existence minable. J'essaie d'écouter ce psy de merde, de prendre mes antidépresseurs tous les matins, mais je n'en vois aucun effet. Je broie toujours du noir, mes épaules sont toujours aussi noueuses, tout mon corps est contracté par la tension, la tristesse, la morosité.

Jamais je n'aurais cru penser ça, mais j'aimerais que tout redevienne comme avant. Avant l'agression. Parce que si je continue sur cette voie, j'ai peur de perdre à jamais l'amour de mes proches. Mon cœur accélère au point d'en devenir une masse douloureuse. Je suis incapable de me sortir de la tête qu'en bas, les jumelles sont en train de raconter à la famille de Diesel à quel point je suis un père de merde.

À ça, se superpose le souvenir de mon agresseur. Il aurait dû finir le travail, putain.

La Pieuvre étreint ma gorge. Chaque fois que je perds mon souffle, j'ai l'impression qu'elle en récupère, elle.

J'essaie de m'allumer une clope, mais mes mains tremblent, et le tabac finit sur le plancher. Abattu, je vais m'asseoir sur le lit et en tendant la main pour attraper une bouteille d'eau, je referme les doigts sur les anxiolytiques. Je n'y ai toujours pas touché une seule fois. Je m'apprête à les reposer, puis j'hésite, me dis qu'au point où j'en suis, je peux bien tout tenter. Alors je les avale, à sec. Quelle erreur. L'amertume me tapisse le palais, je bois de grandes rasades d'eau pour tenter de m'en débarrasser.

Mes battements de cœur continuent à cogner, puis, doucement, alors que les minutes s'égrènent, ils ralentissent. Ces nerfs que je ne parvenais plus à relaxer se relâchent, un par un ; mes muscles ramollissent et mes paupières commencent à papillonner.

Alors ces anxios fonctionnent vraiment.

Peut-être que je devrais un peu plus croire en mon psy, prendre mes antidépresseurs avec un peu plus de rigueur et me montrer plus patient.

Peut-être qu'ils ne servent pas à *rien*.

*« Les blessés de l'âme ne veulent ni haïr, ni se soumettre :*
*ils veulent s'en sortir. »*
– Boris Cyrulnik

# 57
# Diesel

*glow in the dark* – Vian Izak (ft. Ekaterina Shelehova)

Démoralisé, je descends les escaliers en traînant des pieds. Moi qui pensais que la nuit aurait apaisé les rancœurs de Solveig, je faisais fausse route. La scène de la veille lui reste en travers de la gorge. En dépit de mes efforts, je n'arrive pas à comprendre *pourquoi* il s'en prend autant à ses filles ou moi. Je sais ce qu'il traverse, j'imagine ce qu'il doit ressentir, mais pourquoi mépriser les personnes qui ne font rien d'autre que s'inquiéter pour lui ? Joey aussi avait tendance à se montrer injuste quand il se retrouvait à l'hôpital, mais il se calmait après quelques jours. Ça n'a jamais duré des semaines comme avec Solveig.

La maison de mes parents a toujours été un havre de paix, un endroit dans lequel je me sens bien, désormais, j'ai la boule au ventre chaque fois que je franchis la porte d'entrée.

Solis me fonce dessus quand j'arrive en bas des marches, je la gratifie d'une caresse.

– T'es tout seul, Diesel ?

La voix de ma mère provient du salon. Exactement la même scène qu'hier : elle est installée dans le même fauteuil, avec le même cahier de dessin sur les genoux. Par contre, aucun signe de mon paternel. À l'odeur de légumes grillés qui émane de la cuisine, je suppose qu'il prépare à manger.

– Ouais, Solveig reste là-haut. J'ai pas vu les jumelles, par contre.

– Naïa doit être dans sa chambre. Rakel m'a dit qu'elle partait faire du skate, je sais pas si elle est rentrée depuis.

Je hoche la tête et vais m'asseoir dans le canapé avec un soupir à fendre l'âme.

– Tu ressembles au *pothos* fané que j'ai jeté la semaine dernière.

– Sympa, marmonné-je.

– Comment ça se passe avec l'association ? Vous avez eu de nouvelles informations sur la condamnation de Riggs ?

– Ouais, on aura le verdict vers fin juillet ou courant août.

– C'est une bonne nouvelle, non ? Le verdict approche ! s'enthousiasme-t-elle.

– Je sais pas, maman. Je suis pessimiste. On fait ce qu'on peut avec l'asso, mais on est à court d'idées. Et comme j'ai plus trop le temps de m'investir autant qu'avant, je suis frustré.

Je ne suis même pas parvenu à publier mon article sur Riggs, par peur que ça desserve notre combat. Rien n'était récupérable de mon interview. J'ai bossé dans le vent...

– Diesel, tu en fais déjà beaucoup. Ne perds pas espoir, moi je suis sûre que tout va bien se passer !

Malgré le sourire rassurant de ma mère, je refuse de me laisser aller à l'optimisme. Il n'y a même pas un pour cent de chances que la Cour revienne sur la décision de justice.

– Si tu le dis...

Ma mère fronce les sourcils, pose son cahier de dessin sur la table basse, à côté du cendrier débordant de mégots. Elle vient s'asseoir à mes côtés, son parfum envahit immédiatement mes narines. Mélange de peinture, de thé, de terre et de cannabis. Un petit sourire moqueur étire mes lèvres quand j'aperçois ses ongles noircis par le jardinage et recouverts de petites taches d'encre.

– T'as bientôt cinquante-sept ans et tu sais pas utiliser un feutre sans te salir.

– De la part d'un fils qui n'a jamais su manger des spaghettis bolognaise proprement, c'est gonflé.

– OK, tu marques un point, ricané-je.

– Vous parlez de quoi ?

Mon père débarque de la cuisine, un torchon brodé jeté en travers de son épaule. Il a l'air vanné. J'espère que ce n'est pas à cause de l'ambiance qui règne à la maison ; je sais qu'il a toujours été sensible à ce genre de changement d'humeur. Même s'il ne l'a jamais explicité, je crois que ça lui rappelle le climat anxiogène qui a suivi la mort de son frère.

– Rien, je disais juste à maman qu'elle savait pas utiliser des feutres sans se salir. Enfin bref. On mange quand ? J'ai la dalle et ça sent bon.

– Dans une heure. Tu vas encore crever la dalle un moment, rétorque mon père.

Il se tourne ensuite vers ma mère.

– Il faudra que tu me redonnes les infos pour demain.

– Quelles infos ? demandé-je.

– Ta mère a accepté d'accueillir deux ânes, le transfert est demain. Et comme elle sera pas là, j'aimerais bien savoir quoi dire pour pas avoir l'air d'un crétin devant l'association.

Encore des nouveaux pensionnaires. À ce stade, on va finir par manquer d'espace. Il y a certains animaux que ma mère n'accueille que le temps qu'ils trouvent une famille définitive, mais la plupart restent ici.

– Je t'envoie une copie du dossier par mail.

Ma mère tapote sur son téléphone.

Quelques secondes plus tard, celui de mon père sonne.

– Les jumelles savent pour les ânes ? questionné-je. Je parie qu'elles vont être contentes.

– Rakel est aux anges, oui. Elle m'aide beaucoup, surtout depuis qu'elle a fini les cours…

Le regard de ma mère dévie de mon père à moi.

– D'ailleurs, tu nous as pas dit comment s'est passé ton semestre. La fac a publié les résultats ?

Honteux, je baisse la tête. Je me sens coupable d'avoir volontairement omis de leur en parler. D'autant plus que je les connais, ils ne m'ont jamais engueulé pour une mauvaise note. Malgré ça, je n'assume pas d'avoir autant planté mes examens.

– On a les notes ce vendredi. Après, vous attendez pas à grand-chose…

– Tu le sens mal ? cherche à comprendre ma mère.

– J'ai pas trop bossé, tu sais, avec Solveig, j'ai… beaucoup galéré. Quant à mon mémoire, je pense qu'il me sauvera pas, j'ai pas eu le temps de le relire avant de l'envoyer. Ça doit être cousu de fautes.

– C'est pas grave, Diesel. Ce que t'as accompli ces dernières semaines, c'est impressionnant. Si jamais ça passe pas, tu te referas aux rattrapages ou tu recommenceras ton année, me rassure mon père.

J'aimerais adhérer à ses mots, mais je n'arrive pas à me dire que ce n'est pas grave. En fait, ce qui me frustre le plus, c'est que tous mes efforts ne servent à rien. Je me casse le dos pour Solveig et en retour, je n'ai le droit qu'à des regards noirs. Les quelques moments d'accalmie où il me parle gentiment ne suffisent pas à effacer le reste. J'en viens à douter de l'efficacité du psy ou des traitements qui lui sont proposés.

– Ça me déprime un peu, je vous avoue, murmuré-je.

– Tes exams ou Solveig ?

– Les deux.

Mon père vient s'installer sur l'accoudoir, sa grande main s'enfouit dans mes cheveux emmêlés. Je me suis levé ce matin sans passer par la salle de bains, je galère à trouver le temps de prendre soin de moi.

– Tu as pu lui parler de ce qui s'est passé hier ? J'ai rangé ma collection de whiskys, si ça peut lui éviter toute tentation.

– Merci, t'étais pas obligé.

Mon père hausse les épaules, l'air de dire « c'est la moindre des choses ».

– Et on a pas trop reparlé d'hier, il est encore tendu. Je sais plus trop quoi lui dire, j'ai toujours l'impression que je l'énerve.

Ma mère me tapote la cuisse.

– Tu trouves pas que tu veux en faire un peu trop ? Oublie pas que t'es pas un surhomme, Diesel. Je sais très bien que t'es toujours très engagé dans tout ce que tu entreprends, mais essaie de te fixer des limites.

– J'y arrive pas...

J'ai conscience de parfois trop m'investir. Kléia me dit souvent que c'est autant une force qu'une faiblesse, et que je dois faire attention parce que je ne sais jamais quand m'arrêter, quand abandonner.

– Pourquoi tu veux endosser cette responsabilité tout seul ? demande ma mère. Tu dis que tu n'y arrives pas, mais est-ce que c'est ton rôle de faire tout ça ?

– C'est pas le rôle de ses filles ni le vôtre. Donc il reste pas beaucoup d'options...

– Et ses parents alors ?

– Il les voit pas trop. De ce que je sais, il assume pas sa situation devant eux, il préfère les tenir à distance.

Ce détail me perturbera toujours ; moi, c'est au-dessus de mes forces. Dans le passé, nos relations ont été complexes, mon père n'a pas toujours été à la hauteur et je me suis longtemps senti mal d'être le bâtard de la famille. Mais jamais je ne serais capable d'aller aussi loin que Solveig.

– Ouais, Diesel a raison, il les met toujours de côté.

Tous les regards se tournent vers Rakel qui déboule du couloir, l'air de rien. Elle s'étale dans le fauteuil en face du canapé, posant ses pieds nus sur la table basse.

– Et tu penses que c'est normal, Rakel ?

La voix de ma mère est douce, il n'y a pas l'ombre d'un reproche dans son intonation.

– Je le trouve hypocrite. Il pète un plomb quand Naïa ou moi, on lui dit pas un truc, il s'inquiète toujours pour nous, puis après, il se fâche quand les autres font la même chose avec lui.

– C'est pas de l'hypocrisie, je pense juste qu'à trente et un ans, il souffre de ne pas réussir à gérer sa vie comme il l'entend, corrige mon père.

– Ouais… t'as pas tort.

– Tes grands-parents, ils sont pas au courant *du tout* pour l'agression de ton père, c'est ça ? En tant que maman, je crèverais d'apprendre que mon enfant a frôlé la mort et qu'il n'a même pas voulu me prévenir…

Elle me coule un regard en coin, je vois en cet instant l'amour qu'elle a pour moi.

– On parle pas d'un bras cassé, ils mériteraient de savoir, continue ma mère. Si Solveig a décidé de repousser tout le monde, soit. Par contre, il ne peut pas s'attendre à ce que les gens qui l'aiment approuvent.

– Il va hurler si on prévient papy et mamie…

Si on pouvait s'épargner une nouvelle dispute, je ne serais pas contre. D'un autre côté, mes parents ont raison, on devrait contacter la famille de Solveig. Ils le connaissent depuis toujours, peut-être qu'ils pourraient l'aider à aller mieux, lui parler, le pousser à se confier… Moi, j'ai déjà tout essayé.

– C’est à toi de voir, Rakel. C’est ton père, tu le connais mieux que nous.

– J’aimerais que mes grands-parents soient là.

J’espère qu’on fait le bon choix.

« *If you are healing and breaking all at once, do not fear, this is growth.* »
– Q. Gibson

# 58
# Solveig

*So Far* – Ólafur Arnalds (ft. Arnór Dan)

Chaque fois que je me risque à sortir de cette chambre, je trouve Felicyta et Rafal libres de leurs mouvements et de leur temps, je vois les filles se déplacer sans s'accrocher à la rambarde, et personne ne se jette sur Diesel quand il titube en se prenant les pieds dans le tapis. Quand je les observe, je vois celui que j'étais avant l'agression : une personne autonome. Ça me tue. Je veux briser le miroir déformant dans lequel ils se reflètent à ma place.

Mon reflet me donne envie de gerber. Les mains crispées sur le rebord de l'évier, les dents serrées, je me fais face. Ce qui me dégoûte le plus, ce n'est pas ma cicatrice. Non, c'est mon ventre. Il ressemble à un ballon dégonflé. Déformée, distendue, ma peau n'a plus rien de beau, pas à cet endroit. Même mon tatouage a perdu de sa superbe. Le tentacule paraît désarticulé, juste posé là, tout fripé. La Pieuvre ne sourit pas. Moi non plus.

Je n'ose pas toucher ma cicatrice. Comme si j'avais peur qu'elle me brûle ou de revivre l'agression. Il n'y a pas une nuit où je n'en cauchemarde pas. Le sourire du détenu, le coup, le moment de flottement avant que je ne réalise. Et moi, dans toute ma splendeur pathétique, terrorisé à l'idée de mourir.

Pour quelqu'un qui rêvait de crever depuis des années, quelle ironie.

Graham a beau me bassiner avec ses longs discours sur la dépression, la résilience, la patience, le fonctionnement de la mémoire traumatique, tout ce que je constate, c'est que je fais du surplace. Au moment où j'essayais de reprendre ma vie en main, cette dernière m'a explosé entre les doigts. Je n'arrive pas à en recoller les morceaux, tout m'échappe, à commencer par moi-même.

Je ne suis plus l'homme que j'ai connu.

Je ressemble à un monstre.

Je ressemble à la Pieuvre.

Écœuré, je fuis la salle de bains, incapable de me confronter une seconde de plus à mon image. Les mains tremblantes, j'attrape de quoi fumer et vais m'asseoir sur le balcon. En quelques gestes, je roule ma clope, l'allume et la porte à mes lèvres en observant le paysage en contrebas. J'aperçois Szansa qui se roule dans l'herbe, puis des éclats de voix retiennent mon attention. Felicyta et les jumelles se dirigent vers la ferme, des sceaux et sacs sous les bras. Le rire de Naïa s'envole dans l'air et pour la première fois depuis des semaines, il ne sonne pas faux. J'aimerais la féliciter d'être allée voir un psy, la soutenir quand je vois qu'elle a aussi accepté de rencontrer un nutritionniste et qu'elle tente de se nourrir davantage, remercier Rakel, Diesel et ses parents qui ont décidé de manger chaque fois en même temps qu'elle pour l'encourager et lui montrer qu'elle n'avait pas à culpabiliser.

Mais je n'y arrive pas.

Mes filles, Diesel... Les voir continuer à vivre, ça me rappelle que je suis hors-jeu. Leur attention et leur aide égratignent le peu de fierté qu'il me reste. À travers leurs yeux, je ne me sens plus comme un père ou un petit ami, mais une série de blessures à soigner. Leur prévenance m'étouffe. Quand je descends les marches, Diesel se rue dans ma direction pour s'assurer que je ne tombe pas. Si j'avale de travers, les jumelles se précipitent sur moi. Et même quand je prends ma douche, on tape à la porte si je ne ressors pas après quinze minutes. Peu importe ce que je fais, je suis infantilisé.

Tout ce à quoi j'arrivais encore à m'accrocher a volé en éclats. La Pieuvre s'en est nourrie pour grossir au point de m'écraser, de m'effacer. Quand je repense à mon hospitalisation, à toutes ces fois où j'ai dû laisser un inconnu effectuer mes soins, à Diesel qui a pris la relève et qui m'a aidé à m'habiller, me nourrir ou me nettoyer, j'ai honte. Et j'ai encore plus honte en me remémorant le triste spectacle d'il y a cinq jours. Les Nowakosky m'ont accueilli à bras ouverts et moi, je salis tout.

Les braises font rougeoyer ma cigarette qui se consume lentement, en même temps que mes derniers fragments de joie.

Des coups frappés à la porte m'arrachent à mes pensées. Quelques secondes plus tard, Diesel entre et s'approche. Il se balance d'un pied sur l'autre, l'air de ne pas savoir quoi me raconter.

– Qu'est-ce que tu veux ? commencé-je.

Dans ma tête, les mots ne sonnaient pas aussi agressifs. J'ai pas le temps de me corriger, Diesel souffle :

– Rien, je voulais juste voir comment tu allais. Je vais te laisser.

– Attends, s'il te plaît, t'es pas obligé de partir. Tu peux... Tu peux rester avec moi. Viens t'asseoir, l'invité-je en me décalant pour lui laisser de la place.

Diesel acquiesce en silence. Il s'installe à mes côtés, me jette des coups d'œil à la dérobée sans jamais parler. J'observe son visage, il ne m'a jamais paru aussi éteint. À cette seconde, il y a des milliers de choses que j'aimerais lui avouer. Mais le problème avec les clopes, c'est qu'elles m'ont fumé toute sorte de spontanéité. Elles ont totalement remplacé l'instant présent. Tout se compte en taffes. Une clope et je mange. Une clope et je vais dormir. Une clope et j'écoute enfin les conseils du psy. J'enchaîne encore et encore, paquet après paquet, me promettant que je prendrai mon avenir en main après une dernière cigarette. Ça me donne bonne conscience. Une clope et j'arrête de blesser mes proches. Une clope, juste une, et je trouve enfin la force de m'excuser auprès de Diesel.

Alors je tire une nouvelle latte. Sans le lâcher des yeux. Jamais. Pas une seule fois. J'expire une bouffée vers le ciel, dévisage Diesel à travers les volutes et souffle :

– Tu veux ma fin ?

– Pourquoi pas.

Je la lui tends et alors que nos mains se frôlent, la chaleur de Diesel se propage en moi. Je laisse tomber le mégot, entrecroise mes doigts aux siens. Il ne s'écarte pas. Au contraire, il presse ma main avec un demi-sourire.

– Je suis un con en ce moment, excuse-moi, murmuré-je. J'aimerais tellement faire mieux... être mieux pour toi.

Je ne sais pas trop à quoi je m'attends, je sais très bien que les mots ne sont pas assez, mais je ne sais pas quoi faire pour changer les choses.

– C'est facile pour personne, murmure-t-il. Peut-être que je fais des erreurs, moi aussi.

Sauf que lui a le mérite de tout donner. C'est lui, le feu de ce foyer, celui qui s'entend avec tout le monde, qui s'accommode des personnalités des uns et des autres et qui se tue à maintenir une bonne ambiance.

– En tout cas, tu en fais trop. T'as l'air claqué. Est-ce que... ça va ?

Il rit doucement.

– Comment ça ? À t'entendre, je ressemble à un mort-vivant.

Avec douceur, je retire ma main pour la passer dans ses cheveux.

– Non, t'es magnifique. C'est juste que... il y a un peu moins de lumière dans tes yeux.

– Je suis en mode économie d'énergie. Tu verras dans quelques semaines, ce sera passé.

J'ai du mal à le croire, mais je sens qu'il n'a pas envie d'insister, alors je change de sujet.

– Au fait, t'as eu tes résultats ?

Diesel hausse un sourcil, l'air surpris par la question.

– Ouais. Ça vole pas haut, mais mon mémoire a sauvé mon année.

Ça me soulage de l'entendre. Ça m'aurait encore plus déprimé que Diesel échoue si près du but et après tout ce qu'il a sacrifié. Le silence s'étire entre nous. Je suis sur le point de me rallumer une cigarette, j'ai déjà saisi mes feuilles, mais je les repose et reporte mon attention sur Diesel. Nos épaules se frôlent, je peux sentir son parfum. On dort ensemble tous les soirs et pourtant, ça faisait longtemps que je ne m'étais pas senti si proche de lui. Je hume son odeur si réconfortante. Je suis chez moi. Chez moi, ce n'est pas forcément un lieu matériel, ça peut aussi être une personne, une chanson, une senteur. Diesel, c'est mon chez-moi. Mon refuge.

Je passe le pouce sur son menton. Diesel fixe mes yeux, puis ma bouche. Il y a ce moment de battement, celui où je sens qu'il hésite et qu'il ne sait plus trop comment s'y prendre avec moi. Alors je romps la distance qui nous sépare et quand nos lèvres s'effleurent, je réalise que je ne l'ai pas embrassé depuis... trop longtemps. Je redécouvre sa passion, sa tendresse, mais ce baiser n'est pas comme d'habitude. Plus rien n'est comme avant depuis l'agression. Il y a de l'hésitation dans les gestes de Diesel. De l'angoisse aussi, peut-être ? Je prends tout ce qui m'avait manqué, je l'attire contre moi et quand on s'écarte, je ne veux pas le voir s'en aller et retourner à ses affaires, alors je lance :

– Tu veux pas venir t'allonger avec moi ?

Diesel m'attrape par la main en se relevant et m'entraîne sur le lit. Il reste là, lové contre moi, la tête calée contre mon cœur qui bat doucement. Les paupières closes, j'écoute ses lentes respirations. Les tensions dans mes épaules se dénouent, juste un peu. J'aimerais qu'on reste comme ça pendant au moins une éternité. Je passe les doigts sous la chemise de Diesel pour lui caresser le dos, sa peau est douce, chaude, lisse. En retour, il aventure sa main vers l'ourlet de mon T-shirt et là, je me fige.

– Non, fais pas ça...

La gorge serrée, j'ajoute :

– Je suis tellement hideux.

Il se redresse subitement dans le lit, l'air perdu.

– Bah... non. Pourquoi ?

– Je me dégoûte. Mon bide est immonde.

L'expression de Diesel s'adoucit.

– Je sais que tu ne vas pas me croire, mais non, tu n'es pas hideux. Tu es beau. T'as failli crever, d'accord ? Ça, c'est la preuve que tu es un battant. Et avec les séances de kiné, ça va s'arranger. On va te retaper.

À bout de nerfs, je m'écarte un peu et soulève mon T-shirt.

– Regarde-moi ! grondé-je en m'asseyant. Tu vas sérieusement dire que c'est beau ?

– Je n'ai pas dit « c'est beau », j'ai dit «tu es beau», corrige-t-il, patient. Et puis tu sais quoi ? « La beauté, ça ne se discute pas. Elle règne de droit divin et fait prince quiconque la possède ».

– Depuis quand t'es poète, toi ?

– J'ai pas de mérite, je vole tout à Wilde.

– Bah il a tort, Wilde.

– Solveig...

Diesel passe la main sur ma joue avec douceur, avant de m'inciter à m'allonger sur les draps. J'ai envie de me liquéfier sur place quand il touche mon abdomen. Du bout de la langue, il suit les courbes du tentacule tatoué sur ma gorge. Ce tatouage, il l'a caressé, embrassé, léché, griffé, mordu un nombre incalculable de fois.

Ça peut sembler idiot, mais quand il fait ça, j'ai l'impression qu'il accepte tout de moi, même ce qui m'effraie.

– OK. Qu'est-ce que tu trouves si laid chez toi ?

– Mes cernes. Ils ont jamais été aussi marqués.

Il embrasse mes pommettes.

– Ils sont juste assez profonds pour que je puisse y mettre tout mon amour.

– T'en as beaucoup dans ce cas.

– Plus que tu ne le crois, ça, c'est sûr. Continue, qu'est-ce que tu trouves moche chez toi ?

– Mes cheveux.

– Si soyeux, souffle-t-il en passant la main dedans. Et leur couleur est divine, on dirait les reflets de la lune.

– Ma peau. Je ressemble à un zombie.

– Je savais pas que les zombies pouvaient être aussi canon.

Diesel m'observe avec une telle tendresse, j'en viendrais presque à oublier tout le mal que je lui ai infligé. Presque. Parce que je vois bien qu'il y a des lucioles en moins dans ses yeux.

– Continue, m'incite-t-il en retirant complètement mon T-shirt.

– Mes yeux. Trop pâles.

Il m'embrasse les paupières.

– On dirait de la brume. C'est incroyable.

– Mes lèvres.

– Si tentantes.

Cette fois, le baiser est plus long, plus entreprenant.

– Mes côtes. Bientôt, on pourra les compter.

La dépression ne m'a pas épargné, le séjour à l'hôpital non plus. Je fais peine à voir. Une simple silhouette aux os poussiéreux, qui tient debout malgré tout. Chaque pas me fait mal aux articulations, j'ai des difficultés à plier les genoux.

Peut-être que ce sont toutes les larmes que je n'ai jamais versées qui ont fini par me rouiller.

– Ça change rien à ta beauté.

– … Mon ventre. Il est tout boursouflé.

Sans aucune hésitation, il embrasse ma peau difforme.

– On dirait des dunes.

C'est dans ces moments que je comprends pourquoi les gens aiment tant se confier à Diesel. Sa patience, son soutien, sa capacité à écouter les autres, à prendre le temps de rassurer… J'ai rarement connu quelqu'un d'aussi investi que lui.

– Ma cicatrice.

– La preuve que tu es un survivant.

Ses cheveux frôlent ma peau, j'en frissonne.

– Tu me plais et tu es beau, répète-t-il.

Je me redresse, étreins son corps, entrecroise sa main avec la mienne. Du pouce, je trace des cercles dans le bas de son dos. Le soleil nous regarde par la fenêtre, éclaire les taches de rousseur qui constellent ses joues, son nez. Il y a comme des univers entiers sur la peau de Diesel et chaque fois que je le touche, je me perds dans son monde. Et il est beau, ce monde. Plus que celui dans lequel je me suis perdu.

Dire que c'est moi que Diesel a choisi.

Peut-être que je m'appelle « force du soleil », mais le seul soleil dans cette pièce, c'est Diesel. Moi, je suis la lune qui se cache et attend la nuit pour tenter de briller, je passe par toutes les phases sans jamais me stabiliser. Et pourtant, peu importe à quel point je cherche à m'effacer, m'éclipser, Diesel continue de me rattraper, de me faire comprendre que moi aussi, je peux réapprendre à rayonner.

Je pose les mains sur ses hanches, admire ses courbes. Ça fait des semaines qu'on n'a pas couché ensemble, je n'en étais plus capable après l'agression et dans tous les cas, je n'en avais pas envie. Les antidépresseurs enterrent ma libido, puis ce n'est pas comme si ma relation avec Diesel était au beau fixe. Mais là, je me souviens qu'il me plaît autant mentalement que physiquement.

– J'ai envie de toi, soufflé-je.

Diesel pose ses lèvres sur les miennes, puis murmure :

– Moi aussi.

Mon cœur s'emballe, je presse sa taille si fort qu'il finit par attraper mon poignet.

– Je vais pas partir, tu peux me relâcher, plaisante-t-il.

Je desserre mon emprise, renverse Diesel sous moi et sème des baisers tout le long de son cou. Il penche la tête, s'offre à la caresse de mes lèvres. J'ai envie de profiter de chacun de ses points faibles, qu'on puisse se perdre ensemble, lui et moi. Je veux lui offrir du plaisir, rien d'autre, le voir cambrer le dos, l'entendre gémir, qu'il me tienne par les épaules, qu'il jouisse grâce à mon corps, mes mains, ma bouche, qu'il se perde en moi ou moi en lui, je m'en fous, tout me convient tant que c'est avec lui.

Je lui mordille l'oreille, caresse ses cheveux et déboutonne sa chemise. Il est toujours aussi parfait que dans mes souvenirs. Pendant une seconde, je me recule un peu pour mieux le contempler, puis je me penche sur ses lèvres, lui chuchote à quel point je le trouve incroyable et l'embrasse. Il répond à mon baiser avec passion, ses doigts passent dans mon dos, s'enfoncent dans les yeux de la Pieuvre, comme s'il cherchait à l'aveugler. Je ne sais pas si j'ai envie de prendre mon temps pour redécouvrir chaque courbe, chaque secret de son corps, ou si j'ai plutôt envie de tout précipiter, qu'on se perde dans l'instant.

Fébrile, je suis les lignes de son torse, les contours de l'attrape-rêve sur son poignet, puis du paquet de chips sur son bras. Je m'émerveille de la sensation de sentir sa peau chaude sous mes mains, que je descends jusqu'à atteindre le bouton de son pantalon. Je m'immobilise, lui jette un coup d'œil interrogateur et lorsqu'il acquiesce, j'ouvre sa braguette. Diesel soupire au creux de mon oreille quand ma paume se presse sur son début d'érection. Ses hanches bougent dans les draps, accompagnent les mouvements de mon poignet alors que je glisse la main dans son sous-vêtement et commence à le branler. Diesel gémit contre mes lèvres, et à ses soupirs se mêlent des bruits de conversation en provenance du salon qui manquent de faire exploser ma bulle. Je râle un truc, tente de me concentrer sur Diesel, sur la saveur de ses lèvres, mais là, je reconnais distinctement la voix de mon père. Je me redresse vivement.

– C'est une putain de blague...

« *On n'est pas celui que l'on voit dans le miroir. On est celui qui brille dans le regard d'autrui.* »
– Tarun J. Tejpal

# 59
# Solveig

*Lost in Echoes* - Caskets

Je n'avais pas rêvé, mes parents sont bien plantés au beau milieu du salon. Qui les a mis au courant ? Diesel ? Il ne connaît même pas leur numéro. Sa famille non plus. Les jumelles ? Naïa n'aurait jamais osé. Quant à Rakel, elle a ses limites, elle n'irait pas aussi loin. Pourtant, c'est forcément une de ces personnes qui a trahi ma confiance.

Les doigts accrochés à la rambarde de l'escalier, je continue à observer la scène de l'étage, le cœur serré par l'agacement et la frustration d'avoir été coupé dans mon moment avec Diesel. Je me sens pris au piège, je sais qu'à l'instant où je manifesterai ma présence, tous les regards seront braqués sur moi. Je devrai encaisser l'inquiétude de mes parents, cette putain de pitié qui m'insupporte. Et surtout, je me verrai à travers leurs yeux, je verrai l'échec que je représente. En trente et un ans, je n'ai rien accompli. Chaque fois que Diesel me parle de son association, de ses expériences, de ses soirées, de ses voyages, je suis fasciné par ses mots, sa passion. Mais une part de moi se sent minable. Mon adolescence s'est résumée à m'occuper de mes filles, à atterrir dans une taule après six ridicules semaines de formation, puis à me laisser dévorer par une Pieuvre qui m'a volé toute mon énergie, mes rêves, ma vie.

– Ça va ?

La main de Diesel se pose sur la mienne, et c'est à ce moment que je réalise que je commence à trembler.

– Qu'est-ce qu'ils foutent là ?

Je crois apercevoir de la culpabilité sur son expression. C'est fugace, je l'ai peut-être imaginée. Je l'espère, en tout cas.

– Ils sont inquiets pour toi, murmure Diesel.

– Je sais...

Le pas lourd, je me résous à descendre les marches. Plus je me rapproche, plus je sens ma poitrine se serrer. Les émotions qui me submergent menacent de faire exploser mon cœur bien trop petit pour toutes les contenir. J'essaie de me répéter que je ne dois pas craquer ni me comporter comme une merde et que la famille de Diesel est présente. Je n'ai pas envie de leur faire mauvaise impression, je veux leur prouver que je suis digne de leur fils, mais c'est tellement dur.

– Solveig...

Ma mère est la première à remarquer ma présence. Elle bat des cils plusieurs fois, comme si elle se retenait de pleurer, et je sens ma gorge se serrer.

– Salut, marmonné-je avec un sourire forcé.

Mon père est là, muet. Personne n'ose parler, le silence qui s'étire est gênant, pesant. Diesel est planté derrière moi ; quant aux jumelles, elles fixent toutes les deux le sol. Je sais très bien que tout le monde guette ma réaction, le moment où j'étalerai mon ingratitude sur la place publique.

– Et si vous vous installiez ?

C'est Rafal qui finit par rompre le silence. Il prend les affaires de mes parents pour les déposer dans l'entrée, puis les jumelles leur montrent le salon.

– Tiens, papy, tu peux t'asseoir là si tu veux, ça fera du bien à ton dos, lance Rakel en lui montrant le fauteuil le plus confortable.

Depuis quand a-t-il des problèmes de dos ? Il ne s'en est pas plaint à Noël. Je devrais m'intéresser plus à sa vie, à celle de tous mes proches... Le décès d'Alisha m'a bien appris que tout pouvait se terminer d'un instant à l'autre, à croire que je n'apprends pas la leçon. Je n'ai pas envie que mes parents meurent en pensant que je les hais, parce que c'est faux. Je les aime, et c'est précisément pour ça que je me tiens à l'écart. Pour ne pas ruiner à jamais l'image qu'ils ont de moi.

– Tu es sûre ? Solveig en a pas besoin ?

– Ça va, vous inquiétez pas...

Je m'installe sur le canapé, à côté de ma mère.

– Comment tu te sens ? murmure-t-elle. T'as l'air fébrile.

Cette question a des allures de piège. Peu importe ce que je réponds, je suis foutu. Ou je mens, ou j'assume que rien ne va. Dans tous les cas, mes parents le vivront mal.

– Écoutez, c'est pas encore ça, mais ça avance, raille Rakel.

– Reste en dehors de cette conversation ! grondé-je.

De quel droit se permet-elle de répondre à ma place ?

– Je réponds juste à la question qu'ils ont posée, argue-t-elle.

– C'est ça le problème, je t'ai pas autorisée à le faire.

– C'est parce que tu...

– Bon, on va ramener de quoi boire et manger, vous venez, les filles ? s'exclame Diesel avec un enthousiasme forcé.

– J'arrive ! s'écrie Naïa en se précipitant à sa suite.

Rakel paraît plus réticente, mais elle hausse les épaules et emboîte le pas à sa jumelle. J'aimerais le supplier de revenir, de pas me laisser seul avec mes parents, mais Diesel a déjà filé. Je reste là, bras croisés, muet. Mon père gigote sur son fauteuil en se mâchonnant la lèvre inférieure, et échange des regards lourds de sens avec ma mère.

– … T'arrives à trouver tes marques dans cette maison ? Ton appart ne te manque pas trop ? tente-t-elle.

– Il me manque, mais je me débrouille.

Je ravale la frustration mélangée à la colère qui monte, monte, prête à déferler et tout écraser sur son passage.

– Est-ce que tu as besoin qu'on te ramène quelque chose de ton appart ? questionne mon père.

– J'avais tout pris, vous embêtez pas. Par contre, si vous avez besoin d'un endroit pour dormir, je peux vous passer les clés, proposé-je en tentant au mieux de m'apaiser.

– On va pas envahir ta maison, on a trouvé une belle chambre d'hôtel, t'en fais pas, me répond-il.

– Les parents de Diesel nous ont dit que t'avais été indemnisé par Raiford, mais que tu touchais qu'une partie de ton salaire. T'as besoin d'aide avec le loyer de l'appartement ? demande ma mère.

Plutôt crever que de laisser mes parents vider leurs comptes pour moi. Je ne pourrais jamais me regarder dans une glace après ça. Pendant des années, ils nous ont soutenus financièrement, Alisha et moi. Revenir en arrière, leur mendier leur thune, ça me donne la sensation de régresser. Et niveau régression, je n'ai déjà pas digéré mon passage à l'hôpital, alors je refuse de m'enfoncer encore plus loin dans cette putain d'humiliation.

– Ça ira, merci, je vais m'en sortir sans votre aide.

Ma mère paraît blessée, elle baisse la tête et ramène quelques mèches de cheveux blancs derrière son oreille d'une main tremblante.

– J'arrive pas à croire à ce qui t'est arrivé… Pourquoi tu ne nous as pas prévenus ? Qu'est-ce qu'on a fait de mal avec ton père ?

Il n'y a aucune flamme d'accusation dans ses iris, seulement une profonde souffrance. C'est encore pire. J'aurais préféré de la colère, quelque chose qui me permette de légitimer ma propre rage. Je me sens comme le dernier des cons, ils ont tous comploté dans mon dos, on m'a privé du contrôle de ma propre vie. Encore une fois.

– Parce que j'ai refusé qu'on vous contacte. Et je suis ravi de voir que ma volonté a été respectée, ironisé-je.

– Ne parle pas comme ça à ta mère, intervient mon père. T'as pas conscience du mal que ça nous a fait.

– Tu pourrais mourir, on serait les derniers à en être avertis, continue ma mère.

Mon cœur se serre, la culpabilité me ronge de l'intérieur. Bien sûr que je les comprends, moi aussi je serais bouleversé si j'apprenais des semaines plus tard que les filles avaient frôlé la mort. Je me demanderais où j'aurais échoué pour qu'elles refusent de se confier à moi... Je secoue la tête lorsque les images de Naïa en larmes s'imposent dans ma tête.

– C'est pas ça, c'est juste que... je voulais pas vous inquiéter.

Dépité, je balaie la pièce du regard à la recherche du soutien de Diesel. Sans succès, il n'est toujours pas revenu.

– J'aurais été moins inquiète en étant tout de suite avertie, tu sais. Pareil pour ton père.

Ma mère hésite, puis ajoute :

– Est-ce qu'on peut au moins te prendre dans nos bras ?

– Non, j'ai encore mal au bide, mens-je.

– Pourquoi tu nous rejettes autant ? murmure mon père. Dis-nous ce qu'on peut changer dans notre comportement, dis-nous si on n'agit pas bien, on veut juste être inclus dans ta vie, Solveig.

Je me sens acculé par toutes ces questions, j'ai l'impression d'être encore la dernière des merdes.

– Vous avez rien à changer. Je supporte juste pas de vous voir ici alors que j'avais réclamé le contraire.

Je prends une profonde inspiration, tente de contrôler ma voix qui peine de plus en plus à rester mesurée.

– Sans les filles, on aurait aucune nouvelle de toi, tu sais.

Je fronce les sourcils en comprenant que Rakel est derrière tout ça. Il faudrait peut-être que je lui rappelle que je suis son père et qu'elle n'a pas à franchir mes limites.

– Rakel avait pas à vous prévenir, claqué-je. Ça devait venir de moi !

– Ne lui en veux pas, elle a voulu bien agir.

– Je...

– De toute façon, tout le monde était d'accord.

On se tourne tous les trois vers Rakel. Diesel l'accompagne, le visage chiffonné par l'inquiétude. Naïa aussi est là, sauf qu'elle marmonne un truc inaudible avant de disparaître en trombe dans sa chambre. Dans le couloir, j'aperçois aussi l'ombre des parents de Diesel. Génial, tout le monde est là ! Qu'ont-ils entendu de notre conversation ? Pensent-ils tous que je ne suis qu'un connard ingrat ?

Je souffle un grand coup par le nez, inspire l'air à pleins poumons, serre, puis desserre les poings... J'essaie de *respirer*, comme arrête pas de le répéter le psychiatre, mais rien ne fonctionne. C'est plus fort que moi, je ne supporte pas cette putain de mise en scène. J'ai encore le mauvais rôle, je suis bon qu'à ça.

Et alors que je retrouvais enfin un peu de mon souffle avec Diesel, je suis une fois de plus réduit au rôle du type qui ne va pas bien, qui a besoin d'aide et qu'on materne sans mon accord.

Le tentacule enroulé autour de ma gorge ne m'a jamais autant asphyxié.

J'étouffe.

– Comment ça, « tout le monde » ? demandé-je d'un ton glacial.

Mon regard passe de Rakel à Diesel.

– Tu le savais, Diesel ?

– Je... J'ai pas... Enfin... Oui, j'étais là, finit-il par souffler.

L'annonce s'abat sur moi avec la violence d'un ouragan. La fureur déchire mon cœur en deux.

Même lui m'a trahi.

Des images de mes filles, de la famille de Diesel, tous réunis pour parler de moi, sans moi, m'envahissent l'esprit. Qu'est-ce qu'ils ont bien pu échanger à mon sujet ? Je les imagine me traiter de tous les noms, dire à quel point je suis décevant. Peut-être que les jumelles ont appelé mes parents pour repartir avec eux.

– Tu m'as rien dit ? l'accusé-je.

– Je...

J'arrive plus à me contenir. Les fissures qui m'écorchent s'élargissent encore, encore et encore...

– Arrête de l'agresser ! s'énerve Rakel. Tu t'en prends à lui alors qu'il se casse le cul pour toi !

Mon rythme cardiaque s'accélère. Le vernis se craquelle un peu plus. Je serre et desserre les poings, ma paupière papillonne rapidement.

– Rakel, calme-toi, tempère mon père. Laisse-nous régler ça.

Ma fille fronce les sourcils, prête à contre-attaquer, mais elle finit par se renfrogner et se taire.

– Vous vous êtes tous ligués contre moi, craché-je.

J'humecte mes lèvres sèches. Les voix autour de moi résonnent étrangement, je les entends presque de loin alors que je me décompose davantage.

– T'es notre fils, Solveig. On t'aime. Pourquoi tu ne voulais pas nous prévenir ? demande ma mère.

Ils me fixent tous.

Je me sens comme un gamin qu'il faut punir parce qu'il a fait une bêtise dans le dos de ses parents.

Les craquelures se transforment en brèche et j'explose.

– Parce que je supporte plus ce que je suis devenu ! Et quand je vous regarde, je vois votre putain de pitié et ça me rappelle que rien ne va ! hurlé-je.

Ma propre voix me vrille les tympans. Plus personne ne parle.

Le tic-tac de l'horloge résonne, horrible bruit mécanique. Rakel a baissé la tête, ma mère pleure en silence, mon père accuse le coup, Diesel joue avec ses mains.

– On a pas pitié de toi, finit par souffler mon père. C'est le contraire. On a toujours...

Ses mots n'arrivent pas à m'atteindre. Je ne les écoute plus, je suis emporté trop loin dans ma fureur pour y trouver la moindre résonance.

– Restez là si vous voulez, de toute façon, c'est pas ma baraque. Moi, je préfère m'en aller avant de dire un truc que je regretterai toute ma vie.

Sans attendre de réponse, je tourne les talons, grimpe les marches jusqu'à ma chambre, me roule une cigarette que j'allume. Je la grille à la fenêtre, les cendres s'envolent dans le vent, me rappelant tous ces morceaux de moi que j'ai perdus, ceux que je viens encore de perdre.

« *Prends garde à ne pas te perdre toi-même en étreignant des ombres.* »

– Ésope

# 60
# Diesel

*Masterpiece* – Motionless In White

Je me précipite à la suite de Solveig, abandonnant le silence pesant qui s'est abattu dans le salon. Chaque marche grince en écho à mon cœur au bord de la désintégration. Je savais que Solveig ne serait pas ravi de voir ses parents débarquer, mais je ne m'attendais pas à ça.

Devant la porte fermée de sa chambre, je pose la main sur la poignée et la retire aussitôt, comme si je venais de me faire électrocuter. Même à travers les murs, l'ambiance est lourde. Je me ressaisis, me redresse et frappe. Bien entendu, Solveig ne répond pas.

La diplomatie voudrait que je le laisse respirer, que je revienne une fois qu'il sera prêt à discuter. Mais mes émotions dictent mon raisonnement, alors j'ouvre.

– Pas maintenant, Diesel. J'ai envie de rester seul.

Solveig ne daigne même pas se retourner.

– Juste cinq minutes, s'il te plaît, soufflé-je.

Je hais les trémolos dans ma voix. Solveig expire un nuage de fumée, balance son mégot dans le cendrier, puis me confronte.

Dans ses yeux, il y a de la colère, quelque chose qui ressemble à une profonde tristesse aussi ; on dirait l'ombre de la Pieuvre.

– Je suis désolé, j'aurais dû t'en parler...

– Alors pourquoi tu ne l'as pas fait ?

J'aimerais me rapprocher, prendre la main de Solveig, mais je n'ose pas. Je reste là, bras ballants, à proximité de la porte, gangréné par la peur d'aggraver la situation si je ne trouve pas les bons mots.

– Je... Je savais pas comment t'en parler et...

– Pourtant parler, tu sais faire, non ? attaque-t-il.

– Laisse-moi terminer ma phrase.

Il hausse un sourcil, l'air de m'enjoindre à continuer.

– Je savais pas comment t'en parler. Ça fait des semaines que je fais mon possible pour que tu te sentes bien. Mais... je trouve que tu es constamment sur la défensive et j'ai l'impression que quoi que je fasse, ça t'énerve. Donc quand mes parents ont proposé de prévenir les tiens... je me suis dit que ça pourrait débloquer la situation, que tu avais peut-être besoin du soutien de ta famille...

Je n'arrive pas à croire qu'il y a encore quelques minutes, on était tous les deux dans son lit. J'ai toujours le fantôme de son baiser sur mes lèvres. Dire que j'ai cru que tout allait s'arranger...

– Donc, l'idée vient de tes parents ?

– Oui. Et t'as bien vu que les tiens t'aiment, non ? Ils méritaient de savoir...

– Et moi, je méritais pas d'avoir mon mot à dire ?

Son ton est de plus en plus hargneux. C'est moi ou les murs se rapprochent de seconde en seconde ?

– T'aurais dû m'en parler, insiste-t-il. C'est quand même pas compliqué, si ? De toute façon, si t'osais pas le dire, c'est qu'au fond de toi, tu savais que c'était une connerie.

Il est injuste. Il ne se rend pas compte à quel point je me casse le dos pour l'aider. Je passe mes journées à m'inquiéter pour lui, à réfléchir à des moyens d'améliorer sa situation, à lui trouver des activités pour s'occuper, à emmener Naïa chez la psy… Je suis même allé nettoyer son appart pour qu'il puisse retrouver un chez-lui bien entretenu le moment venu. En échange, j'ai quoi ? *Rien*. Que des reproches, des critiques et le silence.

– Excuse-moi, Solveig, mais là, t'es gonflé. Parler, c'est pas compliqué ? C'est *toi* qui me dis ça ? T'es pas foutu de communiquer, tu t'attends toujours à ce que je lise dans tes pensées !

C'est lui qui garde tout pour lui, pas moi. Tout ce dont il est capable, c'est se renfermer, puis s'étonner qu'on ne le comprenne pas.

– J'attends rien du tout de toi, Diesel, tu me prêtes des intentions qui ne sont pas les miennes.

En quelques pas, il se ramène à ma hauteur. Il est si proche de moi, pourtant, je ne nous ai jamais sentis aussi éloignés. Je ne peux pas laisser ça arriver… Je me mords la lèvre, tente de retrouver une forme de sérénité intérieure, et lance :

– Tu attends quoi de moi, dans ce cas ? Aide-moi à te comprendre, soufflé-je.

– J'attends *rien* de toi, Diesel. Je t'ai jamais rien demandé !

Et juste avec cette réponse, il enterre mes espoirs d'apaisement. D'abord, parce qu'il remet de l'huile sur le feu, ensuite, parce qu'il transpire la mauvaise foi. Je ne parviens pas à retenir un rictus cynique.

– Ça t'amuse ?

– Ouais. Tu attends rien de moi, pourtant tu m'as appelé quand t'as voulu te flinguer. À chaque fois que t'es paumé, tu te jettes sur ton téléphone pour m'envoyer un SMS. Tu me demandes *toujours* quelque chose.

Et j'ai *toujours* répondu présent. Pas par bonne conscience ; j'ai simplement envie d'être là pour lui. Mais je ne supporte pas sa façon de balayer d'un revers de main ce qui lui déplaît ou ne sert pas ses intérêts. Je veux qu'il admette ses torts, plutôt que de s'enfoncer la tête dans le sable en prétendant que rien n'est de sa faute.

– Faut savoir, tu chiales quand je communique pas, mais tu te plains aussi quand je te demande de l'aide, réplique-t-il froidement.

La petite lueur de sarcasme au fond de ses iris fait naître en moi une émotion que je déteste ressentir : la colère. Je suis sûr qu'il sait très bien ce qu'il fait en répondant à côté de la plaque. Il veut que je baisse les bras, tourne les talons, m'en aille en prétendant que « ce n'est pas grave ». Sauf que cette fois-ci, je ne me censurerai pas. Il va m'entendre, qu'il le veuille ou non.

– Je me plains pas, arrête de déformer tout ce que je dis.

– Manifestement, t'as bien dû te plaindre à tes parents pour qu'ils décident de coller leur nez dans ce qui ne les regarde pas.

– Ouais, je leur ai parlé de toi. Je cherchais des solutions pour améliorer ta situation. C'est mal ?

Les tremblements dans ma voix sont ridicules, j'aimerais parler avec la colère froide de Solveig. On dirait qu'il ne ressent rien, que je suis le seul de nous deux à être dans tous mes états.

– La prochaine fois, abstiens-toi. C'est pas parce que t'as eu une vie facile et que tu cours dans les bras de tes parents au moindre pépin que c'est le cas de tout le monde.

Là, c'est trop.

Comment peut-il oser dire ça ? Il sait parfaitement que je n'ai pas eu une « vie facile », à quoi il joue ?

Peut-être que je n'ai pas eu ses expériences, mais les miennes n'ont rien d'agréable. Est-ce qu'il sait à quel point j'ai peiné à me construire, dans cette famille qui est la mienne sans l'être ? Combien de temps il m'a fallu pour considérer mon père comme tel ? J'ai survécu à ça, j'ai survécu au meurtre de mon oncle, j'ai survécu au suicide de Joey, je suis arrivé debout jusqu'ici.

Moi aussi, je sais ce que ça fait de vivre avec des cauchemars incessants. Après la mort de Joey, je me suis imaginé la scène de son corps suspendu au bout d'une putain de corde pendant des mois. À cette époque, je croyais que je ne parviendrais jamais à guérir d'un traumatisme pareil, que j'étais condamné à *exister* et ne plus *vivre*. Mais je me suis accroché, j'ai appris à me satisfaire de mon existence, à chérir la présence des miens, j'ai trouvé des combats dans lesquels m'engager pour donner un sens à mon existence. Je n'ai pas eu la *vie facile*, j'ai appris à l'apprivoiser pour ne plus la laisser détruire mon futur.

Cette colère que j'ai tenté d'étouffer remonte dans ma gorge, se répand sur mon palais, jusqu'au bout de ma langue.

– Non, mais en fait, t'écoutais jamais quand je te parlais de mes histoires ? T'es tellement centré sur tes problèmes que t'es pas foutu de t'intéresser à moi ? Parce que faut vraiment en avoir rien à foutre de ma gueule pour oser dire que j'ai eu une vie *facile !*

J'ai crié si fort, que toute la maison doit être au courant de notre engueulade, à présent. Solveig me dévisage avec de grands yeux. Un éclat de culpabilité y scintille un instant, puis une profonde tristesse, bien vite remplacée par la rage.

– Rien ne te force à rester, si tu penses que je suis trop centré sur mes problèmes.

Mon cœur s'entaille, il commence à saigner. On est là, à s'ouvrir en deux avec des mots. Je me demande s'il a mal comme j'ai mal, ou si je suis le seul con à vouloir sauver notre relation.

– C'est pas ce que je voulais...

– Oh, c'est exactement ce que tu as voulu dire. Assume la merde qui sort de ta bouche, Diesel.

– Tu vas trop loin !

– Tu me balances des crasses à la gueule et tu t'attends à ce que je les encaisse avec le sourire ? Tu sais très bien que c'est pas mon genre.

Il se rapproche, encore, son souffle caresse mon visage. Je sens son odeur effleurer mes narines, la fraîcheur de sa peau frôler mes mains. Quelle cruelle tentation. Ça m'énerve de l'avoir si près de moi, sa simple présence suffit à me perturber. J'ai envie de l'attraper, de l'embrasser, de tout régler d'un simple baiser, mais je sais que ça ne résoudra rien.

– J'essaie juste de t'aider, arrête d'être aussi borné !

Il renâcle.

– Arrête avec ton syndrome de l'infirmière, j'ai pas envie que tu me sauves. Je suis pas Joey et...

Il s'interrompt, comme s'il réalisait la violence de ses propos, mais c'est trop tard.

Je n'entends pas la fin de sa phrase. Mon monde s'est écroulé à la seconde où il a osé prononcer le nom de Joey. Mes yeux se remplissent de larmes. Solveig me renvoie mon échec en pleine gueule. Je n'ai pas réussi à sauver Joey, je n'ai rien pu faire pour Rowan. Les gens auxquels je tiens finissent toujours par mourir brutalement, et il n'est pas question d'ajouter Solveig à cette liste. Je sais qu'il en vaut la peine, je l'ai vu tout au long de ces derniers mois. La douceur dont il est capable, sa prévenance, sa capacité à m'écouter déblatérer pendant des heures sans jamais se lasser, la tendresse avec laquelle il me caresse les cheveux quand il pense que je dors...

Je l'ai très bien entendu, la nuit où il a chuchoté qu'il voulait bien vieillir avec moi.

C'est pour ça que je me tue pour lui, que je suis prêt à tout sacrifier. Nour ne m'en voudra jamais d'être moins disponible pendant quelque temps. L'association ne disparaîtra pas non plus. Solveig, si. Je n'aurai pas d'autre chance, c'est maintenant ou jamais. Maintenant qu'il est en arrêt de travail, il a ses journées pour pester du matin au soir, se noyer dans sa dépression, tout abandonner. S'il décide de passer par la fenêtre, je n'aurai plus que mes yeux pour pleurer.

Mon cerveau prend un malin plaisir à me balancer des images de Solveig pendu à une foutue porte, et à cette vision se superpose celle du corps de Joey. Un haut-le-cœur me saisit, je pose la main sur ma poitrine et tente de retenir ma nausée.

– J'essaie pas de te sauver… Je veux t'aider à aller mieux, parce que je t'aime, murmuré-je.

Ma voix déraille sur les derniers mots, les larmes inondent mes joues. J'ai honte d'autant chialer, mes yeux débordent, mon nez coule, je suis pathétique, ridicule et terriblement amoureux. Je relève le visage vers Solveig. L'orage qui tonnait dans son regard laisse place à la pluie.

– Diesel, je… merde. Désolé. J'aurais pas dû dire ça.

– Laisse tomber, murmuré-je en reculant d'un pas.

Il m'attrape par le poignet, son contact me brûle. Je me dégage et secoue la tête.

– T'es allé trop loin. Je préfère rester seul, chuchoté-je.

Comme à chaque fois, il culpabilise et s'excuse.

Comme à chaque fois, je jette l'éponge et m'en vais.

Combien de temps on va tenir tous les deux à ce rythme ? Un goût amer se répand dans ma bouche : celui du bitume.

« *Un jour je trouverai les mots justes, et ils seront simples.* »
– Jack Kerouac

# 61
# Diesel

*The War* – SYML

« Arrête avec ton syndrome de l'infirmière, j'ai pas envie que tu me sauves. Je suis pas Joey, et... »

Je n'arrive pas à me sortir cette phrase de la tête, elle me noie dans les réminiscences du passé. Dans mes souvenirs de Joey, que je n'ai pas réussi à sauver alors que j'étais tombé amoureux de lui. De son charme, de ses habitudes, de tous ses petits détails : sa démarche surexcitée quand on entrait dans une librairie, sa façon de claquer sa langue quand il n'arrivait pas à se concentrer, sa manie d'accrocher les clés de son casier aux bijoux de ses locks pour ne pas les perdre...

Le jour où j'ai réalisé que mes sentiments dépassaient le stade du simple béguin, j'ai cogité longtemps sur la meilleure façon de les lui confesser.

J'avais imaginé lui déclarer ma flamme près du lac Eola où on aimait se rendre... et puis j'ai paniqué. Je lui ai tout avoué en plein milieu d'une conversation stupide sur le pire prof du lycée, alors que je le raccompagnais chez lui. Joey a éclaté de rire ; je me souvenais toujours de la façon dont ses yeux bruns se sont chargés de lumière. C'est lui, le dernier à qui j'ai dit *je t'aime*. Après lui, j'étais persuadé que plus jamais je ne ressentirais ça pour quelqu'un.

Et pourtant, tout ce que j'ai trouvé à répondre à Solveig, c'est cette vérité : je l'aime à en faire peur aux étoiles. Si je le pouvais, je reconstruirais son univers avec mes petits bras, je lui offrirais mes rires, mes sourires, pour lui rendre sa joie de vivre.

J'assume mes aveux. Je regrette seulement qu'ils soient sortis maintenant, en plein milieu d'une dispute comme j'en ai rarement connu. Peut-être que je suis trop idéaliste, mais j'imaginais un contexte plus romantique pour ce genre de déclaration.

J'aimerais sentir la caresse du fantôme de Joey, qu'il me murmure que ce n'est pas grave, que j'ai le droit d'aimer Solveig. Parce que je ne peux pas me contrôler, ni empêcher mon cœur de vibrer chaque fois que Solveig est près de moi. Son visage, ses yeux, ses mains, sa voix, tout me subjugue. Il m'a laissé entrapercevoir la personne qu'il est, sous toute cette couche de tristesse, de frustration, de renoncement. Maintenant que j'ai vu cet or, je veux creuser, qu'il puisse briller avec la force du soleil. En quoi c'est mal de vouloir aider la personne que j'aime ?

L'idée de Solveig étendu sur son lit de mort hante mon esprit. Je le vois, ses yeux fermés pour l'éternité, avec cette putain de Pieuvre gravée à vie sur sa peau en train de hurler : « J'ai gagné ! » Je refuse que Solveig devienne un nom sur une pierre. Si je dois lui acheter des fleurs, c'est pour le plaisir de l'écouter ronchonner qu'il n'aime pas ça, pas pour décorer sa tombe.

Avachi contre la porte, la tête enfouie entre mes genoux, je laisse mes larmes couler. Une flaque d'humidité s'est formée entre mes pieds, je l'observe et je me dis que si ça continue, je vais me noyer dans mes larmes comme Alice. Même le col de ma chemise est trempé. Je suis là, tout seul dans cette chambre étroite, à trembler sans pouvoir m'arrêter.

J'ai mal au crâne, à la poitrine, au cœur. Il bat si fort qu'une vague de douleur irradie dans ma cage thoracique. J'ai peur qu'il me lâche, de crever sur ce sol. Ma respiration s'effondre dans ma gorge, des taches noires dansent sous mes paupières. À chaque palpitation, quelque chose me déchire de l'intérieur, ça me bouffe, ça veut ma mort.

D'habitude, je me répète toujours que ça ira mieux demain.

Là, je n'y arrive pas.

J'essaie de respirer, de me concentrer sur mon souffle, sur un motif, ou une image, mais rien ne fonctionne.

Je ne me suis jamais senti aussi abandonné de toute ma vie. Même à la mort de Rowan, il y avait des personnes pour m'épauler. Là, je suis seul avec ma tristesse. Peu importe que Solveig se soit excusé, je n'arrive pas à me dire que ça suffit. Les mots ne servent à rien si les actes ne suivent pas. Et même avec toute l'empathie dont je suis capable, je ne parviens pas à me convaincre que sa situation justifie toutes les horreurs qu'il a proférées.

La vue brouillée par mes pleurs, je fouille dans mes poches et en extirpe mon téléphone. Je tape le code et appelle la première personne qui me vient à l'esprit. Chaque tonalité dure une éternité.

– Ah, bah j'ai enfin de tes nouvelles ! Elle est cool la vie avec son mec à la maison ?

Ma sœur éclate de rire.

Elle est si loin de la réalité. Et je m'en veux de l'appeler alors qu'elle est à des kilomètres de là. Si je l'inquiète, elle va encore ruminer, pas dormir de la nuit, m'envoyer des messages toutes les heures pour s'assurer que je vais bien.

Faut que je raccroche avant de tout gâcher.

– Désolé, je me suis gouré, je voulais pas t'appeler, mens-je en tentant de parler sur ton léger.

– Diesel… ça va ?

Elle m'a à peine posé sa question que je me remets à pleurer de plus belle. Aucun mot ne sort de ma bouche, tout ce que je suis capable d'émettre, ce sont des sanglots.

– Merde... Diesel, qu'est-ce qu'il s'est passé ? Dis-moi ce qui va pas, s'il te plaît. Attends une seconde, je sors.

La voix de ma sœur déraille un peu, je l'entends chuchoter. Vu l'intonation, ça doit être son copain.

– Voilà, je suis là. Parle-moi, Diesel.

– Solveig, il...

Ma gorge me brûle, je n'arrive pas à articuler, à parler.

– Solveig *quoi ?* Il a eu un problème ?

– Non...

– Il a *causé* des problèmes ?

– Oui...

– Il t'a dit un truc ? Fais un truc ? Vous avez rompu ? Il t'a menacé ? Frappé ?

Je me rejoue la scène de notre dispute.

« C'est pas parce que t'as eu une vie facile et que tu cours dans les bras de tes parents au moindre pépin que c'est le cas de tout le monde. »

« Rien ne te force à rester, si tu penses que je suis trop centré sur mes problèmes. »

Je regrette tout ce que je lui ai dit. J'ai été con de surenchérir, je n'aurais même pas dû entrer dans cette maudite chambre.

– On s'est engueulés, soufflé-je.

– Pourquoi ?

– Ses... parents sont à la maison... Il est furieux qu'on les ait prévenus... et...

– Et quoi ?

Je ne me souviens plus de ce que je voulais dire. Le mal de tête que je me traîne est de plus en plus violent, j'ai envie de me frapper le crâne contre un mur jusqu'à m'évanouir. Et quand je me réveillerai des heures plus tard, avec un peu de chance, tout sera rentré dans l'ordre. Solveig sera allongé à mes côtés, il jouera avec mes cheveux en m'embrassant le nez. Comme d'habitude, je me liquéfierai sous son toucher.

Tout ira bien.

– Diesel, tu veux que je vienne ? continue Kléia. Je peux être là dans trois heures.

– Non... Reste juste avec moi, s'il te plaît.

– D'accord, je bouge pas. Je suis là, souffle-t-elle avec douceur.

Les murs ont l'air moins menaçants que tout à l'heure. Je relève la tête, me concentre sur ma respiration. Le silence qui s'étire à quelque chose de réconfortant, je sais que ma sœur ne partira pas.

– Kléia ?

– Oui ?

– J'aimerais que tu me promettes un truc...

– Dis-moi.

Je me mordille la lèvre inférieure pour l'empêcher de trembloter. Les yeux humides, je murmure :

– Promets-moi que tout va s'arranger.

Je n'ai pas envie de parler de Solveig, de notre dispute, tout ce que je veux, c'est un peu de lumière à laquelle m'accrocher. J'en ai besoin pour me rallumer.

– Je te jure que ça va aller, Diesel. T'es courageux, t'es perspicace, t'es intelligent, t'es bourré de ressources, tu vas t'en sortir. Tu sais que je croirai toujours en toi, jusqu'au bout.

Un semblant de sourire se dessine sur mon visage. Si je m'accroche assez fort, peut-être que j'arriverai à transformer ces mots en réalité. Je vais m'en sortir, je vais me relever, puis je réussirai à parler à Solveig. Il tuera la Pieuvre dans sa tête, il apprendra enfin à respirer sans étouffer, on défiera le jour, la nuit, on n'attendra plus l'éclipse pour s'embrasser.

Pour l'instant, rien ne va.

Demain, ça ira mieux.

*« One day soon I'll hold you like the sun*
*Holds the moon*
*And we will hear those planes overhead*
*And we won't have to be scared »*
– *Letters From The Sky* – Civil Twilight

# 62
# Solveig

*L'âme du phoenix* - Yuston XIII

– Dis, mon cher papa que j'aime de tout mon cœur, est-ce que tu pourrais me prêter dix balles ? On sort en ville avec Naïa et la mère de Diesel.

Rakel se tient dans l'encadrement de la porte avec des yeux de chiot battu et une petite moue implorante. D'ordinaire, c'est suffisant pour m'amadouer. Là, j'ai envie de tout, sauf de lui faire plaisir. Une semaine que ma famille a débarqué à Jacksonville, je ne l'ai toujours pas digéré.

– Demande à tes grands-parents.

Sans lui prêter plus d'attention, je me recentre sur ce que je faisais avant son arrivée : *rien*. Je passe mon temps à l'observer s'écouler. Graham n'arrête pas de me répéter que je dois marcher, prendre le soleil, m'aérer l'esprit, mais je n'ai pas envie de quitter cette chambre et de me confronter au monde extérieur. J'ai peur de dérailler au moindre bruit, de sursauter à la vue de ma propre ombre ou de passer pour un crétin devant tout le monde.

– Oh, mais c'est déjà fait, ils m'ont filé trente dollars ! Je me disais juste que je pouvais gratter davantage avec toi, s'amuse Rakel avec un clin d'œil joueur.

– Tu manques pas d'air.

Son expression s'assombrit.

– Quelle ambiance...

– Je te ferai pas la moindre faveur, Rakel. Et si c'était une blague, je suis pas d'humeur à plaisanter.

Diesel s'est plongé dans le silence, je l'ai à peine croisé depuis qu'on s'est engueulés. La nuit, quand je m'endors, il n'est plus à mes côtés, alors je cogite, je repense aux mots que j'ai dits et je me demande comment j'ai pu être aussi con. Lorsque j'ai parlé de sa famille, puis de Joey, j'ai bien vu à quel point je l'avais blessé ; toutes ses lucioles se sont évanouies d'un coup. Quant à ses larmes, j'aimerais les effacer de ma mémoire. Elles me bousillent le cœur, je ne supporte pas de le voir malheureux, encore moins en sachant que c'est ma faute. Et j'ai bien conscience que lui avoir présenté des excuses ne guérira en rien sa peine.

J'ai réagi au quart de tour aux piques de Diesel, j'étais trop à fleur de peau. Avec le recul, puis grâce à l'aide de mon psy, je crois que j'ai compris pourquoi il s'est comporté comme ça. Il était désespéré et dépassé par ce qui se passe. Depuis l'agression, Diesel garde tous ses ressentis pour lui par peur d'aggraver la situation, il a balancé tout ce qui lui pesait en oubliant son tact habituel. Je ne peux pas lui en vouloir. Il se décarcasse pour moi et je ne lui ai pas toujours témoigné de la reconnaissance.

Selon Graham, je devrais tout mettre à plat avec Diesel, m'excuser, mieux communiquer sur ce que je ressens. J'aimerais y arriver, mais ça a toujours été compliqué. Mes parents me l'ont reproché toute mon enfance, puis Alisha a pris le relai. Il y a des choses que je n'ai jamais eu de mal à confier, d'autres qui restent bloquées dans ma gorge. Je ne sais pas dire aux gens que je tiens à eux, ni que j'ai peur de les perdre ; tous ces trucs émotionnels me font me sentir vulnérable. Et puis, j'ai peur qu'on m'aime.

Parce qu'encore maintenant, malgré la thérapie, je ne vois rien de bien en moi. J'ai brisé une femme qui ne m'avait rien fait, j'ai participé à la mise à mort d'êtres humains dont les images me hanteront à jamais, j'ai sali l'image que les filles ont de moi, je compromets ce qu'on avait réussi à construire avec Diesel...

– T'as toujours pas digéré cette histoire ?

Rakel interrompt le fil de mes idées. Il me faut quelques secondes pour me souvenir de notre conversation.

– Non.

– J'ai fait ce qu'il fallait en appelant papy et mamie. Tu me feras pas penser le contraire, rétorque-t-elle, avant de fermer la porte et de se rapprocher du lit.

Elle se tient devant moi, la tête haute, le regard fier. J'inspire un grand coup avant de répondre :

– Cette histoire te concerne pas. Il faudrait que tu apprennes à t'occuper de tes affaires.

– Si ça te concerne, ça me concerne, répond-elle avec suffisance.

– Écoute, le respect, ça fonctionne dans les deux sens : j'envahis pas ta vie privée, tu n'envahis pas la mienne.

Imperturbable, Rakel dégage une mèche de cheveux coincée dans la bretelle de son débardeur et hausse les épaules.

– C'est pas ta « vie privée », on est tous impliqués dans cette histoire.

Merci de me rappeler cette putain de fatalité. Cet enfoiré de Gamble n'a pas seulement bousillé mon existence, il a aussi ravagé celle de mes filles, de Diesel.

– Ça reste ma décision. Tu sais très bien que je garde mes parents à distance.

– Et ils en souffrent, assène-t-elle. T'as vu comment t'as réagi avec Naïa ? Tu devrais comprendre comment ils se sentent.

Mon cœur se serre sous l'effet de la culpabilité. Bien sûr que j'ai conscience de tout ça ; non, je n'en suis pas fier. Mais tenir ma famille loin de toutes mes erreurs, de l'ombre vivante que je suis devenu, c'est la plus grande preuve d'amour que je puisse leur témoigner.

– On va s'arrêter là, Rakel. C'est pas le genre de conversation que j'ai envie d'avoir avec toi.

– Tu peux pas fuir à chaque fois que les choses vont pas dans ton sens.

– T'étais pas censée partir en ville ? m'agacé-je.

– Tu peux être aussi désagréable que tu veux, je partirai pas ! J'en ai marre de cette ambiance de merde, tout ça parce que t'es pas fichu de t'exprimer.

Je me relève, excédé. On se retrouve à quelques centimètres l'un de l'autre ; Rakel a beau trembler, elle ne recule pas.

– Je t'ai demandé de partir, insisté-je.

– Et donc, tu vas rester enfermé ici à culpabiliser au lieu d'essayer d'arranger les choses ?

Je ne supporte plus de me sentir à bout tout le temps, à fleur de peau. J'aimerais retrouver l'ancien moi. Mais la Pieuvre l'a noyé si profondément qu'il faudrait que je plonge dans mes abysses, dans tous ces traumatismes que j'ai enterrés pour le retrouver, *me* retrouver.

En vérité, je n'ai jamais été aussi perdu. Je ne sais pas si je veux m'énerver, chialer, ou juste passer par la fenêtre. Les mains tremblantes, j'essaie de coordonner mes pensées. Faut pas que je craque, je dois...

– Tu fais chier, Rakel !

Le venin coule d'entre mes lèvres, je le vois imprégner ma fille. Son expression est empreinte de chagrin. Elle est blessée, bien sûr. Le silence s'étire dans la pièce, je n'entends plus que le son de mon cœur marteler ma poitrine.

– Excuse-moi de te faire chier, dans ce cas. Excuse-moi d'avoir peur pour toi. Excuse-moi d'aimer mon père et de pas avoir envie qu'il crève ! s'écrie Rakel, les yeux brouillés de larmes.

Elle ne me laisse pas le temps de réagir et continue :

– Tu me saoules à refuser toute l'aide qu'on te propose ! Tu te souviens, quand je t'ai dit que mon père me manquait ? C'est toujours d'actualité ! Je sais très bien que ça pourra jamais redevenir comme avant. Maman est morte ; toi, t'es devenu un fantôme... et Naïa et moi... il nous reste plus rien.

Je lui manque alors que je suis encore vivant...

Ça m'atteint avec la violence d'un uppercut, j'en ai mal au bide. Même le coup de poignard n'était pas aussi douloureux. Jamais je n'aurais pensé que Rakel souffrait à ce point. Moi qui croyais qu'elle me détestait.

Putain, j'ai bousillé ma famille.

Le décès d'Alisha m'a anéanti, je me suis laissé aller à la fatalité, et la dépression qui me bouffait déjà à l'époque a fini par me noyer. Depuis, je suis à la dérive, j'ai passé des années à errer en pleine tempête et quand j'ai cru retrouver la terre ferme, l'agression m'a renvoyé en plein naufrage. Le pire, c'est que je ne suis pas la seule victime, tout mon entourage a la tête sous l'eau.

J'aimerais être celui que Diesel prétend voir en moi, j'aimerais redevenir le père que j'ai été pour mes filles. C'est juste que... je ne sais plus comment m'y prendre.

– Tu sais quoi ? Quand j'ai su que t'avais été poignardé, pendant une seconde, je me suis dit que c'était tant mieux. Qu'au moins, t'aurais la paix et que tu serais avec maman. Puis j'ai changé d'avis... C'est égoïste, mais je m'en fous : j'veux que tu restes en vie !

« Je me suis dit que c'était tant mieux. »

J'ai cru que je gérais la situation, que les filles ne capteraient pas à quel point je me sens trop souvent au bord du précipice. Rakel n'aurait jamais dû en venir à une telle conclusion. C'est vrai, encore parfois, je m'imagine rejoindre Alisha, être enfin bercé par le silence. La mort, c'est la seule solution pour échapper à la Pieuvre. Lentement, je commence à comprendre que je me trompe. Parce qu'on m'a montré qu'il y avait d'autres issues. Il faut que je reste dans cette vie, pour les filles, pour Diesel, pour mes parents aussi. Et pour Alisha.

M’occuper des jumelles et veiller sur elles jusqu’à mon dernier souffle, c’est le plus beau cadeau que je puisse offrir à Ali. C’est idiot, je n’ai jamais cru à la vie après la mort, mais là, je me demande si Alisha est quelque part. Qu’est-ce qu’elle pense de moi ? Est-ce que je l’ai déçue ? Qu’est-ce qu’elle ferait à ma place ?

Elle prendrait Rakel dans ses bras, c’est sûr. Elle lui promettrait que tout s’arrangerait. Elle murmurerait tout ça d’une voix... de quelle voix ? Plus ça va, moins je me souviens de ce ton si particulier qu’elle employait pour nous réconforter, les jumelles ou moi. Ça me terrifie, j’ai peur d’oublier tous les détails que j’ai aimés chez elle. Ce serait comme la tuer une seconde fois...

– Papa, j’suis désolée, je voulais pas te faire pleurer... Pardon, chuchote Rakel, en larmes.

C’est là que je sens l’humidité sur mes joues.

Je suis en train de chialer et je sais pas pourquoi. Alisha, les jumelles, Diesel, mes parents, Ellie, mes actes en tant que bourreau, mes excès, mes remords, mes regrets, l’agression.... C’est sûrement un mélange de tout ce qui m’empoisonne le sang, une septicémie de l’âme. Bêtement, je tourne le dos à Rakel. Je n’assume pas d’être comme ça devant elle, je suis censé être solide. Mes enfants peuvent pleurer devant moi. Pas l’inverse.

– T’as pas besoin de te cacher, c’est pas grave...

Rakel m’attrape la main, je n’ai pas le courage de la retirer. Alors je lui fais face en me mordant la lèvre inférieure pour contenir mes émotions. Quand elle me prend dans ses bras, sa chaleur m’enveloppe. Ça fait des années que c’est l’hiver en moi, mais j’ai l’impression que son étreinte réchauffe tout mon être.

– Rakel, ça va ? Je t’ai entendu...

La porte s’ouvre en grand sur Naïa, un sac bandoulière en travers de l’épaule et des baskets aux pieds. Elle ouvre grand la bouche en apercevant les larmes dans mes yeux.

– ... Ça va pas ?

– Si, ça va, affirmé-je sans conviction en me détachant légèrement de Rakel.

Elle se précipite vers nous, affolée.

– Mais qu'est-ce qu'il s'est passé ? Vous avez appris une mauvaise nouvelle ou quoi ?

– Non, j'ai juste... craqué, avoue Rakel. J'ai dit ce qu'on pensait toutes les deux. Qu'on en a marre de le voir dans cet état et qu'on a besoin de lui.

Naïa n'ajoute rien, sa lèvre inférieure se met à trembloter. Avant que je n'aie pu cligner des paupières, elle se jette sur moi. Elle me serre avec tant de force, j'ai peur de perdre une côte au passage. Jamais je n'avais capté que les filles tenaient autant à moi. Je me suis persuadé qu'elles ne me supportaient plus, qu'elles vivraient mieux sans moi et que je devais monnayer leur amour. La Pieuvre m'a poussé à croire à tant de conneries, il va falloir que je les désintègre une par une avant de me reconstruire sur des bases saines. Je ne suis pas certain d'y arriver, le travail qui m'attend est... titanesque.

Peu importe, ça ne sert à rien d'y penser pour l'instant. Il faut que je rassure les jumelles. Ce soir, quand elles iront se coucher, je veux qu'elles aient la certitude que leur père va reprendre sa vie en main.

– Je suis désolé, les filles... J'avais pas réalisé... J'ai jamais voulu vous blesser...

Les mots sont là, bloqués. Ça me brûle. Ils refusent de sortir, s'accrochent à mon palais. Je prends une profonde inspiration, envoie valser ma fierté, mes insécurités, me concentre sur cette phrase que je veux prononcer.

Ce serait un premier pas.

– J'sais pas si j'le montre bien... alors j'vais le dire... je tiens à v... non. Vous êtes mes filles, je... vous aime, balbutié-je.

J'ai réussi, bordel.

J'ai l'air stupide, avec des larmes dans les yeux et un sourire aux lèvres. Les jumelles me fixent, incrédules. Je ne leur ai jamais dit que je les aimais. Alisha le leur répétait tous les soirs, et je me suis toujours senti mal de ne pas réussir à l'imiter. Elle me disait que c'était pas grave, qu'il y avait mille façons de montrer mon amour, que je n'avais pas besoin de le verbaliser. J'ai fini par adhérer à son point de vue ; mes actes prouvaient mes pensées. La Pieuvre a tout changé : que ce soit en actions ou en paroles, je n'ai pas été à la hauteur.

– Nous aussi, on t'aime. Même quand tu râles.

Rakel essaie de plaisanter, sans trop de succès. Naïa me fixe, droit dans les yeux, puis souffle :

– Promets que tu vas plus retourner à Raiford.

Y a de l'espoir dans ses iris. J'ai envie de lui dire oui, que plus jamais je ne mettrai les pieds là-bas. Mon psy m'a déjà fait comprendre qu'il comptait prolonger mon arrêt de travail et qu'il me conseillait de changer de métier. Sauf que c'est mon taf depuis des années. C'est tout ce que je sais faire, j'ai besoin de l'argent et de la sécurité sociale que ça me rapporte.

– J'peux pas vous le promettre, je suis désolé...

– Et pourquoi ? demande Rakel.

– J'ai pas le choix, les filles.

– Bien sûr que si, rétorque Naïa.

Si seulement c'était si facile...

Retourner à Raiford me terrorise. Je ne pourrai jamais me défaire de ce nœud au ventre, de cette peur qu'un autre détenu s'en prenne à moi pour finir le travail... En plus, les jumelles ne me croiront plus jamais si je prétends que tout va bien au taf.

– Ah ouais, c'est quoi ce fameux choix ?

– Tu vas encore ronchonner, mais on s'est renseignées. Tu peux reprendre tes études, commence Rakel. Ou faire une reconversion professionnelle. En plus, le père de Diesel, il connaît plein de monde. Il a dit qu'il pouvait te faire entrer dans une radio où il fait des chroniques, ils cherchent du monde à la sécurité.

Bah bien sûr, moi, agent de sécurité, à rester planté des heures devant une porte, pendant que des emmerdeurs bavassent dans un micro.

– Tu serais beaucoup mieux là-bas qu'à Raiford. En plus, leur uniforme est plus beau, ajoute Naïa.

Un sourire amusé étire mes lèvres.

Bien, je commence à retrouver les jumelles. Au fond, je suis touché qu'elles aient réfléchi à un nouveau travail pour moi. Ce n'est *peut-être* pas une si mauvaise idée.

– Si Rafal t'en parle, écoute-le, supplie Rakel.

– Je verrai...

– Promets-le, insiste Naïa.

Je n'aime pas les promesses, j'ai toujours peur de ne pas les tenir et de décevoir tout le monde. Mais ça... je le leur dois.

– Promis.

– Non, pas comme ça. Promesse du petit doigt ou ça compte pas.

Naïa me tend son petit doigt. Je lui offre le mien.

– Moi aussi ! s'écrie Rakel.

C'était leur truc, avec Ali.

Au moins, comme ça, elle est encore un peu avec nous. Mon cœur s'apaise à cette idée.

« *C'est tellement mystérieux, le pays des larmes.* »
– Antoine de Saint-Exupéry

# 63
# Solveig

*Moving On* – Asking Alexandria

> Maman : On sort au Maple Street avec ton père, on y sera vers 11 h. Si tu veux venir, tu es le bienvenu.

Planté en haut de la rue menant au café, je relis le SMS de ma mère pour la énième fois. Je ne m'attendais pas à recevoir un message de sa part ce matin, j'avais pour projet de me désister. Puis j'en ai parlé avec mon psy lors de notre séance hebdomadaire ; il m'a fait comprendre que c'était l'opportunité d'exprimer ce que je ressentais, alors j'ai décidé de l'écouter et de me rendre au rendez-vous.

Mais au dernier moment, j'hésite.

Je n'ai pas répondu à ma mère, je peux encore faire demi-tour et retourner pourrir dans ma chambre. Mais si je fais ça, Graham me prendra la tête la semaine prochaine. Je me suis promis de devenir une nouvelle version de moi-même, je n'ai pas le droit de me défiler à la première difficulté…

Tendu, je me décide à franchir les quelques mètres qui me séparent du restaurant. Il y a trop de bruits de circulation, de conversations… Une personne me fait même sursauter quand elle me frôle. J'ai l'impression que tous les regards me sont destinés, que quelqu'un va passer à côté de moi, me pousser et me précipiter sous les roues d'une bagnole. Par sécurité, je rase le mur et surveille les alentours comme je le ferais avec les couloirs de Raiford.

C'est irrespirable.

Les filles ont raison, je n'arriverai jamais à retravailler dans une prison. Des années de ma vie partent en fumée… Je n'ai pas toujours aimé ce travail et pourtant, certaines choses me manqueront. Ou plutôt, certains prisonniers. Je me demande comment s'en sortira Brody.

Quand j'entre dans le *Maple Street*, je scrute les lieux, puis j'aperçois la silhouette de mon père au fond. La chemise qu'il porte me ramène des années en arrière, c'était un cadeau d'Alisha et moi.

– Solveig, t'es venu !

Un grand sourire étire les lèvres de ma mère lorsqu'elle s'aperçoit de ma présence. Mon père peine à se tourner sur sa chaise, mais je discerne le soulagement dans ses yeux.

– Salut…

– Viens t'asseoir, me presse ma mère en me montrant la place à côté d'elle.

Je m'y affale. Qu'est-ce qu'on est censé dire dans ce genre de moment ? Je bats du pied pour tenter d'apaiser la peur et la honte qui bourdonnent en moi. Après la scène que je leur ai infligée la dernière fois, je m'attendais à ce qu'ils m'en veuillent, à ce qu'ils se montrent un peu froids. Mais non.

– Tu veux boire un truc ? Ou manger ? finit par proposer mon père. On t'invite.

– Merci, mais j'ai pas très faim…

– Prends au moins à boire, il va faire chaud aujourd'hui.

Ouais, je reconnais bien ma mère. Malgré mon âge, elle ne peut pas s'empêcher de m'abreuver de recommandations. Avant que je ne m'éloigne, elle passait son temps à m'envoyer des messages pour me prévenir des orages ou des canicules. Alisha trouvait ça adorable. Elle s'extasiait de voir des parents prévenants, elle n'a jamais pu avoir cette chance.

– Je vais prendre un peu d'eau dans ce cas.

– D'accord, je vais en reprendre aussi, tiens, dit-elle avant d'interpeller la serveuse.

Je n'ai plus le droit à l'alcool, et je hais les jus de fruits ou les sodas, donc il ne me reste pas beaucoup d'options. Pourtant, je n'aurais pas dit non à une bonne bière... J'en ai marre de me restreindre, encore plus en sachant que je vais devoir continuer toute ma vie comme ça. Selon le psy, ce serait me tirer une balle dans le pied que de reprendre de l'alcool un jour, à cause de mes risques d'addiction. Ensuite, ça ne ferait qu'entretenir ma dépression.

– T'as pas eu trop de mal à venir depuis Ortega ? demande mon père.

– Non, ça va.

En fixant mon paternel, je repense aux paroles de Rakel. Apparemment, il a mal au dos. J'aimerais bien savoir s'il s'est blessé ou si ce sont simplement des signes de vieillesse, mais la question refuse de sortir. Après des années à ne pas prendre de leurs nouvelles, ils prendraient mes questions pour de l'hypocrisie. À quoi je pense ? Ce n'est pas leur genre. Je secoue la tête, me reprends, puis lance :

– Ton dos va mieux ?

– Ça commence à passer, ne t'inquiète pas, me rassure-t-il en posant la main sur mon épaule.

– Je lui ai bien dit de pas se tenir n'importe comment quand il jardine, mais tu connais ton père : il en fait toujours qu'à sa tête. Cela dit, ça me rappelle quelqu'un, plaisante ma mère avec un clin d'œil joueur.

Fallait bien que j'hérite mon sale caractère de quelqu'un. Et Rakel a repris le flambeau, si c'est pas beau, ça.

– Je suis moins pire que papa, protesté-je.

– Tu crois vraiment à ton mensonge, là ? se moque-t-il.

– Vous avez gagné, ricané-je.

Mes parents échangent un regard émerveillé ; s'ils voulaient être discrets, c'est cramé.

– Ça nous fait plaisir que tu sois là, souffle mon père. On est désolés pour la semaine dernière, on voulait pas te mettre mal à l'aise. On était juste inquiets pour toi.

C'est le comble. C'est eux qui s'excusent alors que c'est moi qui les ai traités comme des malpropres. Avec le recul, je sais que j'ai mal agi. Je continue à penser que je n'ai pas apprécié qu'on ne me demande pas mon accord. Mais je ne peux pas en vouloir à mes parents d'avoir paniqué.

– Je me suis calmé depuis. Désolé d'avoir surréagi, murmuré-je.

– Est-ce que tu serais d'accord pour parler de ce qui t'est arrivé ? cherche à savoir ma mère.

Je me tends.

– Je t'avoue que c'est pas mon sujet de conversation favori... On en parle énormément avec mon psy et c'est assez éprouvant.

– Je comprends, répond-elle. On ne recherche pas un résumé de l'agression. Sauf si t'as envie de le partager, bien sûr. Tout ce qu'on veut, c'est savoir comment tu te sens et si tu as besoin de notre aide.

Leur question est légitime et ne me demande pas de replonger dans des souvenirs douloureux. Un son de verre qui claque sur la table me fait presque bondir de ma chaise. Une présence se dresse au-dessus de moi, menaçante comme Gamble.

– Ça va ? souffle ma mère en posant la main sur mon bras.

C'est en apercevant la serveuse qui s'éloigne que je comprends tout.

– Ouais, ça va.

Le silence retombe. À leur regard, mes parents ont l'air d'attendre quelque chose, mais je ne me souviens plus de quoi on discutait.

– Vous parliez de quoi ?

– On voulait juste savoir comment tu te sentais. Et si tu avais besoin de nous.

J'attrape mon verre, bois une gorgée, puis me résous à expliquer :

– Écoutez, je mentirais en disant que je vais bien. Mais c'est moins pire qu'il y a quelques semaines et… j'ai pas besoin de votre aide.

J'hésite, puis ajoute :

– Mais c'est gentil de proposer.

– Tu vois encore un médecin ? questionne mon père.

– J'ai eu une infirmière pendant dix jours, puis j'ai revu un médecin pour contrôler mon état, mes bilans étaient bons. Je dois commencer les séances de kiné maintenant.

Je les attends avec impatience, car je ne supporte plus de voir ce ventre déformé dans le miroir. C'est dur d'accepter que cette cicatrice ne s'effacera jamais. J'aime graver les souvenirs importants sur ma peau, mais celui-ci, j'aurais préféré m'en passer…

– T'auras pas de séquelles ?

– Pas physiquement, en tout cas, éludé-je.

Ils hochent la tête, satisfaits par mes demi-réponses. Je termine mon verre d'eau en tentant de retenir les tremblements de ma jambe. Il faudrait que je leur explique pourquoi je les tiens à l'écart depuis tant d'années, qu'ils cessent de penser que c'est leur faute. Je ne suis plus trop certain d'avoir un jour vu de la pitié dans leurs yeux, c'était peut-être seulement mon interprétation. Comment il a dit, le psy, déjà ? J'ai estimé que ce que *je* ressentais était ce que les gens pensaient.

J'en suis venu à haïr toute personne se préoccupant de moi, parce que ça me ramenait à ma propre condition, mon incapacité à m'en sortir.

– J'voulais vous dire un truc, débuté-je avec hésitation.

– On t'écoute, répond derechef mon père.

Ma mère tend une main vers la mienne. Malgré mon envie de m'écarter, je la laisse passer ses doigts sur les miens.

– L'autre jour, vous m'avez demandé pourquoi j'étais autant en colère. Et je vous ai répondu que je supportais pas votre pitié. En fait, c'est ce que j'ai ressenti pendant des années. C'était devenu insoutenable pour moi, j'avais l'impression de... je sais pas, voir mon propre échec à travers vous. Vous avez réussi vos études, vos carrières, vos vies... Pas moi.

– On est désolés si on t'a donné ce sentiment, Solveig. On a jamais eu pitié de toi, on avait peur que tu perdes pied, affirme mon père avec une voix rauque.

– On est fiers de ce que t'as accompli, continue ma mère. On a toujours été impressionnés par Alisha et toi, vous vous êtes vite adaptés à la parentalité. Et les jumelles ont l'air d'être sur la bonne voie. Tu t'en sors très bien, même si Alisha est plus là.

Je m'en sors très bien...

Je ne suis pas d'accord avec cette affirmation. Si je m'en sortais si bien, Naïa se serait confiée à moi avant que ces connards ne la harcèlent.

– Vous trouvez que les jumelles sont sur la bonne voie ?

– Bien sûr. Bon, Rakel a un caractère de cochon, ça, c'est sûr, mais chaque fois qu'on parle avec elle, on est choqués par sa maturité.

– Vous trouvez pas ça anormal ? Elle devrait pas l'être autant à son âge. Si elle est comme ça, c'est parce que je lui en ai fait baver.

Ma mère secoue la tête.

– Faut pas que tu penses que tu es le seul responsable. Avoir vécu un deuil aussi jeune, ça forge aussi, tu sais.

Je grimace. Là, elle parle d'expérience. Son propre père est mort d'un accident du travail quand elle avait treize ans.

– J'arrive pas à m'empêcher de penser que les filles passent à côté de leur vie à cause de moi... Enfin bon, au moins, elles sont contentes de vivre chez les parents de Diesel.

Entre Rafal qui les invite dans les coulisses des émissions où il intervient et Felicyta qui les embarque dans toutes ses virées shopping ou les activités liées à son refuge, elles ont de quoi s'occuper. Pour couronner le tout, le soir, elles peuvent se prélasser dans un jacuzzi en buvant des cocktails préparés par Rafal. Quel traitement royal.

– Elles adorent la famille de Diesel, oui. Tu l'as bien choisi, ce garçon. Ça te dirait qu'on l'invite à déjeuner avec nous cette semaine ?

Mon cœur manque un battement.

Comment ça, je l'ai bien *choisi* ?

Pourquoi ils parlent de lui comme s'ils savaient que Diesel, ce n'est pas juste un « ami », comme je le leur ai affirmé ? Faut croire que ni mes yeux ni mon cœur ne sont capables de mentir. Je sais très bien que je ne regarde pas Diesel comme je regarderais un pote. Ils m'ont vu évoluer aux côtés d'Alisha pendant des années, mon comportement n'a pas de secret pour eux concernant mes relations sentimentales.

– Ouais... si... si vous voulez. Peut-être pas cette semaine, mais je vous tiens au courant, balbutié-je.

Faudrait déjà que la situation s'arrange entre nous. Il y a quelques soirs, n'y tenant plus, je lui ai demandé s'il pouvait revenir dormir avec moi. Il a haussé les épaules, accepté et n'a rien ajouté de plus. Depuis, j'essaie de trouver une façon de lui prouver que je veux construire une relation solide avec lui.

Le Diesel que je connais me manque, celui qui rit pour rien, qui raconte des blagues pourries, qui m'abreuve d'anecdotes ou m'entraîne dans tous ses délires ; même ce Diesel plus sombre qui me parle de son ex, de son oncle, de ses combats... C'est tout ça qui m'a séduit chez lui. Et je ne veux pas le perdre.

– Et si on sortait un peu ? On est pas loin du parc que t'adorais quand tu étais petit, propose mon père.

Alors c'est tout ? Ils balancent une bombe, puis font comme si de rien n'était.

Tant mieux.

– Bof, je suis pas trop à l'aise à l'extérieur. Je préfère rentrer...

Leurs regards sont chargés de déception.

– Vous pouvez m'accompagner, ajouté-je.

En quelques mots, ils retrouvent leurs sourires.

– Ça va pas déranger les parents de Diesel ?

– Non, ils s'en foutent.

Je laisse ma mère régler l'addition, avant de les suivre dehors. Tandis qu'on rejoint l'arrêt de bus, elle et mon père n'arrêtent pas de parler ; de moi enfant, de la pluie, du beau temps, de leurs projets, des jumelles. Et ils continuent dans le bus, puis dans le salon des Nowakosky. C'est comme s'ils avaient peur qu'un nouveau silence ne nous sépare. Alors je les laisse m'abreuver de leurs histoires.

J'ai conscience que rien ne rattrapera tout ce temps que j'ai perdu, mais c'est agréable d'apprendre à enfin le prendre.

*« Il y a des êtres qui justifient le monde, qui aident à vivre par leur seule présence. »*

– Albert Camus

# 64
# Solveig

*Goner* – Twenty One Pilots

Je me hais. Je déteste ce que je fais. Et j'ai tant de fois espéré avoir le courage de tout arrêter. Mais du courage, j'en ai pas. La preuve : ce type au visage effacé sous une cagoule, sanglé à la chaise, prêt à mourir. On a rasé sa jambe droite pour les électrodes, et pour éviter qu'il prenne feu, aussi. C'est toujours pareil : le même silence glacial, cette impression malsaine d'être dans *Truman Show*. Il n'a pas l'air gros... Trente ou quarante secondes d'électrocution devraient suffire... C'est ce que je me dis pendant qu'on lit une dernière fois l'acte de condamnation.

Derrière la vitre sans tain, je sais que les proches de la victime comme du condamné surveillent le moindre fait et geste de toute l'équipe.

J'ai les mains moites, la gorge serrée, les tripes retournées. Pourtant, ce n'est pas ma première exécution. Mais plus ça va, plus l'atmosphère glauque et morbide m'oppresse.

Quand le signal est donné, j'essaie de ne pas sursauter en observant le mec tressauter sur la chaise. Les mouchoirs enfoncés dans ses narines ont dû glisser parce que malgré le masque, du sang éclabousse le sol.

*Il le méritait.*

C'est ce dont j'essaie de me persuader tandis que le mec rend son dernier soupir et s'affaisse sur la chaise. Ma peau me brûle alors que l'image s'imprime sous ma rétine.

Ça pue la mort, le sang, l'urine. Cette odeur restera sur moi un moment, peu importe si je change mes fringues et me douche. Avec mes collègues, on suit le protocole, on attend que les témoins s'en aillent pour nous affairer à notre besogne. Comme d'habitude, le cadavre s'est collé à la chaise à cause de l'électrocution et alors qu'on essaie de le bouger, la cagoule s'enlève.

Une chevelure brune ondulée.

Un visage constellé de taches de rousseur.

Et plus de lucioles.

Les yeux encore grands ouverts me fixent d'un air profondément indigné.

*Non.*

*Non, non, non, Diesel !*

Je l'attrape par les épaules, le secoue dans tous les sens. Le sang macule son visage, lui coule des oreilles. Quelque chose se brise dans ma poitrine. Mon cœur, sûrement. Mes jambes me lâchent, chaque inspiration, expiration est un calvaire. J'attrape la main de Diesel, mais il ne me répond pas.

Il ne me répondra plus jamais.

Je l'ai tué.

– Diesel, putain, réveille-toi !

Sa chaleur s'évapore sous mes doigts. Bordel, tout, mais pas ça !

– Putain, réveille-toi !

Sa tête tourne mollement sur le côté alors que je le gifle à la recherche d'une réaction, d'un sursaut de vie. Comment je vais faire ? Comment je vais continuer à avancer sans Diesel à mes côtés ? Comment je vais annoncer à Felicyta et Rafal que j'ai exécuté leur propre enfant ?

J'enfouis mon nez dans le cou de Diesel, essaie d'inspirer son odeur une dernière fois, et quand quelqu'un pose la main sur mon épaule, la pièce a changé. Il n'y a plus de chaise, plus de salle d'exécution, juste le sol froid d'une cellule et Diesel étalé là, une entaille de quinze centimètres dans l'estomac et un couteau abandonné à ses côtés. Son sang ruisselle par terre, sa jolie peau dorée se pare de la pâleur de la mort, ses lèvres virent au bleu. Plus aucun sourire ne fleurira jamais dessus et les étoiles sur ses joues ne brillent plus...

*Me laisse pas, putain, Diesel. J'ai même pas encore eu le temps de m'excuser, de te prouver à quel point je tiens à toi.*

Mon souffle se coupe, mes yeux s'écarquillent et je me redresse d'un bond, le front ruisselant de sueur. Le cœur au bord de la rupture, je regarde tout autour de moi. L'odeur du sang a disparu, le sol froid de la cellule aussi. Le souffle erratique, je scrute les alentours. Cet endroit... c'est la chambre d'amis des Nowakosky...

Alors que mes pupilles s'habituent à l'obscurité, je discerne la masse étalée en étoile de mer à mes côtés.

Diesel.

Il dort du sommeil du juste, sa poitrine se soulevant et s'abaissant à chacune de ses respirations. J'ai envie de me pencher au-dessus de lui, de lui saisir la main, de le prendre dans mes bras, sauf que je refuse de le réveiller et de l'embêter.

Je me suis comporté comme un con avec lui dernièrement, je ne mérite pas son réconfort.

Je retiens un reniflement et frotte mes yeux humides. Je n'arrive pas à capter ce qui vient de se passer. Toutes mes peurs et tous mes traumatismes ont décidé de prendre vie et ils n'avaient jamais été aussi palpables. Incapable de contrôler mon souffle et le rythme de mon cœur, je tends la main vers ma plaquette d'anxiolytiques et vais pour en avaler un, mais mon verre d'eau est vide. J'attrape un comprimé, puis je me force à descendre dans la cuisine.

Mes jambes peinent à me porter dans les escaliers et en atteignant le frigo pour y prendre une bouteille d'eau, des cannettes de bière attirent mon attention. Mon âme se déchire entre raison et désir. Je sais très bien que je n'en ai pas le droit, mais, bon sang, je donnerais tout pour m'enivrer, même avec une simple bière.

Une lumière s'allume brutalement.

– Bordel ! m'exclamé-je en sursautant.

Mon cœur s'accélère, puis ralentit à la vue de Felicyta.

– Oh, pardon Solveig, je voulais pas t'effrayer, dit-elle doucement en s'approchant.

Vêtue d'une chemise tachée de peinture, d'un T-shirt et d'un short en toile, elle ne ressemble pas à une personne tirée de son sommeil, mais je demande quand même :

– Je t'ai réveillée ?

– Non, j'étais en train de peindre, je suis toujours inspirée la nuit. J'avais juste un petit creux. Et toi ?

Je hausse les épaules, tente de feindre la désinvolture, mais mes jambes tremblotent et je sens la sueur perler à mes tempes. Mon T-shirt aussi est humide.

– J'avais plus d'eau...

En vitesse, je m'en sers un verre et avale mon cachet. Felicyta a la délicatesse de ne pas insister. À la place, elle lance :

– Tu retournes te coucher ou tu restes un peu en bas ?

– Je pense pas retrouver le sommeil tout de suite, murmuré-je.

Elle acquiesce, se sert deux parts de gâteau, puis m'invite à m'installer à ses côtés sur le canapé. Un peu gêné, je m'exécute et me concentre sur ma respiration. Une sensation d'étroitesse me comprime encore la poitrine, j'aimerais m'en débarrasser en un claquement de doigts, mais je dois patienter quelques minutes.

Je me demande si un jour, les antidépresseurs fonctionneront comme les anxios. S'ils assécheront la Pieuvre jusqu'à la faire disparaître. Et puis, qui me dit qu'elle ne reviendra pas si j'arrête mes traitements ? Qui me dit qu'elle ne restera pas cachée dans les tréfonds de mon cœur ? Il y a des jours où j'ai la haine qu'elle ne m'ait pas achevé, d'autre où je la déteste d'avoir cherché à me tuer. J'oscille, je balance, bref, je suis paumé. Je veux que la Pieuvre se taise et en même temps, j'ai peur. Il y a de la place pour nous deux dans ma tête, elle est bien trop en bordel pour que je m'y retrouve seul. Ce silence dont j'ai tant rêvé... me terrifie.

En fait, peut-être que j'ai juste peur d'enfin vivre et non plus survivre.

– Tu en veux un morceau ? propose Felicyta.

– Non, merci, j'ai pas très faim.

Solis choisit ce moment pour se lever du tapis sur lequel elle dormait et venir mendier à manger. Felicyta rigole, lui donne un petit bout, puis se retourne vers moi.

– T'es sûr que t'en prends pas ? Promis, il est sans kiwi ! Diesel m'a dit que t'y es allergique après que tu es passé à la maison voir *L'Exorciste*.

Connaissant Diesel et le caractère extraverti de sa famille, je ne peux que croiser les doigts et espérer qu'il ne soit pas allé raconter à tout-va comment ce rencard a fini...

– Il est à quoi celui-ci ?

– Noix de coco. Rafal m'en cuisine toujours après une dispute. C'est notre petite branche d'olivier à nous.

Elle avale une part de gâteau et gentiment, elle me retend l'assiette. Peut-être que manger un truc m'aidera à chasser la bile qui tapisse ma gorge, tout compte fait. Je hoche la tête en guise de remerciement et accepte une bouchée. C'est plutôt bon.

– Vous... vous disputez souvent, avec Rafal ?

– Ça n'a pas toujours été facile, on a eu beaucoup de soucis, à une époque. Mais c'est ça vivre, non ? Essayer, se tromper, avancer, trouver la paix... C'est la vie. On a trouvé notre paix, avec Rafal.

Maintenant, on va mieux, mais les tensions, ça arrive. Avec Diesel aussi, j'ai eu une période plus douloureuse, il a fait quelques bêtises après la mort de Joey. Ça ne change rien au fait que j'aime mon fils. Attention, j'aime Kléia aussi ! ajoute-t-elle dans un rire. Mais c'était la plus sage du lot.

Son humour est contagieux, je me surprends à sourire en me replongeant dans les souvenirs des jumelles. Avec elles aussi, j'ai eu des passages compliqués. Rakel a toujours été une tête de mule, quant à Naïa, ces derniers mois me laisseront des cicatrices indélébiles. Malgré ça, mes enfants, je les aime et je ferai toujours de mon mieux pour les soutenir.

*Mais Diesel...*

Je n'ai aucune idée de comment m'y prendre pour m'excuser et repartir sur de bonnes bases. Nos conversations sont fades, futiles. Ça n'a plus rien à voir avec nos habitudes et ça me manque.

– Diesel m'a un peu parlé de... ses galères après le suicide de Joey. Il a bien rebondi depuis.

– Je pense que ça continuera de le marquer toute sa vie, et tu me diras, c'est normal. Mais je suis très fière de lui, oui.

– Tu sais... je sais pas si... si avec Diesel, j'ai... si je suis bien pour lui, murmuré-je.

Bien que les battements de mon cœur aient ralenti, ils restent douloureux. Ça me peine de parler de la période de creux qu'on traverse avec Diesel.

– Vous êtes dans un moment un peu difficile, et ce qui t'est arrivé est affreux. Mais je pense pas que tu sois mauvais pour mon fils. Il peut me parler de toi pendant des heures. Sérieusement, je sais que ta chanson préférée c'est *So Fine*, que t'es Bélier et que tu raffoles des framboises, plaisante-t-elle.

La Pieuvre – non, la... dépression, cherche toujours à me convaincre que Diesel médit dans mon dos avec ses proches. Pourtant, à travers cette conversation, je comprends que c'est l'inverse.

Il parle de moi... en bien. Une chaleur agréable, réconfortante, se répand dans mes membres.

– Quel bavard...

– Ah, ça, on le refera pas. Mais on l'aime comme ça, notre Diesel national, non ?

Si on me proposait de changer ne serait-ce qu'un seul détail de Diesel, je refuserais. C'est celui-ci qui me plaît. Ce Diesel aux chemises un peu étranges, aux cheveux mi-longs pas toujours bien coiffés, aux yeux pétillants, aux sourires étincelants. Celui capable autant d'égayer ma journée que de me conseiller quand rien ne va. Il est un puzzle d'émotions, de traits de caractère, chaque détail s'emboîte à la perfection pour créer le chef-d'œuvre qu'il est.

– Ça, c'est clair, j'en veux pas un autre, de Diesel, soufflé-je.

Felicyta termine sa part de gâteau, pose l'assiette sur la table basse, puis se tourne vers moi.

– Je suis contente de le voir s'épanouir avec quelqu'un.

Je baisse les yeux.

– Je suis pas certain qu'il soit très heureux en ce moment...

– Diesel, il est du genre à cogiter quand quelqu'un qu'il aime ne va pas bien. Il a toujours peur de faire une erreur. Quand on en discute, je constate à chaque fois qu'il se fait des nœuds au cerveau à cause de ça. Et il l'admettra jamais, mais les mots ne suffisent pas quand il a besoin d'être rassuré.

Je cogite à toute vitesse. Que pourrais-je faire, dans ce cas ? Le prendre dans mes bras ? Non, ce ne sera jamais suffisant. L'emmener quelque part ? Comment je pourrais le rassurer ? Lui prouver que plus jamais je ne lui balancerai des horreurs pareilles au visage ? Que je prendrai mieux en compte ses inquiétudes ? Les questions fusent à toute vitesse dans ma tête, j'épluche les conversations qu'on a pu avoir, chaque anecdote, chaque confidence. Et là, je me souviens de son drôle de rêve.

Un peu hésitant, je me mords la lèvre inférieure, puis lance à Felicyta :

– Je pourrais te demander un service ?

*« I used to think that I was running from the night,*
*But I've been following behind the light, all this time*
*It can't hurt me*
*It's still there, but it can't know the warmth's returning »*
– *the warmth* – Paris Paloma

# 65
# Solveig

*Iris* – The Goo Goo Dolls

Diesel m'attend sur le trottoir d'en face lorsque je sors de chez le kiné. Il a un casque sur les oreilles, il fume une cigarette, adossé à sa voiture. Il n'a pas l'air de m'avoir remarqué, son téléphone accapare toute son attention. J'ai envie de le rejoindre, pourtant je n'ose pas. C'est lui qui a proposé de me déposer à mon premier rendez-vous de kinésithérapie, mais il a à peine décroché un mot de tout le trajet. Et je suppose que ça ne s'arrangera pas si je le fais poireauter une éternité. Je ravale mon mauvais pressentiment et m'empresse de le rejoindre. Lorsqu'il m'aperçoit, il retire son casque et lève les yeux vers moi.

– Tu m'attends depuis longtemps ? demandé-je.

– Dix minutes. Prends mes clés, installe-toi, j'arrive.

J'obtempère et le regarde à travers le pare-brise : il écrase le mégot de sa cigarette contre la semelle de sa chaussure, le balance dans une poubelle, puis me rejoint.

– Ça s'est bien passé avec le kiné ? questionne-t-il en démarrant.

Ce n'était qu'une première séance, ce n'est pas facile d'en juger les bienfaits. Mais le type a l'air plutôt positif ; selon lui, je peux réussir à me muscler et me tonifier, ça m'aidera à me débarrasser de ce ventre qui me complexe.

Diesel semble attendre ma réponse, un sourcil levé dans ma direction. J'hésite un instant, puis un sourire joueur étire mes lèvres.

– Ouais. D'ailleurs, il m'a dit que j'étais beau et il veut savoir si je suis célibataire.

Diesel ne sourcille pas.

– Tu sais pas mentir, déclare-t-il.

– T'es pas marrant, je voulais voir ta réaction.

– Essaie encore.

Dépité, j'observe la route défiler par la fenêtre. Diesel prend le chemin pour rentrer chez ses parents, je vais encore retrouver ma chambre et moisir dans un coin. Je jette un coup d'œil à mon portable. Aucune nouvelle de Felicyta, pourtant, elle était censée me prévenir dès qu'elle récupérait cette foutue mygale qu'on s'est décarcassés à trouver. J'espère que ça fera plaisir à Diesel...

Tout ce que je veux, c'est réussir à lui parler, m'excuser des vacheries que je lui ai balancées la dernière fois et lui dire que j'ai compris beaucoup de choses sur moi, sur les autres, depuis. Mais si c'était trop tard pour ça ? J'ai peur qu'il y voie là une tentative de me racheter une conscience ou de monnayer son amour.

– Diesel...

– Quoi ?

– J'ai pas envie de rentrer, avoué-je d'un ton hésitant.

Il me jette un coup d'œil, perplexe.

– Pourquoi ?

– J'ai envie de rester avec toi, soufflé-je.

S'il est touché, il ne le montre pas.

– Et tu veux aller où ?

– Je sais pas. T'as qu'à choisir.

– Si c'est pour t'entendre râler parce que le lieu te convient pas...

– Je râlerai pas, lui assuré-je.

Diesel me scrute. Il n'y a ni animosité ni colère sur son visage, pas de joie éclatante non plus. Je n'aime pas cet entre-deux. Quelque part, je préférerais qu'il me haïsse plutôt que de rester indifférent. Au moins, c'est toujours une émotion... Sans un mot, il finit par faire demi-tour et roule, direction l'inconnu.

– Alors, on va où ?

– Tu verras.

Tout le trajet se déroule dans cette ambiance étrange, Diesel me répond quand je lui parle, sans jamais entretenir la conversation. Je finis par prendre mon téléphone et envoyer des messages à Felicyta.

Solveig : alors, tu l'as récupérée ?

Felicyta : Elle est ÉNORME, j'avais jamais vu ça ! 8 cm pour le corps, 19 cm d'envergure. Une beauté. Diesel va l'adorer ! Je t'envoie une photo quand je rentre, sauf si vous arrivez avant moi.

Solveig : on va pas rentrer tout de suite, Diesel m'emmène quelque part.

Felicyta : 👍

La voiture ralentit, je relève la tête. C'est fou, j'ai grandi dans cette ville, pourtant je ne reconnais pas le parking sur lequel Diesel s'est garé. J'observe tout autour de moi à la recherche d'un indice, et c'est là que j'aperçois le panneau. Le jardin botanique de Jacksonville.

Après être passés par l'accueil, on se retrouve à déambuler au milieu de cette immensité verdoyante. Je ne pensais pas qu'on avait un si bel endroit dans notre ville. Le bleu du ciel et le vert des arbres se reflètent dans le lac, créant un mélange de couleurs surprenant. On entend le clapotis de l'eau, les crissements des insectes, le chant des oiseaux. Tous ces trucs cons auxquels je ne prête jamais attention. C'est... apaisant, en fait, quand on prend le temps de s'arrêter un peu.

Diesel ouvre la marche, je me contente de rester derrière lui en me demandant comment je pourrais entamer une discussion entre nous. Ça a plutôt bien réussi avec mes parents la dernière fois... Sauf que Diesel, ce n'est pas pareil. Il n'a aucune raison d'être aussi indulgent que ma famille. Malgré l'optimisme de Felicyta, j'ai du mal à croire que ce n'est pas trop tard.

– C'est une parula boréale, t'as vu ?

Diesel s'est stoppé devant un arbre et me montre un piaf posé sur une branche.

– Je savais pas que tu t'y connaissais.

– Mon oncle adorait les oiseaux.

On reprend notre chemin et je me contente de suivre Diesel en espérant qu'on ne se perdra pas. Il m'a suffisamment abreuvé d'histoires de disparitions inquiétantes dans des parcs, j'aimerais autant qu'on ne finisse pas dans une émission animée par son père.

Un mouvement dans l'eau attire mon attention, juste le temps d'apercevoir un serpent disparaître avec le courant.

– Il a envie de se noyer ou quoi ce con ?

– C'est une espèce aquatique, répond Diesel. Ils sont chou. Je rêverais d'avoir un serpent un jour.

Des sueurs froides me coulent dans la nuque. Il y a plusieurs mois, par SMS, il me disait qu'il rêvait de sa fichue mygale géante. Maintenant c'est un serpent...

– Ah, lâché-je d'une voix blanche.

Nerveux, je tape des doigts contre ma cuisse. Je fouille dans la poche de mon jean, puis je me souviens que j'ai abandonné mon tabac dans la caisse de Diesel. Quelle plaie. Je vais devoir me contenter d'arbres et de plantes pour me détendre…

Je grimace en grimpant un monticule de terre, mes muscles commencent à me lancer, surtout mes abdos et mes cuisses. Le kiné m'a prévenu que j'allais être fatigué après les séances, encore lors des premières. J'ai envie de demander à Diesel de ralentir ou de stopper, sauf que je lui ai promis que j'allais la fermer et pas jouer les rabat-joie. Alors je me tais, continue à marcher. Je tiens bon encore quelques minutes, quand une violente douleur me remonte dans le torse.

– Putain !

– Ça va ? s'alarme Diesel en se tournant vers moi.

– Je fatigue, avoué-je.

– Y a un coin pour se poser à quelques mètres, viens.

Il me tend une main, je l'accepte. Ses doigts s'entrelacent aux miens, je peux sentir la chaleur de sa peau contre la mienne. Un étrange sentiment de plénitude m'enveloppe, c'est doux, réconfortant ; j'aimerais que Diesel me tienne pour l'éternité. Malheureusement, le vide revient me saisir à la seconde où il me relâche et me montre un petit banc situé à l'ombre de larges fougères – ou un truc qui ressemble à des fougères, j'en sais rien. En contrebas, on entend le clapotis d'un ruisseau.

– Tiens, installe-toi là.

J'obtempère, soulagé d'enfin pouvoir me reposer. Diesel s'assied à côté de moi et plonge ses yeux dans les miens. Encore une fois, je me perds dans ces étranges reflets bleu-vert, toutes ces minuscules lucioles.

– Ça va mieux ? s'inquiète Diesel en posant la main sur mon épaule.

Qu'il reste si attentionné malgré tout ce qu'il s'est passé me redonne un peu d'espoir. Ce n'est pas encore perdu. Il faut juste que je me lance, les premiers pas sont toujours les plus compliqués.

– Diesel, je voulais m'excuser, commencé-je avant de me dégonfler. J'aurais pas dû te parler comme ça. Je sais très bien que tu n'as pas eu une vie facile. Et ça me touche que tu sois autant investi avec moi ; ton aide est pas malvenue, au contraire. C'est moi qui n'arrivais pas à l'accepter... Je sais que j'ai pas été cool avec toi, je commence à me rendre compte de certaines choses grâce à mon psy, tu sais. Après, je comprendrais que ce soit trop tard pour toi... et si tu décides de... qu'on arrête là, je respecterai ta décision.

Ça me détruirait, mais je ne pourrais m'en prendre qu'à moi-même. Peu importe à quel point c'est difficile, je me force à ne pas baisser la tête, à regarder Diesel, à assumer tous ces mots qui sont sortis de ma bouche. Dans mes rêves, il me reprend par la main et accepte qu'on continue ensemble. Mais la Pieu... *dépression* me chante une tout autre histoire. Dedans, Diesel ricane, se moque de mon discours ridicule, avant de me planter au beau milieu du parc.

– Je vais être honnête, commence Diesel.

Putain, je le sens mal.

– Tu m'as blessé, continue-t-il. Je peux pas me mettre à ta place, mais je peux comprendre que l'agression t'ait marqué, que ça t'ait mis à fleur de peau. Et j'aurais dû moins te surveiller, te prévenir plutôt que d'organiser les choses dans ton dos. Mais c'est seulement que je savais plus comment t'aider. Tu t'étais muré dans le silence, j'étais démuni. Concernant la dispute, j'accepte tes excuses. De toute façon, j'ai pas été très sympa non plus. Désolé pour ce que je t'ai dit, d'ailleurs.

C'est comme si tout le brouillard qui m'obscurcissait disparaissait enfin. Un poids s'enlève de mes épaules et le nœud qui me contractait les entrailles se desserre. Je prends une longue inspiration. L'air ne m'a jamais paru aussi pur. Enfin, je n'étouffe plus. Je me voyais déjà de retour dans ce quotidien minable, sans Diesel. Avant qu'il n'entre dans ma vie, je me disais que rien ne pourrait jamais m'arracher à mon ennui. Maintenant qu'il est là, à mes côtés, je ne peux plus imaginer un futur où on est pas ensemble. Je veux qu'il soit là à chaque instant, près de moi, aussi longtemps que possible.

– Merci, murmuré-je.

– Maintenant, il faut faire en sorte que ça ne se reproduise pas. Les excuses, c'est un bon début, mais il faut que les actes suivent. De mon côté, je te promets de ne plus prendre de décisions sans te consulter, de moins t'infantiliser et de respecter ton désir de solitude quand tu me demandes de partir. Est-ce qu'il y a autre chose que tu aimerais que je fasse pour t'apaiser ?

Je secoue la tête.

– Non, t'as tout dit.

– Et toi alors ? Qu'est-ce que tu comptes modifier dans ton comportement ?

Je réfléchis un long moment. Si je me lance dans ce que je dois améliorer chez moi, on y est encore demain matin. Elle est dure, sa question.

– Je vais essayer de mieux communiquer, de te dire ce que je ressens, d'arrêter d'attendre de toi que tu devines comment je vais.

– Je pense que c'est un bon début, souffle-t-il avec un sourire taquin.

Retrouver l'étincelle de malice dans ses yeux est aussi réconfortant que de retrouver le soleil après une éternité dans les ténèbres.

– Te moque pas de moi, marmonné-je.

– Faut bien que je t'embête, j'ai des semaines à rattraper.

– Ça promet...

– C'est quoi ce ton râleur ? T'avais promis que tu jouerais pas au Schtroumpf grognon.

– Schtroumpf grognon, tu te fous de moi ?

– Vous faites quasi la même taille, te manque juste un bonnet blanc.

Mon expression doit être hilarante parce que Diesel éclate de rire. Ça m'est égal, il peut bien se foutre de ma gueule, tant que je peux profiter de son rire. Il lui faut vingt bonnes secondes pour se calmer, après ça, le silence retombe. Je gigote sur le banc, mal à l'aise. Comment je peux lui parler de l'araignée ? Je n'ai prévu aucun discours, j'aurais peut-être dû. Ça craint de lui balancer de but en blanc qu'une immonde mygale l'attend chez ses parents. Je fouille dans ma poche, Felicyta m'a envoyé plusieurs messages et des photos. Bon...

– Tu sais l'araignée dont tu m'as parlé une fois ? La *regalis* machin ?

– *Poecilotheria regalis*, je t'ai parlé de ça, moi ?

– Ouais, y a longtemps. Enfin bref, regarde.

Je lui tends mon téléphone et montre une photo de la mygale dont les immenses pattes recouvrent une partie de la vitre du terrarium.

– Elle est canon ! T'as trouvé la photo où ?

– Non, tu... tu comprends pas, bafouillé-je. Elle est à toi.

– La photo ?

– Mais non ! L'araignée.

Le silence qui s'étire est super gênant, mes joues sont brûlantes et je regrette sérieusement de lui avoir acheté cette mygale sans le consulter avant. Les yeux de Diesel passent de la photo à mon visage, plusieurs fois, puis ses iris s'éclairent.

– Tu me l'offres ? C'est un cadeau ?

– Voilà.

– Mais c'est trop cool ! s'écrie-t-il.

Tous les oiseaux planqués dans les buissons alentour s'envolent dans un battement d'ailes. Diesel lâche un « oups » et reprend plus bas :

– Attends, tu jures que c'est pas une blague, c'est mon araignée ?

– Promis juré.

– Mais tu l'as trouvée comment ?

– Ta mère m'a aidé. J'ai...

Avant que je ne puisse terminer ma phrase, Diesel m'enlace de toutes ses forces. Après un long moment, je finis par lui rendre maladroitement son étreinte.

– Ça me touche trop que tu te sois souvenu que je kiffais cette espèce spécifiquement.

À cette seconde, le ciel pourrait me tomber sur la tête, je n'y verrais aucun inconvénient, parce que la dernière image que j'emporterais avec moi, ce serait celle de Diesel aux anges.

– Tu m'as fait transpirer quand t'as parlé des serpents tout à l'heure.

Il s'esclaffe.

– Désolé.

– Alors, tu vas l'appeler comment, ta mygale ? « Vanille » ? « Verveine » ? « Houblon » ?

– Pourquoi pas « Grognasse » ?

OK, c'est de bonne guerre.

Diesel, émerveillé, regarde les différentes photos envoyées par sa mère.

– Sérieux, dix-neuf centimètres d'envergure ? C'est incroyable. Mélisse va avoir l'air minuscule à côté.

– Elle mesure combien, Mélisse ?

– Douze centimètres en comptant les pattes.

– Tu vas les mettre ensemble ?

– Ouh là, non, c'est pas recommandé. Elles auront chacune leur maison. Ça te dit d'aller acheter des trucs pour le terrarium de la *regalis* cette aprèm ? J'ai envie de lui faire une jolie déco.

– Ça marche.

Je le suivrai peu importe où il ira.

Amusé, je l'écoute me raconter des anecdotes sur les mygales. C'est une passion originale, quand même. Mais il sait la rendre vivante. Grâce à lui, d'ailleurs, Naïa a un peu moins peur des araignées.

– Je me rends compte que je t'ai pas remercié, je suis un ingrat. Merci. Je sais que je parle beaucoup parfois, donc je m'attends pas à ce qu'on retienne tout ce que je dis.

Je n'ai jamais été un grand bavard, alors je suis plus que ravi d'avoir un Diesel dans ma vie. Tout ce qu'il a envie de me raconter, je serai toujours là pour l'écouter. Avec lui, je n'ai pas à me mettre la pression, à réfléchir à des conversations, les silences ne sont pas gênants, sauf après une dispute. Sa compagnie est facile. Une évidence, même.

– Me remercie pas, murmuré-je. J'préfère voir le mec que j'aime heureux grâce à moi, plutôt que malheureux à cause de moi...

Diesel bat des paupières, la bouche entrouverte. Les émotions passent à toute vitesse dans ses iris :

– « Le mec que tu aimes »... Attends, tu m'aimes ?

C'est là que je réalise que je l'ai dit. Ce n'était pas prémédité, je ne pensais même pas prononcer ces mots. Mon cœur en a décidé autrement. C'est ce que je ressens. Je ne peux pas le cacher ni mentir : il ne me *plaît* pas, je l'aime. Je l'aime à perpétuité. Ça m'effraie de ressentir de nouveau ce genre de sentiments pour quelqu'un, j'ai peur de ce que ça pourrait signifier, j'ai peur que la vie prenne encore plaisir à envoyer bouler tout ce que je commence à construire. Mais c'est comme ça, il est trop tard pour reculer. Ce manifestant casse-couilles qui me bloquait la route est devenu l'homme avec qui j'ai envie de m'endormir chaque soir. Si j'avais su.

– Ouais... Oui, chuchoté-je. T'es... mon humain favori, marmonné-je.

– Je... pensais pas. T'as pas réagi quand je t'ai dit que je t'aimais la dernière fois, donc j'osais plus remettre le sujet sur le tapis, je pensais que tu avais besoin de temps, que tu... je sais pas. Je suis refait, j'te jure, quelle belle journée !

Son sourire pourrait suffire à m'aveugler.

– Ça m'a perturbé, admets-je. Le contexte était... particulier. J'me suis juste dit « merde, pourquoi j'ai pas fermé ma gueule ».

– Attends, je te la refais dans un cadre plus bucolique, ça sonnera mieux pour la postérité : je t'aime. Et laisse pas la dépression te faire croire que t'es un fardeau pour moi, ce sera jamais le cas. Après tout, une pizza n'est rien sans son fromage préféré.

Il prononce ces mots avec une telle simplicité. Je sens mes joues s'échauffer. Il m'aime… ces mots, Ellie me les a déjà balancés comme ça, au coin de l'oreiller. Ils étaient sûrement sincères, mais ils ne parlaient pas au vrai Solveig. Diesel, si. C'est le vrai moi qu'il aime, pas celui que je pensais être.

– T'es tout rouge, c'est trop mignon, pouffe-t-il.

Je passe le doigt sous son menton, l'attire à moi, et quand ses lèvres se posent sur les miennes, je sens encore son sourire narquois. Peu importe, je savoure son baiser, il est chargé de promesses d'un futur partagé.

– T'es sûr ? murmuré-je à Diesel. Qu'on peut y arriver ? Que je peux m'en sortir ?

– Oui, crois en toi. En nous.

J'ai longtemps cru en rien, si ce n'est la fatalité.

Mais aujourd'hui, j'ai envie de croire.

« *Yet in reverse, you are all my symmetry*
*A parallel I would lay my life on*
*So if your wings won't find you heaven*
*I will bring it down like an ancient bygone* »
– *Euclid* – Sleep Token »

# ÉPILOGUE
## Diesel

*Knockin On Heaven's Door* – Guns N' Roses

Mes lèvres suivent un chemin le long de la colonne vertébrale de Solveig, s'arrêtent sur les yeux de la Pieuvre, son sourire, chacun de ses tentacules, avant de finir leur course à l'arrière de son oreille. Le soleil filtre à travers les rideaux, créant des jeux d'ombre et de lumière sur sa peau. Alors que j'enfonce deux doigts lubrifiés en lui, je me délecte de la façon dont ses hanches se relèvent et m'incitent à continuer. Subjugué par le spectacle de sa chute de reins, de son corps magnifique offert à mes caresses, je souffle :

– Je crois que je pourrai jamais me lasser de cette vue.

Solveig tourne un peu la tête sur le côté. Ses joues sont rougies par le désir, ses cheveux dans lesquels j'ai trop passé mes mains s'emmêlent sur son front.

– J'ai vu ça. Mais tu comptes me faire attendre encore combien de temps ?

– T'es si pressé ? m'amusé-je.

– Ça se pourrait...

Et moi, je n'ai pas l'intention de lui refuser quoi que ce soit. Fébrile, j'attrape le préservatif abandonné sur les draps, le mets et étale un peu de lubrifiant sur ma queue, avant de m'enfoncer en Solveig. Le soupir qu'il laisse échapper m'enivre au moins autant que ce sentiment d'être en lui. Les doigts cramponnés aux draps défaits, Solveig se cambre et m'enjoint à continuer. Je le saisis par la taille et à chaque va-et-vient, des décharges de plaisir serpentent dans mon bas-ventre. Je me gorge de chaque souffle tremblant, de chaque gémissement, de chaque froissement de draps, de ce sentiment qui me submerge quand je me retrouve seul avec Solveig et qu'on explore nos désirs, nos fantasmes. Son corps, j'ai appris à le connaître sur le bout de la langue ; lui de même, mais rien n'enlèvera jamais cette sensation de plénitude qui m'envahit. Même quand le sexe devient plus violent, qu'il me laisse des marques, que ses mains serrent mon cou, que les caresses se font plus brutales, ça reste doux avec lui, parce que je l'aime, qu'il m'aime, que le contact visuel rend tout plus intime, plus profond.

Ses yeux... j'ai envie de les voir, maintenant.

Solveig ne rechigne pas quand je me retire et l'incite à se retourner. Un souffle rauque lui échappe alors que je me renfonce en lui d'une lente poussée. Il ne me lâche pas du regard, ses jambes s'entrecroisent dans mon dos, comme s'il voulait que je le baise encore plus fort, plus profondément. Il accompagne mes coups de reins, attrape ma main, la serre, offre son cou à mes baisers, m'agrippe les cheveux.

– Putain, tu vas me faire jouir, chuchoté-je.

Solveig se branle au rythme de mes va-et-vient. Je ne peux pas tenir. Les vagues de plaisir montent et montent encore jusqu'à me submerger. Des phosphores éclatent sous mes yeux alors que je me tends au-dessus de Solveig. Il frissonne quand mon gémissement s'échoue au creux de son oreille et lorsqu'il jouit, son sperme se répand dans son poing et sur son ventre.

Je me retire doucement, l'embrasse au coin des lèvres, avant de me lever pour jeter le préservatif, et me rallonger à ses côtés. On reste là, étendus l'un contre l'autre, à écouter nos souffles revenir à la normale. Je me sens si bien, je pourrais m'endormir d'une seconde à l'autre.

Avec Solveig, ça ne coule pas toujours de source, ses antidépresseurs et sa dépression rendent sa libido fluctuante et parfois, on n'a pas toujours les mêmes envies au même moment. Mais on se comprend, on connaît nos limites et quand on fait l'amour, c'est toujours une sensation incroyable.

Mon téléphone ne cesse de vibrer sur la table de chevet. Je tends le bras pour l'attraper et une marée de SMS me submerge.

> Ruth : PDM annulée pour Riggs, on a gagné !

> Nour : JE VIENS DE VOIR !
>
> Nour : Ils ont enfin respecté le souhait de la famille de la victime en le condamnant à perpétuité, je suis refaite.

> Ethan : J'arrive pas à croire qu'on l'a fait

Je perds le fil, les messages défilent à toute vitesse.

– T'as reçu une bonne nouvelle ?

Ce n'est qu'en entendant la question de Solveig que je réalise à quel point je souris.

– Riggs n'est plus condamné à mort ! expliqué-je.

Il me presse l'épaule.

– J'y aurais jamais cru, honnêtement. Vous avez abattu un travail monstrueux.

L'affaire Riggs connaît enfin son point final et je me sens en paix. Ce genre de victoire est rare, mais vitale. Grâce à ça, je sais que j'aurai assez d'énergie pour le prochain dossier de l'association.

Solveig me plante un baiser sur la tempe et finit par se lever pour attraper ses vêtements par terre. En voyant qu'il se rhabille, j'en fais de même, sauf que je me contente de passer un short de bain.

– Tu veux descendre ?

– Ouais, histoire que les filles et Kléia se disent pas qu'on leur fausse compagnie.

Lorsque Solveig a appris que les jumelles, ses parents et moi, on lui avait organisé des vacances en Espagne, il a d'abord été sceptique, puis a refusé net. Il ne voulait pas qu'on dépense un seul sou pour lui faire plaisir. Au bout de deux longues semaines, il a cédé : les filles l'ont eu à l'usure. Je suis soulagé qu'il ait accepté, Après tout, on a tous mérité de prendre une pause avant de reprendre nos vies. Mi-août, les jumelles retourneront en cours, moi, je commencerai à chercher un travail, et bien que Solveig ait accepté la proposition de mon père, il est encore en arrêt jusqu'en septembre. Mais pour l'instant, je n'ai pas envie de penser à tout ça, ce qui compte, c'est qu'on soit tous ensemble. Enfin, presque. Mes parents ne sont pas venus, ceux de Solveig non plus. Par contre, Kléia s'est tapé l'incruste au dernier moment.

– Dans ce cas, si tu sors, t'auras besoin de ça.

J'extirpe une casquette de mon sac. Solveig grimace.

– Non. Jamais.

J'ignore ses protestations et la lui enfonce sur la tête.

– Faudrait pas que tu chopes un coup de soleil. Je savais que t'en prendrais pas, donc j'ai décidé de penser à toi. Je suis pas génial ?

Il rit en retirant sa sublime casquette de l'équipe des Jaguars.

– J'te mérite pas.

– En même temps, c'est difficile de me mériter, regarde-moi, je suis parfait.

– T'as les chevilles tellement gonflées, que tu vas t'envoler...

Je lui plante un baiser sur le front.

– Je plaisante. On a déjà eu cette conversation des milliers de fois, tu sais ce que je pense. L'amour ne se mérite pas. *Mon* amour ne se mérite pas. Je l'offre.

Et je ne regrette pas une seule seconde de lui avoir ouvert mon cœur. Ça en valait la peine. Si c'était à refaire, je le referais.

– Allez, viens, ajouté-je en lui prenant la main. On rejoint les autres, j'en profiterai pour te tirer les cartes.

Solveig acquiesce et on descend les escaliers. Depuis les baies vitrées, j'aperçois ma sœur installée au bord de l'eau avec les jumelles. Solveig suit mon regard et tressaille.

– Tout va bien ?

– C'est juste que... j'ai du mal à y croire. Être là, avec toi. Me dire que je peux trouver un nouveau taf, m'en sortir avec la dépression, soutenir les filles, les laisser grandir... c'est un peu... étrange ?

Le souvenir du Solveig que j'ai rencontré, fatigué, prêt à en finir, me paraît si loin et si proche à la fois. Je suis fier de lui, de tout ce chemin qu'il a parcouru. Parfois, je vois encore le regard de Solveig se perdre dans le brouillard, et ça me rappelle que la Pieuvre est toujours là, cachée en eau profonde. Il y a des moments où il perd pied, où j'ai peur de le revoir sombrer, mais je suis plus serein qu'avant. Solveig, c'est une fleur qui a enfin accepté de s'épanouir.

Ce futur que je rêvais pour nous deux, je peux enfin le toucher du doigt. Je ne pensais pas retomber amoureux un jour. J'avais oublié à quel point c'était doux, de se coucher presque tous les soirs avec la personne qu'on aime. Je voudrais que ça dure pour l'éternité. Et que, même après ma mort, mon âme continue de choisir celle de Solveig dans toutes ses autres vies, jusqu'au jour où l'univers s'en retournera au chaos.

– Je sais que tu m'aimes, pas la peine de me fixer comme ça, raille Solveig.

– Plains-toi, je sais que tu adores ça, le taquiné-je en lui prenant la main pour l'entraîner sur la terrasse.

Kléia nous adresse un signe enthousiaste de la main en nous voyant enfin faire notre entrée. Un verre à la main, vêtue d'un mini short et d'un débardeur Iron Maiden, elle nous montre les bouteilles de jus de fruits sur la table de jardin.

– On a commencé l'apéro sans vous, désolée. Fallait descendre quand je vous ai appelés !

– Tu nous as appelés ? répété-je, perplexe.

– Oui, il faut croire que t'as l'ouïe sélective.

Les jumelles nous rejoignent à la table et je ne peux pas m'empêcher de sourire à la vue de Naïa. Si sa silhouette est toujours frêle, elle a repris un peu de poids. Je sais très bien qu'il lui faudra du temps pour aller réellement mieux, mais elle est sur la bonne voie.

– T'as ramené quoi comme jeu ? demande Rakel en s'asseyant sur une chaise en plastique. J'espère que c'est pas le *Uno*, c'est trop nul.

Elle rajuste sa casquette et soulève ses lunettes de soleil. Dans ses yeux, luit ce caractéristique éclat malicieux.

– Non, je voulais faire un tirage à Solveig. Vous voulez voir ?

– Oui ! s'enthousiasme Naïa.

Tout le monde s'installe autour de moi alors que je bats les cartes, puis les étale devant Solveig.

– Alors, ta question ?

– J'sais pas... il a quelle tête, mon futur ?

– Tu demandes toujours la même chose.

– C'est grave ?

– Non, je trouve juste ça révélateur. Voyons ça... Choisis tes cartes.

Il prend plus de temps que d'ordinaire pour choisir. Ses doigts s'arrêtent sur une lame, hésitent, puis au dernier moment recommencent à bouger.

– Réfléchis pas autant, ressens juste l'énergie des cartes.

– Ouais...

– Leur énergie ? demande Naïa.

– Elles dégagent toutes une aura différente, elles vont pas t'attirer de la même façon, réponds-je.

– Je savais pas. C'est trop cool.

Après des secondes qui paraissent durer des minutes, il termine enfin sa sélection. Je dispose les arcanes en croix, puis retourne la première. Une femme ailée est représentée, assise sur un croissant de lune. De son vase, s'échappe la Voie lactée.

– La Tempérance. Elle est à l'envers, c'est preuve d'instabilité.

Rakel a du mal à ravaler son rire.

– Super, ça commence bien, peste-t-il.

– J'ai pas fini, arrête de râler. La Tempérance incarne l'harmonie. Comme elle est à l'envers, ça veut dire que tu en manques. T'as encore du mal à trouver ta place, t'es dans une période de destruction et de construction. Tu recherches l'harmonie ; tu vois, c'est un peu comme sur l'illustration. Faut que tu apprennes à contrôler ta propre énergie, qu'elle puisse tenir dans une urne, circuler et pas te dévorer.

Moi, je trouve que ça lui correspond à la perfection. Solveig n'ajoute rien. Suspendu à mes lèvres, il semble attendre que je retourne une nouvelle lame, alors je m'exécute.

– Le Jugement, à l'endroit. Toi qui adores juger, c'est ta carte fétiche, non ?

– J'avoue ! s'exclame Rakel.

Les jumelles ne peuvent pas s'empêcher d'y aller de leurs petits commentaires, Kléia est la seule à ne pas m'interrompre et à suivre le tirage en silence.

– Les filles, arrêtez, laissez notre taromancien en herbe s'exprimer, déjà qu'il galère, me taquine Solveig.

J'éclate de rire.

– OK, OK, voyons ça. Tu vas trouver ça marrant ou me dire que je truque les dés, mais le Jugement à l'endroit peut s'associer à la prise de conscience. Autrement dit, l'obstacle que tu dois franchir, c'est toi-même. T'es ton pire ennemi. En fait, t'as peur du changement, alors que tu en connaîtras toute ta vie. Apprends à l'accepter et tout ira mieux.

– C'est facile, dit comme ça, grimace-t-il.

– T'as déjà fait du chemin, tu sais. Je suis sûr que tu y arriveras, murmuré-je.

– Je suis d'accord avec Diesel, affirme Rakel.

Le sourire de Solveig ne s'est pas effacé, mais l'éclat dans ses yeux est différent : moins plaisantin, plus ému.

Je tourne la prochaine lame.

– La Lune à l'endroit, continué-je.

Solveig observe l'illustration. Deux chiens lèvent la tête vers la lune, dont les rayons éclairent les étoiles et les nuages en contrebas. Je déteste tomber sur cette carte, car elle est toujours complexe à analyser. Après tout, la lune change d'apparence chaque jour, elle est chargée d'une énergie mystique un peu insaisissable.

– T'as perdu ta langue ? me relance Solveig.

– Non, je réfléchissais, soufflé-je. La Lune, donc. La Lune est souvent liée aux émotions, à la face cachée d'une chose ou d'une personne. Elle est aussi le symbole de l'intuition et de l'inconscient. Dans ton cas, je trouve que la carte t'invite justement à mieux t'écouter, à accepter ce que tu rejettes au plus profond de toi. C'est qu'en faisant la paix avec ton toi intérieur que tu te sentiras enfin entier.

– « Mieux m'écouter » ? J'ai l'impression d'entendre Graham. Ça me fait des vacances de pas le voir pendant trois semaines.

N'importe quoi. S'il le détestait tant que ça, Solveig n'aurait eu aucun scrupule à couper court aux consultations. J'ignore pendant combien de temps il devra prendre ses antidépresseurs ou être suivi, mais qu'il lui faille quelques mois ou des années, je serai à ses côtés.

– Dernière carte... oh, le Soleil !

La coïncidence est trop belle pour en être une, c'est un signe, j'en suis certain. D'ailleurs, Solveig et les jumelles semblent captivés par l'illustration. Je les comprends, elle est magnifique. Le Soleil éclaire l'univers de mille éclats dorés, les tournesols en bas de l'image s'épanouissent sous sa lumière.

– C'est positif ?

– Carrément. Solveig, « force du soleil », hein ? T'as jamais aussi bien porté ton prénom. Le Soleil, c'est la paix. Un guide. C'est celui qui se lève inlassablement chaque matin pour éclairer le monde. T'as plus besoin d'avoir peur du noir. Ce qui se passera, quand tu auras réussi à te réconcilier avec toi-même, c'est ça : la lumière. Tout ira bien pour toi.

Solveig se mord la lèvre. Je vois bien à l'expression de son visage qu'il est plus touché par mes mots qu'il aimerait l'admettre. Il fixe l'image encore un long moment, puis attrape la carte pour la caresser sous ses doigts.

– Papy et mamie, ils ont bien choisi ton prénom, murmure Naïa.

– J'peux le garder ? souffle Solveig en pointant l'arcane du doigt.

– Pour quoi faire ?

– J'sais pas... ça me fera un porte-bonheur de merde...

– Alors elle est à toi.

– Merci.

Il la range dans sa poche.

– Et si on additionne les numéros de toutes les cartes, ça donne... la Justice. Signe d'équilibre. Quand tu le trouveras, tu apprendras à garder cette stabilité.

Sur la carte, la Lune empêche le Soleil de tomber.

– Merci pour le tirage, chuchote-t-il.

Ça change du jour où je lui ai expliqué qu'il devait mourir pour mieux renaître.

– Dis, tu peux m'en faire un à moi aussi ? demande Rakel avec excitation.

– Et à moi ! embraie Naïa.

Je m'exécute avec bonheur, heureux de partager un moment avec Solveig, ses filles et ma sœur. On reste là, à siffler des sodas – de l'eau pour Solveig –, à discuter de nos projets pour les vacances ou de Slash, que mes parents ont bien sûr accepté de garder. Il paraît qu'il reste toujours caché derrière Solis. Lugosi continue à le détester. Au moins, Mélisse et Grognasse ne font pas d'histoire.

– J'irais bien piquer une tête, finit par dire Kléia en reposant son verre.

Elle file à l'intérieur pour se mettre en maillot, avant de sauter dans la piscine. Les jumelles ne tardent pas à en faire de même et éclaboussent ma sœur quand elles la rejoignent. Il ne m'en faut pas plus pour les suivre et plonger dans une tentative de salto plus que ridicule. Comme un crétin, je bois la tasse. Quand je remonte à la surface, Kléia est morte de rire.

– Tu y arriveras un jour, Diesel.

– Ça va, ne la ramène pas, toi, grogné-je.

Solveig me juge en s'installant au bord de la piscine.

– Tu sais que faut pas sauter comme ça dans les piscines, tu pourrais te blesser.

– Rabat-joie.

– Je veille sur toi, corrige-t-il.

Assis les pieds dans l'eau, il reste un peu en retrait, méfiant. Dans un soupir, je me dis qu'il aurait pu enlever son T-shirt, que je puisse au moins me rincer l'œil. De l'agression, il ne lui reste plus qu'une large cicatrice en travers du ventre. Pour moi, c'est la preuve qu'il est un survivant.

Sans crier gare, Rakel se jette sur mon dos pour essayer de me noyer, sans grand succès.

– Eh ! m'écrié-je.

Je l'entraîne sous l'eau, juste assez longtemps pour que Solveig soit à deux doigts de sauter dans la piscine pour l'aider.

– Lâche-la, tu m'auras pas comme ça. J'ai aucune envie de me baigner.

Il prend le soleil, c'est déjà pas mal.

– T'es trop nul, viens ! se plaint Naïa en faisant la moue.

– Non.

– Même pas pour nous faire plaisir ? renchérit Rakel.

Elle papillonne des yeux.

– Non.

– S'il te plaît, clament-elles toutes deux en lui faisant les yeux doux.

Kléia passe un bras autour de mon épaule.

– Regarde combien ton copain est malheureux sans toi.

– Vous êtes des escrocs, vous ne m'aurez pas...

– Bon, la manière forte alors.

Rakel nage jusqu'à Solveig, et est bientôt rejointe par sa sœur. Elles essaient de le tirer dans la piscine par le T-shirt, Kléia arrive en renfort, puis je me joins à elles. Solveig se cramponne au rebord de toutes ses forces en nous repoussant des pieds.

– Dégagez !

Son grognement ressemble à un feulement ; on dirait un chat en colère. Ses ongles grattent la pierre et enfin, il perd l'équilibre, vacille et tombe dans la flotte dans un grand bruit. Les jumelles ricanent et se tapent dans la main. Lorsqu'il remonte à la surface, ses cheveux pâles plaqués sur son front donnent l'impression de se confondre avec sa peau. Des perles d'eau sont accrochées à ses cils, à ses lèvres... J'ai envie de l'embrasser.

– Vous êtes insupportables ! peste-t-il.

Il regagne le rebord, se hisse sur ses avant-bras pour sortir de la piscine. Il retire son T-shirt détrempé, l'essore consciencieusement, puis désigne l'intérieur de la villa d'un mouvement du menton.

– Je vais le mettre à sécher. Et me tenir à l'écart de vous.

Même s'il grommelle, il a un sourire aux coins des lèvres.

J'hésite quelques minutes, puis me décide à sortir à mon tour de la piscine. J'abandonne les jumelles et ma sœur à leurs jeux, préférant partir à la recherche de Solveig. Je le retrouve assis au balcon, une cigarette entre les doigts. Sa peau humide miroite, illuminée par les rayons du soleil. Dans son dos, les encres de son tatouage se sont fatiguées, elles ne resplendissent plus autant qu'avant.

Un peu effacée, la Pieuvre ne sourit plus.

# Remerciements

Tout d'abord, j'aimerais me remercier, parce que je suis formidable. Ensuite… c'est tout. Merci d'avoir lu *Falling into pieces*, bisous.

Non, je rigole. Restez, s'il vous plaît. La vérité, c'est que je sais pas écrire des remerciements, j'ai toujours peur d'oublier quelqu'un, et puis *Falling into pieces*, c'est un peu une histoire dans une histoire. Ce projet représente six ans de ma vie, alors ça en fait, des choses à dire, des personnes à remercier.

Ashley, tu as vu naître les premières idées sur ce projet et tu m'as tout de suite soutenue. Gaëlle, tu m'as accompagnée dans les premières réécritures, et elles m'ont beaucoup appris. Cha, tu as cru en ce livre en ayant lu que cinquante pages, et ça m'a motivée à continuer. Natacha, t'as toujours pensé que ce livre irait loin, et tu as tellement eu raison.

J'aimerais adresser un remerciement à mes parents biologiques. Ce père et cette mère que je n'ai jamais vraiment pu connaître. Encore aujourd'hui, je suis perdue, je ne sais pas ce que je veux penser de vous. Mais vous m'avez offert une chance de vivre et sans cette chance, je n'aurais jamais saisi la plume. Ensuite, il y a toi, ma grand-mère biologique. Malgré toi, tu as été mon effet papillon. Ton meurtre fait partie de ces maux qui ont donné naissance à ma Pieuvre. Tu es une personne, un drame, une leçon, une âme, présente dans chacun de mes romans, d'une façon ou d'une autre. Merci pour ce que tu m'as permis decomprendre. Ni oubli, ni haine, ni pardon. Repose en paix.

Ensuite, à ma famille, merci aussi. De croire en moi. D'être toujours derrière moi. De vous réjouir de mes succès à ma place, d'y croire quand moi, je n'y crois plus. À mon père qui m'aide avec les chiffres et l'administratif, parce que je comprends jamais rien (désolée oupsi). À ma mère qui fait tout pour m'aider à compléter les parties manquantes de moi.

À la fine équipe de la première heure : Haku, Yannaï, Nathan, Champi, Julie, Ludivine, merci de m'avoir aidée à proposer un livre abouti. À toutes ces personnes qui sont devenues plus qu'une simple rencontre : Maud, Elio, Anju, Garance, Tania, Elsa, Seana, Lone, Mylène et Célia.

Aux lecteurs et lectrices qui ont lu la première version de ce roman, celle où *Falling into pieces* s'appelait *De mes mains*. Merci d'avoir cru en ce projet et de l'avoir porté avec moi. Sans vous, ce livre ne serait pas en rayon. La page *De mes mains* ne se ferme pas, elle s'ouvre simplement sur celle de *Falling into pieces*. D'ailleurs un clin d'œil tout particulier à Magdalena Pągowska, qui a aidé le destin en faisant atterrir ce roman dans le *feed* de ma future éditrice.

Parce que bien sûr, je n'écrirais pas ces remerciements sans ma maison d'édition. Alors merci à l'équipe d'Albin Michel d'avoir dit oui à l'histoire de Solveig et Diesel, à Nine et Aïdan, qui ont travaillé sur ce livre à mes côtés, qui ont toujours été de bon conseil et à l'écoute. À Manon et Angélique pour leur relecture et à toutes ces personnes dont je ne connais pas le nom, mais qui ont permis à *Falling into pieces* d'exister. À Sarah, pour cette magnifique couverture.

Et cœur sur Yannaï et Haku, qui m'ont épaulée dans mes baisses de moral et qui étaient là à chaque moment de ce travail. Sans oublier Ozzy, Réglisse et feu mon petit Rouquin, mes fidèles boules de poils qui ont mine de rien laissé leur patte dans ce roman.

Aux personnes qui liront ces lignes, qui auront lu *Falling into pieces*. C'est grâce à vous que mes personnages continuent de vivre après la dernière page.

Et enfin, ce sera peut-être bizarre, mais à Diesel et Solveig, vous m'avez accompagnée dans des moments sombres. La Pieuvre, je la connais par cœur. Elle a failli m'éteindre. Et pourtant, je suis encore là. Parce que j'ai décidé d'écrire sur elle, que Solveig et Diesel sont devenus une raison de ne pas abandonner, d'écrire, jour après jour. De continuer de croire que ça finira par s'arranger. Ce jour n'est pas encore arrivé, mais quand je vois tout le chemin parcouru par ce livre, comme Solveig, j'ai envie de recommencer à y croire.

Alors pour tout ça, à eux, à chacun et chacune d'entre vous, merci.

Si la lecture de ce roman t'a fait réaliser que toi, ou un de tes proches avez besoin d'aide, sache que des dispositifs existent.

Numéro national de prévention du suicide : 3114

Suicide écoute : 01 45 39 40 00

Phare Enfants-Parents : 01 43 46 00 62

Pour la Belgique : 0800 32 123

Pour la Suisse : 022 372 42 42

Pour le Québec : 1 866 APPELLE (277-3553)

Si tu habites dans un autre pays, des organismes existent aussi, alors accroche-toi.

*Le papier utilisé pour ce livre est issu de forêts gérées durablement et de sources contrôlées.*

**Conception graphique de la couverture : Cerise Heurteur**
**Illustration de couverture : Sisi (artsi_sss)**
**Composition : Thibault Beneytou**
**Logo Nox : MorganK Design**

*Impression :*
*Éditions Albin Michel*
*22, rue Huyghens, 75014 Paris*
*www.albin-michel.fr*
*ISBN : 978-2-226-49456-6*
*N° d'édition : 25958/01*
*N° d'impression :*
*Dépôt légal : mars 2025*
*Imprimé en République Tchèque*